dama
negra

dama negra

ANNY PETERSON

Grijalbo

Primera edición: junio de 2023

© 2023, Anny Peterson
© 2023, Penguin Random House Grupo Editorial, S. A. U.
Travessera de Gràcia, 47-49. 08021 Barcelona
© 2023, Shutterstock, por las ilustraciones del interior

Printed in Spain – Impreso en España

ISBN: 978-84-253-6378-8
Depósito legal: B-7.884-2023

Compuesto en Fotoletra, S. A.

Impreso en Unigraf
Móstoles (Madrid)

GR 6 3 7 8 8

Te quiero matar de amor.
Y no lo sabe nadie.
Nadie puede imaginárselo

PABLO LÓPEZ

# keira

Prólogo

> Aquellos que dicen que entienden el ajedrez no entienden nada.
>
> ROBERT HÜBNER

Viernes, 26 de septiembre
9.00 h.

—Sofía Hernández Prieto, veinticinco años.

El forense pronuncia su nombre como si yo no la conociera. Como si nunca hubiera reído con ella, brindado con ella o besado sus labios para escandalizar a un duque.

Ver un cadáver nunca es agradable, pero tener delante el de una chica a la que recuerdo llena de vida, de ingenio y de fuerza es un duro bofetón de realidad que hace que mis seis meses de sufrimiento por romper con un hombre que ni siquiera era mi novio me avergüencen.

Aparto la mirada de Sofía sintiendo un fuerte dolor en el estómago. Los recuerdos me provocan ganas de vomitar. Por él, por ella y por lo bien que estábamos todos entonces. La fragilidad de la vida siempre me revuelve las tripas. En un segundo brillas preciosa en una fastuosa fiesta con un vestido rojo más espectacular que el de Julia Roberts cuando va a la ópera en *Pretty Woman* y al siguiente estás en la morgue, desnuda.

Cuando llegamos al lugar de los hechos, la habían cubierto con una manta isotérmica de aluminio, pero ahora que puedo fijarme en detalle, el tono pálido de su piel, sus labios agrietados y lilas y su cuerpo ganando rigidez por segundos me crean un desasosiego que me cuesta disimular.

—¿Se encuentra bien, inspectora Ibáñez?

—Sí, sí...

¿Cuántas veces decimos «Sí» cuando queremos decir «No»? Demasiadas.

Ulises ha preferido no entrar. Se ha quedado fuera, sentado en una silla con la cabeza entre las manos. Le he dicho que se marchara a casa y me ha mirado como si acabara de hacer un chiste.

No puedo, ni quiero, imaginarme cómo está. Al parecer, la última vez que la vio tuvieron una fuerte discusión y se presentó en mi casa de madrugada huyendo del cruel maleficio de seguir enganchado a una relación imposible.

Tendría que haber hecho como yo y alejarse todo lo posible de la Universidad de Lerma y sus ocupantes, porque ha sido volver a pisarla y que me ahogaran un millón de sentimientos que había enterrado diligentemente en un cofre en lo más hondo de mi corazón, como si fueran un tesoro maldito que debería estar oculto para que nadie pudiera caer nunca más en su embrujo.

Sensaciones y emociones de las que me había despedido de forma radical hacía tiempo, como quien deja de fumar por recomendación médica augurando una muerte prematura.

¿Quién ha matado a Sofía y por qué? Eso es lo que quiero saber.

Y lo más importante: ¿qué hacía Ástor de Lerma en el maldito escenario del crimen?

 keira

1
Reencuentros fatales

Dos días antes

Supe que algo iba mal nada más oír el teléfono fijo del despacho.

Teníamos ese trasto casi de adorno; nadie lo usaba. Gómez solía escribirme un mensaje si era algo urgente, así que si llamaba era porque no podía esperar ni a que lo leyera.

—¿Sí? —respondí con miedo.

—Ha aparecido un cuerpo en el patio de la Universidad de Lerma. Afirman que es Sofía...

—¡¿Qué dices?! —me alarmé.

Ulises me miró preocupado a pesar de que él ignoraba lo que yo acababa de escuchar. Sin embargo, prefería clavarme un tenedor en la pierna antes que reproducir esa información.

—Id allí echando hostias... Quiero que llevéis la investigación vosotros. Esto huele a ajuste de cuentas del club KUN, y sois los únicos que conocéis todos sus entresijos. Daos prisa, la científica ya está en camino.

—Vamos para allá.

—¿Qué ha pasado? —me preguntó mi compañero nada más colgar, pero fui incapaz de responderle. Simplemente, no pude decirle que la chica con la que quería pasar el resto de su vida estaba muerta. De nuevo.

—Ha aparecido el cuerpo de una joven en la Universidad de Lerma. Tenemos que ir inmediatamente... La científica nos está esperando para el levantamiento del cadáver.

—¿La han identificado?

Era el momento de decir: «Sí... Es Sofía. Lo siento muchísimo, Ulises», pero mi garganta no juntó los fonemas y me fue imposible. Supuse que mi boca, esa en la que se resguardaría para soportar el dolor, no podía ser la misma que le diera la mala noticia. Tendría que enterarse de otra forma.

—No lo sé. ¡Vámonos ya!

Estos meses Ulises y yo nos hemos apoyado mucho mutuamente. Lo mío con Ástor no tenía vuelta de hoja. Se trataba del jodido duque de Lerma, y como tal, debía cumplir con ciertas obligaciones familiares. Lo nuestro no era viable. No podía dejar vacante el título que pertenecía a su padre y a su hermano. Sin embargo, lo de Ulises y Sofía era muy distinto. Ella sí podía renunciar a sus planes de dominación del mundo por una vida con amor, aunque nunca lo haría mientras siguiera obteniendo el cariño de Ulises cada vez que chascaba los dedos.

Por más que se lo señalara, mi compañero era incapaz de resistirse a ella.

Se había dejado convencer por Sofía para volver a tocarla, a probar su piel, sus labios... como una droga que te da un subidón momentáneo sin tener en cuenta que el bajón será tres veces peor cuando te priven de ella.

Y sus bajones me los comía yo, por supuesto.

—Te necesito, Kei... —susurraba enterrándose en mi pelo con lágrimas en los ojos.

Yo sabía lo que eso significaba. Ulises necesitaba que le hiciera olvidar a Sofía. Y también a Charly. Pero sobre todo a la persona en la que lo habían convertido. Una que se sentía extraña en su propia piel. En su ropa y en su vida... Y lo entendía demasiado bien, porque a mí me pasaba lo mismo. El problema es que yo ya no era capaz de acostarme con Ulises para aplacar su dolor, como hacíamos antes. El recuerdo de Ástor me tenía presa, y sentía incorrecto cualquier otro roce.

Yo también sufrí lo mío. El mono por haber renunciado al

duque fue terrible, pero estaba convencida de que lo mantenía a raya. Hasta que lo vi de nuevo, claro.

No creáis que llevaba un maldito traje de tres piezas… Fue peor. ¡Iba de *sport*! Llevaba un pantalón chino azul marino con una camiseta del mismo color y un *blazer* marrón chocolate. Os juro que al verlo me tragué un chillido. Mi orgullo retuvo a la fuerza mi corazón tapándole la boca mientras se removía histérico, tratando de liberarse.

«Me cago en la leche… ¡Y yo pensando que lo tenía superado…!».

Siempre se me ha dado bien engañarme a mí misma, y por extensión, a los demás. ¿Qué más daba sentirme triste a todas horas, si no se me notaba? Recordaba cómo era estar bien y daba la impresión de estarlo. Al parecer, sin embargo, todavía quedaban vestigios de mi paso por la Universidad de Lerma…

Mantenía el tipo, pero, como Ulises, tampoco había podido volver a mi antiguo yo. Las semanas que pasé infiltrada en la vida del duque habían cambiado mi forma de percibir el mundo. Me costaba entender que todo había sido una manipulación, que muchos de sus amigos estaban al tanto de que era policía y que acepté infiltrarme como Kaissa con todas sus obligaciones; y sobre todo, que cediera a acomodarme en esa vida y en sus brazos dejando atrás mi profesionalidad policial… Me había enamorado. Pero no pude asumir las consecuencias.

Cuando llevaba tres días sin verle, nadando en la más absoluta agonía, escuchando canciones que me recordaban a nosotros, me llegó un paquete a casa con una nota suya.

> Querida Keira:
> Por favor, al menos quédate con la ropa. Es tuya.
> ÁSTOR DE LERMA

¿No podía haberme mandado un mensaje al móvil para preguntar si la quería, antes de enviármela?

Me metí en nuestra conversación de WhatsApp muy cabreada. Apenas había unas líneas escritas que demostraban que todo el tiempo que estuvimos juntos recurrimos en contadas ocasiones a la dichosa tecnología. Nos enamoramos a la antigua, estando muy a mano y sin poder evitarlo... Y acordarme de cómo lo tenía memorizado hizo que me entraran ganas de llorar. Porque Ástor no era ningún ♠ASno, al revés, en todo caso era un purasangre que no debía cruzarse con alguien del montón.

Después de cambiarle el nombre, vi que estaba en línea y mi corazón se saltó un latido. Había deseado encontrar un motivo para recordarle que seguía teniéndome al alcance por esa horrenda vía, pero me había resistido honorablemente.

Iba a escribirle que no quería esa ropa, que se la metiera por su ducal retaguardia, pero sería como escupirle un «no va conmigo, igual que tú», así que le puse:

Keira:
Me ha llegado la ropa. No creo que la use
mucho a diario, pero gracias

Unos días después de que me contestara un rancio «de nada» con un desgarrador punto al final de la palabra «nada», me llegó otro paquete.

Cuando lo abrí y vi lo que era me quedé atónita. Estuve a punto de llamar a Ástor para insultarlo. Pero primero me lo probé... Lo siento.

Eran unos vaqueros preciosos de la marca Balmain, su favorita, y no tardé en comprobar en internet que costaban unos mil cuatrocientos euros.

¡La Virgen...! Con todo, el precio no era lo más aterrador. ¡Lo peor es que me parecieron hasta baratos de lo bonitos que eran! De talle bajo, con bolsillos laterales con cremallera y elementos texturizados en la zona de las rodillas... El sueño de cualquier adicta a los *jeans*. Pero no podía quedármelos.

Keira:
Por qué me mandas unos vaqueros?

Lo mío nunca ha sido saludar y preguntar qué tal, mejor ir al grano.

Ástor:
Así podrás usarlos a diario

                                                    Keira:
                                    No tenías que comprarme nada

Ástor:
Si no los quieres, tíralos. No voy a enterarme.
Solo quería que tuvieras algo mío que encajara en tu vida

No le contesté nada, porque ¿qué se contesta a ese roto?

Estuve veinticuatro horas pensando en mi siguiente movimiento. Sostuve los vaqueros sobre el cubo de la basura un par de veces, pero no pude dejarlos caer. Eran demasiado bonitos.

Muy bien… Si quería hacerme un regalo, perfecto, pero se lo devolvería con creces. Llevaba días mirando de reojo el cheque de cien mil euros que permanecía clavado en el panel de corcho de mi habitación. Todavía no había pisado la calle desde la final. Tampoco me había quitado el pijama. Solo deseaba sumirme en un estado vegetativo donde los hombres no existían y saturarme de helado de chocolate con *cookies*. Pero antes llamé a Charly y lo convencí para que me diera el número de cuenta de Ástor. No hubo mejor motivo para salir de casa que ir al banco a ingresarle el cheque personalmente. Así no podría devolverlo.

El resumen de todos los mensajes furiosos que me mandó fue un gran «¡¿ESTÁS LOCA?!». Incluso me llamó, pero no descolgué, solo le recordé por WhatsApp que nunca le devolvimos la cantidad que se había gastado pujando por mí y en la ropa extra.

Ástor:
Ya me lo cobré con creces

                                                    Keira:
                                    Gracias por llamarme puta.
                                    Deberías ver Pretty Woman

Ástor:
Eres tú la que me está devolviendo el dinero
como si fuera el pago de lo que hemos compartido.
Te digo que no me debes nada

Keira:
Entonces estamos en paz porque follamos?
Tienes que ver esa película urgentemente, Ástor

Ástor:
Ven a verla conmigo.
Necesito verte

Keira:
Y yo necesito olvidarte.
Deja de mandarme paquetes, por favor.
Esto no nos ayuda a ninguno de los dos.
No quiero que me escribas más

Ástor:
Ok…
Voy a borrar tu número para no verme tentado.
Pero quiero que tengas ese dinero.
Lo ganaste limpiamente

Keira:
Fue por trabajo

Ástor:
Las cuentas del club deben mostrar transparencia.
Quédatelo y punto. Por las molestias

Keira:
Si ves la película, entenderás
por qué no puedo coger ese dinero.
Bórrate mi número de teléfono
cuanto antes, por favor.
Adiós

Ástor:
Ahora mismo lo hago.
Adiós, Keira

En fin… Un desastre dialéctico que solo nos acarreó más dolor.

Recé para que no apareciese en la puerta de mi casa con otro cheque, pero no lo hizo. Quizá entendiera lo gilipollas que fue Richard Gere cuando recordó a Julia Roberts que estaba «a su servicio» después de haberla besado en la boca.

De camino hacia el escenario del crimen, los nervios me pasaron factura. La situación iba a ser una bomba de relojería… No solo volvería a ver a Ástor después de varios meses, sino que temía la reacción de Ulises al enterarse de quién era la víctima.

No nos costó nada encontrar el lugar exacto; ya había dos coches de policía, una ambulancia y una cinta cercando la zona para alejar a los curiosos.

Al bajarnos del automóvil, todo sucedió a cámara lenta. Vimos a Carla manchada de sangre llorando en la parte trasera de un coche patrulla, a Charly apoyado en un árbol sujetándose la frente y a Ástor hablando con dos agentes dentro del escenario del crimen.

Ulises captó la información a la vez que yo y echó a correr por puro instinto.

Cerré los ojos, devastada, y lo seguí un segundo después.

Sorteó la barrera con agilidad y llegó adonde yacía el cuerpo cubierto por la manta de aluminio.

Su cara se contrajo al reconocer las pulseras en el brazo que había quedado destapado. Ástor reparó en él y balbuceó alarmado:

—Ulises…

Sus ojos asustados se encontraron, y confirmaron a mi compañero sus peores presagios.

Avanzó hacia el cadáver con decisión, pero Ástor lo interceptó a tiempo chocando contra él, impidiendo así que retirara el cobertor y la viera.

—¡No…! —empezó a gritar Ulises, fuera de sí—. ¡¡¡No puede ser!!!

Ástor lo sujetó como pudo, llevándose golpes que iban perdiendo fuelle por momentos a medida que Ulises se sumía en la desesperación.

Pasé la cinta por debajo con los ojos llenos de lágrimas sin derramar al ser testigo de su dolor.

Un policía y un paramédico ayudaron a Ástor a controlar a Ulises y lo sentaron en otro de los bancos que conformaban el pequeño jardín circular donde Sofía yacía muerta.

Me acerqué a ellos sin establecer contacto visual con el duque. No podía enfrentarme a su mirada en ese instante; Ulises me necesitaba, de modo que me senté a su lado colocando mi mano en su espalda mientras él trataba de contener su pena con las manos en la cara.

En momentos así no hay palabras. Solo el tacto es capaz de expresar lo que necesitas decir de verdad. Que estás ahí, que lo entiendes y que compartes su dolor.

Lo consolé como pude, sintiéndome inútil, y cuando reuní la fuerza suficiente levanté la vista para encontrarme con Ástor.

Nuestras miradas conectaron en medio del caos, de la tristeza y de la ruina que suponía perder a Sofía. Percibí la amargura que empañaba sus ojos y me dieron ganas de abrazarlo y de que me abrazara, pero sabía que si lo tocaba la adrenalina bulliría en mis venas.

No hubo espacio para un «hola» o algo similar. Solo quise transmitirle un «gracias» por impedir que Ulises viera a Sofía en ese estado. Porque su imagen lo habría perseguido de por vida, como le persiguió la de Sara en los últimos momentos de su existencia.

Yo, sin embargo, no iba a librarme de verla. Tenía que saber qué le había pasado, cómo y por qué.

—Quiero verla... —farfulló Ulises—. ¡Tengo que verla!

—No, Ulises. Es mejor que no —respondí—. Lo único que importa es coger a quien ha hecho esto.

Ulises volvió a patear el suelo, incrédulo; seguía en modo negación. La ira todavía no se había apoderado de él, pero miedo me daba cuando lo hiciese...

Para un policía, la muerte es una sombra que sobrevuela la vida de todo individuo, amenazando con posarse en él en el momento más inesperado. Vemos el peligro todos los días, por todas partes, y todavía os preguntáis por qué no quiero tener hijos y por qué trato de insensibilizarme de todo… Pero lo cierto es que estamos familiarizados con ese sentimiento de fatalidad. Y lo único que nos alivia un poco es poder hacerle justicia.

Le di un último abrazo y un sentido beso en la mejilla, y me levanté. Sobre mi tristeza ya se había instalado un manto frío de furia que lo inundaba todo contra quien había matado a Sofía tan brutalmente; no me había pasado por alto la cantidad de sangre que había en el suelo.

—Quédate aquí… —susurré, y volví a mirar a Ástor, pidiéndole que lo custodiara por mí.

El duque asintió perdido en mi cara, como si todavía no se creyese que me tuviera tan cerca y aprovechara para estudiarme con detenimiento. Ya debía de haberse dado cuenta de que el influjo de su querida asesora de belleza, Olga, había sobrevivido a mi normalidad.

No era un secreto que ahora me arreglaba más que antes. Ástor no perdió detalle de mi traje gris oscuro entallado y la camisa blanca que llevaba debajo. También se fijó en mi melena, lisa y algo más corta, y en la placa que colgaba de un cordón, junto con mi móvil, sobre mi pecho.

Lo vi inspirar hondo al reparar en el arnés de cuero negro donde reposaba enfundada la pistola.

«Deja de mirarme…», le supliqué mentalmente. Necesitaba concentrarme y hacer bien mi trabajo.

Me acerqué a los agentes que vigilaban el cuerpo de Sofía y me informaron:

—Inspectora Ibáñez… Parece ser que el asesino dejó aquí el arma del crimen.

El agente señaló un objeto que yo conocía muy bien. Era el trofeo de Miss Madrid que había visto en su día en la habitación de Carla, aunque ahora estaba manchado de sangre en una de las esquinas de su pesada base.

—¿Qué se sabe? —pregunté con voz neutra.

—Que la encontró Carla Suárez, amiga de la víctima. Dice que todavía seguía con vida cuando llegó y que intentó socorrerla. Y que por eso estaba manchada de sangre. Habían quedado aquí, según ella, para hacer las paces… Nos han confirmado que el trofeo es de Carla Suárez. Y hay huellas en él. Estamos a la espera de que nos confirmen que coinciden con las de la detenida...

Levanté una ceja. ¿Por qué se habrían peleado Carla y Sofía?

Aparté la manta de aluminio para estudiarla y me quedé sin aliento. Sofía tenía una profunda hendidura en la cabeza producida por el terrible impacto de la base del trofeo. Solo una, pero muy violenta. Y me pareció raro porque, normalmente, en los crímenes pasionales el agresor suele repetir el golpe dominado por la rabia, pero este fue un ataque único, certero y premeditado.

Vi el iPhone de Sofía en el banco, como si se le hubiera escurrido de la mano al caer, y saqué de mi bolsillo una bolsa y unas pinzas para recogerlo.

La trayectoria de la herida sugería que el golpe se había efectuado de frente. Sin embargo, no había signos en sus brazos desnudos de haberse defendido. Es decir, que tuvo a su asaltante cerca y no se lo esperaba... Porque lo conocía y confiaba en esa persona.

—Tapadla —ordené devastada.

Mis piernas me llevaron ante Carla. Necesitaba hablar con ella. Sabía que me estaba saltando el protocolo y que no podía interrogarla allí, sin grabar la conversación y sin ofrecerle un abogado, pero todo apuntaba a ella y quería verle la cara y evaluar su reacción natural.

Apenas la conocía, por mucho que hubiera sido la protagonista de mi caso anterior con Ástor; aun así, no tenía muy buen recuerdo de ella.

Cuando me vio, hizo un mohín y negó con la cabeza, llorosa.

No supe qué pensar. O era la mejor actriz del mundo o la palpable tristeza en su cara reflejaba un sentimiento genuino.

—Carla, tienes derecho a un abogado, pero me gustaría saber si...

—¡Yo no he sido! —exclamó nerviosa—. Cuando la he visto de lejos pensaba que estaba tumbada descansando, pero luego me he fijado en que había mucha sangre y... ¡No sabía qué hacer! ¡Aún respiraba, y me he asustado mucho! ¡Le he preguntado, pero no me ha dicho nada!

—¿Tú has traído el trofeo hasta aquí?

—¡¡¡Qué va!!! —gritó indignada—. ¡No sé de dónde lo han sacado!

—¿Quién ha podido cogerlo de tu estantería? ¿Quién ha estado en vuestro piso últimamente?

—¡No lo sé! ¡Nadie! Pero ayer perdí las llaves de casa. Y fue raro porque yo nunca pierdo nada, ¡y ahora creo que alguien me las quitó para incriminarme! ¡Tienes que ayudarme, Keira!

—¿Eres consciente de que seguramente tus huellas estén en el trofeo? —le advertí agorera—. Y es el objeto que ha matado a Sofía...

—¡Claro que habrá huellas mías! ¡Porque es mío! ¡Quien haya sido lo habrá manipulado con guantes, supongo!

Podría ser... O también podría tener esa excusa preparada.

—Joder... ¡No me crees! —Sonó preocupada.

¿Cómo iba a hacerlo? Lo único que sabía de Carla es que una vez me mintió fingiendo su propio secuestro. Nunca olvidaré su sonrisa triunfal al final, aun sabiendo todo el daño y estrés que generó a Ástor. Y, por extensión, a mí... por haberlo conocido.

—¿No has visto a nadie cuando has llegado aquí, Carla? ¿No había alguien cerca que puedas describirme?

—No. ¡Nadie! —Sollozó, derrumbándose—. Muy poca gente pasa por aquí y... —Empezó a llorar ahogando sus palabras.

—Vale, tranquila... Seguiremos hablando en comisaría.

—Yo no he sido, Keira, tienes que creerme —gimoteó—. ¡Sea quien sea, va a salirse con la suya si me encerráis a mí!

—¿Sofía te comentó si tenía problemas con alguien?

—No, pero últimamente no levantaba muchas simpatías entre los miembros del KUN después de lo que hicimos... Además, decían que se estaba poniendo muy pesada con lo de ser el primer miembro femenino del club y estaba presionando mucho a Ástor... Habla con él.

—Lo haré.

—¿Vas a ayudarme? —preguntó ansiosa mientras se limpiaba la humedad de la nariz.

Le sostuve la mirada intentando vislumbrar en ella la verdad, pero no podía pasar por alto sus «antecedentes». Estaba ante la moraleja del cuento de *Pedro y el lobo*: de tanto mentir, al final nadie te cree cuando dices la verdad.

Mi confianza en Carla era nula. Sus métodos para recuperar el amor de Héctor unidos a la gran idea de destapar la mala praxis de los miembros del KUN y de reprobar a Ástor habían cambiado mi vida convirtiéndome en una mártir, y no iba a perdonárselo fácilmente.

Tragué saliva recordando la angustia en la que había estado sumida durante todo el verano; el peor de mi vida, con diferencia... Sobre todo cuando hace unas tres semanas, en pleno agosto, Ástor apareció en una revista de la mano de una rubia platino entrando en una conocida discoteca de Ibiza.

«¿Nueva novia?», rezaba el titular de la portada. Fue como tener que tragarme una bola de fuego llena de cristales.

—Encontraré a quien ha hecho esto, Carla —le dije convencida. «Seas tú u otra persona», completé mentalmente, y me fui de su lado porque no dejaba de pensar en Ulises.

Sin embargo, en ese momento vi a Charly y me acerqué a él.

—Charly...

Cuando levantó la vista del suelo, sus ojos enrojecidos me acorralaron con una expresión lívida. No quedaba nada de su guasa habitual en ellos.

—Lo lamento mucho... —formulé en primera instancia.

—¿Qué te ha contado Carla? —preguntó angustiado—. ¿Ha sido ella? ¿Cómo ha podido...? ¡¿Cómo ha podido hacerlo?!

Alguien ya estaba en plena fase de ira.

—Cálmate, por favor... —musité acariciándole el brazo—. Sé cómo te sientes, pero poniéndote así no vas a arreglar nada. Al revés.

—¡Es que no lo entiendo! —explotó. Su mirada era salvaje e irracional.

—¿Sabes de alguien que quisiera hacer daño a Sofía?

¿Tanto? No. Casi le partí la boca a algún que otro miembro del KUN por faltarle al respeto, pero, aparte de eso, solo me dijo que había discutido con Carla.

—¿Por qué discutieron?

—Al parecer, Carla estaba muy celosa de lo bien que se llevaban últimamente Héctor y ella. Y… ¡Dios…! ¿Crees que la ha matado por eso? ¿Cómo ha podido llevarlo tan lejos? ¿Se ha vuelto loca o qué? ¿Seguro que ha sido ella?

El histerismo de Charly me dio mucha pena. Era abogado. Su *modus operandi* era hacerse muchas preguntas, y tenía pinta de que no podría volver a dormir sin recurrir a medios químicos.

—Esto no lo ha hecho alguien que pasaba por aquí, Charly, ha sido premeditado. Tú eres quien mejor conocía a Sofía y puedes ser de gran ayuda… ¿Estás seguro de que no sospechas de nadie más?

Se pasó una mano por el pelo, pensativo.

—No sé, Keira… Sofía conocía a muchísima gente y de muy diversa índole: gente del Dark Kiss, del KUN, sus clientes de la web SugarLite… Son un montón de grupos distintos que no tienen nada que ver los unos con los otros.

—Vale. Vamos a interrogar a todo el mundo, pero a ti, el primero, ¿de acuerdo? No es nada personal, Charly. Solo pura estadística… El novio suele ser el culpable el ochenta por ciento de las veces…

—¿Hablas en serio? —soltó alucinado—. Joder…

—Solo dime dónde estabas hace una hora, Charly.

—Jugando al squash —contestó rotundo—. Tenía previsto reunirme con ellas al terminar el partido. Sofía me dijo que iban a hablar por fin y que me esperarían para ir a tomar algo juntos; juego aquí al lado. Keira…, cuéntame cómo ha sido, ¡no me han dejado verla! ¡¿Qué le ha hecho?!

La agonía que refulgió en su voz ante esa incertidumbre me dolió hasta a mí.

—Ha sido un golpe contundente en la cabeza… Muy rápido, sin duda. No habrá… sufrido mucho.

En cuanto lo dije, Charly se desmoronó de nuevo contra el árbol, como si precisara apoyarse en algo vivo. Pero lo que realmente le hacía falta era un amigo.

Volví junto a Ástor para decirle que Charly lo necesitaba y se fue a buscarlo.

Me sentí impotente cuando llegó la jueza y se produjo el levantamiento del cuerpo. Mientras se lo llevaban en una funda negra sobre una camilla yo no podía dejar de barajar posibles alternativas al respecto de su asesino. Lo único que tenía claro es que aquello lo había hecho alguien que conocía bien a Sofía y a Carla y que sabía que habían quedado.

Cuando Ulises y Charly se encontraron cara a cara al irnos, se abrazaron sin dudar ni un segundo. Fue un momento desgarrador y silencioso en el que ninguno de los presentes dijo nada.

—Keira... —susurró Charly—. Por favor, tenme informado de todo lo que vayas averiguando.

Mantuve una expresión estoica en vez de señalarle lo poco profesional que sería compartir información confidencial con un presunto sospechoso.

—Quiero confiar en vosotros, chicos —empecé pragmática mirando simultáneamente a Charly y a Ástor—, pero Sofía conocía muy bien a su asaltante, y sois todos sospechosos hasta que se demuestre lo contrario.

—¿Cómo? —protestó Ástor.

—¿Podéis demostrarme que no habéis sido? —dije locuaz—. ¿Tenéis coartada? ¿Cómo te has enterado tú, Ástor?

Si hubiera abierto un poco más los ojos, se le habrían caído al suelo. La expresión de congoja que cruzó su rostro por dudar de él me hizo polvo, pero era lo que había.

—Un alumno de la universidad ha venido corriendo a mi despacho en cuanto se ha enterado de lo que había sucedido; saben que siempre estoy allí a estas horas... He bajado y he encontrado a Carla en pleno ataque de ansiedad. Hasta se había orinado encima...

Todos nos quedamos callados ante el dato, aunque a mí no me sorprendió mucho; era muy habitual. Las personas reaccionan al estrés de formas muy distintas, y una de ellas es que tu sistema nervioso parasimpático relaja tus esfínteres al máximo para evitar que te dé un infarto al registrar una súbita subida de tensión. La primera vez que lo vi fue en una chica que acababa de atropellar a un niño. Se quedó tan en *shock* que cuando salió del vehículo tenía el pantalón totalmente empapado y ni siquiera se había dado cuenta. También es común en personas a las que atracan a punta de pistola o de navaja.

—De acuerdo... —carraspeé—. De todos modos, Ástor, necesitaré ir a tu despacho para registrarlo a fondo.

—¿En serio?

—Si queréis que confíe en vosotros, demostradme vuestras coartadas ahora mismo. Sin excusas. Sobre todo si pretendéis que comparta información confidencial del caso.

Ástor y Charly se miraron circunspectos.

—Vale, bien... Iremos a mi despacho ahora —cedió Ástor.

—Y tú, Charly, ¿cómo te has enterado exactamente? —le pregunté directa—. Si habías quedado con ellas, ¿por qué vas así vestido? ¿No te cambias después de jugar?

—¡Esto es increíble...! —exclamó incrédulo.

—Solo dame una explicación. ¿Por qué no te has cambiado?

La tensión ascendió por momentos impidiéndole contestar enseguida.

—Al terminar de jugar, he ido a los vestuarios para ducharme y cambiarme. Lo primero que hago siempre es abrir mi taquilla para comprobar mi móvil, y he visto que tenía varias llamadas perdidas de Carla. También un wasap en el que me decía que viniera enseguida al «jardín secreto» porque Sofía estaba herida. He cerrado la taquilla con rapidez y he salido corriendo, por eso no me he cambiado y solo llevo encima el móvil. —Me lo muestra—. De todos modos, en la escuela de squash hay cámaras que me habrán grabado entrando, jugando y saliendo...

—¿Dices que la escuela está cerca?

—Sí, al final de esta avenida.

—Ulises, ¿cómo estás? ¿Pido a alguien que te lleve a casa?

Negó con la cabeza rotundo.

—¿Quieres ir a comprobar la coartada de Charly y nos vemos aquí en veinte minutos?

—¿No me crees, Keira? —preguntó Charly, dolido.

Nunca lo había visto tan serio. Sí, ya... Su novia acababa de ser brutalmente asesinada y yo estaba acusándole de ello, pero no podía caberme la más mínima duda sobre su implicación. No descartaba que él lo hubiera orquestado todo a distancia. Tenía un buen motivo...

Sabía de buena tinta que Charly había sido el protagonista de la última discusión entre Sofía y Ulises. Al parecer, había descubierto con sorpresa que su novia seguía viéndose con mi compañero a sus espaldas. No habría ocurrido nada si el estatus de su relación siguiera siendo abierta, pero se ve que últimamente había cambiado. Charly le había propuesto ir más en serio y Sofía parecía tener dudas. Al final, la riña se solucionó acordando que los escarceos de Sofía con Ulises habían terminado para siempre.

—¿No quieres que encuentre al culpable? —pregunté a Charly, severa—. Pues déjame trabajar... Quiero vuestras coartadas hoy.

—Vamos —instó Ulises a Charly antes de que replicara algo más.

En cuanto se fueron, llegaron otros tres coches patrulla. Yo misma los había llamado, y se presentaron ante mí para seguir indicaciones.

—Peinad el campus de extremo a extremo —les dije—. Mirad en cada papelera y detrás de cada matorral. Buscamos un guante de látex o algo similar. Si veis cualquier cosa de plástico o un objeto con sangre, cogedlo también; este tipo de agresiones suelen salpicar. Quizá el asesino haya abandonado algo que lo delate. Dividíos por los posibles caminos por donde pudo huir tras la agresión. Si alguien encuentra algo, que me llame enseguida. Mientras, nosotros iremos a tu despacho —dije a Ástor. Y empecé a andar sin comprobar si me seguía. Lo hizo.

—¿De verdad sospechas de mí? —preguntó conmocionado, y sentí cómo me clavaba una mirada tensa y expectante.

—Sospecho hasta de mi sombra, Ástor... No te ofendas.

—Me ofende bastante, pero bueno...

—¿Tú crees que ha sido Carla? —quise saber.

Ástor se encogió de hombros, apesadumbrado.

—Sinceramente, espero que no... Mi hermano está colado por ella. Pero la encontré sobre el cuerpo, manchada de sangre, con el trofeo al lado y la mirada perdida. Así que..., no lo sé, Keira.

—Si ha sido ella, la haré confesar. Tengo un plan.

Pero la ingenua de mí no sabía que algunos planes se tuercen y terminan en beso...

¡¿A quién se le ocurre encerrarse con un tío como él en una habitación tan pequeña, llena de superficies en las que poder arrinconarme?!

Nunca aprenderé.

 ástor

2
La lista negra

Viernes, 26 de septiembre
12.30 h.

—Necesito verla… —me suplica mi hermano con desesperación.

—Keira me dijo que esperásemos a que nos llamara para ir a comisaría, Héctor.

—¡Ya han pasado treinta y seis horas! Ástor, necesito ver a Carla… ¡ya!

No puedo seguir reteniendo a Héctor en casa. Su novia está imputada por asesinato y, por lo visto, sus padres armaron un buen jaleo al enterarse de que pasaría la noche en el calabozo. Pero todas las pruebas la señalan como presunta culpable.

—Está bien… Vamos, Héctor.

No quería ir porque esperaba no tener que volver a ver a Keira tan pronto después de lo que ocurrió anteayer en mi despacho.

Al parecer, soy gilipollas profundo.

Cuando vi a Sofía muerta en ese banco, una grieta llena de lava se abrió en el suelo amenazando con convertir mi mundo en un infierno.

La aprensión me quemó vivo. El terror de Carla, la reacción

de Charly, la reputación de la Universidad de Lerma… Y, sobre todo, lidiar con mi eterno complejo de culpabilidad.

Porque, sí, creía firmemente que Sofía estaba muerta por mi culpa.

Yo la rescaté de su antigua vida.

Yo la convencí para entrar en esta universidad.

Yo respaldé su campaña para postularse como el primer miembro femenino del KUN.

Y ahora está muerta… No hay más que decir.

Sin embargo, yo no había sido el artífice material. Y ya tenía una larga lista de sospechosos en la cabeza.

Para empezar, Sofi no caía muy bien a ciertas personas del KUN. Y eso que la mayoría de los miembros no se habían percatado del montaje del secuestro de la Kaissa… Decidimos no airearlo para mitigar los efectos. Hoy por hoy, el proceso judicial sigue en marcha con su imputación, pero si Sofía estaba en el punto de mira del KUN era porque me había presionado mucho para cambiar los estatutos internos y poder admitir por fin a mujeres. Sabía de sobra que a muchos no les entusiasmaba la idea.

Por otro lado, Héctor me había contado que estaba teniendo problemas en su idílica relación con Carla por culpa de Sofía… ¿Y si la discusión había llegado demasiado lejos entre ellas?

Por último, aunque no menos importante, no debía olvidar que una noche en el Dark Kiss, mientras Charly se morreaba con una chica con una violencia y unas ganas que llamaron mi atención, yo le había preguntado por Sofía.

—¿Ya no estáis juntos, Charly…?

—¿Por qué lo dices? —me contestó beodo.

—Porque te veía muy ilusionado con ella. Pensaba que habíais decidido ir más en serio… Y, de repente, te veo con otras.

—Siempre cuesta dejar atrás una relación abierta, es normal dar los últimos coletazos, Ástor —expuso echando balones fuera.

—Mmm…

Miró al frente y bebió con calma de su copa.

—Sofía está con Ulises… —confesó—. Sé que está con él esta noche.

—¿Cómo lo sabes?

—Porque rastreo su móvil con una aplicación de localización.

—Sois de lo que no hay... —Negué con la cabeza—. Vais de liberales, y luego sois los más celosos y controladores del mundo.

—Es al revés. Como no tenemos nada que ocultarnos, nos dejamos rastrear por el otro. Los dos nos concedimos permiso para hacerlo. Y lo usamos para darnos sorpresas y tener encuentros porno.

—¿Y por qué te molesta que Sofía dé esos últimos coletazos con Ulises?

—Porque no han contado conmigo... —admitió Charly con fastidio.

—Entiendo. —Sonreí.

—Podríamos estar los tres la mar de bien, pero Ulises pasa de mí.

—¿Tanto te gustaba? —le piqué.

—Tiene una buena polla. Keira la conoce muy bien...

Lo llamé «hijo de puta» y seguimos bebiendo tranquilamente.

En realidad, no sospechaba más de unos que de otros, pero Keira sí, y me lo dejó claro de camino a mi despacho.

—Lo que más me jode es que probablemente haya sido uno de vosotros... —masculló molesta.

Esas palabras me sacaron del trance bobalicón en el que me había sumido por tenerla tan cerca de nuevo.

Cuando apareció en el escenario del crimen lo hizo como un rayo de luz directo desde el cielo. Como cuando Rafiki enseña a Simba al resto de los animales y se crea un haz precioso que parte el viento y lo calienta todo. Me hizo sentir el puto rey otra vez...

Fue verla y esfumarse la eterna sensación glaciar de la que era víctima desde que Keira me dejó, incluso habiendo pasado uno de los veranos más calurosos que se recuerden. Y cuando reparé en que Ulises estaba a punto de cometer la locura de ver muerto a alguien a quien amas, me abalancé hacia él. Esas cosas no se olvidan.

Keira mantuvo una pose muy profesional durante el proceso,

mientras yo notaba que se me llenaba la boca de saliva, la entrepierna de sangre y el corazón de un anhelo enfermizo. Y eso con Sofía todavía de cuerpo presente. Fue una sensación demoledora.

Toda la situación fue demencial. Inverosímil. Ilógica… Incluso abrigaba la esperanza de que, en cualquier momento, Sofía se levantara gritando que era otro maldito montaje… Pero la cantidad de sangre que había en el suelo no dejaba lugar a la esperanza.

Dicen que el miedo a la muerte puede aumentar la libido. Que verla de cerca te hace sentir más vivo que nunca y desear reproducirte.

No sé si será verdad, porque para mí la muerte simplemente reordena tus prioridades y te recuerda que estás de paso en este mundo. Y, teniendo eso en cuenta, no sé cómo se me ocurrió meterme con Keira en mi despacho tratando de disimular lo mucho que nos había afectado que Sofía acabara de morir.

La miré incrédulo por acusarnos.

—¿Lo dices en serio? ¿Sospechas de uno de nosotros, Keira?

—Creo que sabéis más de lo que contáis, como siempre…

Me quedé apoyado en la puerta de mi despacho con las manos en los bolsillos después de cerrarla. Me parecía increíble tenerla tan a mi alcance después de lo mucho que había agonizado por ella. La había echado tanto de menos… Me había dolido tanto el pecho que a veces no entendía cómo seguía vivo.

En este tiempo, me he subido varias veces al coche con intención de ir a su casa, pero siempre terminaba llevándome de nuevo al interior de la mía, agarrado por los huevos.

Sentía un vacío insólito. E intentar llenarlo metiéndome entre las piernas de otras todavía lo acusaba más.

—Yo no he sido, te lo juro —declaré. Por si le cabía la puta duda.

—Eso espero, Ástor… —musitó distraída sin dejar de rebuscar en mi basura, en las estanterías y hasta en la maceta del rincón.

Que pronunciara mi nombre sin pensar me calentó la sangre. Siempre supe que Keira era una de esas personas por las que no pasa el tiempo. Esas con las que todo vuelve a ser como la última vez que las viste, aunque hayan pasado meses. Supongo que hay experiencias, miradas y besos que unen demasiado, que son eternos y nada puede destruirlos.

—Me jode que creas que he podido ser yo...

—¿Después de lo que Sofía te hizo hace seis meses? ¿Ya la has perdonado? Porque a mí me costó un mundo, Ástor, y lo tuyo fue mucho peor.

—Cometió un error... Pero todos tenemos derecho a una segunda oportunidad.

—Todos menos tú, ¿no?, que tienes que cumplir una condena eterna...

Me quedé sin habla. Pero Keira cambió de tema rápido, demostrando que lo único que le importaba era Sofía. No yo. A mí ya me daba por perdido.

—Háblame de cómo iba la cosa para hacerla el primer miembro femenino de los KUN... Seguro que te estaba volviendo loco.

—No creas... ¡Marchaba bien! Me presionó un poco para llevar a cabo una votación masiva y al final salió que sí. Tenía planeado cambiar los estatutos internos, aprovechando que este año se cumple el bicentenario del club.

—Bonita coincidencia... —repuso enigmática—. Necesitaré una lista con todos los que no apoyaron la candidatura de Sofía y votaron que no.

—Fue una votación anónima.

—Me da igual. Quiero esa lista, Ástor. Seguro que es un secreto a voces.

—De acuerdo, la confeccionaré. Dame tu e-mail. Ya no tengo tu móvil, ¿recuerdas?

—Mejor me la das en persona, así te ahorras tener que borrarlo después otra vez...

Al oír esa frase lacerante la atravesé con la mirada.

—Me dijiste que borrara tu número, Keira... ¿Acaso hice mal?

—En realidad, fue idea tuya. Y tampoco te costó nada borrarme de tu vida...

«¡¡¡¿CÓMO?!!!».

—Espera... ¿no era eso lo que querías? ¿Cortar por lo sano?

Que guardara silencio despertó algo en mi mundo. Una presencia. Empecé a oír unos golpes secos y contundentes que se acercaban a mí como si un jodido tiranosaurio rex viniera a devorarme vivo por volver a soñar con estar juntos.

Sin darme cuenta, me acerqué mucho a ella, rayado por lo que significaba ese silencio.

La vi observarme de reojo, temiendo mi nueva cercanía. No podía dejar de mirarla esperando una aclaración. Estaba tan guapa que dolía contemplarla, y su nerviosismo terminó de pulverizar mi paciencia.

Sumadle sus ojos paseándose sin permiso por mi cuerpo como si estuviera recordando lo que era capaz de hacerla sentir.

Notarla tan sensible a mí, con sus emociones tan bien atadas frente al resto del mundo, me dio un ápice de esperanza por el que luchar.

—¿Has pensado en mí, Kei…? —insistí acariciando su nombre—. Porque yo no he dejado de pensar en ti ni un solo día.

—¿En Ibiza tampoco? —replicó cortante.

—Apenas recuerdo haber estado allí. Estaba anestesiado.

—Xavier tenía razón… —dijo con inquina—. Te estás buscando la ruina, Ástor.

—Mi ruina fue enamorarme de ti.

La vi bajar la cabeza, apesadumbrada, y aproveché para acercarme todavía más a ella. Fue percibir su olor y recordar cien momentos. Esa mezcla entre el jabón que usaba y la fragancia que fabricaba su piel era mi perdición, y deseé que se quedara pegado a las paredes.

—¿No me has echado ni un poco de menos…? —pregunté con un tono tan herido y sincero que pareció desarmarla por completo.

Me miró como si fuera a llorar y quise abrazarla.

—Sofía está muerta… —musitó simplemente.

Como si eso significara algo crucial en nuestra historia. En el amor húmedo que dejamos secándose al sol con la esperanza de volver a ponérnoslo algún día. Como si justificara su estado de confusión emocional.

Y claro que lo hacía. Significaba que la vida era demasiado corta y que cada segundo que pasaba sin que nuestros labios se estuvieran tocando era un puto desperdicio de tiempo.

La empujé bruscamente hacia atrás para acorralarla contra una estantería.

—Keira, joder... —jadeé contra sus labios—. ¿Sabes cuánto he sufrido por ti?

Su aliento descontrolado me volvió loco, y que otorgara razón a mis palabras con su silencio me hizo atacar su boca con violencia sin poder remediarlo. Cuando nuestras lenguas se entrelazaron creí morir, porque una luz cegadora se apoderó de mí llevándome directamente al cielo. Aproveché para degustarla a fondo como tantas veces había deseado y no fui consciente de estar clavándole los dedos en la cintura para atraerla hacia mí con fuerza.

Me tragué el gemido que emitió cuando entendió mis intenciones de querer ir más allá y se separó de mí al instante.

—¡Ástor, para! No podemos...

Perder el contacto con su piel supuso un jarro de agua fría sobre una hojarasca que estaba a punto de prender con fuerza de nuevo.

—Perdóname... —dije cerrando los ojos, afligido—. Lo de Sofía me tiene descolocado. No entiendo nada... Y a Héctor le dará algo cuando se entere de que Carla está detenida. Estoy postergando el momento de llamarlo porque me temo que será brutal.

—Tranquilo... Voy a resolver esto —sentenció convencida—, pero no puedo tenerte cerca mientras lo hago... Entiéndelo, por favor.

—Ya lo sé... De verdad. No volverá a pasar. Pero te pido que no me mantengas al margen. ¿Me das tu número para estar en contacto?

Me miró como si acabara de pedirle matrimonio. Como si de su respuesta dependieran todos nuestros futuros orgasmos.

—Apúntalo. —Lo cantó, y lo anoté en mi móvil—. Hoy no vamos a saber nada, Ástor. Una muerte así acarrea mucho papeleo... Redactar el informe pericial, autopsia, interrogar a Carla a fondo, registrar el teléfono de Sofía... Hoy, descansad. Cuando sepa algo, te escribiré.

—De acuerdo... Y ya me dirás qué encuentras por el campus.

Es buena idea lo de mirar en todas las papeleras. Quienquiera que fuera tuvo que deshacerse de los guantes para no levantar sospechas al escapar…, porque supongo que se cruzaría con alguien.

—Sí, pero no quiero mentirte, Ástor, lo de Carla pinta mal… Si no encuentro evidencias que avalen que ella no ha sido, la procesarán. Y no me gustaría… Pero no va a ser fácil demostrar que la han incriminado.

Aprieto los puños esforzándome por no abrazarla.

—Gracias, Keira… Desde ya. Te prometo que te dejaré espacio para que puedas hacer tu trabajo.

El problema es que me miró como si no deseara ese espacio. Al contrario. Sus ojos traslucían el deseo de tenerme más cerca todavía. Prácticamente dentro, joder… Hay que ver lo mal que se nos daba disimular esa querencia.

Hice un esfuerzo titánico por apartar la mirada de su cara y salimos de mi despacho poco después.

Héctor y yo nos plantamos en comisaría y pedimos ver a la detenida Carla Suárez. Ser testigo de cómo se abrazan me rompe el corazón. Ver tan feliz a mi hermano con ella los últimos meses ha sido lo único bueno de mi vida. La sonrisa de su cara estaba consiguiendo que me desprendiera de mi culpabilidad poco a poco, pero ahora…

—¡Alguien me ha tendido una trampa! —exclama Carla, asustada.

—Lo sé, cariño… No te preocupes, descubrirán la verdad y saldrás de aquí —le asegura Héctor confiando plenamente en ella.

—¡¿Cómo pueden creer que he sido yo…?! —solloza afligida.

—Estabas llena de sangre y era tu trofeo, Carla —expongo sin pensar. Y me siento fatal porque fui yo el que informó a la policía de que el trofeo era de ella—. Además, cuando te preguntaron, les dijiste que habíais quedado para hacer las paces porque estabais enfadadas… ¡Les diste el móvil, Carla!

—¡Era la verdad, pero yo nunca le haría daño! Y no me jodas, mis celos estaban más que justificados. Sofía y Charly estaban pasando por un bache y ella empezó a tontear con Héctor para darle celos. ¡Y yo tenía miedo de que se enamorara de ella! —explica atormentada—. Pero prácticamente lo habíamos solucionado. Esa misma mañana me dijo por mensaje de voz que tenía algo muy importante que contarme ¡y estaba contenta! ¡Que lo escuchen y sabrán que no miento!

—¿Sofía mencionó con qué estaba relacionado lo que tenía que contarte? —pregunta Héctor, ansioso.

—No, solo que se trataba de un cotilleo muy jugoso y que era la información definitiva para abrirle las puertas en la vida.

Héctor y yo nos miramos extrañados. ¿Qué coño podría ser?

—¿Cuánto tiempo voy a quedarme aquí? —pregunta aprensiva—. ¡Esta noche ha sido horrible! ¡Yo no debería estar en este lugar, Héctor...!

Mi hermano vuelve a abrazarla con amargura, y me pongo enfermo.

—Yo no he sido, Ástor... —Me mira, sincera—. Ha tenido que ser alguien del KUN.

—Esa es una acusación muy seria, Carla...

—¡¿Y esto qué es?! ¡Estoy detenida! ¡Me robaron las llaves! ¡Han entrado en mi casa y cogido mi trofeo para incriminarme!

—Me cago en todo —se lamenta Héctor—. Ahora que por fin nos iban bien las cosas...

Carla llora pegada a su cuello y no puedo evitar morderme los labios con desazón. Es imposible que haya sido ella... ¿Tiene siquiera la fuerza necesaria para propinar un golpe mortal a alguien?

«Mierda...».

—No te preocupes, Carla —intento tranquilizarla—. Keira te ayudará.

—El que va a ayudarla soy yo.

Nos volvemos hacia una voz cargada de petulancia.

—Mateo Ortiz, abogado —se presenta—. Y ustedes no deberían estar aquí...

—Es mi novia —aclara Héctor con brusquedad.

—Ahora mismo solo puedes confiar en mí, Carla —le dice a

ella ignorándonos. Mis cejas se arquean sorprendidas—. Y mucho menos, confiaría en Ástor de Lerma.

Cambiando a «modo alucinar».

—Disculpe…, ¿nos conocemos?

—¿Quién no le conoce a usted? —Sonríe con falso peloteo el abogado.

—¿En qué se basa para decir a su clienta que no confíe en mí?

—¡¿Que en qué me baso?! —repite divertido—. ¡Su vida es material para películas de serie B, señor De Lerma…! Está salpicada de muertes inexplicables, ¿me equivoco?

—¿Perdón? —pregunté anonadado.

—La última, Sofía Hernández, una chica que rescató del Dark Kiss para que cayera directamente en la boca del club KUN…

—¡¿Cómo se atreve?! —gruño poniéndome de pie, al dejar al descubierto mis mayores temores.

Su respuesta es sonreír. Y me permito el lujo de imaginarlo con los dientes rotos, tirando por tierra la imagen de chico bien parecido, con traje caro y un maletín de Hermès en la mano.

—Carla —se dirige a ella—, tus padres me han contratado para defenderte. Para mí es evidente que alguien quiere endosarte esta muerte y te aconsejo que no te fíes de nadie.

—De mí puede fiarse —sentencia Héctor apretando los dientes.

—Sí, bueno… «Dime con quién andas y te diré quién eres» —enuncia desabrido—. A no ser que no sepas con quién andas… Perdón por lo de «andar». —Levanta la mano a modo de disculpa.

—¿De qué coño vas? —digo acercándome a él, dispuesto a matarlo.

—Buena idea. Atacarme en una comisaría…

Estoy rojo de ira. Ojalá fuera una persona que supiera controlarse cuando lo provocan. Odio ser así, estoy trabajando en ello, pero si se meten con los míos, no respondo.

—Ástor… —me frena Carla—. Será mejor que tú y Héctor os marchéis.

—Sí. Mejor para tu abogado… —amenazo mirándole con desprecio.

Espero a que mi hermano bese a su chica tiernamente, y terminan juntando sus frentes.

—Te quiero.

—Te quiero... —responde ella con pena.

A Héctor no le gusta que empuje su silla, pero sé captar cuándo lo necesita. Y esta es una de esas ocasiones. Porque el esfuerzo de alejarse de Carla sería demasiado grande, y se lo ahorro.

Salgo de allí queriendo saber quién es Mateo Ortiz.

¿Qué mi vida «está salpicada de muertes inexplicables», dice?

¡Qué cojones sabrá él!

Dios... ¿Qué sabe exactamente?

keira

3
Descansa en paz

Viernes, 26 de septiembre
12.35 h.

Salimos de la morgue hechos mierda. Perdón por la expresión…
Podría haber elegido otra más elegante: «cabizbajos», «conster-
nados», «tristes»… Pero ninguna se acerca a cómo nos sentimos
de verdad. Esto es una verdadera mierda.

Como me temía, durante la autopsia de ayer no hallaron indicios de ningún tipo en el cuerpo de Sofía. Fue una muerte rápida. Sin pelea. Sin ADN bajo las uñas. Nada.

El forense nos ha comentado que los padres de Sofía vinieron
a verla sobre las nueve de la noche para identificar el cadáver. Y se
fueron tres minutos después, sin derramar ni una lágrima, sosteniendo un sobre en las manos que contenía su certificado de defunción.

En vista de que no hay nada relevante a nivel físico, les han
dado permiso para enterrarla esta misma tarde en el cementerio
de Atienza, un peculiar pueblecito de Castilla-La Mancha.

—Voy a ir —decide Ulises.

—¿Adónde?

—Al entierro. Anoche lo estuve hablando con Charly.

Estoy a punto decir: «¿En serio?», pero claro… ¡ambos eran
sus «novios»!

—Te acompañaré. No quiero que conduzcas. Y Charly tampoco debería conducir.

—Desde luego... Se iría directo contra un quitamiedos. Me dijo que Ástor lo llevaría... Puedo ir con ellos, Kei, no hace falta que vengas...

Me quedo callada. No me apetece ver a Ástor, y menos después del fatídico morreo de ayer en su despacho. Fue como meterme un chute de heroína en pleno síndrome de abstinencia. Pero...

—Iré, de todos modos —decido, y Ulises me mira extrañado—. ¿Qué pasa? Sofía era mi amiga. Hace tres semanas fui al cine con ella. Se compró unas palomitas dulces y durante toda la película estuvo haciendo muchísimo ruido al masticar.

Sonrío con tristeza, pero Ulises no se une a mí. Su boca no fabrica sonrisas, ni con tristeza ni sin ella. Está totalmente bloqueado a nivel emocional, y nunca sé qué hacer en momentos así.

De la morgue nos vamos directos a casa de Sofía. Ayer por la tarde los de la científica registraron su vivienda buscando indicios, pero les dije que no tocaran nada. He de revisarla con calma, por si dejó alguna anotación en alguna parte o alguna pista. Pienso hurgar hasta en la basura.

Después de una hora en su piso, no encontramos nada. Tampoco en la habitación de Carla, donde el hueco que hay ahora en su estantería es cómplice de la barbarie.

—Lo que más pistas va a proporcionarnos es su teléfono —señala Ulises—. Haré una llamada para saber si hoy lo tendrán jaqueado ya.

Su desgarrada voz trasluce lo afectado que está. La visita a casa de Sofía ha sido devastadora, y volvemos a comisaría cabizbajos y callados, ahora sí.

En cuanto entramos por la puerta, identifico una silueta única como si tuviera un maldito radar para duques. Ástor está de pie, con las manos en los bolsillos y su clásica expresión seria y taciturna.

Se me seca la boca al repasar su porte. A pesar de todo, está mejor que nunca.

40

Lleva un pantalón blanco, un polo azul marino con ribetes blancos y unas gafas de sol colgando del ojal de un botón abierto. Está tan rompedor que no reacciono. Noto cómo se produce una pequeña grieta en mi convicción de que no iba a suponerme un problema volver a verlo.

Héctor nos localiza al acercarnos a ellos.

—Hola… —saluda triste.

Los ojos de Ástor me atrapan de una forma desquiciante. Como si me estuviera pidiendo perdón por acosarme. Ulises lo saluda con el mismo tono lúgubre mientras me agacho para abrazar a Héctor.

—Lo siento mucho… —digo en su hombro. Luego me separo de él.

—Carla no ha sido —me asegura Héctor—. ¿Qué vamos a hacer?

—Tú no puedes hacer nada, solo tener paciencia.

—Pero… ¡debéis hacer algo para ayudarla!

—Héctor… —lo reprende Ástor—. Confía en Keira y déjala hacer su trabajo, ¿vale?

Nos miramos como si ocultásemos algo. ¿Lo hacemos? Claro que sí.

—Los padres de Carla han contratado a un abogado que se supone que es muy bueno —comenta Héctor a regañadientes—. Pero es un imbécil, ¡acaba de echarnos de la sala! ¿Puede hacer eso? ¡Ha dicho a Carla que no se fíe de nosotros!

—Sobre todo de mí —apunta Ástor, jocoso.

—¿Por qué? —pregunto interesada.

—Y yo qué sé, Keira.

A mí se me ocurren tantos motivos… Pero me callo.

—¿Has podido hablar con Carla? —me pregunta Héctor, interesado.

—No. Ayer por la tarde no nos dejaron interrogarla porque su abogado no pudo venir. Además, ella no estaba en condiciones.

—Está muy asustada —lamenta Héctor—. ¿Qué es lo peor que podría pasarle? ¿Qué condena le caería si no encontráis al verdadero culpable?

—De quince a veinticinco años —responde Ulises con sequedad.

—¡¿Cómo...?! —La sorpresa raja por la mitad la cara de Héctor.

Ástor mira angustiado a su hermano y luego a mí pidiéndome auxilio.

—En su caso, lo más probable es que sean quince años sin agravantes —musita Ulises—. Y por buena conducta, en diez años estará fuera. Puede que ocho, si presentáis un recurso... Pero Sofía seguirá muerta.

Todos miramos a Ulises apenados, y él se cruza de brazos y baja la vista, enfatizando que no está de acuerdo con esa injusticia.

—Carla no lo hizo, Ulises, estoy seguro... —recalca su novio.

Mi compañero sonríe con ironía.

—Si supieras la cantidad de veces que hemos oído frases así... «Mi marido, imposible». «Mi hijo es incapaz de matar a nadie». «Ella no quería hacerlo...». Pero la verdad, Héctor, es que nunca llegamos a conocer del todo a los demás. Somos animales muy capaces de hacer cualquier cosa por supervivencia. No lo olvidéis: la única diferencia entre un loco y un cuerdo es que el cuerdo sabe disimularlo muy bien.

Todos volvemos a mirarnos unos a otros. Es obvio que Ulises debería estar de baja y no al frente de este caso que le toca tan de cerca, pero Gómez espera que podamos trincar a alguien del KUN con un asesinato. Y como no está al corriente de nuestra vida sentimental, no es consciente del problema. Pero contárselo tampoco serviría de nada. Las licencias que existen en las comisarías a nivel interdepartamental son ilimitadas... Por no hablar de que Ulises es el niño bonito de Gómez; le dejará hacer lo que quiera a la voz de: «Es decisión mía», por mucho que los demás opinemos que nadie en su situación aguantaría algo similar. Se lo insinué de camino al depósito y me miró con expresión amenazadora.

—¿Y si Carla no lo hizo? —insiste Héctor—. ¿Has pensado en lo injusto que sería para ella? Yo también estoy muy tocado por lo que le ha pasado a Sofía, ¡era una gran chica! Alguien le ha arrebatado la vida y pretende arrebatársela también a mi no-via encerrándola durante años. ¡Esto es una venganza dos por uno por la que ambas liaron el curso pasado…! ¡Lo veo clarísimo! Y no podemos permitirlo, Keira.

—Haremos todo lo posible —insisto para tratar de apaciguarlo.

—Héctor, ¿dónde estabas tú ayer por la tarde? —le pregunta Ulises a bocajarro, volviendo la situación todavía más incómoda.

—En mi puñetera casa, durmiendo la siesta —contesta feroz. Y el brillo de sus ojos revela lo dolido que está por no haber podido proteger a ninguna de las dos—. No voy a ir al entierro. Habrá mucha gente que piense que lo hizo Carla y no quiero violentar a su familia… Es mejor que no me vean allí.

—Charly me ha dicho que te vienes con nosotros —comenta Ástor a Ulises.

—No, al final me lleva Keira.

Ástor me mira fijamente con sus potentes ojos azules provocándome un escalofrío. Alguien debería arrancárselos y llevarlos a un museo.

—¿Queréis ir en dos coches? —pregunta, confuso—. No hace falta… Venid con nosotros.

¿Dos horas de ida y dos de vuelta aspirando su aroma? No, gracias.

—Tranquilo… No queremos molestar.

—No es molestia —insiste—. Y viajaréis más cómodos en mi Land Rover. A no ser que no os fieis de mi conducción, claro… Lo comprendería perfectamente.

Abro los ojos, anonadada. ¡La madre que lo parió!

—¡Claro que nos fiamos de ti! —suelto rápido. Demasiado rápido, me temo—. Está bien…, iremos juntos.

—Perfecto. Os recojo en tu casa a las tres y media, Keira, ¿de acuerdo?

—Vale… —digo azorada.

«¡¡¡Mierda!!!».

—Hasta luego —musita Ástor empujando la silla de su hermano.

Me los quedo mirando sin poder evitarlo. No me perdonaría

a mí misma dejar pasar la oportunidad de ver ese culo sin que lo tape una chaqueta larga. Además de las manos, me gustan los culos… ¡Que alguien me compre, que estoy en oferta!

¿Soy yo o ahora Ástor viste más *sport* y menos *palometido-porelculo*?

—Admiro las dotes de manipulación del duque —mascula Ulises.

—¿Qué…? ¿Qué dotes?

—Olvídalo —dice poniendo los ojos en blanco—. Vamos a ver a Carla.

Nos avisan de que nos está esperando en la sala de interrogatorios. En cuanto accedo a la antesala previa, advierto a través del cristal que hay un hombre de espaldas dándole indicaciones firmes. También tiene un buen culo, todo hay que decirlo. Pero Carla parece compungida mientras lo escucha.

—Joder… ¿Sabes quién es ese, Kei? —comenta Ulises, cotilla.

—No. ¿Quién?

—Mateo Ortiz, el célebre abogado de los ricos y famosos.

—Ay…, ¡otra vez no! —gimo con fastidio—. No soporto a ese tío.

—Es bueno en lo suyo.

—¡Pero está loco! No tiene ni pizca de sentido común…

—¿Qué hace aquí? Está acostumbrado a ganar, y con este caso tiene las de perder… Todas las pruebas apuntan a Carla.

—¿De verdad crees que ha sido ella, Ulises?

—A estas alturas, no sé qué creer… Pero ya nos engañó una vez, Kei. Es lo único que sé de ella. Y que últimamente hacía sufrir a Sofía por culpa de que a su novio se le iban demasiado los ojos.

—¿Y si es inocente?

—Nadie es tan inocente como aparenta serlo Carla.

—Hablas como Charly. ¿Y si fue él? ¿Y si le sentó como un tiro lo tuyo con Sofía y la mató…?

—No lo creo. Lo resolvieron, y al final fue él quien se llevó el gato al agua, no yo.

—¿Y si Sofía no te olvidaba y pronunció tu nombre durante un polvo con Charly? Quizá le cabreó y estudió cómo matarla.

—Se te está yendo la olla, ¿eh? Charly tiene coartada. Yo mismo vi los vídeos. Estuvo jugando al squash casi una hora.

—Pudo encargarlo.

—No sé... Si algo tengo claro es que quería a Sofía, de eso estoy segurísimo. Yo nunca fui una amenaza real para él... —musita dolido.

Aun así, no suena muy convencido. Creo que duda de todo y de todos.

—Tenemos que averiguar qué secreto descubrió Sofía —dilucida finalmente—. Esa es la clave.

—Pues pongámonos a ello. —Le acaricio el hombro—. Y esa piraña puede ayudarnos. —Señalo a Mateo Ortiz con la mirada—. Todavía flipo de que salvara a ese cantante acusado de forzar a una menor. ¡Era un caso muy claro!

Entramos en la sala de interrogatorios, y Mateo se vuelve hacia nosotros.

—¡Hombre...! ¡Pero si son el dúo Ibáñez y Goikoetxea! —exclama teatral—. Te han tocado los mejores sabuesos, chica... Igual tienes suerte y te libras y todo —dice a Carla guiñándole un ojo.

Pongo los míos en blanco. «Ya empezamos con sus tonterías...».

—Hola, Mateo —saludo aburrida—. Ya podías haber venido ayer.

—No, no podía. Tenía que cuidar de mi sobrino de un año. Pero te aseguro que habría preferido estar aquí, le están saliendo los dientes... Bueno, ponedme al día.

—Ya tienes el informe —mascula Ulises, arisco—. ¿No sabes leer?

—Sí, pero quiero saber de quién sospecháis vosotros.

—De todo el mundo —sentencio con firmeza.

—Yo sospecho de ella —dice Ulises, tajante, señalando a Carla. Y sé que es una de sus clásicas tretas para ponerla nerviosa y hacerla saltar.

—¡¿De mí?! —grita pasmada—. Pero ¡¿por qué?!

—Sofía me contó muchas cosas sobre ti... —continúa Ulises—. Me consta que no eres el angelito que todo el mundo cree...

—¡A mí también me contaba muchas cosas de ti!

—Alto... ¿Os conocéis? —pregunta Mateo, confuso.

—En realidad, no —niega Ulises, agresivo—. Te juro que no había hablado con ella en mi vida.

—¡¿Qué?! ¡Nos conocimos hace seis meses! ¡Hemos estado juntos en la misma habitación! ¡Con Keira sí hablé mucho! —expone Carla.

No me gusta por donde va esto, así que aclaro:

—Lo cierto es que solo he hablado contigo una vez, Carla... Cuando confesaste ser una mentirosa y una manipuladora, junto con Sofía.

—¡Exacto, joder! ¡Dije la verdad! ¡Y ahora te digo que yo no he sido! ¿Vais a dejar suelto a un asesino?

—¿Tú quién crees que lo hizo? —pregunta Mateo a Carla.

—¡¡¡No tengo ni idea!!! —grita alterada.

—Si no te calmas, en el juicio todo el mundo pensará que estás loca de remate, preciosa... —apunta su abogado, indiferente—. A veces es mejor confesar. Decir que estás arrepentida, que se te fue la mano y que quieres tanto a tu novio que, claro... Un error lo tiene cualquiera.

Ulises se lanza contra él sin llegar a tocarlo y le habla pegado a su cara.

—Lo de Sofía no ha sido un puto error... Era una persona, y ya no está.

—¡Joder, tío...! ¡Me has escupido! —maldice Mateo limpiándose la cara.

—Ten mucho cuidado con lo que dices, abogado, esto es muy serio.

—Hoy la testosterona está que arde por aquí —responde—. Keira, ¿no estarás ovulando?

Me pellizco el puente de la nariz y niego con la cabeza. Este tío es incorregible.

Reconozco que parece inverosímil que exista gente así, pero juro que la hay. Está delante de mis ojos para decir siempre lo más inapropiado. Es como el doctor House tocapelotas de la abogacía. Alguien sin nada que perder e igual de bueno defendiendo a sus clientes que el famoso médico curándolos.

—Ulises y Sofía estaban liados —se chiva Carla entonces.

—¡Ah, vale! Eso explica muchas cosas… —Mateo abre una libreta.

—Si se sabe, nos apartarán del caso —le advierto—. ¿Quieres eso?

—Para nada. Juntos formamos mucho mejor equipo, pero… ¿con quién más estaba liada la víctima? Eso es lo único que importa.

—Con su novio, Charly —añade Ulises a regañadientes.

Mateo presiona un boli para activarlo y anota algo.

—Bien. ¿Con quién más?

—¿Te parece poco? —pregunta Ulises, incrédulo—. Tenía novio y aparte se acostaba conmigo…

—¿Tan ingenuo eres? Donde caben dos, caben tres… ¡o más!

Ulises y yo nos miramos pensando: «Ay, madre…».

—¿Sabéis de dónde sacaba el dinero Sofía? Porque iba de rica, pero no lo era —señala Mateo—. Anoche investigué sus redes sociales e indagué un poco en su vida.

Levanto una ceja, sorprendida.

Es inmaduro e insoportable, pero el muy idiota hace los deberes.

—Tenía una beca de estudios —informa Ulises.

—Sí, pero yo hablo de su estilo de vida. Vivir donde lo hacía, llevar la ropa que llevaba… Todo eso hay que pagarlo, y sus padres no tienen dinero. ¿De dónde lo sacaba?

—Sofía era una Sugar Baby muy cotizada —expone Carla—. Ganaba mucho dinero teniendo citas con hombres muy poderosos. Los acompañaba a eventos, a cenar… Quedaban a través de la web SugarLite. Se descargó la aplicación en el móvil. Cuando lo desbloqueéis podréis acceder a todos sus chats… ¡Igual ha sido uno de ellos!

Ulises se muerde los labios con fuerza demostrando que tiene más ganas que nadie de revisar ese teléfono y dar con el culpable.

—¿Tenía sexo con ellos? —pregunta mi compañero, vulnerable.

—Con la gran mayoría, no —asegura Carla—. Sofía se movía en círculos muy exclusivos; lo que más le gustaba era conocer a hombres interesantes que pudieran impulsar su carrera. Y ellos buscaban en ella algo más que un físico.

—¿Cómo qué? —pregunta Mateo, interesado.

—Buena conversación, simpatía, saber estar... Un valor añadido. Y Sofía lo era... —Carla rompe a llorar—. No había otra como ella... ¡Yo la admiraba mucho! Era sexy, ingeniosa y divertida.

—Rebaja un poco el nivel de psicopatía —le recomienda su abogado de nuevo—. O el jurado pensará que querías comértela viva...

—¿Esto te hace puta gracia? —pregunta Ulises, cabreado—. Todavía no la hemos enterrado, ¿sabes?

Mateo abre las manos con inocencia.

—¡No era una gracia! ¡Solo intento ayudar a mi cliente! Y es mejor que no se ponga tan intensita en el juicio... Eso refuerza el homicidio por envidia o admiración. Porque son sinónimos, aunque la gente se empeñe en diferenciarlos.

Odio admitirlo, pero Mateo puede sernos de gran ayuda. Es listo y no tiene pelos en la lengua. No sé si juega al ajedrez, pero de hacerlo seguro que sería agresivo y directo. Ataca sin contemplaciones. Y es justo lo que necesitamos ahora mismo, dada nuestra funesta implicación emocional con los sospechosos.

Hablamos durante largo rato sobre los celos que hubo entre Sofía y Carla, y esta última nos cuenta que ya habían hecho las paces y que habían quedado ese mismo día para hablar largo y tendido sobre ello.

—¡Ya estábamos bien! Me mandó un mensaje de voz diciendo que tenía un cotilleo muy jugoso que contarme. ¡Comprobadlo en mi móvil!

—Sofía era la reina cotilla del Dark Kiss —explica entonces Mateo—. ¿Lo conocéis? He aceptado este caso precisamente porque la víctima trabajó allí...

—¿Qué relevancia tiene eso? —pregunto interesada—. ¿Crees que el Dark Kiss tiene algo que ver con su muerte?

—Es muy probable. El mundo de la jet set es muy pequeño, y todos los que están mal de la cabeza terminan en ese club.

Ulises y yo nos miramos. ¿Hemos entablado amistad con unos locos y desarrollado sentimientos por ellos?

La respuesta de mi compañero es sonreír burlón.

—Suenas como alguien que va a misa los domingos, Mateo. El Dark Kiss es solo un club experimental.

—Y una mierda. En vez de Dark Kiss, deberían haberlo llamado Dark Hole, porque ese tugurio es un maldito agujero negro por el que muchas chicas desaparecen... para luego aparecer muertas misteriosamente.

Su última frase me deja petrificada. «¿Qué coño...?».

De pronto recuerdo la fijación que Sofía tenía con las desapariciones pactadas (o no) de chicas, algo que también me comentó Saúl en nuestra cita. Pero Ástor estaba en lo cierto: en cuanto tiré un poco de ese hilo me encontré con un muro de piedra y varias contestaciones de chicas implicadas del tipo: «No se meta en mi vida».

En España desaparecen unas sesenta personas al día, rondando las veinte mil al año, y el noventa por ciento de esos casos se resuelven al cabo de entre tres y quince días como una «ausencia voluntaria». Más de la mitad de esas chicas tienen entre trece y dieciocho años, y su «ausencia» se considera un berrinche.

—¿Han aparecido chicas muertas que trabajaban en el Dark Kiss? —pregunto inquieta.

—Sí. Y todas en extrañas circunstancias... Sofía es la última.

—¿Crees que puede guardar relación? —pregunto a Ulises.

Pero Mateo se adelanta a su respuesta:

—Hace tiempo que todos los caminos turbios conducen al Dark Kiss. Se maneja mucha información en sus camas. Algunos se pasan de fiesta, se les va la mano y la lengua, y luego consiguen taparlo por ser quienes son...

Y con esa premisa que abre una nueva línea de investigación nos vamos a comer y a prepararnos para el viaje a Atienza.

No me gusta que haya tantas variables para dar con el culpable. ¿Ha sido alguien del KUN? ¿Del Dark Kiss? ¿De la web de citas? O puede que sea alguien vinculado a esos tres sitios a la vez.

Vale... ¡¿Por qué al final todas mis sospechas conducen a Ástor?!

«¿Y por qué nunca quieres creer que ha sido él?», me reprendo a mí misma.

No sé qué pensar, pero la palabra «venganza» brilla con luces de neón parpadeantes sobre este asesinato.

¿Qué clase de pieza de ajedrez era Sofía? Es complicado analizarla, porque en realidad parecía representar todas a la vez. Sabía ser sigilosa como un alfil, en otros ámbitos era la reina y conmigo era una torre sólida de principios férreos... Sin embargo, en el fondo, en lo más profundo de su ser, siempre se sintió un peón. Indispensable para el juego, la propia alma del tablero, pero algo sacrificable sin más para muchos.

Claro que Sofía era un peón... El peón es una pieza que puede convertirse en cualquier cosa si llega a lo más alto. Puede incluso hacerse más poderoso que el mismísimo rey. Y empiezo a pensar que el comportamiento psicótico de Sofía en el pasado no era más que las ínfulas de grandeza de un peón al que en su día alguien dio la espalda.

No vale la pena revisar ningún teléfono. El móvil de Sofía nos dirá todo lo que necesitamos saber. De momento, estamos en blanco.

No alcanzo a entender la mala decisión que ha sido meterme en un coche con Ástor hasta que huelo su colonia al saludarlo. ¡Maldito país que obliga a rozar mejilla con mejilla cada vez que ves a un simple conocido! Tengo la sensación de que existe un límite de tiempo para soportar este aroma sin tener la vergonzosa necesidad de ponerle los labios encima.

—Siéntate delante —me ofrece Charly.

—¿Qué...? No, por favor, hazlo tú. —Y ha sonado a súplica.

—Insisto. Quiero que vayas cómoda.

«¡Y yo quería tener a Ástor lo más lejos posible!», grito internamente.

Maldigo entre dientes... y cedo.

Tenía planeado sentarme atrás, en el lado opuesto al de Ástor para poder observarlo todo lo que quisiera sin que se diera cuenta. Culpable.

El tío está impresionante hasta de funeral. Lleva un traje negro y mi camisa blanca favorita desabrochada. Yo voy con una de las prendas que compramos en la boutique de Mireia: un mono entero negro, con una chaqueta por encima. Creo que ha recordado que una vez me lo quitó con los dientes, porque lo mira mucho.

Ponemos rumbo a Atienza y suspiro profundamente. Había olvidado lo cachonda que me pone verlo conducir...

«Joder... Borra eso, Keira». «Mira la carretera. Respira. Exhala. Piensa. Existe. Disimula lo loca que te vuelve... ¡Vamos a un maldito entierro!».

—¿Y tú cómo estás, Ulises? —pregunta Ástor a mi compañero cuando por fin cogemos la desviación de la autopista—. Tienes unas ojeras terribles...

—Sigo en *shock* —admite el aludido—. Y no entiendo por qué vosotros no. No se me va de la cabeza que alguien ha matado a Sofía. No puedo dormir. Ni comer. Ni hacer nada...

—Pero... ¿estás tomando algo para soportarlo? —pregunta Charly.

—¿Como qué? ¿Drogas...?

—¡Qué coño, drogas! ¡Ansiolíticos!

—No. No estoy tomando nada.

—Madre mía... —murmura Ástor, alucinado.

—Yo no podría resistirlo de no estar recurriendo a fármacos —confiesa Charly, y le muestra el frasco de pastillas al que se aferra con aprensión.

—Pues deberíais poder hacerlo sin necesidad de eso —opino severa.

Creo que mucha gente abusa de ciertas medicinas. Por cierto, ayer me alarmó que Ástor dijera que apenas recordaba haber estado en Ibiza. Alucino.

—Hay cosas que duelen demasiado para superarlas sin química —responde Ástor, cortante.

Le sostengo la mirada. «¿Se refiere a mí?».

Él la aparta a regañadientes para evitar tener un accidente.

—Amén, hermano —apostilla Charly ajustándose las gafas de sol—. Hazme caso, tío... —se dirige a Ulises ofreciéndole el frasco—, y coge una.

—¿Quieres que te recuerde lo que pasó la última vez que me diste una pastillita? —le suelta Ulises de pronto.

—¿Que fue la mejor noche de tu vida? —replica Charly chulito.

Ástor y yo nos miramos de reojo intentando contener una sonrisa que pugna por abrirse paso en nuestros labios. Todos recordamos perfectamente esa primera noche en el Dark Kiss...

No lo veo, pero puedo sentir la intensidad con la que Ulises está mirando a Charly. Y sé que también lo echaba de menos, porque en sus momentos más bajos no solo hablaba de Sofía, sino también de él. Echaba de menos a los dos.

De pronto, veo que Ástor toquetea el equipo de música.

Trago saliva cuando empieza a sonar «Sin ti no soy nada» de Amaral...

¡Lo que faltaba! Mensajes subliminales. Y le siguen «Te necesito» y «Moriría por vos».

Se ajustan tanto a lo que siento por él que ya no sé ni en qué postura ponerme.

—¿Qué cojones te ha dado con Amaral? —se queja Charly al rato—. ¿Quieres terminar de matarnos o qué?

—A Keira le gusta mucho —responde Ulises por él.

—Amaral es un hito que nos marcó a todos —me defiendo.

—Habla por ti... —resopla Charly.

—Mentira. —Me vuelvo hacia atrás, belicosa—. Amaral es historia viva de la música española. Sus temas ya son clásicos... Y son increíbles.

—Cuando Keira pone esa mirada, solo queda agachar la cabeza —le recomienda Ulises con sorna—. No parará hasta que te avergüences de ti mismo y te haga llorar.

—Me encanta eso de ella... —musita Ástor sin pensar.

El coche se queda en silencio y el rubor cubre mis mejillas. «¡Dios...!».

—Te voy a poner una, Charly —digo decidida, haciendo honor a la acusación de Ulises—. Y quiero que todos cantéis el estribillo, porque os la sabéis, aunque no seáis conscientes de ello. Las buenas canciones son las que te calan muy hondo sin darte cuenta. Y si la cantáis mentalmente también contará como que tengo razón —digo pizpireta.

Oigo un ligero resoplido de risa por parte de Ulises y me doy por satisfecha. Es un buen comienzo. Para eso he venido a este viaje. Para que no olvide que aún me tiene a mí.

—Esta canción es un canto a salir adelante y a sentirse libre para hacer lo que te dé la gana...

—Ponla de una vez —me azuza Charly.

Empieza a sonar el inicio de «El universo sobre mí» y comienza la magia.

Esta canción siempre me ha parecido un homenaje al hecho de vivir como tú quieras y no como te digan los demás. Nunca me falla si necesito fuerza y esperanza.

Cuando va a llegar el estribillo les pregunto si están listos, y no es una sorpresa que los cuatro nos la sepamos.

Al terminar pido a Ástor que ponga la música que le guste a él. Quiero saber cuál es su favorita. Y para mi sorpresa empieza a sonar «Yellow» de Coldplay.

No me lo puedo creer... ¡Coldplay es uno de mis grandes amores musicales! De esos que nunca superas. Estoy a punto de volverme loca cuando caigo en lo mucho que le pega. Es tan nostálgica como él.

Me mira. Le miro... «¿Por qué siento esto, Dios mío?».

—Para mí, la música de Coldplay es épica —me explica con la vista al frente—. Cuando escucho sus canciones es como si el tiempo se detuviera y no existiese un antes y un después. Transmiten como nadie la mejor sensación del mundo...

—¿Cuál?

—La de mantener la esperanza hasta el último momento, a pesar de todo.

No puedo ni tragar saliva. Tengo la piel de gallina.

Reparo en que Ulises se coloca las gafas de sol y entiendo que es para que no le veamos llorar. Acto seguido, oigo el tintineo del frasco de pastillas de Charly saliendo de su bolsillo. Lo abre y él mismo mete una en la boca a Ulises, quien, en su estupor, no la rechaza. Luego le pasa una botella de agua para ayudarlo a tragársela. La verdad es que igual no le viene mal, teniendo en cuenta la que nos espera al llegar. Ver desaparecer el ataúd de Sofía por un agujero en un muro va a ser muy duro.

Una hora después llegamos a Atienza.

El pueblo me sorprende gratamente. No sabía que tuviera un imponente castillo en ruinas que se alza sobre un cerro rocoso de la Serranía de Guadalajara y un precioso casco histórico medieval delimitado por unas gruesas murallas. Sus tortuosas calles y sus casas blasonadas se entretejen haciéndote pensar que estás en otra época, y no me extraña enterarme de que existe una candidatura en firme para que se lo declare Patrimonio Mundial de la UNESCO, junto con Sigüenza, su pueblo vecino. Al parecer, el mismísimo Cid Campeador lo avala en su montura.

El cementerio tiene unas vistas dignas de admirar. Hay más gente de la que esperaba; la mayoría forastera. Ofrecen una pequeña misa en la que nos quedamos de pie atrás, porque no cabemos en los bancos.

Ástor y yo actuamos como ángeles protectores de nuestros mejores amigos, poniéndoles una mano en el hombro cada vez que se frotan los ojos para achicar las lágrimas. El simple hecho de ver el féretro y saber que Sofía está dentro me corta la respiración. Se me anega la mirada varias veces, pero contengo el llanto.

Personalmente, me está costando mucho asimilar lo que ha pasado. Creo que no podré hacerlo hasta que no encierre al responsable. Hasta entonces, para mí, Sofía no descansará en paz.

Cuando la meten en el nicho, Charly se derrumba sobre el hombro de Ulises y este aguanta el tipo como puede. Esto es horroroso. Me refiero a asumir la fragilidad, la maldad, la injusticia... y tener que seguir viviendo con ello.

Miro a Ástor. En sus ojos centellea la pena, y me reconforta tenerlo al lado en este momento, aunque lo sienta muy lejos de mí.

De pronto, noto su mano envolviendo la mía como si no pudiera evitar regalarme una caricia para darme ánimos. Y yo se la devuelvo. Solo entonces una lágrima resbala por mi mejilla. Sus gestos siempre consiguen romperme.

Cuando todo termina nos alejamos con rapidez de la densa amargura que colma el ambiente.

—Necesito una cerveza antes de irnos... —suplica Charly.

Y todos asentimos. Pero esa cerveza se nos va de las manos. Bueno, a Charly y a Ulises. Se beben los dos primeros botellines sin respirar. Y sin hablar. Yo me pido una Coca-Cola Zero; no me gusta mucho la cerveza. Con limón, todavía, pero sola no. Sin embargo, Ulises me acaba convenciendo para pedirme un cubata, «en honor a Sofía», y accedo a su chantaje emocional. Ástor no pasa del agua porque tiene que conducir.

De repente, un chico guapísimo y completamente vestido de negro entra en el bar y me fijo en él.

¡Joder! ¡Es Saúl! Increíble lo que se cambia en meses a su edad…

—¡Hola! —exclamo sin pensar.

No es que esté flipando con él, es que de pronto he recordado que existe y mis neuronas han explotado al pensar: «Exnovio de Sofía». «Le gustaba Carla». «Despecho». «Envidia». «Su padre lo maltrata…».

¡Bingo!

—Hola… —musita apocado mirándonos a todos—. No sabía que habíais venido.

Sus ojos vuelven a mí, pero finalmente aparta la vista, azorado. No nos vemos desde que se descubrió todo el montaje de Sofía y Carla, pero sigo sintiendo que no le soy indiferente.

—Únicamente he entrado a coger una lata para el viaje —nos explica—. Me vuelvo a Madrid ya…

—¿Tienes prisa? —lo tanteo—. Podrías quedarte un rato, Saúl… No hemos tenido la oportunidad de hablar, todo ha ido muy rápido.

Saúl traga saliva y mira a Ástor buscando su consentimiento para sentarse, pero es Ulises quien habla por él.

—Saúl, lo que Keira quiere decir es: ¿Dónde estabas cuando mataron a Sofía?

Lanzo una mirada envenenada a Ulises. ¿Qué está haciendo?

—No es el momento… —lo reprendo—. No tienes que contestar, Saúl —le digo con tacto—. Solo pretendía averiguar qué tal estás.

—¿Puedo sentarme? —pregunta haciendo ademán de coger una silla.

Cuando ve que Ástor no entona su aprobación, dice:

—Sofía me mandó un mensaje muy extraño la mañana que murió...

Todas las cabezas se vuelven hacia él al unísono. El corazón empieza a palpitarme rápido en el pecho. Siento el peligro acumulándose en los puños de los tres neandertales que tengo al lado... Pobre Saúl.

—Siéntate —le exijo para protegerlo—. ¿Qué te escribió exactamente?

—Te lo enseño —contesta afable, desbloqueando su teléfono—. Días atrás le pregunté si podíamos vernos y tomar un café, quería hablar con ella..., y me contestó que había quedado con Carla y que mejor quedábamos otro día. Entonces añadió: «Tengo que contarte un bombazo. ¡Vas a flipar!» —lee en el móvil—. Le dije que no fuera cabrona dejándome en ascuas, que me contara al menos con qué tenía que ver. Y me contestó esto...

Gira el teléfono para que lo lea.

Sofi:
Tiene que ver con Ástor. Y como llegue a saberse, se lía parda

keira

4
Hoy, no

Mi cara de asombro al ver el mensaje en el móvil de Saúl preocupa a Ástor, pero la mirada que Ulises le lanza después de leerlo lo hace todavía más.

—¿Qué pone...? —nos pregunta el duque, temeroso.

Ulises se pasa una mano por la cara para evitar abalanzarse sobre él.

Le doy el teléfono a Ástor para que lo lea él mismo. Al hacerlo, le cambia la cara de tal modo que Charly pregunta:

—¿Qué pasa?

—Que el secreto es sobre Ástor... —revela Ulises, muy serio—. ¿Sabes a qué se refiere?

—No —responde el aludido, extrañado.

A continuación, me mira alarmado y mantenemos una conversación silenciosa:

«¿Se refiere a lo de la muerte de tu padre, Ástor, o me estás ocultando algo más?».

«¡No te oculto nada más, Keira!», me indica abriendo muchos los ojos, histérico.

«Entonces ¿qué es?».

«¡No lo sé! ¿Tú le explicaste a Sofía lo de mi padre?».

«¡Claro que no! ¿Hay algo más por ahí que no me estés contando?».

«¡Que no, joder...!».

—¡¿Queréis dejar de miraros?! —exclama Ulises observándonos a ambos—. ¡¿Qué cojones pasa?! ¡¿A qué secreto se refiere, Ástor?!

—¡Te digo que no tengo ni idea...! —exclama nervioso.

—¡Esa no es la cara de alguien que no tiene ni idea!

—¡Te juro que no sé a qué se refiere!

—¡Haz memoria, joder...! ¡Han podido matarla por ese asunto!

—Sofía conocía los secretos de mucha gente —interviene Charly para calmar los ánimos—. Le llegaba información constantemente. ¿En su móvil no habéis encontrado ninguna conversación relevante?

—Todavía no hemos podido revisarlo —lamenta Ulises—. El técnico no nos lo ha dado aún.

—Es que es muy pronto —opina Saúl, extrañado—. No hace ni cuarenta y ocho horas que ha pasado... ¡y ya la han enterrado! Parece que tenían prisa o algo así.

—Querían taparlo rápido... —pienso en voz alta.

—Yo estaba en clase cuando ocurrió —acuña Saúl—. En Álgebra, concretamente.

—El aula donde se imparte queda al lado de donde sucedió —señala Ástor, locuaz.

—No me lo recuerdes... Todavía no me creo que estuviera tan cerca de ella. Tengo la sensación de que podría haberlo evitado... —dice abatido—. He oído que culpan a Carla, ¿es verdad?

—Todo apunta a ella, pero es complicado... —reconozco afligida.

Saúl se muerde los labios y me da en la nariz que sabe algo.

—¿Has hablado con Carla hace poco? —pregunto entonces.

—No... —admite con pena—. No hemos hablado en todo el verano. Me ha borrado de su vida definitivamente. No es la primera vez que me hacen un *ghosting* así.

—¿Te pido algo de beber? —le propone de repente Ástor, quizá animado por esa última frase que yo no he pillado.

Pero supongo que él sabe a qué otro *ghosting* se refiere Saúl.

Alguien que le borró de su vida en el pasado... ¿Será la chica de la que Sofía me dijo una vez que él no se había recuperado? Sea como sea, miro a Ástor agradecida por su bondad. En el fondo, es un amor de hombre, aunque por otro lado sea un borde con Saúl.

Pedimos otra ronda, y Ulises y Charly una más. Ástor rechista:

—¡Luego no va a haber Dios que os aguante en el camino de vuelta! Y como vomitéis en mi coche, me vais a pagar la limpieza completa de la tapicería. Os lo aviso.

—Yo no quiero irme de aquí... —dice Ulises de pronto.

—¿Cómo? —Me espero cualquier cosa... En el estado en el que está, es capaz de comprarse una casa en este pueblo solo para estar cerca de Sofía.

—No quiero irme todavía. No me apetece nada subirme al coche y empezar a llorar por sentir que me alejo de ella para siempre. Prefiero estar aquí, bebiendo y sintiéndola cerca un rato más...

La pena vuelve a empaparnos a todos como una lluvia torrencial veraniega.

—Además, si me subo a un coche ahora mismo, vomito fijo... Y no pienso pagar ninguna limpieza. Seguro que la de tu tapicería cuesta un riñón, Ástor.

—Yo también voto que nos quedemos —lo secunda Charly—. Buena idea, tío... Y necesitamos otra copa más.

Ástor y yo nos miramos perplejos. «¡Joder...!».

—A mí me da igual —opina de repente—. Es viernes, y mañana no tengo que madrugar. Supongo que habrá algún sitio para dormir por aquí —plantea resolutivo.

«¡Ay, Dios...!».

Enciendo el móvil para buscar posibles alojamientos.

—He encontrado uno —anuncio—. Hotel Convento Santa Ana.

—¿Un convento? ¡No fastidies...! —se queja Charly—. ¿No hay nada mejor?

—El Four Seasons está completo —ironizo, sacándole la lengua.

Mala idea... Ástor se queda embobado mirándome la boca.

«Para ya, por favor».

—Intenta reservar —sugiere nervioso.

Me pregunto por qué lo está... Y por qué lo estoy yo. ¡Esto no me gusta nada!

—Voy... Tienen habitaciones libres —digo trasteando en mi móvil—. Ya está. He reservado dos dobles.

—Camarero —balbucea Ulises señalando a Ástor—, a este hombre póngale tres copas, que nos tiene que coger el ritmo...

—Mejor, no. —Ástor sonríe con cautela—. Alguien tiene que mantener el orden aquí; si no, la cosa puede descontrolarse mucho...

Y que me mire mientras lo dice hace que me hormiguee todo. «¡Madre mía!».

Que opte por quitarse la chaqueta tampoco ayuda a relajarme.

Ignoro su presencia durante un rato en el que hablo con Saúl sobre las asignaturas que tiene este curso. Oigo que Ástor y Charly cuentan batallitas a Ulises de sus años estudiantiles, y Saúl no pierde detalle, sonriendo de vez cuando escucha frases sueltas. A todos les ha venido bien este rato. No sé cuál de los cuatro está más afectado, pero consiguen olvidarlo a intervalos. Aunque se nota mucho cuando de repente lo recuerdan porque les cambia la cara radicalmente.

—Bueno, yo me voy a ir ya... —avisa Saúl—. Keira, si quieres puedo llevarte de vuelta a Madrid...

Ástor me clava una mirada suplicante: «¿Te vas a ir? Quédate...».

En realidad, no haría falta que me quedara. Es evidente que Ulises va a dormir agarrado a la cisterna del váter esta noche.

Me siento forzada a decidir en este instante si tengo intención de acabar la noche con él o no. ¡Qué presión...!

Los segundos pasan, y Ástor me pide sin palabras que nos permita celebrar la vida solo hoy. Como si esta noche no contase. O igual son todo imaginaciones mías, joder.

—Me quedo... —farfullo—. Ulises me necesita. Puede entrarle la llorera en cualquier momento y quiero estar cerca de él.

—De acuerdo —se despide Saúl, tristón—. Ya nos veremos, Kei.

Ástor y Saúl se lanzan una mirada que da miedo. ¿Qué ocurre? Yo no puedo mirar a Ástor porque, al parecer, ya está decidido, ¿no? Va a pasar algo entre nosotros esta noche. «¡Me estoy muriendo!».

Charly sale del local con Saúl con la excusa de fumarse un pitillo, pero sé que quiere decirle algo en privado. ¿Qué será?

—Voy al aseo —notifica Ulises.

Por su tono, diría que ya va bastante cocido. Su decisión provoca que Ástor y yo nos quedemos solos.

«Dios, si estás ahí, no permitas que mi vista aterrice en sus labios bajo ningún concepto, por favor».

—¿Quieres comer algo? —me pregunta con dulzura. Como si esto hubiera mutado a una cita amorosa de repente.

Pero ahora mismo tengo un nudo en el estómago que me impediría tragar nada... Nada que no fuera él. Así que niego con la cabeza, abrumada.

Ástor escudriña mi rostro como si notase algo distinto en mí. Por ejemplo, la decisión de quedarme para pasar la noche juntos...

—¿Qué te ocurre? —me pregunta curioso.

—¿A mí? Naaadaaa...

«Que no soporto estar a solas contigo sin tocarte. Solo eso».

—¿A ti te apetece comer algo? —le pregunto de vuelta. Y cometo el error de mirarle, dejando que sus ojos me envuelvan como si estuviera viendo justo lo que quiere comerse...

Me fijo en su boca. «¡Maldita sea!».

Se la humedece, y me muero en silencio. Esto es un error garrafal.

—Algo tendremos que comer, ¿no? —dice como si nuestro destino fuera inevitable.

Aparto la vista dándome por aludida. Había una más idiota que yo, pero murió.

—¿Estás bien? —pregunta de nuevo, preocupado.

—Sí, sí... —Carraspeo nerviosa.

De pronto, me coge de la mano.

«¡OH, DIOS MÍO!».

—No me gusta verte así conmigo... Relájate, por favor, Kei.

«¡¿Está de broma?!». Sus manos acarician las mías. No puedo

relajarme si me toca, ¡y lo sabe! Tengo un trauma con sus malditas falanges...

—Me alegro de que te hayas quedado —musita sincero—. Gracias.

—¿Por qué me las das? ¿Qué crees que significa? —digo a la defensiva.

Sus ojos brillan perspicaces.

—Que preferías quedarte a irte. Y con eso me basta...

—Tendrá que bastarte —le remarco—. Porque no puede pasar nada entre nosotros, Ástor.

—No pasará nada que no quieras que pase...

Y que diga eso me mata. ¡Lo que yo quiera, no! Elegimos no estar juntos porque era inviable, y sigue siéndolo. Nada ha cambiado.

Pero eso es mentira. Sí ha cambiado algo... Sofía ha muerto. Y esa circunstancia ha puesto nuestros mundos patas arribas.

Ulises vuelve del aseo y Ástor suelta mis manos con disimulo. Aun así, mi compañero lo capta al vuelo a pesar de estar beodo.

—Voy a pedir. ¿Queréis algo? —pregunta para darnos más tiempo. ¿Por qué lo hace?

—Ulises... —lo aviso—. No bebas más. Mañana estarás fatal.

—Acabamos de enterrarla, Kei... No me pidas que razone. Hoy, no.

«Hoy, no».

Esas dos palabras rebotan entre mis ojos y los de Ástor, y los dos pensamos lo mismo, que hoy no es día para ser razonables con nada.

Procuro no beber mucho, no puedo dejar que mi sentido común se relaje. No quiero que se difumine mi umbral de peligro y volver a caer en los brazos de Ástor. Sería un paso atrás contra esa sustancia perjudicial que me hace tocar el cielo durante un segundo para luego precipitarme en picado hasta el infierno...

El grado de alcoholismo de nuestros amigos, sin embargo, sí es preocupante. No entiendo cómo se han puesto así.

—¡Si no han bebido tanto...! —exclamo cuando veo que prácticamente son incapaces de andar hasta el hotel.

—Mezclar ansiolíticos con alcohol hace que los efectos de

ambas sustancias se multipliquen por dos —me explica Ástor—. Es como si hubieran bebido el doble.

—Entonces tenemos un problema…

—Ya te digo. —Sonríe paternalista—. Venga, chicos. La última en la habitación, tengo algo para vosotros allí… —Me guiña un ojo para que sepa que lo que quiere es que aterricen en una superficie blanda cuando se desmayen.

—¿Qué tienes en la habitación? —pica Charly, interesado como un niño pequeño.

—Algo que te va a venir muy bien —ronronea Ástor levantando las cejas.

—¡Vamos, tío…! —dice Charly a Ulises, crédulo. A saber qué se piensa que es…

Ástor me sonríe canalla por salirse con la suya.

«No le mires fijamente, Keira. ¡No es tan adorable…!».

Entramos en el hotel, y mientras yo tramito la reserva, Ástor les impide sentarse en los sofás de recepción. Si no, ya no los levantamos de ahí en toda la noche.

Tenemos que ayudarlos a llegar hasta las habitaciones.

—La he perdido, Kei —farfulla Ulises contra mi pelo—. Otra vez… ¡¿Por qué?! Tú no te pierdas, ¿eh?

—Sabía que terminaría mal… —suelta Charly, más allá que acá—. ¡Lo sabía, joder…!

—¿Por qué lo dices? —le pregunto, interesada como policía.

—¡Porque se metía en todo…! Le advertí muchas veces que podía ser peligroso, pero era insaciable… Ástor, ¿qué has traído? Dame algo, por favor… —suplica cuando Ulises y yo estamos a punto de entrar en nuestra habitación.

Apenas puedo con mi compañero, y Ástor viene en mi ayuda. Le pide a Charly que se quede fuera, pero este nos sigue cuando entramos juntos para depositar a Ulises en una de las camas casi inconsciente.

—¡Necesito algo, Ástor! ¿Qué tienes? —le insiste.

Ástor se quita de nuevo la chaqueta, agobiado, con Charly pegado a él.

—Tengo un Espidifen… Puedes esnifarlo si te hace ilusión, pero no te lo aconsejo.

—¡Cabrón...! —Se queja Charly dejándose caer sobre la otra cama.

—Levántate de ahí... Tú no duermes aquí. —Ástor lo agarra.

—¡Que te follen! —farfulla Charly resistiéndose a él. Parece incapaz de abrir los ojos—. ¡Me has engañado! ¡Me has dicho que tenías algo...!

—No necesitas más mierdas, chaval. Solo descansar. Vámonos... —Ástor vuelve a tirar de él.

—¡No! ¡No quiero dormir contigo...! ¡Todo esto es culpa tuya! —dice atormentado—. ¡Que te follen a ti y a tus putos secretos!

El rostro de Ástor se quiebra como si fuera una presa sosteniendo un volumen de culpabilidad líquida que ya estaba al límite. Por un momento, creo que va a llorar.

—No le hagas caso —le digo deprisa—. Está borracho...

Al oírlo, Ulises cambia de postura y se coloca boca abajo sobre el colchón, escondiendo su cara en la almohada. Me acerco a él porque no me gusta esa posición, así no podrá respirar.

—¿Estás bien? —le pregunto acariciándole el pelo, haciendo que vuelva la cabeza hacia mí.

—No... Nunca más estaré bien, Keira... No sirvo para estar bien.

Su mensaje me inunda de pena, pero es todo demasiado reciente. Y si algo le ha demostrado Sofía es que el ser humano es capaz de reponerse de cosas que creía imposibles, como su duelo anterior.

—Tienes que descansar, Ulises. —Lo acaricio—. Ha sido un día horrible.

—Tú intenta ser feliz, Kei... Pero no cuentes conmigo. Ya no...

Lo que intento es no dar importancia a sus palabras alcoholizadas, pero no me gusta nada lo que oigo. Suena a rendición.

Los dos borrachos se quedan traspuestos en una calma inusitada, y miro a Ástor, que se hace consciente de la situación que nos han dejado: dormir los dos en la misma habitación.

—Voy a esperar cinco minutos... —me avisa—, y cuando Charly esté profundamente dormido lo trasladaré como pueda hasta la otra habitación.

Que diga misa, si quiere, pero los dos sabemos que ya no va a moverlo.

Me levanto y me reúno con él para observar a los dos caídos. Me mira. Lo miro. La tensión del ambiente se vuelve irrespirable porque estamos solos otra vez. Porque no podemos disimular nuestra química y el potente tirón que provoca en nuestros cuerpos. Somos como dos imanes arrastrados por un inoportuno campo de fuerza en una habitación demasiado pequeña.

Ástor resopla, y se aleja de mí todo lo que puede murmurando:

—El universo me odia.

Se marcha hasta el fondo del pasillo de acceso y se apoya de espaldas a la puerta, cruzándose de brazos como si tratara de reprimir algún tipo de impulso animal.

—El universo no te odia... —lo contradigo.

«En todo caso, nos odia a los dos», pienso al contemplar sus potentes bíceps marcados bajo su camisa.

—Pues será el karma, que me persigue por todo lo que he hecho... Ya has oído a Charly: todo esto es culpa mía.

—No puedes cargar con las culpas de todo siempre, Ástor. Deja alguna para los demás... Por ejemplo, para el verdadero asesino.

—Yo alimenté la avaricia de Sofía —lamenta ofuscado—. Le di los medios y la apoyé en su candidatura al KUN... ¡Y mira cómo ha terminado! Si de verdad la han matado por un secreto que tiene que ver conmigo, es porque alguien no quería que yo me enterara.

—O porque tú no querías que ella lo divulgara —señalo perspicaz.

No me gusta evidenciar que sospecho de él, pero tenía que decirlo para salvaguardar mi reputación de policía, venida a menos por un enloquecimiento amoroso...

—Lo entiendo... —asume Ástor—. La jodida diferencia entre tu hipótesis y la mía es que yo sé a ciencia cierta que yo no he sido —dice serio—. Para mí, esa es la mayor fisura en el plan perfecto del asesino..., y necesito que me creas, ¡joder! Es lo único que me importa ahora mismo, el resto me da igual...

Sus palabras se me clavan en el pecho. ¿Por qué le importa tanto?

—¿Qué más da lo que yo crea de ti? —pregunto cautelosa.

—¡Mucho! Toda mi vida es una mentira, Keira, pero tú fuiste de verdad... Y quiero que lo sepas porque estoy pensando en confesar que lo hice yo, aunque sea mentira... Me da igual ir a la cárcel con tal de que mi hermano pueda ser feliz con Carla.

Abro los ojos estupefacta. ¡¡¡Será idiota!!!

—¡¿Qué coño dices?! ¡Eso es una locura! ¡¿Y qué pasa si Héctor rompe con Carla el año que viene?! ¡¡¿Y si ha sido ella?!! ¡Ástor, no puedes hacer eso!

—¡Carla no ha sido! Lo sé... Antes pensaría que lo ha hecho Charly, y mira que lo quiero con locura, pero Carla no tiene lo que hay que tener para matar a nadie... Y, entiéndelo, se lo debo a mi hermano.

—¡¡¡No le debes nada!!! —exclamo enérgica acercándome a él.

¡Joder...! ¡¿Piensa en serio entregarse?! ¡Me va a dar algo!

—Te equivocas, sí que se lo debo —dice afligido—. Héctor no murió en el accidente, pero su esperanza de vida se redujo cinco veces solo por el hecho de tener una lesión medular... Casi lo pierdo el primer año por una disreflexia autonómica...

—¿Qué es eso?

—Es un problema médico potencialmente mortal. Una reacción exagerada del sistema nervioso a un estímulo irritante por debajo del nivel de la lesión. Se empieza con sudores fríos, escalofríos y dolores de cabeza, pero puede llevar a niveles peligrosos de hipertensión y causar una embolia o convulsiones. Héctor las tuvo, y pensé que se moría... Nos dijeron que podían surgir mil complicaciones en cualquier momento, por eso mi madre insistió tanto en que el ducado pasara a mis manos... No es que Héctor no pueda tener hijos, es que no quiere.

Me duele imaginar lo mal que debió de sentirse por su hermano.

Me aproximo a él para reconfortarle, pero noto que se tensa.

—No te acerques a mí, por favor —suplica con un hilo de

voz—. Te prometí que no volvería a abalanzarme sobre ti, pero siento que estoy a punto de perder el control en todo momento...

No le hago caso, y sigo adelante. Necesito que recapacite.

Ástor baja la cabeza, agonizante.

—No vas a entregarte, ¿me oyes? Dame tiempo. Déjame trabajar...

—Keira, pueden pasar años hasta que se celebre un juicio. Carla irá a prisión preventiva y mi hermano sufrirá lo indecible...

—¿Y qué pasa contigo? No pienso dejar que lo sufras tú.

Me mira apenado con esa cara jodidamente perfecta y dice:

—Lo soportaré... Nada es comparable al sufrimiento de no poder tenerte.

Un segundo después, mi boca está sobre la suya.

Se lo ha ganado con creces... ¿No tenerme es peor que la cárcel?

Su reacción es instantánea y me reclama, agarrándome del cuello como si me necesitara para respirar. Me besa con un ansia que transmite lo mucho que se ha estado reprimiendo.

Madre de Dios..., ¡qué bestialidad de beso! Menos mal que Charly y Ulises no pueden vernos al estar al fondo del pasillo. Ni oírnos, porque están casi en coma.

Nuestras lenguas se revuelcan juntas mientras se aferra a mí con una fuerza sobrehumana. Mis manos surcan su suave pelo y las suyas presionan mi culo con una posesividad enfermiza. Me clava en su cuerpo de tal forma que no puedo pensar en otra cosa que no sea en tenerlo dentro.

Como un acto reflejo de mis deseos, empiezo a desabrocharle el cinturón con la respiración entrecortada. Mi mano se cuela dentro de sus calzoncillos sin miramientos. Lo noto tensarse por completo cuando tomo su miembro para bombearlo un par de veces con vehemencia. Ambos empezamos a respirar con dificultad, ansiando mucho más.

No puedo parar ahora... Y no lo hago. Me agacho, termino de deslizarle los calzoncillos hacia abajo y lo acojo en mi boca con una necesidad imperiosa.

—Ah... Joder... —susurra sorprendido.

Sabe tan bien que no puedo pensar en nada más.

Lo abarco hasta donde soy capaz, haciendo una presión deliciosa con mis labios sobre su dureza.

Noto que coloca una mano en mi cabeza con cuidado, y lo oigo resoplar cuando bordeo la punta con mi lengua y succiono con fuerza.

—Keira, por Dios… Tenemos que irnos de aquí —gime—. Pueden despertarse y…

Chupo con más ímpetu para enmudecerlo, y funciona. Me siento Dios acallando al duque de Lerma. Estoy tan encendida que lo hago cada vez más rápido y brusco. Nadie va a despertarse. Soy silenciosa como un *ninja*.

—Dios… Para o me corro… —musita desesperado.

Pero me niego. La satisfacción me inunda al ver que se apoya en la pared porque la fuerza abandona sus piernas. No le doy tregua.

—Keira, por favor… —Se inclina para detenerme—. No quiero correrme así… —Me sube a su altura, agarrándome por los hombros, y lo miro jadeante—. Quiero hacerlo dentro de ti…

—¿Has traído condones?

—No… No acostumbro a llevarlos a los entierros.

Sonrío un poco. Echaba mucho de menos su humor británico.

—Mierda… ¿Y qué vamos a hacer…?

No contesta. Vuelve a la habitación para coger su chaqueta y me insta a salir, cerrando con cuidado. No vamos muy lejos, justo al lado.

En cuanto abre la puerta, me aborda para besarme de nuevo incluso antes de cerrarla.

Por el amor de Dios… ¡Sus besos son lo mejor de este mundo!

¿Habéis tenido esa sensación? Me refiero a la de no cansarte nunca de alguien. Yo jamás. Y me alucina pensar que con Ástor no pararía.

Abandona su chaqueta sin mirar y me baja la cremallera del mono.

—Ástor… —gimo cuando empieza a besarme el cuello con pasión desde atrás.

Quiero recordarle lo del preservativo, pero no me salen las palabras cuando me deja desnuda y suelta un gruñido muy erótico al ver que no llevo sujetador. Después ataca mis pechos con fruición como si jamás los hubiera visto y tuviera que conquistarlos por primera vez. Libero un grito cuando me clava los dientes en uno de ellos sin poder contenerse.

Acto seguido me tumba sobre la cama como si no pesara nada para terminar de quitarme las bragas por los pies.

—No sabes cuánto he deseado volver a tenerte así —dice mientras se desabrocha la camisa—. Te veo mejor que nunca, Keira...

Rozo entre sí mis piernas con el mismo deseo irrefrenable que percibo en su mirada. Siento que lo necesito dentro cuanto antes, y me sirve cualquiera de sus apéndices... Su lengua, sus dedos, su polla..., me da lo mismo, pero ansío que me toque con urgencia.

Se cierne sobre mí, y podría llorar solo por sentir su piel caliente arrullando la mía. Me besa por todas partes haciendo que me retuerza de placer. Labios, hombros, pechos, tripa..., hasta llegar adonde los dos queremos que pose su boca.

—Mmm... —se oye cuando por fin prueba mi néctar. Mi gemido ha debido de escucharse hasta en el bar.

Noto que se agarra a mis piernas con fervor, y yo a su pelo, preparada para correrme en cinco segundos. He soñado tantas noches con esto... Con su boca otra vez sobre mi centro. Y no puedo más. Sentir cómo me devora con esa ansia me pone muchísimo. Toda mi piel arde por él.

Las contracciones de mi cuerpo le anuncian que estoy a punto de llegar y se esfuerza en hacérmelo más deprisa.

—No pares... —gimoteo. Un instante después, estallo entre resuellos exagerados.

Me quedo en un estado de flotabilidad considerable.

Lo siento reptar por mi cuerpo poco a poco hasta llegar a mi boca.

—Estás deliciosa... —Me besa—. Y ahora voy a follarte fuerte.

—¿Y el preservativo? —pregunto desfallecida.

—No tengo... —confiesa—. Pero necesito sentirte, Keira.

Hoy más que nunca. Por favor... Necesito volver a aquella bañera y reescribir la historia... Necesito que confíes en mí solo una vez más. Me apartaré a tiempo, te lo prometo...

No sé qué me conmueve más, si la desesperación que percibo en su voz o la que advierto en su mirada, pero me viene a la mente aquello de que «antes de llover, chispea». Aun así, decido arriesgarme como una imbécil. Yo también quiero sentirle. Sin embargo, de pronto atraviesa mi mente un pensamiento que sí consigue frenarme:

—Habrás estado con muchas mujeres estos últimos meses...

—Nunca me arriesgaría a hacerlo sin protección con nadie. Solo contigo, Keira.

—¡Si hay noches de las que ni te acuerdas! —le recuerdo.

—El tío que te diga que ha practicado sexo sin enterarse miente. Cuando estoy en ese estado de suspensión, ni siquiera se me levanta... De todas formas, me hago pruebas cada seis meses y estoy limpio.

—Yo no sé si estoy limpia... —admito. No porque haya estado con nadie desde que estuve con él, pero nunca me he hecho prueba alguna.

Su semblante cambia por un momento al imaginar con quién he podido tener sexo, pero intenta olvidarlo y me mira desesperado.

—Me da igual, Keira... Me la suda. Como si me pegas la clamidia. Necesito meterme en ti ahora mismo... Quiero clavarme en toda tu alma, joder.

Me quedo boquiabierta.

Poco más que decir. En cuanto siente que me abro para él, Ástor se hunde en mi interior de una forma lenta pero contundente, sin dejar de mirarme. Ambos gemimos aliviados y nos sentimos tan plenamente conectados que la dicha resulta casi insoportable.

Esto es muy distinto al día de la bañera. Cada vez que se retira y vuelve a entrar en mí experimento miles de descargas de placer por todo el cuerpo que me recuerdan que jamás volveré a ser tan único con nadie.

Nos besamos ensimismados, disfrutando de cada profunda

estocada, y pongo los ojos en blanco de puro éxtasis. Joder... No hay nada mejor que follar después de llegar a un orgasmo. Es otra clase de placer. Uno en el que no persigues una meta ni te obsesiona dar salida a una tensión desquiciante, sino que sientes el amor en estado puro. Y duro. Durísimo... Hasta el fondo. Por un momento, desconecto del coito para apreciar otro tipo de detalles. Lo que dicen sus manos. Sus labios. Su respiración ahogada. El brillo de sus ojos... Es maravilloso. Y, de repente, vuelve ese remolino apremiante y una llama va cogiendo fuerza poco a poco en mi interior hasta prender la mecha de nuevo.

Me empiezo a acelerar, y él conmigo. Consigue aguantar hasta que alcanzo el clímax otra vez manteniendo el equilibrio sobre mí y saliendo en el último momento con un grito sordo para terminar derramándose en mi estómago.

A pesar de haber sido un día muy triste, la noche está resultando memorable. Totalmente única.

«¿Va a serlo? ¿Será "única"?».

Esa duda sobrevuela nuestras cabezas sin llegar a verbalizarse. En estos momentos no nos interesa perseguir la certeza, preferimos ir a la deriva en la incertidumbre. En el agradable limbo de la ignorancia voluntaria.

Y precisamente por eso, la madrugada se convierte en un atracón de todas las fantasías que hemos tenido durante los últimos meses. Que no tienen nada que ver con fetiches, fustas ni experimentos raros, sino con el simple hecho de ver nuestros dedos entrelazados en el aire de nuevo y hacer el amor con una cadencia tan especial que, cuando te encuentras tiempo después cara a cara sin ser pareja, no eres capaz de mantener el tipo al recordarlo.

Una intimidad que pensaba que no volvería a sentir en la vida.

 ástor

5
Tenemos que hablar

Lunes, 29 de septiembre

«Tenemos que hablar».

Todo el mundo sabe que esa frase nunca trae nada bueno, en especial si proviene de la persona responsable de que te hayas pasado el domingo mirando el teléfono cada cinco minutos.

El viernes en el entierro, nosotros, la investigación y el planeta entero se detuvo hasta que Carla pasara a disposición judicial o el móvil de Sofía arrojara nuevas pistas. Fue un *impasse* en el que el tiempo se paró y pude tenerla de nuevo, pero han sucedido muchas cosas desde que dejamos Atienza el sábado por la mañana.

Empezando por las pullitas de Epi y Blas al día siguiente. No creo que haga falta especificar a quiénes me refiero...

—¿Dónde tienes ese maldito Espidifen? —gruñó Charly en cuanto fuimos a despertarles a la mañana siguiente.

—Ah, ¿ahora lo quieres?

—Es lo menos que puedes hacer por mí después de lo de anoche, Ástor.

—¿Qué pasó anoche? —preguntó Ulises, despistado.

—Se pusieron a tocar la flauta en la habitación, ¿no lo oíste?

—¡Ah, sí! Pero dinos, Keira, ¿era un clarinete normalito o un pedazo de fagot?

Y los dos empezaron a partirse de risa a nuestra costa.

Putos Epi y Blas...

—Os espero abajo desayunando —masculló ella como respuesta. Y se fue de la habitación mientras yo los miraba como si me dieran vergüenza ajena.

—Y tú, ¿la hiciste cantar un aria o una ópera entera? —se burló Charly—. Fue un buen concierto, en general...

Puse los ojos en blanco ante su inmadurez y no entré en su juego.

—Yo también os espero abajo.

—¡Disfrutad del desayuno musical! —vociferó Ulises antes de que pudiera cerrar la puerta.

Menudos gilipollas..., aunque prefería eso a su inminente depresión.

Más tarde, ya en el coche, cuando retomaron las bromitas subí el volumen del equipo de música al máximo para no oírlos, pero pronto las canciones les recordaron de dónde venían... y las risas se transformaron en llanto y dolor.

Me di cuenta del cambio en cuanto comenzó «Resurrección» de Amaral.

Me moría por coger a Keira de la mano mientras sonaba esa canción porque me sentía como quien describe su letra. Sus besos me habían devuelto a la vida por un momento, aunque no supiera hacia dónde íbamos. Solo rezaba para que no volviera a huir en sentido opuesto al mío.

Al llegar a la ciudad dejé a cada cual en su casa con un «ya nos veremos», y la sonrisa comedida de Keira me dio a entender que sería más pronto de lo que pensaba. Me contuve un par de horas antes de escribirle un mensaje:

Ástor:
Qué te gusta hacer un sábado por la noche?

Keira:
Cualquier cosa...
Menos ir contigo a un lugar público

Ástor:
Ja, ja!
Te dejo elegir. Pero quiero verte sí o sí

Keira:
No me apetece mucho salir.
Estoy agotada.
Apenas hemos dormido esta noche.
Me conformo con una partida de ajedrez y un buen vino

Ástor:
Suena de maravilla.
Dónde quedamos?
Con el revuelo que se ha formado alrededor
de la universidad, algunos paparazis se han acercado
a mi casa para que les dé más datos.
Qué te parece si voy yo a la tuya?

Keira:
Estás seguro?

Ástor:
Sí. Por qué?

Keira:
Por nada…
Pero trae el vino, ya sabes que aquí solo hay latas
de cerveza

Ástor:
Oído.
Llevaré también copas de cristal.
Un reserva en vaso de nocilla pierde mucho

Keira:
Bien pensado 😛

Keira me confesó entre risas que había echado a su madre de casa para tenerla solo para nosotros. Le dijo que se traería a un ligue y le pidió que se fuera a dormir a casa de su novio. No le contó que era yo, pero cuando nos despertamos el domingo su madre estaba allí, y fue muy violento.

La culpa fue nuestra por amanecer casi a mediodía, después de dos noches en las que apenas pegamos ojo, practicando mucho sexo (con condón esta vez) y habiendo dejado una partida de ajedrez en tablas que terminó en uno de los mejores polvos de mi vida.

—¡¿Habéis dormido los dos en tu cama de noventa?! —exclamó su madre, atónita—. Pero... ¿cómo habéis cabido?

—Mejor no preguntes, mamá —respondió Keira, abochornada.

Me pareció muy morboso hacerlo en su cama. Me gustó poder escudriñar su habitación y husmear entre sus cosas, no solo el salón como la primera vez que fui. La imaginé llorando sobre su cama la primavera pasada, después de la final del torneo de ajedrez del KUN, y sintiéndose tan mal como yo. Pero lo peor fue descubrir sobre su escritorio una revista veraniega donde aparecíamos Olga y yo saliendo de un restaurante.

—Esto fue un montaje —dije sosteniéndola en alto. Keira se ruborizó por que la hubiese encontrado—. Lo hice para que la prensa te dejara en paz...

—¿Y tenías que ir justo con Olga?

—No podía pedírselo a nadie más. Lo hice porque Sofía me dijo que lo estabas pasando muy mal con el acoso mediático...

—Sí... No dejaban de hablar de mí. De mi ropa, de mi pelo... Como si esa fuera la clave para conquistarte.

—Si supieran que fue suficiente con sintetizar la ecuación matemática de un cubo de Rubik...

Me lanzó una sonrisa tan bonita que tuve que besarla.

—Lo siento... —musité en sus labios—. A mí también me molesta la prensa, pero terminas acostumbrándote. Se trata de hacer como si no existieran.

—Valoro mucho el anonimato.

—No sé lo que es eso... —respondí victimista.

Su cara de diablilla me chivó que se le acababa de ocurrir una idea perversa. Se puso los vaqueros que le regalé (¡le quedaban de muerte!) y nos fuimos a comer a un pueblecito perdido en el que no sabían ni quién era Michael Jackson.

—¿Ves como ser anónimo no está tan mal? —comentó ufana.

—Toda la razón, Keira.

Sonreí acunando su cara y besándola de nuevo. Me quedé pegado a sus labios unos segundos de más, y puso una mano en mi mejilla para regalarme otra caricia. Había extrañado tanto sus gestos sinceros y espontáneos... En mi mundo casi nada lo es. Todo parece premeditado y calculado al milímetro. La ropa, las expresiones, las sonrisas, las charlas, los besos... Todo supeditado al qué dirán. Cero naturalidad. Y el comportamiento de Keira era justo lo contrario. Me embriagaba como nadie.

Pero nada es para siempre...

Esa misma tarde enviaron a Carla a prisión preventiva a la espera de juicio. Y como es lógico, mi hermano enloqueció.

—¡¿Cómo es posible que pase esto?! ¡Que no se pueda demostrar la inocencia de una persona! ¡Que ninguna cámara captara nada!

—Héctor, cálmate, es pura burocracia —le dijo Keira—. No se puede tener a alguien en el calabozo más de setenta y dos horas, y ha sido fin de semana... Todavía no hemos podido ni analizar el teléfono de Sofía.

—¡Cada hora que pasa es un infierno para nosotros! ¡¿No lo entendéis?!

Keira y yo nos miramos llenos de culpabilidad.

Nunca, jamás... supeditéis vuestra felicidad a la de otra persona. Sé que es difícil cuando te sientes responsable de alguien y le pasa algo, pero el sentimiento de que cada hora desde el entierro de Sofía para mí había sido maravillosa y para Héctor una tortura me desgarró por dentro como una cizalla desafilada.

Vaya por delante que Sofía era alguien muy especial para mí. Era mi protegida. Mi apuesta. Y confiaba mucho en su potencial. Pero ¿por qué no acudió a mí cuando se enteró de ese secreto tan importante? No dejaba de pensar en eso y me hacía estar un poco enfadado con ella... Por otro lado, temía el momento en el que esa sensación desapareciera y me embargara la pena por completo.

Keira quiso ir a comisaría para acompañar a Carla personalmente en su ingreso en prisión, y decidí quedarme con Héctor para distraerle. Al rato, nos llamó para contarnos que había podido tranquilizarla bastante.

Como los paparazis habían desaparecido de la puerta de mi casa, le dije que viniera a dormir, pero su respuesta fue negativa.

Keira:
Necesito descansar, Ástor.
Mañana es lunes y tengo mucho que hacer.
Ya te llamaré, vale?

Al leerlo, una nube negra se posó sobre mi cabeza. Le contesté un «vale» y luego le planté un corazón rojo…, con dos cojones.

Que me devolviera un emoji lanzando un beso hizo que sonaran todas las alarmas. Se acabó el espejismo.

No quería rayarme y busqué refugio en Charly:

Ástor:
Cómo estás?

Charly:
Fatal.
Anoche salimos hasta tarde

Ástor:
Con quién? Adónde?

Charly:
Estuve en el Dark Kiss. Con Ulises

Me quedé mudo porque no sabía qué pensar al respecto de que no me hubiesen avisado… ¿Preferían estar a solas?

Charly:
No te dije nada porque sabía que estarías con Keira.
Yo me habría quedado en casa, completamente
dopado, pero sabía que Ulises estaría torturándose
así que lo hice por él

Ástor:
Míralo… El santo

Charly:
Ese soy yo

Ástor:
Tú sabrás lo que haces

Charly:
Qué quieres decir?

Ástor:
En mi opinión os hace falta llorarla un poco. A los dos.
En vez de hacer algo de lo que os podáis arrepentir…
O ya lo habéis hecho?

Charly:
Hablas como si no me conocieras.
Yo nunca me arrepiento de nada de lo que hago

Me lo figuraba. Pero el que realmente me preocupaba era Ulises.

Ástor:
Y él? Se arrepiente?

Charly:
Ulises no siente nada ahora mismo. Es un zombi.
Está tan mal que me hace sentir que yo no la quería lo suficiente

Ástor:
No digas eso. Claro que la querías

Charly:
Muchísimo.
Pero creo que no de la misma forma que Ulises

Esa respuesta me sorprendió. Pero esperé, porque estaba escribiendo.

Charly:
Me he dado cuenta de que hay distintas formas de querer.
Algunas personas terminan con una pareja afín entre las
muchas que podrían tener y otras encuentran a "su persona".
Yo era afín con Sofía.
Congeniábamos muy bien y la prefería a cualquier otra chica
que hubiera conocido, pero no tenía la seguridad de que sería
la única, me entiendes?

Alejé el móvil de mí en cuanto lo leí.

Reflejaba justo lo que yo sentía por Keira, que no encontraría nunca a nadie como ella. Era demasiado especial. ¡Lo éramos juntos, joder!

¿Significaba eso que era «mi persona»? Y si lo era, ¿por qué tenía que ser todo tan complicado?

Como decía, ese «tenemos que hablar» que acaba de mandarme hoy lunes de buena mañana me ha preocupado bastante y le he contestado:

Ástor:
Cuándo quieres que hablemos?

Keira:
Cuanto antes.
Puedes venir a comisaría, por favor?
Hemos accedido al móvil de Sofía y tengo dudas

Dejo lo que estoy haciendo y me planto allí en menos de veinte minutos. Enseguida me conducen a la sala de interrogatorios, donde me sorprende encontrar a Charly con una cara larga que me hace presagiar lo peor. También está Ulises y... ¡Mierda, el horripilante abogado de Carla!

—Ástor —me saluda Ulises en un tono extraño.

Trago saliva al verle. Tiene peor pinta que el viernes.

Busco la mirada de Keira esperando que me acaricie con ella, pero tampoco hay suerte. Su expresión denota que nuestro *impasse* amoroso ha terminado.

—Buenos días —contesto serio.

Ulises se pone de pie demostrando que va a llevar la voz cantante.

—Gracias a todos por venir. Hemos tenido acceso al móvil de Sofía y hemos encontrado algo importante.

—¿Qué? —pregunta Charly, impaciente.

—Una aplicación llamada SugarLite. ¿La conocéis?

—Claro... —respondo cuando me miran—. Ya lo hablamos la primera vez que estuvimos en su casa. Os dijo que yo había usado esa web en alguna que otra ocasión... Carla también la usó durante un tiempo. ¿Creéis que ha podido ser algún cliente?

—Sí —contesta Keira, convencida—. Hemos analizado a los tíos con los que quedaba y hemos encontrado a una persona muy conectada contigo, Ástor...

—¿A quién? —pregunto perplejo.

—A Xavier Arnau.

Cierro los ojos, lamentándome, y me sujeto la cabeza. «¡¿Es que ese hombre nunca va a salir de mi vida?!».

La expresión de Charly no cambia. Es obvio que ya conocía esa información. Seguramente es lo que lo tiene tan abatido. Y no me extraña... ¡Xavier con Sofía! Supongo que no pueden calificarse de cuernos porque tenían una relación abierta hasta hace bien poco, pero no deja de ser asqueroso. Lo digo por su forma de ser, no por su edad.

—Xavier quiso tener a Sofía desde el momento en que fue novia de su hijo —expone Keira—, y al final encontró la manera de hacerlo. Hemos cotejado los movimientos bancarios y le pagaba una cifra irrechazable solo por quedar... No sabemos si se acostaban o no.

—Sofía me juró muchas veces que no, pero viendo la cifra estoy seguro de que sí... —musita Charly, desabrido—. Ahora me cuadra más la sonrisa de esa sabandija cada vez que me miraba...

—Así que Sofía rompió el férreo tratado que tanto defendía sobre las Sugar Babies y finalmente llegó a cobrar por sexo... —deduce Keira con un atisbo de decepción en la voz.

—El dinero fácil es más adictivo que la cocaína —sentencia Charly—, y ella lo necesitaba. No era rica. Lo que quiero saber es cuándo fue la última vez que quedó con Xavier —se atreve a preguntar.

—Dos días antes de su muerte... —expone Ulises, herido—. El lunes pasado, para ser exactos.

Charly se lleva la mano a la sien y farfulla un taco.

—Quizá le dijo algo sobre Ástor entonces —sugiere Keira.

«Pues seguramente...», me digo a mí mismo. Siempre he pensado que Xavier sabía algo sobre lo que ocurrió realmente con mi padre. ¿Se lo habrá confesado mi madre? Porque, visto lo visto, aquí todo el mundo se va de la lengua... Yo se lo conté a Keira y mi madre puede habérselo contado a otra persona. Y Xavier, además de mi padrino, es uno de sus mejores amigos.

Por otra parte, he llegado a la conclusión de que si Sofía no me contó el secreto enseguida es porque temía mi reacción. Porque era algo embarazoso que le incomodaba explicarme; si no, estoy seguro de que me lo habría contado. Esa paranoia me carcome.

—¿Qué sentido tiene que Xavier cuente un secreto a Sofía y luego la mate por ello? —se pregunta Ulises en voz alta.

—Yo no creo que haya sido Xavier —contesta Keira, pensativa.

—Entonces ¿quién? —pregunto perdido.

—Hay varias alternativas factibles, además del evidente «sota, caballo y rey»... Es decir, un Sugar Daddy, un Kunner o un Darker...

Arqueo una ceja alucinado. ¿Ha dicho «varias alternativas»?

¡¿Cuándo ha tenido tiempo de pensar en otra cosa que no sea mi lengua avasallando su boca?! ¿Es multifunción? ¿Me besaba mientras ideaba esos brillantes motes grupales para los sospechosos? De verdad que estamos a años luz...

Keira ordena unos papeles con intención de comenzar a hablar. Se me hace raro que compartan esta información con nosotros, pero conociéndolos ya un poco, me juego el cuello a que tratan de llevarnos hacia un callejón sin salida para sonsacarnos algo.

—Nosotros contemplamos varias hipótesis —empieza con voz profesional, con esos labios que anteayer lamían con fruición todo mi cuerpo—. La primera, que quien haya matado a Sofía lo haya hecho solo para encarcelar a Carla. ¿Qué enemigos tiene ella? ¿Y Héctor? ¿Alguien quiere que Carla deje de ser su novia? ¿Por qué?

La impresión me golpea en el pecho ante su capacidad para extrapolar posibilidades terroríficas. «Héctor no, por favor... Espero que no tenga nada que ver con mi hermano».

—La segunda, que quien haya matado a Sofía quisiera impedir que ingresara como primer miembro femenino del KUN.

—Para mí, la más factible —opina Charly.

—Y la tercera...

—Esta déjamela a mí —la interrumpe el abogado, satisfecho—. La tercera, que hayan matado a Sofía para evitar que destapara un secreto turbio sobre los hermanos De Lerma. Muy probablemente relacionado con el Dark Kiss.

—Yo no tengo secretos turbios —digo ultrajado. Pero Keira me mira acusándome de mentir descaradamente.

—Pues no tienes cara de inocente —replica el picapleitos—. Sofía no solo mandó un mensaje a Saúl diciendo que tenía que contarle algo goloso sobre ti, sino que también mandó uno a Carla diciendo que era sobre los hermanos De Lerma. ¿Era el mismo secreto? ¿O eran diferentes? ¿De qué forma les implicaba a ellos?

Charly y yo nos miramos sorprendidos. ¿De Héctor y de mí? Pero el idiota del abogado tiene razón en una cosa. ¿Por qué contárselo a ellos concretamente? Eran puntos clave, pero se estaban olvidando de algo.

—Lo que menos sentido tiene para mí es que el asesino se tomara la molestia de coger el trofeo de Carla para incriminarla —expongo.

—Justo esa es la clave —me concede Keira—. Lo personal de ese detalle... ¿Por qué incriminar a Carla?

Un silencio barre la sala ante esa pregunta sin respuesta. Pero tengo la certeza de que la contestación es: para jodernos a Héctor y a mí.

—Hay una persona que encaja a la vez en las tres hipótesis que hemos expuesto —dice Ulises de pronto—. Saúl.

«¡¿Saúl?!». Ese nombre retumba en mi pecho como una patada.

—Estaba despechado por Carla —empieza a enumerar Keira—. Ni siquiera se hablaban. Se manifestaba abiertamente en contra del KUN y nunca quiso que Sofía ingresara en él. Y te tiene un amor-odio obsesivo, Ástor.

Trago saliva con dificultad por la consistencia de esa alternativa. Pero algo dentro de mí se niega a creerlo.

—¿Vais a ir a por él? —pregunto confuso.

—Estamos a la espera de que nos aprueben la orden para detenerle y registrar su casa y sus cosas; seguro que nos la dan en breve. Tuvo contacto con la víctima por mensaje ese mismo día. El día anterior le dijo que quería hablar con ella. ¿De qué exactamente? Pensamos que quizá solo deseaba saber qué planes tenía.

Vuelvo a pensarlo. «¿Saúl? ¿En serio? No lo conocen como yo».

«Bueno… ¿Y si ya no lo conozco tanto?».

Esto es una pesadilla.

Me cuesta mucho creer que haya sido Saúl, pero todo encaja tan bien que es irrebatible.

—Averiguar que Sofía estaba follándose a su padre y que fuera oficial que iba a entrar en el KUN podría haber sido la gota que colmó el vaso para que decidiera matarla —alega Ulises, convencido.

—Entonces ¿podemos irnos ya? —pregunta Charly, deseoso de salir de aquí.

—Mejor poneos cómodos —le contesta Ulises con desdén—. No vais a ir a ninguna parte con esta información. Pasaréis el día aquí, incomunicados, hasta que hablemos con Saúl; no podemos arriesgarnos a que le aviséis de que es nuestro nuevo sospechoso. ¡Y no admito quejas! —Se adelanta cuando ve que mi abogado va a interrumpirle para decir que tenemos derechos—. Esto es importante… Necesitamos poder fiarnos de vosotros, y para ello es preciso que esperéis aquí un rato largo.

¡Eureka…! Por eso nos han hecho venir. Para contarnos detalles comprometedores del caso y tener un motivo para retenernos. Muy bonito, chicos.

—No podéis hacer esto —protesta Charly, indignado.

—Hay dos formas de hacerlo: por las buenas o por las malas —replica Ulises—. Será más largo por las malas... Esto es solo una cuestión de confianza.

—La base de la confianza es la libertad... —masculla Charly.

—¿Por las malas? Como quieras. Os quedáis aquí; podéis ponerme todas las denuncias que queráis, ya me limpiaré el culo con ellas.

Ulises se va de la sala de interrogatorios dejándonos con la boca abierta tras esa última frase. Es evidente que la culpabilidad que siente no le cabe por la puerta y pretende camuflarla con profesionalidad policial. Una profesionalidad mutilada por sus sentimientos.

Entiendo que en estos momentos no puedan descartar nada ni a nadie hasta confirmar las sospechas sobre Saúl. Deben encontrar al culpable. Y yo, por Héctor, espero lo que haga falta.

—¿Podemos hablar? —pregunto a Keira cuando se dispone a salir detrás del abogado.

—Luego —me dice con un mohín—. Ulises está que trina por lo de Xavier y Sofía... Aguantad aquí y esta tarde hablamos, ¿de acuerdo?

—Vale...

La miro transmitiéndole que me muero por besarla, pero apenas me presta atención.

—¡Maldita sea! —exclama Charly en cuanto nos dejan solos—. Esto es de locos... ¡Hola, chicos! —Saluda al cristal—. Sabemos que estáis ahí esperando a ver de qué hablamos ahora, pero siento decepcionaros. ¡Estáis perdiendo el tiempo con nosotros! Sobre todo tú, Mateo, que siempre has vivido de encontrar mierda de la jet. Pero con nosotros no vas a rascar nada, ¡cagamos arcoíris!

—¿Conoces al abogado de Carla? —pregunto sorprendido.

—Sí... Estudió conmigo. Fue el número uno de mi promoción. Si existe un abogado capaz de sacar a un culpable de la cárcel, es él... Quizá Carla se libre después de todo. —Se pasa la mano por el pelo, nervioso—. Sofía es la víctima perfecta para ir a por un pez más gordo, ¿verdad, Mateo? —dice al cristal.

—Tranquilízate, Charly.

—¡No puedo! ¡Tenía cosas que hacer esta mañana! Mi plan no era quedarme aquí todo el día, As. Tengo una puta coartada, joder... ¡No tienen derecho a retenerme!

—Solo serán unas horas... ¿No quieres que Ulises confíe en ti?

Al decir eso me mira mortificado. Estoy deseando que me cuente el rollito que se traen entre manos, que, a tenor de su reacción, no es ninguna tontería.

—No pueden retenernos sin pruebas. Punto. ¡No podéis! —grita de nuevo hacia el cristal—. Tengo compromisos que me resulta imposible eludir alegando que la policía no se fía de mí. ¡Eso mancha mi imagen profesional! Así que no solo han matado a mi prometida, sino que además he de aguantar que me tengan aquí sin permitirme ir a trabajar.

La puerta se abre y Ulises entra con la cara desencajada.

«Ay, madre... ¿Qué le pasa?».

—¿Tu prometida...? —pregunta con la mirada de un destripador.

Quiero recomendar a Charly que no diga una palabra. Ulises ya ha tenido suficientes decepciones amorosas por hoy con lo de Xavier.

—Sí, lo habíamos hablado —admite Charly, kamikaze—. Yo ya tengo una edad y quería que Sofía dejara esa puta web de los cojones... ¡Yo podía mantenerla de sobra! Hasta le presenté a mi madre y le contamos nuestros planes... Estaba muy ilusionada.

—¿Por qué no me explicaste todo esto el sábado por la noche? —le recrimina Ulises.

—Porque sabía que te dolería...

El inspector arruga la expresión y se prepara para hacerlo trizas:

—¿Sabes, Charly? Deberías dejar de tratarme como si fueras mejor que yo, porque no lo eres; solo tienes más dinero. Y Sofía no dudaba entre nosotros. En todo caso, lo hacía entre tu dinero y yo. Y si la han matado es porque estaba buscando la forma de eliminarte de la ecuación consiguiendo pasta por su cuenta, pero seguramente chantajearía a la persona equivocada y se la cargaron.

Es difícil silenciar a Charly, o, ya puestos, a cualquier abogado, pero Ulises acaba de hacerlo, sellándolo con un portazo estruendoso al irse superofendido.

Cierro los ojos compungido. Me siento mal por ellos. También por Sofía. ¿A quién chantajearía con mi secreto? Nada tiene sentido...

Al único que podría chantajear con eso es a mí.

O a mi madre...

Abro los ojos alucinado. ¿Y si Xavier la mató para evitar justo eso?

# ulises

6
No pierdas el tiempo

Keira me arrastra, a mí y a mi cabreo, hasta la deliciosa máquina de café de la comisaría. Es mi mejor amiga después de ella.

—Relájate un poco… —me aconseja a media voz tocándome el hombro.

Su caricia me atormenta al recordar una dolorosa familiaridad que ya es historia. La observo y admito que está más preciosa que nunca. La envuelve ese halo vigoroso que rodea a la gente que ha echado un buen polvo en los últimos días. No hay duda de que volver a ver a Ástor le ha sentado de maravilla. Me alegra que ya no sea esa alma en pena que arrastraba a todas partes meses atrás; ahora yo he tomado el relevo. He perdido cuatro kilos desde el miércoles pasado.

—¿Has comido algo esta mañana? —me pregunta preocupada.

—Sí. Tranquila…

Miento fatal. La verdad es que no soy capaz de ingerir nada. Tengo el estómago replegado sobre sí mismo. Ayer hice un esfuerzo por comerme media manzana, pero solo me entra bien el alcohol. Mi organismo ha detectado que adormece mis instintos asesinos, porque de lo único que tengo ganas es de coger mi arma, entrar en el KUN y liarme a tiros con todos los integrantes de la lista que nos pasó Ástor con los miembros que no estaban a favor de que Sofía ingresara en ese club.

Otro elemento que parece anular esos bajos instintos es Charly...

Llevo pegado a él como una maldita lapa desde el entierro de Sofía. Y eso es muy peligroso para mi sistema emocional.

Por un lado, me tranquiliza porque siento que aún queda algo de Sofía en él, de su esencia, pero, por el mismo motivo, también me entristece.

El día del asesinato hicimos el camino juntos hasta la escuela de squash en silencio. No sé cómo estaba él, pero yo me encontraba fatal. Tenía sudoración fría, dolor torácico y náuseas; a los dos minutos tuve que parar para vomitar en un seto. Conocía bien los síntomas del *shock*. Mi cuerpo no quería seguir moviéndose como si no pasara nada, como si la chica a la que ambos amábamos no hubiera aparecido muerta cien metros atrás.

Mis ojos sabían que nunca más volverían a verla sonreír; mis orejas, que ya no la oirían gritar mi nombre al llegar al orgasmo. Mi boca, que jamás volvería a arrasar su labio inferior...

Enseñé la placa en la recepción de las pistas de squash y el encargado me mostró las imágenes que yo quería revisar en el horario concreto. Después acompañé a Charly al vestuario para recoger sus cosas de la taquilla.

—¿Juegas mucho? —le pregunté por rellenar un silencio que nos estaba ahogando en lágrimas no derramadas.

—No.

—Ya decía yo... Me has parecido un poco paquete, Charly.

—Intento hacer algo de deporte para compensar los excesos, y aquí, aunque no tengas pareja, puedes venir a entrenar a cualquier hora y siempre hay alguien con quien jugar.

Creo que fue lo único que nos dijimos hasta volver al campus. Eso y un «adiós» al despedirnos con la mirada más triste del mundo. Pero esa misma noche me escribió y me mandó unas cuantas fotos bonitas de Sofía. Fue cuando me comentó lo del entierro.

Admito que la pastilla que me obligó a tragar en el coche me ayudó a combatir el peor momento... o quizá fuera estar con él el resto de la tarde. No lo sé.

—Oye... —me dijo en un momento dado en el bar, cuando

Ástor y Keira no nos escuchaban—. Si nos quedamos aquí esta noche, habrá que dejar que los tortolitos duerman juntos, ¿no? Si no, igual terminan follando en el pasillo.

Solo asentí. Se notaba que Ástor y Keira lo estaban deseando. Y no sería yo quien les impidiera disfrutar de la vida, ellos que podían... Me pareció previsible que la muerte de Sofía fundiera todas las excusas loables para mantenerlos separados, al menos por ese día.

De vuelta en Madrid el sábado a mediodía, llegué a casa y me metí en la cama con intención de no volver a pisar el suelo hasta el lunes. Tenía una resaca horrible y unas ganas de morirme que no me dejaban ni respirar.

Al caer la noche, aparecieron los primeros pensamientos suicidas y, como si me hubiera leído la mente, me llegó un mensaje de Charly.

Charly:
Te recojo en media hora. Dúchate

Le llamé directamente. No tenía fuerza ni para escribirle un wasap.

—No vengas —rezongué en cuanto descolgó.

—Voy a ir. Prepárate ya.

—No sabes dónde vivo, Charly.

—Sí que lo sé. Rastreé a Sofía hasta tu casa. Sé que os visteis varias veces después de que nos dieras la patada... Vístete, Ulises.

Me quedé tan cortado que dije:

—Dame una hora.

—Mejor cuarenta y cinco minutos. Y ponte una camisa.

Bajé cuando me mandó un wasap avisándome de que ya estaba allí.

—¿Adónde vamos? —pregunté cuando me subí en su coche.

—Al único sitio donde todo importa una mierda...

—¿Al Dark Kiss?

Charly otorgó con su silencio y arrancó.

—Yo paso. Es muy caro y no quiero que me invites...

—Háblale a mi mano. —Me la puso cerca de la cara, y se la aparté de un manotazo. Sonrió levemente.

No quise discutir. «¿Quiere pagar? Pues que pague».

En cuanto entramos en el Dark, me dio un bajón considerable. Los recuerdos apretujaron mi corazón con crueldad, y Charly se dio cuenta. Por eso despachó al primer par de chicas que se nos acercaron nada más sentarnos en el reservado diciéndoles que queríamos estar solos.

Pedimos dos copas y sacó lo que parecía ser una muestra de colonia. Un botecito alargado de cristal, sin letras, con un líquido transparente.

—¿Qué es eso?

—Tu rescate —murmuró.

—No quiero drogarme, Charly...

—Y yo no quiero que estés así. Ayer la enterramos, Ul... Confía en mí, ¿vale?

Mi corazón se saltó un latido cuando me llamó Ul. ¡Así me llamaba Sara! Lo gemía en mi boca cuando quería que la tocara, además de besarla. Cogía mi mano novata, y sentir que le urgía mi contacto me ponía a mil.

—El problema de las drogas —empezó Charly, aburrido— es que la gente no sabe consumirlas. Esto te va a sentar de lujo. Prueba solo un poco...

—¿Todo esto es un montaje para violarme? —bromeé—. Porque tiene toda la pinta...

Charly no pudo reprimir una carcajada. Y sonreí al oírlo.

—Te juro que no. Esto es L, o sea, GHB, incoloro e inodoro. Dos gotitas y te provocará una sensación de bienestar muy agradable.

—Como me desmaye y colonices mi culo, te doy una paliza...

Me miró canalla, reteniendo a la fuerza su diversión.

—Tranquilo, si un día colonizo tu culo, será porque me lo supliques..., te lo prometo.

Le sostuve la mirada, asegurándole que eso nunca iba a suceder. Charly me la devolvió exhibiendo la mejor versión de «nunca digas de este agua no beberé», y mi respuesta fue poner los ojos en blanco.

El recuerdo de Sofía volvió a aplastarme poco después debido al ambiente, y aspiré profundamente el dolor residual que nos rodeaba.

—Solo quiero que dejes de sentirte mal, Ulises —insistió Charly.

Hizo ademán de dejar caer un poco de líquido en mi copa, y no me preguntéis por qué, pero no se lo impedí.

—Aún no me creo que la hayan matado, Charly... —comenté deprimido.

—Os dije que Carla no me daba buena espina.

—¿Crees que alguien es tan estúpido como para planear algo así y luego quedarse en el escenario del crimen llorando con el arma del delito en la mano?

—Quizá. No sé... Es guapa, pero nunca tuvo muchas luces. Y en medio de una discusión puede pasar de todo en un momento dado. Al tomar conciencia, se quedaría paralizada y ya era tarde para huir.

—Yo creo que ha sido algún hijo de puta del KUN que no quería que Sofía fuera miembro —expuse.

—¿Y fue a colarse en casa de Carla para robar el trofeo e incriminarla? Lo dudo mucho... Esa gente no se complica. Contratan a un sicario y no llegas ni a tu coche al salir de clase...

—Pudo ser alguien que quisiera joder a Carla...

—Más bien a Héctor —discurrió Charly—. La ha perdido...

—Él no la ha perdido. Nosotros hemos perdido a Sofía.

Su mano cayó sobre la mía como si deseara aligerarme el dolor. Me importa un huevo lo que digan, un gesto así es diez veces mejor que una varonil palmadita en el hombro. Une más. Pero se supone que los hombres no deben rebasar cierto límite de afecto entre ellos, y me encantó que Charly se pasara la norma por el forro.

—Yo todavía no he hablado con Héctor —confesó cohibido—. Y no quiero hacerlo... Me escribió, pero no le he contestado...

—¿Por qué no?

—Porque no me apetece pelearme con él. La versión oficial es que su novia ha matado a la mía.

—Es muy fuerte... —admití.

Y lo era. Ellos eran amigos desde hacía muchísimos años, pero ahora… Ástor estaba en medio, además.

Seguimos bebiendo y hablando hasta que la química empezó a hacer efecto en nuestro organismo y comenzamos a reírnos de todo.

—¡Oh, no, Keira…, no sigas, me voy a correr! —imitó a Ástor.

Me partía de risa. Charly y yo estábamos muy borrachos en Atienza, pero exageramos y fingimos quedarnos dormidos para propiciar ese encuentro entre Ástor y Keira. Lo escuchamos todo. Fue la puta bomba…

De repente, aparecieron dos chicas ligeras de ropa con ganas de jugar y nos dejamos querer llevados por el colocón. Lo que sentía no era una sensación de bienestar, era una oleada intensa de felicidad inexplicable que me gustaría disfrutar todos los días. Ahí estaban, las orejas de la adicción asomando por encima de mi hombro. Pero no me preocupó mucho porque, de algún modo, era aún más adicto a sufrir por amor.

Los besos de las chicas nos distrajeron durante un rato de un modo superficial. No dejaba de pensar en lo distintos que eran sus labios a los de Sofía. Y cuando nos preguntaron si queríamos pasar a la parte de atrás para rematar la faena, dije a Charly que no me apetecía un festival erótico, que estaba bien allí.

Solo duró un segundo, pero me miró los labios y mi sutil gesto de retracción le reveló que no iba a darle pie a nada aquella noche.

—Pues nos quedamos aquí —contestó indiferente—. Aunque… yo no puedo irme a casa con un arma cargada entre las piernas, llevo casi una semana sin vaciarla. —Acercó la mano de su chica a su bragueta, y ella, captando el mensaje, empezó a desabrocharle el pantalón mientras se besaban lánguidamente y se acomodaban hacia atrás.

«¡Joder…! ¡Qué lanzado! ¡Qué desvergonzado! ¡Qué…!».

Quería ser como él.

Y, además, me la ponía dura querer ser como él.

Mi chica palpó y encontró mi armamento listo para disparar. También llevaba muchos días sin ningún tipo de interacción sexual y no dudé en recostarme sobre los cojines y dejar de pensar. Era un sofá de dos, no de cuatro, por lo que estábamos un poco apretujados. Sentía el brazo de Charly rozarme cada dos por tres. Su codo, más bien.

Cuando las chicas comenzaron la felación, no me lo podía creer... Los dos mil euros de la entrada bien valían el encontrarte dentro a personas que lo único que perseguían era el morbo y el placer de liarse con un desconocido atractivo... y rico.

Miré a Charly, jadeante, pero su polla se llevó toda mi atención; recuerdo pensar que tenía el mismo brillo de excitación en los ojos.

De pronto, me fijé en sus labios entreabiertos y creo que captó el deseo inconsciente de estrellarme contra ellos.

¿Qué coño era aquello...?

Cuando vi que se acercaba a mí para reclamarlo, se lo impedí poniéndole una mano en el pecho, pero me agarró del brazo para retenerme contra él, exigiendo que no me mintiera a mí mismo y admitiera lo que deseaba.

El corazón comenzó a bombearme con una violencia desconocida.

Bajé la vista hacia sus labios y... ¡Joder, no podía!

Lo solté y me dejé caer hacia atrás sintiendo su mano todavía sobre mi brazo e imaginando que eran sus labios los que iban a hacerme explotar de un momento a otro. En medio del orgasmo entendí eso de «lo único que hace que todo te importe una mierda», porque la sensación de satisfacción fue tan abrumadora que, por un momento, dejé atrás todo lo que me oprimía. Todo... ¿Cómo era posible?

Charly era un maldito mago del hedonismo.

La mayor pega de ese truquito, aparte de lo insalubre, fue el día siguiente. Donde todo se volvió peor de lo que recordaba inicialmente. No tenía claro si compensaba sufrir tal agravante por un alivio momentáneo.

—Acabamos de recibir luz verde —me avisa Keira, sacándome de mis recuerdos tras revisar su correo desde el móvil—. Vamos a por Saúl, así Charly podrá irse de aquí rápido si tiene cosas que hacer.

Charly, ya… El tío con el que acabo de discutir y al que odié con todas mis fuerzas el domingo por tener una resaca que todavía no se me ha pasado.

Keira y yo cogemos el Ibiza para dirigirnos a la Universidad de Lerma.

—Mantén la calma con Saúl —me advierte por lo bajini captando con su radar infalible mi espíritu de venganza.

Asiento porque no quiero desdecirme cuando le parta la cara a ese crío.

En cuanto nos ve aparecer, se le desencaja el rostro. No sé si por mi expresión asesina o por lo guapa que está Keira hoy.

—¡Hola! —exclama sorprendido.

—Hola, Saúl… ¿Tienes un momento? —le pregunta Kei, educada.

Me pone enfermo que haga eso. Es como si no creyera en sus propias conjeturas al respecto de que Saúl es el culpable.

—¿Sucede algo?

—Muchas cosas… —le resumo mientras jugueteo con las esposas para dejarlo blanco del todo.

Keira me amonesta con la mirada.

—Tranquilo, no vamos a esposarte… a no ser que eches a correr —le aclaro punzante—. Ahora, acompáñanos, por favor.

—¿Qué ha pasado? —pregunta alarmado.

—Hemos podido acceder por fin al móvil de Sofía —le informa Keira.

—¿Y…?

—Saúl, ¿tú sabías que Sofía era una Sugar Baby? —le pregunta con cautela.

—¿Una qué…?

—Una chica que cobraba por tener citas con hombres ricos.

—Ah, sí… Me lo contó cuando empezamos a salir. Ella lo describía como un servicio de azafatas para hombres de éxito que querían pasar el rato en compañía de mujeres bellas. Según ella, no era nada sexual.

—¿Y tú te lo creías? —pregunto pernicioso. En realidad, Sofía nos engañó a todos, no solo a mí.

—Sí, me lo creía. Porque solo su compañía ya valía su peso en oro —sentencia con firmeza clavándome la mirada.

Sus palabras me revuelven por dentro. ¡Este DiCaprio de pacotilla estuvo un año saliendo con ella! Al margen de su estudiado peinado de guaperas al que seguro que le echa diez mil productos caros, no tiene con qué disimular sus ganas de hacerse un hombre. Y sigue:

—Sofía no solo era una chica espectacular, sino también carismática, y deberíais saber que esa escasa combinación está muy demandada en la alta sociedad. Trabajó en muchos sitios antes de darse cuenta de que podía ganarse la vida de otra forma, pero me dijo que solo era un medio para conseguir un fin, y con el tiempo logró obtener el respeto de la comunidad.

—¿Respeto? Te recuerdo que la han asesinado... —mascullo.

Keira me presiona la mano cuando a Saúl comienzan a brillarle los ojos. «¿Ahora le da pena? ¡¿Y yo qué?!».

—Consiguió que muchos hombres poderosos pagaran por salir con ella. Intentaron llevársela a la cama, pero no lo lograron —continúa en su defensa—. Además, contaba con la protección de Ástor de Lerma...

Aprieto los puños.

—¿Sabías que tu padre era uno de sus clientes? —ataco sin piedad.

Keira se rinde conmigo y suspira apesadumbrada. Lo siento, para mí la verdad está por encima de la mala educación.

La cara de Saúl lo dice todo. Su falta de sorpresa. Su expresión contenida y molesta... Claro que lo sabía. Su padre se habría encargado de restregárselo a fondo por la cara.

—Sí, lo sabía —admite.

—Vaya, vaya... —digo con sarcasmo—. ¿Desde cuándo?

—Ella misma me preguntó si me parecía bien. Mi padre le había ofrecido una gran suma de dinero solo por quedar y me dijo que necesitaba la pasta... —aclara algo más serio.

—¿Tu padre te lo restregó? —quiero confirmar.

—Mi padre solo es un pobre infeliz cuya única finalidad en la vida es demostrarme que lo hace todo mejor que yo. Lo mío con Sofía no funcionó. Y como ya no estaba enamorado de ella, le dije que hiciera lo que quisiera con él. Era mucho dinero, y me pareció mejor que lo tuviera ella que otra cualquiera. Además, se supone que solo era salir...

—No estabas enamorado de Sofía porque ya albergabas sentimientos secretos por Carla, ¿verdad? —señalo perspicaz.

Saúl mira a Keira, acusador, pero no puede echarle nada en cara. Desde el momento en que él la engañó con el circo del secuestro de la Kaissa hace meses, no le debía lealtad a lo que le contó «en confianza».

—En ese momento, sí, sentía algo por Carla, pero...

—Pero ahora ya no, porque te ignoraba, ¿cierto?

—¿Qué estás insinuando? —pregunta Saúl, displicente.

—Insinúo que tenemos una orden para registrar tu casa, chaval... Tenías motivos de sobra para matar a Sofía e inculpar a Carla.

Se queda callado ante esa grave acusación y, sorprendentemente, no pone objeciones.

—Pues andando.

Los minutos pasan esperando a que proteste o diga algo que lo condene del todo. Es nuestra táctica habitual, pero con Saúl no parece funcionar y empiezo a ponerme nervioso. Ni siquiera se queja cuando, una vez en el coche, Keira le confisca el móvil y lo encerramos en la parte de atrás como a un detenido.

Diez minutos de silencio después, cede a su indignación:

—¿Sois conscientes de que alguien del KUN ha matado a Sofía?

Keira y yo nos miramos ladinos, viendo que se muere por hablar.

«Déjame a mí», pido en silencio a mi compañera. Y no replica porque es evidente que siente una extraña debilidad por Saúl.

—Sí, sabemos que fue alguien que no quería que Sofía entrara en el KUN... ¡Anda, como tú!

—Admito que no me gustaba la idea, pero yo deseaba que fuera feliz. ¡Sofía me importaba! Seguíamos siendo muy buenos amigos.

—¿Por qué cortasteis exactamente, Saúl? —pregunto interesado.

—Teníamos objetivos distintos en la vida —dice diplomático—. En cuanto la vi, me lancé a por ella y me paró los pies. Empezamos a hablar y me contó que Ástor la había apoyado para que estudiara porque creía que valía para ello. Me conquistó cuando me aseguró que su finalidad era triunfar por sí misma y no terminar siendo la mujer florero de ningún hijo de papá. Pero, al final, la atracción y el cariño venció sus reticencias y empezamos a salir...

—¿Cuál fue el problema real que os hizo separaros? —ahondo.

—El KUN. Ni más ni menos. Le hablé en profundidad del club cuando me agasajaron para que formara parte de él, ofreciéndome un poder casi ilimitado, y Sofía me animó entusiasmada. Aseguró que me tenía envidia. Ahí nació su idea de entrar como miembro femenino. Le habían brindado la posibilidad de hacerlo como Kaissa, pero decía que el comunismo corporal no era lo suyo...

—¿Eso decía la reina de los tríos? —prorrumpo despechado.

«¡Cállate, Ulises!», me grita Keira mentalmente con los ojos. Y veo que Saúl me mira mal.

—A Sofía le gustaba el sexo, no cobrar a cambio de sexo —aclara enfadado—. Según ella, eso era de putas.

—Vaya tela... —murmura Keira negando con la cabeza.

La atención de Saúl persigue ese comentario y pregunta extrañado:

—¿Qué significa eso? ¿Crees que por el simple hecho de que a una chica le guste el sexo ya es una puta?

—¡No! —exclama Keira dolida—. Odio ese maldito estereotipo machista de que cuanto más folla un tío es «el puto amo» y si lo hace una tía es «una guarra». De todos modos, me parece que Sofía no era como tú crees, Saúl... Ni tampoco como yo pensaba.

—Ni yo... —Me subo al carro, afligido.

—¿Por qué lo decís? —pregunta Saúl, ingenuo.

Keira y yo nos miramos de nuevo. Tenemos que explicarle la verdad.

—Hemos descubierto que era más ambiciosa de lo que parecía...

—No me sorprende. Tenía un talento natural para saber estar entre gente distinguida y seducirla sin llegar a nada sexual.

—¿Estás seguro de eso? —lo provoco—. ¿Tu padre nunca llegó a presumir de que había mantenido relaciones sexuales con Sofía?

—Mi padre nunca confirma ni desmiente nada. Prefiere que te tortures pensando en la opción que no quieres escuchar...

—Pues follaban —revelo brusco—. En su móvil hay conversaciones que lo avalan.

Saúl se queda sin aire durante unos segundos, luego dice:

—Sigue sin sorprenderme... De hecho, ahora algunas cosas cobran sentido.

—¿Cuáles? —pregunta Keira, interesada, y me echa un vistazo rápido previendo que estamos a punto de obtener información importante.

—Las malas lenguas dicen que antes de empezar a salir conmigo lo intentó con Ástor... No sé qué ocurrió exactamente entre ellos, pero, fuera lo que fuese, no cuajó.

La cara de Keira se descompone lentamente; aun así, hace un esfuerzo por que no se le note.

—Cuéntanos más —apremio al chaval.

—Tiempo después de cortar, Sofía vino un día muy preocupada a contarme que mi padre había ofrecido dinero a Carla por quedar con ella... Entonces achaqué su inquietud a que tenía miedo de que le quitara su puesto como concubina inalcanzable. Sin embargo, después de lo que acabáis de contarme, creo que seguramente la estaba protegiendo. A la vez, pensé que mi padre solo lo hizo para joderme cuando captó mi interés por Carla —dice ofuscado—. Sofía y Carla discutieron por ello..., y fue cuando Sofi avisó a Ástor de que mi padre iba a por su amiga para que intercediera. Ástor empezó a involucrarse con Carla, primero como amigos, pero luego empezaron a salir... y Sofía, sencillamente, enloqueció. Carla estaba consiguiendo lo que ella no había podido: implicarse más a fondo con los De Lerma. ¿Y sabéis cuál fue la solución de Sofía para no quedarse fuera de esa ecuación? Empezar a salir con Charly..., que llevaba interesado en ella desde tiempos inmemoriales.

«Hostias...». Trago saliva.

—¿Crees que lo hizo solo para estar más cerca de los De Lerma? —pregunta Keira, anonadada.

Saúl guarda silencio como si acabara de darse cuenta de que no está bien criticar a los muertos. O a Ástor.

—¿Crees que se conformó con Charly? —pregunto a mi vez, incisivo—. También es un buen partido...

Y lo pienso de verdad. A pesar de lo que acabo de decirle en comisaría, a mí me encanta la personalidad de Charly. Su forma de ser, su estilo... ¡Todo! Lo menos interesante de él es su apellido, su éxito o su dinero.

—No sé qué deciros... —resopla Saúl confuso.

—Saúl, por favor, necesitamos ayuda para atrapar al asesino de Sofía. Dinos todo lo que piensas. No revelaremos tu punto de vista a Ástor —subraya Keira con vehemencia.

Saúl se ablanda, y se lanza:

—Mi opinión es que, en el fondo, Charly y Sofía eran muy afines. Por fin ella había encontrado a alguien con el que encajaba a la perfección, pero parecía decepcionarle darse cuenta de ello...

Esas palabras me atraviesan vivo. Me resultan desgarradoras, de hecho. Ha sido como oír que a Sofía le avergonzaba quererme porque creía que se merecía más... Porque si lo pensaba de Charly, imaginaos de mí.

Se supone que la mejor sensación del mundo —en la que se basan miles de películas sobre el amor— es pensar que ese sentimiento lo puede todo. Luchar por lo imposible. Mantener la esperanza. Pero a veces la realidad se impone de tal modo que te deja fuera de juego.

Como le pasó a Keira con Ástor, mismamente.

En ocasiones no basta con querer a alguien. Él es duque, y ella... Ella no encajaba en su vida, solo en su corazón. Como yo con Sofía. Y ahora estoy viviendo algo parecido con Charly.

Entre Sofía y yo no había lugar para otro hombre, aunque, siendo sincero, lo hubo una noche en el Dark Kiss... Charly se plantó en el jodido medio y me perturbó de tal manera que no deseaba volver a sentirlo nunca más; no podría soportarlo... Sin embargo, había encajado en mi alma de un modo tan desconcertante que no fui capaz de distinguir que eso fue lo que más me descolocó, no el maldito sexo heteroflexible.

Cuando llegamos a casa de Saúl, registramos sus dependencias a conciencia en busca de cualquier detalle. Hasta levantamos el colchón de su cama. El espacio es minimalista. Es un chico muy ordenado y poco dado a las distracciones, todo lo contrario al estilo rococó de Héctor, es decir, abarrotado de detalles rimbombantes de los que poder sacar conclusiones fundamentadas. Lo único interesante de la habitación de Saúl es su mesa de estudio. Llena de bolígrafos de todos los colores, subrayadores y hojas clasificadas con pósits.

—¿Dónde está tu cofre de los secretos? —le presiono.

—Yo no tengo secretos.

—Todo el mundo tiene un lugar donde deja a buen recaudo cosas que le importan, Saúl. Un escondite... ¿Quizá en el falso techo del cuarto de baño?

—Compruébalo tú mismo... —contesta displicente—. No sé qué buscáis exactamente, pero os puedo ahorrar tiempo: yo no maté a Sofía. Tengo una coartada, testigos que afirmarán haberme visto en clase a la hora exacta del crimen. Aunque bien podría haberlo organizado a distancia de forma telemática... Pero aquí está mi ordenador; llevároslo y analizadlo... Haced que un experto os saque hasta los archivos que he borrado en el último mes. Repasad mi historial de búsquedas. No estoy especialmente orgulloso de él, pero es lo que hay, me pone lo que me pone... Y buscad también en mis cuentas bancarias por si he hecho alguna transferencia sospechosa para pagar a un sicario. Soy transparente —dice abriendo las manos—. Luego, cuando os canséis de perder el tiempo conmigo, me avisáis y os ayudo a investigar a los del KUN.

—Hablas igual que Charly —apunto divertido.

—Es que Sofía tenía muy buen gusto...

—Gracias por la parte que me toca.

—Ah, ya... Bueno, también se le iba la olla de vez en cuando, tú eres un buen ejemplo de ello.

Alzo una ceja y Saúl sonríe con guasa. ¡No tiene un pelo de tonto!

—¿Cuál es tu lugar favorito de la casa? —le pregunta entonces Keira con expresión distraída, y sé que esa cabecita suya está tramando algo.

—Arriba... Hay una terraza pequeña en el tercer piso, con buenas vistas. Tengo un balancín grande. ¿Queréis que os lo enseñe?

—No. Me basta con saber que tienes afición a las alturas —responde enigmática.

Automáticamente, mira hacia arriba. Hay varias cajas iguales colocadas sobre una estantería llena de enciclopedias y obras maestras de la literatura que parecen haber sido compradas en colección.

—¿Qué hay en esas cajas? —pregunta perspicaz.

—Cosas que ya no uso. Ropa, calzado, libros...

—Bájalas —ordeno sin titubear, adivinando los deseos de Keira.

Saúl trae una escalera para cogerlas y empezamos a abrirlas hasta que damos con una interesante. Está llena de fotografías y recuerdos de su infancia. Algunos muy banales. Entradas de cine, posavasos, chapas... Todo un templo anterior al mundo tecnológico e incluso más antiguo. De pronto, me llaman la atención unas fotos de Sofía envueltas en una prenda de tela fina de color rosa donde descansan unas llaves.

—¿Y esto? —Lo señalo.

—Pensaba devolvérselo, pero al final, por hache o por be, no lo hice.

—¿De dónde son esas llaves?

—De... su casa —dice renqueante—. Me las dio cuando salíamos, y andaban por aquí junto con esa camiseta que se dejó un día...

Keira y yo nos miramos lamentando lo que está a punto de ocurrir.

—¿Tienes un juego de llaves de casa de Sofía...? ¿Te refieres a las llaves de donde, presuntamente, desapareció el objeto que terminó con su vida?

—¡No...! ¡Yo no he entrado en esa casa desde hace mil años...! —exclama Saúl, asustado.

Keira cierra los ojos y se pinza el puente de la nariz en un gesto muy suyo.

—Joder, Saúl... —maldigo entre dientes—. Ahora sí que nos vas a hacer perder tiempo.

keira

7
El fin del principio

No me reconozco...

Antes de salir de la comisaría, he ido al aseo a retocarme. ¡Yo!

El motivo es que he quedado con Ástor para cenar en un restaurante megasofisticado, con el propósito de hablar de «lo nuestro», y quiero estar presentable. ¡Eso es todo, lo juro!

Que le vaya a decir que ha sido un error volver a liarnos no significa que deba ir oliendo a *eau de sudor*, ¿no? Bueno, vale, también me he cambiado de ropa. En cuanto me ha escrito que había reservado mesa en un sitio tan pijo he salido a comprar un vestido a una tienda cercana.

Al terminar mi turno, he ido directa al aseo de la comisaría (sorprendido de que lo utilice) para arreglarme un poco: desodorante, maquillaje básico, incluso me he cepillado el pelo.

Sí..., soy lo peor.

O eso me aseguró mi madre el sábado cuando volví por la tarde a casa desolada, tras ser testigo de cómo Carla ingresaba en prisión a lágrima viva.

—Tienes que ser fuerte... —le dije cogiéndole la mano con firmeza a la que habría sido mi cuñada si... ¡Si nada!

—¡No puedo, Keira...! ¡Soy inocente! —me juró, también con la mirada.

Incluso la propia Sofía habría afrontado todo aquello con más entereza, pero Carla no. Capté un destello de terror en sus pupilas que me convenció de que decía la verdad, y me sentí fatal por ella. Tenía que darme prisa en resolver el caso, porque esa chica no se merecía pasar por una situación que, probablemente, la empujaría a la locura y a la desconfianza eterna en el ser humano.

Por eso he tomado la decisión de centrarme y dejarme de cuentos de hadas con Ástor. No podemos permitirnos el lujo de disfrutarnos en este preciso momento, por pura clemencia hacia los afectados, que resulta que son nuestros mejores amigos o familiares…

Mi madre se cruzó de brazos en cuanto entré por la puerta de casa.

—¿Qué se supone que estás haciendo? —me preguntó seria.

—¿A qué te refieres? —Me quedé parada.

—Con Ástor… ¿Volvéis a estar juntos?

—Nunca lo hemos estado, en realidad.

—Déjate de semántica, hija. ¿Quieres que te recuerde lo mucho que te costó superarlo la última vez?

«No lo he superado, mamá», pensé débilmente. Tuve que esmerarme más que nunca para que creyera que lo había hecho. Han sido seis meses espantosos.

—No es nada. Es que… ha muerto una amiga en común y…

—Y os habéis unido en el dolor.

—Algo así.

—Ya… Cualquier excusa es buena para volver a caer en la tentación, ¿eh, Keira?

—La muerte de Sofía no es ninguna excusa. Ha sido un asesinato, y me trae de cabeza. La novia del hermano de Ástor ha sido acusada porque todas las pruebas apuntan a ella. Sin embargo, creemos que la han incriminado.

—¡Madre mía…!

—Por eso te digo que no te preocupes… Lo mío con Ástor ha sido un lapsus momentáneo, y voy a decirle que no tiene sentido seguir adelante. Necesito concentrarme y encontrar al culpable de la muerte de Sofía.

—Keira… Yo lo único que quiero es que no os hagáis más daño. Él tiene un destino que cumplir y tú…

—Lo sé, mamá. Ya he visto *Los Bridgerton*. Ahórratelo, ¿vale?

En cuanto abro la puerta del restaurante me alegro de haberme cambiado. Entrar en este lugar es como acceder a una dimensión celestial, no apta para humanos molientes.

Una chica angelical me acompaña hasta una salita privada donde Ástor ya me está esperando. Es verle y sentir un golpe seco a la altura de las costillas que me deja sin respiración.

¡Voy a quemar esa camisa blanca aunque sea lo último que haga! Un trozo de tela no debería tener tanto poder… ¿Y esos ojos? ¿Qué hago con esos ojos…? Por no hablar de esa pronunciada mandíbula que me ha devorado mil veces sin compasión y que ahora mismo se tuerce en una media sonrisa que hace que se me olvide hasta mi nombre. ¡Joder…!

Niego con la cabeza para salir del feliz trance de imaginar que corro hacia sus brazos y le muerdo los labios.

«¡Basta, Keira…! Intenta ser normal, deja de babear y habla».

—Hola… —saludo nerviosa—. ¿Qué es este lugar? ¿Por qué no estamos donde hay más mesas?

—He pensado que no sería conveniente que nos fotografiasen juntos.

—¡Ah! Bien pensado, sí… Mejor que solo te fotografíen con Olga.

Sube las cejas durante un segundo y decide (sabiamente) ignorar el comentario.

—Siéntate —me ordena como si fuera el diablo y quisiera hacer un trato conmigo—. Estás guapísima… —Echa un vistazo a mi ropa.

¿En serio? Juro que es el vestido menos provocativo del mundo. Palabrita. De canalé, color beis, cuello redondo y sin mangas. Podría correr un maratón con él. Es cómodo y elástico. Sin embargo, por cómo me mira, Ástor parece fascinado con lo ajustado que me queda.

—Gracias… —digo temerosa de que se lance a mis labios y no pueda apartarme.

Pero vengo a eso justamente, a frenarle. Y, en el fondo, quiero pensar que sabe lo que voy a decirle después de no llamarle en todo el domingo.

—Siento lo de esta mañana… —empiezo—. Ulises está paranoico.

—No pasa nada. Lo he visto mal. Me da bastante pena, la verdad.

Anhelo besarle solo por decir eso.

Hubo un tiempo en el que pensé que Ástor era demasiado sobreprotector, incluso algo controlador, pero luego entendí que solo tiene un gran corazón.

«¡Corta el rollo, Keira!».

Me pilla mirándole los labios y se los humedece en un acto reflejo.

—Ástor, yo… —Me atasco incapaz de verbalizarlo.

—Sé lo que vas a decirme. Y me parece bien, Keira.

—¿Lo sabes?

—Sí. Y opino lo mismo…

—Nada ha cambiado —expongo encogiéndome de hombros.

—Lo sé… Pero lo de Sofía ha vuelto a juntarnos y me gusta esto. Quiero poder verte y hablar contigo sin que pase nada entre nosotros. Solo como amigos… ¿Crees que podremos lograrlo?

—Amigos… —repito escéptica. «¡¿Quién coño podría ser su amiga?!».

—Sí. De hecho, tengo un regalo para ti… Para sellar nuestra amistad. —Sonríe jovial para evitar que lo rechace bruscamente.

Me resulta tan irresistible que veo claro que jamás podremos ser amigos.

—No me gusta que me compres cosas, Ástor, ya lo sabes…

—No lo he comprado.

—¿Lo has robado?

—Está en tu e-mail —revela—. Creo que aún no lo has mirado…

Cojo mi móvil intrigadísima y lo reviso con una sonrisa en la boca.

—«Formulario de Inscripción de la Federación Española de Ajedrez, FEDA» —leo en voz alta.

—El cupo se abre solo una vez al año, en el mes de septiembre. Y, ¿adivina qué? Hoy es veintinueve. Mañana es el último día para apuntarse este año.

—¿Por qué quieres que me federe?

—Para que consigas el Elo que te mereces.

—¿Según qué *ranking*? —increpo a la defensiva—. ¿El femenino, que es considerablemente inferior al masculino? Paso, de verdad.

—Kei..., tú misma lo dijiste: el mundo está cambiando. En cien años esperemos que jueguen la misma cantidad de niñas que de niños al ajedrez, ¡y tú podrías ser el referente y la inspiración que necesitan! Podrías ser el inicio del cambio...

—No soy tan buena, Ástor.

—No lo sabrás hasta que te pruebes —señala tajante—. Te lo debes a ti misma... y a todas las mujeres.

Pongo los ojos en blanco. ¡Maldito sea!

—Ulises tiene razón..., ¡tus dotes de manipulación son admirables!

Ástor sonríe encantado.

«Dios, qué sonrisa... Me la tatuaría en mis partes íntimas».

—¿Eso ha dicho el cabronazo de Ulises? —pregunta divertido.

Sonrío también yo. Imposible no hacerlo con la cara de pillo que está poniendo.

—*Seee...*

«¿Puede recordarme alguien por qué tengo que privarme de este señor, por favor?».

Deberíamos dejar que la cruda realidad se imponga por sí sola. Las estadísticas dicen que en dos años se nos gastará el amor de tanto usarlo y todo terminará. Eso, si no nos cansamos antes por diferencias irreconciliables como... no querer tener hijos, por ejemplo. Pero, al menos, dejaría de vivir con la certeza de que ningún hombre podrá superarlo jamás.

—El primer paso es inscribirse —dice con calma—. Tu Elo se determinará por las primeras nueve partidas oficiales que realices. Una vez conseguido, podrás participar en algún torneo grande para aumentarlo. Después, irás a torneos internacionales para enfrentarte a gente muy buena y subirás en el *ranking* con rapidez...

—¿Qué soy, tu nuevo caballo ganador, Ástor?

—Puede. Con lo que me gusta montarte...

Bajo la cabeza, escandalizada.

—Lo siento. —Sonríe sinvergüenza—. Me la has dejado a huevo...

No puedo ni mirarle. ¿Quién es este nuevo Ástor y dónde está mi chico amargado y alérgico a las sonrisas?

Vuelvo a tirar de mis riendas con fuerza. Si entro en su juego, no comemos. Comida, digo... Me gustaría contestarle que a mí también me encanta cabalgarle a lo bestia, pero me corto y digo:

—¿No íbamos a ser amigos?

—Perdona. Fallo técnico... —bromea con esos labios que deberían estar señalizados de lo peligrosos que son.

Tengo la sensación de que si nos tocamos saltarán chispas. La tensión sexual a nuestro alrededor es tan alta que, con suerte, igual explotamos.

Unos ligeros golpes en la puerta nos avisan de que alguien va a entrar.

¡Salvada por la camarera!

—¿Saben ya lo que van a pedir?

—Lo siento... —digo cogiendo la carta—. ¿Nos da tres minutos?

Asiente educada, y cuando se va, Ástor vuelve a mirarme fijamente mientras ojeo los platos.

—¿Qué pedimos? —le digo para romper la magia.

—A mí solo me apetece una cosa —ronronea—. Almeja...

Suelto una risotada y me escondo tras la carta por un momento.

—Esto no es serio, Ástor...

—¡Lo digo en serio! —Sonríe señalando la carta—. Lo pone aquí, almejas a la marinera... —Sigue riéndose—. ¿Tú eres muy marinera, Kei?

Me callo para no echar más leña a las mismísimas llamas del infierno. Me cuesta decidirme, y Ástor continua con su campaña.

—Entonces... ¿te vas a inscribir o no? Me fastidió mucho que las partidas del torneo del KUN no te contasen para puntuar por no estar federada. Había gente de bastante nivel...

—¿Por qué te importa tanto que lo haga?

—Porque sé lo que el ajedrez significa para ti...

—¿Qué crees que significa?

—Lo mismo que para mí. Es hogar... Te sientes cómoda con él. En casa. Y no quiero que renuncies a la distinción que te mereces por una visión anticuada e injusta del juego. Quiero que luches y que les revientes...

Oír de su boca las palabras que mi madre me ha dicho muchas veces hace que me dé cuenta de que Ástor no es un hombre más. Es como si me quisiera de una forma especial.

—No sé si merecerá la pena —digo cansada—. Comentarios violentos, miradas reprobatorias... Huyo de eso, porque me conozco.

—Valdrá la pena —asegura.

Su determinación me convence y me seduce a parte iguales.

—Si insistes..., me inscribiré —digo encogiéndome de hombros.

—Buena decisión. —Me guiña un ojo, satisfecho.

Cenamos de maravilla. Ástor me cuenta que la chef es una de las mejores de la ciudad y que realizó sus estudios de cocina en Francia. También hablamos del caso y le cuento acerca de Saúl.

—Me siento fatal por haber tenido que detenerle —confieso.

—¿Por qué? ¿No crees que fuera él?

—No. Pero que hubiera unas llaves en su casa es indicativo...

—¿Estás pensando en Xavier?

—Sí...

—Esta tarde he ido a ver a mi madre —dice de pronto como si tuviera relación con el tema—. Necesitaba saber si le había contado a Xavier lo de mi padre... Lo que realmente pasó aquella noche en la piscina. Se me ocurrió que igual él se lo explicó a Sofía en un descuido, porque bocazas es un rato, y luego pudo tener miedo de que ella lo contara...

—¿Y qué te ha dicho tu madre? —pregunto interesada.

—Que no se lo ha confesado nunca a nadie. Aun así, ya te

dije que tengo el presentimiento de que Xavier lo sabe. Ignoro cómo. Quizá lo intuya porque tiene claro que yo odiaba a mi padre. Y como me ve tan torturado, lo sospeche.

—Tienes que dejar atrás esos remordimientos, Ástor. Por tu bien.

Se me queda mirando como si deseara poder hacerlo.

Ahora es él quien me mira los labios por lo que acabo de decir. Mi mente vuela, y nos imagino besándonos con una pasión arrolladora. Su mano se sumergiría debajo de mi vestido y ascendería con descaro hasta alcanzar la curvatura de mis pechos. Y yo tiraría de su pelo mientras...

—Esta cena no ha sido buena idea —farfullo avergonzada. Porque sé que mi expresión es transparente y la lee a la perfección—. Lo del otro día está muy reciente, Ástor, y ahora mismo que tú y yo estemos a solas no es viable.

—A mí también me está matando... —confiesa en un susurro.

De pronto, volvemos a oír unos golpecitos. Bendita camarera.

—¿Puedo ofrecerles algo más? ¿Quieren postre?

Ástor me mira, no para preguntarme si yo quiero, sino para dejarme claro lo que le gustaría a él.

—No, gracias —contesta cuando niego con la cabeza, atribulada—. La cuenta, por favor.

En cuanto nos quedamos solos de nuevo, me viene a la mente una buena forma de bajarnos este inoportuno calentón.

—Saúl me ha dicho que Sofía quiso algo contigo... Y que cuando pasaste de ella empezó a salir con él. ¿Es cierto?

Ástor desvía la mirada de forma significativa. En su idioma eso es un sí rotundo que su honor no le deja verbalizar.

—Lo nuestro no fue nada serio...

—¿Hubo un «lo vuestro»? —pregunto alucinada—. ¿Por qué no me lo contaste en su día, Ástor?

—Porque no fue nada. Charly y yo conocimos a Sofía cuando trabajaba de relaciones públicas en el Dark Kiss y..., bueno, ya sabes...

—No, no sé. Explícate.

—Ya has estado allí, Keira...

—Cuéntame qué pasó —le ordeno más tajante de lo que pretendía.

Hace una pausa para medir mi enfado, y lo veo dudar.

—¿Me lo preguntas como exnovia celosa o como policía?

—Como policía —contesto seria.

Su forma de mirarme me chiva que está a punto de mentirme para no hacerme daño.

—Dime la verdad, Ástor... —le presiono antes de que se decida por ocultármela.

—La verdad es... que la primera vez que vi a Sofía en el Dark Kiss me pareció una chica preciosa y no dudé en enrollarme con ella en cuanto se me presentó la ocasión.

Mi mundo se agrieta bajo mis pies y lo disimulo como puedo.

Intento recordar que en ese momento yo no los conocía de nada y que Sofía era muy atractiva. ¿Solo se besaron o...?

«¿Qué importa? ¿Te haces una idea de a cuántas mujeres habrá besado Ástor en su vida? ¿Y solo este verano...?».

Mi corazón se cubre de metal saltando en el aire a lo Iron Man para bloquear el impacto de lo siguiente que vaya a decir.

—Pero no follamos.

«¡Uf...!».

—Sofía no quiso... —remata—. Me dijo que ese no era su trabajo. Era la directora de animación de la antesala a la parte de atrás.

—Entiendo... Era como la madame del lugar.

—Han pasado casi cuatro años de aquello, Keira...

Respiro aliviada. No es que importe mucho, aunque... «Cállate, anda».

—Pero según Saúl, ella volvió a intentarlo en la universidad...

—Cada vez que íbamos al Dark, pedíamos las copas en su barra y hablábamos un rato. Charly llegó a obsesionarse con ella y empezó a ir a verla más veces sin mí, hasta que consiguió captar su atención. Tenían mucha química juntos y terminaron acostándose, pero después siguieron siendo solo amigos. Sofía decía que no tenía tiempo para novios por estar estudiando un módulo y trabajando a la vez.

»Una noche, nos invitaron a una fiesta benéfica y Charly la llevó de pareja. Yo asistí con una Sugar Baby, y así fue como Sofía se enteró de la existencia de ese servicio. No dejó de bromear diciendo que se sentía rara por estar allí "de gratis". Meterse en la web SugarLite le permitió dejar su trabajo en el Dark Kiss y empezamos a encontrárnosla en eventos a los que solíamos ir, acompañando a otros hombres que conocíamos. Todos sus Sugar Daddies le aconsejaron estudiar. Y yo le ofrecí la posibilidad. Poco más hay...

—Entonces ¿no intentó seducirte una vez en el campus... o tú a ella?

Capto que le cuesta hablar de esto. No sé si por mí o porque está muerta.

—Cuando empezó la universidad, la vida de Sofía pegó un cambio radical. Estaba muy agradecida conmigo, y un día vino a mi despacho a darme «las gracias», pero la rechacé... Se ofendió, y me aseguró que no era ningún pago por nada, que deseaba hacerlo de verdad. Aun así, le dije que no podía porque Charly sentía algo especial por ella. Veía que cada vez se integraba más en nuestro mundo y pensé que, si en un futuro terminaban casados, me arrepentiría de haberlo hecho.

—Pobre Charly... —digo pensativa.

—¿Por qué?

—Porque al final Sofía empezó a salir con Saúl.

—Ya... Creo que Charly le recordaba demasiado a su antigua vida y ella pensaba que con Saúl podía ser otra persona. Quizá una marquesa..., porque Saúl algún día lo será.

—Y por Saúl conoció el KUN, ¿no?

—Exacto.

—¿Y Carla? ¿Sofía te pidió que la rescataras de Xavier?

—Eso fue en el siguiente curso. Sofía se trasladó a vivir con ella al poco de empezar a salir con Saúl, pero pronto surgió un conflicto de intereses entre ellos; Sofía estaba obsesionada con el KUN y Saúl lo repudiaba. Cuando lo dejaron, Xavier fue a por Sofía a muerte, y no quise meterme... Pero en el momento en que empezó a ir a por Carla, Sofía me pidió que interviniese. El resto, ya lo sabes...

—Sí, lo recuerdo… Carla te encajó como duquesa, pero salió mal.

—No… El resto es que me enamoré de ti.

Aparto la vista a tiempo. Si no, ya estaríamos besándonos.

—A veces nos enamoramos de personas que no nos convienen, Ástor —condeno—. La clave es darnos cuenta y actuar en consecuencia…

—¿Y cómo se hace eso, Kei? —susurra cogiendo mi mano y acercándosela a la boca—. Porque yo no he podido olvidarte. De hecho, no creo que pueda nunca…

El roce de sus labios sobre mi piel me invita a mandarlo todo al carajo y montárnoslo aquí mismo.

Toc, toc, toc…

Esa es la mano de Dios, sin duda, no la de Maradona.

—Les traigo la cuenta —nos comunica la camarera, apocada.

—Gracias —contesta Ástor soltándome.

Saca una tarjeta de crédito de su cartera y la deposita sobre el datáfono cuando ella se lo acerca.

—Muchas gracias… Espero que todo haya sido de su agrado, señor —se despide la camarera haciéndole ojitos, antes de retirarse caminando hacia atrás.

Ástor saca un billete de veinte y, sin florituras, lo pone en la bandeja. Luego vuelve a mirarme con nostalgia y recupera la mano que había dejado. Me acaricia como si no pudiera evitarlo.

—Gracias por la cena… —musito cohibida.

Sus dedos causan estragos en lo siguiente que iba a decir haciendo que lo olvide, pero era algo parecido a: «Tengo que irme».

—Keira…, creo que separarnos fue un error. Podríamos haber pasado el verano juntos. Hartarnos de hacer el amor, que se nos pasase esta fiebre enfermiza y desencantarnos un poco el uno del otro antes de retomar nuestras vidas… Pero cortar la relación de golpe en el mejor momento posible fue un suicidio emocional.

—Era un buen plan, pero ¿y si hubiese pasado justo al contrario? ¿Lo has pensado?

—Una matemática no debería tener miedo a esa remota probabilidad…

—Contigo las estadísticas no funcionan, Ástor. Lo he comprobado.

—¿Eso es un cumplido? —Sonríe canalla, y mi corazón ya está llorando por no poder tenerle.

La verdad es que no creo que me cansara de Ástor nunca... Quizá el problema es que tengo claro que él de mí sí, y siento que sería una apuesta demasiado arriesgada por mi parte. De las que terminan alejándote de todo lo que alguna vez te importó. Y de repente, recuerdo a Carla. Su mirada devastada. La injusticia del encierro... Y decido que si no puedo alejarme de Ástor por mí misma, lo haré por ella.

—Tengo que concentrarme en sacar a Carla de la cárcel, ¿no es lo que querías, Ástor? Y todo esto me distrae mucho... Tú me distraes.

—Ese comentario es muy sexista —me acusa más serio.

Mis cejas suben sin permiso. Pienso en ello por un momento. Lo siento, es la pura verdad. Me distrae.

—Igual es que la naturaleza es sexista y no queremos verlo —zanjo.

—¿Insinúas que estar enamorada te vuelve más tonta?

—El amor distrae —sentencio—, lo dijo Woody Allen. Es anestesia para el alma. Evita que pensemos en cosas malas y deja atrás las preocupaciones. Enamorarse te hace caer en un estado donde las muertes trágicas no tienen cabida. Por eso Ulises y yo resolvemos tantos conflictos, porque nuestra vida amorosa es inexistente y podemos dedicarnos a pensar en las pistas a conciencia sin implicarnos emocionalmente.

Veo que aprieta la mandíbula.

No sé si entiende adónde quiero llegar. Y lo sigo intentando.

—Se sabe que la felicidad bloquea el instinto de supervivencia. Es un hecho... Por eso la gente funciona tan bien bajo presión.

Ástor me mira con esos ojazos que quitan el hipo y suspira pesaroso.

—¿Sabes que diciendo esas cosas solo haces que me enamore más de ti? —Sonríe con tristeza—. Pero ese instinto de supervivencia del que hablas también se ve mermado al adaptarse a la seguridad de lo rutinario, en este caso, a tu poder para insensibilizarte de todo. Y la seguridad se parece mucho a la felicidad, pero no lo es. Es una falsa ilusión. Si la variable soy yo, es porque no puedes insensibilizarte de mí..., ¿no crees?

«La hostia...».

—¡Cállate ya... o vamos a terminar follando! —digo sujetándome la cabeza.

Su risa en cascada me electrifica el corazón llenándolo de vida, obligándome a sentirlo todo. A fundir mi coraza metálica. Porque en una cosa tiene razón: él me hace sentir insegura... Tambalea como nadie mis principios básicos antisociales, y eso es muy peligroso.

—Será mejor que nos vayamos... —acierto a decir.

Me levanto y vamos hacia la puerta callados y pensativos.

Cuando estamos a punto de salir a la calle, oigo mi nombre.

Vuelvo la cabeza y veo a Mateo, cenando solo en una mesa de la zona común. «¿Qué hace el abogado de Carla aquí?».

Noto la reticencia de Ástor a acercarse a él, pero ya es tarde para no hacerlo. Voy a su encuentro.

—Qué aproveche... —le digo a modo de saludo.

—Gracias. Me alegro de encontrarte, Keira. Iba a llamarte luego para contarte algo importante sobre el caso, pero... ¿Qué hacéis aquí juntos? ¿Estáis saliendo otra vez? Buenas noches, Ástor...

Madre mía... ¡Es como un torbellino sin filtro! Y al parecer también ha hecho los deberes sobre nosotros.

—Buenas noches... —contesta el duque con sequedad.

—¿Qué ibas a contarme? —pregunto directa—. Y no estamos saliendo. Solo somos amigos.

—¿Amigos? Qué horror... Bueno, pues resulta que, hablando con Saúl, he tenido una revelación sobre el verdadero asesino...

Ástor y yo nos miramos, y decidimos caer en su trampa.

—¿Qué revelación?

—¿Por qué no te quedas conmigo y lo hablamos tranquilamente? Hasta mañana, señor De Lerma...

Cierro los ojos, avergonzada. «¡Este tío es increíble!».

La incomodidad de Ástor y sus ganas de arrearle un guantazo llegan hasta mis ondas cerebrales.

—Ástor se queda. —Salgo en su defensa—. Lo que tengas que decirme, dilo delante de él. Pongo la mano en el fuego por Ástor...

El aludido me mira conmovido con un agradecimiento infinito en los ojos.

«¡No le mires...!».

Me siento en una silla y le insto a que haga lo mismo.

—Cuéntanos, ¿qué has descubierto? —pregunto tenaz.

Antes de hablar, Mateo se mete un buen trozo de filete en la boca y nos hace esperar mientras lo mastica, se lo traga y bebe un poco de vino tinto. Es un caso de hombre...

—Primero déjame decirte que estás guapísima con ese vestido... Nada que ver con tus trajes de policía marimacho.

—¿Por qué tienes que ser así? —me quejo, asqueada.

—La pregunta es: ¿por qué inventan esos trajes tan horrendos?

—Di algo elocuente o me largo ahora mismo —lo amenazo.

—Xavier sabe mucho más de lo que nos ha dicho esta tarde. Según su hijo, estaba a favor de que Sofía entrara como miembro en el KUN, pero...

—¿A favor? ¿Eso os ha dicho? —interrumpe Ástor—. No tiene ningún sentido, Xavier es muy conservador. Y machista, y homófobo, y racista... Lo tiene todo. Para él, Sofía solo era un modo de ejercer el control sobre su hijo, sometiéndola sexualmente con dinero.

—Por eso mismo no cuadra —subraya Mateo subiendo las cejas locuaz—. Y yo digo: igual no le importó porque pensaban matarla...

Mateo estará como un cencerro, pero es inteligente. ¿Por qué a Xavier no le preocupaba que Sofía fuera a ingresar en el KUN?

—Y tenía motivos para incriminar a Carla —añade Ástor—. Intentó comprarla como a Sofía, pero no pudo... Quizá sí haya sido él, Kei —deduce mirándome con ansiedad.

—El problema es que tiene coartada confirmada —comenta Mateo.

—Por supuesto. En todo caso, habrá sido un encargo —dice Ástor.

Me miran para que tome partido por una u otra postura, y capto en el aire que ambos tratan de impresionarme. Si cuando digo que no quiero hombres a mi alrededor mientras trabajo, no es por nada... Odio que la política se cuele en todas partes.

Inspiro hondo haciendo a un lado su concurso de meadas.

—Fuera por encargo o no, un asesinato deja un rastro —cavilo en voz alta—. Cuando golpeas a alguien con esa violencia en la cabeza salpica bastante... ¿Adónde fue el asesino después? ¿Tenía un medio de transporte cerca? ¿Nadie vio a un tío manchado de sangre por el campus? Me cuesta mucho creerlo...

—Por esa zona pasa poca gente —expone Ástor.

—Ya, pero en algún momento el atacante tuvo que volver a la civilización. Tuvo que lavarse, cambiarse o, como mínimo, deshacerse de los guantes con los que sujetó el trofeo para golpearla sin dejar sus huellas. Siempre hay un punto de riesgo. ¿Cuál es en este caso?

—Lo más rápido sería huir en un coche que estuviera aparcado cerca de antemano —opina Mateo.

—No hay cámaras en esa zona del campus —lamenta Ástor.

—Te equivocas. Hay cámaras por todas partes —caigo en la cuenta—. Hay más de setecientos satélites que nos vigilan desde el cielo en tiempo real, lo malo es que esos datos no están a disposición del ciudadano, si no, esto sería un *Gran Hermano* a escala mundial. La privacidad y la libertad se irían a la mierda, pero está todo grabado...

—¿Y cómo podríamos acceder a esas imágenes? —pregunta Mateo, excitado como buen cotilla.

—Conozco al jefe de seguridad de una compañía importante de seguros que utiliza drones para vigilar varias empresas. Podría pedirle que hiciera un rastreo de la zona a esa hora concreta por si han captado algo.

—Eso sería genial —dice Ástor, impresionado—. Quizá alguien lo grabara todo desde el aire.

—Y siguiendo con la lógica de que estamos vigilados... —continúo lanzada, y noto que Ástor me mira arrobado, como si pudiera ver a través de mi piel y le sedujera lo que descubre a nivel mental—. Otra posible vía es el control tecnológico al que estamos sometidos con los teléfonos móviles y sus GPS. Los movimientos de cualquiera están almacenados en millones de servidores. Puedo conseguir una orden para rastrear el teléfono de cada uno de los sospechosos y cotejarlos con el de Sofía. Analizar coincidencias en el espacio y tiempo de su última semana de vida...

—Un estudio así no será rápido —dice Mateo—. Y también puede fallar si el individuo en cuestión no llevaba el móvil encima.

—Esa casualidad sería sospechosa en sí misma, ¿no crees? Los smartphones ya son como una extensión de nosotros. Ulises se ha pasado el día entero analizando los movimientos bancarios de los Arnau y de todos los hombres de la web SugarLite con los que salió Sofía, empezando por los más cercanos a su muerte... Espero que encuentre algo. Pero esto se ha convertido en un maldito trabajo de chinos.

—¿En el móvil de Sofía no había nada más de interés? —pregunta Ástor—. ¿Alguna foto? ¿Conversaciones...?

—No. Lo más relevante son las que mantenía con Ulises a espaldas de su novio...

—Es que Ulises es un gran sospechoso —señala Mateo, y da un trago de su copa. Lo miro mal.

—Eso es incorrecto —interrumpe Ástor—. Sofía no lo hacía a espaldas de Charly. Él lo sabía todo. Se monitoreaban los teléfonos.

—¡¿Perdona?! —exclama Mateo, alucinado—. Rectifico: ¡Charly se ha convertido en mi nuevo sospechoso número uno!

—No es lo que crees... —lo defiende Ástor—. Era algo mutuo.

—Has dicho «monitoreaban» —repite Mateo—. Una cosa es usar una aplicación para saber dónde está alguien en un momento dado y otra muy distinta es poder entrar en su teléfono. Acceder a sus mensajes y fotos... ¿Era así? Porque pudo borrar lo que le interesaba que no vierais antes de que la encontraseis muerta...

Los nervios se apoderan de mi estómago con crudeza. Me cago en todo lo cagable...

—¿Y si ha sido Charly? —digo asimilando esa posibilidad real por primera vez. Miro a Ástor, asustada—. ¿Y si Ulises está en lo cierto y Sofía planeaba deshacerse de él? Además, Charly le tiene manía a Carla desde siempre...

—¡Charly está hecho polvo! —exclama Ástor, incrédulo.

—Puede ser buen actor —tercia Mateo.

—¡Estáis hablando de mi mejor amigo! —replica el duque con una agresividad desconocida—. Lo conozco bien. Es un pieza de cuidado, pero nunca haría nada que pudiera dañarnos a mi hermano o a mí, ¡y esto está destrozando a Héctor! No te digo que le sentara bien lo de Sofía y Ulises, pero no estaba tan obsesionado con ella como creéis. Ayer mismo me confesó que era una buena opción como compañera de vida, pero que no sentía que fuera su alma gemela. En ese aspecto, Ulises tiene más papeletas para cometer un crimen pasional que él. Igual es Ulises el que se está marcando el papel de su vida... Porque Charly me dijo que Sofía había tenido muy buena actitud delante de su madre cuando le contaron que planeaban casarse. Quizá engañó a Ulises porque no quería dejar de verle y cuando él se enteró la mató...

—¡¿Por qué iba Ulises a incriminar a Carla?! —exclamo escéptica.

Mateo nos mira regocijándose en nuestra confrontación. Está encantado con esto. Y de pronto, caigo:

—¿Quién en el KUN querría incriminar a Carla? Esa es la clave.

—Ulises podría quererlo —insiste Ástor—. Le tenía ojeriza por simular su secuestro el curso pasado, sobre todo, teniendo en cuenta el sufrimiento que os había ocasionado...

—¡Esto se pone cada vez mejor! —exclama Mateo, y se mete otro trozo de carne en la boca, como si no le afectara lo más mínimo.

Me sujeto la cabeza. Me estoy encontrando mal por lo bien que cuadra la hipótesis de que Ulises pueda ser el culpable.

—Tenemos que irnos ya... —digo molesta—. Disfruta de la cena, Mateo.

—Gracias. Keira, ¿te parece si quedamos mañana por la noche y nos contamos los avances? Tendré datos nuevos. Mañana buscaré cuándo accedió Sofía al Dark Kiss por última vez y con quién estuvo.

—Bien... Hasta mañana.

Me levanto un poco mareada y Ástor me imita.

Salimos del restaurante y caminamos hacia el aparcamiento privado donde el Aston Martin nos espera.

—No tienes por qué llevarme a casa, puedo coger un taxi.

—No digas tonterías... —musita Ástor.

Acciona el mando del coche para abrirlo y nos subimos, pero no arranca.

—No soporto a ese tío... Se nota que quiere llevarte a la cama, Keira.

—Pues ya tenéis algo en común —respondo displicente.

Una sonrisa involuntaria estalla en su preciosa cara otorgándole un brillo paranormal.

—*Touché...* —Me acaricia con la mirada—. Gracias por decir que pondrías la mano en el fuego por mí —murmura en tono solemne—. Es muy importante para mí.

—Es la verdad. Confío plenamente en ti...

Nos miramos como se mira la gente que se quiere sin tregua. Sin razones. Sin dudas... «Mierda».

Pasan los segundos y ninguno de los dos aparta la vista. Yo soy incapaz, y Ástor termina acercándose y colándose entre mis labios como si fuera inevitable.

La suavidad con la que ahonda en mi boca, haciendo que nuestras lenguas se entrelacen, laxa mi cuerpo al instante. Me pesan tanto los párpados que no sé si podré volver a abrirlos algún día. Tampoco quiero... Deseo vivir eternamente en esta oscuridad donde solo siento el roce de sus labios, su mano acunando mi cara y su lengua arrullando la mía con una ternura inusitada, como si fuera la última vez que se lo permitiera en la vida.

Y cumpliendo esa pauta, Ástor se detiene y se separa lentamente de mí.

—Lo siento... Necesitaba despedirme de ti como Dios manda.

No me da tiempo a contestar nada. Arranca el coche en silencio. Creo que pasa de volver a oír que esto es lo mejor para nosotros, y me deja fría pensar que ya lo ha asumido de forma implacable.

Debo de ser extraterrestre, porque el silencio que acontece, nacido de la sensación de que no queda nada más que decir, inunda mis ojos de lágrimas indeseadas.

Mi madre tiene razón: ha sido volver a mi vida y empezar a llorar de nuevo.

Ástor percibe que me limpio la mejilla con disimulo y, sin perder de vista la carretera, me observa intercalando rápidas miradas.

De pronto, coge mi mano y la retiene junto a la suya posándola sobre el cambio de marchas para manipularlo. Luego se la acerca a la boca y me besa el dorso. Por último, se la queda en el regazo hasta que la conducción le obliga a soltarme de nuevo.

Juro que no soy yo, es mi mano abandonada la que se hace consciente de dónde está. De la cálida consistencia que la rodea. De lo cerca que queda su bragueta…, y resbala hacia ella desafiando el modélico y maduro autocontrol del duque.

Al notar movimiento, Ástor se tensa, pero continúa conduciendo.

—¿Adónde vamos…? —pregunta con algo de esperanza en la voz.

—A mi casa —respondo llanamente.

Sigue la ruta sin decir nada, y cuando llegamos le indico que aparque en una zona muy concreta. Es un rincón oscuro propiciado por la sombra de un árbol grande. Allí nadie podrá ver cómo me despido yo de las cosas como Dios manda…

En cuanto el vehículo se detiene, lo agarro del cuello para atraerle hacia mí y empiezo a besarle con pasión. Responde confundido y sobrepasado por mi actitud vehemente, que le chiva cómo va a terminar esto…

En un minuto estamos al rojo vivo. No dejo de estimularle el miembro con el pantalón desabrochado. Ástor jadea en mi boca con la mano profundamente enterrada en mi húmeda entrepierna.

«¡Qué bueno, joder!».

Cuando no puede más, echa el asiento completamente hacia atrás, ampliando el espacio, y se saca un preservativo del bolsillo.

La anticipación me quema en las venas al ver cómo se lo pone. Me subo el vestido antes de sentarme sobre él, dándole la espalda, y veo fuegos artificiales cuando me encajó en su dureza de una sola estocada.

Los dos gemimos extasiados y jadeantes.

Se agarra a mi cintura con todas sus fuerzas y no deja de moverse. Lo siento tan dentro de mí que no puedo describirlo. Coloca las manos en mis caderas para controlar el ritmo, haciendo que me arquee, y me recorre un intenso placer por todo el cuerpo. El sonido licuado de nuestra excitación me nubla la mente. Nuestros sentimientos han pasado a estado líquido, y sé que vamos a explotar a la de dos. Imposible llegar al tres.

En cuanto cuela una mano por delante de mí y pulsa la tecla adecuada comienza la cuenta atrás para lanzarme al infinito.

Gimo enloquecida cuando me corro como en mi vida y él me acompaña segundos después con un alarido gutural. Follar con Ástor es otro nivel. Uno que, no quiero engañarme, no superaré nunca.

Noto sus labios demandantes en mi mejilla y vuelvo la cara para juntar nuestras bocas con suavidad.

—Eres increíble... —susurra acusador—. Me obligas a hacer cada cosa...

—¿Yo? —Sonrío divertida—. No tengo la culpa de que nuestra situación vital nos lleve a actuar como dos adolescentes primerizos.

—Y tanto... Si por mi fuera, estaría todo el día metido en tus bragas.

Sellamos un último beso, y vuelvo a mi sitio bajándome el vestido.

—Solo quiero hacerte una última pregunta —dice solemne esperando a que termine de adecentarme.

Temo tener que aclararle de nuevo que esto ha sido solo una despedida.

—Dispara...

—Es muy importante —insiste inquieto.

—Dime…

—¿Rellenarás los formularios de la FEDA?

Una sonrisa invade mi rostro a traición, y Ástor se contagia de ella.

—Sí…

—Con eso me basta.

Nos miramos una última vez, asumiendo que ya no estamos juntos y que no volveremos a estarlo, jamás. Sin embargo, algo calienta nuestras miradas.

Quizá haya sido esa última frase. Porque a mí también me basta con saber que lo querré siempre, pase lo que pase y ocupe el lugar que ocupe en mi vida. Amigo, novio, sospechoso, el tío famoso de las revistas… Siempre será alguien especial para mí. Y ese «siempre» me conmueve mucho. Nunca lo habría dicho.

Tenía la certeza de que el amor es algo finito y temporal. Tan solo una reacción química con un principio y un final, pero ahora veo que estaba equivocada.

El amor es lo único inmortal.

 # héctor

8
El primero y el último

Martes, 30 de septiembre

Vuelvo a dar un potente puñetazo a mi *punching ball*.

No hay nada mejor para descargar tensión que golpear un saco de boxeo en forma de pera amarrado a un muelle y que te devuelva el golpe. Como la vida misma, porque toda acción tiene su repercusión. Ni más ni menos.

Este trasto es un gran canalizador de la ira. Y yo acumulo mucha...

Carmen, nuestra adorada asistenta, entra en el gimnasio con cara de susto. No se lo reprocho. Desde hace unos días, no soy la mejor compañía. Nada como que inculpen a tu novia por un crimen que no ha cometido para que tus modales se esfumen.

—Señor Héctor..., perdone. Alguien ha venido a verle...

Miro hacia abajo. No estoy muy presentable que digamos. Voy sin camiseta, estoy sudado y muy enfadado con el mundo.

—Que pase.

«Y que se vaya rápido», pienso para mis adentros.

Es martes, y llevo seis días sin hacer otra cosa que no sea dormir y machacarme en el gimnasio. Seis días sin sus besos... Estoy a punto de volverme loco.

De pronto, veo aparecer a quien menos me esperaba.

—¿Ulises…?

—Hola… —saluda cohibido el inspector.

El otro día me quedó bastante clara su postura en comisaría: cree que Carla mató a Sofía y, teniendo en cuenta lo que sentía por ella, es normal que su mente busque con desesperación una explicación, pero me jode que no sospeche de lo previsible que es señalar a Carla.

—¿Qué haces aquí?

—Necesito hablar contigo…

—Pensaba que ya estaba todo dicho… —replico displicente—. Todo apunta a Carla, ¿no? Caso cerrado.

—Relaja el tono, Héctor. No hay nada cerrado. Seguimos trabajando en ello.

Pero lo que de verdad me relaja es rescatar señales en su aspecto de que también han sido los peores seis días de su vida.

—¿Cómo lo llevas? —pregunto por educación.

—¿Cómo estarías tú si, en vez de en la cárcel, la chica a la que amas estuviera muerta?

Mi cara se descompone al imaginar esa posibilidad.

¿Carla muerta? Me moriría en el acto… *Caput*. Aun así, la mera presencia de Ulises me demuestra que tengo delante la prueba de que eso no es cierto, de que se puede sobrevivir a algo así.

—¿Cómo lo soportas? —pregunto con una curiosidad sincera.

—Ni idea… Todo ha dejado de tener sentido para mí. Incluso yo mismo… —confiesa Ulises—. Tú todavía tienes posibilidades de ser feliz, y nos estamos esforzando por ayudarte, así que ten un poco de fe. No existe el crimen perfecto, pronto descubriremos algo.

—Eso espero…

—Sofía estaba apuntada a una web de citas y estamos cotejando los perfiles. Vengo a preguntarte si tú tienes algún enemigo declarado en el KUN o donde sea. Alguien que quiera joderte vivo, Héctor…

—¿Yo? No. Yo ya no soy nadie relevante en la sociedad.

—Ya, claro… Solo eres la persona más importante para el duque de Lerma, su única debilidad.

—Solía serlo… —digo con tristeza—. Pero ya no lo soy.

Llevo meses pensando en esto, y no había podido comentarlo con nadie. Mira por dónde, le ha tocado a él…

—¿Qué quieres decir? —pregunta Ulises captando mi queja.

—Monté el paripé de las notas del torneo para que Ástor dejara de autodestruirse, pero no sirvió de mucho. Antes no se permitía ser feliz con nada… y ahora parece que solo puede serlo con Keira. No me hace mucha gracia que hayan vuelto a engancharse…

—Si así son felices…

—Por ahora —señalo serio—. Pero el que ha tenido que ver a mi hermano como un zombi todo el verano he sido yo. Y ha sido horrible. Yo quería darle ganas de vivir, y por culpa de Keira se le quitaron todas de golpe…

—Keira también lo ha pasado muy mal —la defiende.

—Es diferente… Fue su decisión.

—¿Insinúas que es menos duro «dejar» que «que te dejen»?

—Por supuesto.

—No sabes de lo que hablas, Héctor —dice Ulises negando con la cabeza—. El mayor castigo siempre proviene de uno mismo…

—Me encontré a Ástor sin conocimiento en un armario… —suelto severo—. Se había intentado ahorcar con un cinturón, según él, para probar una práctica sexual que consiste en retener el aire con el fin de sentir mayor placer… La llamada «asfixia erótica». Pero se le fue la mano y se desmayó. Si la barra del armario no llega a ceder por el peso, no quiero ni pensar en lo que habría pasado…

Ulises me mira petrificado.

—¿Es que se ha vuelto completamente loco…? —dice enfadado.

—Ha estado muy deprimido.

—¡Yo también he estado muy deprimido este verano y no se me ha ocurrido hacer una cosa así!

—Ya, pero tú no estabas solo, tenías a Keira, ¿verdad? Y Ástor tiene tendencia a autolesionarse desde crío…

—No lo sabía… —musita, impactado al oír ese nuevo dato.

—Hemos estado en urgencias mil veces y, aunque lo de mi hermano no es una tendencia suicida, a veces puede herirse más gravemente de lo que pretende. Me dijo que no me preocupara por lo del armario, que era un práctica extendida para sentir el orgasmo con mayor intensidad, pero investigué y es altamente peligrosa. ¡Ha muerto muchísima gente haciendo eso...!

—También ha muerto mucha gente a causa de las drogas, y se siguen consumiendo... O practicando salto base, y la gente se sigue tirando.

—¿Te imaginas que hubiera llamado a Keira en mitad del verano para decirle que mi hermano ha muerto asfixiado por mi culpa?

—¿Por tu culpa? —repite Ulises, confuso.

—Sí... Conoció a Keira por las malditas notas amenazadoras, y me preocupa lo que pueda hacer cuando vuelvan a separarse... Ya tengo suficientes problemas ahora mismo. Por favor, habla con ella, Ulises... ¿De verdad prefiere morirse de pena a plantearse que algún día pueda cambiar de opinión sobre tener un hijo? Porque eso es lo único que los separa de la felicidad absoluta...

—Te engañas si crees que eso es lo único que los separa —rebate Ulises—. Pertenecen a clases sociales muy distintas y...

—¡Eso son gilipolleces! ¡Al rey le sobreviene la muerte igual que al mendigo! Le atraviesa la misma humillación al entender que la naturaleza es ingobernable. Como el amor. No se puede luchar contra eso... Yo lo sé muy bien.

—Dime una cosa, Héctor... —empieza el poli, más afable—. ¿Ni por un momento te has planteado la posibilidad de que Carla haya matado a Sofía? Piénsalo bien, por favor...

—No. Ni por un puto momento —sentencio tajante.

—¡¿Por qué no?! —Se cabrea cuando le asalta la horrible sensación de que el asesino de Sofía sigue suelto—. ¡Y no me digas que porque la conoces! ¡Nadie sabe de lo que es capaz otra persona! La mayoría de la gente te sorprendería...

—Porque no tiene un jodido gramo de maldad dentro. Su lado salvaje es tan puro e ingenuo que llorarías si lo vieras. Yo lo hice...

Joder si lo hice...

Cuando la «operación Carla» se destapó la primavera pasada, empezó la mejor época de mi vida. Sí, incluso de mi vida pudiendo usar las piernas.

Tienen razón cuando dicen que lo más grande que te puede pasar es estar enamorado y ser correspondido, sobre todo de una persona como Carla. Juro que no entendía cómo podía quererme... «¡Porque estás muy bueno!», me contestaba ella, divertida, sacándome la lengua. Y yo sonreía como un tonto porque usara precisamente mi mayor miedo, el físico, como motivo y justificación para estar conmigo, en vez de por mi personalidad.

El mismo día de la final del torneo quiso «dar el paso» definitivo: perder la virginidad conmigo. Pero le dije que no... Quería que fuera algo especial.

Aunque llevábamos semanas sin vernos y estábamos famélicos el uno del otro, me conformaba con abrazarla, besarla y verla correrse con mi mano o con mi lengua... No tenía ninguna prisa por ir más allá. Quería que el día que lo hiciésemos fuera apoteósico...

Y lo fue. ¡No aguantamos ni una miserable semana de rigor!

Como prometí, no me había despegado de ella desde que volvió a aparecer, y estaba feliz. Lo único que enturbiaba esa sensación era saber que Ástor estaba encerrado en su habitación sufriendo lo inimaginable por haber terminado su relación con Keira.

Una de las veces que fui a controlar cómo estaba, su respuesta fue sacar una maleta del armario y decirme que se largaba un par de días a Montecarlo con Charly.

Cuando afirmo que la jugada de las notitas salió cara, no miento... Y notaba que seguía dolido conmigo.

—Es lo mejor... Así no os molesto... —añadió al paquete de culpabilidad—. Tú disfruta con Carla, ¿vale?

Esa frase me mató. ¡Yo estaba dispuesto a postergar mi felicidad por él!, pero sabía que hacer eso le sentaría todavía peor.

—Vale, vete... Y gracias por no enfadarte conmigo para siempre... —Carraspeé—. Y por entender que me enamoré de Carla sin pretenderlo.

—Tranquilo, Héctor… Creo que inconscientemente siempre supe que Carla formaría parte de nuestra familia. Cuídala… Es una de las buenas.

Y eso hice, intentar satisfacer todos sus deseos como mujer. Sin embargo, me aterrorizaba no estar a la altura de sus expectativas. Porque ella quería cosas que no dependían de mí. Como mi polla. Por ejemplo…

En cuanto nos quedamos solos, todo se volvió más caliente e intenso. Carla trataba de meterme mano de forma tradicional y yo le recordaba que debía ser de cintura para arriba. Mi centro del placer no era mi entrepierna, sino mi boca, mis orejas, mis pezones o cualquier franja de piel agradecida de sentir sus caricias.

Lo entendió perfectamente cuando le dije que se sentara en mi cara… *Facesitting*, creo que lo llaman. Lo que viene siendo una actividad que te proporciona un extraordinario orgasmo mental.

Llegó un momento en que el tono de su voz me dio hasta pena.

—Por favor… —gimió en mi boca—. Quiero perderla ya…

—¿Por qué le das tanta importancia? La «virginidad» no es nada científico. Solo es un concepto sociocultural y religioso que fomenta la discriminación de género, Carla.

—A mí me ha marcado el hecho de no poder tener una sexualidad plena cuando he querido… Y ahora que siento que contigo puedo, ¡lo necesito! ¡Es como si tuviera un vacío ahí dentro…! Uno que quiero que tú llenes. ¿Eso es malo, Héctor?

Sonreí enternecido. ¿Cómo podía derretirme tanto? Ni en mis mejores sueños habría recreado que me desease una chica como ella.

—Cariño… He tocado tu himen con mi dedo, y no hay ninguna diferencia entre eso y hacerlo con mi miembro. Bueno sí, que yo no voy a sentirlo… Sin embargo, con la mano sabré exactamente lo que está pasando…

Carla se levantó y me miró seria.

—Tú has tenido sexo tradicional antes. Yo no. Tú sabes lo que se siente. Yo no. Tú puedes imaginártelo, recordarlo, asemejarlo a otra percepción en otra parte de tu cuerpo, ¡pero yo tengo la sensación de que me estoy perdiendo algo! Por favor, entiéndeme…

—Lo entiendo perfectamente.

—¿Significa eso que vamos a hacerlo? —preguntó esperanzada.

—No quiero que estés nerviosa. Lo prepararé todo y empezaremos lentamente con un masaje erótico, como la primera vez…, y cuando estés temblando de placer, usaré un anillo para mantener mi erección y que sea más potente y duradera.

—¡¡¡Ay, Dios mío!!! —Se puso a saltar, y empecé a reírme—. ¡Yo solo he tenido orgasmos clitorianos! ¡Me muero por saber cómo es uno vaginal!

Entonces sí que me eché a reír con ganas.

—Mi amor…, solo hay un tipo de orgasmo, y es mental. Lo único que varía es la zona que se estimula para conseguirlo. Cuando es directamente el clítoris, sin penetración, lo llaman «clitoriano», y si es desde dentro, con penetración, se llama «vaginal». No te rompas la cabeza buscando el punto G, Carla. ¡Ni siquiera los científicos lo encuentran! No quiero que te obsesiones con la penetración, ¿vale? Lo importante es disfrutar.

—Vale… Tampoco las tengo todas conmigo acerca de que pueda conseguirlo —musitó cautelosa—. ¿Y si se me cierra en el último momento? ¡¿Y si se cierra durante y te la parto?! —Se tapó la boca asustada.

Pensaba que me moría de risa.

—Cielo…, tu coño no es una guillotina. No debes sugestionarte pensando todo eso. Lo único que tienes que hacer es relajarte y disfrutar. Te prepararé hasta que lo desees mucho, hasta que no puedas pensar en otra cosa. Irá bien… —Le acaricié la barbilla.

—Madre mía… —Se le llenaron los ojos de lágrimas y se mordió los labios, emocionada.

Me quedé anonadado mirándola. Esperando a que dos hermosas lágrimas surcaran sus mejillas, y cuando sucedió, tuve que besarla.

Estaba tan preciosa cuando lloraba…

Sé que suena fatal, pero es la verdad. Las lágrimas tenían un extraño poder sobre Carla. Su piel se volvía más suave; sus facciones, más turgentes, y sentía su corazón abriéndose de par en par. Me parecía una visión de otra galaxia…

Lo preparamos todo con mimo, y cuando llegó el momento

la noté especialmente nerviosa. Le dije que teníamos todo el tiempo del mundo para hacerlo, que no se presionara con conseguirlo ese día, que ya lo lograríamos.

Se desnudó por completo y empecé a darle un masaje mordiéndome los labios. El miedo atenazó mi garganta al ser consciente de que era un privilegiado por haberme elegido para vivir ese momento. Tenía miedo de perderla algún día. Así que puede decirse que, ahora, estoy viviendo mi peor pesadilla.

Durante el masaje la sentí más excitada que nunca. Sus músculos convulsionaban tanto que pensaba que en cuanto la penetrara se correría al segundo, mezclando el dolor y el placer por completo.

No quería que el orgasmo eclipsara esa fricción que ella ansiaba experimentar. Esas ganas, ese empuje, mi amor abriéndose paso en su carne... De manera que me propuse hacerla estallar antes con los dedos.

En cuanto uno se desvío de la ruta segura y se aventuró en su humedad, Carla dio un respingo delicioso que me llenó la boca de saliva.

Me relamí y tragué. Sabía que al rozar su clítoris explotaría como una maldita presa hidráulica, así que no dudé en posar mis labios sobre ella para que lo hiciera en mi boca.

—¡Ah...! —gritó alucinada.

Su sabor, las contracciones de su cuerpo cada ocho décimas de segundo y sus gritos de placer me elevaron a un estado de energía único. Sentir sus manos aferradas a mi pelo con fuerza casi me lleva al orgasmo mental a mí.

Había llegado el momento...

Me coloqué el anillo elástico en la base del pene y me estimulé con la mano con la esperanza de no tener que usar la bomba de vacío para llenarlo de sangre. Por suerte, mi miembro respondió a la acción mecánica. Y recé para no tener problemas para mantener la erección durante el tiempo necesario.

Cuando se recuperó un poco, Carla abrió los ojos y observó mis movimientos. Quiso sustituir mi mano y la dejé hacerlo, pero odié no sentir su caricia en mi miembro. Era como si no me estuviera tocando a mí...

Para distraerme, cogí el preservativo y lo saqué de su funda. Aunque era algo muy remoto dada la calidad de mi esperma, mejor prevenir que curar.

—Espera... Quiero hacer una cosa antes de que te lo pongas —me avisó Carla, ilusionada.

De pronto, se agachó y empezó a chupármela.

Y en ese instante sentí que no tenía superada la mierda de terapia sexual por la que había pagado una millonada. Que no poder sentir sus ardientes labios sobre mi polla me estaba bloqueando a nivel emocional. ¿Para qué lo hacía si sabía que yo no sentía nada? Que buscara esa falsa sensación de normalidad me fastidió el momento.

A nivel físico, mi pene respondió adquiriendo más consistencia que nunca gracias a sus caricias y al anillo constrictor. Y cuando se dio por satisfecha, se tumbó y me coloqué el condón.

—¿Qué tengo que hacer...? —preguntó preocupada.

—Precisamente, esa es la clave, no hacer nada... Solo relájate y déjame venerarte como te mereces, mi vida.

Me cerní sobre ella y la besé con ternura, permitiendo que sintiera mi cuerpo desnudo en contacto con el suyo. Sus piernas se abrieron para que me acomodara entre sus muslos y su pelvis subió pegándose a la mía.

Me encantó que nuestros ombligos se besaran. Me dediqué a lamer sus pechos y a masajearlos despacio. Su impaciencia se reflejaba en los movimientos involuntarios de su cuerpo. Sentir mi miembro duro entre sus piernas la estaba poniendo a mil y no podía estarse quieta.

—Por favor... —me suplicó entre jadeos.

—¿Quieres hacerlo ya?

—Sí...

—Pues vas a tener que ponerte encima... Pero no te lances a lo bruto, hagámoslo despacio, ¿de acuerdo? Si en algún momento quieres parar, me lo dices, ¿vale?

—Vale...

Metí la mano entre nosotros para comprobar su humedad y... ¡aquello era el caudal del Amazonas!

—Joder... —musité excitado. Y halagado.

Quise besarla para agradecerle el cumplido tácito de estar tan húmeda por mí, pero Carla se incorporó, poniéndose de rodillas, y buscó acomodarse sobre mi cuerpo a horcajadas. Se acercó a mi miembro para rozarlo levemente con su entrada. ¿Aquello era ir despacio?

—Espera, nena… Con calma… No se te ocurra hacerlo de golpe…

Restregó mi punta roma contra su clítoris sin llegar a introducirla y empezó a volverse loca.

—Dios… —gimió extasiada.

Puse mis manos en su cintura para controlar el movimiento específico. Darle placer era una sensación adictiva.

—¿Esto es lo que quieres, cariño?

—Sí… —gimoteó desesperada—. No puedo más… ¡Hagámoslo ya!

Respiré hondo e introduje la cabeza de mi miembro sin llegar a traspasar su himen. Me daba pánico hacerle daño. Avancé un poco más, pero retrocedí al sentir que Carla se tensaba al toparse con un impedimento. La deseaba tanto que mi boca no dejaba de babear como un maldito San Bernardo. Mi cuerpo respondía a ella de la forma que podía.

Volví a sacarla para frotar de nuevo su clítoris por fuera, lo que propició que se relajara un poco. En ese momento me di cuenta de que no debía avisarla cuando, por fin, me introdujera en ella por completo, así su cerebro no le daría la orden de cerrarse en banda por un temor inminente.

Carla no dejaba de moverse ansiosa sobre mí. Se notaba que lo deseaba mucho, pero le daba miedo y eso la tenía en un sinvivir.

—Esperaremos un poco… —susurré acercándola más a mí y juntando nuestras frentes.

En cuanto lo dije, sentí cómo soltaba aire por la boca y relajaba aún más la postura. Dejar de esperar una posible intrusión la alivió mucho, y me lo tomé como la señal definitiva. Era ahora o nunca.

—Te amo tanto… —susurré en su boca.

Nuestras bocas encajaron al mismo tiempo que me sumergí

con vehemencia en su sexo. Un gemido ahogado escapó de sus labios, y me clavó las uñas en la espalda con asombro. Había entrado hasta el fondo.

—Chist... Ya está. Me tienes dentro, Carla, como querías... —musité. Y sentí cómo derribaba las barreras mentales y físicas que llevaban años perturbándola.

Nos quedamos muy quietos, enterrados el uno en el otro durante unos segundos.

—¿Estás bien?

—Sí...

La cogí de la barbilla e hice que me mirara. Tenía los ojos encharcados y dos lágrimas le caían por las mejillas.

—¿Te ha dolido mucho? —pregunté con desazón.

—No... Para nada... —sollozó—. Por eso lloro, porque ha sido maravilloso...

Suspiré de alivio y le limpié las lágrimas con mis propios labios. Luego la besé de nuevo. No podía no hacerlo.

—Voy a seguir muy despacio, ¿vale? Relájate, mi vida...

Asintió conmocionada.

La moví un poco y nos acoplamos con naturalidad. No dejé de indicarle cómo debía impulsarse arriba y abajo para entrar y salir de mí con suavidad. Yo no sentía la cohesión, pero me bastaba con saber que una parte de mí le estaba proporcionando la satisfacción que deseaba. Sentirse colmada. La pegué más a mí, atrayendo su culo, y oír el sonido de la humedad que producían nuestros cuerpos al rozarse me excitó muchísimo.

Llegado un momento, quise imponerle un ritmo más rápido porque sus gemidos me lo pedían.

—Coge ritmo... Quiero que llegues por ti misma...

—¿Así? —preguntó con media sonrisa vergonzosa.

La miré, y su inocencia volvió a conmoverme haciendo que me entraran ganas de llorar de felicidad. Eran tan dulce y bonita...

Empezó a moverse cada vez con más énfasis. Fijé su cadera a la mía y disfruté de las increíbles vistas de sus pechos bamboleándose. Acaricié todo su cuerpo hasta apretárselos y metérmelos en la boca. Carla gimió.

—Busca el punto que más te guste y dale caña... —la animé.

Y no me cupo duda cuando lo encontró.

—¡Oh, Diosss...! —gritó alucinada.

Echó la cabeza hacia atrás y volvió a mis ojos. Su expresión no daba crédito a lo que estaba experimentando, y yo tampoco. Más que nada, porque me sentí triste.

Que se materializara delante de mis ojos la idea de que yo no era partícipe del sexo que Carla deseaba tener me partió el corazón.

Al terminar, se abrazó a mí y farfulló lo increíble que había sido. Para ella. Y no hay nada peor que sentirte en desacuerdo con alguien del que estás enamorado. Es genial compartir ideas y tener opiniones diferentes, pero no en un tema tan importante y personal como este.

—¿Ha sido muy raro para ti? —preguntó de pronto.

—Eh... Bueno, un poco... Pero me ha gustado verte disfrutar a ti.

—Lamento haber sido tan egoísta —dijo con un mohín—, pero necesitaba sentirte dentro de mí... Necesitaba saber lo que se siente y... ¿Sabes qué? Tenías razón. No tiene nada que envidiar a lo que hacemos normalmente.

Sus palabras me llegaron al alma. Tenía los ojos muy abiertos.

—¿Lo dices en serio?

—Sí, hagamos lo que hagamos, siempre disfruto un montón contigo, pero una parte muy importante es notar cuánto me disfrutas tú a mí. Tu respiración, tus besos, tus movimientos y gemidos... Y esta vez te he sentido más distante. Me ha gustado ser yo quien se movía, buscar mi propio placer y sentirme llena... Sin embargo, me he dado cuenta de que compartirlo contigo es lo mejor de todo, Héctor.

La besé sintiendo algo totalmente nuevo. El placer de que te elijan por encima de lo que todo el mundo prefiere. Una sensación incomparable que se traduce en un chute de autoestima espectacular.

Con el tiempo, fuimos perfeccionando la técnica. Dejamos el coito de lado y nos dedicamos a masturbarnos de mil formas distintas. Pero más adelante me hizo volver a valorar mi miembro como parte activa de su disfrute.

—No puedes dejarlo de lado. ¡Tú no lo sientes, pero funciona, Héctor! Y prefiero mil veces notar la suavidad y el calor de tu pene que el de uno de plástico. Puedo masturbarme con él, y necesito que entiendas que siento que eres tú el que me está dando placer, no un objeto o algo inanimado.

Exploramos mil y una posibilidades con juguetes y nuestra vida sexual se volvió más que aceptable... Pero lo mejor es que Carla se convirtió en una experta en hacerme sentir querido. Y alguien así no puede haber asesinado a otra persona a sangre fría. ¡Es jodidamente imposible...!

—Carla no es peligrosa —digo a Ulises, convencido. Le pillo distraído fisgando la cantidad de aparatos que tenemos en el gimnasio de casa—. Y la prueba de ello es que se enfadó con Sofía en público. La gente peligrosa es la que te sonríe y asegura que todo va genial mientras te imagina sufriendo un calvario. Carla tenía miedo de que a mí pudiera gustarme Sofía, porque era una chica que atraía a todo el mundo. Era una de esas personas que te hacen dudar de ti mismo... Aun así, en el fondo, Carla la apreciaba. Casi diría que la idolatraba. Y estaba muy feliz de haber hecho las paces con ella. Me dijo que no soportaría perderla... ¿Por qué iba a matarla?

—Está bien, intentaremos demostrar su inocencia —musita Ulises, conmovido.

—Me parece increíble que esté en la cárcel... —Me paso la mano por la cara—. Está sola, y me da pavor que esto la destruya, ¿sabes? Su inocencia. Su bondad... Todo lo que me hace amarla. Tengo miedo de que esto la cambie como el accidente cambió a mi hermano...

Nos miramos a los ojos, y me gusta sentir que Ulises me entiende y que a él también le preocupa. No lo conozco mucho, pero es un tío cojonudo.

—Danos tiempo, ¿vale? Lo resolveremos, Héctor. Confía en Keira... Yo siempre lo hago.

—De acuerdo.

Me quito los guantes y le tiendo la mano. Siento que necesito sellar esta promesa de algún modo. Se acabó dar hostias al *punching ball* por hoy.

—En realidad, yo venía a hablarte de Charly... —suelta de pronto.

«¿Ulises ha venido hasta mi casa por él? Ay, madre...».

—Charly... —Me encojo de hombros—. Le escribí y no me contestó. Allá él.

—Está fatal... Sus planes de vida se han ido al garete. Y él también está solo. Tenéis que hablar.

—Me ha dejado muy claro que no quiere verme.

—Lo que no quiere es disgustarte... Ástor está divido entre víctima y acusado, pero es tu hermano, y Charly tiene las de perder. Decidió apoyarse en mí, pero no soy la mejor alternativa... Los dos queríamos a Sofía. Y hoy hemos discutido por ella... Le he dicho cosas muy feas.

—Vaya lío... —Resoplo.

—Quiero que os veáis y habléis, Héctor.

—¡Por mí, sí, joder...! ¡Es Charly quien no quiere verme!

—Pues habrá que engañarlo. Le propondré quedar en algún sitio y vienes tú también.

—¿Dónde?

—En un bar que hay cerca de mi casa, para que no sospeche nada.

—Hecho. Envíame la dirección... Anota mi móvil.

—Será sobre las siete. El bar se llama La Veleta.

—Allí estaré, Ulises —le prometo—. Solo espero que tú cumplas con tu parte del acuerdo y me devuelvas a Carla.

—Haré todo lo posible.

 ulises

9
Mejor llama a Sindy

Entro en el bar con media hora de antelación. ¿Por qué estoy tan nervioso?

Ah, sí... Porque ayer cuando discutí con Charly en comisaría lo infravaloré, como hacen todos, y me siento fatal por ello.

Le he mandado un mensaje:

Ulises:
Tenemos que hablar. Nos vemos a las siete en La Veleta?
Es el bar que hay debajo de mi casa. Espero que vengas

Y me ha contestado con un simple «ok».

¡Maldita sea...! Tiene derecho a enfadarse, pero ¿no lo tengo yo a ponerme como loco? ¡Estaban prometidos, joder! Fue oírlo y mi cerebro reaccionó con un fundido a negro. Entré sin pensar en la sala de interrogatorios y se me fue la olla por completo. Sumad a eso la bomba de que Sofía también se follaba a Xavier Arnau... Demasiado para mí.

¡Me sentí estúpido! Tenía la sensación de que no sabía quién era la chica de la que me había enamorado después de jurar que nadie volvería a estar a la altura. Y eso me tenía de los nervios.

¿Lo estaba realmente? Enamorado...

¿Era de Sofía o del recuerdo de Sara? Ya ni lo sé. Solo sé que, al final, lo único real, lo imprevisible, lo que de verdad me cambió la vida en aquella turbulenta relación fue la crucial implicación de Charly. Y no quiero perderle...

Pido una cerveza y respiro hondo.

—¿Cómo te va, Ulises? —me pregunta el dueño del bar al notar mi exasperación.

—Como siempre...

Y es verdad. Sigo igual de amargado que antes. O más...

Cuando me he ido de casa de Héctor he vuelto a comisaría y he estado todo el día revisando las grabaciones de los locales que hay en los alrededores del lugar del crimen en la hora exacta en que se cometió. Cotejando matrículas del acceso a la autopista. Analizando la ruta que marca el GPS en el móvil de Sofía... Pero nada. He estado a punto de lanzar el portátil por la ventana por no dar con una pista que nos ayude a encontrar al culpable.

Y eso no ha sido todo... También hemos tenido que lidiar con Xavier Arnau, que ha aparecido con tres abogados, a falta de uno, para levantar la detención preventiva de su hijo, que ha pasado la noche en el calabozo. El pobre idiota ha caído totalmente en nuestra trampa.

No solo no hemos soltado a Saúl, sino que hemos conseguido una orden para retener a Xavier como presunto implicado por su relación con la víctima y la web de citas de Sugar Daddies.

Seguramente los dos Arnau saldrán mañana, pero Xavier se va a comer esta noche en el calabozo. Y me he estado dejando los cuernos para encontrar algo que lo incriminara antes. Pero no ha habido suerte... ¡Menuda mierda!

—Hola —oigo una voz a mi lado.

Me sobresalto, y me topo con Charly al levantar la vista. Me sorprende no verlo enfundado en su clásico traje de abogado. Tiene una grave fijación con el azul marino, pero esta vez lleva una camiseta de algodón negra de altísima calidad, de esas que aprecias lo suaves que son con solo verlas, y una chaqueta deportiva también negra con cuello de motorista. Está muy... Olvidadlo.

—Hola... Llegas pronto.

—Siempre. Mi madre dice que llegar a la hora es llegar tarde. ¿Por...? ¿Esperamos a alguien más, Ulises?

Los huevos se me suben a la garganta. ¿Cómo llega a esas conclusiones tan rápido? Ah, ya… porque es abogado.

—No, a nadie… —miento de pena. La falta de costumbre—. ¿Qué quieres tomar?

Se da la vuelta y dice al camarero:

—Eh, jefe, ¿me pones una caña? —Y se sienta evidenciando que él no va a ir a por ella. Eso jamás—. ¿De qué querías hablar?

Madre mía. ¡A eso lo llamo yo ir al grano…!

Carraspeo y voy con todo.

—De nosotros, Charly.

—Nosotros… —repite confuso—. ¿Qué pasa con nosotros?

—Quería pedirte perdón por lo que te dije ayer de Sofía… Lo he estado pensando y creo que el engañado fui yo. Para ella, solo era el patito feo de clase obrera enloquecido por poder follarse a un cisne…

—No te fustigues con eso. Le gustaba ser un pato libre contigo…

Lo miro y me echo a reír por la comparativa.

No daba un duro por sonreír hoy. Y todo el mundo sabe que un día sin sonreír es un día perdido. Si hago un recuento vital, creo que me sale a pagar…

—Por mí no te rayes —dice quitándole importancia. Como si él no lo valiera—. Yo creo que, en el fondo, ella lo quería todo, pero la avaricia rompió el saco…

—Siento haber dicho que Sofía quería deshacerse de ti. Te he llamado porque me da mal rollo que…

—Tú fuiste el único que quiso deshacerse de mí, cabrón… Si hubiésemos seguido los tres juntos después del montaje de Carla, no hubiera tenido que pedirle que se casara conmigo. Pero la vi dudar, sentí que la perdía y…, no sé…, nada fue igual entre nosotros desde que te apartaste. Lo que lo hacía especial era estar los tres…

—No podía seguir con aquello —digo apocado—. Soy hetero…

—Yo también —contesta extrañado.

—¡Anda ya…! ¡Tú eres bisexual, por lo menos!

—Todos somos bisexuales —sentencia Charly como si fuera un hecho.

—Yo no. —Sonrío—. Te aseguro que nunca me había acercado a un hombre antes... Jamás.

—Hombres, mujeres... Somos personas. Será que ninguno te atraía lo suficiente.

—A mí me gustan las tetas —digo tajante. ¡Hombre ya...!

Su risa rasga el aire.

—¡Y a mí! Mucho... Pero también me gustas tú. ¿Pasa algo?

Un manto de vergüenza me cubre entero. Hacía que no sentía algo así desde primaria, cuando la presión de lo correcto y lo incorrecto cae sobre ti con todo el peso de la ley del patio.

—Me gustaría que fuéramos amigos... —digo débilmente.

—Bien, vale... Pero no me pongas caritas porque no respondo...

«¿"Caritas"? ¡Joder...! ¡No puedo con él!».

—¡Yo no te pongo caritas...!

—Lo que tú digas, Ulises.

Vuelvo a beber para hacer tiempo y siento que me mira fijamente.

—¿Qué has hecho hoy? —me pregunta con curiosidad.

«Ir a ver a Héctor... —retumba dentro de mí—. Y trazar un plan a tus espaldas para recuperarte...».

—Nada... Repasar movimientos bancarios, revisar cámaras... ¿Quieres saber cuánto cobró Sofía por acostarse con Xavier?

—La verdad es que no.

—Mejor, porque tenía cinco ceros.

—Joder... —Lo veo bajar la cabeza—. ¡Te he dicho que no quería saberlo!

—Lo siento. Es que a mí me ayuda a sobrellevarlo...

—¿Por qué? ¿Se merecía más morir por haber cobrado cien mil euros por follarse a un viejo verde que se parece a George Clooney?

—Ciento veinte.

—Eres idiota, Ul —musita intentando esconder una sonrisa—. Me gustaría saber cuánta gente rechazaría realmente una oferta así. En serio... Es mucho dinero por cuatro empujones mal dados.

—Yo, desde luego, no lo rechazaría. —Me encojo de hombros. Y volvemos a reírnos—. Lo que digo es que me alivia pensar que Sofía era humana... Que no era tan inalcanzable como yo pensaba. Y que igual sí me quería, después de todo...

—Claro que era humana, nadie es perfecto. En el mundo real se rompen corazones todos los días.

De repente, se abre la puerta del bar y vemos entrar a Héctor en su silla. Charly se sorprende y me mira pidiendo explicaciones.

—Sorpreeesaaa... —musito con alegría fingida.

No sé si está agradecido o quiere matarme, pero hablando de cosas humanas, su mirada desconcertada me hace sonreír.

—Hola, chicos... —saluda el De Lerma.

Charly se pone de pie de un salto. Parece nervioso. No se ven desde... No se han visto desde que Sofía apareció muerta.

—Hola...

—Lo siento mucho... —dice Héctor, sentido—. ¿Cómo estás, Charly?

—Cabreado. Dolido. Alucinado. Deprimido... Un poco de todo...

—Ya... Yo también.

Se quedan mirándose a los ojos, y puedo saborear muchos años de vivencias compartidas que se han visto comprometidas de la peor manera.

—Tenemos que estar juntos en esto —digo para romper el hielo. Y cuando me miran, perdidos, me siento tan importante que me arde el pecho—. Tenéis un enemigo común. Alguien al que no le supone ningún problema destrozaros la vida. No le dejéis hacerlo... Confío en encontrar algo que exculpe a Carla, pero vosotros debéis mantener un frente unido, ¿de acuerdo?

—Siento haberte evitado, Héctor. Estaba obcecado con encontrar a un culpable rápidamente —se justifica Charly—. Y no quería discutir contigo.

—Yo tampoco. He sido un egoísta... Si hubiera sido al revés, no sé qué habría hecho...

El ambiente se vuelve incómodo de nuevo.

—Mi novia murió con dieciocho años —digo de pronto—.

Y resulta que la vida continúa…, más o menos… Sigo aquí, sonriendo a veces… —Miro a Charly—. Sobre todo cuando este gilipollas dice alguna parida de las suyas.

Los tres sonreímos levemente.

—Vamos a cogerle —añado—. Confía en mí, Héctor… Keira encontrará un patrón. Y Mateo Ortiz, el abogado de Carla, aunque es lo peor, es muy bueno. Está buscando relaciones entre el KUN, el Dark Kiss y la web SugarLite. Vamos por buen camino.

—Yo me centraría en el KUN —dice Héctor, sombrío—. Tenéis la lista de los que votaron en contra de la candidatura de Sofía, debería estar entre ellos… Al salir a favor, Sofía habría entrado como socia la semana que viene en la gala del Bicentenario, y como no podían impedirlo, alguien la ha quitado del medio…

—¿Y por qué culpar a Carla? —señalo.

—¿Y por qué no? —ofrece Charly—. Es una buena forma de silenciarlo rápido y evitar que se investigue mucho. Sería alguien que sabía que Carla y Sofía habían reñido.

—Y luego está el famoso secreto de los De Lema —digo categórico—. Vamos a rastrear el teléfono de Sofía. Comprobar dónde estuvo y con quién las semanas previas a su asesinato. Alguien tuvo que contarle algo que no debía…

—Eso sí que no lo entiendo… ¡No tenemos ningún secreto! —exclama Héctor.

—¿Estás seguro? —pregunto desconfiado.

—Segurísimo. ¡No hay nada ilegal en nuestras vidas…! Al menos, en la mía. No sé lo que hacen estos dos en sus noches locas en el Dark Kiss…

—Follar —confiesa Charly—. Nada más… Somos solteros y libres. Y nos gusta el sexo.

—Y también os drogáis… —añade Héctor, malhumorado.

—Solo cuando tenemos un mal día.

—Pues lleváis muchos malos días este año…

—¿Tengo yo la culpa? —se defiende Charly—. Fuiste tú el que quiso sacar a Ástor de su letargo con esas notitas amenazadoras. Eras tú el que quería emociones fuertes en su vida… No te metas con nuestro modo de sobrellevarlas.

Héctor me mira como si estuviera recordando que Ástor las sobrelleva jugando a asfixiarse en un armario.

—Me meto porque estoy acojonado —confiesa Héctor—. Keira ha vuelto a su vida, y me preocupa que mi hermano tenga una recaída severa...

—Tal como yo lo veo —intervengo—, su modo de sobrellevar el dolor por la muerte de Sofía es permitirse estar juntos un tiempo, para lamerse las heridas... Pero tanto Ástor como Keira tienen claro que lo suyo no va a ninguna parte.

—¿Lo tienen? —pregunta Héctor pasándose una mano por el pelo—. Porque no quiero que Ástor sufra. Bastante ha sufrido ya... Quiero que sea feliz.

—Lo está siendo ahora mismo —digo sin temor a equivocarme.

—Keira no es buena para él —insiste Héctor—. Es como una droga. Subidón extremo y recaída fatal. Ya ha estado a punto de matarle...

—¿De qué hablas? —pregunta Charly, perdido.

—¿Te ha parecido normal el comportamiento de Ástor este verano? Es como si no te importara verlo tan mal... —dice molesto.

—Ástor me importa —sentencia Charly, serio—. Pero ya es mayorcito, y no suele dejarse aconsejar. Y menos, por mí.

—Pues igual deberías dejar de lamerle tanto el culo y preocuparte más por él...

—¿Qué insinúas, Héctor?

—No insinúo nada, lo afirmo.

—Chicos... —Los calmo—. Todos estamos muy tensos...

—¡Yo no puedo reemplazarte, Héctor! No me cargues con esa responsabilidad... —continúa Charly sin hacerme caso.

—¡No te estoy pidiendo eso! Solo que seas un buen amigo en lugar de un puto lacayo...

—Yo no soy el lacayo de nadie —se defiende Charly, arisco.

—Quizá deberías dejar de ser el abogado de mi hermano para permitirte el lujo de llevarle la contraria de vez en cuando... Tomar cartas en el asunto, en lugar de decirle a todo que sí por miedo a quedarte sin tu plaza de honor a su lado...

—Me estás tocando la moral, Héctor... —lo avisa Charly con frialdad.

—No sé para qué he venido —musita el De Lerma chascando la lengua—. Parece que todo te la suda. Han matado a tu novia, y no te veo poniendo el KUN patas arriba ni pidiendo explicaciones a nadie; ves que Ástor está recayendo en la misma mierda que lo ha tenido fatal este verano, y también pasas... ¿Cuál es tu motivación vital? ¿Ser un parásito para siempre? ¿Intentar follarte a Ulises? ¡Dime...!

Charly se levanta de golpe y se va mascullando un «vete a la mierda».

Mis ojos son dos platos, directamente. «¿Qué coño ha pasado?».

Miro a Héctor, y la aflicción constriñe sus ojos cerrados.

—¿A qué ha venido esto...? —pregunto perdido. ¿Ha dicho lo que creo que ha dicho o me lo he imaginado? ¿Nos ha acusado de estar tonteando?

Héctor resopla cansado. Se frota las cejas con los dedos y los baja por su cara hasta acariciarse la barbilla.

—Lo siento... Me estoy volviendo un monstruo... Estoy tratando mal a todo el mundo. Pero es que... ¡esto es de locos! Me siento más inútil que nunca. Completamente inválido a todos los niveles... Y nadie me ayuda.

—¿Qué quieres hacer que no puedas? Dímelo y lo haré por ti. ¿Quieres que hable con Ástor? Puedo ponerle las pilas. ¿A quién quieres que vigile del KUN? ¿Hay algún chismoso al que pueda sobornar? ¿O acojonar...? ¿Buscarle problemas en su vida privada para que colabore? ¡Dime lo que tengo que hacer y lo haré, Héctor!

—¡Tú no puedes hacer nada, Ulises! —exclama cabreado—. Porque estás igual de alelado que todos los demás. Has venido a mi casa con el pretexto del caso, pero en realidad lo que te ha movido hasta allí es hacer las paces con Charly. Porque te la pone tan dura ser su mano derecha como a él se la pone ser la de Ástor, ¡y así es imposible sacar a mi novia de la cárcel, joder! Encima, Ástor tiene la nariz enterrada en el coño de la inspectora al cargo, y yo no puedo liarme a hostias con nadie como me gustaría, solo con mi saco de boxeo. ¡Esto es un puto desastre!

Inspiro hondo para controlar el cabreo que supuro. Y me levanto.

—Cuando te hayas cansado de ser un capullo y quieras hacer algo productivo, llámame, Héctor...

Me voy de allí dejando un billete de diez euros sobre la barra.

Horas después, me presento delante de una puerta.

Toc, toc, toc.

La persona que la abre me mira sorprendida.

—Hola... ¿Qué haces aquí?

—He venido a verte. ¿Puedo pasar?

Charly se aparta, abriendo más la hoja para que entre en su casa. Se ha cambiado de ropa. Ahora lleva un pantalón de seda azul cobalto y una camiseta blanca muy ligera que no esconde ningún rincón de su poco trabajada (lo justo) musculatura. Se parece a la mía. Los De Lerma abusan de las máquinas y están mucho más mazados...

—¿Todo bien? —le pregunto titubeante.

—Más o menos... Ya sabes...

Nuestras miradas cargadas de significado se cruzan, y me escolta hasta el salón. Se me hace raro pensar que nunca me ha dado tiempo a fijarme bien en su casa. He recorrido estás paredes a trompicones con Sofía en la boca y con él pegado a su culo hasta su dormitorio, pero no había podido fijarme en la decoración ni en los detalles. El piso tiene mucho estilo, como Charly.

—¿Quieres tomar algo? —me ofrece hospitalario.

—Lo que tú tomes...

—No. Dime lo que quieres: vino, un refresco, cerveza, una copa, whisky sin hielo...

—Vino estará bien...

—¿Tinto o blanco?

—Nunca me has hecho tantas preguntas seguidas. —Sonrío—. Normalmente, eres un puto mandón...

—Porque me dejas —dice apartando la mirada—. ¿Cuál quieres?

—Blanco.

—Pfff... Cuánto tienes que aprender todavía, Ulises...

Tuerzo la cabeza y lo veo sonreír de medio lado.

—¿Estás bien? —pregunto cuando la mueca se funde en sus labios.

—Sí...

—Héctor se ha pasado de la raya.

—Da igual... Supongo que es cierto. Vivo a la sombra de Ástor. No es fácil ser el amigo del jefe... Su apellido lo condiciona todo. Es como si su palabra valiera más que la mía. O todo él, directamente...

—Ástor no tiene sangre azul.

—Pero casi. Solo está un escalón por debajo de la realeza...

—Estoy seguro de que te considera un buen amigo. Siempre estás ahí para él y, conociéndote, le debes de meter más caña de la que piensa Héctor...

—Bastante más, pero no puedo imponerme a él como Héctor pretende, solo hacerle sugerencias... Yo no tengo potestad familiar, y con ciertos temas sé que no ganaré. Keira es uno de ellos. Ástor ha estado muy mal este verano, es verdad, pero lo único que yo podía hacer era estar a su lado y vigilarlo. Si le hubiera echado bronca, habría huido de mí y quién sabe qué le habría sucedido entonces... Además, yo también tengo mi vida. He pasado más tiempo con Sofía estos meses y puede que haya descuidado un poco a Ástor.

—Echo de menos a Sofía... —declaro en voz alta, y doy un buen trago a mi copa para que me arañe la garganta.

—Yo también... No me la quito de la cabeza. Pero intento convencerme de que, cuanto antes asimile que no va a volver, antes lo superaré.

El silencio barre la estancia. Y los dos volvemos a beber para anestesiar el dolor de esa realidad.

—¿Te quedas a cenar? Iba a ver el partido...

—¿Qué partido?

—El del Madrid.

—Dios... —Cierro los ojos, asqueado—. Algún fallo debías de tener.

Su sonrisa me deslumbra tanto que hasta siento cómo me calienta.

—¿No me digas que eres del Barça? —pregunta conmocionado.

—Es el mejor equipo del mundo.

—Joder, ¡qué vergüenza…! ¡He besado a un tío del Barça!

—De hecho, soy más antimadridista que del Barça. Es decir, prefiero que pierda el Madrid a que gane el Barça.

—Vete de mi casa ahora mismo —me ordena serio.

La sonrisa que me provoca casi me duele en los labios.

—¿Más vino? —me ofrece a continuación, dejando claro que era una broma.

«Joder… ¿Qué estoy haciendo aquí? No debería beber más… Debería irme y…».

Le acerco la copa y vuelve a servirme, aunque todavía la tenga llena.

Al final, pedimos unas pizzas a un restaurante italiano que Charly conoce y que, según él, tiene una salsa de tomate *made in Italy* capaz de arreglarte la vida.

Podría haber llamado a un par de amigos de la facultad con los que suelo quedar a tomar algo o pasarme por el bar donde se afincan los compañeros de la comisaría (sea la hora que sea, siempre hay alguien de turno saliente), en lugar de estar aquí con Charly… Y comprender que prefiero quedarme con él me perturba un poco.

Le he dicho que vamos a ser amigos, pero suelo estar más relajado con mis amigos, y no tengo por costumbre repasar cada uno de sus movimientos ni me pregunto constantemente qué pasaría si…

—¡Goool! —exclama Charly, feliz, y sé que tengo un problema cuando no me importa que haya marcado el Madrid con tal de verle sonreír.

Fracaso en la misión de parecer enfadado con una sonrisa luchando por aparecer en mis labios. Se burla de mí, berreo y lo aplaco con más bebida.

Cuando termina el partido hago ademán de irme, pero Charly me convence para prepararme una copa con un ron importado que, según él, es «teta de monja».

—Nunca había oído esa expresión... «Teta de monja».

—¿No? Es un postre muy antiguo.

—¿Ese ron es dulce?

—¡No! Se supone que la teta de una monja está inmaculada... Es decir, «sin usar». Sin... ¿contaminar? Párame, por favor...

—No sigas, te lo ruego.

—Me refiero a que el ron no contiene aditivos. Es natural. Y brutal.

Y me toca quedarme, claro. Con lo que no cuento es con que, a mitad de explicarle mi complicada no-relación con Keira y los subterfugios a los que aludía para no salir con ella en serio, llamen al timbre.

—¿Esperas a alguien? —pregunto sorprendido.

—¡Hostia...! ¡Se me había olvidado por completo! —Se lleva una mano a la sien.

—¿Qué?

—Es una chica... Una chica a la que he llamado antes, cuando estaba cabreado...

—¿Quién es?

—Es de pago —admite mortificado—. Sin subterfugios de esos de los que hablabas...

Me tapo la boca para esconder una sonrisa.

—No te rías, cabrón. Como si tú nunca lo hicieras...

—Pues no. Nunca lo hago. Soy policía. Salgo a ligar en plan normal...

—Eres un aburrido, Ulises. Donde esté el sexo pagado...

Ding, dong.

—Yo me voy —anuncio poniéndome de pie, nervioso.

—¡No! Aún tienes la copa llena. He pagado una hora, pero me sobra media. Quédate y bébetelo tranquilamente.

—¿Seguro...?

—Sí —contesta Charly yendo hacia la puerta.

Oigo que se saludan, y de repente entra en el salón una chica alta, morena, de pelo largo y ojos verdes... Un segundo... Se parece sospechosamente a...

Me abstengo de decir su nombre siquiera mentalmente y me

fijo en que lleva la clásica americana marrón con las piernas al aire. Si se la abre y no veo más ropa debajo, me desmayaré.

—Hola —me saluda confusa al verme. Y se vuelve hacia Charly—. La tarifa que has pagado no es de trío —lo avisa.

—¡No, tranquila...! Yo me voy enseguida —le informo—. En cuanto me termine esto. —Levanto la copa.

—Un trío serían doscientos más —apostilla ella ignorándome.

Charly y yo nos miramos fugazmente por un momento.

—Tranquila, él se irá... —confirma Charly—. Ponte cómoda, por favor. Considera que la hora ya ha empezado. ¿Quieres tomar algo?

—Vale. Lo que sea... —dice feliz de cobrar minutos sin hacer nada.

La chica y yo nos miramos comedidos. Es un bellezón. Me sonríe un poco y empieza a quitarse la chaqueta. Resulta que debajo lleva un vestido minúsculo de color plateado, muy corto y con un generoso escote. Mis ojos me traicionan fotografiándola para mis noches solitarias, y sonríe sabedora de lo que provoca en mí.

—¿Cómo te llamas? —preguntó solícito.

—En la agencia me llamo Sindy.

—¿Y en el mundo real?

—Carolina —confiesa ruborizada.

—¿Puedo preguntarte cuántos años tienes?

—Veinticuatro.

Me muero por saber cómo ha terminado en esto.

—¡Qué bien! ¡Eres muy agradable! —manifiesta ella entonces.

—¿Por qué lo dices?

—Porque tienes cara de buen chico.

—Y tú de buena chica... Por eso me encantaría saber qué te ha llevado a meterte en este mundillo...

Charly aparece con una botella de ginebra rosa, y recuerdo que es la que le gustaba a Sofía.

—¡Muchas gracias! —exclama agradecida Carolina cuando se lo sirve—. Y respondiendo a tu pregunta, me gusta dedicarme a esto. No dista mucho de ir acostándome con tíos gratis por ahí cada fin de semana.

—Bueno, la diferencia es que esos tíos los elegirías a tu gusto, ¿no?

—Eso lo compensa el dinero. Y el sexo es sexo. Los hombres capaces de pagar mi tarifa en el rango de edad que yo estipulo suelen tener un perfil que no suele desagradarme. Vosotros, por ejemplo, sois una monada... Los dos.

La media sonrisa que asoma en la boca de Charly hace que empiece a hormiguearme el estómago.

—Así se habla, Sindy.

—Se llama Carolina.

—Sindy mola más. —Le guiña un ojo y toma asiento a su lado.

—¿Y te planteas esto como algo temporal..., Carolina? —remarco el nombre para que Charly sonría.

—Sí, estudié un grado medio de Estética y Belleza, y mi prima es peluquera; queremos ahorrar y montarnos un negocio propio. Estoy harta de trabajar para grandes cadenas para las que no somos más que un número. Quiero triunfar por mí misma...

—Brindo por las emprendedoras, sí señor. —Charly alza la copa—. La palabra «puta» solo se inventó para someter a las mujeres y que no explotaran su grandísimo poder: el erotismo. Son tan jodidamente superiores a nosotros que da miedo —zanja convencido, probando su copa.

En ese momento, Sindy se levanta y se acomoda encima de Charly, que se deja invadir encantado.

—Es la primera vez que no quiero esperar para empezar... —ronronea mimosa en su cuello—. El cubata que me has puesto está buenísimo, ¿quieres probarlo?

Y empiezan a besarse con lentitud, degustándose y poniéndose las manos encima.

La imagen me atraviesa y me empalmo en el acto. La chica está como quiere; es dulce, simpática... Y Charly... Charly es Charly.

A mí también me han dado ganas de besarle cuando... En fin, básicamente cada vez que abre la boca...

Vuelvo a beber, agobiado por esa revelación. «¿Cómo puede estar tan bueno?». Y no me refiero solo al maldito ron...

Inspiro profundamente escuchando sus besuqueos. Debería largarme ya, pero, de repente, oigo la voz de Charly susurrando:

—Te doy trescientos más, si convences a mi amigo de que se quede con nosotros...

El corazón me da un vuelco cuando ella me mira desafiante, encantada de saber que no le va a costar nada convencerme.

Es una chica lista, porque en vez de asaltarme, corriendo el riesgo de que me niegue, se sienta a mi lado y me coge una mano con las dos suyas. No asustan mucho al ser frágiles y pequeñitas, pero...

—¿Como te llamas? —me pregunta seductora.

—Ulises...

—Me encanta ese nombre...

Posa mi mano sobre la piel desnuda de su muslo y empieza a subirla.

—Solo quiero enseñarte una cosa, Ulises...

La sube hasta sus braguitas, y dejo que sumerja mis dedos por debajo de la tela, descubriendo su melosa excitación.

—Y todavía no me habéis tocado... —añade sugerente—. A mí me gusta esto, Ulises. Me ha gustado cómo olía al entrar. Me ha gustado él, me has gustado tú... Me ha gustado el tono honesto de tu voz, tu amabilidad, y me gusta ver en tus ojos que te mueres por estar dentro de mí...

Presiona más mi mano para que mi dedo se introduzca hasta el fondo en su cuerpo, y un segundo después nos estamos besando con avaricia.

«¡Joder con Sindy...!».

Oigo que Charly se levanta, baja la intensidad de las luces y empieza a sonar «Faded» de Alan Walker en una *cover* acústica preciosa. Conozco la canción porque la escuché mil veces cuando murió Sara. Tengo toda una lista con la temática sobre la pérdida, y este tema forma parte de mi top diez.

El estribillo pregunta si todo fue una fantasía. Si fueron imaginaciones o un simple sueño. Es decir, lo mismo que me estoy preguntando yo ahora...

Noto que Charly se acomoda al otro lado de Sindy y que empieza a acariciarla despacio. Le baja un tirante del vestido haciendo que sus pechos queden expuestos, y ella mueve la cabeza hacia él en busca de sus labios. Los míos se pierden en su escote y le bajo el otro tirante. La mano de Charly le sujeta un pecho, hacia el que me lanzo y compartimos varios roces. Mi excitación aumenta solo de pensar que volveremos a compartir todo. Mi mano se embrutece entre las piernas de Sindy, que gime, separándose de la boca de Charly. Ataco su cuello pegando mi erección a ella, y su mano responde agarrándola. Charly ataca su yugular por el otro lado y Sindy echa la cabeza hacia atrás, enardecida.

Busco su boca y Charly hace lo mismo..., lo que nos obliga a detenernos a mitad del camino para no chocar. Sindy nos mira, deseosa, y siente que debe elegir a cuál de los dos besar. De pronto, coge nuestras cabezas y nos arrima a ambos hacia su boca. A la vez...

No doy crédito...

Nos besa a los dos haciendo que los labios de todos se encuentren, resbaladizos. Sentir la textura familiar de la piel de Charly me tensa como nunca. Su sabor, su olor... Ella se aleja y hace ademán de acercar de nuevo nuestras cabezas con la intención de que nos besemos, solo Charly y yo.

Mi primera reacción es resistirme, pero él me mira con un anhelo que me parte en dos y, sin pensarlo un segundo más, lo hago. Envuelvo sus labios con los míos y nuestras lenguas se encuentran haciendo que me atraviese una descarga de energía erótica muy potente.

Que Sindy aproveche para tocar nuestros miembros hinchados no hace más que mejorar el asunto.

Pronto reclama los labios de Charly, dejándome huérfano, y me descubro pensando que esta sensación no puede ser real.

No puede ser verdad...

Me estoy pillando por un tío.

ástor

10
La jugada

Seis días después
Lunes, 6 de octubre

Llaman a la puerta y levanto la vista del ordenador.

—Hola... —saludo extrañado al ver quién es—. ¿Qué haces aquí?

Héctor entra rodando con su silla en mi despacho de la universidad.

—No sabía adónde ir... Y no podía estar en casa ni un minuto más. Hace casi dos semanas que asesinaron a Sofía y que detuvieron a Carla, y no puedo continuar con mi rutina porque está en la cárcel; solo cabe preocuparme. ¿Se supone que tengo que seguir con mi vida como si ella no estuviera sufriendo a cada segundo...?

—Te entiendo, pero...

—Deberías ir a verla, As. Está fatal. No sé cuánto tiempo sobrevivirá encerrada en ese lugar. Carla no es tan dura. Está sufriendo mucho... Y yo con ella. Esto me está consumiendo.

Me echo hacia atrás en mi silla y lo miro pensativo.

—Ahora quizá entiendas cómo llevo sintiéndome yo durante años con respecto a ti... Es exactamente lo mismo. ¿Cómo podía volver a disfrutar de la vida sabiendo que mi hermano estaba «sufriendo a cada segundo» una condena eterna por mi culpa?

Su cara se desfigura cuando la certeza lo atraviesa.

—Te repito por centésima vez que no fue culpa tuya.

—Esto tampoco es culpa tuya, Héctor, y mírate. Yo llevo siete años sintiéndome así por ti, y sé que no es agradable, pero al final te das cuenta de que tienes que seguir adelante, aunque sea a regañadientes. Al menos lo de Carla tiene solución... Confía en Keira... Y, a las malas, en ocho años será libre de nuevo y podréis estar juntos.

—¡No puedo esperar ocho años! —exclama escandalizado.

Ya sé que es mucho pedir, pero... Yo confío en Keira.

—Si Ulises puede soportar no ver a Sofía nunca más y yo puedo aguantar no estar con Keira ya, tú podrás esperar un poco... —digo displicente.

—¿No vas a volver con Keira? —pregunta comedido.

—No. Nada ha cambiado desde el verano...

Me da la sensación de que respira aliviado ante mi respuesta.

—Sé que parezco un egoísta de mierda —admite Héctor, triste—, pero esto no es por mí, ¡es por ella! ¡Carla no se merece esto!

—Lo entiendo. Y hay gente inteligente tratando de solucionarlo. Pero, mientras tanto, el mundo sigue girando y no puedes mantenerte al margen. Siento no estar en disposición de volcarme más contigo ahora mismo, Héctor... Tengo muchísimo trabajo para organizar la fiesta del Bicentenario. Va a asistir gente muy importante, y necesito seguridad adicional. También tengo a un potrillo enfermo que quizá haya que sacrificar, y por último, debo lidiar con mamá y su vena de casamentera insaciable... Estoy hasta arriba.

—¿Puedo ayudarte en algo?

Suspiro resignado, porque la verdad es que no. Y él lo sabe.

—Había pensado en hacer este miércoles una «noche de fútbol» en casa con unos cuantos del KUN. No hemos quedado desde que empezó la liga. ¿Podrías encargarte de eso, Héctor...?

—Vale, pero es lunes... Dame algo que hacer hoy o me moriré.

—¿Por qué no vas a ver a Charly a los juzgados? Los lunes se pasa todo el día allí y seguro que tiene ratos muertos.

Mi hermano pone una cara extraña.

—No estamos en muy buenos términos ahora mismo... Cree que mi novia ha matado a la suya.

—Ya no lo cree. La policía sigue la pista de alguien del KUN que usaba la web SugarLite... O eso me dijo la última vez que hablamos.

—¿Cuándo has estado con él?

—Hablamos el viernes por teléfono. No lo he visto este finde.

—Yo lo vi hace una semana y terminamos discutiendo...

Levanto la ceja, sorprendido.

—No me ha contado nada. ¿Qué pasó? ¿Por qué discutisteis?

—Por ti.

—¡¿Por mí?! ¿Por qué?

—En ese momento todavía no habías tomado la sabia decisión de alejarte de Keira, y yo estaba muy preocupado por ti... Pensaba que te volverías loco otra vez y le pedí que interviniera...

Mi parte dramática me mira amordazada con los ojos muy abiertos desde el oscuro lugar al que la desterré la semana pasada.

—Pues no te preocupes. Estoy bien...

—¿Cómo puede ser? ¿Dónde está el truco? —pregunta extrañado.

La pura verdad es que no tengo ni idea... Y no quiero pensar mucho en ello ni alardear, pero desde que me despedí de Keira en el coche estoy más tranquilo.

Llamadme loco, pero sentí que, en vez de despedirnos para siempre, estábamos sellando que no volveríamos a perdernos de vista nunca más, aunque no pudiéramos ser pareja.

¿Cuánta gente vive secretamente enamorada de su mejor amigo o amiga, de su cuñada, de un compañero de trabajo... mientras sigue con su vida como si nada? Demasiada...

Y yo he descubierto que no puedo vivir sin Keira. Bueno, poder, puedo, pero no quiero. Hay personas que iluminan tu existencia. Es una realidad. Sin ellas todo es en blanco y negro, pero cuando aparecen, una cascada de colores inunda tu alma y te rebozas en el privilegio de estar en su presencia. Dije muy en serio que quizá con eso me baste. Y siendo justos, igual tampoco me merezco más...

—Entonces ¿no quedaste con Charly el fin de semana? —me pregunta mi hermano, extrañado.

—No. He estado muy liado con esto —le respondo. «Por suerte», me callo—. Y él tampoco me ha llamado, así que supongo que quedaría con Ulises... Ahora son uña y carne.

De nuevo pone una cara rara. Tengo complejo de confesionario.

—¿Qué pasa ahora?

—Nada... Que igual te evita porque le dije que dejara de ser tu perrito faldero y empezara a ser un buen amigo... —musita con culpabilidad.

—¿Qué? ¡Joder, Héctor...! —Me llevo los dedos a las sienes.

—¡Lo siento! ¡En ese momento era un puñetero monstruo! No he sabido gestionar toda esta mierda... ¡y tenía miedo de perderte! Me siento más inútil que nunca, Ástor...

—¡Pues empieza por no liar más las cosas, por favor! —digo cabreado—. A ver... El miércoles hay fútbol. Tienes que hacer las paces con Charly antes o no vendrá. Esa es la misión que te encomiendo para hoy, Héctor. Venga, lárgate y déjame trabajar. Debo seguir con esto.

—Vale... Deséame suerte.

—Suerte.

—Y, Ástor... —Lo miro expectante—. Me alegro de verte tan bien.

—Gracias. Y no te preocupes más por mí. Ahora, fuera de aquí.

Se va con algo parecido a una sonrisa.

Mucha culpa de «estar bien» la tiene una foto que recibí un par de días después de lo que he bautizado como «el último polvo». Intento no pensar mucho en ello porque a mi polla le dan mareos y amenaza con vomitar.

La foto era un pantallazo de la inscripción de Keira en la Federación Española de Ajedrez, y sonreí al verla.

Le respondí con un wasap:

Ástor:

Ya estás lista para competir 💀

Ella me devolvió otro con una sonrisa y uno más con un mono tapándose la boca. Fin.

Esa simple interacción me alegró el día entero.

No quise seguir hablando y salí de la conversación. Me gustaba flotar en esa sensación de misterio. En la duda de cuándo volvería a sorprenderme con un mensaje. O yo a ella.

Es verdad que he estado toda la semana liadísimo enviando invitaciones a la gala del Bicentenario y encargándome de la logística, pero el viernes por la tarde tuve tiempo de investigar dónde había torneos cercanos a los que Keira pudiera acudir para empezar a puntuar, y encontré varios. No me tembló la mano a la hora de mandárselos. Eran encuentros pequeños, pero oficiales. No habría grandes jugadores con los que conseguir una buena marca, pero... Y de pronto tuve una idea. La Idea.

Cogí el teléfono y pedí algunos favores. Al acabar el día, el vigente campeón de España de ajedrez accedía a disputar, en plena gala del Bicentenario, una partida contra la ganadora absoluta del último torneo del KUN. Todo por una atractiva ofrenda económica disfrazada de acuerdo de marketing. Al fin y al cabo, muchas marcas iban a patrocinarse en la fiesta por acuerdos similares. Y ganar al campeón de España sería un buen pelotazo para Keira.

El domingo, fue ella la que me mandó la foto de un tablón que exhibía su nombre en el #1. Había ganado un torneíllo al que había acudido esa misma mañana.

No pude controlarme y la llamé.

Me contó que Ulises había tenido la bondad de acompañarla y escuché un desabrido «te debo una, tío...» que me sacó una carcajada. Hablamos tan distendidamente de las partidas, de la gente y del lugar, que dejó un cálido reguero de bienestar en mi interior.

—¿Cuántas rondas han sido?

—Siete…

—Perfecto.

Me metí en el calendario de torneos de Madrid y vi que había varios la semana siguiente.

—Si te presentas a uno esta semana, tu Elo se activará por fin.

—No tengo prisa…

—Sí que tienes —la presioné con cautela—. Confía en mí, Keira…

—¿Por qué? ¿Qué estás tramando? —preguntó intuitiva.

—Tengo un secreto… —contesté juguetón—. Igual me matas, pero merecerá la pena.

—¿Cuál es?

—Primero gana otro torneo y luego te lo cuento.

—Eres odioso, Ástor.

—Lo sé.

Noté que sonreía a través del teléfono. ¿Cómo no iba a estar bien?

Firmaba por tenerla así. No verla ayudaba a mi nulo autocontrol por tocarla cuando estaba cerca. ¡Era perfecto!

Por la noche Héctor me informa puntualmente de que ha solucionado las cosas con Charly. Y no me sorprende, porque mi amigo y abogado no es nada rencoroso. ¡Pasa de todo siempre!, y su humor tragicómico lo precede. Es muy difícil hundir a una persona que afronta el dolor con humor. Lo que no sé es si habrá hecho las paces con Ulises desde que el lunes pasado discutieron en la comisaría.

Que Ulises acompañase a Keira un domingo por la mañana era indicativo de que no había salido el sábado anterior…

La duda me corroe y me muerdo el labio.

Llamo a Charly, pero no me coge el teléfono y lo maldigo. Eso no lo haría un «perrito faldero»… O igual por eso mismo no me lo coge. Joder… ¡¿Por qué las ideas de bombero de Héctor siempre terminan salpicándome?!

Cuando llega el miércoles, Carmen deja la casa preparada para recibir a varios forofos del fútbol. Vienen siete —aunque en mi salón cabemos cómodamente diez—, y entre ellos hay un invitado especial.

Charly aparece el primero, y me alegro; así podemos hablar un poco.

—¿Qué tal? ¿Cómo vas? Te veo más delgado... —señalo preocupado.

Se lo he notado en la ropa. Lleva un pantalón beis remangado y le asoma una camiseta blanca por debajo de una camisa vaquera oscura de manga corta.

—No tengo mucho apetito últimamente...

—¿Qué tal el trabajo?

—Como siempre.

—Vale, iré directo al grano: ¿qué tal con Ulises?

Me mira con cierta prudencia.

—Bien... Normal. ¿Por...?

—¿Seguís quedando?

—No... Hace más de una semana que no lo veo.

—¿Por qué? ¿Qué coño pasó hace una semana?

—¡Nada...! —exclama acorralado.

—¿Nada? Héctor me contó que habíais discutido...

—Ah, eso... Nada... Coincidirás conmigo en que lo de Sofía y Carla es una situación peliaguda. Todos estábamos muy nerviosos. Pero ya está solucionado...

—Entonces ¿con Ulises estás bien?

—Que sí... —responde Charly, casi molesto.

—Vale, porque va a venir ahora.

—¡¿Cómo?!

Su reacción es la mayor pillada que recuerdo desde hace ni sé.

—¿Qué pasa? ¿Estáis bien o no?

Charly blasfema y saca su tabaco como si fuera su medicación para los nervios.

—Me salgo a fumar...

Lo detengo de inmediato.

—¿Me cuentas qué pasa, por favor? No seas crío...

Me mira con una intensidad extraña.

—Con el debido respeto, Ástor, no es asunto tuyo...

—¿Tú puedes saberlo todo sobre mi relación con Keira y yo no puedo saber qué te pasa con Ulises? Te recuerdo que os vi besaros en el Dark Kiss hace seis meses...

—Estábamos drogados...

—¿Esa es tu excusa? Nosotros hemos estado colocados muchas veces juntos y nunca nos ha dado por ahí...

—¿Estás celoso? —Sonríe burlón.

Por un momento, siento que recupero al antiguo Charly, no al atormentado desde que murió Sofía.

—Pues... ¡un poco, la verdad! —bromeo subiendo las cejas. Él niega con la cabeza, sonriente—. Me preocupo por ti, igual que tú por mí... Eso es lo que hacen los amigos. Y lo somos, ¿no?

Charly desvía la vista, herido, recordando la acusación de Héctor.

—No hagas caso a mi hermano... —añado—. Tú y yo hemos estado a solas el doble de veces que has estado con él, y no es quién para juzgar nuestra relación. De hecho, puede que cuando está él, tú te bajes un escalón inconscientemente porque es mi hermano... y por eso tiene una percepción errónea de nosotros. Pero tú no me tratas con una deferencia especial, ¡al revés!, me tratas como nadie se atreve a hacerlo... Eres lo único auténtico que he tenido durante años, Charly...

Presiono su brazo para que me mire, y sus ojos brillantes obedecen.

Se remueve para que lo suelte y se pasa una mano por el pelo.

—Con Ulises... es complicado —admite finalmente.

—¿Por qué?

—Para empezar, está confuso. Nunca le había atraído un tío...

—Tú también lo estabas la primera vez, en ese club de Shanghái, ¿te acuerdas?

—Claro que me acuerdo. Fue muy chocante... Estaba en plena obsesión por las asiáticas y, de repente, vi a ese chico noruego y se me fue la cabeza. Me atrajo tanto que fuera totalmente opuesto a ellas… y también a nosotros. Y entendí que la diversidad es clave. Por no hablar de lo que disfruté cuando me desvirgó…

—¡Sin detalles, colega! —Le empujo risueño—. ¿Y cuál es el problema?

—Que a mí nunca me había gustado un tío… No así. Lo otro solo es morbo sin sentimientos. Pero con Ulises… todo es sentimiento. La semana pasada, discutimos el lunes en comisaría y el martes me citó en un bar. Cuando fui, apareció Héctor en plan encerrona y discutí también con él, pero esa misma noche Ulises se plantó en mi casa…

—Pero… el sábado anterior, ¿pasó algo entre vosotros en el Dark Kiss?

—No. Solo nos colocamos y estuvimos con unas chicas. Si hubo un momento de duda, Ulises lo rehuyó. ¡Y me pareció bien! Tengo la horrible sensación de que le estoy poniendo los cuernos a Sofía… —dice pinzándose la nariz.

Esa frase me hace fruncir el ceño.

—No pienses eso… Es normal que os hayáis unido en el dolor. Keira y yo también lo hicimos, al fin y al cabo…

—Me dijo que quería ser mi amigo. Y yo estaba dispuesto a serlo, pero apareció en mi casa y…

—¿Y…? —pregunto más cotilla que la vieja del visillo.

—Se quedó a cenar y vimos el partido. Hasta ahí, todo bien. Pero olvidé que tenía programada una chica para después… y terminamos haciendo un trío con ella. Yo por delante y él por detrás…

—¡¿Tan necesario es que me des las posiciones, Charly…?!
—agonizo.

—La cosa es que… ella nos obligó a besarnos entre nosotros y fue…

—¿Qué…?

—¡Muy íntimo! No sé explicarlo, Ástor. Diferente a otras veces… Al terminar se fue y no he vuelto a saber de él. Yo tampoco le he llamado.

—Entonces ha sido un acierto invitarle —digo subiendo las cejas.

—¿Lo has hecho a propósito?

—Un poco. —Sonrío cabrón.

—Me voy al jardín… A fumar y a cagarme en tu alma, joder —remata alejándose de mí.

—Vale. ¡Cuando llegue te lo mando envuelto para regalo!

Su respuesta es enseñarme el dedo corazón sin necesidad de darse la vuelta.

Voy a despertar a Héctor con la sonrisa en la boca; son más de las ocho y descubro que ya está en la ducha.

—¿Necesitas algo? —le pregunto solícito.

—No, no…

—Vale. Charly ha llegado ya, está en el jardín.

—Dile que se vaya a dar por culo a su casa…

Vuelvo a sonreír. Joder, esto es nuevo… O más bien viejo. Hay contestaciones concretas que me trasladan a otra época de mi vida. A una en la que Héctor no estaba paralítico, yo no era duque y nadie había muerto. Noto una buena sintonía que no sentía desde hace años.

Me siento un poco culpable, pero… me emociona que, a pesar de las horribles circunstancias, todavía existan instantes en los que lo olvidemos todo y salga a la luz nuestro verdadero ser.

De pronto, me vibra el bolsillo anunciando que tengo un wasap. ¡Es Keira!

Me paro en medio del pasillo y maldigo lo rápido que me late el corazón.

Es la foto de un pequeño trofeo en su mano, y debajo pone:

Keira:
Ya estás contándome el secreto

Sonrío de nuevo. Y ya van muchas veces hoy. Pero no pienso decírselo todavía.

Solo escribo:

Ástor:
Felicidades!
Prefiero decírtelo en persona, por si te apetece abofetearme

Keira:
ÁSTOR!!!

Suelto una risita al ver su respuesta.

Salgo de la conversación y sigo avanzando por el pasillo. Hoy va a ser un gran día.

keira

11
Secretos incontables

«¡¿Será capullo?!». Aun así, sonrío.

Nota mental: «No verle funciona. Tenerle al lado en un coche a oscuras no».

Llevamos más de una semana alejados y lo estoy llevando bien.

Desde que el lunes pasado detuvimos a Saúl, mi vida es una locura, pero el jaleo me ha ayudado a no pensar en muchas cosas. Por ejemplo, en lo alto que es en verdad Ástor, en la imponente anchura de su espalda, en el azul royal de sus ojos, en el sabor adictivo de su lengua... Por no hablar de esa sonrisa que te enajena y de sus entrañables teorías de por qué huyo de él.

¡Qué maravilla!

Porque tiene razón. Toda la razón. La mayoría de los seres humanos estamos distraídos y muy cómodos en la seguridad de nuestra rutina, y un poco de adrenalina ayuda a aumentar la audacia. No obstante, lo que Ástor no entiende es que para mí estar cerca de él es como colocar una bomba en mi zona de confort y dejar que todo salte por los aires.

Y yo, ahora mismo, necesito paz.

Xavier Arnau apareció en comisaría como una apisonadora la misma tarde del lunes que detuvimos a su hijo, y decir que se puso borde sería el eufemismo del siglo. Su complicado carácter se vio acorralado por las evidencias de su relación sexual con la víctima.

—¡¿Se han vuelto locos?! —gritó fuera de sí—. ¿Por qué iba a querer yo a Sofía muerta? ¡Lo pasábamos muy bien juntos!

—Creemos que para que no se fuera de la lengua con algo que le contó —le informó Ulises.

—Lo que Sofía y yo hacíamos no era precisamente hablar, muchacho, aunque la lengua sí que la usábamos bastante...

Que dijera aquello delante de su hijo me pareció lamentable. Además, se lo quedó mirando como si esperase que replicara algo, y Saúl picó.

—¿Por qué, papá...? ¿Por qué tienes siempre que ir detrás de todas las chicas que me gustan? ¡Es enfermizo!

—Para demostrarte que son todas unas zorras...

—¡Ya basta! —gruñí cabreada.

Xavier me sonrió pasivo-agresivo.

—Tú tampoco te libras, querida. Te abriste de piernas muy rápido para Ástor, a pesar de estar infiltrada en una operación policial...

—¡¿Cómo se atreve?! —intervino Ulises—. Se va a tragar una multa por desacato a la autoridad antes de irse de aquí.

—Uy, el que faltaba... El muerto de hambre que se creía que a Sofía le importaban más los sentimientos que el dinero y la posición...

En ese momento, la puerta se abrió y entró Gómez con una expresión vengativa que me dejó tiesa. Parecía Jon Nieve dispuesto a recuperar Invernalia.

—Buenos días, señor Arnau... Será mejor que se calme un poco.

—¿Quién es usted? —preguntó el detenido con algo más de respeto al ver que Gómez y él tenían edades parecidas.

—Soy el máximo responsable de esta comisaría y vengo a invitarle personalmente a pasar una noche en nuestras instalaciones debido a su deplorable comportamiento. Se la ha ganado...

—Eso no va a pasar —respondió Xavier, muy seguro de sí mismo.

—Le prometo que sí. Y no pierda el tiempo en llamar a nadie

del Tribunal Supremo, porque ninguno de sus amiguitos podrá defenderle sin salir en los periódicos. Está todo grabado. —Señaló la cámara del techo—. No me cabe duda de que en otros lugares goza usted de total impunidad para dar rienda suelta a su mala educación, pero vilipendiar a un policía es delito.

—¿He dicho algo que no sea verdad? —dijo insolente.

—No se le acusa de calumnia, sino de desacato. Ha venido usted con tres abogados, le recomiendo que los utilice para contestar cualquier pregunta que se le haga. Le ruego que deje trabajar a mis agentes sin ofenderlos... Estamos aquí por Sofía Hernández.

—Sofía era la mujer más ambiciosa que he conocido en mi vida, y no me sorprende que...

Uno de sus abogados lo cortó en seco tocándole el brazo.

—Disculpen al señor Arnau. No volverá a suceder, se lo aseguro...

—Eso espero, o irá acumulando noches de hotel como hay Dios —se despidió Gómez, amenazante.

Mis ojos hacían chiribitas. «¡Mi héroe!».

Sé que siempre digo que no necesito que me salven, pero la verdad es que ignoraba lo bien que sienta. Nunca había sabido lo que era tener un padre... Un protector. Esa fue la primera vez que lo sentí.

—Agentes... —dijo uno de los abogados para reanudar el interrogatorio. Aunque usó el plural, solo miró a Ulises—. Nosotros hemos venido a defender a Saúl Arnau. No pueden retenerle. No hay pruebas contra él y tiene una coartada con testigos.

—Tenemos pruebas: un juego de las llaves de la casa de la víctima estaba en el cuarto de su defendido —acotó Ulises.

—Se considerarán pruebas circunstanciales dado que fue novio de la víctima en el pasado.

—Tenemos, también, a un padre sociópata con una necesidad imperiosa de demostrar que puede conseguir cualquier cosa a base de sobornos... —insistió Ulises.

—Cuanto antes aprendáis eso en la vida, mejor —soltó Xavier.

—Señor Arnau, guarde silencio, por favor —lo riñó su abogado.

—¿Quieren más pruebas? —escupió Ulises—. ¿Qué tipo de persona paga para acostarse con la novia de su hijo?

El abogado se cuadró.

—El tribunal no juzgará la moralidad de mi cliente, sino los hechos delictivos. Aquello fue un acuerdo consensuado y legal.

—Bien. Pero la víctima era la pupila de un enemigo declarado de su cliente, conocido por criticarle en público, y Sofía avisó a sus amigos de que había descubierto un secreto muy jugoso sobre Ástor de Lerma.

—Exacto. Avisó a Saúl Arnau, lo que le exculpa automáticamente de haberle contado nada él mismo y querer matarla por ello.

—Pero a su padre no —sentencié yo con rabia.

Solo entonces el abogado me miró. Y lo hizo como si yo no pintara nada en un asunto como este. ¿Qué clase de ejemplo habría tenido en su casa de niño para aprender a ignorar automáticamente a una mujer tratándose de un tema serio?

—No tienen forma de demostrar que Xavier Arnau confiara a Sofía una información que pudo costarle la vida...

—Pero sí indicios suficientes de que podría haberlo hecho. —Señalé el móvil—. Si no, no nos habrían dado permiso para retenerle aquí mientras registramos su casa a fondo y analizamos todos sus movimientos bancarios a tres meses vista. Va a permanecer unos días detenido, Xavier...

—¡Yo no fui! —masculló él, enfadado.

—Si eso es cierto, no le importará que lo comprobemos...

—¡Puedo hacer más que eso, mentecatos! Algunos miembros del club ofrecieron dinero a Sofía para conseguir lo mismo que yo, pero ella se negó. ¡Quizá la mataran por eso! Os daré sus nombres.

«¡Por fin algo interesante!», pensé con disimulo.

Que el KUN era un nido de envidias venenosas era un hecho. Intentamos enmascarar lo mucho que necesitábamos como agua de mayo ese hilo del que seguir tirando.

—¿Y por qué íbamos a creerle? —cuestionó Ulises, sagaz—.

Para mí, su palabra no vale nada. No suelta más que porquería por la boca…

Enseguida me di cuenta de su táctica. Atacar la honorabilidad de un marqués susceptible siempre es un buen plan.

—¿No quieres arrestar a quien mató a Sofía? —replicó Xavier, enfadado—. ¡Ninguno de ellos habría permitido que una zorra de saldo fuera miembro del KUN!

No pude ni tragar por denostar así a Sofía delante de Ulises. Me esperaba cualquier cosa de mi compañero, incluso que sacara su arma y le volara la tapa de los sesos sin titubear. Por suerte, se quedó en *shock*.

—Dígame quiénes son ahora mismo —ordené a Xavier, ruda, poniéndome de pie.

Me miró y sonrío sibilino.

—Te lo diré si nos dejáis marcharnos a mi hijo y a mí ahora mismo.

No reaccioné con ira, como él esperaba, ni con impotencia, la que yo sentía. Solo resoplé cansada y fingí no tener prisa.

—Nadie va a librarle de una noche aquí, señor Arnau, ya ha oído a mi jefe. Y mañana le imputaremos por obstrucción a la justicia. —Me marqué un farol, aunque tenía claro que sus rottweilers se me tirarían al cuello.

—Mi cliente está dispensado de declarar como individuo por tener una relación afectiva con la víctima análoga a una pareja. La ley así lo establece —enunció de carrerilla otro de los abogados.

—Muy bien. Seguiremos adelante sin esa información. Ástor de Lerma ya me pasó una lista de miembros que no querían a una mujer en el club.

—No os servirá de nada. —Xavier sonrío, malicioso—. Los que yo digo votaron que sí en el referéndum. Porque no les importa en absoluto el resultado. La democracia es para los soñadores…

—¡¡¡Si sabes algo, dilo, papá!!! —estalló su hijo—. ¡Si no, me largo de la ciudad y no me vuelves a ver el pelo jamás, te lo juro por Dios!

En ese momento aprecié muchísimo a Saúl. Sin embargo, su padre lo miró con altivez dispuesto a soltarle una de sus lindezas.

—¡No es momento para tus gilipolleces! —se le adelantó Saúl—. ¡Dilo ya o me largo esta misma noche! No me pongas a prueba… Tú te vas a quedar encerrado, pero a mí van a soltarme. Cogeré todo lo que pueda y desapareceré, ¡te lo juro por mamá! Diles AHORA MISMO quiénes son esos hombres —ordenó furioso—. Terminarán descubriéndolo de todas formas, y tú habrás perdido mucho más…

Se hizo un silencio en el que los segundos se contaban por latidos. Finalmente, Saúl apartó la vista de su padre, avergonzado de llevar su sangre.

—Oliver Figueroa y Jesús Fuentes. ¿Contento? —masculló Xavier.

—¿Jesús Fuentes? —repetí extrañada—. Lo conozco. Jugué contra él en el torneo del KUN y me pareció un tío muy decente, tiene una empresa de licores.

—Jugaste contra el hijo. Yo me refiero a Jesús Fuentes padre… —aclaró Xavier—. Ni siquiera dejó que sus hijas formaran parte de su empresa familiar, imaginaos… Para él, una mujer sirve para lo que sirve. Oliver, por otra parte, conocía a Sofía del Dark Kiss… Después de que lo rechazara varias veces, consiguió una cita con ella a través de la web y la sobornó para que no contará que había intentado forzarla…

—¿Cómo sabe todo eso? —reaccionó Ulises, sensible a sus palabras.

—Ella misma me lo contó, chico…

—¿Se lo está inventando? —pregunté desconfiada.

—No. Y puedo demostrarlo. Lo tengo todo grabado. No soy ningún tonto… Grabo todos mis encuentros íntimos con mujeres, no vaya a ser que a alguna le dé por inventarse algo y meterme en un problema… Soy perro viejo.

Ni que decir tiene que empezamos a esmerarnos a fondo en buscar información sobre esos dos sujetos en el más estricto secreto.

—Ástor, Charly y Héctor no pueden saber esto —me advirtió Ulises en privado—. No sabrán disimular y podrían entorpecer la batida.

—Y a ti, ¿no te será difícil no partirles la cara si descubrimos algo?

Hizo una mueca.

—La justicia los castigará, no yo...

—Deberíamos denunciar a Figueroa... —dije preocupada—. O al menos, avisar a los responsables de la web SugarLite de su comportamiento. Sofía hizo mal en taparlo. Quizá otras chicas no se hayan librado de su asqueroso ataque. Sofía lo amenazaría con hundirlo mencionando a Ástor, y ella misma le ofreció un trato, pero otras no habrán sabido gestionarlo tan bien...

Pronto nos dimos cuenta de que Figueroa y la familia Fuentes eran más intocables de lo que pensábamos. El abogado de Oliver Figueroa nos dejó claro que nuestra única testigo estaba muerta y que no teníamos base en la que fundamentar una denuncia; aun así, mandamos un e-mail a la web SugarLite para que tomaran medidas y preguntaran a las chicas que habían estado con ese hombre si querían denunciar algo. Ninguna habló por miedo a represalias o sobornos encubiertos, y me dio muchísima rabia. Ni siquiera nos dejaron comprobar su coartada o sus cuentas. Estaba blindado.

Mateo, como abogado de Carla, nos informó de que iba a investigarlo «a su manera». No quise saber a qué se refería con eso...

Respecto a Jesús Fuentes padre, se mostró todavía más intratable. Recibió a Ulises a regañadientes, y cuando mi compañero mencionó a Sofía se indignó y lo negó todo, alegando que él era un hombre felizmente casado y que ni la conocía.

Lo que sí hicimos es revisar las cintas de Xavier. Menudo cerdo.

—No soy un pervertido —respondió a mi cara de asco—. Soy precavido, que es diferente. Las demandas por acoso y violación son una treta muy utilizada para hundir a un hombre poderoso, y no por eso voy a privarme de tener sexo. Tengo firmado su consentimiento y mi compromiso de no difundirlo jamás. Todo legal.

—Eso no lo hace menos asqueroso —repliqué.

—Solo trato de proteger mi vulnerabilidad. Y puedes estar segura de que Ástor hace lo mismo...

Subí las cejas. ¿Ástor me había grabado? Lo dudaba mucho.

Pero si tenía cintas de velcro en su cama para sujetarme de las muñecas y de los tobillos, podía esperarme cualquier cosa.

Vuelvo a consultar el teléfono por si Ástor me ha escrito algo más.

¿Cuál será ese secreto por el que cree que voy a abofetearlo?

Sonrío de nuevo sin poder evitarlo. Se me hace muy difícil pensar mal de él; a fin de cuentas, me ha convencido para apuntarme a torneos, ¡y el de hoy ha sido una pasada! La gente se ha acercado a preguntarme si pertenecía a algún club. Menos mal que llevaba conmigo a mi propio «guardaespaldas»; habría ido sola, pero he pedido a Ulises que me acompañara porque estoy preocupada por él.

El viernes, al terminar la jornada, me preguntó con una extraña timidez si quería que fuéramos a cenar juntos a un buen restaurante. En plan «cita».

—¿Y eso? —pregunté confundida.

—Ya sabes…, la cita que nunca hemos tenido. La que te debo desde hace mucho tiempo…

—¡¿Qué?!

Me eché a reír. Igual no debería haberlo hecho porque miró al suelo, avergonzado. Enseguida le toqué el brazo, arrepentida.

—Oye, ¿a qué viene esto?

—A nada, es que estoy tocando fondo… Sofía está muerta y la vida es corta. Y yo… te quiero, Keira.

—Yo también te quiero, Uli, pero…

—No me refiero a como amigo…

—¿Qué dices?

Me miró subiendo las cejas y me tapé la boca para ocultar mi sonrisa, pero no pude disimular la diversión que derrochaban mis ojos.

—Joder, no te rías… ¡Me estoy declarando!

—¡Pero Ulises…! —grité divertida—. ¡Esto no es una declaración! Esto es… ¡una ida de olla! ¡Tú no me quieres en ese sentido!

—¿Cómo puedes decir que no te quiero? —preguntó dolido—. Te quiero más que a mi vida, Keira…

Intenté ponerme seria porque sus palabras me llegaron al corazón.

—Cariño… —Tomé aire para serenarme y le cogí la mano—. Eres una de las tres personas más importantes de mi existencia. Hemos pasado por muchas fases: la de capullo repelente, la de capullo encantador, la de follador repelente, la de follador encantador… —Él sonrió—. Y puede que hace seis meses me hubiera caído de culo si me hubieras pedido una cita en serio, pero admite que nuestras vidas han cambiado mucho desde entonces y que ahora no estamos en ese punto para nada…

—Por eso mismo, Kei… Ya no sé en qué punto estoy y quiero volver a uno donde todo tenía sentido. ¡Nosotros teníamos sentido!

—¿Por qué ahora? —pregunté extrañada.

—Porque antes ninguno quería complicarse. ¡Estábamos bien como estábamos!

—¿Y ahora no?

—No. Ahora yo necesito más… —Se mordió los labios.

—¿Por qué?

—¡Joder, Keira…! —resopló angustiado—. ¡Y yo qué sé! ¡Es como me siento!

—Yo te diré por qué. Intentas tapar algo gordo con rutina. —Sonreí al recordar las palabras de Ástor—. Pero esa falsa seguridad no te hará feliz…

—Ya no aspiro a ser feliz —dijo derrotista—. Solo a no sentirme un extraño en mi propia piel…

Sus palabras llamaron mi atención. Y algo en mi cabeza hizo clic.

—¿Todo esto es por Charly? —pregunté intuitiva.

Ulises se encogió de hombros y apartó la vista, azorado.

—¿Quedamos a cenar y me cuentas lo que te pasa de verdad? —le insté cariñosa.

—Vale, pero hazme feliz y ponte un buen escote, por favor… —murmuró torturado.

Cuando se tapó los ojos, le coloqué mis manos encima con una sonrisa y le di un beso en la nariz. Sentir que me necesitaba como amiga me gustó mucho más que cualquier polvo que hubiéramos echado. Y casi me da un jamacuco cuando en la cena me contó lo que había pasado el martes en casa de Charly... Quizá no supiera en qué punto estaba, ¡pero era uno muy alejado de mí, eso seguro!

—Y os besasteis... —repetí analizándolo bien.

—Sí... Y fue mortal.

—Pero... ya os habíais besado antes, ¿no? En el Dark Kiss.

—Con Sofía en la ecuación todo tenía un sentido. Lo del otro día fue... diferente.

—¿No estabais también con una chica?

—Sí, pero sentí que me sobraba... Fue brutal, Kei...

—¿Brutal de bueno o de malo?

—¡Las dos cosas!

—¡No me jodas, Ulises! ¡Las dos cosas no pueden ser!

—¡Pues lo fue! Fue lo mejor y lo peor del mundo junto, ¡de verdad!

—¿Por qué fue «malo» exactamente?

—¡Porque no soy homosexual, joder! ¡En serio! No tengo nada en contra de los gais, ni de nadie, pero...

—Eso no es cierto —lo corté—. Al parecer, tienes algo en contra de la gente como tú. No te aceptas...

—¿Y cómo soy yo?

—¡Tú eres tú, Ulises! ¿Por qué hay que poner etiqueta a todo? ¡Qué peñazo! No todo tiene que ser blanco o negro, ¡o gris! A bote pronto, hay doscientas cincuenta y seis tonalidades de grises distintas...

—¿Cómo?

—¡Sí! ¡Cada color exento de saturación da lugar a un gris distinto! ¿Por qué no puede ser igual con la sexualidad? A ti te gustan las mujeres, en general, pero ahora te gusta un tío. ¿Por qué tiene que significar algo terrible?

Ulises apoyó la frente en su mano.

—No lo sé. Pero ojalá no me sintiera así... Lo único que sé es que no puedo escapar de ello. Lo he intentado esta semana. No he visto a Charly y él tampoco me ha llamado, y aun así, no puedo dejar de pensar en él.

—¿Por qué crees que no te ha llamado?

—Igual porque sabe que flipé bastante cuando...

—Cuando... ¿qué?

—Me cuesta hasta pronunciarlo, joder... —Se frotó la cabeza.

—¡Dilo de una vez!

—Me la chupó... ¡Me la chupó y casi me muero! Lo agarré del pelo, me miró fijamente y mi mundo se fue a la puta mierda, te lo juro...

—¡¡¡OH, DIOS MÍO!!! —Mi voz sonó más aguda que nunca. Mis ojos, abiertísimos. Los suyos, cerrados ante mi soponcio.

—No es para tanto... —aclaró—. Tampoco es como si nunca hubiera albergado mi miembro en alguno de sus otros orificios...

—Joder, ¡no me acordaba de eso...!

—Pues yo no he podido olvidarlo en todo este tiempo...

—Así que esto es un ictus —dije poniéndome una mano en el pecho.

—No seas payasa... —Sonrió un poco.

—¡Es en serio...! Como en verano apenas me hablaste de él, había borrado de mi mente que una vez tuvisteis sexo...

—Yo lo había dejado enterrado en «Cosas de las que me arrepiento».

—Quizá por eso estuviste tan traumatizado... Por los sentimientos nuevos que Charly te generó, y no tanto por Sofía...

—Yo culpaba a las drogas de ese desliz y de que me hubiera gustado tanto... Al menos lo hacía hasta el martes pasado. Ahora ya no sé qué pensar...

—Tienes que volver a verle. ¡Necesitas aclarar tus ideas!

—No sé si estoy preparado. Es de locos, pero siento que estoy traicionando a Sofía... El tío que la mató sigue suelto y yo pensando en follarme a su prometido... Este no soy yo, Keira. La última vez que estuve de luto me pasé más de un año sin tener relaciones sexuales...

—No puede compararse —lo tranquilicé con pena—. Cuando murió Sara eras poco más que un niño y ahora eres un hombre. Y eres policía; estás curtido, has visto muchas cosas... Además, tampoco estuviste tanto tiempo con Sofía...

—¿Crees que eso influye? ¿A ti se te pasaría tan rápido si Ástor muriera? —me preguntó de repente.

¿Ástor muerto? No quise ni planteármelo. Y de repente entendí que el valor de las cosas no se mide por el tiempo que duran, sino por la intensidad con la que se viven.

Lo que siento por él no puede mirarse fijamente... Es como la luz del sol. Si estás demasiado cerca, te consume en llamas y a ciento cincuenta millones de kilómetros, te calienta lo suficiente para mantenerte con vida, pero todo el mundo sabe lo que ocurriría si el sol se apagara...

—Digamos que no ha hecho falta que muriera para no tener ganas de volver a mantener relaciones sexuales con nadie... —confesé—. ¿Responde eso a tu pregunta?

Ulises me miró preocupado, como si me escondiera un secreto.

—Creo que deberías saber una cosa, Keira...

—¿Qué?

—Héctor me contó que este verano Ástor intentó suicidarse...

—Perdona, ¿qué...?

Ni siquiera pude racionalizarlo. ¡Era imposible!

—Me dijo que puso una excusa tonta, pero lo vi muy preocupado. A Héctor no le gustó que volvierais a liaros. Tenía miedo por su hermano, porque, según él, lo vuestro no tiene futuro. También me comentó que en su opinión deberías replantearte lo de tener un hijo para que Ástor y tú pudierais estar juntos...

Lo miré horrorizada.

—Son las palabras de Héctor, no las mías —subrayó cauteloso.

Cerré los ojos dolida.

—¿Eso cree que es el amor? ¿Aceptar condiciones? ¿Ceder en temas existenciales que te definen solo por estar con alguien...?

—Así viven ellos el amor. Está completamente condicionado por su clase social. Apuesto a que nadie en su ámbito sabe que Charly es bisexual... Plantearme algo con él sería entrar en un vestidor de lujo, no en un simple armario. ¿Sabes qué te digo? Que prefiero no verle... Prefiero centrarme en el caso y punto.

—Pues ya somos dos... —contesté convencida.

Pero a medida que pasaban los días nos dábamos cuenta de que no podíamos dejar de pensar en ellos, y eso que anduvimos como locos trabajando con varios departamentos para investigar a fondo a los sospechosos. Finalmente, dejamos que Xavier Arnau y su hijo volvieran a casa. No parecía haber nada inusual en sus vidas.

Ahora mismo deseo llamar a Ástor y continuar con nuestro juego, pero me abstengo. En vez de eso, escribo a Ulises. Debe de estar a punto de llegar a su primera fiesta de la jet set.

Keira:
Pásalo bien en casa de Ástor viendo el fútbol.
Quiero detalles sucios al final de la noche.
Y no me refiero a quién gana el partido,
sino a si tú metes un gol

 ulises

12
El primer paso

Leo el mensaje de Keira sin desbloquear el teléfono. ¡Será perra...! Sabe que odio las metáforas sexuales deportivas.

Estoy haciendo tiempo fuera del chalet de los De Lerma, pero viene alguien y no puedo retrasarlo más.

—Hola... Estaba...

Me callo a tiempo. ¿Por qué le doy explicaciones?

Jesús Fuentes hijo me mira de arriba abajo juzgando mi vestimenta. Seguramente nadie lleve el uniforme de su equipo favorito, pero es lo único que tenía cuello en mi armario. No soy amante de los polos, y dudo que alguien lleve aquí una camiseta normal y corriente.

—Eres el escolta de Ástor, ¿no? —Me reconoce.

—Eh... Sí. —Aunque creo que hoy no vengo en calidad de eso.

—Yo también tengo esa camiseta, pero desde que me la firmaron todos los jugadores no he vuelto a ponérmela. Eres muy valiente por venir con ella, aquí la mayoría es del Madrid.

—Supongo que no se puede tener buen gusto en todo... —bromeo.

Jesús suelta una risita y llama al timbre.

La puerta se abre y aparece Ástor.

—¡Bienvenidos! Jesús... —Me parece que va a darle la mano,

pero al final se agarran mutuamente el antebrazo y luego se sueltan—. Ulises… —Se acerca a mí y me da un ligero abrazo. Es una
situación rara, y ambos nos quedamos cortados—. ¡Pasad! Ya
han llegado algunos…

Jesús se acerca a la zona del sofá y me quedo con Ástor,
atrás.

—Me alegro de que al final hayas podido venir.

—Qué remedio… Eres implacable —añado, y sonríe—. Gracias por invitarme.

—Charly está en el jardín —me informa.

—¿Y a mí qué me importa dónde esté? —respondo a la defensiva.

Ástor me mira alarmado. Pero el gesto se transforma en una
sonrisita perspicaz. «¡Mierda! ¿A quién quiero engañar?».

—Iré a buscarle… ¿Puedo llevar algo de beber como apoyo
moral?

—Sí. —Saca un par de botellines de la nevera—. Llévale una
a él. Ha salido a fumar…

—Gracias.

—Suerte… —me dice vacilón. Y no le contesto. «Maldito
sea…».

Voy hacia el jardín con pies de plomo. Me siento como una
bola rodando hacia un triángulo perfecto de bolos. Me pregunto
si los tiraré todos o solo unos cuantos.

Encuentro a Charly al borde de una piscina pequeña que no
tendrá más de tres por cinco metros. Al oír que alguien se acerca
se vuelve y, al ver mi camiseta, finge que le he disparado en el
corazón. Es un payaso…

Su imagen en conjunto es demoledora. Sus fibrosos pectorales marcándose bajo la ropa, su piel bronceada, su humor retor-
cido conquistando sus facciones, incluso su cabello, impercepti-
blemente más largo, hacen que mi bola se desvíe hasta caer en el
canalón lateral sin posibilidad de dar absolutamente a nada que
me haga sumar puntos…

«De puta madre».

—¿Ástor te ha dejado entrar en su casa con esa camiseta?
—pregunta con guasa.

—Sí, hasta me ha abrazado.

—No te creo —dice alucinado.

Sonrío y le paso una de las cervezas.

—Gracias... ¿Cómo te va todo?

—Bien... —respondo apocado bajando la cabeza—. ¿Y a ti?

—Muy bien. —Hace una pausa—. No sabía que vendrías...

—Tu plan de evitarme tiene cabos sueltos.

—Yo no te evito.

—Ah, ¿no? —pregunto vacilón.

Bebemos mirándonos a los ojos. La tensión se corta en el aire.

—Tú tampoco me has llamado, ni te has vuelto a presentar en mi casa de improviso —me acusa.

—Ni tú en la mía.

—¿Querías que lo hiciera...?

Gri, gri, gri...

En la próxima curva nos estrellamos, lo veo. Pero supongo que ese es el quid de la cuestión. ¿Quería que se presentara en mi casa o no?

—Sí y no a la vez —contestó críptico.

—Buf... Es la peor respuesta que he oído, Ul.

—No es fácil para mí... —confieso.

—Tranquilo, nadie te está obligando a nada. —Y se vuelve a mirar el agua de la piscina para darme espacio—. La vida ya es muy complicada como para que esto te suponga un problema, Ulises. Por eso no te he llamado.

—Pensaba que íbamos a ser amigos...

—Milagros, a Lourdes —replica sincero—. Me atraes demasiado para ser tu amigo. Y como no quiero incomodarte, he optado por alejarme de ti. Paso de dramas adolescentes, yo vivo en el mundo real...

¡Me cago en su madre...! ¡¿Por qué siempre me hace lo mismo?! Intentar ridiculizarme llevándome a una situación límite. Es brillante.

—El mundo real, ¿eh? Dime una cosa, ¿tus amigos del KUN saben que te gusta... todo?

—Yo no he dicho que los demás vivan en el mundo real, hablaba de mí. —Me guiña un ojo y me deja medio loco. Es tan… Ufff…

«¡Contente, Ulises!», me ordeno mentalmente.

—¿Y no te importa tener que esconderte, Charly? —le presiono.

—Creo que nadie tiene por qué saber lo que me gusta en el dormitorio. Eso no me define como persona. Solo es una parte más de mí. Una privada.

Me dan ganas de empujarlo a la piscina por su locuacidad.

De hecho… ¡Qué coño…!

Me acerco a él, y se asusta previendo mis intenciones. Me agarra y flexiona un poco las rodillas para que no lo desplace. Aun así, puedo con él, y se aferra más a mí, amenazando con que yo también caeré al agua si oso empujarle.

—¡¿Qué haces…?!

¡PLAS!

—¡Joder! —se queja, empapado, manteniendo la cerveza en alto—. ¡¿Tú eres tonto o saliste de un huevo Kinder?!

Me da la risa, pero lo acorralo contra la pared de la piscina y se pone serio al momento.

—No quiero que te alejes de mí… A mí me gusta el drama adolescente…

Me mira con un deseo que me hace trizas.

Mi vista salta haciendo *puenting* hacia sus labios y Charly hace lo mismo.

—Eh, ¿qué hacéis ahí? —pregunta una voz. Es Héctor, que aparece flotando hacia nosotros como una de las gemelas de *El resplandor*.

—Nos hemos caído a la piscina —explica Charly, fastidiado.

—¿Os habéis caído?

—Se ha caído él —explico—. Yo solo me he tirado para salvarle… Ya sabes, deformación profesional.

Charly me mira entre alucinado y divertido, y niega con la cabeza.

Salimos del agua y nos reunimos con Héctor.

—Charly, dime que le has empujado tú por llevar esa camiseta…

—Justo. Así ha sido, Héctor.

—Entonces ha merecido la pena… Venid, Ástor os dará ropa seca. No os preocupéis, tiene setecientos pantalones y unas mil camisetas…

Cuando Ástor nos ve, sube las cejas extrañado.

—No sé si quiero saber lo que ha pasado…

—Que Charly se ha caído a la piscina —digo sin pensar—. He intentado ahogarle, pero no ha habido manera…

De repente, la cara de Ástor cambia radicalmente. Se pone tan serio que temo que vaya a gritar, y al instante caigo en lo que acabo de decir. ¡Su padre murió en una piscina! «¡Mierda!».

—Venid por aquí —musita con un hilo de voz, esquiván- dome.

La culpa me golpea en la mandíbula y miro a Charly con una expresión atenazada. Él le quita importancia con un simple gesto de la cabeza.

«¡Joder, qué torpe soy…!».

Ástor elige dos conjuntos de su armario y los deja sobre la cama.

Quiero decirle que lo siento, pero creo que solo lo empeo- raría.

—Cuando os cambiéis, dadme vuestra ropa, la pondré en la secadora —nos dice Ástor.

Suelto un «gracias» que suena totalmente a «¡¡¡perdóóón!!!», y se va de la habitación, no sin antes echar una mirada a Charly en la que se lee: «Ni se te ocurra hacer nada en mi cama».

Me pongo histérico al momento.

—Eres anormal… —me dice Charly quitándose la camiseta mojada—. Con lo guapo que me había puesto…

—Te lo merecías… —Me quito la mía.

Nos miramos unos segundos. A los dos nos gotea el pelo… y seguro que algo más. «¡Joder!».

Mis ojos resbalan por su cuerpo sin poder evitarlo. Nos he- mos visto desnudos un montón de veces, pero nunca a solas…

Me desabrocho el botón de los vaqueros con miedo, pero la lentitud puede confundirse con que lo estoy haciendo sensual- mente.

Charly no se queda atrás y me imita. Se quita el pantalón, y veo que lleva un bóxer gris con un elástico negro en la cintura. Están empapados.

—¿No nos ha dejado calzoncillos? —pregunta Charly.

—¿De verdad quieres ponerte los calzoncillos de Ástor?

—Es verdad. Mejor, no...

—Tendremos que ir sin nada...

—Entonces seguro que nos regala la ropa...

Sonrío. Pero se me borra la sonrisa en cuanto Charly se deshace de su ropa interior y veo su...

Me cago en todo... ¡No la tiene precisamente relajada!

«Dios... ¿Qué hago fijándome en la polla de otro tío?».

Pivoto sobre mí mismo mientras lo veo ponerse el pantalón de Ástor, pero no llega a abrochárselo. Mis ojos no se están quietos...

—Lo que me has dicho en la piscina... —suelta de pronto—. ¿Iba en serio?

—¿Qué? —respondo alelado. «¿Por qué no termina de abrocharse el pantalón? Me estoy mareando».

El inicio de su cuidado vello y sus músculos oblicuos marcados no dejan de hacerme señales luminosas. De pronto, noto que se acerca más a mí.

—Lo de que no querías que me alejara de ti...

—Eh... Ah... Eso...

Habitación de Ástor. Semidesnudos. Mojados... «¡Esto no está pasando!».

—Yo... Bueno..., sí..., iba en serio.

Cierro los ojos con fuerza y me pongo la camiseta seca.

—Quítatelo todo y dámelo... —ordena Charly, subversivo, mirándome a los ojos—. Para dárselo a Ástor... —aclara después.

Joder... Vale. ¡Qué presión!

Obedezco y me quito los calzoncillos también. Por suerte, la camiseta tapa mis partes. Se los tiendo, y Charly se acerca a mí para cogerlos. Reúne las prendas húmedas en una sola mano y me mira sin moverse. Como si no quisiera apartarse de mí.

Sus labios llaman mi atención como Las Vegas en medio del

desierto… Humedezco los míos inconscientemente y él los observa. Cuando avanza, retrocedo sin pensar. «Ay, madre…».

Se queda quieto y, sin decir nada, retrocede y coge su camiseta de encima de la cama.

—Te espero en el salón…

«¡¡¡NO!!!».

Me muevo por instinto y logro llegar a la puerta justo antes de que Charly la abra. Mi cuerpo lo aprisiona contra la hoja y dejo de respirar.

«Joder. Joder. ¡Joder…!».

No sé ni lo que estoy haciendo.

Charly se vuelve, y nos quedamos cara a cara, muy cerca.

—¿Qué quieres? —pregunta, sabiéndolo de sobra.

Escudriño cada ángulo de su cara y termino con la vista clavada en sus labios. Nuestras bocas se acercan por momentos. Solo un centímetro me separa de cruzar la línea. Clavo mis ojos en los suyos. Iris verdes contra iris azules…

—Ten cojones y hazlo de una vez… —dice excitado.

Me estrello contra su boca haciendo que su cabeza golpee la puerta y me pego a su cuerpo con agresividad. El contrapunto de la suavidad de su lengua y la calidez de su saliva me parece brutal. Y la conclusión de que comerle la boca es la mejor sensación del mundo me mata del todo.

Su mano se coloca en mi nuca para controlar el beso, y me asusta pensar que me lo follaría aquí mismo, sin preámbulos y sin drogas.

De pronto, recuerdo que estoy en cueros, y que ya le estoy clavando mi erección con todo el descaro. Sería tan fácil darle la vuelta y metérsela…

Me separo, sobrecogido.

—Lo siento, yo…

—No… —jadea Charly—. Has hecho bien en parar antes de que sea demasiado tarde… Ástor nos mataría.

—Joder, ya…

—Aunque hay cosas por las que no me importaría morir… —dice jadeando.

Me coge del polo y me atrae hacia él para encajar nuestras bocas de nuevo. Sus lametazos nublan mi razón por completo.

«¿Cómo puedo desearle tanto? Esto me supera...».

—El partido está a punto de empezar... —Corto el beso.

Charly sabe que no me interesa el partido, pero lee las dudas en mis ojos y me suelta.

Tardo en moverme en busca de un pantalón seco y me lo pongo. Ha sido surrealista.

Volvemos al salón, y Ástor nos mira inquisitivo preguntándose si hemos mancillado su espacio de alguna forma. ¡Disimulamos de pena!

Empieza el fútbol, y no me toca estar cerca de Charly porque quedan los sitios que nadie ha elegido. Uno en cada esquina. Pero de sus ojos no me libro.

De vez en cuando, se topan con los míos y me despedazan. Nunca me habían morreado con la mirada de esa forma. «Luego», parece decirme y es casi una advertencia.

«¿Luego qué? ¿Adónde vamos a ir? ¿Qué vamos a hacer exactamente?». Inspiro hondo para relajar los nervios.

Yo tengo claro lo que quiero hacerle. Y también lo que no quiero que me haga.

Cinco minutos después, Ástor se levanta y dice:

—¿A quién le falta bebida?

«¡A mí!», pienso. Porque con la cerveza no me vale, necesito algo más fuerte. El limpiador de hornos podría estar bien...

Varios invitados hacen un gesto con la mano y Ástor me mira directamente.

—¿Me ayudas, Ulises?

Me levanto solícito y lo acompaño hasta la cocina, que queda abierta al salón. No sé si necesita ayuda o quiere hablar conmigo.

Saca unas copas de cristal heladas de un arcón y empieza a tirar cañas y a colocarlas sobre una bandeja. Ese grifo de cerveza es nuevo. No lo tenía instalado en primavera. Lógico, comenzó a beber otra vez cuando conoció a Keira.

—Gracias por haber venido... —me repite.

—De nada. Insististe bastante, ¿recuerdas?

—¿Y no te preguntas por qué?

—Contigo dejé de preguntarme «por qué» hace mucho tiempo, Ástor...

Me mira con algo parecido al cariño. Tiene el don de hacerme sentir importante, el cabronazo. Pero sabe a qué me refiero... Nuestra conexión es especial. No sé si buena o mala. Pero es una cuestión de honor inevitable. ¿Nos queremos? ¿Nos odiamos? Quién sabe...

—Te insistí porque quería hablar contigo del caso —me aclara—. Pero, antes, tengo curiosidad por saber cómo habéis caído a la piscina.

—Digamos que Charly se ha pasado de listo...

Ástor sonríe encantado. Y aprovecho para decir:

—Siento el comentario de hace un rato... No recordaba lo de tu padre...

—Ni te preocupes. Y ahora, cuéntame, Ulises, ¿cómo está Keira?

—Está... bien. Extrañamente bien, de hecho. Como tú. Tengo curiosidad por saber cómo habéis llegado a este frágil equilibrio. ¿Qué ha sido de las reacciones dramáticas de antaño? Héctor me contó lo de tus experimentos turbios con cinturones en los armarios...

Sus ojos se abren al máximo y la cerveza se le va por fuera.

—¿Mi hermano te lo ha contado...? —Alucina—. ¡Es un puto bocazas!

—Más bien se preocupa por ti.

—Solo estaba... probando una cosa... —Me mira inquieto—. ¿No se lo habrás dicho a Keira?

La alarma en sus ojos me hace sentir mal.

—No —miento para tranquilizarlo—. Pero deberías contárselo tú.

—No veo por qué. ¡Fue un accidente...! —se excusa nervioso.

Hay un silencio incómodo y muy íntimo que intento superar equilibrando la balanza.

—Keira también estuvo muy mal... De hecho, no ha vuelto a estar con nadie. Ni siquiera conmigo...

Lo veo cerrar los ojos y maldecir en voz baja.

—¿Por qué me lo cuentas?

—Quería que lo supieras.

—Pues no quería saberlo. No despiertes mis demonios, Ulises. Ahora estamos bien…

—¿Y cuál es tu truco para estar bien, Ástor? Porque me vendría genial saberlo…

—No lo sé. —Suena sincero—. Y no quiero buscarle explicaciones, solo que me dure. La muerte de Sofía ha cambiado mi percepción de las cosas y he estado muy ocupado últimamente, quizá sea eso…

—¿Ocupado con qué?

—Con la gala del Bicentenario del KUN. Tengo una pequeña sorpresa para Keira… —Sonríe enigmático.

—Temo tus sorpresas, Ástor de Lerma… Te temo muchísimo.

Sonríe canalla y se piensa si revelármelo o no.

—He conseguido que acceda a jugar contra ella el vigente campeón de ajedrez de España.

—¡¿En serio?!

—Sí, y como le gane, se hará muy popular. ¡Va a ser genial!

—¿Y a qué esperas para contárselo a Keira? ¿Y si te dice que no quiere?

—¿Crees que dirá que no? —Su cara se desencaja por un momento.

—Ay, Dios… —Me pellizco el puente de la nariz—. Acabo de entender por qué estás tan bien… ¡No tienes ninguna intención de que salga de tu vida!, ¿verdad?

—¿Por qué iba a querer que saliera de mi vida?

—Vale. Lo pillo… Eres un masoca de manual, pero ¿qué pasará cuando empecéis a veros con otras personas?

—Ahora mismo no tengo ningún interés en hacer eso…

—¡Ni ella! ¡Por eso es un error! ¿No te das cuenta, Ástor? ¡Os vais a eclipsar!

—Te equivocas —sentencia serio—. Puedo salir con otras, lo que no puedo es volver a perder a Keira. Y cada vez que la vea y hablemos afablemente será mi momento feliz del mes.

—¡Ástor, por Dios…! ¡No se puede vivir de migajas!

—No necesito más.

—¡Claro que vas a necesitar más...! ¡Y caeréis una y otra vez en la tentación!

—He sobrevivido siete años sin ningún tipo de lujo afectivo y puedo seguir haciéndolo, Ulises —dice en tono monocorde—. Su amistad será mi único pecado.

—¿«Amistad»? Ya... Me temo que tu madre estaba en lo cierto desde el principio... ¡No sabes tener amigas chicas! Se supone que no puedes tirártelas, ¿sabes?

—La amistad no conoce límites... o eso dicen.

—¿Crees que tu plan permitirá a Keira llevar una vida normal?

—¡Keira no quiere una vida normal; si no, estaríamos juntos!

—Entonces tu plan sigue siendo que sea tu amante. Porque, tarde o temprano, tú te casarás y... seguiréis la mar de «bien», follando sin parar.

—Ser infiel no va conmigo.

—Eso dices ahora, Ástor. Pero da igual cuanto te resistas, no se puede luchar contra el amor, te lo digo yo...

Y noto que sus ojos me avasallan a preguntas sobre Charly. ¡Lo sabe! Siento que este tío lo sabe todo de mí sin que nadie se lo haya contado, y eso lo convierte en... algo parecido a un amigo.

—Subestimas mi fuerza de voluntad, Ulises —me increpa chulito—. ¿Sabes lo que es? Es cuando uno se pone límites y los respeta...

—No es que yo no tenga fuerza de voluntad, es que resulta que no me rindo fácilmente ante mi peor enemigo: yo mismo.

Ástor me sostiene la mirada sin saber qué hacer conmigo.

—La gala del Bicentenario es este sábado —anuncia—. ¿Y si vienes tú también? Charly puede llevar a un acompañante...

—¿Como si fuéramos pareja? Tú te drogas...

—¡Pues que te invite Héctor, si te sientes más cómodo, Ulises! Pero es una buena oportunidad para acercaros a los sospechosos para los que no habéis conseguido una orden...

—Ástor..., todavía no lo entiendes. Aunque nos dijeran a la puta cara que lo hicieron ellos, no podríamos demostrar nada. Han cubierto demasiado bien el rastro. Estoy muy preocupado por Carla... Hay que sacarla de la cárcel cuanto antes.

Ástor se muerde los labios y me mira como si quisiera abrazarme.

—A mí también me preocupa, por eso he ideado un plan...

—¿Qué plan?

—Es un poco locura... y un poquitito ilegal.

—¿Has dicho «un poquitito ilegal»? Joder, Ástor... —Sonrío.

—Un poquitito de nada. —Intenta ocultar su diversión—. Escucha, ¿y si pudiéramos monitorizar los teléfonos de los sospechosos?

—¿Cómo? —pregunto interesado.

—Las medidas de seguridad serán muy estrictas y nadie se lo espera. Durante la gala tendrán que dejar el móvil en la entrada, en un guardarropa. Y con ayuda de expertos, podremos jaquearlos. También es imprescindible poner un cebo para que el culpable mueva ficha...

—¿Qué cebo? —pregunto anonadado.

—Una trampa... En el programa del evento contemplé un espacio de tiempo para presentar a Sofía como primer miembro femenino del KUN. La plaza sigue vacante... Ese será el cebo. Si meto a otra chica, los interesados en derrocarla moverán ficha y podremos ver qué pasos dan a través de sus teléfonos.

—¿No estarás pensando en meter a Keira de cebo?

—Tiene los méritos necesarios para el puesto...

—¡¿Quieres ponerla en el punto de mira del psicópata que ha matado a Sofía por ingresar como mujer?! ¡Ni hablar!

—Keira va a ser completamente intocable —dice con autoridad—. Te tiene a ti, Ulises. Y a mí. No es lo mismo intentar matar a alguien que no se lo espera que a una policía advertida... Además, la cuestión es que los pillaremos en cuanto empiecen a planear algo o alguien diga una sola palabra de lo que hicieron a Sofía en sus móviles... Veremos sus movimientos con antelación, mensajes, llamadas y coordenadas. ¡Lo tendremos todo!

—Esto es muy ilegal, Ástor, no solo «un poquito» —señalo—. Y lo peor es que no podremos usarlo como prueba ante un juez.

—No importa. En cuanto sepamos quién es, yo mismo me lo cargaré... ¿Eso estaría muy mal o...?

—Bastante mal.

—Eso pensaba… —Por su tono, sé que está de broma, pero también sé que un club como el KUN tiene su forma de hacer justicia—. Ahora en serio, Ulises, lo importante es saber quién fue. Luego ya encontraréis la manera de demostrarlo. —Coge la bandeja llena de bebidas con afán de volver al salón—. Cuando la gente se vaya después del partido, quédate y lo hablamos en profundidad, ¿vale?

—De acuerdo.

El problema es que esa conversación se alargó mucho…

El partido terminó sobre las once, y aún nos tomamos otra copa. La mayoría de los invitados se fueron a medianoche, otros remolonearon veinte minutos más, y cuando por fin nos quedamos solos, Charly quiso servirse otro cubata.

—Voy a dejar el coche aquí y me cojo un taxi luego —explicó.

—Puedes quedarte a dormir —le ofreció Ástor.

Y no sé por qué todas las miradas recayeron en mí.

—Háblame del equipo de seguridad que vas a contratar, Ástor —dije ignorándolo—. ¿Cómo lo haremos? Habrá muchísimos teléfonos…

—Cada uno irá destinado a una funda con un número y se irán colocando por orden en unos casilleros. Será muy fácil localizarlos. Yo estaré en la entrada para anotar en qué números están los móviles de los sospechosos. Haremos una lista.

—Yo te ayudaré —intervino Charly—. Habrá mucha gente. Haremos dos filas de acceso para pasar por el detector de metales, y ahí se les otorgará la funda numerada donde dejar sus teléfonos. Así lo controlaremos bien.

Asentí embelesado y Charly me guiñó un ojo. Mi reacción fue ruborizarme como un gilipollas. Y para colmo, Ástor nos pilló.

—¿Cuándo vamos a contárselo a Keira? —pregunté preocupado.

—¿Estáis seguros de querer decírselo? —objetó Charly—. ¿Y si no lo aprueba? Espiar sin consentimiento es un delito grave, además de que el planteamiento pone en riesgo su vida…

—Si yo estoy dentro, ella también —respondí con más seguridad de la que sentía.

—O puede que, en vez de verte como un poli corrupto de lo más sexy, piense que tu implicación con Sofía te está nublando el juicio... —alegó Charly.

La palabra «sexy» rebotó en mi cerebro como si fuera un *pinball*. No dejaba de pensar que si se quedaba a dormir allí no podríamos estar juntos...

—Igual Keira estaría más tranquila sin saber que una espada de Damocles pende sobre su cabeza... —añadió Charly.

Ástor me miró con serias dudas.

—Ni te lo plantees —contesté severo a su pregunta no formulada—. Esconder algo a Keira es lo peor que harás en tu vida. ¿Todavía no te has enterado? ¿Te recuerdo lo de la puja y lo de la grabación del despacho?

—Tienes razón —cedió con rapidez—. Tiene que saberlo...

—Otra cosa es que eso la desconcentre en su partida de ajedrez. —Caí en la cuenta.

—Podrá con ello —aseguró Ástor—. Si algo he aprendido es que sobreproteger a la gente es un error. Pensaba que les hacía un favor, pero es desconsiderado y peligroso. Además, Keira es fuerte. Más que yo, que me rindo a la mínima conmigo mismo...

Me miró al parafrasear lo que le había dicho en la cocina y también miró a Héctor, admitiendo que quizá lo del armario hubiera sido un intento de suicidio que no quería reconocerse a sí mismo.

—Pues se lo decimos —concluyó Charly—. Pero... ¿cuándo?

—El viernes por la noche —decidió Ástor—. Podemos convertir esta casa en el centro de operaciones. Quedamos aquí, se lo enseñamos todo y cruzamos los dedos para que diga que sí.

—Lo que más va a costarnos es convencerla para convertirse en miembro del KUN —advertí. Los tres me miraron sorprendidos—. Lo odia a muerte.

—Ya se infiltró una vez —dijo Charly.

—Pero como Kaissa, no como miembro a favor de todas sus salvajadas... No lo va a soportar.

Eran las tres de la madrugada cuando decidimos irnos a dormir.

Héctor fue el primero en despedirse, pero Ástor fue testigo de una incómoda conversación en clave entre Charly y yo.

—¿Quieres que te acerque a casa? —le ofrecí.

—No, ya les he dicho que me quedo. Está feo declinar invitaciones, Ulises.

—Vale... —dije cortado.

—Quédate, si quieres... —propuso Ástor entonces. Y Charly lo miró dándole las gracias—. Hay habitaciones de sobra... —añadió, dando a entender que no daba por hecho que fuéramos a compartirla.

«Dios... ¡Qué locura!».

—No, gracias... Prefiero dormir en mi cama.

—Como quieras... Pues... hasta el viernes —se despidió Ástor.

Cuando los De Lerma desaparecieron y nos dejaron solos, Charly me miró risueño.

—Eso es lo que más me gusta de ti, lo maleducado que eres... Sonreí de medio lado.

—Gracias. Bueno, ya nos veremos...

—¿Estás libre mañana? —preguntó cauteloso—. Podría pasarme por tu casa...

—¿Por mi casa?

—Sí...

Hubo un silencio atroz, haciéndonos cargo de lo que significaba.

—Las sábanas de mi cama no tienen trescientos hilos, te lo aviso...

—¿Quién ha dicho que vayamos a usar la cama?

Me quedé petrificado y lo vi sonreír tunante. Fantaseé con estamparle contra la pared y hacerle arrepentirse de sus bromitas.

—Mañana me paso por allí —resolvió—. ¿A eso de las nueve?

—Bien...

Se acercó mucho a mí, tanto que llegó a juntar nuestras frentes durante un segundo, y después se fue, dejándome con una dolorosa necesidad de besarle.

¡Cabronazo...!

Juro que no volveré a poner fecha y hora a un polvo. Nunca he estado más nervioso. Una cosa es tener una cita aleatoria y otra muy distinta es quedar para follar inminentemente.

Cuando suena el timbre de mi casa, me arde la sangre en las venas. Es abrir la puerta y soy yo el que termino estampado contra la pared con los labios de Charly asaltando los míos. La puerta sigue abierta cuando hago una pausa para quitarme la camiseta.

Lo empujo hacia la hoja para cerrarla y me pego a él con pasión.

Ya no hay tiempo para pensar si esto me parece bien o mal. Normal o raro. Si es un error o un acierto. Solo quiero hacerlo y punto.

Amarra mi pelo mientras arraso sus labios sin ningún cuidado. Mi polla palpita quejándose de lo dura que está, y me entra curiosidad por ver si él está igual.

Le quito el pantalón a zarpazos y obtengo mi respuesta. No concibo lo que siento ni lo que veo, porque me parece la hostia de bonita y solo me apetece hacer una cosa…

Miro a Charly a los ojos, respirando con dificultad, y leo su deseo en ellos. Su ansia es tan palpable que no me freno… Me agacho y me la meto en la boca sin pensar. El gemido que emite me excita tanto que me doy la enhorabuena.

Me hago cargo de lo que está sintiendo, porque yo lo viví bajo sus fauces la semana pasada. Y fue una puñetera pasada. Se lo hago como me gusta a mí, y percibir que se derrite en mi boca me pone a mil.

—Me *cagüen* la puta… —jadea entre dientes agarrándose a las paredes como puede.

No tarda en tirarme del pelo con violencia para apartarme, y reconozco el gesto: estaba a punto de correrse.

Me pone de pie, me agarra de la barbilla con urgencia para asediar mi lengua volviendo el beso sucio y demencial al descubrir su sabor en mi boca. Es tan rudo que dejo atrás pensar que esto no es cosa de hombres. Más bien es al revés, porque solo un hombre podría tratar tan salvajemente a otro hombre.

De repente, me transformo. Mi rol de agente de la ley toma

el control y lo vuelvo contra la puerta como lo haría con un detenido que fuera a pagar el precio por ponerme tan cachondo...

Junto sus brazos atrás con fuerza y suelta un gruñido de dolor. Mi otra mano va hacia su polla y la embadurno con su excitación. Me enloquece oírle gemir de gusto.

Dejo que sienta cómo me desabrocho el pantalón mientras le digo al oído que no se mueva. Cuando destapo mi polla, está a punto de explotar. Acariciármela justo cuando veo que Charly abre un poco las piernas me deja muy cerca del abismo... «Dios mío...».

Me saco un condón del bolsillo, y los segundos hasta que me lo pongo hacen que nuestros sexos se dilaten todavía más.

Me pego a él. Aspiro profundamente su olor y me hace cerrar los ojos de placer. Me encajo en su espalda con la firme intención de follarme esa mueca de gamberro que pone siempre, ese estilazo que tiene para fumar, su mirada libertina desafiando la mía...

Y en ese momento recuerdo su abrazo en el escenario del crimen como si fuera el único que pudiera entenderle...

Sin más dilación, me deslizo dentro de él y Dios vuelve a existir para mí. Es como si Sofía y Sara juntas hubieran vuelto a la vida... Como si hubiera vuelto yo. O el espejismo de lo que fui hace meses y tanto me asustó.

Ese fantasma que me poseyó aquella primera noche en el Dark Kiss. Esa parte de mí que hace que lo que digan los demás me importe una mierda pero de verdad.

ástor

13
La proposición

Ahora sé lo que sintieron en Pearl Harbour ante el ataque japonés. Bueno, lo supe ayer, cuando un perturbado decidió bombardear un estado mental al que yo denominaba «Hawái».

El jueves pregunté a Keira, muy confiado, si estaba libre para cenar el viernes por la noche, y su respuesta hizo que me acordara de Ulises diciendo: «¿Qué pasará cuando empecéis a veros con otras personas?».

Keira:
Ya tengo planes.
He quedado a cenar con Mateo Ortiz

Ástor:
Vas a salir con el abogado de Carla?

Keira:
Sí. Bueno… No.
Solo me lo pidió para hablar del caso.
Y me dijo que, de paso, me invitaba a cenar

Ástor:
Lo mío era un plan de todos juntos en mi casa.
Ulises, Charly, Héctor… También queríamos hablar del caso. Por qué no os venís?
Además, quería darte la sorpresa de la que te hablé

Me maldije en silencio por teclear esas palabras. «¡Qué mierda...!».

Hay que estar loco para meter a un tío como Mateo Ortiz en mi casa, pero se nos agotaba el tiempo y el muy imbécil había citado a Keira un viernes por la noche con el pretexto del trabajo. ¡Alucinante!

Me preocupaba su confidencialidad. Seguro que cuando se enterara de que íbamos a espiar a gente tan poderosa, sus ojos daban vueltas sin parar hasta coincidir con dos diamantes.

Keira:
Lo comento con Mateo y te digo algo

Ástor:
Vale

Al final, me contestó rápido que vendrían.

Y ahora estoy nervioso. Por verla y por sus múltiples reacciones, a la sorpresa y al plan.

Ding, dong...

Tengo el extraño presentimiento de que Keira y ese abogado van a aparecer los primeros... porque Dios me odia.

Abro la puerta y... «¡Lo sabía!».

—¡Hola! —exclama Keira, jovial; parece muy contenta de verme.

—Bienvenidos... —respondo disimulando lo mucho que me ha impactado su visión.

No lleva un vestido transparente ni nada parecido, al contrario... Viste un jersey fino negro y un pantalón del mismo tono que se adapta a su delgada figura con una perfección y una elegancia que me dejan sin palabras. Melena suelta, limpia y brillante... Maquillaje discreto pero eficaz... La maldita perfección, joder.

Cuando avanza para darme dos besos, su fragancia me desarma. Lucho por no estrecharla entre mis brazos y no soltarla. Tendré que conformarme con sentir el roce de su mejilla. Cuando llega a la otra, se queda agarrada a mi cuello con un brazo durante un segundo y me da un ligero achuchón.

Por Dios, ¡la quiero...!

«¡¿Qué he hecho yo para merecer esto?! Ah, ya me acuerdo...».

—Me alegro de verte... —Y carraspeo como un idiota.

—Y yo a ti.

—Bonita casa, señor De Lerma... —parlotea Mateo.

—Llámame Ástor, por favor...

—Como gustes. Tú puedes llamarme Mat.

«Ni muerto, gracias».

Los acompaño a la cocina y les ofrezco bebidas.

—Cuéntamelo todo sobre los torneos de ajedrez —presiono a Keira.

La sonrisa que exhibe hace que las mariposas de mi estómago se conviertan en murciélagos carnívoros.

Tiene toda la razón... Si Mateo no estuviera aquí, si hubiera venido sola, nada podría impedir que estuviera pegado a esa boca tan llena de todo lo que siempre he querido en la vida. Una chica preciosa, inteligente, que me entienda, que sepa rebatir mis ideas follándome el cerebro y que me atraiga sin remedio físicamente.

Imagino sus pechos llenando mis manos, su lengua jugosa envolviendo la mía y esa mirada que no cree en el amor cediendo a sentirlo conmigo... ¡Uf!

—¿Ástor...?

—¿Qué...?

—Que si no está Héctor en casa.

—¡Ah, sí, sí...! Sale enseguida. Siempre se toma su tiempo en arreglarse.

—Doy fe de ello —dice ufana—. Lo sufrí cuando viví aquí un tiempo.

Joder, sí... Aún recuerdo esas dos increíbles semanas que pasó en esta casa. Las mejores de mi vida... La tuve desnuda a medianoche, en el desayuno, en la bañera, en la ducha... En ese sofá, en la mesa de mi despacho...

Me muerdo los labios, y Keira aparta la vista porque sabe lo que estoy rememorando.

—Disculpa, ¿tienes por ahí un abridor? —interrumpe Mateo señalando su botellín de cerveza.

—Yo te lo doy —se ofrece Keira, y va hacia el cajón donde sabe que están.

Cuando se lo tiende a Mateo, me lanza una sonrisa por la que vendería mi alma.

«¡Cásate conmigo…!».

Escuchar esa frase dentro de mi cabeza me golpea tan fuerte en el pecho que tardo en moverme cuando oigo el timbre de nuevo.

Ding, dong.

Es oficial. Amo la puntualidad.

—Disculpad… —digo librándome de su encantamiento.

Me acerco a la puerta y al abrirla me encuentro con Epi y Blas.

—Señores… Bienvenidos de nuevo a mi humilde morada.

Le cojo el antebrazo a Charly y lo acerco hacia mí para chocar nuestros cuerpos por un instante.

—Ulises… —Dudo.

Con él no me sale ni ofrecerle la mano como a un ministro ni tampoco hacerle la seña del antebrazo de los KUN. El otro día le di un abrazo y no sé quién de los dos flipó más. Todavía no hemos encontrado nuestro saludo…

De pronto, veo que levanta la mano como si en vez de un apretón fuera a chocármela hacia abajo e instintivamente recojo su palmada en la mía. No contento con eso, aprisiona mi mano y hace que nuestros pulgares se abracen mientras junta su cuerpo al mío. ¡Joder…!

«A ver… ¿Me has retenido la mano como en un pulso y las has colocado entre nuestros corazones?».

Por un momento me quedo sin aire. Es un gesto tan perfecto para nosotros que me entran ganas de llorar. Porque somos eso. Un pulso al corazón que siempre perdemos el uno contra el otro.

—Eh… Sí… Vale… Pasad… —Carraspeo de nuevo—. Keira y Mateo ya han llegado…

En el salón se produce una situación extraña cuando Ulises da un único beso a Keira en la mejilla y ella roza su cabeza con él usando el lenguaje animal más ancestral. Pero Charly se queda mirando a Mateo con expresión extraña.

—¿Qué haces tú aquí? —le pregunta, como si no tuviera derecho.

—Había quedado con él para cenar —responde Keira por él—, pero como Ástor me dijo que ibais a hablar del caso, hemos venido.

—¿A cenar? No pierdes el tiempo, abogado...

—Perdona, pero yo no estoy de luto...

Cierro los ojos ante esa frase. Es la peor que podía haber elegido para dirigirse a Charly. Y a Ulises, claro está. Porque los dos se sienten culpables de que su acercamiento por la muerte de Sofía se haya convertido en... en lo que sea que hay entre ellos.

La situación se tensa considerablemente, e intervengo rápido.

—¿Qué queréis de beber? ¿A alguien le apetece vino? Va genial con los tentempiés que ha preparado Carmen...

Héctor nos honra por fin con su presencia, y cuando nos acomodamos en los sofás empiezo por el plato fuerte.

—A ver, Keira... Querida Keira..., esta reunión era para proponerte una cosa... Una sorpresa —digo nervioso—. Nos encantaría que Ulises y tú vinierais a la gala del Bicentenario del KUN porqueee... —alargo la palabra cuando ella pone cara de que eso es lo último que le apetece— he conseguido que el vigente campeón de ajedrez de España acepte jugar una partida contra la vigente campeona del KUN...

Sus ojos y su boca se abren a la par.

—¡¿CÓMO?!

—Va a ser una pasada... ¡Imagínate que le ganas! —Empiezo a emocionarme—. Se te abrirían las puertas de todos los torneos de prestigio...

Keira sonríe de una forma que me tranquiliza por completo.

—¿Es en serio...? ¿Cómo lo has conseguido, Ástor?

Intenta disimular que sus nervios están de celebración dentro de ella. Se tapa la boca para que no salga disparado el champán con el que están brindando.

—Puedes hacerlo..., puedes ganarle, Keira. ¿Lo harás?

—Dios mío... ¡No sé qué decir...!

—Solo di que vendrás. —Sonrío impaciente.

—¡Claro que iré, Ástor! ¡Qué fuerte!

Se pone de pie de un salto y viene a abrazarme con fuerza. Todo mi cuerpo reacciona a ella. Compartir su ilusión es mejor que sincronizar un orgasmo.

Se me escapa la risa cuando empieza a hacer sonidos extraños y a decir frases inconclusas y sin sentido.

—Lo harás bien… Solo tienes que estar tranquila, Keira.

—¡Puedo ponerme el mismo vestido que llevé en la final del KUN! ¡Lo tengo guardado!

Niego con la cabeza sin dar crédito y Ulises me ofrece media sonrisa, como diciendo: «Ya era así cuando la compraste».

—¿Qué pasa? ¿Por qué os miráis de esa manera? —pregunta ingenua.

—¡Porque eres más rara que un perro verde! —Ulises se descojona—. Ninguna mujer quiere repetir vestido en una situación similar cuando la mitad de los invitados ya la han visto con él. Hasta yo conozco esa norma femenina…

—¡Es que es el mejor vestido del mundo! ¡Si hasta pude saltar un muro con él para allanar una propiedad!

Todos nos reímos.

—Podemos ir a ver a Mireia mañana por la mañana… —le ofrezco.

—Ni hablar, Ástor. No vas a comprarme más ropa —dice apurada—. Además, esto no es ninguna misión… Esto es…

Ella misma se interrumpe al observar nuestras caras. ¿Cómo puede ser tan avispada?

—Un segundo… Hay algo oculto detrás de todo esto, ¿no? —Vuelve a mirarnos a todos y se convence—. Contadme qué es…

Héctor se ríe, alucinado por su perspicacia.

—Cuando quieres, eres la leche, Keira. No entiendo cómo todavía no has atrapado al hijo de puta que tiene a mi chica en la cárcel…

Me hago cargo de que ese desacertado comentario de mi hermano no cae bien a Keira. Ya se siente lo suficientemente culpable, y no puedo evitar salir en su defensa.

—Keira está haciendo todo lo posible, Héctor, el problema es que quien lo hizo ha cubierto de fábula sus pasos, por eso vamos a tener que recurrir al juego sucio… —digo con cautela, y consigo que Keira me mire interesada—. Tienes razón, Kei, hay algo más… En un principio la sorpresa era solo esto, pero después se nos ocurrió una idea…

—¿Qué idea?

—Es un movimiento arriesgado —la aviso—. No sabemos qué te parecerá… Por eso hemos preparado una presentación. ¿Héctor?

Mi hermano enciende el proyector y explico el plan tal como lo concebimos hace dos noches.

Al terminar, Keira nos mira uno por uno, preocupada.

—¿Tú estás de acuerdo? —pregunta a Ulises, extrañada.

—Ya hemos agotado todas las vías de investigación y no hay nada… Es una gran oportunidad. Tenemos que sacar a Carla de la cárcel antes de que al idiota este —dice señalándome— le dé por inculparse…

La vergüenza cubre mi cara al recordar que me oyeron decirlo en la habitación del hotel de Atienza el día del entierro de Sofía. Y también oyeron muchas más cosas…

Héctor mira a Ulises con agradecimiento por hacer que la decisión de Keira me involucre de algún modo. Es decir, obligarla para salvarme a mí del patíbulo. Muy hábil, pero me resulta muy incómodo…

—Al margen de eso, ¿qué te parece, Keira? —le pregunto con miedo.

Me mira, y pienso que me encantaría saber lo que está pasando por su mente ahora mismo.

—Está bien, lo haremos…

No ha dudado.

«¿Lo hace por mí? ¿Es consciente del peligro que correrá?».

—Eh, ¿hola…? ¡Estoy flipando! —exclama Mateo, estupefacto.

—Si quieres ganar este caso, será mejor que colabores —le sugiero.

—¿Fisgar a diestro y siniestro los móviles de personas importantes? ¡Contad conmigo! Pero necesito ir a esa fiesta. Así te veo jugar, Keira. Tengo muchas ganas… —dice sugerente.

Me muerdo el carrillo con fuerza cuando se miran y se sonríen. «No me jodas...».

—Todo está preparado... —retomo la conversación—. Y luego solo habrá que esperar a que alguien tome medidas contra la nueva incorporación del KUN...

—Eso es lo que menos me convence —admite Keira—. Pasar a formar parte del KUN.

—Os lo diiije... —tararea Ulises con una sonrisa orgullosa.

—Será algo reversible, ¿no? —pregunta ella con aprensión.

—No sé... Nunca se ha dado el caso de que alguien deje el club.

—Soy rarita, lo sé, pero ¿hicisteis una lista de requisitos para que entraran mujeres? Porque me sorprendería mucho cumplirlos...

—¡Claro que los cumples! —clamo venerándola con la mirada—. Tenías a todo el mundo a tus pies en el KUN...

—Porque en ese momento era tuya —replica sin más.

Pero esa frase es música para mis oídos y me recreo en ella. «Mía». «Toda mía...».

—Y una de las condiciones que yo habría puesto para ser miembro —continúa Keira— es que la candidata nunca hubiera sido Kaissa. Es decir..., ¿cuántos de esos hombres me han visto desnuda? Para mí, ya he perdido su respeto para siempre...

—¡¿Cómo que desnuda?! —pregunta Mateo, alucinado—. ¡¿De qué coño habláis?!

—¡De nada! —contestamos todos a la vez, y nos entra la risa floja.

—Me has dado una idea, Kei —digo de pronto—. Presentarte como miembro va a levantar muchas ampollas ¡y es justo lo que buscamos!, pero podré aplacar la mayoría de las quejas ofreciéndoles revisar las condiciones, y una puede ser esa, que la candidata no haya sido Kaissa antes; otra, que los miembros no puedan estar casados entre sí, porque sé que esa particularidad es la que más desagrada. Les asusta que sus mujeres tengan potestad para entrar y salir del club como Pedro por su casa y se les acabe la «diversión». Muchos lo consideran un refugio íntimo a todos los niveles...

—Bien pensado... Así podréis rechazar mi candidatura por incumplimiento.

«Y así podrás casarte conmigo...». Ese pensamiento me deja en blanco durante unos segundos.

Soy consciente de que empeoro por momentos...

—Por favor... —suplica Mateo, agónico—. ¿De qué diversión habláis exactamente? ¡Me estoy muriendo...!

Y todos volvemos a reírnos, pero no le contamos nada.

Un rato después, me encuentro con Charly en la cocina.

—¿Todo bien? —pregunto, porque desde que Mateo ha mencionado lo del luto lo he notado un poco decaído.

—Sí... Solo espero que esto sirva de algo... Quiero saber quién mató a Sofía de una puta vez y olvidarme de todo.

—¿Para qué quieres saberlo? —pregunto temiendo su venganza.

—¡Para que lo pague, claro...!

—Yo también quiero que lo pague, pero me da miedo que Ulises y tú actuéis imprudentemente cuando sepamos quién ha sido...

—¿Hablas de tomar represalias? ¿Me crees capaz, Ástor? Ah, es verdad... En Atienza dijiste que pensarías que había sido yo antes que Carla...

—Imbécil... Simplemente sé lo que es capaz de hacer la rabia. Y nadie puede prever cómo reaccionará al enfrentarse a quien ha matado a un ser querido. Lo más normal del mundo es que el cuerpo te pida hacer justicia, pero eso te destrozaría la vida, Charly... —Estoy a punto de soltarle que a mí me la destrozó haberlo hecho con mi padre—. Y no deseo que nada nos separe nunca... No sabría qué hacer sin ti...

Se emociona visiblemente y me sonríe de medio lado.

—Vale, pero quiero que sepas que, si me lo pidieses, mataría a ese capullo y nadie se enteraría —dice señalando con los ojos a Mateo. Sonrío—. Tú hazme una señal y lo borro del mapa en un parpadeo... Lo haría encantado.

Empiezo a reírme y le empujo juguetón.

Sus ojos controlan a Ulises sin querer; está hablando con Keira.

—No hagas caso a Mateo... Cada uno lleva el luto a su manera, y creo que Ulises te hace bien. ¿Os va mejor?

—Sí..., mejor. Poco a poco...

—Pues poco a poco entra hasta el fondo —bromeo.

Esquivo el manotazo que Charly pretende darme y me río a gusto. Al final, huyo de él y voy hacia Keira y Ulises.

—¿Qué pasa? —pregunto cuando noto el nerviosismo de ella.

—Que Keira quiere irse a casa a estudiar aperturas raras de ajedrez como una loca —se chiva Ulises—. No creo que duerma en toda la noche...

La miro torciendo la cabeza y ella se muerde los labios, culpable.

—Pues vete —digo afable—. ¿Quedamos mañana por la mañana para lo del vestido? —Antes de que se niegue, insisto—. La gente irá muy elegante, Kei, y muchas miradas recaerán sobre ti. Además, esto se ha convertido en «una misión» propiciada por los del KUN, así que déjanos correr con los gastos, ¿vale?

—Ve, Keira... —la anima Ulises cuando se queda callada.

—Tú también puedes venir y te coges un traje para ti.

—Yo iré vestido como me salga del culo.

—Captado. —Escondo mi sonrisa.

Cuando vuelvo a los ojos de Keira me está mirando ilusionada.

—Muchas gracias por la partida... Es una gran oportunidad.

—Gracias a ti por ayudarnos...

—Me largo antes de que empiece a garrapiñarme —musita Ulises poniendo los ojos en blanco.

A la mañana siguiente, paso por casa de Keira para ir a la boutique de Mireia. Me ha traído el chófer en el Jaguar para evitar situaciones comprometidas...

Le hago señas para que se suba atrás conmigo, y su sonrisa irónica trasluce que ha percibido mi terror a volver a estar solos en un coche.

Cuando se acomoda, mi vista se posa sobre la piel desnuda

de sus piernas sin poder evitarlo. No me coge de improviso que la boca se me llene de baba. Lleva un vestido suelto que se sujeta apenas por una lazada en los hombros y unos botines de ante marrones. Ya estoy a mil... ¿Por qué no habré tenido en cuenta los recuerdos de todas las veces que hemos compartido espacio aquí atrás? Pfff... Anhelo la libertad de pasear mi mano por sus muslos, de arrimarme a su cuello para ponerla cardiaca, de besarla con descaro delante de Héctor y Ulises...

—Hola... —Sonríe coqueta.

—Estás radiante —digo sin pensar. Porque es la verdad.

La expresión de su cara se dulcifica. Creo que nunca la había visto tan feliz. Cuando la conocí estaba a la defensiva con la vida, con cualquier cosa lujosa que le gustara, y ahora no se reprime al mostrar regocijo en disfrutarlas.

—Estoy emocionada por la partida de esta noche... —confiesa—. ¿Le va a dar tiempo a Mireia a confeccionarme un vestido decente?

—Seguramente retoque alguno de los que ya tiene. Y en cuanto termine, te lo mandará a casa de inmediato con un mensajero.

—Genial...

Su mirada se posa en mis labios, pero la aparta enseguida. Me asfixia la certeza de que si ahora mismo la besara no me rechazaría. Pero a largo plazo volvería a alejarse de mí al ver que no somos capaces de reprimirnos.

Una vez en la boutique, Mireia nos recibe con cariño.

—¡Ástor! ¡Qué feliz me hace veros juntos otra vez...! —exclama dando por hecho que somos pareja—. ¡Gracias a ti mis ventas subieron mucho en verano! —informa a Keira—. ¡Eres toda una *influencer*!

Me río de la cara que pone y me permito colocar una mano en su cintura para corroborar sus palabras.

—No me la asustes, Mireia, por favor... Lo mío me ha costado convencerla para que vuelva. Necesitamos un vestido de gala para esta noche... ¿Qué tienes que puedas apañar rápido?

—¡A ella todo le quedará de cine!

—¿Tiene algo en negro y blanco? —pregunta Keira, cohibida—. Es para una partida de ajedrez, y el último que me hizo me encantó. Deseaba felicitarla personalmente, Mireia... Era impresionante.

—¡Oh, gracias, querida! Venid por aquí y vemos qué tengo...

Nos lleva a la sala principal y comienza a sacar opciones, pero parece que a Keira no le convence ninguna. Termino sentándome en el sofá y espero a que se decida. ¡Es como si buscara un vestido capaz de obrar un milagro! El de ponerme de rodillas y confesarle que necesito hacerla mía en cada luna llena...

—Pruébate este —le sugiere Mireia, obligándola a coger uno.

—Es que no me veo con...

—Confía en mí, cariño.

Keira me mira acorralada por el hecho de que un apelativo tan adorable no la haya incomodado. Sonrío ante su turbación.

El vestido en cuestión tiene un escote palabra de honor y un corte sirena que lo hace muy femenino, pero lo que lo convierte en la quintaesencia de lo chic es que es de terciopelo negro.

—Si te queda bien, puedo añadirle una franja blanca en la parte de abajo, quedará ideal... Pruébatelo y te lo muestro cogido con alfileres. ¡Vamos, desnúdate!

Antes de que pueda levantarme del sofá, Keira tira de su lazada y el vestido vaporoso que lleva resbala por su cuerpo hasta la cintura dejando a la vista su sujetador sin tirantes. Cuando se lo saca por la cabeza, y se queda en ropa interior, mi corazón se salta un latido. «¡¿Se ha olvidado de que estoy aquí o lo ha hecho a propósito?! Mujer cruel...».

Mireia la ayuda a ponerse el nuevo, y vuelvo a babear cuando la veo subirle la cremallera despacio. La culpa es del sonido; resulta igual de sugerente que al bajarla, y además me recuerda que está prohibida.

—Estás divina —comenta Mireia, satisfecha mientras la observa en el espejo—. ¿Qué te parece a ti, Ástor?

Cuando se dan la vuelta hacia mí, no hay sorpresa en la cara de Keira, solo cachondeo.

—Eh... Sí, es muy bonito...

Keira se fija en mis piernas, colocadas estratégicamente para disimular mi erección, y suelta una risita.

«¿Quieres jugar a eso?», le digo con la mirada. Su caída de ojos me desafía como nunca. «¡Me cago en la leche…!». Puedo demostrarle que yo también la dejo sin respiración cuando quiera.

—Aquí irían bien unos *stilettos* negros tipo sandalias con tobilleras de brillantes… Veré si me queda un par en el almacén. ¡Ahora vuelvo! —avisa Mireia.

«Ya eres mía, Keira…».

Mis ojos conectan con los suyos, y sé que me brillan de hambre cuando me levanto del sofá con el sigilo de una pantera. Se queda paralizada como lo haría ante tal carnívoro. Paseo a su alrededor con pasos lentos y estudiados, hasta que me detengo a su espalda y, sin apartar mis ojos de los suyos en el espejo, le hablo pegado al lóbulo de la oreja.

—¿Vas a llevar el pelo suelto esta noche? —pregunto sensual.

—¿Quieres que lo haga?

—Lo que no quiero es que pienses que puedes desnudarte delante de mí sin repercusiones… No somos tan amigos.

Mis labios rozan su cuello recordándole lo que hemos sido, y capto que empieza a respirar por la boca porque ya no le basta con la nariz.

—Mireia cree que estamos juntos —se excusa—. Habría sido raro pedirte que te fueras de la habitación…

—¿Por qué ibas a hacerlo, si ni siquiera me lo pediste la primera vez que estuvimos aquí?

—Esa vez pensé que no te había gustado mi cuerpo.

—Pues pensaste mal, Kei…

Recorro con el dorso de mis dedos la curva de su cintura por ambos lados a la vez. Es tan perfecta…

Ella jadea, reaccionando a mi toque, y aprovecho para atraerla más hacia mí con suavidad y clavarle otra cosa.

—Va a volver ya… —me avisa, azorada, ladeando la cabeza, lo que hace que nuestras respiraciones se mezclen.

Podría robarle un beso ahora mismo, pero prefiero robarle el corazón en el futuro.

—Me gusta cuando llevas la melena suelta…, con sutiles ondas sinuosas…

Para compensar no haber caído en la tentación, me permito aspirar profundamente el aroma de su pelo. Keira cierra los ojos.

—Hueles tan bien que me merezco un premio por no comerte…

Jadea, y la sostengo por los brazos cuando noto que le fallan las piernas.

—Formáis una pareja preciosa —oímos a Mireia.

Me cuesta un mundo separarme del olor y la suavidad de la piel de Keira, pero lo hago y me vuelvo hacia Mireia.

—Gracias… —Sonrío melancólico.

Cuando nos vamos de allí, Keira y yo agradecemos que el chófer nos esté esperando abajo. La dejo en su casa, y rezo para contenerme y no dar un paso en falso esta noche. Porque estoy seguro de que si lo hago, la perderé para siempre.

 keira

14
El Bicentenario

Mi madre me lo advirtió: «Ser policía es peligroso». ¡Pero esto es pasarse!

Me da más miedo que Ástor se me acerque esta noche con un traje a medida que el hecho de que vayan a intentar algo contra mí.

¿Cómo me he visto metida de nuevo en una situación así? Me refiero a jugar una partida importante con un vestidazo y que él esté a mi lado rompedor. ¿Quién puede soportar la tentación?

Necesito centrarme…

Quiero ganar esta partida.

Quiero que todo salga bien y pasarme el domingo rastreando teléfonos a los que me han negado el acceso por pura corrupción. Necesitamos encontrar algo definitivo para ayudar a Carla de una buena vez. Héctor confía en nosotros.

Sufro hasta que, a media tarde, me llega a casa un vestido envuelto en gasas dentro de una caja preciosa. Mireia es un genio y una santa. El orden de los factores no altera el producto. Su aguja es como una varita que cumple todos mis deseos.

Al ver el resultado tengo claro que llevaré la melena suelta. Dentro hay una nota que reza: «Labios rojos. No lo dudes».

Sonrío al leerla. «Gracias, hada madrina».

Durante años —y doy fe de que hay gente viva que lo sigue

pensando—, los labios rojos fueron labios «de fulana». Y durante más años todavía, nunca me los pinté por si alguien me acusaba de haberme buscado solita lo que me pasó con mi padrastro.

El mensaje de que las que se pintan, trasnochan y llevan ropa provocativa van pidiendo a gritos que les pase algo malo me parece de un conservadurismo y un machismo atronadores. Es fácil culpar a la víctima.

Pero... ¿y qué pasa con las que no se pintaban ni llevaban vestidos sexis y, aun así, las acosaron a plena luz del día? ¿Qué pasa con ellas, eh? ¿Qué excusa tiene el loco que se cruzó en sus vidas? ¿Cuál de las dos ideas es más improbable: pensar que el ataque fue aleatorio o pensar que pintarse los labios de rojo fue el detonante de la agresión?

Yo no era nada de maquillarme. El concepto en sí me repelía, me parecía un añadido engorroso y fútil. Ahora, sin embargo, lo entiendo como parte de una visión global.

Hoy por hoy soy consciente de que vivía mi vida sin color. Vaya por delante que adoro el negro, pero los hechos están ahí: si pintamos la ropa, ¿por qué no pintarte la cara? ¿Por qué no vamos todos vestidos de gris o de negro, por qué añadirle color? Y puestos a añadir, ¿por qué no se le puede agregar al pelo y a las uñas sin que implique ninguna maliciosa intención o despierte un prejuicio?

¿De verdad es una provocación tan grande a los férreos instintos humanos? Entonces ¿por qué coño esos instintos saltan de la misma enfermiza manera con una niña indefensa? O con alguien haciendo footing con una mallas horribles. O con las muchas mujeres normales y corrientes que son acosadas todos los días...

¡Excusas!

No son más que excusas, como las que me ponía a diario para no disfrutar de la libertad de ser yo misma y expresarme como quisiera.

«Radiante», ha dicho Ástor. Y lo estoy. Soy más feliz desde que añadí color y posibilidades a mi vida. Desde que me permití ser yo misma y no como los demás quieren que sea.

Me arreglo la melena con mimo. Con las ondas bonitas que

sé que le gustan a Ástor, y ¡qué leches!, a mí también me gustan. ¡Cuántos años desperdiciados con una coleta rancia! Cuantos años considerando mi pelo como una molestia o como algo que esconder. Prácticamente tenía una mentalidad yihadista.

Me pinto los labios de rojo Ferrari, y a quien no le guste... ¡que se vaya a la mierda en autobús!

Hago una pequeña mochila con todo lo necesario para pasar una noche fuera de casa, porque hemos acordado que dormiríamos todos en el chalet de los De Lerma con el fin de hacer un seguimiento controlado en vivo.

—¿Lo veis necesario? —pregunté reacia cuando lo propusieron. Porque como volviera a tener delante de mí a Ástor sin camiseta y con ese pantalón negro de capoeira con el que dormía, igual me echaba a llorar.

Tendría que confiar en que solo fuera así cuando se levantaba de extranjis a medianoche para beber agua... Cosa que yo no pienso hacer por nada del mundo, así me diseque.

—Terminaremos tarde —respondió Ulises—. Para irnos a dormir cada cual a su casa, levantarnos, vestirnos y volver aquí, mejor nos quedamos y listo... Hemos decidido que este chalet será el cuartel general de la operación.

«Sí, ya... Y la cama de Ástor es el botón rojo que hará que mi entrepierna explote».

—De acuerdo... —accedí agitada, y Ástor me miró con una inocencia fingida que ningún juez se tragaría.

Consulto el reloj. Es la hora.

Justo antes de salir de mi casa, voy a despedirme de mi madre. Cuando me ve, se tapa la boca, alucinada, y vuelvo a sonreír.

—¡No me creo lo preciosa que estás...!

—Gracias...

—En serio, hija, rebosas el glamour de los años veinte, ¡solo te falta una boquilla para fumar y una pluma en la cabeza!

—Me gustan los veinte.

—¿Y a quién no? Pásalo muy bien, cariño, y... mucha suerte.

—El ajedrez no es cuestión de suerte, mamá... No sé si algo en la vida lo es realmente...

—Yo me refería a Ástor...

¡Zasca!

Ahí sí necesito que el azar esté de mi lado y no nos deje tirados situándonos a menos de diez centímetros el uno del otro y solos.

—No te preocupes. Los dos tenemos las cosas claras.

—Me encanta cómo los matemáticos confiáis en los cálculos, sin tener en cuenta el caos del amor.

—Adiós, mamá... —digo aburrida.

—¡Quien juega con fuego se acaba quemando, Keira! ¡Siempre es así, por probabilidad! Y cuanto más tiempo pases con él...

—Tenemos cosas más importantes de las que ocuparnos que nuestra mutua atracción. Carla sigue en la cárcel.

—Ten cuidado, por favor...

—No te preocupes. Te quiero, mamá.

—Yo también te quiero.

Cuando bajo a la calle, un coche negro ya me está esperando en la acera y me lleva directamente al club. Ástor ha insistido en ofrecerme el servicio y no he querido discutir. Son las ocho en punto y el sol acaba de esconderse en un octubre tímido. Me encanta este punto del día en el que todavía no es noche cerrada y un azul intenso lo baña todo de una nostalgia preciosa. Es un momento único y efímero que siempre me ha cautivado, y me fascina que equilibren el etalonaje cromático en una película con el fin de transmitir esa misma emoción, jugando con la temperatura del color de una escena para lograrlo.

En las inmediaciones del KUN encontramos tráfico. Hay mucha interacción en el aparcamiento exterior y una fila de gente accediendo por la entrada principal.

Cuando el vehículo se detiene en la puerta principal, me abren la puerta, pongo un pie en el suelo y me siento como Kate Winslet recién llegada al Titanic, bajándose de su carruaje. Pero no hay ningún barco, solo el imponente edificio del KUN, y me recorre un escalofrío al observarlo. He sufrido tantas emociones ahí dentro que me da cierto respeto volver a entrar.

Ástor tenía razón... La gente va excesivamente arreglada, y vuelvo a dar gracias a Mireia mentalmente.

Entro en el vestíbulo principal y me fijo en los rigurosos controles de seguridad. Me pongo en una fila ordenada que avanza hacia dos detectores de metal que sobresalen en altura a lo lejos.

Tengo tiempo. La partida de exhibición no es hasta las nueve, pero estoy nerviosa por no saber la hora exacta porque no llevo reloj.

De pronto, localizo a Ástor al lado de los chicos de seguridad oteando el ambiente como un león en busca de una oveja. Pero yo no soy una oveja, soy una leona que puede sobreponerse a lo sublime que está.

En cuanto me ve, se acerca para recibirme.

—¿Cómo vais? —pregunto en plural al descubrir a Charly al lado del otro arco.

Me ve de lejos, y sube las cejas a modo de saludo.

—Bien. Todo marcha, Kei... ¿Necesitas una bolsa?

—No, he dejado el móvil en la mochila, en el coche.

—Bien...

Nos miramos durante un segundo sintiendo que nuestros cuerpos son reacios a despegarse.

—No quiero distraerte mucho, Ástor... ¿Adónde voy?

—Busca el salón de actos, está al fondo a la derecha. Ulises y Héctor ya están allí.

—De acuerdo. Hasta luego.

—Hasta luego...

Ástor presiona mi mano y me mira con una intensidad que se traduce en un «estás increíble» que se ha prohibido verbalizar, pero el que está soberbio es él... He procurado no mirarle directamente porque no quería sentir ese tirón alfa irresistible.

Camino despacio intentando controlar mi respiración. En mi mente comienza a sonar una canción de Pink en versión de música clásica.

Hay gente por todas partes. La sala de los tapices, curiosamente, está a reventar. Cierro los ojos para no recordar mis andanzas en ella y sigo adelante.

Cuando llego a mi destino, el lugar me parece majestuoso y enorme. Veo la diminuta mesa en la que se disputará la partida sobre el escenario y me pongo enferma al pensar que todo el mundo va a centrar la mirada en mí en algún momento de la noche. Hay una cámara preparada para grabar de forma cenital y dos pantallas gigantes a los lados que prometen reproducir en directo todos mis movimientos.

Localizo la silla de ruedas de Héctor y a Ulises al lado. Camino hacia ellos, y cuando me ven me taladran con la mirada hasta que llego.

—Buenas noches, chicos...

—No voy a decirte que estás guapa —empieza Ulises—. Porque no lo estás. ¿A que no, Héctor?

—Para nada... ¡Podrías haberte arreglado mínimamente, mujer!

Sus bromas me hacen soltar una risita que consigue relajarme un poco. Son los mejores.

—Eso, encima ríete de forma encantadora. Había un tío en la esquina que todavía no estaba flipando.

—¡Cállate ya! —Pego a Ulises, divertida. Lo hago porque sé que no va a parar hasta que tenga un contacto hostil con él.

—Keira no sabe aceptar cumplidos —explica a Héctor—. No está en su naturaleza de velociraptor...

—Y tú, ¿de dónde has sacado ese traje? —pregunto extrañada. Es un conjunto muy bonito, azul marino oscuro brillante. Parece un capo de la mafia.

—Es de Charly. Insistió... ¿Quieres que te traiga algo de beber?

—No, gracias. Odiaría que mi vejiga me traicionara en mitad de la partida. Me quedaré aquí quieta hasta que empiece...

—Vale, pero no te olvides de respirar —añade Héctor con sorna—. Tranquila, estoy seguro de que el plan funcionará... Y mañana podré ir a ver a Carla y contarle que estamos un poco más cerca de sacarla de allí.

La fe ciega que tiene en que esto arroje soluciones me hace polvo. Ojalá tenga razón, pero lo de que alguien del KUN haya colgado el asesinato a Carla me sigue escamando. Una cosa es querer deshacerse de Sofía y otra inculpar a alguien inocente con ello... aunque puede que solo fuese lo más cómodo y plausible.

En ese momento, el campeón de España entra en la sala. Sé

que es él porque lo he investigado como una acosadora de manual. Por suerte, él no sabe quién soy yo. Veo que ha venido acompañado de un hombre más mayor que él. ¿Será su padre? ¿Quizá su novio?

«¡Déjate de salseo!».

De pronto, Saúl entra en la sala y va directo hacia él. Se saludan e intercambian lo que parece una sucesión de frases hechas. Mi cuerpo se tensa por completo cuando Saúl me mira y me señala. ¡Yo lo mato!

Me vuelvo y busco ayuda en los ojos de Ulises.

—Dime que no vienen hacia aquí… —le ruego, atacada.

—No vienen hacia aquí.

Pero su tono de voz dice lo contrario. Inspiro hondo y me preparo para reaccionar como si no me faltase un tornillo.

—Keira… —oigo la melodiosa voz de Saúl.

Por un momento, recuerdo que me besó en un acto muy íntimo. ¡Mal momento para rememorarlo!

Me doy la vuelta haciéndome la despistada.

—¡Ah, hola, Saúl…!

El corazón me va a mil por hora. Será porque la última vez que lo vi tuve que esposarle…

—Quiero presentarte a Jorge, el campeón absoluto de España. Jorge, esta es Keira, la ganadora del torneo de ajedrez del KUN.

Sonrío como si fuera de mi misma raza herbívora en una selva llena de carnívoros.

—Encantada… —digo ofreciéndole la patita, pero el tal Jorge me planta dos besos como Dios manda.

—Vaya… Va a ser una partida muy injusta… —dice adulador.

Me cambia la cara y todo el mundo lo nota. «Hola, Keira-Godzilla».

—¿Injusto para ti o para mí? —replico impertinente.

Los testigos aguantan la respiración y espero a que responda.

—Para mí, claro… —aclara gracioso—. No esperaba a una mujer tan guapa de contrincante.

—¿Y qué esperabas? ¿A un adefesio listo y friki?

Sus ojos se abren con sorpresa.

—No... Yo... no he dicho eso —farfulla avergonzado.

—¿Crees que no lo has dicho? Entonces igual sí que va a ser injusto para ti...

Hay un silencio en el que Ulises baja la cabeza para que no lo vean sonreír. Se lo pasa genial cuando aparece en escena mi lado feminista camorrista.

—Keira..., danos un respiro —interviene Saúl, conciliador—. No todas las mujeres son como tú. Los estereotipos generalizan demasiado, pero existen por algo, como los refranes...

—«El noventa y nueve por ciento de las estadísticas solo cuentan el cuarenta y nueve por ciento de la historia», pequeño, lo dijo Ron DeLegge, si no, yo también podría suponer que la mayoría de los que están aquí son hombres blancos, machistas y cisgénero que no asimilan que una mujer que no tenía ni clasificación Elo ganara el torneo de ajedrez de primavera...

—¿No tienes Elo? —pregunta Jorge con sorpresa.

—En ese momento, no lo tenía.

—¿Por qué no?

—¿Para qué? ¿Para que juzguen mi juego con parámetros ajustados a mi infravalorado y diminuto cerebro de mujer? Paso...

—Esa diferencia es porque las estadísticas señalan que...

—No me hables de estadísticas de hace cincuenta años, por favor. Nuestra capacidad intelectual es la misma, otra cosa es que cada sexo tenga sus fortalezas en áreas cerebrales determinadas, pero una vez más, no puede generalizarse. Cada individuo funciona de una forma distinta, y no admitirlo es discriminación pura y dura.

—El cerebro de una mujer es más pequeño, por lo tanto...

—Por esa regla de tres, las ballenas y los elefantes nos darían mil vueltas a los humanos. Y... ¿sabes que el cerebro de Einstein era más pequeño que el de un hombre promedio?

—¿Insinúas que no hay ninguna diferencia estructural entre el cerebro de los hombres y el de las mujeres? Porque hay estudios que dicen que...

—Insinúo que esas diferencias no afectan directamente a la inteligencia. Esa sutil diferencia entre hemisferios se ha malinterpretado durante años para denigrar las habilidades femeninas y poner de manifiesto conceptos tan famosos como el síndrome premenstrual. Hasta se prohibió a las mujeres participar en proyectos de la NASA por miedo a que hubiera «arrebatos temperamentales» a bordo de la nave. Sin embargo, se demostró que no les pasa a todas. Yo misma ni me entero de la regla y tengo mala leche para regalar durante todo el mes...

—Doy fe de ello —confirma Ulises, sonriente.

—Si eso es cierto —dice Jorge, muy interesado en el debate—, ¿por qué no hay ninguna mujer en el top diez de los mejores jugadores del mundo en ajedrez?

—Por pura probabilidad. Únicamente el nueve por ciento de las mujeres en el mundo juegan al ajedrez. Eso supone que, de cada diez jugadores, solo habrá una mujer... ¿Y pretendes que sea justo ella mejor que todos los demás? ¿Y si el campeonato fuese de nueve mujeres contra un hombre? ¿Ganaría él o habría muchas más posibilidades de que lo hiciera una mujer?

—Keira es matemática —aclara Ulises a Jorge al ver su expresión asombrada.

—El top diez femenino que buscas está en su casa y no tiene ni Elo... —continúo—. Este juego, por lo que sea, suscita menos interés entre mujeres que entre hombres. Quizá no les atraiga lo suficiente, pero no es un problema de capacidad ni mucho menos... Afirmar algo tan polémico afecta a todos los sectores de la sociedad, justificando una desigualdad endogámica que tiene que erradicarse cuanto antes.

—A mí me encantaría que más mujeres jugaran al ajedrez —alega Jorge—. Es un deporte muy sano.

—Ya lo creo, cada vez más colegios lo ponen como optativa. Pero lo cierto es que es un deporte muy absorbente que exige mucho tiempo de perfeccionamiento, y en ese sentido es posible que las mujeres no le vean la parte práctica, pero si jugáramos a vida o muerte, como parece ser el caso en la lucha contra los derechos de las mujeres, la cosa cambiaría...

—¿Y por qué crees que a las mujeres no les suscita tanto interés? ¿No te parece que pueda haber una razón biológica detrás? —alude Jorge.

—¿Biológica? ¡Para nada! Es una cuestión totalmente educacional. Hace quince años regalar una muñeca a un niño era tan impensable como regalar un juego de ajedrez a una niña. Pero el mundo está cambiando. El respeto y la libertad se están imponiendo lentamente, y, a medio plazo, el número de jugadoras aumentará considerablemente.

—Tu elocuencia me tiene más impresionado que tu belleza —contesta Jorge con elegancia.

Sonrío sin poder evitarlo.

—Creo que es el mejor piropo que me han hecho —digo agradecida—. Pero esto no es una teoría utópica, esto está pasando ya, incluso a nivel físico. No quieren hacerse eco de que hay mujeres superando a los hombres en deportes de extremo rendimiento. La brecha entre sexos disminuye día a día. La ciclista Fiona Kolbinger completó una travesía brutal en las condiciones más extremas desde Bulgaria hasta Francia diez horas más rápido que su rival masculino más cercano... La corredora de ultramaratones Ann Trason batió veinte récords mundiales en distancias de sesenta a ciento sesenta kilómetros frente a muchos hombres.

—Esas son una entre un millón...

—No. Solo son las que se han molestado en intentarlo. A veces no es que no podamos, es que no queremos. Súmale el peso de que cuando una mujer se mide contra un hombre tiene que soportar lo que llaman «la amenaza del estereotipo», es decir, la ansiedad de saber que existen prejuicios contra ella solo por ser mujer. Esa presión reduce sus capacidades intelectuales... Las mujeres ganan el doble de veces contra un hombre si se les vendan los ojos y no saben contra quién están jugando...

—Pues ya es tarde para vendártelos —bromea Jorge.

—Tranquilo, tengo muchas ganas de jugar contra ti. —Sonrío achicando los ojos.

—Ten muchísimo cuidado con esa sonrisa, Jorge... —cuchichea Saúl, y le saco la lengua.

—Si has ganado al maniaco de Saúl, me das bastante miedo...

—Maniaco... —repite Ulises, vacilón—. Nosotros también lo apodamos así en privado.

La mueca de Saúl me hace reír y le transmito que es solo una broma.

Lo cierto es que, durante todo el tiempo que estuvo detenido, jamás pensé que hubiera sido él, sino su padre. Intenté tratarlo lo mejor posible, y me lo agradeció.

A medida que se acerca el momento, me pongo más nerviosa. La gente se va acomodando en el espacio de butacas y pronto se llena.

¿Dónde leches está Ástor?

Cuando creo que ya no voy a verlo antes de tener que subir a la palestra, aparece con Charly.

—¡Hola! —exclama Ulises, aliviado. Otro que estaba de los nervios ya.

—Todo ha ido genial —confirma Ástor, comedido—. Mis chicos ya están en ello. Sentaos... —ordena a Ulises, Charly y Héctor. A mí me coge de la mano y me arrastra por un lado hasta el escenario.

Sentir su mano sobre la mía bajo este techo me trae muchos recuerdos. Noto una presión en el pecho. Y sé que es mi corazón aporreando desde la celda donde lo he encerrado esta noche.

Sé que tengo cara de susto. Estoy en un tiovivo de emociones.

Nos colamos entre bambalinas, y Ástor va hacia una nevera para extraer una botella pequeña de agua.

—Toma.

La abro sin decir nada y bebo varios tragos como si fuese vodka. Hay varias personas del equipo técnico pasando por detrás de nosotros.

Vuelvo a mirar a Ástor a los ojos y su expresión se suaviza al captar mi temor.

—Escúchame... —Me frota los brazos—. Olvídate de todo, ¿vale? Del público, de quién es él, de quién eres tú... Solo juega, Keira. Juega como sabes y nada más. Con eso será suficiente.

—No soy tan buena —murmuro como un mantra en el que justificar mi futura derrota.

—Nadie es tan bueno en realidad. —Hace que lo mire a esos ojazos azules eclipsados por unas dilatadas pupilas en la semioscuridad que nos rodea—. ¿Por qué crees que un ordenador ganará siempre la partida? Porque nosotros somos humanos. Tú estás nerviosa, pero a él también le supone mucha presión verse desbancado. Cualquier variación emocional que una máquina no tendría te puede hacer perder una partida...

—O ganarla... —musito sin pensar.

«Por Dios...».

No tendré tanta suerte de que no caiga en por qué lo digo... Su belleza me cabrea, pero su capacidad de deducción es todavía más preocupante para mis pobres hormonas.

Su forma de humedecerse los labios delata que sabe a lo que me refiero. En el torneo anterior siempre nos dábamos un pico para desearnos «suerte», como excusa para volver a besarnos, como si fuera algo decisivo, cuando no lo era en absoluto. Pero ahí estaba la gracia.

Pierdo la vista en su boca sin querer y me acerca más a su cuerpo.

Se crea un *impasse* en el que nos debatimos entre el bien y el mal. Uno de los dos debería razonar y echar a ese elefante rosa de la habitación.

—No voy a besarte... —decide Ástor con firmeza—. Por varios motivos... y ninguno es que no quiera hacerlo. No voy a besarte porque no lo necesitas, Keira. Solo tienes que ser realista... ¡Puedes ganarle! Entra en ese escenario pensando solo en eso. —Me acaricia la cara—. Y si no ganas, ya habrá más oportunidades... Eres un hecho probado que intentaremos demostrar las veces que haga falta, ¿de acuerdo?

Cierro los ojos con fuerza para no lanzarme a sus labios y estrella los suyos contra mi frente.

—A por él... —murmulla en mi sien—. Tengo que salir ya al escenario.

Ástor va hacia el maestro de festejos, que ya le está esperando, y le coloca un micro en la solapa del traje. Le da indicaciones y habla por un pinganillo con la cabina de control del final de la sala.

Al otro lado del escenario veo a Jorge. Le habrán dicho que entre por ahí para juntarnos en la mesa uno por cada lado. Me saluda a lo lejos y le imito. Al menos, no es un capullo.

—Buenas noches, señoras y señores… —escucho la voz ronca y varonil de Ástor. Es su voz fingida, sin ese deje vulnerable con el que me ha susurrado ese «a por él».

Cuando me presenta, salgo a la luz y la gente aplaude.

«Tierra, trágame…».

No quiero mirar a nadie, solo al tablero perfectamente iluminado que tengo delante de mí. Brilla tanto que seguro que es nuevo.

Cuando aparece Jorge, aplauden todavía más fuerte. Ástor lanza una moneda al aire para ver quién sale con las blancas. Y le toca a él. ¡Ouch!

Nos sentamos para empezar el juego y se hace un silencio con el que casi me pitan los oídos. Será una partida limitada a una hora, así que Jorge no pierde tiempo en mover, demostrando que tenía muy pensado cómo empezar si tenía esa suerte.

Yo también muevo, siguiendo mi estrategia, clasificada según la pieza que él ha movido. Está todo estudiado.

Los primeros quince minutos nos dedicamos a movernos rápido por el tablero creando situaciones predeterminadas que ya nos sabemos casi de memoria. No es hasta los veinte minutos que la cosa empieza a complicarse, y me agobia pensar que me esperan otros cuarenta de tortura psicológica intensa.

Jorge es un fiera. No me da tregua. Pero es de esos jugadores que juegan «a joder» y no a ganar. Oigo murmuraciones entre el público cada vez que me bloquea, e intento no pensar dónde estoy y para qué, como me ha recomendado Ástor, pero quizá eso sea un error…

De pronto, Jorge se convierte en todos los sospechosos protegidos que no muestran transparencia en el caso de Sofía… y yo tengo que intentar cazarles. ¿Qué táctica debo usar?

No se puede luchar contra su hegemonía con una sola pieza, hay que formar un equipo… La reina ha muerto… La han asesinado —o mejor dicho «sacrificado»— para arrinconar a mi rey. La clásica jugada arriesgada pero eficaz. Y yo soy el nuevo objetivo a batir. Es decir, el cebo. El éxito va a depender de dos recias torres como dos soles, los De Lerma, y de dos caballos fuertes y desbocados, Ulises y Charly, también de un alfil con una lengua muy afilada, que es Marco, sin duda. Pero nos falta otro... ¿dónde está?

Mis ojos van, de repente, a por un alfil que todavía no había tocado y lo veo claro. Esa será la pieza que nos ayude a triunfar esta noche. El mundo desaparece y me centro solo en el juego. Enfrentarme a Jorge es un privilegio y quiero disfrutarlo. No sé cuántas veces más movemos, pero cuando empieza a ponerse nervioso, comienzo a sentirme cómoda yo. Los murmullos aumentan, pero ahora noto que son a mi favor. Y en un momento dado, él vuelca su rey y un sonido de asombro cruza el anfiteatro. Comprensible. Ni yo misma me lo creo. ¡¡¡He ganado!!!

Una cascada de aplausos baña nuestro gesto al darnos la mano. Jorge permanece serio y desaparece sin establecer un nuevo contacto visual conmigo.

Me retiro, abrumada, por mi lado del escenario, y no sé hacia dónde ir para huir del inevitable baño de multitudes que me espera. Pensaba que Ástor estaría aquí para acompañarme.

De pronto, aparece y el alivio me atraviesa de pies a cabeza. No tiene que decirme nada para que corra hacia sus brazos. Me cargo de una energía indescriptible al sentir la fuerza con la que me acoge. No hay palabras. Esto solo puede describirlo el estribillo de la canción «Still falling for you» de Ellie Goulding. Porque así es como me siento. Sigo enamorada de él. Todo lo que respiro y siento es él. Lo que tenemos nunca se romperá ni envejecerá... Sé que Ellie la escribió para nosotros.

Nos separamos para mirarnos y nuestros ojos lo corroboran todo. Y sucede, tira de mi mano con ímpetu y me lleva hacia una puerta que hay en la parte de atrás. Da a un pasillo corto que conecta con la biblioteca, y en cuanto cierra la puerta me besa llevado por el éxtasis de la canción, que, estoy segura, él también oye.

Nuestras lenguas se atropellan como si alguno de los dos fuese a parar en cualquier momento, pero ninguno lo hace. Imposible hacerlo.

—Soy un desastre... —se lamenta en mi boca—, pero te juro que no podía más. Tenía que besarte...

—Yo tampoco —admito amarrándole del pelo con fuerza para que no escape.

—Cuando he visto que ganabas… Joder… Ha sido…

Volvemos a besarnos como locos. Ya hablaremos después.

«Un segundo, ¿en realidad no tenía fe en que ganara?».

—Pensaba que confiabas en mi juego… —jadeo en sus labios.

De repente, me mira y me coge la cara como si quisiera que prestara mucha atención a lo siguiente que va a decir.

—Ese es justo el problema, Keira… —sentencia, y me sorprende—. Nadie daba un duro por que ganaras, yo era el único que estaba seguro en el fondo de mi ser. Y no pienso volver a alejarme de ti nunca más porque mi instinto me dice que eres la mujer de mi vida.

Me arden los ojos y mi cara se arruga en una mueca de llanto contenido por todo lo que hemos sufrido. Por negarnos a verlo.

Ástor junta nuestras frentes y respeta mi crisis de sofocos sin besarme.

—La primera vez que te vi llorar así contra la puerta de tu casa me conmoviste muchísimo. Ahí me di cuenta de lo fuerte que eras en realidad. Del esfuerzo tan grande que hacías para mostrarte siempre tan dura siendo tan sensible. Porque sin esa base, la dureza no tiene mérito. Tu espíritu y tu fuerza me enamoran, Keira. Tu cuerpo me somete de formas que no alcanzo a comprender… Y no puedo dejar de pensar que estás hecha para mí.

Igualita a la declaración de Ulises, vamos… Esto son palabras mayores. Esto es… una auténtica locura. Como debe ser el amor.

—¿Sabes qué es lo mejor de todo? —musito, y Ástor me mira expectante—. Que yo siento lo mismo por ti…

Sus ojos traslucen un alivio inmenso y me besa embelesado.

Por un momento, pierdo la noción del tiempo en su boca.

—No. Lo mejor de todo es que un montón de gente te está buscando ahora mismo y tendrá que esperar a que te haga el amor…

Esas palabras, unidas a su exuberante beso posterior, calientan mi vientre con unas ganas que llevo acumulando semanas y que, por fin, van a ser saciadas y disfrutadas por la verdad de nuestras confesiones.

—Mierda… —dice de pronto Ástor.

—¿Qué?

—Adivina… No tengo condones…

Nos miramos serios, y, al instante, nos echamos a reír. Ya es una tradición para nosotros.

—Pues no es el momento ni el lugar para hacer la marcha atrás…

—Lo sé… —resopla con fastidio.

—De hecho, no deberíamos hacer eso nunca más. Es muy irresponsable…

—Pues habrá que buscar otro método anticonceptivo, porque no quiero ser el causante de que haya déficit de látex en el mundo teniendo en cuenta la cantidad de veces que pretendo hacerte el amor.

Me da un ataque de risa. Y pronto me veo atrapada de nuevo entre sus fuertes brazos para callarme con un beso.

¿Otro método anticonceptivo?

No es mala idea. Si no podemos luchar contra el amor, al menos, lo haremos contra el plástico.

# ulises

15
El chat maldito

Todavía no he tenido ocasión de felicitar a Keira por su triunfo, está muy solicitada entre los invitados.

Al parecer, un friki ha estado retransmitiendo la partida en directo en una famosa página web de ajedrez y se ha hecho viral. No me ha costado mucho deducir que ha sido Ástor, porque el resto de los asistentes tiene su móvil requisado.

Poco después, nos reunimos todos en el salón principal a merced de un servicio de *catering* que empieza a sacar bandejas con todo tipo de aperitivos. Y resulta que tengo hambre. Y sed.

«¿Por qué será?», pienso mirando al causante de mi deshidratación. Charly ha dejado mis fluidos corporales bajo mínimos, pero me siento mejor que nunca.

MEJOR... QUE... NUNCA.

Guau...

Bebo otro sorbo de vino mientras intento disimular que hay algo muy gordo entre nosotros. Porque lo hay. ¿El qué? No lo sé. Pero es «algo», además de un vicio sexual insaciable. Será la famosa bacteria del amor. Un parásito que anida en lo que me hace sentir cuando me besa despacio, cuando me sonríe, cuando me acaricia... Algo que yo no controlo en absoluto. Me controla a mí. Lo más jodido es que me gusta que lo haga.

Ayer nos marchamos de casa de Ástor directamente a la de

Charly, y en esa ocasión solo fuimos dos. Me eché a reír cuando el idiota se molestó en encender unas velas.

—¡Así mola más! —se justificó.

—¿Te han dicho que eres un romántico?

—Me gusta el fuego.

—Un romántico pirómano.

—Que te follen, Ulises.

—Lo estoy deseando...

Esa frase precedió una pelea de titanes por ganar la posición superior y sodomizar al otro. Pero como yo me he criado entre zarzas y Charly en una enredadera de oro, gané yo. Y él lo disfrutó como un loco.

Admito que a veces me daba envidia porque ponía unas caras inexplicables de gusto. Eran mucho mejores que las mías.

—¿Tanto placer se siente? —le pregunté curioso a altas horas, en el íntimo sopor de unos besos lentos que había olvidado que existían.

—Mucho... El sexo anal estimula directamente el punto G masculino, que está en la próstata. A muchos hombres que no son homosexuales les gusta que sus mujeres se lo hagan con juguetes. Lo que haces en la cama no define tu orientación, sino la atracción a simple vista.

—A mí me atraen las mujeres, desde siempre... —sentencié con seguridad—. Pero también me atraes tú... Sin remedio y sin sentido.

Charly sonrió con orgullo y volvió a besarme. Era tan... buf.

Me imaginaba besando a otro hombre y me entraban los siete males, pero Charly era como un ente distinto para mí. Mis prejuicios le habían dejado pasar dándome la razón. Supongo que eso es lo que ocurre cuando te enamoras. Nos volvemos daltónicos y nos saltamos banderas rojas. Fundadas o infundadas. Pero lo hacemos.

—Existen miles de etiquetas para lo que tú eres —contestó Charly, tranquilo—, pero ¿qué más da? Disfrútalo, Ulises, y no pierdas el tiempo en conseguir que una sociedad todavía muy retrógrada lo entienda. La vida son dos días, y la juventud uno, el resto del tiempo... te lo pasas en pañales.

Me partía con él. Pero de vez en cuando el recuerdo de Sofía me pellizcaba el corazón. ¿Sería así siempre? ¿La muerte de Sofía se me clavaría en el alma como lo hizo la de Sara y la tristeza volvería a robarme años de vida... o esta vez sería distinto?

—Deberías probarlo —me animó Charly acariciando mis nalgas—, aunque sea con un juguete, si tanto te violenta que te lo haga yo...

—No es por ti, es que... me da mucha impresión meter cualquier cosa por ahí...

Se rio y se acercó a mí.

—Son prejuicios. Toda la vida te han hecho pensar que ese es un orificio solo de salida, pero te han mentido. Es una parte de tu cuerpo con la que puedes sentir mucho placer y las grandes civilizaciones lo tenían muy normalizado.

Volvió a besarme y nos quedamos dormidos apoyados el uno en el otro.

Mi mente vuelve a la fiesta y sigo buscando a Keira...

—¿Cuándo es lo de nombrar a Kei miembro del KUN? —pregunto a Charly, y le pillo metiéndose un canapé en la boca.

Lo mastica sin elegancia para contestarme rápido, y sonrío por la cara que pone. ¿Hasta cuándo tendré que aguantar que cada cosa que haga me parezca terriblemente adorable?

—Aj... —Arruga el rostro—. Sabía raro al final.

—Cosas peores te habrás metido en la boca...

—Pues tampoco tantas —contesta chulito comiéndome con los ojos, lo que me obliga a apartar la vista, ruborizado.

Al cabrón le encanta ponerme nervioso en los lugares públicos, pero yo no voy a salir del armario, más que nada, porque no estoy en ninguno. Lo mío es un vestidor de lujo con camisas de leñador, vitrinas de cristal que exhiben mis armas favoritas y un zapatero doble con botas de punta de acero... En ese marco, ¿quién se fijaría en el tío en pelotas apoyado en un lateral con un pitillo sexy en la boca?

Se sabe que la mitad de los trescientos espartanos que defendieron las Termópilas eran heteroflexibles ¡y no pasaba nada! Yo soy igual, pero sin los abdominales dibujados.

Justo cuando decido que debería dejar de beber vino, Ástor

sube al escenario, coge un micrófono y escenifica su propia versión de «sujétame el cubata...» que voy a liarla.

—Damas y caballeros, gracias por asistir a una celebración tan especial para el KUN. Doscientos años no se cumplen todos los días.

»Mi abuelo me contó en una ocasión que había creado este club para hombres hechos a sí mismos. La idea era dejar entrar a quien lo mereciese, no solo a aquellos provenientes de familias con un título nobiliario. Por desgracia, un día el aforo se llenó y no pudimos admitir a miembros nuevos porque las plazas se iban heredando de padres a hijos. Pero hoy, doscientos años después, algunos apellidos han desaparecido. O bien porque no han sabido mantener un legado digno, o bien porque no han tenido descendencia. La cuestión es que hay cinco plazas disponibles que se pueden volver a ofrecer, y estaría bien otorgarlas por meritocracia.

»Dicho esto, debemos tener en cuenta que el mundo ha cambiado más en los últimos doscientos años que en los últimos dos mil, y que tenemos que adaptarnos si nos proponemos sobrevivir a la evolución.

»En la actualidad hay hijos de miembros que no han querido pertenecer al club, y cada vez se tiene menos descendencia. Calculo que en unos veinte años podríamos quedar menos de la mitad... Por eso opino que, si deseamos que nuestro escudo perdure en el tiempo y sea fuerte, hay que meter sangre nueva. Hace unas semanas propuse la idea de introducir a mujeres como miembros del club. Mujeres independientes, trabajadoras y poderosas. Mujeres que nos hagan sentir orgullosos de lucir el blasón.

Hay un murmullo generalizado en la sala que atufa a desacuerdo.

—Y en base a esto —continúa Ástor, valiente—, tengo una propuesta en ciernes. No es nada oficial. Se efectuará una votación global y definiremos los parámetros para las nuevas incorporaciones, tanto femeninas como masculinas. Por ejemplo, que no pueda ser el o la cónyuge de un miembro ya inscrito, porque para nosotros toda la familia ya forma parte del clan. Pero quería proponer a una mujer que ahora mismo es un orgullo para el club por haber ganado al vigente campeón de España en ajedrez. Una reputada matemática que, sin duda, pronto se convertirá en un portento a nivel mundial en la materia. La señorita Keira Ibáñez...

Ástor anima a la gente a aplaudir y le obedecen con timidez.

—Disfruten de la velada. Gracias por venir —concluye implacable, y huye del escenario antes de que le aborde un grupo de hombres que ya requieren hablar con él con urgencia.

Voy en busca de Keira. Es un buen momento para desaparecer juntos y llevármela al despacho de Ástor, que en este instante parece el centro de operaciones de la NASA. Hay cables por todas partes, maletines abiertos con ordenadores y cuatro informáticos con gafas de culo de vaso muy atareados. Los demás tendrán que quedarse en el salón actuando con normalidad.

—¿Cómo vais? Ástor acaba de soltar la bomba —les informo al llegar al lugar.

—Ya casi hemos terminado —me comunica el que está al mando—. Tenemos órdenes de devolver las fundas con los teléfonos al guardarropa, recoger todo e irnos a su casa para montar el despliegue allí. ¿Es correcto? Total, ahora mismo nadie va a escribir nada, porque nadie tiene su teléfono a mano.

—Es correcto, pero ¿dónde está el teléfono de Jesús Fuentes? —pregunto con avidez. Porque es, con diferencia, el que más me interesa.

—Aquí.

Ya está desbloqueado y me meto en sus chats de mensajería.

Reviso las últimas conversaciones y de repente veo un grupo llamado THE KUNEST.

La terminación superlativa en inglés llama mi atención. Sería algo así como «Los más del KUN». ¿Los más hijos de puta?

Encuentro todo tipo de comentarios horribles sobre Ástor y la gala.

Como ponga el vino de la última vez, me retiro

Seguro que truca la partida de ajedrez para que gane su putilla

Sí, seguro que la muy guarra lleva un pinganillo o algo así

229

Cuando Keira los lee, sus ojos crepitan de furia.

—Comprueba quiénes están en ese grupito —ordena aguantando el tipo con profesionalidad—. Mira a ver si hay alguno del que no hayamos cogido el teléfono.

—Joder, ¡debe de haber unos veinte! —clamo comprobándolo—. Y tenemos solo los de la mitad.

—Mierda… Hay que actuar rápido, Ulises. Debemos buscarlos por la sala y averiguar sus números de funda como sea.

—¡¿Y cómo coño vamos a hacer eso ahora?! —pregunto alterado.

—No lo sé. Necesitamos a un carterista profesional para que les coja la ficha sin que se den cuenta. ¿A quién conocemos? ¡Al Poni! Tú tienes su teléfono, ¿no? Dile que venga echando leches. Le pagaremos el taxi hasta aquí… Y le prestas tu traje. ¡Tenemos que intervenir el móvil de todos ellos!

—¡¿Y si el Poni no me coge el teléfono?! ¡Piensa en un plan B!

Keira rebusca en su mente con rapidez hallando resultados al instante.

—Diré a Ástor que suba la calefacción para que tengan que quitarse las chaquetas. Que cada uno de nosotros controle dónde la dejan dos de ellos o… ¡Mierda, no…! ¿Cómo podríamos hacer que nos enseñen su chapa con el número? ¡Piensa, joder…! —se dice a sí misma—. ¡Iré a hablar con ellos uno por uno! ¡Haré que me la…! ¡No! ¡Tiene que ser otra cosa…! ¡Joder…!

—¡Keira…! ¡Tranquilízate! —La agarro de los brazos—. Lo primero, apunta todos los nombres que nos faltan y ve a decírselo a Ástor. Cuéntaselo todo e intenta hacer lo que has dicho. Llévate el boli y anotad los números al lado. Yo voy a llamar al Poni. Vosotros —digo a los técnicos, que se quedan pasmados— no os mováis todavía ni desconectéis nada. Esos cabrones no pueden escaparse.

Keira termina de copiar los nombres y se marcha a toda prisa.

Maldigo en voz alta y vuelvo a meterme en el «chat maligno» de Fuentes. Utilizo el buscador para escribir el nombre de Sofía y veo que aparece once veces. ¡Once!

El corazón empieza a martillearme con fuerza. Joder… ¡Estamos muy cerca! ¡Lo presiento!

Reviso cada una de las frases que lo contienen:

La alumna que ha aparecido muerta en la universidad es Sofía

Sofia, la *scort* a la que se follaban unos cuantos del KUN?

Sí, esa Sofía… Se habría metido en algún lío con alguien

No me extraña… Siempre se metía donde no la llamaban. Ya me diréis qué pinta esa chica como miembro del KUN

Eso me pregunto yo

Busco el nombre de Ástor. ¡Usado más de cien veces…! Busco el nombre de Charly. No aparece. Pongo: Carlos… Tres veces. Le doy y…

Seguro que ha sido Carlos. Querría deshacerse de ella e idearía todo eso con su mejor amiga

Con lo buena que estaba Sofía! Pero Carlos se cansaría de follársela en todas las posturas existentes

Seguro que se lo merecía… Sofía era una de esas liberales que no entienden una bofetada por respuesta

Me sube la bilis por la garganta y creo que voy a vomitar.

Carlos tampoco se merece estar en el KUN. Solo es una garrapata que chupa la pasta a los De Lerma. Y, encima, se cree uno de nosotros. Acaso tiene algún otro cliente conocido como abogado?

No le hacen falta más clientes. Vive como Dios. Es un mantenido

Envidioso! Si quieres vivir igual, arrodíllate y chúpasela a Ástor, como hace él

La verdad es que tiene cara de que le gusta chupar pollas

Sí, pero solo de las caras. Ja, ja, ja!

Dejo de leer porque el estómago se me está revolviendo de forma insólita. No quiero que Charly vea estos mensajes. Se cabrearía mucho. Demasiado...

Si los lee, se alejará de los De Lerma por orgullo, menudo es él... Empiezo a conocerlo bien. Y también dejaría el KUN. Todo por los comentarios de tres retrasados. No. No puede leerlos...

Me centro en lo que hemos acordado con Keira y llamo al Poni, que casualmente está detenido. ¡Su puta madre! ¡Qué idiota!

De pronto, Keira vuelve a entrar en el despacho corriendo, con una idea brillante en la estela de sus ojos: organizar un sorteo con el número de las fichas para que la gente las saque de sus bolsillos y podamos verlas. Lo disponemos todo rápido en plan cutre con ayuda de Ástor, pero nos damos cuenta de que necesitamos a un séptimo elemento. Es decir, a una séptima persona que nos ayude a controlar a cada uno de los objetivos y a anotar la información de su chapa.

Mientras preparan los papeles con los números del cero al nueve, comunico a Ástor que nos vemos obligados a pedir ayuda a Saúl.

—¿Qué...? ¡¿Estás loco, Ulises?! ¡Empezará a hacer preguntas y...!

—Ástor..., confía en mí. Saúl es buena gente. No quiso meterse en el KUN en primero de carrera, pero quizá si se lo pides ahora ocupe una de las vacantes disponibles. Necesitas apoyos aquí dentro... —le sugiero con intensidad después de lo que he leído—. Y él puede ser uno muy bueno. Piénsalo. Se lleva bien con todo el mundo.

Me mira como si se le hubiese pasado por la cabeza más de una vez, pero...

—¿Y si nos delata?

—No lo hará. Estamos buscando al asesino de Sofía y a él también le interesa cogerlo. Además, lo conoces de toda la vida, ¿no?

—Sí... Creía conocerlo... Llegamos a tener una buena relación cuando era un niño, pero al entrar en la universidad se volvió contra mí, no sé por qué...

—Pues habla con él. Cuando estuvo en comisaría nos ayudó

mucho y me dio muy buenas vibraciones. Sentí que estaba de nuestra parte. Es de los nuestros...

Ástor me clava una de sus intensas miradas y me arrepiento al momento de mis palabras. Acabo de admitir que tenemos una especie de alianza. Siendo él quien es y siendo yo... nadie. Ha sonado muy presuntuoso por mi parte, y le acabo de otorgar el grandioso poder de despreciarme o de hacerme sentir orgulloso. Está en su mano... Y que me preocupe lo que vaya a decir indica lo mucho que me importa ya.

—Joder... —bufa contrariado—. Cómo odio que siempre tengas razón, Ulises...

Se va de mi lado, y no puedo evitar sonreír cuando lo veo caminar en dirección a Saúl. Puto Ástor... ¿Cómo ha conseguido hacerse querer? ¡Si no lo tragaba! Me gusta que sea justo y sincero. Y me gusta que le enfade apreciarme tanto.

El chaval abre mucho los ojos mientras escucha lo que Ástor le está pidiendo, y asiente alucinado. Saúl es un chico listo. Y prueba de ello es que aprovechó la oportunidad de besar a Keira.

Empieza el sorteo y todo sale a pedir de boca. Anotamos los números al lado de los nombres, y soy el único que corre hacia el guardarropa para coger sus teléfonos y llevarlos al despacho de Ástor, para ponerlos en manos de los técnicos. Los demás se quedan y escenifican su papel.

El que aparece diez minutos después para ayudarme a supervisar los monitoreos es Charly, y luego me acompaña a devolver los móviles.

—Misión cumplida —dice satisfecho cuando dejamos el último—. Habrá que celebrarlo, ¿no?

Y que lo diga con una sonrisilla me pone nervioso. «¿Qué tiene pensado?».

No hace falta ni preguntarlo. En vez de dirigirnos al salón, me lleva hacia otro lado y no tarda en acorralarme en una sala extraña llena de tapices.

Empieza a besarme desaforado y le sigo el juego. «No pretenderá hacer nada aquí, ¿no...? ¡Podría entrar cualquiera y...!».

Que se lance a desabrocharme el pantalón me da la pista definitiva.

—¿Qué haces...? —jadeo nervioso.

—Toda esta situación me ha puesto muy cachondo, ¿a ti no?

—¿Y qué piensas hacer al respecto? —lo reto excitado.

El morbo nos gana la partida, y Charly se agacha para tirar de mi pantalón hacia abajo.

Cuando se propone demostrar algo es muy pertinaz.

—¡Jo... der! —Alucino, cogiéndole del pelo al sentir la dedicación con la que me saborea. ¡Está desatado!

Me lleva al límite con movimientos perfectos y rápidos en menos de dos minutos. Tenía hasta un clínex preparado a mano, el cabrón... Y que me bese después me deja tan alelado que no me da tiempo a reaccionar cuando la puerta se abre de golpe y unos familiares ojos odiosos caen sobre los míos.

«¡Hostia puta...!».

—¡Pero ¿qué coño hacéis vosotros aquí?! ¡Depravados...! —grita Xavier Arnau.

Dios... ¿Qué cree que ha visto?

¿Nos estábamos besando o ya no? Mi pantalón está desabrochado. Y tengo a Charly muy cerca.

—¡Debería daros vergüenza, maricones! —exclama Xavier con asco. Duda resuelta.

La reacción de Charly no se hace esperar, y flipo en colores cuando no muestra ni pizca de nerviosismo ni culpabilidad.

—Es su palabra contra la nuestra, señor Arnau. Nadie creerá los desvaríos de un viejo que ya no sabe qué inventarse para llamar la atención...

—¡Sé lo que he visto!

—¿De verdad? ¿A estas horas y habiendo ingerido tanto alcohol? ¿Está seguro de que ha visto al exprometido de la mujer de sus sueños haciendo algo indecoroso? Qué conveniente... Suena a que está despechado. Suena a que está tonteando con su medicación o con nuevas drogas... ¿Se ha drogado esta noche, señor Arnau? Podrían hacerle un test de sustancias para salir de dudas.

—¡No intentes distraerme, muchacho, no eres más que un liante!

—No. Solo soy un joven consolando a un amigo por su reciente pérdida... Pero usted, ¿qué hacía aquí? ¿Ha sobornado a alguna camarera para reunirse con ella o la ha amenazado directamente?

—¡¿Cómo te atreves?!

—Tengo una amiga en el *catering* que podrá corroborar esa historia...

—¡Estás loco! —exclama furioso—. Y tú... —dice mirándome con odio—. Tú mataste a Sofía para ocupar su lugar, ¿verdad? Ahora lo entiendo todo...

Me quedo sin habla. ¿Piensa que yo la maté porque estaba enamorado de Charly? ¡Qué imaginación!

El aludido refulge agresividad al oírlo y reacciona:

—Vuelva a decir eso y todo el mundo sabrá que le diagnosticaron un trastorno anancástico de la personalidad... Yo también sé fisgar en la vida de los demás. Si se va de la lengua estará acabado, señor Arnau. Perderá su puesto de decano y nadie dudará de que el loco es usted porque los síntomas son su completa definición: rectitud y escrupulosidad excesivas junto con una preocupación injustificada por el rendimiento de su hijo. Su pedantería y convencionalismo. Su rigidez y obstinación. La insistencia en que los demás se sometan a su voluntad... No juegue conmigo o saldrá perdiendo. Y ahora, lárguese...

Sorprendentemente, Xavier retrocede y se marcha sin decir nada.

Sigo con la boca abierta. Pero ¿qué cojones...?

Charly se vuelve hacia mí y sonríe ufano.

—¿Por dónde íbamos, Ul...?

Beso la ferocidad con la que me ha defendido sin mediar palabra. Íbamos por cuando me estaba planteando si le quiero...

Son las dos de la madrugada cuando aterrizamos por fin en casa de Ástor. Los eternos tortolitos han estado muy cariñosos toda la noche, pero no ha sido hasta que nos hemos subido al coche y los he visto enterrados el uno en el cuello del otro que me ha quedado claro que Keira y el duque habían vuelto a enrollarse.

La verdad es que no me sorprende en absoluto.

Al abrir la puerta del chalet, se han quedado un momento fuera, seguro que para morrearse con frenesí antes de ponernos a trabajar.

¿Me molesta? No. Ya no. Pero me preocupa un poco... Héctor me ha contagiado sus miedos.

Cuando han entrado, Keira ha cambiado el chip a modo trabajo.

Nos dedicamos a observar los móviles de los sospechosos en tiempo real; muchos de ellos ya han vuelto a manos de sus dueños y me temo lo peor.

La cara de Ástor cuando empieza a leer el chat cambia de golpe, llenándolo de una aprensión palpable, y me siento fatal.

A alguien más le sorprende que la putilla haya ganado al campeón de España?

Seguro que Ástor se lo iba chivando todo con un programa de ordenador

Pues sí... Si no, no se explica!

Lo habrá hecho para darle más prestigio y que entre como miembro en el club

Qué le ha dado con esa mujer? Ni que fuera Afrodita

La quiere meter en el KUN como sea. Y ni siquiera es nadie. Habrá que exigirle que endurezca las condiciones. Mínimo un patrimonio de quinientos mil euros, si no, esto se va a convertir en un club de barrio!

No puede meter a su zorra porque sí... No podemos permitirlo!

—Ese «no podemos permitirlo» es muy prometedor —rompo el silencio—. ¿Qué harán para impedirlo? Estaremos pendientes de todos sus movimientos. Sus e-mails. El GPS... Al resto de los comentarios no hagáis ni caso, por favor —digo mirando a Keira, que tiene la cara totalmente demudada.

—Son escoria humana —sentencia Charly, asqueado.

—Este tipo de grupos maliciosos siempre son iguales —apostilla Héctor—. Hablan seis o siete indeseables y el resto nunca interviene, pero lo leen todo para luego criticarles con un tercero.

Todos miramos a Keira porque no pronuncia palabra, parece humillada.

—Esto es como lo de la prensa... —le recuerda Ástor acariciándole la espalda—. Tienes que pasar de todo. Si no encuentran otra explicación a que hayas ganado, el problema lo tienen ellos, no tú... Eh, Kei... —Intenta que lo mire, pero sus ojos brillan demasiado y ella aparta la mirada.

—Disculpad... —murmura afligida, y desaparece por el pasillo hacia las habitaciones.

Ástor se va detrás de ella después de mirarnos y mascullar un «me cago en todo». Y no confío en que regresen de nuevo al salón.

—Esos ya no vienen —verbalizo—. Han vuelto a liarse en la fiesta —informo a Héctor.

—Ya me he dado cuenta.

—Tranquilo... Ástor va a estar bien. Lo veo más fuerte que nunca.

De pronto, llega un nuevo mensaje al grupo:

Ástor se ha vuelto loco! Pretende cambiar un club de toda la vida y meter a mujeres? Hay que dar un golpe de Estado! Volver a hacer elecciones de presidencia. Incapacitarle de algún modo

Estoy de acuerdo

Y yo

Y yo

Miro a Charly y a Héctor, temiéndome lo peor.

—Esto pinta mal, Ulises... —farfulla Héctor, preocupado.

—Al menos, estamos prevenidos. Imaginaos si no hubiésemos hecho esto... —digo nervioso—. También se meten con Sofía. Dicen que se merecía morir por meter la nariz donde no debía...

—¿Y dicen algo de Carla? —pregunta Héctor, ansioso.

—No lo he comprobado…

Escribo el nombre con miedo y arroja tres resultados:

Dicen que la tal Carla es virgen… Está para mojar pan!

Un coñito capaz de resistirse a Ástor de Lerma? Yo me apunto a esa puja!

Carla y Héctor? Imposible… Supongo que es de esas chicas que haría cualquier cosa con tal de formar parte del legado de los De Lerma, incluso follarse a un minusválido

Pero si Héctor no puede follar, no?! Puede correrse siquiera?

Ni idea. No creo

Igual lo hace Ástor por él y todo queda en familia
Ja, ja, ja!

—Bueno, ya basta… —Apago el programa, atolondrado—. Esto no es buena idea. Hemos cogido los teléfonos para ver qué planean hacer contra Ástor y Keira de ahora en adelante, no para leer comentarios hirientes del pasado.

—¿A mí me mencionan? —pregunta Charly, vulnerable.

«¡No, no, no…!».

—Estoy seguro de que si lo hacen, no vale la pena leerlo.

—Busca mi nombre, por favor —insiste.

—No, Charly… Hazme caso… ¡Os iréis todos a la cama jodidos por tres gilipollas!

—¡Si hablan de mí, quiero leerlo…!

Y me siento fatal porque sé que no voy a poder impedírselo.

—Pues yo no quiero saber nada más… —dice Héctor, hundido—. Son unos hijos de puta, y espero que Ástor pueda echarlos del club cuando todo esto termine.

—Eso queremos todos, Héctor… —lo apaciguo.

—Me voy a la cama… Hasta mañana.

—Hasta mañana. Descansa, ¿vale? Pronto sabremos algo…

Cuando nos quedamos solos, Charly insiste en leer los comentarios del chat sobre él y se queda blanco con todo lo que encuentra. Hay frases muy venenosas. El precio de tener esta información está siendo muy alto y doloroso.

—Me *cagüen* Dios... —musita Charly, devastado.

—Por favor, escucha... No dejes que...

Se va de mi lado, ignorando mis palabras, para sentarse en el sofá. Es como si no pudiera seguir manteniéndose en pie. Se tapa la cara con las manos para contener su inevitable explosión y me da muchísima pena.

Tengo la sensación de que se pone más gris que un trol triste y me rompe el corazón verlo así. Ha leído cosas muy duras relacionadas con su relación con los De Lerma, y sé que los quiere con locura.

Me siento a su lado y le acaricio la espalda lentamente.

—Eso no lo piensa todo el mundo, Charly... Solo son tres gilipollas. No les des importancia, anda. No la merecen. Están equivocados...

Mientras hablo siento su resistencia a admitir que está llorando en absoluto silencio y lo abrazo. Menuda mierda de idea hemos tenido... Debería haber previsto que la gente es muy cruel protegida en el anonimato, pero al menos ahora sabemos que esto pinta peor de lo que imaginábamos. Ástor va a necesitar protección extra. Temo que puedan atentar contra él... Ya ha habido amenazas veladas.

Al rato, insto a Charly a levantarse y lo arrastro hasta la habitación que suele ocupar. Si fuera por él, se pasaría dos horas odiándose en estado catatónico en el sofá. Está destrozado. Yo mismo le quito la ropa y lo meto en la cama. Me desvisto y me tumbo a su lado. Apago la luz y lo abrazo por detrás.

—Por favor... No hagas caso. Eres muy inteligente para caer en eso. Os conozco a todos, y no os veo así para nada. Te tienen envidia, Charly. Nada más...

—¿No crees que tenga cara de chupapollas...?

Ahí me ha pillado.

—Bueno..., igual yo no soy la persona más adecuada para responder a eso —digo intentando hacerle reír, pero no funciona. Está muy jodido—. Charly... —Dejo caer un beso en su hombro—. Cuando alguien no puede decir nada malo de otra persona la llama «chupapollas», ¿entiendes? Igual que cuando no quieren asimilar que Keira ha ganado justamente. La llaman «zorra», se inventan un motivo y a correr... Solo así pueden dormir tranquilos por las noches. Olvídalo... Es normal que causes esta sensación. Yo la tuve desde el primer momento en que te conocí en comisaría, en serio... Te cogí pelusilla porque tienes un estilazo que no puedes con él, y los De Lerma están a tu lado porque te consideran un gran apoyo para ellos. Sinceramente, la mayor parte del tiempo no sé qué harían sin ti...

—Eso mismo me dijo Ástor el otro día... —murmura por fin.

—¡Claro! ¡Ellos te adoran! ¡Eres como de la familia! Si hasta tienes tu propia habitación en esta casa...

—¿Y para ti, Ulises? ¿Qué soy para ti?

La pregunta me pilla desprevenido. Y lo que es peor, derretido por él.

—Para mí... —Suspiro profundamente—. Ahora mismo eres la parte más importante de mi mundo. Y tengo muy pocas partes...

Se vuelve hacia mí y empieza a besarme lentamente, pero la intensidad y el sentimiento van subiendo por momentos. Termino acomodándome encima de él y me coloco entre sus piernas abiertas, dejando que nuestros sexos se rocen. Todo es tan natural que me asombra.

No había planeado tener sexo con Charly porque lo veía muy deprimido, pero alcanza un condón del bolsillo de su pantalón y me lo pone en un segundo. No dejo de besarle en ningún momento donde buenamente pillo. Cuando estamos listos, rodea mis caderas con sus muslos, eleva un poco la pelvis y me introduzco en él con suavidad.

Gimo de gusto. Esta nueva postura es una pasada. Es perfecta...

Perfecta para cuando estás enamorado.

keira

16
La *vie* (no) es *rose*

París
Quince días después

Han tenido que pasar dos semanas para darme cuenta de que lo nuestro va en serio. Han sido las mejores de mi vida, pese a que las demoledoras frases de ese maldito chat THE KUNEST todavía dan vueltas en mi cabeza causándome náuseas.

«¿Que hice trampas?».

«¿Que soy su "putilla"?».

Dios santo...

He intentado plasmar lo que siento por Ástor en la famosa ecuación del amor: $(\partial + M) \Psi = 0$. Para mí, tenía todo el sentido del mundo que diese cero, porque nada es eterno. Pero ya no me sirve, porque me he dado cuenta de que el amor es eterno mientras dura, y el mío por él durará siempre.

Qué hago en París, lo revelaré a su debido tiempo. Primero, necesito explicaros lo mal que me sentí al leer esas frases en el chat y lo mucho que influyeron para alcanzar un nuevo nivel en mi relación con Ástor.

Tuve que irme del salón porque no quería desmoronarme delante de todo el mundo, pero agradecí mucho que Ástor me siguiera.

Cómo cambian las cosas... De preferir estar sola a querer que te sigan, hay un gran paso.

—Lo siento mucho... —le oí decir, angustiado, a mi espalda.

—No es culpa tuya, Ástor.

—Precisamente por esto nunca leo nada de lo que dicen de mí en ninguna parte. No se puede gustar a todo el mundo, Kei; siempre salen detractores. Y entre ellos, algunos crueles y maleducados que tienen el tacto en el orto... Lo mejor es ignorarlos en su dolor. A mí me da hasta pena que alguien tenga que cargar con pensamientos tan mezquinos, la verdad, porque solo un infeliz es capaz de generar comentarios tan maliciosos.

Lo abracé con fuerza sabiendo que no cambiaría su compañía por nada del mundo. Incluso renunciaría a tres centímetros de su... cimbrel y a la mitad de sus pectorales con tal de no perder ni un ápice de su impecable lógica para hablar o su forma de ver la vida. Me encantaba. Y no quería separarme de él nunca más. ¿Por qué iba a hacerlo? Pero la pregunta correcta era: «¿Por quién?».

—Prométeme que no volveremos a separaremos por algo que no seamos nosotros mismos... —le pedí solemne—. Que nada será nunca más importante que lo que sentimos el uno por el otro... Porque siento que lo que tenemos es algo único —dije con lágrimas rodando por mis mejillas.

Ástor fabricó una expresión perfecta que podría aparecer en el diccionario al lado de la onomatopeya «guau». Estaba teñida de un alivio y una ternura conmovedores.

—Te lo prometo, Kei... —Me besó para sellarlo. Y me limpió la cara con sus pulgares.

—En serio —continué preocupada—, no soy de esas personas que pueden enamorarse cuatro o cinco veces en su vida... ¡A mí no me gusta casi nadie! Los soporto un rato, pero de ti no me canso nunca, Ástor... Para mí eres como la adicción hecha persona.

Al oírme sonrió y me arrastró hasta su habitación sin decir nada, y cuando cerró la puerta me besó con una veneración que me dejó sin aliento, sujetándome la mandíbula.

—Me importa una mierda ese chat, Keira —susurró en mi boca—. Solo me importas tú...

¿Alguna vez habéis necesitado que alguien os posea *ipso facto*? Yo sí.

Como si me hubiera escuchado, me dio la vuelta y me bajó la cremallera del vestido dejando besos en cada franja de piel que iba descubriendo en mi espalda. Tiré de su camisa para sacársela del pantalón. Y a punto estuve de darle un tirón perpendicular para hacer que todos los botones saltaran por los aires... Pero de pronto, sentí que estaba goteando. Al principio pensé que era de pura excitación, pero enseguida me fijé en que tenía una mancha de sangre en mis braguitas. «¡Nooo!».

—Un segundo... —farfullé cohibida, y me escondí en el cuarto de baño como si tuviera cinco años.

«Ahora no, por favor... ¡¿Por qué a mí?!».

¡No me tocaba la regla hasta la semana siguiente! No tenía nada que ponerme y... ¿Por qué no seré una de esas chicas previsoras que llevan todo lo necesario para el fin del mundo en su maxibolso?

—¿Va todo bien? —preguntó Ástor desde el otro lado de la puerta.

No, nada iba bien, pero tenía que actuar con naturalidad e imponerme a mis ridículos remilgos.

—Ya salgo...

Estaba segura de que, en cuanto mencionara el periodo, Ástor se subiría a la lámpara del techo con un crucifijo en la mano.

Lavé mi ropa interior con jabón y la dejé tendida en un práctico radiador porta-toallas. Me envolví una alrededor de la cintura y salí del cuarto de baño.

Ástor me miró preocupado.

—¿Estás bien?

—Malas noticias... Me ha bajado la regla. Se me habrá adelantado por el estrés de esta noche; a veces me pasa.

—¿Y por qué es una mala noticia? —preguntó extrañado.

Tuve que pensar rápido algo que no sonora a un tabú estúpido.

—Porque no podemos hacerlo así...

—¿Por qué no? ¿Te duele?

Junté las manos sobre mi boca por un momento. Ya leía los titulares: «Murió de vergüenza».

—Porque sería... ¿poco higiénico?

—El sexo siempre lo es. ¿Nunca has tenido relaciones con la regla?

—La verdad es que no... —admití nerviosa—. ¿A ti no te importa?

—Ni a mí ni al ochenta por ciento de los tíos. Generalmente sois vosotras las que decidís que a nosotros nos va a parecer algo asqueroso, pero te puedo asegurar que esa no es la tónica general. A mí me da completamente igual. Y creo que si no existe la suficiente intimidad y confianza para hablarlo abiertamente, quizá no deberías acostarte con esa persona...

—Eso es muy... revelador —balbuceé vergonzosa. Estaba claro que en estos temas yo era Rain Man y él, Tom Cruise.

—El problema es que no he traído nada... —lamenté—. No lo tenía previsto y...

«Joder... Este no era el plan. Ahora mismo debería estar gozando como una campeona en vez de sentirme tan incómoda».

—Eh... —dijo Ástor acercándose a mí con cariño—. Dime qué necesitas y lo haremos. Podemos ir a una tienda veinticuatro horas o a una farmacia de guardia. Lo que quieras...

Sonreí débilmente, agradecida.

—Gracias. Lo primero... ¿podrías traerme mi mochila? La he dejado en el sofá del salón. Y luego podemos ir a una farmacia cercana.

—De acuerdo.

Me besó con dulzura, y me sentí más comprendida y querida que nunca, ante una feminidad de la que siempre renegaba.

De camino a la farmacia, Ástor se aventuró:

—Ya que ha salido el tema... Podríamos empezar a usar algún método anticonceptivo que nos libre de los condones. Si no, igual me arruino contigo...

Sonreí como una tonta. Como dije, no era mala idea. Así dejaría de preocuparme por traer niños al mundo. Que se rompa un condón está en mi *ranking* de pesadillas recurrentes. Me pasó una vez y, aunque lo solucionamos sin grandes dramas con la pastilla del día después, fue un pelín terrorífico. Quizá lo mejor fuese tomar precauciones si la actividad iba a volverse tan recurrente como deseaba.

—Podría pedir cita y que me receten alguno... —sugerí.

—Puedo llamar ahora mismo a mi médico personal y que te cargue la receta en tu tarjeta sanitaria —dijo él sacando su móvil.

—¡¿Ahora?! ¡Son las tres de la madrugada!

—Le pago para que esté disponible las veinticuatro horas. Y no sale barato.

—No hay prisa, ¿no?

—En realidad sí que la hay, Keira. En la mayoría de las píldoras, si empiezas a tomarla el primer día del periodo estás protegida todo el mes desde el principio.

—¿Cómo sabes eso? —pregunté extrañada.

—Por amigos...

—¿Cómo que «por amigos»? ¿Los tíos habláis de estas cosas?

—¿De temas que repercuten directamente en el placer o la tortura de nuestros miembros? Es de lo único que hablamos todo el tiempo.

Me reí con ganas. Tenía sentido.

—Voy a llamarle —anunció ante mi silencio.

Por suerte, no tardamos mucho en conseguir ambas cosas.

De vuelta en la habitación, mucho más tranquila, Ástor me dejó a mi aire. Me aseé, me puse uno de los camisones de seda que no había dejado de usar desde que conocí a Mireia y nos metimos en la cama.

Tenerle cerca sin camiseta siempre me ponía a tono. Palpé su pecho todo lo que quise mientras nos besábamos lánguidamente, y no sé cómo terminé desnuda cuando sus labios empezaron a lamerme los pezones con delicadeza.

Que fuera tan cuidadoso me erizó la piel de una forma inaudita, porque recordaba que en la biblioteca del KUN había manifestado tenerme unas ganas salvajes y se estaba controlando mucho.

Me acarició por todas partes, y empecé a sentirme inquieta. Le deseaba tanto que me dolía. Fueron los preliminares más largos de mi vida hasta que me tuvo totalmente ansiosa, y no impedí que su mano fuera hacia mi centro y encontrara la tira del tampón. Ni me acordé.

—Necesito hacerte el amor ahora mismo… —suplicó con una certeza que se me clavó en el alma—. Quítatelo, por favor…

Se volvió hacia la mesilla, cogió un par de trozos de papel de una caja y me los ofreció. En cuanto me libré del tampón, me lo quitó de la mano y él mismo lo depositó en el suelo, envuelto. ¡Qué puta vergüenza! Pero cuando se cernió sobre mí de nuevo, todo cambió. Su dedicación hizo que mis pensamientos se fundieran, y nos convertimos en caricias suaves, roces húmedos de labios y respiraciones profundas. Sin miedos. Sin barreras… Solo piel contra piel fabricando el amor más puro.

Lo que empezó siendo un pequeño desastre se convirtió en una de las mejores noches que he pasado con Ástor. Su ternura me abrumó. Fue increíble sentir cómo se introducía en mí y me hacía el amor con una suavidad desquiciante. El orgasmo llegó sin avisar, el de ambos, porque ninguno quería que aquello terminara nunca. Notar cómo se derramaba dentro de mí por primera vez fue un hito que nos marcó a los dos. Y no hizo falta mencionar un «te quiero», porque cada beso, cada palabra y cada sensación lo susurraban por nosotros. Fue una noche inolvidable.

A la mañana siguiente, resultó cómico desayunar todos juntos en la cocina de los De Lerma, pero Ulises estaba bastante serio. El motivo fueron una serie de frases del chat THE KUNEST que le parecieron preocupantes para la seguridad del anfitrión. Sin embargo, Ástor disimuló su aprensión.

—Quieren derrocarme, qué novedad… Me da igual.

—Pues a mí me preocupa —rebatió Ulises—. Alguien ha matado a Sofía y pueden hacerte lo mismo si planean quitarte de en medio.

—¿Y qué quieres que haga? —replicó cabreado.

—Contratar seguridad privada. Poner más cámaras en el campus de la universidad, en el KUN, en esta casa… En todos los putos lugares que frecuentes, Ástor —sentenció Ulises, neurótico, denotando cuánto le importaba.

—¿Para qué? —objetó Héctor—. ¿Para grabar a quien se lo cargue? Yo prefiero intentar que eso no pase, llámame loco…

—Ástor avisará a todo el mundo de que va a reforzar la seguridad, eso hará que se lo piensen dos veces antes de atacarlo. Y los nuevos escoltas pueden...

—Yo no quiero nuevos escoltas, te quiero a ti —expuso Ástor con firmeza.

Ulises lo miró, halagado.

—Yo no puedo, tengo que trabajar...

—¿No puedes cogerte una semana de vacaciones?

—¿Y cuando pase esa semana?

—¿Otra? —Ástor subió las cejas.

—No puedo... —contestó Ulises, apesadumbrado.

—¿Y si te pides una excedencia? Te haré un contrato privado. No tienes por qué seguir cobrando una miseria...

Abrí los ojos escandalizada.

—¡No! —protesté—. ¡Para eso, tendría que dejar la comisaría y a mí! ¡Ni hablar...!

—¿Prefieres que me maten, mi amor? —preguntó Ástor con ironía.

—No lo tengo claro... —repliqué en broma.

Ulises sonrió con orgullo mientras mi chico trataba de morderme el cuello, ofendido.

—Bueno... —retomó ignorando nuestros arrumacos—. Hay algo más... Respecto al «chat maligno», que es como lo he bautizado, queda terminantemente prohibido acceder a él para buscar comentarios anteriores. Yo mismo supervisaré todas las acciones de los implicados cada ocho horas. ¿De acuerdo? Os doy vacaciones.

Podría habérselo refutado, pero me pareció bien. Yo no quería leer ni una palabra más, solo deseaba que apareciera un culpable pronto.

Sobre las siete de la tarde, volví a mi casa desoyendo las quejas de Ástor.

—¡En algún momento tendré que volver! —exclamé entre risas.

—Solo digo que ha sobrado un montón de comida china del mediodía, ¡y Héctor y yo no podemos comérnosla toda...!

Negué con la cabeza, muerta de amor por esa excusa tan pobre.

—Ástor, debo volver... Tengo cosas que hacer. Tengo una madre, un trabajo y una vida aparte de ti. Y tú también.

Me miró como si fuera a rebatírmelo.

—Y no digas que yo soy tu vida, porque no lo soy. Solo soy una pequeña parte de ella.

—Pero eres la más bonita con diferencia... —subrayó seductor.

Sonreí, y no insistió más porque, en el fondo, sabía que yo tenía razón. Y porque empezó a tramar a mis espaldas llevarme a París, claro...

Al llegar a casa, mi madre me notó en la cara que había vuelto con Ástor y se me quedó mirando con una ceja levantada nada más entrar.

—¿Qué pasa? ¿Por qué me miras así...? —pregunté extrañada.

—Entras apestando a felicidad ¿y pretendes que no comente nada?

No pude evitar sonreír.

—Pensaba que te alegrarías por mí...

—Y así es, pero ¿qué pasa con sus obligaciones ducales, Keira?

No lo habíamos hablado, pero estábamos siguiendo su plan A.

—Las ha aplazado temporalmente —contesté con seguridad.

—¿Cuánto tiempo?

—El que sea necesario, ¿vale?

—Vale, vale... —dijo levantando las manos—. ¿Y su madre está de acuerdo con eso?

—Tendrá que estarlo si no quiere que su hijo se mate un día de estos...

—¡¿Qué...?! —Sonó preocupada.

Me reñí por soltar semejante perla, pero necesitaba que lo entendiera rápido.

—Mamá, la vida es corta..., y si no puedes ser tú mismo y vivirla como te dé la gana, ¿qué sentido tiene? A menudo, somos nosotros los que nos ponemos impedimentos, no los demás. Y Ástor y yo no vamos a hacerlo más...

No replicó nada y me fui derechita a mi habitación. Me daba igual que nadie se alegrara por nosotros. Yo estaba feliz.

Solo había una cosa que no nos dejaba disfrutar al cien por

cien: Carla. La infelicidad de Héctor era el orden del día en la vida de Ástor, y su enfermizo lema «Si mi hermano no disfruta, yo tampoco» seguía latente en su interior.

Estaba acostumbrada a separar mi vida personal del trabajo, pero este caso estaba totalmente mezclado y no podía evitarlo.

Confiaba a ciegas en la criba del «chat maligno» de Ulises. Tenía la sensación de que, tarde o temprano, arrojaría repuestas.

Esa semana estuvimos mucho tiempo con Héctor. Incluso lo acompañamos a visitar a Carla para infundirle ánimos y paciencia, pero, sobre todo, lo hicimos para aplacar nuestra culpabilidad por ser tan felices.

Ástor y yo habíamos decidido estar juntos. Los obstáculos habían desaparecido del camino o habíamos tomado la resolución de ignorarlos por un tiempo para disfrutar el uno del otro porque sentíamos que era lo que debíamos hacer. El amor no se puede frenar, ¿verdad?

Pero Ástor procuró retener su dicha por su hermano. O por mi periodo, todavía tengo dudas. Lo cierto es que demostró mucha paciencia, a pesar de que sus miradas y sus caricias alimentaban las llamas de mi deseo como nada.

Cuando no pudo más, Ástor me avisó de que pasaría a recogerme para llevarme a cenar a un restaurante muy exclusivo. Los nervios se apoderaron de mi estómago como si fuera una quinceañera. ¡Por fin íbamos a poder disfrutar de una cita normal! Sin embargo, aquello de «normal» no tuvo nada.

Para empezar, me recogió en un espectacular Roll-Royce con una de esas ventanillas separadoras para tener intimidad con el chófer. Fue sentarme a su lado en la parte de atrás y que la atracción estallara entre nosotros. Admito que iba vestida para matar con un vestido blanco muy corto, y una chaqueta, un bolso y unos zapatos de tacón altísimo negros. Sus ojos se estrellaron en la piel de mis piernas, y fue acariciando mis muslos, mi vientre, mi pecho y mi cuello para terminar cogiéndome de la barbilla y clavándome la mirada en los labios. Creo que no nos dijimos ni «Hola», solo me arrimó hasta sentarme sobre él y empezó a besarme de una forma tan sensual que apenas oí el sonido de la ventanilla separadora elevándose. Dios... ¡Qué hombre!

No penséis que perdimos el control y nos pusimos a retozar en aquella tapicería de terciopelo beis. Los tiros no iban por ahí. De alguna forma, sentí que las apuestas habían subido, que Ástor quería superarse a sí mismo y demostrarme lo *cool* que podía ser estar con un duque. Plancaba derretirme con sus irresistibles caricias como si quisiera hacerme entender cómo serían las cosas si yo fuera suya y él mío para siempre.

Estuvo toda la noche tentándome, provocándome con sus labios hasta hacerme desear más. Era evidente que no había olvidado que tenía la regla y que pretendía repetir la jugada de dejarme al borde de la desesperación. Pero yo prefería esperar, y su sonrisa, más confiada de lo normal, me advirtió que había captado a la perfección mis crueles intenciones y que iba a lamentarlo dejándome cachonda perdida.

—Tengo una sorpresa para ti... —susurró en mi boca, enigmático.

—¿Cuál?

—Si te lo dijera, ya no sería una sorpresa... Pero necesito que te cojas la semana que viene de vacaciones. ¿Podrá ser? Te prometo que no te arrepentirás, Kei...

Siguió besándome el cuello con una suavidad demencial para convencerme. Jamás debería saber que aquello no hacía falta.

—Quizá pueda... —dije haciéndome la interesante—. Tengo enchufe directo con el jefe. ¿Qué has pensado?

—Irnos de Madrid. Quiero enseñarte un lugar muy especial para mí. Estaremos solos. Habrá paz, naturaleza, algunos caballos y uno de los mejores chefs franceses de la actualidad.

—¿Nos vamos a Francia?

—Sí. Está a menos de dos horas en jet privado.

—¿Un jet? Eso es demasiado para mí...

—¿Por qué? —preguntó sin entender—. ¿Qué ocurre?

—Me da cosa... No sé si estaré a la altura de las circunstancias... No tengo el vestuario adecuado para ir... adonde planees ir en jet. Y no pienso comprarme más ropa.

—No necesitas nada. Pasarás la mayor parte del tiempo desnuda...

Sonreí al percibir una oscura promesa en su voz.

—Confía en mí, Kei. Estaremos solos.

—¿Cuándo nos iríamos?

—El viernes. Y volveríamos el domingo siguiente. ¿Qué opinas?

—Opino que estás loco, Ástor —dije nerviosa.

—No sabes cuánto... Pero por ti —susurró antes de besarme—. ¿Te apuntas o no?

—Está bien —cedí embelesada. Y volvimos a besarnos encantados.

Pero no estaba preparada para lo que me esperaba.

¿Alguna vez algo os ha parecido «demasiado» bueno?

Palabra clave: demasiado.

keira

17
La vida es demasié

Ástor me recogió en mi casa el viernes a mediodía para ir al aeropuerto y embarcar en un avión canijo pero muy moderno.

¿Cómo lo llamó? «Taxi aéreo».

Me reí en su cara y masculló que parecía un taxi muy caro. Lo cierto es que fue toda una experiencia salpicada de ilusión. Nos habíamos permitido relajarnos un poco porque Ulises nos aseguró que necesitaba tiempo para supervisar el seguimiento de los integrantes de THE KUNEST, el «chat maligno». Estaba tan convencido de que encontraría algo que no quise meterme.

Prácticamente nos echó de casa. Ástor le dejó las llaves de su fortaleza y pusimos rumbo a la región del Valle del Loira, conocida por sus fastuosos castillos rodeados de un entorno natural excepcional.

Antes de aterrizar ya tenía la boca abierta por lo que había visto desde el aire, pero cuando llegamos al palacete me pareció un maldito cuento de hadas hecho realidad. Uno que prometía ser muy porno.

Ástor me aseguró que la propiedad tenía quince hectáreas, es decir, unos quince estadios de fútbol, abrazando un *château* renacentista de unos setecientos metros cuadrados repleto de lujos. A las grandes explanadas de césped verde flúor adyacentes a la mansión se le sumaba su propio bosque y un viñedo. Era el jodido Downton Abbey.

—Dime que esto es alquilado, por favor...

La respuesta de Ástor fue sonreír con diplomacia. Su ducal porte me impresionó más que nunca cuando varios... ¿criados? —lo siento, cualquier otro término quedaría muy moderno aquí— lo asistieron a su llegada.

—Esta casa lleva en el legado familiar más de doscientos años...

—Nooo —me quejé teatral, tapándome la cara, y Ástor me consoló, risueño, apartándome la mano.

—¿Qué te parece, Kei? ¿Te gusta o no?

Y al decirlo sonó como si le estuviera juzgando directamente a él, a su persona, no al *château*.

—Es impresionante... —confesé.

Porque era la verdad. Esa era justo la palabra que lo definía todo. Porque impresionaba mucho, y a mí pocas cosas me impresionan ya. Excepto descubrir que el hombre al que amas se ha estado reservando contigo para no ahuyentarte al darte cuenta de lo sublime y extraordinario que es en realidad.

Ástor era como un maldito pavo real. Uno de los animales más fascinantes y preciosos que existen, incluso sin tener la cola extendida. —¡Qué doble sentido tan bien traído!—. Ahora en serio, tenía la misma personalidad melancólica que los hace especiales y un prodigioso dibujo policromado que se extiende en abanico cuando quieren exhibir los genes de su descendencia.

En eso iba pensando mientras me enseñaba las dependencias de la mansión y el despliegue que había movilizado solo para nosotros. Tenía dos *halls*, cuatro salones de recepción —todos con chimenea—, ocho dormitorios, cinco cuartos de baños..., ejem, todo supurando un lujo endogámico casi insultante habiendo niños que pasan hambre en el mundo. Me estuvo contando que había reformado el *château* hacía menos de un año y que actualmente se alquilaba para eventos privados de alto copete.

Para mi gusto, sobraba la aclaración. Era evidente que no estaba destinado a fiestas de cumpleaños con ganchitos... ¿El problema? Que yo adoraba los ganchitos por encima de muchísimas cosas, y esa realidad me hizo sentir que no encajaba con aquel lugar en absoluto.

Ástor me llevó de la mano recorriendo aquellas estancias rococó como si tuviera miedo de que saliera corriendo. Y casi lo hago cuando subimos unas escaleras parecidas a las de la Ópera de París, esas que subes un tramo y luego se bifurca hacia los lados opuestos, y en el encuentro de ambas nos topamos con un cuadro que era un retrato gigante del oportuno duque de Lerma que tuvo a bien comprar la propiedad en primera instancia.

—Madre mía… —balbuceé cuando lo vi completamente peripuesto con la indumentaria masculina imperante en la Europa del siglo XVIII—. ¿Tú tienes algún retrato así, Ástor?

—Solo uno… Mucho más pequeño. Y porque mi madre insistió…

—¡¿Dónde está?! ¡Quiero verlo! —me pitorreé.

Aunque igual si lo viera, terminaba de morirme de la impresión al analizar que el tío del cuadro solía enterrar con ahínco su ducal miembro en mi interior.

—Estará en alguna parte, tapado con una sábana. No está expuesto.

—Esto es increíble, Ástor. Estoy alucinando, en serio…

—Pues todavía queda lo mejor. —Sonrió lobuno.

—¿Qué es? —No podía imaginármelo.

—Mi habitación.

Cuando me la enseñó, supe que ya no saldríamos de allí sin mancillarla antes. Nuestro equipaje estaba mágicamente en ella aunque nosotros no lo habíamos sacado del coche. Todo era demencial.

La cama rematadamente *vintage* con un cabecero altísimo de roble oscuro nos llamaba insinuante ondulando un dosel transparente de encaje. No hizo falta mucho más para caer juntos sobre el colchón revestido con sábanas egipcias de mil hilos y sentir a Ástor sobre mí ansioso por meterse en mi cuerpo. Os juro que por poco me desmayo.

¿Aquello era real? ¡Me había enamorado de un duque! Uno de verdad. Un hombre superior al resto de los mortales. Un Grande de España…

Cuando lo conocí, todo eso no significaba nada para mí, pero ahora… Ahora la cosa estaba tomando un cariz muy serio.

Hicimos el amor sin barreras. Ni de látex ni mentales. Fue

como si nos desnudásemos por primera vez de verdad, por completo. Allí yo no era policía ni él el presidente del KUN. «Solo era un duque delante de una chica sin linaje, pidiéndole que lo quisiera...». ¿Os suena? *Too much for the body!*

Todo fue tan perfecto en los días siguientes que no tiene sentido que lo narre. Podría perderme en detalles grandilocuentes como la sensación de mi pelo erizándose al sentirme tan colmada una y otra vez por Ástor. Por ese poderío que discerní la primera vez que lo vi jugar al ajedrez. O detalles sucios como lo que disfrutaba torturándome con la masturbación, infligiéndome un mínimo de dolor, cogiéndome del pelo o soltándome, de cuando en cuando, una cachetada que hacía que me catapultase a la luna. O todas las veces que me juró que me amaba tanto que le dolía y todavía le gustaba más. Aquellos días fueron una fantasía, no la realidad. El mejor entorno, la mejor comida, la mejor compañía... Algo inigualable. Algo que te llena tanto que sientes la terrible paz de que ya puedes morirte tranquila.

La cantidad de besos que llegas a darte con alguien al inicio de una relación puede alcanzar un nivel surrealista. Luego se supone que se afloja el ritmo y se pierde intensidad, y lo avalo porque nunca he sido muy besucona, pero con Ástor podría estar horas sin parar... Tenía la sensación de que nunca se me pasarían las ganas. Y me parecía lo más maravilloso del mundo.

Unos días después, mientras disfrutábamos de un precioso pícnic a la orilla de un río, me propuso pasar el último fin de semana en París para enseñarme sus lugares favoritos y para regresar poco a poco al mundo real, donde existía más gente y sonidos aparte de los de nuestras respiraciones entrecortadas a punto de llegar al clímax.

Y aquí estamos...

El aire fresco de la noche enfría mi nariz en lo alto de la Torre Eiffel, pero no puedo estar más a gusto.

—¿No te parecen unas vistas increíbles, Kei? —La voz de Ástor, abrazado a mí, mirando juntos hacia los Campos Elíseos iluminados sí que me parece increíble.

—Lo más increíble es estar aquí contigo...

Roza su mejilla con la mía en agradecimiento y suspira.

—¿Sabes, Keira? Estaría realmente loco si no te pidiese que te casaras conmigo ahora mismo, con estas vistas...

Me echo a reír porque su tono no es serio.

—Ni se te ocurra...

—¿Y si te dijera que tengo una cajita en mi bolsillo? —continúa vacilón—. ¿Me creerías?

Sonrío de puros nervios. «¿Se ha vuelto loco? ¿Más aún, digo?».

—No me creo nada... —suelto, chulita—. Y lo digo por tu bien, porque te contestaría que no...

—¿Por qué? —pregunta divertido—. Estoy enamoradísimo de ti y existen alternativas para el legado de mi título... No tengo prisa.

—¿Qué alternativas? —pregunto temerosa. Porque su legado lleva días haciéndome un nudo en el estómago. Ha sido fantástico disfrutar del *château*, pero a la vez me he sentido tan fuera de lugar que... pfff.

—La más evidente es que el ducado puede recaer en cualquier persona de la familia, en un sobrino o una sobrina, por ejemplo, y cuando Héctor empezó a salir en serio con Carla se me pasó por la cabeza que algún día podrían ser padres... Pero ella solo tiene veintiún años.

—Ya... Es muy joven.

—Y yo también para renunciar a mi vida tan pronto... O a ti.

—Pero ¿Héctor puede tener hijos? Es una duda que tengo.

—Por poder, sí. Los médicos le dijeron que podría conseguirlo sin problema por fecundación in vitro. Sin embargo, mi hermano no quería ser un lastre. Odiaría sentirse incapaz de cuidar a su hijo por completo. A mí me pareció un razonamiento pésimo, pero hay que estar en su piel para juzgarlo...

Suspiro melancólica. Estoy muerta de miedo por el futuro. Y porque algún día su última salida para tener descendencia sea yo.

Ástor me besa el pelo haciendo que cierre los ojos en la noche parisina. Se desvía hacia mi cuello y me abraza más fuerte, como si quisiera tranquilizarme al respecto.

—Sé que es broma, pero…, hipotéticamente, casarnos no tendría ningún sentido para nosotros —digo con voz queda.

—¿Broma? Pálpame los bolsillos, si te atreves… —dice juguetón.

—¡No pienso hacerlo! —exclamo nerviosa y sonriente. Me niego a caer en su trampa y que luego se ría de mí. Sé que solo quiere tomarme el pelo…

—No es un tema para tomarse a broma, Kei —susurra rozando su nariz con la mía. Me lanzo en busca de sus labios, pero retrocede privándome de ellos—. Quizá no tenga sentido, pero es lo que más ilusión me haría en el mundo… —aclara sincero—. Unir nuestros caminos y estar lo que me queda de vida contigo, que, por lo que sabemos, puede ser poco tiempo…

—¿Eres idiota? —Le pego, ofuscada, y su respuesta es retenerme las manos, juguetón, para abrazarme con más fuerza—. Desde que retiraste mi candidatura de los KUN quieren matarte menos —lo tranquilizo—. Además, no creas que no me he fijado en que estás haciendo campaña por si exigen una nueva votación presidencial. Meter a Saúl en el club ha sido una buena jugada.

—El mérito es de Ulises. Fue idea suya.

—Lo tengo bien adiestrado… —Sonrío petulante.

—Nos tienes adiestrados a todos, bruja —susurra en mi boca, y besa mi sonrisa socarrona.

—No hay mayor cliché que pedir matrimonio en la Torre Eiffel o en el Empire State Building —me burlo—. Así que ni se te ocurra hacerlo.

—¿Qué responderías? —pregunta con una sonrisa enigmática.

Lo miro coqueta recordando todo lo que he sentido con él desde que lo conozco, y decido que estaría loca si le dijera que no. Porque le quiero y quiero estar con él para siempre, eso no puedo tenerlo más claro, el problema es su mundo de clase alta, al que nunca terminaré de acostumbrarme…

Por una parte me seduce, pero por otra me acojona muchísimo, y así se lo he manifestado a Ulises cuando me ha escrito estos días preguntándome qué tal nos iba. Ahora que he visto en vivo y en directo lo que supondría emprender una vida en serio con Ástor, debo admitir que la herencia de su ducado me pesa. Quizá sea un problema mío, pero, de algún modo, siento que no soy digna de él. O directamente de ser amada por nadie, no lo sé... Será que ningún hombre me ha querido bien nunca.

Es cierto que Ástor es distinto. Estos días en el palacete lo he visto interactuando con sus empleados, con los caballos... Y ha sido totalmente transparente para mí. Noto que por fin tiene la libertad de ser él mismo conmigo, y puedo decir que le he visto más allá de su título. Que he captado un matiz especial del que creo que solo yo podría enamorarme. Uno que no tiene nada que ver con la grandiosidad que hay detrás de su apellido. Ástor es un hombre con el que puedo intercambiar miradas cómplices cuando la vida te deja disfrutar de pequeños retazos de una belleza y una felicidad tan endebles como administrarle la medicación a un potrillo que lucha por salir adelante.

—Estuvo muy enfermo —me explicó Ástor acariciándolo—. Nadie apostaba por él, me recomendaron sacrificarlo, pero quise mantenerlo con vida... No podía dejarlo morir. Y aquí sigue... Por eso he querido venir, en parte. A visitarlo.

—Es como nuestro amor, entonces... —señalé romanticona.

Se me quedó mirando con la necesidad de decirme tantas cosas que solo pudo atraerme hacia él y besarme ensimismado. Al despegar sus labios, me juró:

—Siempre mantendré con vida lo que siento por ti, Kei...

—Lo mismo digo, Ástor —le juré mirándolo a los ojos—. No podemos dejar que nadie acabe con esto... Ni siquiera nosotros mismos...

—Ni nuestras madres —masculló apesadumbrado.

—¿Te ha dicho algo tu madre de que estemos juntos de nuevo?

—Me ha dicho muchas cosas... —resopló disgustado—. Que tengo un deber que cumplir. Que no puedo romper una tradición centenaria. Que la familia es lo más importante y que todo lo demás puede fallarme...

—¿Y qué le has contestado a eso?

—Que tiene razón —dijo mirándome serio—. Pero que también tengo un deber que cumplir conmigo mismo y es disfrutar de esta sensación única mientras pueda... —Volvió a besarme despacio—. Le he explicado que siempre puedo tener un hijo dentro de cinco años mediante un vientre de alquiler y mil cosas más. De momento, no quiero pensar en ello... Hay tiempo de sobra.

—Pero Ástor..., ¿tú quieres realmente ser padre? ¿Lo deseas? ¿Tienes un reloj biológico que te pide vivir ese papel?

—No. Ahora mismo, no...

—Vale. —Suspiré aliviada—. Porque no me gustaría interponerme si ese es tu deseo...

—Yo solo deseo estar contigo, Keira. —Me cogió la cara—. Nunca había conocido a nadie como tú. Me entiendes como ninguna otra persona lo hace y eres la única que me conoce en todos los aspectos de mi vida... ¡En todos!

Abro los ojos de nuevo y vuelvo a estar en la Torre Eiffel.

—La verdad es que no podría decir ni sí ni no —contesto a su pregunta de qué respondería a una petición en firme de matrimonio.

—¡Algo tendrías que contestar, Keira...!

—Seguramente pediría tablas... —bromeo.

Me empieza a hacer cosquillas y me retuerzo. ¡Sabe que las odio!

De pronto, lleva mi mano hasta su bolsillo para que lo palpe por encima y noto un objeto cuadrado, pequeño y duro.

Pongo los ojos como platos y él sonríe, canalla.

—Tranquila..., no voy a pedírtelo ahora —dice sin inmutarse.

—¿Y por qué lo has traído?

—Solo quería hacerte un jaque —dice chulito—. Es un aviso... De momento, te dejaré huir.

—¡Qué amenaza más romántica!

Me río, y él también, aunque procure por todos los medios mantener la seriedad en este instante.

—Solo quería que supieras que yo estoy listo... Pero esperaré a que tú lo estés. ¿Nos vamos a cenar? —dice emprendiendo la marcha.

—Sí, quiero... —digo con aire solemne.

Ástor me mira con el corazón en vilo.

—¡Cenar! ¡Que quiero cenar! —Y empiezo a reírme con fuerza.

—Ya lo sabía… —se defiende, y me río a carcajadas por su tono mientras tira de mí para irnos y mascula que soy una bruja cruel.

«¿"Cruel" yo?».

No pensaréis lo mismo cuando os cuente que esto no son solo unas vacaciones románticas llenas de sexo, lujo y pasión. Ástor me desvela durante la cena que otra de las razones por las que quería venir es que nos ha apuntado a un torneo de ajedrez privado que organizan varias marcas internacionales de relojes.

—¡¿Perdona…?!

La diversión en su cara es tan contagiosa que no puedo enfadarme. Por no hablar del interés que ya hierve en mis venas por saber quiénes participarán y cómo podría influir en mi Elo.

—Han invitado a grandes maestros de todo el mundo y a sus patrocinadores y han organizado unas partidas rápidas entre ellos. Puro marketing y espectáculo.

—Imagino que nos habrán dejado participar gracias a una cara donación de última hora…

—Sí, pero eso no era suficiente… También con la promesa de que iría acompañado y… porque me habían visto comprando un solitario en una de las joyerías más caras de París…

—¡¿Cómo?!

—Necesitaban un poco de interés mediático. —Se encoge de hombros.

—¡Ástor, no! No pienso ir… ¿Cómo se te ocurre decir eso?

—Tranquila, seguramente te eliminen en la primera fase… —me pica.

Y ya no hay vuelta atrás. ¡Cabrón! ¡Sabe que no sé decir que no a un buen reto! Y jugar contra grandes maestros es otro sueño hecho realidad.

Lo que sí me he planteado es jugar desnuda, por si alguien sugiere que hago trampas… No obstante, Ástor dice que las medidas *anti-cheating* son significativas. Menos monitorizar tu teléfono, hacen de todo. Y hablando de monitorizar teléfonos…

Ulises nos contó que en nuestra ausencia Héctor estaba perdiendo los nervios por no encontrar alguna pista que pudiera ayudar a sacar a Carla de la cárcel. Al parecer, nadie del chat THE KUNEST ha seguido un protocolo que pudiéramos tildar de peligroso, ni contra Ástor ni contra mí, ante las exageradas medidas preventivas de Ulises.

Mi compañero sigue muy preocupado. Pero creo que hay algo más. Es como si Ulises no pudiera permitirse ser completamente feliz con Charly hasta que cierre el capítulo de Sofía, y lo entiendo. Por eso he desarrollado un plan paralelo en mi mente que consiste en depositar toda mi confianza en el enfoque de Mateo Ortiz. Está loco, pero su estrategia no es tan descabellada.

Si ninguno de los veinte sospechosos mueve un dedo en busca de venganza, es hora de probar con las pesquisas del abogado de Carla. Sabemos que Sofía tenía una serie de ingresos, no muy altos pero sí constantes, que recibía bajo mano presuntamente en el mismísimo Dark Kiss coincidiendo con su aleatoria asistencia a él.

Facilité a Mateo las grabaciones de drones que me habían llegado para que analizara cada coche y matrícula captados desde el aire diez minutos antes del asesinato, en las inmediaciones. Y estaba a la espera de noticias determinantes. Era mi excusa para permitirme disfrutar de estos días de asueto con Ástor.

A la mañana siguiente en la esplendorosa París, contra todo pronóstico y probabilidad, quedo finalista en el torneo, poniendo cara de lerda cuando todos los fotógrafos enfocan sus cámaras hacia mí y se proponen dejarme ciega con sus flashes.

Veo a Ástor mordiéndose una sonrisa en los labios en un lateral mientras me indica que no lo mire a él, que mire hacia delante antes de que alguien lo reconozca. A él lo han eliminado.

—Estaba seguro de que ganarías —se mofa de mí cuando desaparecemos en un taxi.

Lo miro mal. Me alejo cuando intenta besarme granuja y vuelve a reírse con ganas.

¡Maldito sea!

Por la noche acudiremos a la gala de cierre donde se disfrutará de la gran final. Es imaginar la lluvia de flashes que tendré que soportar al llegar a la fiesta colgada del brazo de Ástor y entrarme pavor. ¿Alguna vez os han acorralado en un *photocall*? Es aterrador pensar que vas a morir contra un mosaico lleno de marcas inasequibles.

Por suerte, Ástor pidió a Mireia que enviara un vestido para la ocasión, especialmente confeccionado en negro y blanco. Y como siempre, casi lloro de la emoción al verlo.

—Pero... ¿Cómo lo has...? —No me salen ni las palabras.

—Lo encargué porque sabía que lo necesitarías, Kei.

—¡No podías saberlo! —lo acuso exaltada—. No podías, joder...

Ástor se sienta en la cama, paternalista, y me acaricia la barbilla.

—Has nacido para esto, Keira. Lo supe desde la primera vez que te vi jugar contra Saúl...

—¡Si perdí!

—Al ver esa jugada, pensé en traer a Saúl cogido de una oreja al torneo europeo, pero cuando me dijiste que se la habías indicado tú con los ojos, caí de rodillas fulminado ante ti. Nunca había visto un movimiento tan brillante... Y he visto muchos. Tienes un don, Kei.

Y ese don va a salir el miércoles en portada de todas las revistas de papel cuché del país...

Ya nos he visto etiquetados esta mañana en mil sitios en las redes sociales. Menos mal que no tengo un Instagram real a mi nombre. El que me hice para fisgar a los demás se llama *DiNoA-LaMostaza*, y tengo unos cien seguidores fieles que la detestan.

Para más inri, juego la final contra un ruso y siempre me han dado pavor. ¡Los rusos tienen tableros de ajedrez en vez de sonajeros...!

Mientras jugamos, estoy convencida de que el hombre está borracho porque me resulta demasiado fácil engañarlo. Echo mano de la picaresca española, y no lo ve venir. Cuando visualiza la jugada y entiende su aciago final, me pregunta en un inglés extraño:

—¿Qué ha sido esto?

Me encojo de hombros y contesto:

—Será inspiración...

Una buena frase que aprendí en la película *Encanto*.

No entiende ni media palabra, pero al día siguiente tengo que respirar en una bolsa de papel cuando leo en algunas portadas: «La inspiración española arrasa».

¡¿Me habrán leído los labios?! ¡Ah!

Como decía, han sido los días más felices de mi vida…, a pesar de que varios periodistas nos están esperando en el aeropuerto de Barajas al llegar a España, y que alguien ha jaqueado mi e-mail de la base de datos de Chess.com y descubierto mi nick online donde ya soy gran maestra, pero allí no es nada oficial.

No me hace ninguna gracia volver a estar en el punto de mira de la prensa rosa, pero alguna penitencia debía tener ser tan feliz.

Ástor me rodea con el brazo, y nos subimos al coche con el que su chófer nos ha venido a recoger.

Una vez dentro, empieza guasón:

—Lo siento…, pero la culpa es tuya por ganar…

—¡Sí, claro! ¡Si hubiera estado sola en ese *photocall*, nadie habría venido a recibirme al aeropuerto!

—Eso es lo que tú te crees, Keira. Pronto serás más famosa que yo, y cuando te inviten al torneo europeo en primavera, ya verás…

—¡Si soy una novata! Pasarán años hasta que tenga la puntuación requerida para participar en él…

—Les dará igual, ya has ganado a grandes maestros muy importantes. Estás en boca de todo el mundo. En unos meses, yo seré el menor de tus problemas, cariño…

Su sonrisa me chifla, pero esto no me gusta nada.

—Odio ser el centro de atención, Ástor —gimoteo—. Quizá debería dejarlo ahora…

—¿No quieres saber hasta dónde puedes llegar?

—¡Sí, pero no quiero compartirlo con los demás!

—¿Por qué no? Eres pura «inspiración», nena… —dice vacilón.

Me pierdo en la sonrisa absolutamente feliz que me lanza y dejo que sus labios se posen en los míos con suavidad y devoción.

—Decidas lo que decidas, Keira, yo estaré a tu lado, ¿vale? Así que vete acostumbrando…

Jamás se me habría pasado por la cabeza que esa premisa se rompería tan pronto. Que lo que parecía una alianza indestructible, poderosa y eterna pudiera hacerse añicos por un simple mensaje de texto… Pero mientras cenamos en casa de Ástor con Charly y Ulises, mi móvil suena; cosa que jamás hace porque ya sabéis que solo tengo el sonido activado para tres personas en concreto que saben que no deben molestarme un domingo a no ser que sea algo de vida o muerte…

Cuando leo el mensaje, comienzo a agrietarme, como lo haría un vampiro al sol.

—No me jodas… —consigo decir antes de romperme en mil pedazos.

ástor

18
La definitiva

La cara que pone Keira al leer el mensaje no me gusta nada. Palidece por momentos.

—¿Qué pasa? —pregunto preocupado.

No quiere ni mirarme. Otra mala señal.

No busca refugio en mí como lleva haciéndolo desde hace muchos días para compartirlo todo, demostrando que confía plenamente en mí. A quien mira es a Ulises, que se queda petrificado al momento. Debe conocer sus caras fatales.

—¿Kei…? ¿Qué ocurre?

Que dude hasta de enseñárselo a él hace que se me pare el corazón. Al final, le pasa el móvil, y cuando Ulises lo lee su rostro se descompone.

Nos mira a todos estupefacto y piensa antes de hablar.

Me estoy cabreando. Y asustando. Mi cara trasluce un «¡¿qué coño pasa ahora?!».

Keira se lleva la mano a la frente, ocultando sus ojos, y Ulises se pone de pie para sacar su móvil y llamar a alguien.

—¡Cállate…! —grita enfadado a su interlocutor en cuanto le contesta—. Cuéntamelo todo ahora mismo. ¿Cómo lo has averiguado? —Hace una pausa mientras escucha la respuesta—. ¿Cuándo? Joder… ¿Estás seguro? Vale. Luego te llamamos. ¡Que sí, joder…! Adiós.

Y cuelga con un rictus duro.

No he querido ni moverme porque Keira ha sumergido todos los dedos en su pelo y apoyado los codos en la mesa. Y la conozco. Si ha optado por no hacer contacto visual conmigo es por algo terrible.

Busco los ojos de Ulises implorando información, y su gélida mirada me congela la piel.

—Mateo Ortiz ha descubierto algo... —dice con dificultad.

—¿Qué?

—Que sois los dueños de SugarLite, la famosa web de citas de las Sugar Babies... Tú, Héctor, Charly... y la madre de Charly.

Mi mundo se desintegra como si fuera el epicentro de una explosión nuclear. Empiezo a ponerme azul.

Miro a Charly, pasmado. Tiene los ojos cerrados porque teme mi reacción. Sabe que Héctor y yo debíamos estar absolutamente blindados como accionistas, detrás de su madre que es el socio mayoritario de la empresa. Me gasté mucho dinero en que así fuera, joder...

—¿Cómo ha dado con nuestros nombres? —pregunto con una calma pasivo-agresiva forjada en el fuego de un cabreo supremo.

—¿Eso es lo único que tienes que decir, Ástor? —me suelta Keira, furiosa, sin atreverse a mirarme todavía.

Inspiro hondo sintiendo todo el peso de su decepción sobre mí, pero alguien acaba de traspasar una puta línea infranqueable y no voy a parar hasta aplastarlo. Porque esa persona y no otra es quien pretende hundirme la vida sacando todo esto a la luz. Quizá solo matara a Sofía para que esto se hiciera público, vete tú a saber...

—Ahora mismo es lo único que importa —sentencio—. Averiguar cómo y por qué han dado con nuestros nombres, porque ahí está la respuesta de por qué murió Sofía. No lo dudes.

Todos me miran confundidos.

—¿Cómo los ha conseguido? ¡Dímelo! —exijo a Ulises, cabreado—. ¿Qué te ha explicado Mateo por teléfono?

—Que pidió una orden judicial para averiguar quiénes eran los socios...

—¿Por qué? —rebato fiero—. ¿Por qué buscó esa información? ¿Bajo qué pretexto? No tiene puto sentido querer saber quién está detrás de la web.

—Sí que lo tiene —refuta Ulises—. Mateo descubrió que el Dark Kiss era una cantera de la web. Sofía hacía pequeños ingresos a su cuenta que coincidían con el alta de las Sugar Babies. Los del Dark le dijeron que era la propia web la que tenía un trato con ella por conseguir a chicas nuevas y renovar el género...

—Eso no es suficiente motivo —mascullo envenenado—. Es todo completamente legal. ¿Qué importa quién pagara a Sofía? Hacía un buen trabajo.

Ulises responde rebosando indignación:

—Mateo tiene casos abiertos sobre chicas desaparecidas del Dark Kiss que Sofía metió en la web SugarLite, y un juez ha tenido a bien investigar quién estaba detrás de todo. Y resulta que sois vosotros... Esto es jodidamente increíble...

Aprieto los dientes con aprensión. Sé lo que parece, pero...

—Sofía no metía a nadie en la web, solo informaba a las chicas de su existencia cuando le preguntaban de dónde había sacado un bolso de Christian Dior. Luego, ellas mismas se registraban. Y si ponían en la casilla de cómo nos habían conocido que era gracias a ella, le dábamos un suplemento. No hay nada de malo en ello, Sofía era una buena relaciones públicas. La web es un negocio que me interesaba mantener en el anonimato. Estoy en todo mi derecho. La ley nos obliga a que haya una cabeza visible con la mayoría de las acciones, y esa es la madre de Charly, pero es imposible que nuestros nombres hayan salido a colación. ¡IMPOSIBLE!

—¡Me importa tres cojones, Ástor! —grita Ulises, decepcionado—. ¡¿Por qué no nos lo dijiste?!

—¡Porque es algo que quiero mantener al margen de mi vida! Pero no os quepa duda de que voy a emprender acciones legales contra Mateo por desvelar mi identidad a terceros. Me protegen acuerdos de confidencialidad muy severos, y no ha respetado el protocolo de actuación. La web SugarLite no es responsable de lo que pueda suceder en las citas. Sería imposible controlar los encuentros cara a cara. Pero si esta información trasciende y se ve desacreditada mi reputación, os aseguro que rodarán cabezas...

—¿Nos estás amenazando? —dice Ulises, incrédulo.

—No es una amenaza, es una realidad. Ese abogado se ha buscado la ruina. Y me encargaré personalmente de que no vuelva a ejercer. ¡Sabía a lo que se exponía difundiendo esta información! Esto es algo personal, y lo pagará caro. La empresa habría cooperado con la máxima transparencia si su señoría se hubiera puesto en contacto con nosotros para resolver cualquier duda. Pero revelar nuestra identidad sin motivo es algo que lamentará de por vida. Y ahora que lo sabéis, Mateo os acaba de hacer cómplices de una información que, bajo ningún concepto, puede llegar a la vía pública. Si lo hace, todo aquel que lo sepa quedará imputado —digo con rudeza.

Mis palabras hacen que Keira levante la cabeza y me mire como si no me conociese de nada. Es lo más doloroso que he sentido en la vida. Estaría bien que en alguna ocasión me concediera el beneficio de la puta duda.

—¿Por eso mataste a Sofía...? —me acusa devastada—. ¿Para que no contara tu secretito de que eres dueño de una web de Sugars?

Sus palabras me atraviesan como dagas, y me muerdo la lengua para soportar el dolor. Charly apoya la cabeza en su puño, previendo la que se avecina.

—Pensaba que pondrías la mano en el fuego por mí, Keira... —inquiero.

—¡¿Cómo voy a ponerla si eres un mentiroso de mierda?!

—Yo no he mentido —contesto calmado—. Es más, ahora creo que mataron a Sofía con intención de destapar precisamente esto... El objetivo final siempre he sido yo... Quieren hundirme.

—¡No intentes darle la vuelta! —me ataca Keira—. ¡Ella murió porque se enteró de que estabais detrás de la web. ¡Ese es el gran secreto sobre los De Lerma! Y acabas de dejar muy claro que matarías para que no se supiera...

—¡¿Y no te ha dejado claro mi reacción de que ni me planteaba que pudiera saberse esto?! —exclamo airado—. ¡Ni por un momento pensé en esta posibilidad porque no había motivo alguno para pensarlo, a no ser que uno de nosotros tres se hubiera ido de la lengua!

—Fui yo —confiesa de repente Charly—. Yo le conté lo de la web a Sofía...

La traición me parte por la mitad con un corte limpio. Mi cuerpo ya no me obedece. Mis ojos no ven y no puedo respirar.

—¡¿CÓMO?! ¡¡¡Joder!!! ¡¿En qué coño estabas pensando, Charly?!

—¡¿Cómo te has callado algo así?! —le reclama Ulises, furioso.

—¡Porque eso me señalaba totalmente como culpable! —grita Charly, angustiado—. Si vas a emprender acciones legales, Ástor, hazlo contra mí...

—¡Sí, claro...! —grito irónico—. ¡Las emprendo contra nosotros mismos, no te jode! ¡La has cagado bien, Charly! ¡LO HAS JODIDO TODO!

—¡¿Crees que no lo sé...?! —admite dolido, enterrando la mano en su pelo—. ¡Pero tenía mis motivos...! ¡Pedí matrimonio a Sofía y me dijo que necesitaba pensárselo! ¡Me hizo sentir que no era suficiente para ella! ¡Y tuve que contárselo!

La humillación en su voz es patente.

—Te diste cuenta de que me quería a mí e intentaste sobornarla... —dice Ulises, pensativo, recordando las dudas de Sofía.

—¡No seas iluso...! —replica Charly con crueldad—. La intención de Sofía siempre fue trepar socialmente con un matrimonio ventajoso. Quería casarse con un jodido magnate y bañarse en dinero y champán. Si me insinuó que yo no era lo suficientemente rico para ella, ¡imagínate tú...!

—¡Charly...! —Lo freno para que se calle, pero sé que no lo hará.

—¡Quise demostrarle que no era el puto lacayo que todo el mundo cree que soy! —continúa enérgico—. Que tengo mis negocios. Mi madre y yo tenemos firmado un poder donde me cede todas sus acciones aunque aparezcan a su nombre, así que el socio mayoritario de la web soy yo... y quise que Sofía lo supiera. ¡Se suponía que iba a compartir mi vida con ella! —exclama justificándose—. Quizá otras mujeres no lo habrían entendido, ¡pero Sofi sí! Ella era usuaria activa de la web y nunca la tildaría de «prostitución encubierta». Sabía diferenciarlo. Se lo dije para que estuviera tranquila respecto al futuro y aceptara renunciar a las suculentas comisiones que se embolsaba siendo Sugar Baby; no quería que siguiera haciéndolo si nos casábamos. Le recordé que no sería eternamente joven, y aceptó.

—¿Llegó a decirte que sí? —pregunta Ulises con el puño blanco.

—¡Sí! ¡Y estaba muy contenta de haber pescado a un pez gordo por fin! Pensaba darle el anillo ese mismo fin de semana... Hasta tenía una reserva en un restaurante con estrella Michelín. ¡Todo se estaba arreglando! —exclama mirando a Keira esta vez—. Me dijo ilusionada que había quedado con Carla para hacer las paces y contárselo todo, pero, en vez de eso, el plan del fin de semana fue ir a su puto entierro. ¡Así que no penséis ni por un jodido momento que fui yo...!

Un silencio atronador como el que se oye después de que se rompa un cristal recorre la estancia. La ansiedad de Charly sale a trompicones de su garganta con un leve jadeo.

Me froto la cara. Esto es un desastre total...

¿Cómo ha podido irse todo al traste en un segundo?

—Tenéis que ir a comisaría ahora mismo —musita Keira con la mirada perdida.

—Kei, por favor... —suplico cuando veo que se levanta—. ¿Podemos hablar un momento en privado?

Me mira de arriba abajo con una máscara de dureza muy familiar.

—No, Ástor... Tenías que haber hablado antes. Ahora ya es tarde...

—¡Pero Keira...!

—No quiero oírlo —dice levantando una mano—. Lo que tengas que decir, lo dices en comisaría mientras te toman declaración...

—¡No! —Golpeo la mesa, enfurecido, haciendo que todos se asusten—. Me vas a escuchar ahora, joder... —digo sin nada más que perder. Porque está claro que ya la he perdido—. La única mentirosa que hay aquí eres tú por hacerme creer que confías en mí y que sabes cómo soy. No me culpes por no saber hacer bien tu trabajo… Sofía murió, y tenías que averiguar por qué. Sin embargo, no eres capaz de hacerlo si nos descartas a todos nosotros. Pero te aseguro que estás cagándola otra vez, Keira, porque yo no he sido. —Le clavo la mirada como en mi vida lo he hecho—. Y si me dices que no me crees, hemos terminado para siempre, te lo juro. Porque significará que no eres tan lista como yo pensaba —sentencio muy serio.

Los ojos de Keira destilan odio y dolor a raudales. No sé si contra mí o contra sí misma.

—¡Cada vez que intento confiar en ti, descubro que me ocultas algo, Ástor! Me la sopla si has sido tú o no, ¡el problema es que ya no puedo confiar en ti! ¡He llegado a mi límite de sorpresas! Y todo lo que hemos vivido estas semanas está manchado por esta ocultación tan grave. ¡Y no me vengas con que no has mentido! ¡Porque me has mentido a la cara al decirme que era la única que lo sabía todo de ti, cuando no es cierto…! ¡Para mí, tu palabra ya no vale nada! ¡¿Te queda claro?! Saúl tenía razón, ¡no eres más que un puto espejismo!

Recoge sus cosas con rabia y comunica a Ulises que se verán en la base.

Los músculos no me responden para seguirla, aunque me muera por hacerlo. Acaba de mutilarme con palabras.

Saco fuerza de donde no tengo para ir tras ella.

—¡Keira, espera…!

Pero Ulises me corta el paso con su propio cuerpo.

—No lo empeores, Ástor… Déjala irse…

—¡Quítate de en medio!

Intento superarle con los ojos llenos de impotencia, pero me retiene con fuerza.

Forcejeamos, y el brillo de mi mirada llama al suyo de algún modo.

—¡Hazme caso, joder, Ástor…! Ven a declarar y te soltaremos pronto.

—¿Y a mí? —le pregunta Charly, abatido.

Vuelvo la cabeza. Me había olvidado completamente de él. Y no debería porque es el responsable de prender mi vida en llamas. Este secreto era un juramento sagrado entre socios, ¡casi entre hermanos!, y me ha fallado de la peor manera. A Charly no le pega buscarse la ruina por una mujer de la que no estaba perdidamente enamorado... Ha sido un problema de ego.

—Tú vas a tener más problemas —lo avisa Ulises con voz neutra.

—Crees que fui yo, ¿verdad? —responde Charly, dolido.

Mi garganta se cierra cuando Ulises no contesta, otorgando con su silencio. Se me oprime el pecho al pensar en esa posibilidad e intento encontrar sentido a que Charly lo hiciera, pero no lo veo.

—¡Contesta, joder...! —interpela Charly.

—Lo que yo piense no importa —murmura Ulises, angustiado.

—Pero lo piensas. Piensas que Sofía no llegó a decirme que sí porque te quería a ti, ¿verdad? Y entonces la maté para salvaguardar el secreto.

—El secreto de Ástor —remarca Ulises con inquina—. Porque sabías que Ástor se enfadaría mucho contigo si descubría que lo habías contado, y más a alguien tan oportunista como ha resultado ser Sofía.

Mis ojos se abren a su máxima capacidad.

—Yo no fui —contesta Charly, irritado por tener que repetirlo—. Y Sofía estaba encantada de casarse conmigo, que te quede claro, ¡encantada! No quiero que te pases otros diez años idealizándola porque no es así. Pudo elegir y me eligió a mí.

—A ti no, en todo caso, a tu dinero.

—Exacto... Como bien dices, era ambiciosa, Ulises, pero no tan lista, porque yo te habría elegido a ti sin dudarlo ni un instante...

Ulises contiene la fuerte conmoción que se refleja en su rostro y nos ordena que nos movamos con un hilo de voz, pero Charly insiste.

—Solo quiero que sepas cómo era Sofía de verdad para que no estés deprimido lo que te queda de vida... El resto me da igual. No encontraran pruebas porque yo no la maté, así de simple...

Se hace un silencio. Ulises niega con la cabeza, sobrepasado.

—Vámonos de una jodida vez... —ordena, nervioso, poniéndose en marcha, y no nos queda más remedio que seguirle si no queremos que nos amenace con su arma.

Pasamos toda la noche en el cuartelillo.

El proceso es lento, tedioso y dolorosamente amargo; casi está amaneciendo cuando un juez de guardia decide si nos suelta o no. Al final, solo nos prohíben salir del país porque no hay indicios de que haya relación entre la web SugarLite y la muerte de Sofía. Exijo ver a Mateo para pedirle explicaciones, pero no está allí. Cuando lo tenga delante igual le calzo una hostia que le cambio el signo del zodiaco...

A Charly también lo sueltan. Al fin y al cabo, tiene una coartada palpable y sus conversaciones por WhatsApp con la víctima confirman que estaban felizmente prometidos. Su reserva en el restaurante Michelín termina de convencerles de que no tenía intención de matarla cuando el crimen fue algo completamente premeditado.

Eso no quita para que esté cabreadísimo con él. Su indiscreción me ha costado cara. Mi relación con Keira, ni más ni menos.

Cuando nos vamos, me pide que hablemos. Ha estado toda la noche susurrando que lo sentía mucho, que estaba harto de que todo el mundo pensara que vivía a mi sombra, pero a mí no me apetece hablar ahora. Lo único que quiero es caer en una hibernación química y rezar para que Keira recapacite.

Tres días después, Héctor, que no se había enterado de la hecatombe porque se había ido a Barcelona a una Comic-Con con un amigo, avisa a nuestra madre sobre mi nuevo estado vegetal. Y mi progenitora no tarda ni tres horas en personarse en nuestra casa.

—Ástor, cariño… —escucho cuando entra en mi habitación en penumbra—. ¿Entiendes ahora por qué no me parecía bien que salieses con Keira?

«Me cago en todo… ¿Qué tendrá que ver una cosa con otra?».

Maldigo mentalmente que venga a tocarme la moral con eso en este momento.

—Vete, mamá —ordeno ronco sin moverme ni un ápice.

Estoy tirado en la cama hasta arriba de fármacos que causan relajación y somnolencia y dejan muchas manchas de baba sobre la almohada. Mis únicos amigos fieles, los barbitúricos.

La oigo chascar la lengua al verme de esa guisa.

—Ástor, no puedes estar así…

—Incorrecto. Puedo hacer lo que me dé la gana, lo he aprendido hace poco y es genial…

—Cariño…, esta familia te necesita.

—Ya voy, ya voy… Tráeme un vasito.

—¿Qué?

—Te doy mi esperma y fecundas a quien tú quieras, madre… A la carta. Pero ahora déjame tranquilo con mis penas; sé que te importan bien poco…

Empiezo a sentirme mal cuando pasan dos minutos sin que diga nada.

—Solo me preocupo por ti, Ástor, siempre lo he hecho, pero Xavier tiene razón, llevas años autodestruyéndote…

¿Dónde he oído eso antes? Ah, sí… Me lo dijo Keira. Debe de ser verdad, entonces…

—Así facilito el trabajo a los que me quieren muerto…

—Nadie te obligó a meterte en ese horrible negocio de la web. Héctor me lo ha contado todo. ¡¿Por qué lo hicisteis…?!

—No te lo dije, pero cuando el ducado llegó a mis manos descubrí que tenía muchas deudas. Papá estaba loco…, ¿sabes? Habría quebrado en menos de un año, quizá por eso bebía tanto y estaba tan alterado en aquella época. Necesitaba dinero para llenar de nuevo las arcas, y se me ocurrió una idea…

—¿Y tenía que ser justo un negocio de prostitución?

—Para mí no lo es, mamá. Fue una idea legítima nacida de mi propia necesidad… Solo creé una oferta para una demanda real. Hasta ese momento, yo era un chico anónimo que no tenía problemas para ligar, pero cuando me convertí en duque, la cosa se complicó…

»Las mujeres con las que podía relacionarme eran "muy limitadas", según tú, y se me ocurrió hacer una base de datos con chicas que tuvieran un nivel de estudios y una presencia acordes con tus refinados gustos. Y que cobraran por ello me pareció lo más justo, porque ese detalle era el único que defendería su honor en caso de que quisieran negarse a tener relaciones… El servicio de ofrecer una compañía de calidad no es nada fácil de encontrar, y ese dinero es el que las libera precisamente de estar obligadas a tener contacto carnal por haber sido simplemente "invitadas" a gozar de lo que un hombre rico puede y quiere ofrecerles. Otra cuestión es lo que pase después… Yo no tengo la culpa de que el lujo y el poder ponga cachondo a todo el mundo…

—Ojalá esto no llegue a oídos de nadie, Ástor, porque la gente no lo percibirá así. La mayoría jamás ve más allá de la idea básica, que en este caso es la venta de personas, sea de su tiempo o de su coño, da lo mismo…

—Todo el mundo vende sus habilidades, mamá. Los peluqueros, los cerrajeros, los electricistas… Y si tienes clase y belleza, puedes vender tu compañía. Te repito que la web no obliga a mantener relaciones sexuales…

—No insistas, eso ya no importa.

—Sí que importa. Esa web salvó nuestro escudo, no yo.

—Sí, pero… ¿a qué precio, Ástor?

—Está visto que al más alto… —contesto pensando en Keira. ¿Cómo se me ha pasado por la cabeza en algún momento que un puto apellido es más importante que ella?

—Ya basta, hijo. Lo que quiero es que te levantes de la cama y te dejes de vasitos con tu esperma. Piensa en la reputación que vas a dejar al futuro heredero del legado De Lerma, salga de donde salga…

—Exacto… ¿Por qué voy a sentenciar a una persona que ni siquiera ha nacido todavía a cargar con mi apellido? No es un buen legado, mamá… No lo era cuando me cayó encima a mí. Quise cambiar las cosas, abolir todo lo que me parecía inmoral del KUN y convertirlo en algo de lo que mis hijos pudieran sentirse orgullosos, pero está visto que tendré que hacerlo cuando muera cierta generación... Ahora mismo todo es demasiado inestable... Estamos en un momento único en la historia de la humanidad donde la sociedad está dividida entre la vieja escuela y la nueva; hay un cambio de mentalidad tan grande entre abuelos y nietos, e incluso entre padres e hijos, que la situación es insostenible. Yo no puedo con ello...

—Si alguien puede cambiar las cosas es alguien en tu posición —dice mi madre sentándose a mi lado—. A pesar de todo lo que has vivido, aún puedes recuperarte, ¡tienes ese lujo! Y ya es hora de superar tu maldita culpabilidad.

No puedo. Nunca he podido y nunca podré.

—Lo he intentado, mamá... —Me duele tanto la cara de intentar aguantar un sollozo que casi no puedo hablar—. Pero siento que no tengo redención...

—Esa es una penitencia que tú mismo te has impuesto, Ástor... Y lo entiendo. Es más cómodo pensar que no hay esperanza, así puedes seguir igual, deshumanizándolo todo para que no te importe nada.

—Tú me has hecho renunciar a lo único que me ha importado...

—Porque no te convenía, y lo sabes. Pero si para ti es especial...

—Nunca querré a nadie como quiero a Keira, mamá. ¡Eso lo sé! Si te ha pasado, lo sientes dentro —digo señalándome el pecho—. No puedo explicarlo. No es un amor normal, es...

—Pues recupérala, hijo.

—¡Imposible! Cree que soy un mentiroso de mierda... Y lo soy. Toda mi vida es una gran mentira.

—Pues haz que empiece a ser verdad.

La miro con esperanza y me cae un escudo virtual en la cabeza.

—¿Y avergonzar el apellido familiar? —repongo.

—No vas a avergonzarlo, Ástor. Tú no eres el rebelde que creías ser en tu juventud. Ya no. Ahora eres un líder. Y lo has demostrado a lo largo de todos estos años. Si no estuvieras capacitado, no habrías podido aguantar tanto tiempo en una posición de tanto poder. ¡Se te da mejor de lo que crees! El problema es que estás deprimido... Por eso te insistía en que te emparejaras, para que fueras feliz.

—Pues me has tenido amargado con tanta restricción de mujeres...

—¡Porque no podía permitir que te casaras con la primera que pasara! ¡Y me daba igual que pensaras que era una esnob! Sabía que cuando quisieras a alguien de verdad, te importaría una mierda lo que yo dijera de ella...

—Joder, mamá... —Alucino. Y se me encharcan los ojos porque tiene razón. Es así.

Y Keira también tiene razón. Todo el mundo miente. Ella es la única que siempre dice la verdad... Y yo... Yo únicamente sé que la quiero con toda mi alma y que nunca más confiará en mí.

Al día siguiente, al volver a la universidad después de casi cuatro días sin aparecer por allí, me encuentro con una montaña de papeles encima de mi mesa y me da por pensar quién habría lidiado con ellos si yo hubiera muerto repentinamente. Es decir, si hubiera hecho caso al aberrante impulso de engullir más ansiolíticos de los recomendados por el médico para quitarme de en medio de una jodida vez...

Me enfrasco en el trabajo como he hecho millones de veces para no seguir pensando en mis problemas, y poco antes de la hora de comer alzo la vista porque oigo que llaman a la puerta.

Odio que mi corazón palpite frenético cuando veo que es Ulises. Ningún tío había tenido antes ese privilegio.

—Buenas... ¿Se puede?

—Hola... Sí..., pasa —contesto extrañado—. ¿Qué haces aquí?

Entra renqueante y se queda a una distancia prudencial.

—Quería verte... Pero si estás ocupado, vuelvo otro día.

—No. Siéntate, por favor...

—¿Cómo te va? —pregunta con cautela, buscando el rastro de una soga por el suelo.

—Sigo vivo —le aclaro con sarcasmo.

—Una respuesta muy sincera —me felicita, inquieto.

Es increíble... Es como si pudiera leer en mis ojos cómo me siento.

—Pensaba que tú también estabas cabreado conmigo... —señalo.

—Y yo. Pero algo en mi ADN me lo impide... Es muy frustrante...

La primera sonrisa en varios días siempre duele en los labios. Es como un seísmo inesperado agrietando la piel de tu boca, y que me la provoque Ulises me mata un poco más por dentro.

—El sentimiento es mutuo —admito—. Y también me revienta...

Una sombra de sonrisa asoma en los labios del policía.

—Estoy preocupado por ti, Ástor —dice por fin, y suspiro pesadamente ante su falacia. Porque sé que no es ÉL el que está preocupado.

—¿Te envía Héctor? No dejes que te coma el coco... Es un experto.

—No. Me envía Keira...

Mis nervios se ponen de pie al escuchar su nombre.

—¿Keira está preocupada por mí?

—Pues sí... Creo que le da miedo que te entregues o algo así.

—Mi hermano tiene miedo de que me suicide, Keira tiene miedo de que me entregue... y tú, ¿de qué tienes miedo? —lo vacilo.

—De no tener la información suficiente para salvarte a tiempo...

La mirada que me echa hace que me tiemble un ojo traidor. Tengo que tragar saliva para detener unas lágrimas inminentes. «¡Atrás, malditas...! No estáis invitadas a la fiesta». No quiero desmoronarme delante de nadie, y menos de él.

Ulises estudia mi reacción y confiesa:

—Estoy aquí porque tengo la sensación de que ellos saben algo que yo no... y quiero saber qué es. Cuéntamelo, por favor...

—¿Por qué piensas eso? —pregunto interesado.

—Porque conozco a Keira, y su preocupación por ti es real. Le dije que nadie en su sano juicio se entregaría por un delito que no hubiera cometido y ella me dijo que sería tu forma de auto-castigarte... Pero no creo que se refiera al accidente de tráfico donde otro coche chocó con el tuyo, sino a otra cosa... ¿Hay algo más, Ástor? ¿Quizá algo que tenga que ver con tu padre?

Lo miró impertérrito por un momento, pero termino negando con la cabeza ante su perspicacia.

—¿Puedes llegar a esa conclusión y no puedes encontrar al asesino de Sofía? Es insultante...

Ulises resopla por la nariz, desanimado, y se apoya en el respaldo de una silla que todavía no se anima a utilizar.

—No me machaques con eso, por favor, me estoy volviendo loco... Algo se nos ha debido de pasar por alto en el caso de Sofía... No dejo de repasarlo todo una y otra vez porque he debido de tener la pista en la mano y no la he visto... ¿Vas a contarme tu horrible secreto o no?

Lo observo durante unos segundos, y sus ojos me dicen que, sea lo que sea, está de mi parte. No sé por qué, pero siento que puedo confiar en él.

—Héctor no lo sabe... Solo lo saben Keira y mi madre.

—Dilo de una vez.

—Yo maté a mi padre.

Y para mi sorpresa, confesárselo a Ulises me causa un alivio inesperado. Sus cejas se arrugan por el impacto de la noticia.

—¿Qué...? ¿Cómo fue?

—Dejé que se ahogara... —digo creyendo cada palabra—. Se cayó a la piscina borracho y no quise salvarlo. Ese es mi gran secreto...

Lo he dicho como si no fuera gran cosa, pero el silencio comprensivo de Ulises hace que mis ojos cedan ante la vergüenza de mis palabras y se llenen de lágrimas no derramadas. Me los aprieto con ambos nudillos para achicar el agua.

—Joder... —jadea Ulises, conmocionado, tomando asiento por fin en la silla que hay frente a mi mesa—. ¿Lo viste caer?

—Oí gritos y bajé al jardín. Lo pillé estrangulando a mi madre... Traté de impedirlo y lo empujé lejos de ella. Estaba tan borracho que, en pocos pasos, cayó a la piscina. Fui a socorrer a mi madre y él se ahogó...

—¿Pudiste haberlo salvado?

Supongo que ese es el quid de la cuestión… Y me duele la boca al decir:

—Eso ya nunca lo sabré…

Nos quedamos mirándonos hasta que mi vista se vuelve borrosa.

—No hubo premeditación —sentencia Ulises con firmeza—. Tuviste que elegir a quién salvar…

—Quería que muriera —confieso con amargura—. Esa es la verdad, y no hice nada por evitarlo.

—Estabas furioso.

—No intentes quitarle hierro… Dijimos a la policía que nos lo encontramos muerto en la piscina. Cuando lo cierto es que lo dejé morir. No quise rescatarlo. Ni hacerle el boca a boca. Ni nada…

—No creo que hubieras podido salvarlo, Ástor…

—Eso no lo sabes —digo apoyando los codos en la mesa y la frente en mis manos.

—Un borracho se ahoga en el mismo tiempo que un niño pequeño. Con veinte segundos es suficiente porque su instinto es inspirar con fuerza en vez de retener el aire y el agua entra directamente a sus pulmones. Cuando tu padre cayó, estabas atendiendo a tu madre. Seguro que te llevó más tiempo del que crees comprobar su respiración, revisar su cuello, su nivel de conciencia, y quizá hasta le dijeras algo; y cuando volviste la cabeza hacia tu padre apenas le quedarían unos pocos segundos de vida. Tiempo insuficiente para tomar una decisión racional en tu estado de *shock*. Ningún jurado te condenaría, Ástor, créeme.

—¡No me moví, Ulises…! —Me arden los ojos—. Tomé la decisión de no moverme. Y eso es lo que importa para mí.

—¿Tú madre te pidió que lo hicieras?

—No. Estaba demasiado aturdida. Mi padre casi le parte el cuello… Ocultó sus marcas con un jersey de cuello alto.

—Nadie habría desatendido a una persona herida a la que ama para salvar a otra a la que odia. Es inhumano. Quizá deseaste que muriera, pero no creo que tomaras la decisión consciente de no moverte para que lo hiciera.

—Lo dices porque soy yo... Si fuera un tío de la calle, ya estarías esposándome...

—No es cierto. Pensaría lo mismo —me corta convencido—. La gente que lleva una vida normal quizá no lo entienda, pero yo he vivido muchas situaciones surrealistas y tensas, y sé cómo reacciona un civil. La mayoría se bloquea, y si tiene un impulso, lo ejecuta sin pensar. Sin razonar. Y, otra cosa..., ¿era la primera vez que tu padre se ponía violento o hubo agresiones anteriores?

—Las hubo... Pegó a mi madre un montón de veces, y a mí también hasta que pude defenderme.

Ulises cierra los ojos, consternado.

—Lo tengo clarísimo... Un juez no te castigaría por lo que pasó, así que deja de hacerlo tú.

—Entonces ¿no vas a detenerme?

—No. —Sonríe con tristeza.

—¿Por qué?

—Porque lo estás deseando y prefiero que sufras —me vacila.

—Eso tiene sentido.

—Ástor... —dice más serio—, si esto es lo que te hace sufrir, entrégate tú mismo. Solo así podrás pasar página...

La posibilidad me aterra y me tienta a partes iguales.

Esa idea es una soga. Puedo ahorcarme con ella o utilizarla para trepar y salir del agujero en el que llevo tantos años metido.

La mirada de Ulises me dice que él sostendrá el otro extremo de la cuerda, y tomo una decisión.

—¿Comes conmigo antes de acompañarme a comisaría?

 ulises

19
Sálvame

Mismo día, viernes, 7 de noviembre
14.00 h.

Ástor y yo salimos del edificio.

Me choca que me haya hecho caso, pero de verdad pienso que entregarse puede ayudarlo en su depresión. El idiota ha llegado a importarme mucho después de estar dos semanas entrando en su casa como si fuera la mía, a la hora que me apetece, para recibir informes de los monitoreos de los móviles de los sospechosos. Flipé cuando se fueron a Francia y me dio las llaves. No había llegado a ese nivel de confianza con ningún ser humano antes. ¡Ni siquiera con Keira!

No es de extrañar que nuestra conexión vaya *in crescendo*. Al fin y al cabo, es la persona favorita de mis dos personas favoritas. O al menos, lo era hasta que hace cinco días el bombazo de la web nos explotó en las narices a todos.

No he vuelto a hablar con Charly...

Creo que tenemos un problema grave de comunicación. Nunca hablamos; lo nuestro es el lenguaje de signos... Sobre todo durante el sexo.

Después de la gala del KUN estuvimos más enganchados que nunca. Pasamos más tiempo desnudos que vestidos y solo nos separamos durante nuestras jornadas laborales. Y aun así, en esas horas no dejábamos de enviarnos mensajitos picantes como dos idiotas.

Me mandó una imagen mordiendo su propia corbata, diciendo que su boca buscaba desesperadamente cualquier objeto fálico, y me dio un ataque de risa en mitad de la comisaría. Eso sí, mi foto fue mucho mejor, lamiendo una porra…

Cuando nos veíamos, no solíamos cruzar palabra. Con una mirada nos bastaba, el resto eran diálogos de besos sucios, tiernos, peleones, tristes, felices… No hacía falta nada más.

Le ponía muy cerdo que apareciera con la correa porta armas puesta y me pedía que no me la quitara mientras le follaba. Mis cosas estaban tiradas por su casa, y un día me lo encontré con mi arma en la mano.

—Lo siento. —La dejó rápidamente como si fuera un niño pequeño.

—¿Sabes cuántos accidentes ha habido por manipular armas sin tener ni idea, Charly? Incontables…

—Perdona, es que… me ha picado la curiosidad.

—Te lo digo por tu bien.

—Es que las veo por la tele y… ¿Has tenido que usarla alguna vez?

—Alguna.

—¿Has matado a alguien?

—No. Por suerte, no ha sido necesario. Pero tengo amigos en UDYCO…, ya sabes, la Unidad de Droga y Crimen Organizado, que disparan contra individuos a diario…

—Me gustaría probar a disparar un arma para saber qué se siente.

—Podemos ir un día al campo de tiro.

—¿En serio? —Sonrió emocionado.

—Claro…

—¿Y si allí me pongo cachondísimo, me quiero follar algo y solo te tengo a ti a mano…?

Me reí. Y así se pasaba la vida. Con indirectas muy directas sobre querer follarme. Le había dado luz verde para volver a llamar a una chica si le apetecía mojar, pero Charly siempre respondía que no. Luego empezábamos a enrollarnos, lo intentaba conmigo, y en el momento de la verdad le paraba los pies.

Lo que sentía por él iba mucho más allá del placer sexual. Era algo mental. Y puede que también físico, pero no tenía nada que ver con su polla en mi culo. Eran sus ojos, sus labios, su forma de retenerme contra él, su olor, su pelo… ¡Su puto pelo me volvía loco! Esas greñas de estrella de rock no me dejaban pensar en nada. Cuando iba con traje se repeinaba el pelo hacia atrás como un dandi, pero vestido de *sport* lo llevaba alborotado y parecía un surfero australiano cañón. Y yo me moría por ser su ola, pero me daba miedo…

El día que lo llevé a la galería de tiro fue muy excitante. Le enseñé a sujetar un arma con la máxima provocación. Imponiéndole mi cercanía, mirándonos de reojo y sobándole mucho, sabiendo que allí dentro no podíamos hacer nada aunque quisiéramos. Fue genial. Llegó a insultarme…

El hambre era real. Las ganas se amontonaban. Y esa misma noche, la tentación llamó a la puerta…

La chica apareció por sorpresa sobre las once. Miré alucinado a Charly y su sonrisa canalla me puso a cien. Acabó follándosela con fuerza mientras yo me lo cepillaba a él, recreando el mismo tándem que la primera vez que lo tomé por detrás en el club con Sofía.

—Deberías probarlo… —dijo soñador cuando terminamos—. Meterla y que te la metan a la vez es la puta hostia… No has sentido nada igual. Es como ver a Dios.

—Ya me lo dijiste… Supongo que para comprobar el volumen y la capacidad de mi boca cuando me la dejaste abierta.

Se desternilló de risa.

—Sé que cada vez tienes más ganas de averiguar qué se siente, Ulises…

—No empieces…

Pero en realidad Charly no parecía tener prisa con el tema. Se conformaba con follarme la boca a lo bestia y que lo llevase al límite. Lo tenía comiendo de mi mano… Lo sé porque en ocasiones cotidianas su mirada se quedaba anclada en mi boca recordando con lascivia lo que le provocaba con ella… y yo sonreía engreído.

Una mañana de domingo, me desperté boca abajo agarrado a mi almohada con una pierna por encima, y sentí que Charly se acoplaba a mi espalda y empezaba a besarme el cuello y los hombros con suavidad. Cuando noté su miembro duro contra mi trasero, me tensé.

—Tranquilo... —susurró al percibirlo—, no haré nada hasta que me lo pidas, te lo prometo, Ulises, pero déjame fantasear un poco con ello...

Y le dejé...

El traidor de mi cuerpo empezó a responder sin mi permiso, como Charly esperaba. Era un cabronazo. Me puso enfermo con roces y caricias que empezaron siendo lentos y se tornaron más intensos después.

Su respiración deseosa casi me hace perder la cabeza, incluso le dejé colarse entre mis piernas y rozar mi zona cero con su punta. Estaba a un pelo de gamba de preguntarle si tenía lubricante cuando llamaron al timbre repetidamente.

—¡Mierda...! —exclamó con fastidio.

—¡¿Qué?!

—¡Es mi madre!

—¡¿Cómo?! ¿Cómo lo sabes?

—¡Porque siempre llama al timbre como si se estuviera electrocutando con él! ¡Tienes que esconderte, Ul!

—¡¿Te estás quedando conmigo?! —dije alucinado.

—¡No! ¡Muévete! Ella no puede enterarse de esta faceta de mí.

—Pues no pienso esconderme... —Sonreí infantil.

—No es momento para bromas... —dijo nervioso vistiéndose a toda velocidad. Y me tronché de lo excitado que estaba todavía—. Quédate aquí. No hagas ni un puto ruido o te mato, ¿me oyes?

Lo miré con cara de niño pillo deseando hacer travesuras.

—Va muy en serio. Mi madre es muy estirada, por eso he salido tan desviado...

—Ahora me cuadra todo...

—Silencio —me rogó llevándose el dedo índice a la boca—. Me desharé de ella rápido y seguiremos donde lo hemos dejado...

Eso me hizo soltar una sonora carcajada.

—¡Chist! —me riñó enfadado.

—No me vuelves a pillar en estas ni loco, Charly, estaba a punto de ceder...

—¿En serio? —preguntó con una sonrisa preciosa en la boca.

Le lancé una mirada intensa y volvieron a llamar. Cerró los ojos, disgustado.

—¡Maldita sea! Me la voy a cargar por interrumpirnos... Ahora vuelvo. ¡No hagas ruido!

Solo tardó cinco minutos en volver.

—Qué rápido la has despachado.

—Le he dicho que estaba con alguien...

—Ah, ¿sí?

—Sí. Está muy preocupada por mí... Por lo de Sofía. Creo que esperaba encontrarme muerto o algo parecido. Olvidé responder a sus dos últimas llamadas y se ha plantado aquí...

—Qué mal hijo eres.

—Ya lo sé... Por eso le he contado que estaba con alguien. Para tranquilizarla.

—¿Y qué te ha dicho?

—Le ha parecido un poco pronto, pero bueno...

Me quedé pensativo sintiéndome fatal. Porque no era pronto, ¡era prontísimo! para estar «así» con otra persona. Sí. «Así».

—Yo no busqué esto, Charly... —dije en voz alta. A nadie en particular. A mí mismo. O quizá a Sofía, si me estaba escuchando—. Pasó sin que pudiera evitarlo y... lo único que sé es que me hace feliz.

Charly se acercó a mí y me cogió la cara, sentándose a mi lado.

—A mí también, Ulises.

—Pero tu madre tiene razón, y me siento mal...

—¿Por qué exactamente?

—Porque si Sofía no hubiera muerto, esto no habría pasado y...

—¿Y...?

Hice una pausa sentida.

—Que ahora mismo no podría renunciar a ti por nada ni nadie...

Soltó aire por los labios, alucinado. Entendiendo que ese «por nada ni nadie» significaba «por ella». Apenas me creía que lo hubiera dicho en voz alta.

—Yo siento lo mismo… —reconoció de pronto—. Y es duro de asimilar. Yo tenía una vida planeada y, de la noche a la mañana, se desvaneció. Pero ahora, sentir que la que tengo es mejor si cabe es… horrible.

—Lo sé —dije echándome hacia atrás, angustiado.

Era injusto y desagradable. ¿Había terapia para esas cosas? Porque vamos…

—Pero yo creo en el destino —añadió Charly—. Y creo que, si nos hubiésemos seguido viendo, habríamos terminado igual… Cuando nos dejaste, Sofía y yo nos tambaleamos un poco. Los dos te echábamos demasiado de menos; ya nada era lo mismo, faltaba la magia. Ella pudo volver a tus brazos, pero yo no… Y cuando me enteré, más que celos, me dio envidia. Muchísima envidia… Creo que por eso le pedí matrimonio…, para recuperarte a ti también.

Casi me caigo de la cama al oír aquello.

—Charly… ¿le pediste matrimonio a Sofía para recuperarme?

—Puede que inconscientemente sí… —admitió—. Porque tú la querías y yo quería que volvieras a mí. A la vez también la quería a ella. Y ella lo quería todo… La solución era compartirlo.

Esa misma noche fue cuando quedamos a cenar con Ástor y Keira, porque regresaban de su estancia en París, y…, en fin…, fue un auténtico desastre, pero yo ya sospechaba de Charly. ¡Cómo no!

Pensé en la posibilidad de que la hubiera matado para recuperarme. Quitar de en medio a Sofía y apañarlo todo porque se había enamorado de mí y quería «tenerme de nuevo»… Pero algo no terminaba de encajar en esa idea.

¡Ah, sí…! Que me muero por él…

Que me tiene total y absolutamente a sus putos pies.

¿Y por qué iba a matar a Sofía? Si con romper con ella y emborracharse conmigo en la hipotética boda de Ástor y Keira habría alcanzado su objetivo… Porque creo que no habría podido resistirme a él, igual que no pude hacerlo en pleno luto por la mujer que pensaba que amaba y que, al parecer, no conocía tan bien como creía. Lo conocía más a él. Su leal entrega a los De Lerma sin necesitarlos económicamente, su envidiable forma de pensar tipo «vive y deja vivir», su carisma… ¡Joder…! No necesitaba saber nada más de Charly. Solo descubrir cuál era su adicción:

Los trajes caros, el licor de hierbas y yo. Bueno, y Ástor…

De pronto, miro a Ástor y soy muy consciente de él. De quién es. Y de lo importante que es… Es el dueño de esta universidad, del club KUN y de una polémica web. Y vuelvo a presentir que corre un gran peligro y que está en mi mano salvarlo.

—¿Nos sentamos en esta terraza? —me pregunta como si nada.

—Vale. —La verdad es que tengo hambre.

Como si le hubiera olido, una camarera sale del establecimiento con su mejor sonrisa.

—¡Buenos días, señor De Lerma! ¿Le traigo el menú?

—Sí, por favor, Claudia. Y una caña. ¿Ulises?

—Otra…

La chica se va con una mirada afectuosa.

—Y tú, ¿has hablado con Charly últimamente? —me pregunta en cuanto se sienta.

—No. ¿Y tú?

—Tampoco…

—¿Vas a perdonarle? —pregunto con prudencia.

—¿Y tú…?

—No evadas mi pregunta con otra.

—Vendió mi lealtad por una chica… y eso no lo hace un amigo.

—No te ha fallado en quince años, y por un fallito de nada ¿te vas a cerrar en banda con él?

—Tú lo llamas «de nada». Yo lo llamo «Keira».

—Charly no tiene la culpa de que Mateo Ortiz haya descubierto lo de SugarLite, ni de que no se lo contaras tú mismo a Keira.

—¡Es que no había nada que contar! Era algo mío. Nuestro.

Y prometí no mencionarlo hasta la extinción de la humanidad. No era algo que afectara directamente a Keira...

—Pero a Sofía, sí. Y al caso..., dime una cosa, Ástor, ¿tú sabías que Sofía se veía con Xavier? Y no me mientas.

—¡Claro que lo sabía, joder! —admite a regañadientes—, pero no que follaban. No soy dado a meterme en la vida sexual de la gente. ¡Y Charly también lo sabía! Lo sabía todo de Sofía... Su grado de sinceridad me parecía excesivo, pero pensábamos que solo eran citas, porque ella mantenía la política de no acostarse con sus clientes. Jugaba a eso. A hacerles competir por ver quién lo conseguía...

—Entonces perdónale por haberle contado lo de la web, porque Charly leyó cosas muy feas en el «chat maligno» sobre su presunta relación de servidumbre con vosotros, y Héctor también sobre su relación con Carla. Espero que puedas echar a esas manzanas podridas del club algún día.

—Estoy en ello, Ulises... —barrunta—. ¿Y tú? ¿Vas a perdonar a tu novio?

—Charly no es mi novio —contesto displicente—. Ese es el que le presentas a tus padres, y yo no tengo ninguna intención de hacerlo...

—¿Por qué no?

—¿No vas a preguntarme cómo está Keira? —contraataco inquieto.

—No, porque ya lo sé. Seguramente esté tan mal como yo o peor... Ocurre cuando amas a alguien de quien sospechas. —Hace una mueca.

—Ayer vio una foto vuestra en una revista y se puso a llorar...

Ástor inspira hondo ignorando mi plan de machacarlo hasta que diga algo que lo condene.

—Últimamente pasa mucho tiempo con Mateo... —Le atravieso el corazón sin piedad—. Andan tras la pista de un socio del Dark Kiss...

El duque me mira impasible. La verdad es que el tío es bueno disimulando su ira. No se nota que le arde la sangre, aunque tiene la vena del cuello a punto de reventar.

—El puto Mateo... —masculla—. Es el que más ganas tenía

de descubrir quién había detrás de la S. L. de la web. ¿No te preguntas por qué, Ulises?

—Solo estaba haciendo su trabajo, Ástor... Y creo que Keira le mola...

Me quedo a la espera de que tire las bebidas que acaban de traernos de un manotazo, pero no me complace y continúo mi hazaña.

—Yo entiendo a Keira, ¿sabes? Sé lo que es estar enamorado de alguien de quien sospechas...

—Ah, ¿sí? ¿Estás enamorado de Charly? —Sonríe punzante.

—¿Eso has oído? Acabo de decirte que sospecho de él...

—Ya... —Sonríe tranquilo.

—¿Tú no? —Quiero saber—. ¿No se te ha pasado nunca por la cabeza que él esté detrás de todo?

Ástor da un trago a su copa helada y me mira pensativo.

—Imagino que habrás tenido esta misma conversación con Keira, donde tú eras yo e intentabas convencerla de que no pensara mal de mí solo porque crees que es lo que quiere escuchar, ¿me equivoco?

—Eres odioso, De Lerma... ¿Te lo han dicho alguna vez?

Ástor sonríe ampliamente y admite que sí. Lo peor de todo es sentir lo cómodos que estamos juntos y solos. Cada vez más... Es el preludio de una amistad inminente que ya no tiene vuelta atrás. Nos hemos unido en la desgracia, y eso es para siempre.

La verdad es que nunca he tenido un amigo que no fuera policía. Perdí a los pocos que tenía de niño porque de los catorce a los dieciocho dediqué todo mi tiempo a Sara. Cuando murió, nadie quiso abrir los brazos a un conocido sumido en la mala vida por culpa de una depresión, y después empecé en la academia. Mi compañero de cuarto en Ávila fue mi primer amigo de verdad, aunque éramos muy distintos. Me brindó apoyo y compañía, pero no tenía una conexión tan fuerte con él como la que siento ahora mismo con Ástor. Nos parecemos y nos entendemos con una facilidad arrolladora.

Empecé a trabajar mano a mano con mi jefe cuando llegué a la unidad, mis informes y mis notas destacaban de las del resto de mis compañeros y ascendí rápido por mi cuenta. No tuve una compañera hasta que el propio Gómez me juntó con Keira. Y se convirtió rápido en mi mejor y peor amiga. Luego superó ese rol y ahora… Ahora alguien como Ástor ha irrumpido en nuestras vidas, descalabrándolas a niveles surrealistas…

—Ni yo soy tú, ni Keira es Charly —le contesto seco.

—En los roles de la relación, sí. Ellos tienen un lado racional consistente, el nuestro es comida para patos…

Me echo a reír y Ástor me imita. Es una sensación agradable.

—Es cierto que nosotros somos más temperamentales…

—Y altamente depresivos…

—Pero las perspectivas sobre que la web tenga algo que ver con la muerte de Sofía son diferentes en vuestra pareja que en la nuestra —expongo.

—¿En qué?

—En que yo estoy seguro de que tú no has sido, Ástor. ¿Tú lo estás de que no haya sido Charly?

—No mientas. No estás del todo seguro de que yo no haya sido…

—En un noventa por ciento.

—Pues igual que yo con Charly —replica sagaz—. Pero te recuerdo que el otro día me trataste como si fuera culpable.

—Es que nunca te había visto tan enfadado…

—Porque lo estaba. Confié mi honor en alguien y me falló. Solo por eso ya no puedo poner la mano en el fuego por Charly nunca más…

—Pues Keira siente exactamente lo mismo por ti, ¿lo entiendes ahora, Ástor?

Un dolor casi tangible se refleja en sus ojos. Creo que por fin lo pilla. Y me siento fatal por ser yo quien se lo señale. Porque, con lo masoquista que es, igual se abraza a esa idea hasta que se volatilice…

—Tienes razón, Ulises —murmura desolado—. Gracias por hacerme ver que lo nuestro es un callejón sin salida…

Me mojo los labios, inquieto. No pretendía que se rindiera con Keira.

—He intentado hacerla razonar… —le digo—. Y me ha dado la sensación de que la web le importa una mierda. Simplemente has roto su confianza. Recupérala y listo.

—¿Y cómo se hace eso? Estamos todos igual, ¿no te parece?

—No. Tú y yo no —le recuerdo.

—Brindo por eso. —Levanta su copa y la choca con la mía.

Entonces entiendo de golpe y porrazo cómo es Ástor de verdad. Una de esas personas que jamás dará la espalda a alguien que le necesita. Un faro para los perdidos. Una atalaya. Y se cuela en un pódium solo reservado para gente a la que no quieres perder de vista jamás.

—Keira aún te quiere —sostengo—. Le preocupas. Aprovéchate de eso.

—No pienso hacerlo, Ulises... Dile que estoy bien. Que no voy a hacer ninguna locura y que ya no estás preocupado por mí.

—Pero lo estoy...

—Si lo estuvieras, habrías aceptado ser mi guardaespaldas. Total, Keira ya tiene un nuevo compañero de fatigas, ¿no? El puto Mateo...

Lo miro enfadado. Joder... esto es justo lo que me cautiva de él, esa acusación velada por no salvarle de sí mismo. Sus comentarios-pataletas por no demostrarle que lo aprecio. Me lo está pidiendo a gritos..., pero en silencio, como un buen mártir y buen hombre de honor que no se rebajaría a pedir cariño.

—No estoy seguro de que Keira comprenda lo manipulador que puedes llegar a ser... —digo irritado, y Ástor sonríe de nuevo.

—El amor es ciego, tío... Por eso sospechas de Charly. Porque te ciega «demasiado».

—*Touché!*

Más sonrisas imborrables.

—No soy tu guardaespaldas porque no lo necesitas, Ástor —le digo—. Ya vimos que los del KUN no iban a hacerte nada. Mucho ruido y pocas nueces...

—Olvida a los del KUN. Quien me escama es Mateo...

—¿Solo porque quiere follarse a Keira?

—No. Aparte. Ese tío no es trigo limpio, ha ido a por mí desde el principio. Entérate de a cuántos jueces pidió la maldita orden hasta que encontró a uno borracho que se la diera... Estaba muy emperrado en entrar en un caso en torno a la web y al Dark Kiss. ¿Qué pista dices que están siguiendo exactamente

Keira y él? Porque creo que puede ser solo una excusa para ligársela.

—Van tras un tío que al parecer salió con Carla a través de la web… La cita terminó mal, y Sofía se encaró con él en el Dark Kiss.

—¿Cómo se llama?

—Juan Manuel Montreal.

—No me suena de nada.

—Mateo tiene a una muerta y a otra desaparecida que pudieron habérselo cruzado en el Dark. No pienses mal de Mateo sin hablar antes con él, sus pesquisas están desviando el foco de atención al respecto de que Charly y tú tengáis algo que ver con la muerte de Sofía…

—¿Todavía no lo han detenido?

—No… Están buscando más pruebas. Su coartada y demás…

—Espero que encontréis algo pronto.

—Yo también, Ástor…

Comemos envueltos en conversaciones fluidas que trascienden a lo personal de forma chistosa y entrañable. Cuanto más lo conozco, más convencido estoy de que Ástor encaja a la perfección con Keira. Y conmigo. ¡Maldita sea! Lo mío deben de ser los tríos…

Después del café, Ástor sigue en sus trece de entregarse por un presunto homicidio imprudente y lo acompaño.

Nos disponemos a cruzar un paso de cebra rumbo al aparcamiento cuando vuelvo la cabeza y veo que un coche se acerca a nosotros a gran velocidad. Espero en tensión a que la reduzca, pero en cuanto me doy cuenta de que no tiene intención de hacerlo empujo a Ástor con un doloroso placaje y rodamos por el suelo antes de que nos arrolle.

El coche pasa de largo y me vuelvo rápido para captar algo. Distingo un coche negro con los cristales tintados y la matrícula tapada con cinta aislante metálica. ¡Joder…!

Ástor no se mueve. Tiene la mirada fija en el asfalto, seguramente pensando lo mismo que yo. ¿Y si no llego a estar aquí…?

—¿Estás bien?

—Pero ¡qué coño hace ese puto loco…!

—No era un conductor temerario. ¡Han intentado atrope-
llarte!

—Igual no nos ha visto, Ulises...

—¡Tenía la matrícula tapada, joder!

Y esa frase hace que nos miremos seriamente.

—Es imposible... —balbucea Ástor.

—De eso nada. Tenías razón... —le concedo. Y maldigo por
lo bajo—. Necesitas un escolta. O varios...

Los dos nos sostenemos la mirada, y capta mi determinación.

—Ahora mismo solo me fío de ti, Ulises...

—Entonces, tendré que ser yo —accedo como si no me quedara otro remedio.

Ástor me mira conmovido, sabiendo que es justo lo que esperaba que dijera.

Voy a hacerlo porque no puedo negar que me importa lo que
le pase...

Y también a Keira.

O quizá solo sea para tener más cerca a mi «exnovio». Ya ni
lo sé.

keira

20
Sentimientos arriesgados

Viernes, 7 de noviembre
16.00 h.

Nunca dejaré de ser inspectora...

Lo digo porque, después de dos semanas de fantasía pura, la realidad ha vuelto a golpearme, y de qué manera...

No obstante, sigo pensando que si la ignorancia es felicidad, prefiero estar triste y tener toda la información pertinente, aunque me sienta insignificante en un mundo que gira a toda velocidad sin tenerme en cuenta para nada. Aunque tenga que asimilar que solo dependo de mí misma para ser feliz. De mis propias decisiones. Y esas decisiones se toman mejor siendo racional que emocional.

Sabía que Ástor me ocultaba muchas cosas cuando lo conocí y, aun así, no pude evitar enamorarme de él como una inconsciente. Fui quitándole capa tras capa hasta sentir que era quien mejor lo conocía, y descubrir que me seguía ocultando información crucial después de besarme como lo hizo en lo alto de la Torre Eiffel calcinó mis sentimientos por completo.

¿Cómo se perdona algo así? ¿Cómo te perdonas a ti mismo haber sido tan confiado como para creer que Ástor era diferente a los demás?

El amor es la mayor traición hacia ti mismo que sufrirás jamás. Porque no es solo que ya no confíe en él, es que ha conseguido que dude de mí. De mi prudencia. De mi juicio... Y la confianza es la base de cualquier relación. Con otros y con uno mismo.

La web SugarLite me da igual, no voy a entrar a juzgar la moralidad de la actividad, ya dije lo que opinaba sobre eso, pero cuando descubrí el pastel y Ástor se volvió loco sí le juzgué a él. Su reacción, su comportamiento... Porque, diga lo que diga, es muy fuerte callarte que la alumna que ha muerto en tu universidad estaba metida hasta el fondo en tus negocios turbios mientras los defiendes a capa y espada.

No hay derecho, joder...

No puede una relajarse nunca, no me jodas. Luego dicen que soy borde.

¿Acaso no era lícito pensar que pudo haberla matado el propio Ástor para salvaguardar el secreto? ¿Revisé bien su despacho el día del asesinato o estaba más pendiente de si me miraba de reojo con deseo? Me sentía una pésima policía, como bien señaló él...

«No me culpes por no saber hacer bien tu trabajo».

«Si me dices que no me crees, hemos terminado para siempre».

Pero ¡¿cómo coño iba a creerle después de callarse ese detalle?!

Ulises también se quedó muy afectado por la información, pero en su empeño por actuar como abogado del diablo y defender a Ástor se le fue pasando el enfado con él.

Con Charly era distinto, claro. Me contó que cuando me fui de casa de Ástor la conversación degeneró hacia su rivalidad por Sofía. Y ese era un tema peliagudo entre los dos.

No me extrañó que mi compañero dudara de Charly porque todo apuntaba hacia él. Aunque, en realidad, no tenía motivos de peso para matar a Sofía. Motivos conocidos, al menos. Pero lo que de verdad redujo mis sospechas sobre ambos fue pensar que Sofía no habría sido tan tonta, por mucho que Saúl fuese uno de sus mejores amigos, para contarle una información que podría destruir la reputación de Ástor y Charly, cuando ese iba a ser su futuro medio de vida. Habría sido arrojar piedras contra su propio tejado.

Y justo por eso, no puedo perdonar a Ástor.

Porque sé que hay algo más que no me está contando… Otro secreto. Y no pienso tragar con más mentiras. Seguro que hay infinidad de trapos sucios que todavía desconozco de él. Mateo tenía razón desde el principio…

Ahora mismo tengo clara mi postura sobre nosotros, aunque me sienta devastada. Ya se me pasará… Estoy más segura que nunca de que el amor es una maldita enfermedad. Solo rezo para que sea pasajera y no crónica…

Lo que peor llevo es llorar por cualquier cosa. Estoy tan baja de moral que no puedo ni escuchar música. Solo valgo para trabajar y centrar mi atención en problemas más serios que los míos. Llevar un arma pegada a mi piel me reconforta mucho ahora que vuelvo a sentirme sola en el mundo.

Sentirse solo no es estar solo. Quitaos eso de la cabeza. Sentirse solo es no poder confiar en nadie para contarle cómo te sientes de verdad, sea bien o mal. Porque no poder compartir las alegrías es de lo más triste que hay en esta vida. Casi tanto como las penas. O más…

La estridencia del teléfono fijo de mi despacho me hace volver a la realidad y me recorre un familiar escalofrío al oírlo. Cada vez que ese cacharro suena, me temo lo peor.

—¿Sí? —contesto cohibida.

—Keira… —Es Ulises—. Baja. Ástor está aquí. Está detenido…

—¿Cómo que está detenido? —repito con el corazón en un puño.

—Sí… Se ha entregado él mismo… Ha venido a confesar un crimen.

Se me abre un agujero negro en el pecho por el que cabría toda la galaxia. Mi presión arterial se desploma. Veo borroso y empiezo a sudar… «¡No, por Dios…!».

—¿Puedes venir? Estamos en la sala tres.

—Voy ahora mismo.

No sé ni cómo echo a correr con semejante bloque de cemento en el estómago. «¡¿Qué coño está haciendo…?! ¡¿Se ha vuelto loco?!».

Puedo contar que amenazó con hacerlo para que soltasen a Carla. Y no hay pruebas de que lo hiciera él. ¡Este hombre va a matarme a disgustos!

Tardo una eternidad en llegar a la maldita sala tres. En la antesala de la cabina me encuentro a Ulises y veo que Ástor está dentro, solo.

Verle me causa una pequeña arritmia.

Joder… Por mucho que me engañe, nunca voy a poder superar lo mío con ese hombre. Y lo sé porque, teniendo en cuenta que estaría guapo hasta recién salido de un incendio, no tiene buen aspecto y sigue atrayéndome más que nunca. Su dolor es magnético para mí. Tiene la típica cara de alguien que ha perdido al amor de su vida hace cinco días y no le interesa seguir viviendo. Trago saliva.

—¿Qué pretende con esto? —protesto de mala gana—. No pienso dejar que lo haga. Cerrarán el caso y nunca encontraremos al culpable, ¿eso es lo que quiere?

Ulises me mira aprensivo.

—No se trata de Sofía… Ha confesado lo de su padre.

Me quedo paralizada, mirándolo de hito en hito. ¿Qué ha hecho qué…?

—Hostias…

—Sí.

—¡Qué tonto es! —exclamo enfadada—. ¿Lo vas a llevar tú?

—Qué va… No me han dejado. Saben que somos amigos…

—Hay que revisar el informe que hagan. ¡Todo depende de eso! Y necesita un abogado ya. ¿Has llamado a Charly?

—Sí. Me ha dicho por mensaje que estaba viniendo, pero…

—¿Podemos fiarnos de él? —pregunto con cautela.

—Y yo qué sé… —murmura Ulises, cabizbajo.

Me toco el pelo con nerviosismo. Esto es grave.

—Voy a entrar…

—¿Estás segura? —Me frena.

—No… ¡No estoy segura de nada, joder, pero el muy imbécil trata de autodestruirse y tengo que impedirlo!

—Igual verte lo hunde más y termina diciendo lo que no debe... —me avisa temeroso—. No lo alteres, Keira...

Maldigo en silencio.

—¡¿Cómo se le ocurre hacer esto?! —ladro furiosa—. ¿Cree que es un juego? ¿Esta es su forma de llamar mi atención?

—¿No has pensado que quizá no todo tenga que ver contigo? Que igual esto es lo que necesita para dejar de juzgarse a sí mismo por lo que pasó...

Sus palabras me desestabilizan, me hieren y me dan ganas de llorar.

—Pero... ¡podría ir a la cárcel si cuenta mal la historia! Y créeme, la cuenta de culo...

—Todo irá bien...

—¡¿Quién nos lo garantiza?! —digo al borde de la histeria.

—Tranquila... Pero tú no digas que ya lo sabías, Keira. No seas kamikaze, que te conozco...

Ulises me mira retándome a contradecirle.

—¡Me da igual lo que me pase! No dije nada porque yo me dedico a atrapar psicópatas, ¡y Ástor no lo es!

—Opino igual. La casuística lo es todo. Si Ástor no hubiera estado ahí, ya no tendría madre. Para mí era ella o él...

—Hay gente que está mejor muerta... —sentencio obcecada.

—Que no te oigan decir eso, Keira —resopla Ulises preocupado—. Estás demasiado implicada, joder... Mejor no entres. La cinta está grabando. Quédate aquí, que todavía podríamos liarla más...

—¡¿Y tú no estabas implicado en el caso de Sofía?! Odio tu doble rasero, Ulises, en serio...

—No es lo mismo que te ciegue el acusado que la víctima...

—¡Es lo mismo cuando el acusado es la víctima!

En ese momento llega Charly, y no me pasan desapercibidas las intensas miradas entre él y Ulises. No se veían desde el día D. Me refiero al desembarco de mi alma en el infierno. Cuando descubrimos lo de la maldita web SugarLite en casa de Ástor...

—Charly... —lo saludo con apremio—. No hay tiempo. Escucha... Es VITAL que la historia del informe que haga el policía quede bien redactada. Revisa el doble sentido de cada palabra...

—¿De qué coño va esto? ¿Qué ha hecho esta vez el imbécil de Ástor?

—Ha confesado que mató a su padre... —explica Ulises.

—¡¿QUÉ...?! —El abogado abre mucho los ojos y se queda lívido.

—Pero no fue así —me apresuro a corregirlo.

Se lo cuento lo mejor que puedo en un par de frases y Ulises me ayuda interviniendo de cuando en cuando.

Cada vez que él habla, a Charly se le van los ojos hacia su boca y siento que deja de prestar atención a lo que le estamos diciendo.

—¡Esto es muy importante, Charly! —Lo sujeto por un hombro—. Ástor puede ir a la cárcel si ese informe no se redacta bien. No le dejes decir NADA o la cagará con una de sus frases autodestructivas...

—Deberías entrar y decírselo tú misma, Keira —me recomienda Charly, acojonado—. Seguro que está en plan fatalista ahora mismo...

Ulises me mira.

—Dile que se centre en la atención que brindó a su madre mientras estaba aturdida antes de saber que su padre se encontraba en el fondo de la piscina. Seguramente comprobaría sus constantes vitales. Y dile que declare que cuando miró hacia el agua su padre ya no se movía.

—Me contestará que eso es mentir.

—¡Ástor ni se acuerda de lo que pasó! —exclama Ulises, alterado.

Charly lo mira sorprendido.

—Voy a entrar —decido, atacada de los nervios. Porque no me fío ni un pelo de Ástor.

Me adentro en la sala y sube las cejas al verme. Capta que estoy cabreada en una décima de segundo y se humedece los labios.

Me quedo de pie delante de la mesa y apoyo las manos en ella.

—Ástor... —digo muerta de miedo—. Escúchame bien, ¿vale? Quiero que cuentes los hechos. Solo eso. Lo que pasó segundo a segundo. No quiero que cuentes cómo te sentiste, solo lo que hiciste, ¿me has entendido? Te lo preguntarán muchas veces, repite siempre la misma secuencia. Redacta las acciones mecánicas que realizaste, no las que no realizaste. ¿Queda claro?

Lo veo asentir y respiro aliviada, aunque me preocupa que su mirada sea tan lúgubre.

—Contaré exactamente lo que pasó... —dice sin más.

Sí, pero me preocupa que cuente «lo que él cree que pasó», e insisto:

—Te la estás jugando, ¿me oyes? No exageres ni dramatices, Ástor. No quieren conocer tus emociones, solo tus acciones. Seguramente cuando miraste hacia el agua el cuerpo ya no se movía o ni te acuerdas, porque estabas en *shock*.

Sus ojos empiezan a brillar sospechosamente, y coloco mi mano sobre la suya para que no se desmorone. Me la agarra y se la lleva a la cara para ocultarse tras ella. Roza sus labios contra el dorso de mi mano y lo siento en todas partes. Segundos después, me suelta.

—No te preocupes por mí, Keira. Solo necesito que alguien que no me conozca de nada lo juzgue. Contaré la verdad. La pura verdad. Y que ellos decidan...

«Me cago en todo».

—Vale. Bien —digo preocupada—, pero esto no va de confesar tus deseos más oscuros, Ástor, sino tus acciones en ese momento. Recuérdalo, por favor... —digo visiblemente afectada—. Fuiste a salvar a tu madre. Nada más. No hiciste nada más. No tenías que hacer nada más. No podías...

—Inspectora Ibáñez... —oigo detrás de mí la desagradable frecuencia de voz del tío más repelente de toda la comisaría.

También es mala suerte...

—Ah... Hola... Yo ya me iba...

Me largo antes de que me pregunte nada y me cruzo con Charly que entra detrás de él.

Ulises y yo nos quedamos fuera de la sala, pegados al cristal, escuchándolo todo.

Junto las manos, entrecruzando los dedos, y apoyo la boca sobre ellos.

Es la peor media hora de mi vida. Nuestro compañero no deja

de lanzar constantemente las mismas preguntas a Ástor de formas enrevesadas para que varíe su versión. Típico de estos procedimientos.

—Creo que lo tengo —dice un rato después, dando por finalizada la sesión—. Solo tiene que firmar aquí, señor De Lerma.

—¿Puedo leerlo antes? —pregunta Charly, avispado.

—Claro...

Lo comparte con Ástor, pero este apenas ojea el informe.

—Perdón, pero aquí —señala Charly—, donde pone: «El acusado no fue a socorrer a la víctima de la piscina», ¿no sería mejor poner: «El hijo de la víctima vio al atacante en la piscina y, consciente de que ya no podía hacer nada por él, no lo socorrió»? Creo que es exactamente lo que el señor De Lerma ha dicho. Escrito así, parece que no quiso salvarlo, ¿no cree?

—Ese es mi chico... —musita Ulises con orgullo.

El policía mira a Ástor, que se remueve en la silla, loco por subrayar que no quería salvar a su padre. Aun así, el duque vuelve el rostro hacia el cristal y, aunque no puede verme, se calla al recordar mis palabras.

—¿Fue así? —le pregunta el policía—. ¿Cree que ya no podía hacer nada por él?

Cierro los ojos con fuerza como si Ástor fuera a lanzar un penalti.

—No lo sé... —responde apocado.

—Él estaba agachado sobre su madre, intentando reanimarla, ¿verdad, Ástor? —sale a su paso Charly.

—Sí..., estaba con mi madre.

El agente reflexiona un instante, y se dispone a borrar la frase con uno de los bolígrafos con goma que usamos en la comisaría para, acto seguido, reescribir el texto.

—¿Le parece bien así?

—Perfecto —confirma Charly, aliviado tras unos segundos. Y sigue leyendo hasta el final—. Está bien...

—Pues fírmelo, señor De Lerma, por favor...

Ástor coge el bolígrafo y obedece sin pensar.

—Puede irse.

—¿Puedo irme? —pregunta perplejo.

—Sí, ya le he tomado declaración. Le citarán para un juicio rápido, si es necesario.

—Pero… No lo entiendo… ¿Me dejan en libertad?

—Señor De Lerma, sus remordimientos de conciencia no son nuestra prioridad. No es usted peligroso, ni un asesino en serie ni una persona violenta. Según mi discrecionalidad policial, no merece ser incriminado por esto.

—¿Qué es la «discrecionalidad policial»?

—Que yo decido, basándome en mis principios, mis valores y mi experiencia personal, que usted no representa un peligro para la sociedad. Sus limitaciones humanas no le permitieron dar más de sí en un momento estresante, pero no es el causante de los hechos. No estaba usted en plenas facultades para hacer más…

—Pero…

—Muchísimas gracias —contesta Charly por Ástor—. Esperaremos esa citación. Buenas tardes, agente…

Mira a Ástor con ojos inquisitivos para que se calle mientras el policía recoge los papeles.

Cuando se quedan solos, entramos en la sala en tromba.

—¡La madre que te parió…! —lo riñe Ulises—. ¡Charly te ha salvado el culo! Le debes una enorme…

Ástor lo mira extrañado y mantienen una conversación silenciosa. Luego me mira para saber mi opinión.

—Te has arriesgado mucho… —le digo enfadada.

—Bueno… —Evade la bronca poniéndose de pie—. Al parecer, ha salido bien. Han dicho que puedo irme, y me voy. Hasta otra, chicos…

«¿Cómo que "hasta otra"?». Alucino pepinillos. Va a ser verdad que no lo ha hecho para verme a mí…

—¿Podemos hablar un momento, Ástor? —digo deteniéndole.

—Sí, pero aquí no, mejor en la calle… —contesta seco.

Echa a andar y lo sigo. ¿Por qué está tan raro?

Vale que después de nuestro último cruce de palabras no ha habido más comunicación por parte de ninguno de los dos, pero pensaba que estaría más… accesible. ¡Lo noto totalmente cerrado en banda!

Salgo a la calle tras él y el sol de la tarde me ciega por un momento.

—¿Por qué lo has hecho, Ástor? Dime la verdad... ¡Era arriesgado!

—«Remordimientos», lo ha llamado el agente.

—¿Por qué ahora? —Busco el calor de su mirada, pero es de hielo.

—Porque me has demostrado que nadie va a confiar nunca en un criminal...

El silencio deja que sus palabras me escuezan.

—Yo nunca te he visto así. Ni cuando me lo contaste ni ahora.

—Mentira. Tú nunca has confiado en mí, Keira... —Aparta la mirada.

¿De qué va? ¡He confiado como una tonta en él, de hecho!

—¡Lo hice en muchas ocasiones! Y me he sentido engañada cada vez... La puja, el vídeo en tu despacho, ahora la web... Tienes muchos secretos, Ástor, y has tratado de ocultármelos deliberadamente mientras te convencías a ti mismo de que me querías... Pero eso no es querer. Querer es confiar. Y yo ya no confío en ti. Sé que me escondes muchas más cosas...

—Te equivocas, Keira. No trato de ocultarte nada deliberadamente.

—Ah, ¿no? ¿Y quién es Nat?

—¿Qué...?

—Nat. A veces pronuncias su nombre en sueños. ¿Es una exnovia?

—Es... una de mis «terapeutas especiales».

—¿Una? ¿Es que tienes varias?

—Sí. Es la que me ayuda a gestionar el dolor... Trabaja en el Dark Kiss. Es un ama de BDSM. Solo ella sabe castigarme como necesito...

Lo que oigo me atraviesa el corazón. ¿Lo castiga? Pensar en alguien infringiéndole dolor me pone enferma.

—¿Has estado con ella esta semana? —pregunto haciéndome la dura. Sabiendo que la respuesta dolerá.

—¿Qué importa eso?

¿Lo veis? Ha dolido...

—Quiero saberlo, Ástor.

—Desde que Sofía apareció muerta, no he vuelto a estar con ella...

—¿Y en verano?

—Sí...

—¿Y cuándo pensabas volver a verla si seguíamos juntos?

Se hace el remolón ante mi tercer grado.

—Eso ahora ya no importa...

—¡¿Cuándo, Ástor?!

—¡Nunca! —grita severo—. Cuando estás conmigo, no la necesito.

—Claro, porque quererme ya es suficiente castigo para ti, ¿no?

Se muerde los labios porque le he pillado. ¡Esto es el colmo...!

—¡Joder, Ástor...!

—No te preocupes más por mí. Me irá bien. Adiós, inspectora...

Hace el amago de marcharse y flipo tanto que lo sujeto del brazo.

—¿«Adiós, inspectora»? Pero ¡¿qué coño te pasa?!

—Nada... —contesta serio—. Te avisé, decidiste y se acabó. Ya no estamos juntos, Keira. De hecho, no quiero volver a verte nunca.

Me duele mucho oír su abierto rechazo. Es como si ya no respirásemos el mismo aire. Como si nunca me hubiera querido. ¿Por qué se comporta como si yo tuviera la culpa de todo?

—Me pediste que confiara en ti, ¡pero es imposible confiar en alguien que te oculta tantas cosas! —exclamo en mi defensa—. Yo te he contado detalles de secreto de sumario de la investigación que no debería compartir con nadie bajo ningún concepto, y tú sigues ocultándome información crucial... ¡Me siento estúpida!

—No soy perfecto, Keira. Cuando me conociste cargaba con muchas mierdas, y no te las conté por miedo a que te alejaras de mí cuando las descubrieras, como finalmente has hecho. Y no puedo depender de alguien así, tan cobarde. Porque cada vez que discutimos, actúas igual. No luchas. No perdonas. No me das el beneficio de la duda… Que desconfíes así de mí hace que yo desconfíe de ti, de cuánto me quieres en verdad y de cuánto ves realmente en mi interior…

Notar cierto desengaño en su voz me tortura como nunca, y vuelvo a arremeter.

—¡Que necesites ocultarme cosas significa que tú tampoco me ves! ¡Que no aciertas a entender que yo te habría apoyado en todo, como lo hice ciegamente desde el primer día que te conocí! Te pedí que fueras cien por cien sincero conmigo ¡y no lo fuiste…! A Ulises ni se le pasa por la cabeza esconderme nada, porque él sí confía en mí. ¡Pero tú no! El desconfiado eres tú, Ástor, yo he confiado en ti una y otra vez… Pero los hechos hablan por sí mismos. Nunca te he fallado.

Ahora la que se larga soy yo. Se acabó. ¡No he hecho nada malo! Tengo la conciencia muy tranquila…

Vuelvo a la sala tres pensando en su horrible actitud, y al abrir la puerta me doy de bruces con una conversación acalorada entre Ulises y Charly.

—Perdón… —intento recular por haber interrumpido.

—Tranquila, ya me iba —dice Charly, malhumorado, esquivando a Ulises de mala gana. Mi amigo baja la cabeza disgustado.

Otros que no han solucionado nada.

—¿Estás bien? —pregunto a Ulises, y niega en silencio.

—Parece que en esa universidad les dan clase para ser tontos del culo… —opina desabrido.

—Sí. Y los dos sacaron matrícula de honor —remato—. ¿Un café?

—Vale… Esto ha sido el colofón de una semana de mierda…

Al llegar a la zona donde está la preciada máquina, le pregunto:

—¿Qué le pica exactamente a Charly? En mi opinión, debería estar de rodillas ante ti…

—Pues está enfadado conmigo.

—¿Él? ¡Tendrá valor…! ¡Si te la ha metido doblada con lo de la web!

—El problema es justo el contrario, que no me ha metido nada de nada... y acaba de echármelo en cara.

Sonrío sin querer, pero es que... ¡vaya tela!

—Así que, ¿después de dos semanas siendo los osos amorosos, todavía no le has dado acceso a tu arcoíris? No me extraña que esté cabreado...

—¿Por qué? —dice Ulises manipulando su adorada cafetera.

—Hombre, a ver... No sé... Una relación es un *quid pro quo*, y parece que esta discusión te ha venido de perlas para evitar ese inevitable desenlace...

Lo veo achicar los ojos.

—A ti sí que te ha venido de perlas, Kei... Ya no te quedaban excusas para alejarte de Ástor y su gran linaje de duques. Te llevó al *château* y te acojonaste viva, reconócelo...

—¡Eso no tiene nada que ver! ¡El problema es que Ástor es como una puta piñata que no deja de soltar sorpresitas afiladas con cada golpe que recibe!

—Exacto, son golpes que le dan a él. Y hoy casi se lleva el definitivo.

—¿A qué te refieres?

Suspira con desgana como si no quisiera contármelo.

—No te va a gustar oírlo...

Más sorpresas. Genial...

—Alguien ha intentado atropellar a Ástor en la universidad.

—¿Qué...? —Me quedo pillada—. ¿Estás seguro?

—Yo estaba con él. Y menos mal..., si no, ahora mismo estaría en el hospital. O muerto.

—¿Qué me estás contando...? —alucino—. ¿Has identificado el coche?

—Era negro con cristales tintados y tenía la matrícula tapada.

—¡No fastidies! —Me cojo la cabeza.

—Y hay más...

—¡Cómo no! —protesto irónica.

—Voy a pedirme una excedencia para ser su escolta, Kei...

—¡¿QUÉ?!

—Me necesita...

—¡Yo también te necesito…!

—¿No quieres que Ástor siga vivo?

—¡Claro que sí…! ¡Pero…!

—En realidad, lo hago por ti.

Niego con la cabeza, sobrepasada, y empiezo a enfadarme de verdad.

Esto no me gusta. No me gusta nada. Es peligroso que Ulises proteja a Ástor teniendo este último tantos secretos. ¿Quién sabe qué más oculta y quién quiere acabar con él? ¡Ese puesto de trabajo es un suicidio en ciernes…!

—Piénsalo bien, Ulises… Ástor tiene una doble vida. Sus secretos te explotarán en la cara, como a mí, ¡y encima es un puto masoquista! Me ha dicho que necesita sentir dolor y ser castigado… ¡Está loco, joder! —exclamo con los ojos llenos de lágrimas sin derramar—. Por eso me he alejado de él. ¡Porque no es seguro estar a su lado!

Ulises me frota un hombro para intentar consolarme.

—Si pudiésemos controlar de quién nos enamoramos todo sería muy fácil. Ástor lleva años mal, pero podemos ayudarlo y convencerlo de que deje atrás todos sus demonios. ¿De quién crees que ha sido la idea de que se entregue hoy? —dice subiendo las cejas.

—¿Tuya? —pregunto casi sin voz.

Mi amigo asiente despacio.

—Le he obligado a contármelo y he visto claro lo que necesitaba. Tú no, porque le quieres demasiado como para arriesgarte a perderlo, pero a veces, una visión objetiva viene bien.

—Me ha dicho que soy una cobarde y que siempre huyo cuando hay problemas, ¡pero no huiría si sus mentiras no me humillaran constantemente! Me he abierto a él y hemos estado mejor que nunca… Sin embargo, cuando la cosa se pone fea parece que eso no significa nada para él… Siento que no confía en mí. Que no cuenta conmigo…

—Porque cuando «la cosa se pone fea» tú huyes, Kei… Hay que saber estar también en las malas. Y déjame decirte que tontear con Mateo Ortiz no es lo más inteligente que has hecho…

—¡No estoy tonteando con él, solo estoy intentando solucionar el puñetero caso! ¡Esa es mi forma de ayudar a Ástor! ¡Porque él no estará bien hasta que Héctor lo esté! Y eso no ocurrirá hasta que Carla salga de la cárcel. Sofía estaba muy involucrada con la web SugarLite y con el Dark Kiss, y quizá por ahí encontremos algo, por eso me estoy pegando a Mateo.

—Pues Ástor sospecha de él. Y yo también. Ha sido salir a la luz lo de la web y que intenten atropellarle. Me huele mal, Kei. ¿Mateo y tú habéis quedado hoy?

—Sí, esta noche…

—Joder, ¿por qué quedáis de noche? ¿No ves que quiere liarse contigo? ¿O es que ya lo habéis hecho?

—¡Oye, pero ¡¿tú de qué vas exactamente?!

—¡Es que parece que estás ciega, Keira! Es evidente que quiere algo contigo y te está llevando por donde le conviene para que odies a Ástor y, en cambio, confíes en él. Si no lo ves, no puedo ayudarte… —me reprocha.

—Pensaba que tenías más fe en mí —digo herida—. Si hablases conmigo, sabrías que yo ya no confío en nadie. Ni siquiera en ti…

Ulises me mira dolido.

—¿No confías en mí?

—Tú también estas ciego… Porque Charly puede decir misa, pero no sabemos cómo fueron las cosas de verdad con Sofía en los últimos momentos. ¿Y si manipuló su teléfono…? Si tenía acceso a su móvil, pudo dejarlo preparado para que todo fuera como él dice que fue. Y no te veo cuestionándolo, Ulises, solo te veo queriendo dejar tu trabajo para pegarte a Ástor y estar todavía más cerca de Charly.

—¡Lo hago por vosotros, joder! —exclama agraviado.

Nunca habíamos discutido así… O quizá es que nunca habíamos vivido y amado de verdad.

—Venga, sé sincero… —lo reto—. En el fondo, lo haces para recuperar a Charly.

—¿No me has oído? ¡Casi atropellan a Ástor delante de mis narices! ¡Alguien va a por él! ¡Eres tú la que está obnubilada con Mateo y sus pistas de mierda! ¿A quién coño le ha contado lo de la web? ¡Eso es lo que tenemos que averiguar! ¡Porque uno de sus clientes pudo haber matado a Sofía solo para que se destapase quién era el dueño de la web! ¡¿No lo has pensado?!

—¡Claro que lo he pensado! ¡Por eso quiero resolver el caso de una jodida vez, pero no puedo hacerlo desestimando a gente porque son nuestros amigos! Carla, Charly, Ástor... ¡Cualquiera de ellos pudo hacerlo en realidad!

—¡¡¡Ástor no ha sido, joder!!! —grita Ulises fuera de sí—. ¡¿Cómo puedes dudarlo todavía?! ¡No lo entiendo, te lo juro! ¡Y él tampoco! No me extraña que no quiera estar contigo...

—¡¡BASTA!! —exclamo rabiosa.

De repente, soy consciente de que toda la comisaría nos mira. Seguramente estamos dando la imagen de la típica pareja celosa, pero me da asco lo equivocados que están y ni me molesto en aclarárselo.

Vuelvo al despacho cabreada, y a los dos minutos Ulises aparece porque también es el suyo.

No le hablo. Lo último que necesito es que se ponga de parte de Ástor. Me atormenta lo ciego que está. Que estamos. Esto es demencial...

—Nos tienen en el bolsillo, joder... —dilucido—. A los dos, Ulises. Lo de la web ha hecho que me dé cuenta de ello. ¡Nos tenían obnubilados...! ¡Nos tenían jurándonos amor eterno mientras se guardaban esa información tan importante! Por eso ya no confío en nadie. Ni en ti, porque estás encoñadísimo. ¿De verdad confías plenamente en Charly? ¿O en Carla? Porque yo ya no. Estoy siguiendo la pista de Mateo porque es en lo único que me puedo permitir creer.

La expresión de su cara y las pocas ganas de rebatírmelo me chivan que, en el fondo, Ulises está de acuerdo conmigo. Por eso sigo con mi campaña.

—Respóndeme a esto y sé sincero: ¿ni se te pasa por la cabeza que Charly pueda haberse liado contigo solo para que lo descartes como sospechoso?

El dolor atraviesa su cara ante semejante idea y me mira furioso.

—Ese es tu problema, Keira... Lo ha sido siempre; no es nuevo. Que no te fías de nadie... Ni siquiera de ti misma. No sé si ha sido Charly o no, pero nunca dudaré de lo que siente por mí. No es problema mío si no sabes diferenciar cuándo las muestras de afecto son verdaderas y cuándo falsas...

Se va cabreado del despacho, y siento que la he cagado al poner en duda su relación. Y la mía. ¿Tiene razón? ¿Tanto me han dañado todos los hombres de mi vida? Mi padre, el abandonador; mi padrastro, el abusador; mi ex, el psicópata... Y mi actual novio, el mentiroso.

«No soy perfecto, Keira».

«Cuando me conociste cargaba con muchas mierdas, y no te las conté por miedo a que te alejaras de mí».

«Hay que saber estar también en las malas».

Y ahora son peores que nunca... Pero tengo un plan.

Hago unas llamadas y mando un mensaje a Ulises para que venga esta noche a la quedada con Mateo. Lo lee, pero no contesta. No sé si aparecerá... Espero que sí porque necesito llegar al fondo de este asunto, y solo hay un lugar en el que podemos hacerlo: el Dark Kiss.

keira

Viernes, 7 de noviembre
22.00 h.

Cuando el taxi me deja en la puerta del Dark Kiss me siento rara.

El recuerdo de estar aquí con Sofía en una misión similar hace que la eche muchísimo de menos. Ella fue un portal a otra clase de vida. Me despertó, me inspiró y me incitó a aceptar partes de mí misma que ni sabía que tenía. Y le debo al menos hacerle justicia.

Quizá haya arriesgado demasiado con mi vestuario. Me he puesto un vestido que tenía sin estrenar. Lo compró Ástor para cumplir ciertas fantasías eróticas alguna noche íntima en la que no saliésemos de casa… No digo nada y lo digo todo…

El diseño es bastante simple. Muy corto, palabra de honor y de cuero negro. *C'est fini.* Me he recogido el pelo en una coleta alta tipo poni y llevo unas sandalias negras de tiras. Solo me falta el antifaz y podría ser cualquiera.

Cuando Mateo llega, con un traje negro y una camisa blanca, sonríe de forma pícara al verme.

—Madre mía… Intento ser buen chico, ¡pero no me lo pones nada fácil, Keira!

Se recrea de más al darme dos besos a modo de saludo.

—Gracias por hacerme sentir culpable por provocarte —zanjo.

—Eh... —Levanta las manos—. Solo he dicho que estás muy guapa. A pesar de lo que puedas pensar, la mayoría de los hombres tenemos autocontrol; los que no deberían estar enjaulados como el resto de los animales del zoo... En mi opinión ¡una mujer guapa es un disfrute para la vista de todos los sexos. Y quien tenga un problema con eso... que vaya a un psicólogo.

Lo miro pensativa. Acabo de descubrir por qué Mateo me cae bien. Resulta que me devuelve la fe en la raza humana. Vale que no para de soltar frases que le haría tragar junto con cristales rotos, pero no deja de refutar las mías con maestría. Me gana matizando la delgada línea entre un piropo y un comentario lascivo. Entre la caballerosidad y el micromachismo. Entre ser un capullo o alguien que dice gilipolleces sin maldad... Y ser capaz de diferenciarlo me hace sentir bien conmigo misma.

—¿Crees que Ulises vendrá? —me pregunta entonces.

—No lo sé, démosle cinco minutos de cortesía...

Miro alrededor, nerviosa, pensando que puede que Ástor esté aquí esta noche. Tengo la sensación de que en cualquier momento se apeará de un deportivo caro y dará las llaves a uno de los aparcacoches mientras me clava una mirada afilada por verme con Mateo, como si fuera una fresca...

Y ya estoy otra vez. ¿Por qué me llamo «fresca» a mí misma? ¿Acaso la largura de mi falda compite con la de mi libertad?

Consulto la hora en mi móvil. No es propio de Ulises retrasarse y ya van cinco minutos. En cuanto inspiro y espiro, lo veo bajarse de un taxi más guapo que nunca.

Sonrío al ver que también va todo de negro, a juego con su alma. La única nota de color son unas finas líneas rasgadas en oro en el estampado de su camisa, que lleva abierta hasta el tercer botón como si fuera un maldito *gigolo*.

—¡Hola! —saludo aliviada.

—Hola...

—Estás genial... ¿De dónde has sacado esa camisa, Ulises?

—De una tienda —murmura sin querer entrar en detalles.

—Pues es superchula. Muy tú...

—Gracias. Tú también estás muy tú, Keira. Solo te falta el látigo…

—Gracias. —Sonrío complacida por su enfoque.

—¿Cómo hacéis para derrochar tanta tensión sexual? —pregunta Mateo, curioso.

Es tan… políticamente incorrecto y cómico a la vez.

—Es pura bioquímica. ¿Entramos ya? —digo nerviosa por si aparece quien yo me sé…

Ulises adivina mis temores ducales y echa un vistazo alrededor. Es obvio que él también se ha planteado que Charly puede estar aquí. Ese tercer botón desabrochado lo ha delatado…

Nos acercamos a la puerta y el abogado habla con el responsable para que nos dejen entrar gratis.

Al adentrarnos en el local la oscuridad me envuelve y siento escalofríos al recordar la última vez que estuve aquí. Tuve el mejor orgasmo de mi vida y dejé el suelo perdido de… Dejémoslo…

Nos instalamos en un reservado y pedimos tres copas.

La misión está clara: abordar al sospechoso y hacerle hablar. Solo que Mateo piensa que el sospechoso es Juan Manuel Montreal, el tío que discutió con Sofía, y para nosotros el sospechoso es… el propio Mateo. ¡Tachán!

Se ha tragado que voy a ser el cebo y que haré lo necesario para sonsacar información a ese tío, a Juan Manuel, pero a quien queremos sacar información es a él y a su ferviente interés por Ástor de Lerma. Por eso Ulises ha accedido a venir. No doy un duro por que el cliente de la web SugarLite me diga nada interesante. En cuanto le pregunte, sabrá que soy poli y saldrá por piernas…

—Estáis muy tiesos —comenta Mateo—. Hay que disimular un poco más. Fingir que lo pasamos bien. Que estamos calientes y esas cosas…

—Qué más quisieras —le contesta Ulises, serio—. ¿Estás seguro de que ese tal Juan Manuel va a venir aquí esta noche? ¿Cómo lo sabes?

—Porque siempre viene los viernes de principios de mes, me lo han confirmado. Se queda un rato por la zona de la barra hasta que elige una chica y luego va a un reservado con ella. Y si cuaja, pasan a mayores dentro… Es su *modus operandi*. Y hoy tienes que ser tú, Keira… No te costará nada que caiga en tus redes así vestida…

Me trago señalarle que el físico no lo es todo y que mi plan es freírle el cerebro con mi inteligencia…

—El que ha caído en nuestras redes eres tú… —suelta Ulises. Y no doy crédito. ¡¿Por qué se destapa?!

De pronto, un morenazo alto con un antifaz y una camisa blanca se acerca a nosotros. Y solo hay un tío al que le queden así las camisas…

¡Es Ástor!

Pero no me mira a mí. Está totalmente centrado en su presa, el letrado.

Mateo se pone de pie precipitadamente para huir, pero un guardaespaldas de Ástor aparece de la nada y le deja claro que no tiene escapatoria. ¡Es Charly! En ese momento Ástor pone una mano en el hombro a Mateo y le hace volver a sentarse a la fuerza. La tensión es palpable.

—Hombre, Mateo… —lo saluda pasivo-agresivo—. Eres muy caro de ver, ¿sabes? Qué suerte encontrarte aquí y que podamos charlar en persona, como no me coges el teléfono…

—Iba a llamarte…

—Sí, claro… —Ástor finge una sonrisa escalofriante—. Pues aquí me tienes… No te cortes. Explícate… ¿Por qué has decidido joderme la vida?

Mateo me mira incómodo, queriendo saber si yo he participado en esta encerrona. Espero que mis ojos le dejen claro que no. Los de Ástor revisan el gesto y coinciden con los míos por un momento, pero aparta la vista enseguida.

—No creas que voy a cortarme porque Keira esté delante —lo avisa—. Ella ya sabe lo cabrón que soy y ya me ha hecho la cruz… Así que, venga, cuéntame, ¿por qué tanto interés por descubrir quién estaba detrás de la web SugarLite? Me han dicho que llegaste a pedir trece órdenes antes de que te la concedieran… ¿A qué venía tanta insistencia?

—Sofía era usuaria de la web y pensé que podría tener relación…

—Qué feo es mentir, Mat... —murmura Ástor, vacilón.

—No estoy mintiendo...

—Te lo preguntaré de otra forma: ¿cuál de tus clientes te pagó un dineral para que lo averiguaras? Confiesa...

El abogado me mira acorralado y dice:

—No sé de qué me estás hablando, de verdad...

Ástor respira hastiado, y me asusto cuando me mira fijamente.

—Keira, cariño..., vas a tener que marcharte —dice relajado. Y no puedo creer lo que oigo—. Mateo no va a hablar delante de una poli...

—No te vayas, Keira —me suplica Mateo, acojonado—. He oído que Ástor puede ser muy siniestro...

—Oh, las malas lenguas... Me encantan —replica el aludido—. Hacen que la leyenda crezca...

Lo miro flipando a todo color. ¡Ástor no es siniestro! Aunque con esta actitud, lo es un poquito. ¡Parece el maldito Joker...!

—Ástor no es peligroso —verbalizo. Y el silencio que recibo a cambio me deja en bragas, en todos los sentidos... ¿Lo es? Eso explicaría por qué me gusta tanto.

—¿Sabes qué pasa, cielo? —me explica Ástor, displicente—. Que aquí dentro no soy Ástor de Lerma... Creo que eso ya lo sabes. Aquí soy la peor versión de mí mismo, y te agradecería mucho que nos dejaras un momento. Ulises...

Con solo decir su nombre, mi mejor amigo viene hacia mí como si ya trabajara para él en vez de conmigo. «Pero ¡¿qué coño es esto...?!».

—Keira, acompáñame un momento, por favor...

—¿Cómo...? ¡Ni hablar! Pero ¿de qué va esto? ¿Os creéis unos mafiosos o qué?

Busco la mirada de Ástor, pero no se presta a engancharla a la mía.

—Keira..., confía en mí por una vez —musita Ulises. Y esa alusión a la conversación que hemos tenido esta misma tarde en comisaría me debilita sin remedio—. Ven a la barra conmigo. No van a hacerle nada... Solo quieren hablar. Por favor...

Me levanto y me voy vigilando a Ástor, que todavía no ha alzado la vista del suelo. Desprende un aire de justiciero que le sienta demasiado bien. Es como esos tíos que no tienen nada que perder. Y aquí dentro, ahora mismo, nadie lo reconoce.

Ulises me empuja de la cintura hacia la barra.

—Espero que te pague bien por ser su gorila —mascullo con saña.

—Descuida, va a pagarme genial. Pero Ástor tiene razón: ese tío no va a soltar prenda delante de nosotros...

—¿Por qué no me has dicho que habías planeado esto con Ástor?

—Porque no es asunto tuyo.

—Ulises... —lo reprendo.

—Ástor me lo ha pedido. Mateo no le cogía el teléfono... Es un gilipollas y un cobarde. Y tú una ilusa si crees que lo de la web ha sido por casualidad...

Vuelvo a mirar hacia ellos y veo a Mateo negando profusamente.

—¿Creéis que han comprado a Mateo para que lo averiguara?

—Por supuesto que sí.

—Yo sigo pensando que ha podido ser el tío al que estamos esperando, Juan Manuel Montreal... Al menos hay que descartarlo...

—¿Hablas en serio, Keira? Suponía que solo habías venido para ver a Ástor otra vez y provocarle un cortocircuito entre su polla y su cerebro con ese vestido puesto...

Lo miro conmocionada. ¡La madre del cordero! ¡Ya no parece mi amigo, sino el de Ástor!

—¡No es eso, gilipollas! Estoy preocupada por él. Y después de lo que acabo de ver, mucho más...

—Deberías dejarle pasar página, si no quieres estar con él...

—Y tú a Charly, si no le vas a dejar disfrutar nunca de tu edén...

Nos retamos con la mirada al filo de un enfado. Pelearme así con Ulises es un nuevo escalón en nuestra relación.

—Joder... ¿Por qué nos peleamos? —formulo abatida.

Ulises inspira hondo acatando la culpa.

—Porque estamos bien jodidos...

—¿Has vuelto a hablar con Charly?

—Es obvio que no —admite echándole un vistazo.

El susodicho nos clava la mirada de lejos. Una mirada seria y letal.

—¿Qué vas a hacer con él, Ulises?

—No lo sé... ¡No sé nada! Mi vida es un caos desde que los conocí.

—La de todos.

Vuelvo a vigilarlos. Siguen charlando. Ástor parece más tranquilo y menos amenazante.

De repente, veo que Mateo me hace una señal y me avisa de que el sospechoso ha llegado. Lo localizo en la barra y me preparo. Ástor me mira serio de arriba abajo, captando mis intenciones.

—¿Qué se supone que vas a hacer con ese tío? —me pregunta Ulises, celoso. Es como si Ástor hablara a través de él.

—Lo necesario. ¿Recuerdas?

—Ten cuidado, Kei...

—Un poquito más de fe en mí, por favor.

—Eso mismo te pidió Ástor, y no se la concediste...

Me alejo de Ulises con ese puñal clavado en la espalda para orbitar al lado de mi objetivo. Me obligo a cambiar de actitud hacia otra más sugerente con el propósito de atraer a mi víctima. Quién me ha visto y quién me ve...

Los ojos del señor Montreal no tardan ni una milésima de segundo en caer sobre mí. Le sonrío, y me sonríe.

—Buenas noches, preciosa...

—Buenas... —respondo coqueta sacando pecho. No pierde detalle de cómo sobresalen por encima del palabra de honor.

—¿Estás sola...? ¿Puedo invitarte a algo?

—No veo por qué no —accedo—. Tomaré un Absolut con naranja.

—¿Cómo te llamas?

—Lucía. ¿Y tú?

—Un nombre precioso... Yo soy Juanma. Encantado...

Toma mi mano y me da un beso en el dorso. «Vaya, vaya... Un *gentleman*». Pero su caballerosidad se diluye cuando sus ojos tratan de aprenderse mi vestido como si tuviera que dibujarlo.

No le culpo; ninguna persona se viste así para que no la miren.

Juanma pide las bebidas, y el lenguaje de su cuerpo cuando se apoya en la barra es inequívoco. Está en modo conquista.

—¿A qué te dedicas, Juanma?

—Uy… —Sonríe enigmático—. Esa es una pregunta muy inusual.

Subo las cejas.

—¿Por qué?

—Porque casi todos venimos aquí a desconectar de quienes somos. Solo buscamos disfrutar, sin entrar en lo personal. El mero hecho de estar aquí ya indica que te van bien las cosas, ¿no?

¡Planchazo!

La realidad de nuestros días dándome en el cogote. Lujuria y dinero. Fin de la conversación.

—Solo quería saber un poco más de ti… Tengo por norma no comerle la boca a nadie que pueda ser un narco al que le van bien los negocios. Créeme, Juanma, ya me ha pasado… Y por mucho que me apetezca, intento conocer un poco a la persona; aquí hay gente de todo tipo.

—Tienes razón… Yo también me he encontrado de todo. Pero por experiencia te digo que si hablas de más te buscas problemas… Alguna chica se ha presentado en mi despacho, o me ha esperado en el muelle donde tengo amarrado el yate o ha rondado mi casa…

—Y a tu mujer no le ha hecho gracia, claro…

Una sonrisa estalla en su boca.

—No mucha, no… —Da un trago a su bebida oscura—. Es broma, no estoy casado. Y ya estoy hablando de más… —Sonríe—. ¿Y tú qué? Espero que no venga nadie a partirme la cara cuando te bese dentro de unos diez segundos…

Esa frase hace que se me escape una risita. ¡Es bastante bueno ligando!

—Pues a decir verdad, te podrían caer hostias por todas partes. A tus dos y cinco y a tus nueve menos diez distingo a dos ex… Pero tenía la esperanza de que fueras amante de los deportes de riesgo.

Su sonrisa es perpetua ahora y, en vez de responderme, se acerca a mí para invadir mi boca y paladearla lentamente.

Para mi sorpresa, el beso no me desagrada. Los roces contra su áspera mejilla son agradables y diferentes. Morbosos. Y más sabiendo que Ástor me está mirando...

Es oficial. ¡Soy una zorra!

Y curiosamente, me da igual. Juanma ha jugado bien sus cartas y ahora me toca jugar las mías.

Cuando el beso se vuelve intenso lo freno, vergonzosa.

—Disculpa... Me he dejado llevar —me excuso—. La verdad es que es mi primer día trabajando aquí y no sé muy bien hasta dónde tengo que llegar... Solo soy animadora, se supone que no voy a pasar a la parte de atrás, pero no sé cómo avisarlo sin que... Lo siento...

—No te disculpes, no pasa nada —dice sin enfadarse.

—¿Tú sabes cómo funciona esto? Sofía, mi supervisora, no me ha dado muchas indicaciones. Vengo de una web de citas en las que el contacto físico no es obligatorio y tengo miedo de meter la pata aquí...

—Conozco a Sofía. Tiene muy buen ojo para las mujeres guapas —dice acariciándome la barbilla—. Y estoy seguro de que va a estar orgullosa de tu trabajo, porque me estás poniendo a mil, pequeña... Y esa es la misión de las chicas de esta zona de la sala, dejarnos a tono para que queramos acceder a la parte de atrás. Una vez que traspasas esas paredes, sabes que cualquier hombre o mujer estará dispuesto a satisfacerte; no vas a encontrar un «no» por respuesta. Pero a mí me gusta más esta zona, precisamente porque existe la duda. Así que estás en todo tu derecho a frenarme... Lo divertido es intentar que cambiéis de opinión.

Me guiña un ojo y me besa el cuello con delicadeza.

«¡Madre mía...! ¡¿Este tío es el sospechoso?! ¡Por favor...!». Estoy a punto de dejarme matar...

¿Carla rechazó a un hombre así estando soltera y sin compromiso? Me cuesta creerlo... Debía tener un buen motivo.

El aspecto, la elegancia y la carismática conversación de este tío se llevarían al huerto al noventa por ciento de las chicas. Y me incluyo.

De pronto recuerdo que, según nos contó Héctor, Carla tenía un severo problema con el sexo. Pero tampoco veo a este tipo forzando a nadie. Además, ha hablado de Sofía en presente…, es decir, que no tiene ni idea de que está muerta.

Echo un vistazo hacia Ástor aprovechando que Juanma sigue distraído hundiendo su nariz en mi pelo y… ¡ya no está!

¡Ástor se ha ido!

Chequeo a Ulises, que no nos quita ojo de encima, y veo que Mateo y Charly siguen hablando solos en el reservado. ¿Dónde se ha metido el duque?

Y automáticamente, lo sé. Con ella…

—Perdona un segundo…

Me disculpo con Juanma y me marcho hacia donde creo que Ástor puede estar. El mismo sitio por el que me llevó agarrada de la mano hacia la zona de atrás.

—¡Keira! —Me alcanza Ulises—. ¿Qué pasa? ¿Adónde vas?

—A buscar a Ástor.

—¿Y el sospechoso?

—Él no ha sido. Cree que Sofía sigue viva. ¿Adónde ha ido Ástor?

—No lo sé, pero deberías dejarlo en paz, Keira…

—¡No puedo! ¡Le quiero! ¡Y va directo a hacerse daño! ¡Lo sé!

—Quizá Charly sepa adónde ha ido…

—¡Pregúntale, por favor! —le pido con ojos suplicantes.

Sigo a Ulises de vuelta al reservado, y su forma de agacharse sobre Charly y posarle una mano en el hombro hacen que él se derrita al momento. Noto sus pupilas dilatándose al máximo. Lo de estos dos es increíble…

Charly se levanta y nos dice que sabe adónde puede haber ido Ástor. Nos lleva a una zona que yo no habría encontrado ni por casualidad y se detiene frente a una puerta dorada.

—¿Estás segura de que quieres interrumpirle, Keira? Se va a cabrear y te mandará a la mierda —me advierte Charly, severo.

—No tengo nada que perder…

—Vale, pero dile que le has seguido, por favor. He hecho las paces con él hace tres segundos y no quiero que vuelva a enfadarse conmigo por irme de la lengua…

—De acuerdo. Tranquilo. Idos…

Ulises y yo nos miramos una última vez. Sus ojos me transmiten preocupación. Por mí, por Ástor, por él… «Uno por uno, por favor…».

Llamo a la puerta con el corazón desbocado y rezo porque alguien me abra. Lo hago repetidamente para que no se lo piensen mucho.

La hoja cede unos centímetros y acierto a ver a una pelirroja.

—¿Sí?

—¿Está Ástor contigo? Ástor de Lerma…

—Estamos ocupados…

En cuanto lo dice meto un pie entre el marco y la hoja para que ya no pueda cerrarla.

—Necesito verle ahora mismo.

—Ahora no puede…

—¡AHORA! —repito con dureza.

Empujo la puerta con fuerza para entrar, y la sorpresa gana la partida a Nat, que protesta al desestabilizarse por llevar unos zapatos de tacón de aguja de unos quince centímetros.

Lo que veo me deja sin palabras…

Ástor está desnudo de cintura para arriba atado a una silla de cuero, de esas con diferentes sistemas de seguridad para sujetar pies y manos, como si fuera un animal. Se ve que les he interrumpido en el inicio, porque todavía no le ha quitado el pantalón ni aprisionado los pies.

Ástor me mira sorprendido y su ceño se frunce.

—¿Qué coño haces aquí?

—No. ¡¿Qué coño haces tú aquí…?!! —exclamo enfadada.

—Vete ahora mismo.

Suena rotundo y desvía la mirada hacia otro lado.

—Ástor, ¿por qué haces esto…?

—¡Ha dicho que te vayas! —repite Nat con dureza.

Me vuelvo hacia ella, iracunda. «Esta no sabe con quién está tratando…».

—Te lo voy a pedir bien: déjanos un minuto a solas, por favor.

—Ni hablar. En este momento, Ástor está bajo mi responsabilidad.

—Soy policía —digo con autoridad—. No le pasará nada, tranquila. Sal de aquí…

Me mantengo firme con la esperanza de que se trague mi tono amenazante.

—Ástor, ¿quieres que me quede? —le pregunta.

—Espera fuera, Nat. Ella se irá enseguida…

La falta de fe en nosotros de Ástor me duele tremendamente. En cuanto nos quedamos solos, me mira con seriedad.

—¿Qué quieres, Keira?

—¿Que qué quiero? —repito incrédula—. ¡Quiero que pares! ¡No quiero que estés aquí! ¡No quiero que te hagas esto a ti mismo…!

—Siento comunicarte que no estás al mando de mi vida. Vete.

—¡Ástor, joder…!

—¡Tú no lo entiendes! ¡Lo necesito!

—¡No lo necesitas! Y tampoco lo mereces…

—Vete, por favor… —musita derrotado—. Te lo suplico… Esto es lo peor que puedes hacerme, Kei…

—¿Por qué? —pregunto al borde de las lágrimas.

—Porque cuanto más tiempo estés aquí, más dolor necesitaré para distraerme de la angustia que me provocas…

Sus palabras me duelen en el alma.

—¿Yo te causo angustia?

—¿Tú qué crees? Acabo de verte besando a otro… Eres perversa, joder. No soy tan fuerte como tú crees… No puedo soportarlo todo y necesito que pare este dolor …

—¡Ese tío es el sospechoso por el que he venido! Y, por cierto, desconoce que Sofía esté muerta, así que ha sido para nada…

—Me da igual, Keira… Para mí engloba a todos los tíos que te besarán después de mí y que disfrutarán de algo que yo he amado intensamente…, y me duele demasiado. Vete de una vez…

—¿Y crees que a mí no me duele verte recurrir a Nat como si fuera tu salvavidas? ¿Una sádica dispuesta a torturarte con todo esto…?

Me fijo en los utensilios elegidos para infligirle un dolor profundo. Látigos de nueve puntas con pequeñas bolas de metal incrustadas al final, varios tamaños de velas encendidas para derramar sobre él cera caliente, pinzas para los pezones, una táser para electrocutarlo... ¡Por Dios...!

—Entre Nat y yo no hay nada —aclara con voz ronca—. Ni siquiera es un rollo sexual... Su labor es únicamente aliviar mi dolor psíquico desviando la atención hacia un dolor físico controlado. Es una experta en hacerlo, y me funciona muy bien. Por favor, Kei, vete...

Mi estómago se revuelve y suelto un «joder» antes de pasarme las manos por el pelo. No habrá nada sentimental ni sexual, pero les une un hilo emocional muy tóxico que me desvela que Ástor es más masoquista de lo que yo pensaba.

—No puedo irme, me siento responsable, Ástor... Dices que conmigo no necesitas hacerlo, y eso es ponerme entre la espada y la pared. ¿Si estoy contigo no te harás daño? No he visto mayor chantaje emocional...

—No es así... Solo me estaba engañando a mí mismo, Keira, porque no estoy en disposición, ni social ni psicológica, de tener una relación de pareja seria con nadie. La autolesión no es algo que se pueda abandonar de la noche a la mañana... Cuando llevas mucho tiempo haciéndolo, llegas a depender de ello como un medio para manejar los sentimientos. Es un alivio instantáneo muy adictivo. Y sabía que tarde o temprano volverías a hacerme daño... Así que no, no pensaba dejarlo aunque estuvieras conmigo...

La presa de mis ojos cede y las lágrimas caen por mis mejillas.

—No soporto pensar que necesites infligirte dolor... por mi culpa.

—Pues es lo que hay. Siento no ser perfecto...

Me veo acorralada y pienso con rapidez cómo solucionarlo, pero no se me ocurre nada. Todas las jugadas de ajedrez que conozco terminan sacrificando al rey. Me limpio la cara avergonzada de que esta vez mi «sentir» gane la batalla al «pensar».

—Tenías razón, soy un mentiroso... —dice rendido—. Por un momento creí que tenía derecho a ser feliz contigo..., que podía permitírmelo..., y lo siento por esa mentira.

—¡Sí que tienes derecho! —exclamo indignada—. No deberías tener que pagar ningún tipo de penitencia por lo que ha ocurrido en tu vida, porque no es culpa tuya...

—Lo que tú digas...

—¡Yo no! ¡Te lo ha dicho un desconocido esta misma tarde! Piénsalo bien. Tú no provocaste su muerte...

—Ya...

—No. Ya, no. No fue culpa tuya, Ástor...

—Lo sé...

—No, no lo sabes. NO. FUE. CULPA. TUYA.

Me mira casi con odio, como lo hizo *El indomable Will Hunting* en su película. Estoy segura de que no la ha visto, pero es uno de los grandes momentos del cine. Robin Williams le repite una y otra vez a Matt Damon que no es culpa suya, hasta que se da cuenta de que autoengañarse es terriblemente humano. Una maravilla de escena.

—No fue culpa tuya... Y te lo repetiré las veces que haga falta, Ástor...

Se derrumba y baja la cabeza con una mueca dolorosa.

—Puede que lo de mi padre no, pero perderte sí ha sido culpa mía...

Me acerco a él. Sus ojos brillantes sostienen sus lágrimas, su ira y todo su amor por mí.

—No me has perdido... —musito acariciándole la cara.

Cierra los ojos de gusto sin poder evitarlo, como si estuviera seguro de que nunca más lo tocaría así. Como si yo pudiese permitirme esa temeridad.

—Voy a ayudarte a salir de todo esto, te lo prometo —le aseguro.

—No puedes... Olvídalo... Déjame solo.

—Va a ser verdad que no me conoces tanto —digo confiada—. Mis métodos son infalibles...

—He probado todo tipo de terapias y no funcionan...

—La mía funcionará.

Me mira con escepticismo, esperando a que se la ilustre.

—Es simple, Ástor. Y un poco políticamente incorrecta, pero funciona siempre.

—¿De qué se trata?

—Del ojo por ojo.

—¿Qué...?

—Verás... La mayoría de las veces, hasta que no te pasa a ti, no lo entiendes... Somos así de gilipollas. Empatizar es un superpoder raro de encontrar hoy en día. Así que, cada vez que te infrinjas dolor, yo me haré lo mismo. A ver qué tal te sienta...

 ástor

22
Ojo por ojo

¿Qué acaba de decir…?

«¡Está loca!».

Quiero gritárselo, pero se me queda atascado en la garganta cuando Keira se acerca a la mesa BDSM para contemplar el arsenal de todo lo que Nat tenía preparado para mí.

Coge el látigo, y me quedo atónito al ver que se baja el vestido hasta la cintura. Sus pechos quedan al descubierto porque no lleva sujetador, y mi vista se pierde en ellos sin poder evitarlo.

Con su mano libre comienza a acariciárselos con suavidad, y mi bajo vientre no tarda ni un segundo en tensarse por completo.

—¿Los recuerdas, Ástor? —pregunta sensual—. ¿Recuerdas lo sensibles que son y lo duros que se ponen cuando tu lengua juega con ellos?

La tensión inicial se convierte en una erección en toda regla.

—Keira…

—Lo que se me hinchan cuando me torturas deseando tenerte dentro de mí… Pues… mira esto.

Se arrea un fuerte y rápido latigazo en ellos que me duele hasta a mí.

—¡No…! ¡Ese látigo es muy duro, Kei! ¡Duele demasiado! Si no sabes utilizarlo bien…

—Tú ibas a usarlo contigo. Lo habrás hecho miles de veces, así que…

Vuelve a flagelarse en el mismo sitio, y apenas puede controlar la queja que pugna por salir de su boca.

No puedo creerlo… Se mantiene callada, pero el dolor aparece en estado líquido en sus ojos y en forma de marcas rojas sobre su piel.

—Keira, joder… ¡Para! No tiene gracia…

—Ya te digo yo que no la tiene… —gime—. Dios, qué dolor…

En ese momento, se fija en la tienda de campaña para siete en la que se han convertido mis calzoncillos… Yo no quería excitarme, pero soy como el perro de Pávlov, y el sonido de un latigazo dispara una reacción física incontrolable en mi cuerpo que desemboca en una enorme erección.

—Para, por favor… —musito suplicante.

—Igual sería interesante ponerme estos antes de volver a darme un latigazo… —Coge las pinzas para pezones.

—No lo hagas. Antes necesitas preparación. Si no estás acostumbrada puede ser mortal…

Se lo coloca y resopla angustiada. Su cara se descompone al igual que la mía. Conozco ese suplicio. Es perverso. Va incrementando poco a poco, a cada segundo, dando la sensación de que nunca va a parar de crecer… y te asustas. Keira me mira desconcertada sin saber si podrá soportarlo, y quiero gritarle que se lo quite. Pero la determinación en sus ojos corta la diatriba que le tenía destinada. Porque se está imaginando la cantidad de veces que yo lo habré soportado y acaba de decidir que ella también puede. Sin pensarlo mucho, se coloca la segunda pinza en el otro.

Me muevo bruscamente al imaginar la demencial sensación que estará sufriendo. Ese dolor no te deja pensar en otra cosa que no sea quitarte las pinzas de inmediato, lo sé muy bien. Es perfecto para olvidar cualquier mierda que tengas en la cabeza.

Trata de controlarlo porque es inteligente y sabe que puede luchar con ello. Está familiarizada porque es parecido al dolor de correr, o el de una piedra en el riñón, y sabe que su cuerpo puede, que la gente lo hace a diario y que aguantar tendrá su recompensa... En este caso, su recompensa soy yo.

—¡Keira...! —Me rindo, afligido—. ¡Dejaré de hacerlo, te lo prometo! Pero para ya... ¡Por favor!

—No me mientas, Ástor... —mascula dolorida—. Acabas de decir que es algo que no puede dejarse así como así. Y Ulises me lo contará cada vez que lo hagas en casa o cada vez que vengas aquí. Si yo tengo que soportar que te hagas daño, tú también...

Mi réplica rápida y enfadada se ve eclipsada por un nuevo movimiento de ella. Se baja el vestido del todo y se queda solo con un tanga negro de encaje de la colección de Mireia. Mi polla empieza a sudar al ver tanta piel...

Trago la saliva acumulada en mi boca y antes de que pueda decir nada, lo dice Keira.

—¿Qué más hay por aquí?

Observa la mesa, y vuelvo a intentar soltarme de las cadenas... sin éxito.

—Keira, desátame... —ordeno serio. No quiero que coja nada más.

—Espera... Todavía no he terminado.

—Has terminado. Desátame, por favor... ¡NAT! —grito con fuerza.

Cuando veo que Keira corre hacia la puerta para echar el pestillo antes de que Nat entre, se me para el corazón.

—¡No corras con las pinzas puestas! —grito horrorizado.

Pero ya es tarde... Tras poner el pestillo, se queda apoyada en la puerta, muerta de dolor.

—*Hostiaputa...* —la oigo balbucear.

Mis niveles de culpabilidad se disparan. Apenas puedo respirar.

—Dios, Keira... —Me entran ganas de llorar—. ¿Qué estás haciendo?

—Ya... Acabo de darme cuenta... de que correr no ha sido... la mejor idea. —Le cuesta hablar—. Me está atravesando un dolor inhumano ahora mismo...

Y sé que lo dice en serio. El mínimo movimiento con eso

329

puesto es como una descarga eléctrica, así que no quiero imaginar lo que habrá sido ese violento bamboleo hasta la puerta.

—Irá menguando poco a poco —intento tranquilizarla.

—¿Seguro? Es interminable, joder...

—¡Quítatelas ya, Keira! Por Dios... ¡QUÍTATELAS! —exijo cabreado haciendo un ruido salvaje con las cadenas que sujetan las cintas de cuero y, a la vez, mis muñecas. Hasta me hago daño.

«Me cago en la puta...». ¡Son de hebilla, no de velcro! Estoy bien atado.

Keira empieza a caminar despacio hacia la mesa, y se me cae el alma a los pies cuando entiendo que tiene intención de seguir. Con lo dolorida que está... ¿Qué pretende hacer ahora?

¡Puto método infalible de mierda!

Me maravilla lo lista que es. Es cierto que cuando más se sufre es viendo sufrir a una persona a la que quieres...

Coge de nuevo el látigo y me mira amenazante.

—No, por favor... —le suplico.

—Eso mismo digo yo: «No, por favor...». Pero no me haces caso, Ástor. —Y se golpea la tripa con más fuerza que antes, apretando los dientes.

Siento una impotencia tan grande que se me caen las lágrimas.

—Desátame... —sollozo resignado.

Pero me ignora cogiendo una vela.

—Ten cuidado... —la aviso alarmado—. Llevan bastante rato encendidas y no se pueden usar sin más. Hay que esperar. Keira... ¡Keira! —exclamo cuando grita por derramar un poco del ardiente líquido sobre su muñeca.

¡Es una maldita chiflada!

—¡No seas kamikaze, joder! ¡Yo hago estas cosas con un experto! ¡Eso va a dejarte marca! ¡Keira, por Dios...! ¡No sigas!

Apaga la vela y sopla un poco la cera líquida.

—Creo que voy a echármela en la ingle... —fantasea.

—¡¡¡Ni se te ocurra!!!

Doy varios bandazos rudos con los brazos hasta que uno de ellos se ve liberado al romperse la cadena que une las muñequeras a la silla. Con el subidón de adrenalina, ni me molesto en desabrochar el otro. Tiro con fuerza, y también cede.

Avanzo rápidamente hacia Keira y la atrapo en dos zancadas con los ojos desorbitados. Mando la vela lejos de un zarpazo y la cojo por los brazos. Estoy muy preocupado.

Su instinto es zafarse de mí, pero pronto frena en seco, tensándose de nuevo por el dolor de las pinzas.

—¡NO TE MUEVAS!

Presiono una para sacársela y me preparo para oír el grito que sé que va a dar. La regresión de la sangre a ese punto maltratado es como sentir tres orgasmos concentrados. Keira chilla y mi boca va directa a su pezón para aliviarlo. Al sentir la calidez y suavidad de mi lengua le fallan las piernas y tengo que sostenerla.

Pero mi alarde de heroísmo dura poco. Siento que me derrumbo con ella hacia el suelo, víctima de mi excitación, al ser testigo del éxtasis que está sintiendo. Le dura unos diez segundos y, antes de que pueda recuperarse, le quito la otra pinza y el placer la inunda de nuevo. Vuelvo a aplacar el dolor con mis labios.

Sé que si la tocase ahora mismo se correría de forma salvaje, y decido hacerlo. Mi mano bucea en sus bragas de diseño, y nada más hundir los dedos estalla en un orgasmo brutal que me los succiona en una humedad sin precedentes.

—Madre mía… —farfullo anonadado al oír sus alaridos.

Directamente, Keira se traslada a un mundo lejano y desconocido. Tal como está, sé que tardará un rato en reponerse.

Noto una presión en la entrepierna que no he sentido en mi vida. Mi glande hinchado palpita impaciente al verla experimentando semejante disfrute y no me deja pensar con coherencia.

Sin dar yo la orden, mi mano arrastra sus bragas hacia abajo para quitárselas del todo y vuelve a subir acariciando el contorno de sus increíbles piernas.

La arrimo más a mí, pegando su cara a mi pecho, y la laxitud de su cuerpo indica que prácticamente ha perdido el conocimiento.

—Mi vida… —susurro contra su frente. Y sé que me ha oído cuando reacciona a mi voz—. Mi amor…

Abre los ojos y me mira como si acabara de sobrevivir a una explosión nuclear. Los segundos pasan lentos, y me da tiempo a repasar todas las facciones de su cara. Son tan perfectas… Cejas, nariz, pómulos, boca… Ni siquiera me doy cuenta y ya estoy hundiendo mi lengua entre sus labios. Me siento flotar. Keira responde al beso con un movimiento suave.

Su sabor es insuperable, ahora lo sé… Estaría días besándola en esta postura. En el suelo. Desnudos. Aunque ella parece pensar que estamos en un sueño. En un *impasse* entre la conciencia y la inconsciencia.

Mis anárquicas manos no dejan de moverse y aprovechan para acariciarle los pechos de nuevo para curárselos. Se estremece.

—¿Estás bien, Kei?

—Sí… Ahora sí —musita, y me agarra para volver a besarme como si no quisiera perder el tiempo hablando cuando puede tener mi boca.

Mi mano tampoco se detiene. No deja de acariciarla por todas partes. Empezando por el bajo vientre y asciendo de vuelta hasta sus maltratadas areolas… Pero cuando la suya encuentra mi erección sufro un espasmo que no le pasa desapercibido.

Al comprobar mi alta sensibilidad, su mano se sumerge con más decisión en mi ropa interior, y cuando me acaricia los testículos jadeo en su boca, muerto de placer.

—Con cuidado, estoy a punto de reventar… —la aviso.

No dejamos de besarnos mientras pone todo su empeño en liberar mi miembro.

Cuando lo consigue y su mano resbala lentamente por mi erección, tenso la mandíbula y dejo de besarla. No la veo porque tengo los ojos cerrados, pero noto que ella solita se sube a horcajadas sobre mí. Y una vez conseguido, vuelve a tomar mi boca.

Sentir su torso desnudo pegado al mío es algo celestial. Se mueve para encajar nuestros sexos, y suelto un gemido sordo mientras me abrazo a ella con fuerza. Pensaba que nunca más volvería a tenerla así.

Ambos nos quedamos quietos disfrutando de la invasión. Es el mejor puto lugar del mundo, estar dentro de ella.

No puedo creer que esto esté pasando. Que nuestros cuerpos húmedos y resbaladizos se estén acoplando de nuevo con tanta naturalidad y perfección. La sensación me embriaga hasta un punto que no soy capaz de calificar, pero está cercano a mil…

—Dios, Keira...

Mi miembro duro y caliente entra y sale de ella con desesperación. Nos movemos cada vez más rápido, y mi cuerpo se contrae suplicando por un orgasmo que estoy reteniendo con uñas y dientes.

—Kei... —agonizo desesperado.

Y oír mi lamento hace que comience a botar sobre mí a un ritmo frenético, provocando penetraciones duras y profundas que me hacen perder el control del todo.

Llegamos juntos al clímax. Un clímax tan largo y devastador que cuando termina nos quedamos aturdidos, apoyados el uno en el otro.

Nunca. Nada. Nadie...

En serio. No habrá otra como ella. Y saberlo también duele.

Cuando recuperamos la lucidez, no nos movemos enseguida.

Ninguno quiere volver a la realidad; la realidad apesta. Me quedaría abrazado para siempre a esta idea de Keira. De nosotros. A esta plenitud. Pero la gravedad se impone, haciendo que se me baje. Y terminamos separándonos.

Keira se levanta para buscar algo con lo que limpiarse mientras me visto despacio... No tengo prisa por mirarla a los ojos y descubrir que, a la hora de la verdad, la prudencia manda en lo nuestro, no los sentimientos. Empiezo a desabrocharme las muñequeras de cuero con gesto serio.

—Te has pasado tres capitales de provincia... —la riño.

—Te he dicho que mi método es *heavy* pero eficaz.

—No vuelvas a hacer algo así en tu vida...

—Dependerá de ti...

Nuestras miradas chocan como en un cruce de espadas belicosas.

—Esto no cambia nada, Keira... —digo con acritud.

—Pues ya lo hará. Llegará un día en el que dejes de sentirte culpable y ya no necesites torturarte para conciliar el dolor...

—Me refería a nosotros...

—Lo sé... Tengo claro que se acabó, Ástor. Supongo que algún día dejaremos de querernos. Danos tiempo...

—Mientras siga viéndote, no podré olvidarte...

—Pues me vas a ver mucho… Porque no pienso dejarte tirado con este marrón de no saber gestionar una ruptura. Me hace sentir culpable. Así que cada vez que necesites recurrir al dolor físico, quiero que me llames…

—¿Para qué?

—Para vernos…

—¿Y volver a terminar así?

—No quiero que te hagas daño…

Paseamos por el borde del precipicio de nuestras palabras.

—Si te sigo viendo, nunca dejará de doler, Keira.

Me mira con una sonrisa triste.

—Verás como sí. Los humanos nos terminamos cansando de todo. Los «no puedo vivir sin ti» son para las canciones. Claro que se puede, Ástor… Y nos irá bien por separado. Pero antes tienes que superar esto. Y voy a ayudarte…

—¿Cómo vas a ayudarme a superarlo, si tú eres la causante?

—Es un buen reto. Puedo ser la enfermedad y su cura.

Me río por no llorar. Ha sido un día demasiado intenso.

Y no me refiero a que casi me atropellan. Ni a lo que acaba de pasar con Keira, que, hostias…, sino a que me hayan soltado en la comisaría después de confesar que dejé morir a mi padre en esa piscina.

Ha sido como accionar un jodido limpiaparabrisas por encima del recuerdo de su muerte y asumir mis propios prejuicios. No es que ya no me afecte, pero no me atormenta como antes. Que un desconocido piense que yo no provoqué la muerte de mi padre, me ha tranquilizado mucho. Quizá el verbo «provocar», haya sido clave…

—De acuerdo, Keira, te llamaré si te necesito —le digo lo que quiere oír, aunque no pienso llamarla…

Tampoco tengo claro que nos vaya a ir tan bien por separado. Los dos éramos un puñetero desastre antes de conocernos, y lo seguiremos siendo después.

ulises

23
Confía en mí

¿Quién me mandará preocuparme por un tío que hasta hace poco me caía regular?

Un tío por el que me estoy planteando pedir una excedencia...

Un tío que está enamorado de mi mejor amiga/amor platónico.

Se habla poco del mal uso que dan a este concepto, ya que fue inventado por un menda llamado Platón, que enseñaba filosofía unos cuatrocientos años antes de Cristo.

No es algo moderno. No es tu *crush*.

Un *crush* es una persona que aplasta tu raciocinio. Un flechazo instantáneo nacido de una idea concreta, pasional, superficial y puntual, casi siempre inalcanzable, por ser imaginario, famoso o desconocido. Pero el tal Platón, el jodido dueño del concepto en cuestión, se refería a todo lo contrario.

El amor platónico pertenece al mundo de las ideas. A un plano mental, no terrenal. No al de las pasiones físicas, sexuales o superficiales. El amor platónico no puede personificarse, y si lo hiciera te enamorarías de una forma de ser o de pensar. Es decir, de algo impalpable que descubres en otra persona y que encaja con tu pensamiento de la forma más bella y perfecta.

Lo que tienen en común el *crush* y el amor platónico es el

factor del idealismo, puesto que el segundo pertenece al mundo de las ideas y estas son infinitas en su perfección.

Dicho esto, siempre he pensado que Keira es mi amor platónico. Con la salvedad de que follábamos de vez en cuando, pero no era amor romántico. Nunca lo fuimos. Románticos, digo. Éramos un amor inalcanzable, básicamente porque no queríamos alcanzarlo, ni aun teniéndolo al alcance de la mano. ¿Me explico?

Teniendo esto claro, hablemos de Charly...

Charly se ha encargado de demostrarme que mi resistencia a Keira durante años no se debía a Sara, sino a que no era amor verdadero.

Del que da miedo. Del caótico. Del incontrolable. Del único que te hace palpitar el corazón contra tu voluntad estando quieto.

Y así palpitaba el mío cada vez qua salía alguna lindeza de la osada boquita de piñón de Charly. Maldito fuera...

Keira tenía razón: no fue la noticia de la web lo que nos alejó, sino cómo se defendió de su error, echando mierda sobre Sofía, y por extensión, sobre mí.

A estas alturas del partido, siendo prácticamente novios en lo esencial, ya me había dado cuenta de que lo mío con Sofía fue una conexión extracorpórea por el recuerdo de Sara y el principio de un enamoramiento con Charly, algo de lo que ni siquiera yo mismo había sido consciente inicialmente. Él sí, claro. Porque en el terreno sentimental, Charly me da trescientas vueltas.

Sofía estaba buena hasta decir basta, nadie lo pone en duda. Era lista, divertida y una fiera en la cama. Es decir, hablamos de la maldita perfección. Pero lo nuestro tampoco era amor. El amor es otra cosa —gracias a Dios—, el amor es un factor equis que... o lo tienes o no. Algo ingobernable e ilógico que no decides tú.

El amor es que te llame «tonto» y te mueras de ternura.

El amor es ceder en un mundo en el que nadie cede porque está bien visto ser egoísta y mirar por ti primero. El amor está en los detalles. En los pensamientos más pequeños, que existen; todos los tenemos, aunque no todos sepamos transmitirlos correctamente. Amor es lo que siento cuando miro a Charly y pienso: «¿Por qué? ¿Por qué te quiero tanto, cabrón? ¿Cómo has conseguido que tu luz me ciegue?».

—Espero que no se maten ahí dentro... —me ha dicho cuando hemos dejado a Keira en esa habitación del pánico con Ástor atado.

—No lo harán... Se quieren.

—Me refiero a Nat y a Keira. Las dos tienen mucho temperamento.

—¿Nat es la tía que tortura sexualmente a Ástor?

—Lo tortura a secas, no sexualmente. Es una animal, según Ástor. Hace años que la tiene en nómina. Esa mujer vive como quiere a costa de sus traumas...

Tenemos esta conversación mientras nos movemos entre grupos de gente que está haciendo el amor con pasión, así que mi atención a las palabras de Charly decrece, a raíz de que me crece otra cosa...

Una «cosa» que no le pasa desapercibida, marcándose en el pantalón de tela fina que he decidido ponerme hoy. ¡Error! Para un día que no llevo vaqueros...

—Estás muy guapo, por cierto —murmura Charly mirándome de reojo.

Carraspeo un «gracias» en tono bajo e ignoro la evidencia.

No pienso decirle lo guapo que está él con ese nuevo corte de pelo, pero casi me da un síncope cuando lo he visto esta tarde en comisaría.

Ástor pendiendo de un hilo, y yo preguntándome si mi «ex» consigue ese efecto con gomina o con cera de peinado... Sea como sea, está condenadamente sexy.

Lo que no ha sido tan sexy es nuestra conversación antes de salir de la sala de interrogatorios:

—Gracias por venir tan rápido y salvarle, Charly —le he dicho.

—Lo que sea por Ástor...

—¿Cómo estás?

—Bien, ¿y tú?

—Bien...

—Vale...

En ese momento ha mirado hacia otro lado haciéndose el duro, y he puesto los ojos en blanco, agotado. Pero lo que de verdad me apetecía era estamparlo contra el cristal irrompible y preguntarle por qué cojones no me había llamado en toda la semana, si fui yo el agraviado por sus mentiras y sus comentarios desdeñosos hacia mi «no-amor» con Sofía...

Y luego le habría morreado a lo bestia, claro. «Puto amor... ¡Vaya mierda!».

En vez de eso, hemos estado los dos tiesos y correctos, fingiendo que no dormíamos el uno sobre el otro en una misma cama hace nada.

—¿Sabéis algo nuevo del caso de Sofía? ¿Algún otro sospechoso sacado de la manga de última hora...?

—¿«Sacado de la manga»? No te pases, tío... Que le contaras lo de la web y luego apareciera muerta, viendo lo mucho que se enfadó Ástor, no es sacarse nada de la manga, guapo... Es mentir descaradamente al policía que casualmente te follas.

—No es mentir. Y yo no te follo, Ulises, ¿recuerdas? Pero tenlo claro: no te mentí, simplemente omití información irrelevante.

—¿«Irrelevante»? Y una mierda.

—Hay muchas cosas que no sabes de mí, Ul. No tengo por qué contártelo todo..., y menos de mi vida anterior.

—Tienes razón, hay muchas cosas que no sé..., como que Sofía escribió a sus amigos cinco minutos antes de morir diciendo que tenía un secreto jugoso sobre Ástor y tú le habías contado uno muy grande.

—Se lo conté para que se casase conmigo. Quería que supiera que tenía más dinero del que ella creía...

—Según tú, se lo contaste para que yo volviera a ti... Y sonó muy psicópata, por cierto.

—Eso te lo dije porque quería follarte —ha soltado, dejándome boquiabierto—. La gente como tú, Ulises, necesita escuchar cosas así para abrirse de piernas...

«¡SERÁ HIJO DE...!», he pensado cabreado.

Y más excitado que nunca. «Joder, aguántame...».

Pero esa información casi me ha puesto contento y todo. Porque le ha restado la premeditación y la alevosía que tanto me preocupaban de él y ha sumado un par de puntos a su lado cabronazo, con lo que me pone...

—Y luego dices que no eres un mentiroso... —He salido por peteneras—. ¿Solo querías regalarme los oídos para follarme, Charly?

—No solo para eso... Deseaba que fuera verdad. Para no tener que alegrarme de que Sofía haya muerto...

En ese momento, me he tenido que agarrar a algo para no desmayarme. Porque ese tío... ese tío que solía meterme la lengua hasta la campanilla y yo a él la polla hasta ni os cuento ha demostrado que tiene los cojones más grandes de toda España por decir eso en voz alta en una puta comisaría donde se investiga el caso de su novia muerta.

Justo entonces la puerta se ha abierto con brusquedad y ha aparecido Keira, cargando con su propia mala leche.

—Perdón... —Se ha dado cuenta de que ha interrumpido algo.

—Tranquila... —ha farfullado Charly—. Yo ya me iba...

Y yo sí que me he ido... ¡Pero a la mierda con todo! ¿Tanto me quería...? Joder...

Me quiere tanto que si tuviera que elegir entre que Sofía viviera o estar conmigo... Dios santo...

¡Ha sido demasiado!

Después, me he ido a casa sin comer, a tumbarme en la cama boca abajo, todavía impresionado por esa conversación con Charly y furioso por no haberle besado cuando lo tenía tan cerca.

Menudo día...

Más tarde, he recibido el mensaje suplicante de Keira para acudir al Dark Kiss con Mateo esta noche y, ni corto ni perezoso, he avisado al «tío que tengo que admitir de una vez que me cae mejor de lo que me gustaría» de que esta noche iba a poder hablar, por fin, con el abogado más escurridizo del mundo, Mateo Ortiz.

Y os juro que Ástor me ha ganado por completo cuando lo ha abordado como si fuera un jodido matón. Después, Keira ha hecho su numerito, con sus pertinentes repercusiones emocionales —que me han salpicado, como siempre—, y aquí estamos... Charly y yo solos... en la zona más oscura del Dark Kiss.

Yupiii…

De repente, Charly se para frente a un par de tíos rubios que se están enrollando. Parecen extranjeros. Nórdicos. Vikingos, o casi, y…

Oh, oh. Capto su cambio de planes en un segundo.

—Sal tú, si quieres… Yo me quedo por aquí. No se me ha perdido nada ahí fuera con Mateo… —se excusa. Y empieza a desabrocharse la camisa, impasible.

¡Pero… ¿qué ven mis ojos?!

¿Acaba de insinuarme que va a unirse a la fiesta de esos dos?

¿Y qué es eso de «sal tú, si quieres»? ¿Cómo que «si quiero»?

Se deshace de la camisa y la deja en un colgador de la pared. La boca se me hace agua al ver su torso desnudo y tonificado.

«¿Babear por un hombre? ¿Yo? ¡Jamás de los jamases!». Trago saliva.

Cuando se desabrocha el pantalón, se me pone dura. «¡Cojonudo!».

Mi orgullo me dice que me largue, que estoy a punto de caer muy bajo porque llevo demasiado tiempo quieto como un pasmarote, pero mi cuerpo no coopera. Se queda para ver cómo Charly se sienta al lado de los vikingos, que se vuelven hacia él, descubriendo sus intenciones.

Las pirañas no esperan cuando huelen la carne fresca, y el ataque hacia mi greñas loco es acuciante. Lo besan y palpan su mercancía por encima de la ropa interior, y me quedo petrificado y deseando ser ellos.

De pronto, los ojos de Charly coinciden con los míos, preguntándome qué coño voy a hacer al respecto. Y le odio por ello.

Porque no lo sé ni yo. ¡Tengo dudas!

No quiero estar con esos tíos. Y tampoco quiero que toquen a Charly. Es mío…

Mis instintos homicidas infantiles afloran y me apetece lanzarles algo a la cabeza. Un pollazo, por ejemplo…

No sé ni cómo lo hago, pero me veo tirando con fuerza de su brazo para arrancarle de las garras de esos guiris.

Ignoro su cara de confusión y me estrello contra su boca agarrándolo de la nuca como un maniaco.

Charly responde al beso, colocando las manos en mi cara.

—Pensaba que no ibas a hacerlo nunca… —musita en mis labios.

—Eres gilipollas —juro en su boca. Y me sonríe—. Eres peor que yo, joder… —Le tiro del pelo para dominarle y besarle como quiero.

La excitación arrasa mis modales. Sé que le gusta que me pase de rudo, que tome el control, notar mi posesividad…, y empiezo a devorarlo sin compasión.

De repente, recuerdo a Keira extrañándose de que no haya querido aceptar que Charly me posea. ¿Cómo lo llamó? «Inevitable desenlace…». ¿Lo es de verdad?

Como si me hubiera leído el pensamiento, Charly se separa de mí y me arrastra de la mano hacia otro lugar.

No sé adónde me lleva, pero tampoco me importa mientras no me suelte.

Después de dar un par de vueltas, encuentra a una chica que parece estar disfrutando en soledad tras haber echado un buen polvo.

Se sienta a su lado y le dice algo al oído. Ella asiente, y se relaja visiblemente abriéndose de piernas.

Charly me insta a ponerme al otro lado de la chica, pero me da que lo hace para que me sienta cómodo. De pronto, comienza a lamerle un puntiagudo pecho y a acariciarla por encima de la braguita.

Su deleite al chupar me da envidia y no tardo en imitarle con la otra. La verdad es que la chica tiene unas tetas increíbles, capaces de alimentar a toda una guardería y dejar algo para nosotros. Ella se retuerce ante nuestras atenciones y empieza a ponerse a tono.

Charly arrastra mi mano hasta su centro, que ya está húmedo y preparado para recibirnos. ¿Este es su plan? ¿Hacerle una doble penetración?

Me sorprendo a mí mismo deseando borrarla de la ecuación. Llevo cinco días sin ver a Charly, sin sentir el roce de su piel por todas partes, y es lo único que me apetece en este momento. No una desconocida. Pero tengo claro que esta noche dormiré pegado a su nuca y me da igual.

Durante los preliminares, la chica apenas participa, solo se deja hacer, y puedo disfrutar de Charly a placer. Bombeo sus partes con tanto ímpetu que me acusa de que voy a provocarle un esguince.

—Quiero follarte... —lo justifico con un jadeo. Necesito que entienda que mi excitación es máxima.

—Yo también... —contesta con la respiración acelerada.

Cuando nos miramos la duda tiñe mis ojos con ese «yo también». ¿Me está diciendo que quiere que le folle o que quiere follarme a mí?

La idea reluce en sus ojos y me deja sin respiración. ¡Dios...!

Charly dice a la chica que se tumbe boca arriba en una cama cercana. Y cuando casi puedo imaginar la sensación que está a punto de sentir al introducirse en ella, me mira y me ordena que lo haga yo.

Resulta una ofrenda irrechazable. En otras circunstancias, me tiraría en plancha y la embestiría como a un cajón que no cierra, pero hoy sé muy bien las repercusiones que acarreará obedecerle... Quiere hacerme ver a Dios, cuando ni siquiera sé si creo en Él.

Charly percibe mi indecisión y no deja ni que me lo piense. Se pega a mí espalda, cuela la mano por delante hasta mi miembro y lo bombea un par de veces, haciéndome ver las estrellas.

—Confía en mí, Ulises... —susurra en mi cuello.

Y no es que no lo haga, pero me da un pánico atroz que me duela, que no me guste y mil cosas más.

—Necesito que me sientas... —me asegura angustiado.

Y yo también quiero sentirle, pero solo a él. Dios me sobra. Y la chica también.

Al no contestarle, Charly me empuja hacia la cama y hace que me suba a ella de rodillas. Empiezo a sudar cuando siento que me agarra por detrás y me besa la espalda, afianzando su posición de dominación.

Pierdo el control en el preciso momento en que permito que sus manos resbalen por mi piel hasta llegar a mis huevos; mi cuerpo se relaja contra mi voluntad. Es su brusco amarre el que termina de someterme, y no digo nada cuando me inclina, dejándome a cuatro patas, expuesto a él.

Es la posición perfecta para cambiar de opinión. Porque no me veo haciendo esto. Pero no cuento con su pericia...

Su mano vuelve a bombear mi polla, y, sin embargo, es su boca la que me deja sin habla cuando siento que se agacha y me lame los testículos.

Me la han mamado mil veces, pero nadie se había acercado tan al sur jamás. Debo de ser un desgraciado...

Las caricias se me antojan irresistibles al discernir el agrado con el que lo hace, y me resisto a frenarle porque me gusta demasiado. Además, estoy recién duchado y eso tranquiliza mi pudor. Sentir su lengua acariciando mi ano, humedeciéndolo con saliva, causa estragos en mi organismo.

En un momento dado, Charly se incorpora y se junta más a mí para colocar su miembro entre mis piernas. El gesto despierta un tirón dramático en mi vientre, donde se arremolina todo lo bueno que siento por él.

—Relájate —jadea con la respiración entrecortada. Y es como si se lo dijera a sí mismo, demostrando que para él esto no es su pan de cada día, que «soy yo» y no otro.

Me gusta sentir que tiembla por mí.

Intento relajarme de nuevo, y todos mis sentidos apoyan la idea.

Me ayuda oler su colonia, recordar lo guapo que lo he visto hoy, el sabor de su lengua en mi boca... y sentir esa deliciosa pulsión que me azota sin piedad cuando un dedo ansioso trata de introducirse en mi coto vedado.

Un intenso espasmo recorre mi cuerpo cuando Charly prepara el lugar para invadirlo con algo mucho más grueso...

—No entraré hasta que me lo pidas... —me avisa. Y me relajo recordando que me lo prometió una vez. No hará nada hasta que se lo suplique...

Un orgasmo empieza a culebrear en la parte baja de mi espalda al imaginarlo empalado en mí. ¿Voy a hacerlo? ¿Voy a traspasar la línea de «follarme a un tío» y dejar que «me folle»? Madre mía... Pero no es un tío, es...

—Charly... —protesto para impedir que continúe, pero me ignora levantándome el culo para arrimarse aún más a mí.

La postura, la ansiedad y que empiece a bombear mi polla de nuevo me dejan la mente en blanco.

Me obliga a cerrar los ojos de gusto, logrando que la excitación me acorrale y no me permita pensar en nada.

¿Qué coño tengo que pensar...? ¡Si lo estoy deseando!

Lo sé cuando frota su glande contra mi entrada, más resbaladiza que nunca, y gimo de expectación. Lo hace varias veces, y su paciencia y deferencia me vuelven completamente loco.

Me pone enfermo sentir lo fácil que tiene el acceso y que consiga retenerse a sí mismo. Mi cuerpo responde a su tentativa y se dilata, hambriento. Es una sensación jodidamente desquiciante.

—Vamos... —le imploro—. ¡Hazlo ya...!

El cabrón ni cuenta hasta tres. Introduce la gruesa cabeza, y siento una descarga eléctrica de placer mezclado con desconcierto que sobrepasa cualquier cosa que haya sentido en mi vida.

—Quédate quieto, Ul —me aconseja—. Deja que se adapte...

Pero no puedo esperar. Necesito que avance... o me moriré. Y sin pensarlo un segundo, me impulso hacia atrás haciendo que se introduzca en mí hasta el fondo.

Los dos soltamos un gemido explosivo que se me clava en el corazón matándome de placer. Y cuando empieza a moverse de nuevo veo a la Santísima Trinidad y a todos los ángeles señalándome el camino hacia el cielo.

—Dios... —jadeo alucinado.

Charly se mueve ofreciéndome estocadas profundas y resbaladizas que nos sumergen a ambos en un éxtasis espectacular. Sus manos bloquean mis caderas para fijar mi posición y que lo sienta totalmente dentro. Las emociones me ganan la batalla haciéndome sentir totalmente suyo.

—Ese no es Dios... Todavía no... Enseguida lo verás...

Las oleadas de un placer inaudito me subyugan a él. Mi cuerpo se arquea obligándome a vivir el sexo en un plano muy distinto a lo que estoy acostumbrado. Manejado. Deseado. Querido.

Trato de resistir sus implacables embestidas con los puños apretados. Estoy a punto de desmayarme. De llorar. De empezar a soñar a lo grande. Y de correrme vivo. Solo necesito...

De repente, Charly me empuja con su cuerpo hacia delante para que me encaje con la chica. Mi dureza se abre paso en su interior, multiplicando las sensaciones por dos. Es imposible que esto sea real... Por un momento no puedo pensar, solo sentir. Esto supera con mucho cualquier tipo de droga. Sentirle detrás de mí, provocándome tanto placer, es más de lo que me merezco. El ritmo resulta insostenible cuando los tres nos movemos a la par varias veces. Es demasiado bueno. Oigo que Charly explota soltando un gemido gutural que desencadena mi orgasmo sin remisión.

Es un momento indescriptible. Único. Inenarrable... Solo puedo decir que si hay un límite para querer a una persona es este.

No existe un más allá.

keira

24
Manipulaciones humanitarias

Un mes después

La psicología inversa, con un cabezón, funciona a cualquier edad.

«Llámame». Y no lo hará.

Pero era justo lo que quería… Darle el poder. Saber que podía llamarme y que no quisiera hacerlo. Porque eso es lo contrario a sufrir por amor y desesperar.

Lo mío, sin embargo, fue peor… Yo sí que no podía llamarle, y por ende, no pude dejar de pensar en hacerlo.

Por supuesto, tenía mis métodos y la disciplina suficiente para mantenerme distraída un mes, antes de elegir un barranco por el que tirarme. Lo digo por el día que Ulises me contó que Ástor tenía una cita…

Al parecer, había sido idea de su madre; él no quería, pero quizá no fuera tan mal consejo empezar a salir con otras personas. Había más peces en el mar, ¿no? La angula estaba rica, pero salía cara, y unas gambitas de vez en cuando no podían hacer daño… Te lo comes todo, menos la cabeza, y arreando. Sin rayadas.

Ástor había tenido sexo con muchas mujeres antes que conmigo y seguiría teniéndolo después. Me bastaba con pensar que a ninguna la miraría como a mí, y que tampoco lo harían sufrir tanto como yo.

Por mi parte, seguí indagando en los asuntos de Mateo, y admito que me entretenía pasar tiempo con él. Era un hombre atractivo y mentalmente hábil con el que siempre me divertía.

Me confesó que sus clientes le habían pagado por encontrar al dueño de la web SugarLite porque, según ellos, era el culpable de que sus hijas hubieran desaparecido, pero me aseguró que, al saber que era Ástor, se asustó y les devolvió el dinero. Jura que no llegó a desvelárselo.

—Es un hombre muy poderoso… —subrayó—. Y no es broma, alrededor de personas así ocurren muchos sucesos misteriosos. Paso de aparecer muerto en cualquier cuneta… No sé quién habrá querido atropellarle, pero ahí tienes un buen ejemplo. Lo único que sé es que mis clientes no han sido, hay mucha más gente que va a por él. Y si sigue vivo es porque habrá silenciado a muchos otros a su manera. Aléjate de él, Keira…

—Ástor no es peligroso —le repetí con seguridad.

—Entiendo que contigo sea delicado, pero no lo conoces.

—¿Qué sabes tú de él que yo no sepa?

—Yo no. Mi hermana…

Acabáramos…

Cada vez que doblaba una esquina, me encontraba una nueva sorpresa. Y dolía, pero al menos mi dignidad ya no estaba en juego. Estas cosas seguían convenciéndome de que cortar con Ástor había sido lo mejor.

—¿Qué pasa con tu hermana, Mateo?

—Salió con él un tiempo…

—¿Cuándo?

—Antes del accidente de Héctor…

—¿Y…?

—Fue bastante cabrón con ella. Para él, mi hermana era como un Tamagotchi al que alimentaba con sexo para que no muriera…

—¡Por Dios…! —Me tapé la boca, muerta de risa.

—¡Va en serio, Keira! —exclamó Mateo al ver que no podía parar de reírme.

—¿Me estás diciendo que tú nunca has sido un cabrón?

—¿Yo? Jamás. ¡Yo soy un santo…!

—Sí, ya… Todos somos el malo en la película de alguien.

—Yo puedo ser el tuyo, si quieres… —dijo subiendo las cejas.

Me dio otro ataque de risa.

—¡¿Tienes siquiera una hermana?! —pregunté perspicaz.

Mateo sonrió poniendo cara de «¡cazado!». Y me felicité por no tener tan oxidados mis instintos policiacos. Al menos, seguían siendo infalibles con gente de la que no estaba enamorada…

—Me gustas mucho, Keira —confesó por fin—. Y es muy difícil competir contra alguien como Ástor de Lerma. ¡Lo tiene todo! Y no me extraña que quieran cargárselo… Es el Kennedy de la aristocracia española.

Me gustó mucho esa comparación.

Sabía que Ástor era el ídolo de muchos y la envidia de otros tantos. Uno de esos líderes que funcionan porque no quieren serlo, porque son justos y nobles. Además de ser un dios en la cama, en los negocios y un brillante jugador de ajedrez.

No… Nadie podía competir con él. Pero, a la vez, cargaba con el peso de sus traumas, de su posición, de su apellido y de todos los secretos que hacían que me sintiera poca cosa a su lado… Me hacía sentir que era alguien con quien no merecía la pena compartirlos.

Esa misma noche, cuando me acompañó a casa, Mateo me besó. Y no me aparté porque… No sé por qué. ¿Por pena? ¿Porque me caía bien? ¿Porque me hacía reír? No. Porque quería olvidar a Ástor.

Pero cuando terminó el beso, no me fui nada convencida. Tenía que haberle dicho que no estaba segura, aunque él debía de haberlo notado ya, y le quedó cristalino cuando me escribió más tarde para preguntarme si quedábamos al día siguiente y le di largas.

Estaba sola. Más sola que nunca sin Ulises en la comisaría y sin tener de dónde tirar en el caso de Sofía.

Fui a visitar a Carla a la cárcel, y todavía me dejó más deprimida. Apenas la conocía, pero sus lágrimas teñidas de inocencia me hicieron llorar a mí también. Tal vez influyera que me preguntara por mi relación con Ástor y me contara lo comprensivo y gentil que había sido siempre con ella.

Al final, Gómez, preocupado, terminó llamándome a su despacho en calidad de jefe, no de novio de mi madre, si no, quizá me habría hecho caso cuando rechacé la «especial» terapia psicológica que tenía preparada para mí.

Entré en su despacho arrastrando los pies, y me pidió que no le interrumpiera hasta terminar de exponer su petición.

—No pienso hacerlo… —contesté certera.

—Es una orden, Keira.

—¡¿Por qué yo?!

—Porque quiero que te encargues de ella. Contigo va a aprender mucho. Acaba de empezar y necesita apoyo. Ha ocupado la plaza que Martínez ha dejado libre tras su jubilación y no conoce a nadie. Instrúyela y que te ayude con lo que estés haciendo…

—¡No me jodas! ¿Tengo cara de niñera? Sabes que no me gusta la gente… ¿No puede encargarse otro?

—No. Y a ti te vendrá bien. En vez de regalarte un perro, te doy a De la Torre. De nada. Espero que te haga mucha compañía…

—¿Estás seguro de que quieres joderme así…? —lo amenacé.

—Intento ayudarte, Keira… Y a ella. Apunta maneras. Es lista. Pero tiene un historial complicado y no puedo ponerla con cualquiera…

—¿Qué historial complicado?

—Eso es información clasificada.

—Déjate de hostias…

—Al llegar, De la Torre me hizo una petición un tanto especial y empecé a investigarla… Pidiendo favores descubrí algunas cosas de ella…

—No soporto cuando te pones críptico. Si voy a encargarme de ella, habla de una vez.

Su sonrisa me chivó que me tenía justo donde quería, muerta de curiosidad.

—Se llama Yasmín.

—Lo siento por ella.

—No empieces… Es un nombre bonito.

—Se llama como mis pastillas anticonceptivas. ¿Qué más?

—¿Tú tomas pastillas anticonceptivas? —preguntó escéptico.

—¿Podemos ir al grano? —resoplé avergonzada.

—Sí, mejor… Pues descubrí que, cuando tenía diecisiete años, fue víctima de una violación…

Me quedo callada. Tristemente, no es nada fuera de lo común. Cada cuatro horas se denuncia una violación en España. Cada cuatro putas horas… Más todas las que no se denuncian, claro.

—¿Qué petición rara te hizo?

—No tener que trabajar con hombres a solas. Les tiene todavía más tirria que tú. Al parecer, fue una violación en grupo…

—Mierda…

—¿Te vale? Te está esperando en tu despacho.

—¿Qué edad tiene?

—Veintipocos. Lleva menos de un año en activo y pidió trabajar en esta comisaría. Estaba la primera de la lista para cuando hubiera una baja.

—De acuerdo. Me voy.

—Keira, no le digas que lo sabes. Deja que te lo cuente ella…

—¿Me tomas por estúpida? —contesté desde la puerta a modo de despedida.

Cuando entré en mi despacho y la vi de espaldas, sentada en una de las sillas, con el uniforme perfectamente planchado y con el cinturón del arma puesto dentro de comisaría, puse los ojos en blanco. Cinco años me separaban de aquella estampa incomoda. Yo vestía como quería y el arma la tenía de adorno tras los muros de la base.

—Buenas… Soy la inspectora Ibáñez.

Al oírme, se puso rápidamente de pie. Cuando se dio la vuelta lo primero que me vino a la mente es que era opuesta a mí.

Rubia, ojos ámbar, piel clara, cara angelical y los dientes más blancos que he visto en mi vida; llegaría a creerme que tiene doce años, si no fuera por su altura. Sobrepasaba mi uno setenta.

—Buenos días, señora.

—Oye…, ¡que te llevo pocos años! —la acusé con una sonrisa, y le ofrecí la mano.

—Perdón…, inspectora. —Me la apretó levemente.

—Llámame Keira y ya está. Gómez me ha dicho que vas a estar conmigo un tiempo…

Me desplacé hasta mi silla y le indiqué que volviera a sentarse.

—Para mí es todo un honor… Es usted una inspiración y…

—Por favor… —dije levantando un dedo—. Tutéame o me voy a deprimir.

—Perdón.

—Y deja de pedirme perdón por nada.

—Per… Vale.

La vi morderse los labios y mirar al suelo. Me forcé a ser buenecita.

—Háblame un poco de ti, de tu familia y de tus aspiraciones. Así nos conocemos más…

—No tengo contacto con mi familia desde que me fui de casa a los dieciocho. Solo hablo con mi hermana pequeña de vez en cuando. Vivo sola, tengo dos gatos, se llaman Klaus y Damon, y estoy cursando segundo de Criminología…, voy poco a poco con algunas asignaturas. Mi plan es terminar la carrera y saltar a la escala ejecutiva.

—Vaya… Parece que tienes las cosas muy claras. ¿Y quién es «tu persona»?

—¿Qué persona?

—¿Quién dirías que es la persona más importante de tu vida? Ya sabes, a la que ves o llamas todos los días. Con quien pones a parir tu mala suerte o celebras tu buena fortuna.

Un silencio atroz recorrió la habitación. Ni siquiera parpadeó para darse tiempo y responderse esa pregunta a sí misma. La vi rebuscando en cajones de su mente sin encontrar nada, y la pena me arañó de una forma tan familiar que tuve que ir en su ayuda.

—Vale, perdona, pero tengo que saberlo ya… ¿Lo de llamar a tus gatos Klaus y Damon es por *Crónicas vampíricas*?

La sonrisa que le estalló en la cara devolvería a un muerto a la vida.

—¡Sí!

—¡Me encanta esa serie!

—¡Y a mí! ¿Has visto la de *Los Originales*?!

—Aún no.

—¡Pues tienes que verla!

—Me la anoto.

No volvimos a abordar el tema de «su persona». Le hablé de pequeños casos que estaba resolviendo y de sitios a los que me acompañaría aquel día. Le pedí que viniera vestida de paisana a partir de entonces.

—¿En serio? Pero…

—Para patrullar o desempeñar puestos de servicio el uniforme es reglamentario, pero en trabajos de investigación resulta contraproducente. La mayor parte de las veces es mejor que no sepan que eres policía.

—¿Y el arma y la placa?

—La placa, siempre. Y el arma, ahora en invierno, la puedes llevar bajo el abrigo sin que se te vea. En verano es más problemático.

Una hora después, cuando llegó el momento de diseccionar el caso de Sofía, puso una cara extraña al revisar minuciosamente la carpeta con toda la información que teníamos.

—¿Qué pasa?

—Mmm… Nada…

—Si quieres ser una buena policía vas a tener que aprender a poner cara de póquer. ¿Qué pasa?

—Te he visto en alguna revista con el duque de Lerma…

—¿Y…?

—Y nada…

—Dilo ya.

Yasmín me miró con cierta precaución.

—Que ha sido algo muy comentado…

—No he leído nada. ¿Qué se comenta? —dije haciéndome la tonta.

—He oído tantas versiones distintas y opuestas que es imposible que todas sean verdad. Y si voy a ayudarte con el caso, me gustaría conocer la versión oficial…

—¿La versión de qué? —pregunté inquieta.

—Dicen que inicialmente era el sospechoso de tu caso…

Eché la cabeza hacia atrás y resoplé con tedio. Entre esto y lo del ajedrez me tendrían frita hasta el final de los tiempos.

—Perdona, no es asunto mío... —me interrumpió antes de que pudiera contestar—. Olvídalo.

—Ástor y yo nos liamos mucho antes del asesinato de Sofía. Seis meses antes. Nos conocimos por otro caso. Amenazaron con matarlo a través de unas notas y... bueno, es igual... Volvimos a vernos cuando encontraron el cuerpo de Sofía en la universidad. Estuvimos juntos unos días, luego lo dejamos, luego volvimos otra vez y..., al final, se acabó.

—Vaya, eso son muchas veces... —musitó Yasmín con la boca pequeña.

—En realidad él nunca fue sospechoso —atajé.

—¿Nunca? Pues por aquí he leído que ha estado detenido varias veces...

—Por malentendidos...

—Ya veo... ¿Y por qué este caso no está cerrado? ¿No es evidente que fue la amiga celosa, la tal Carla?

—En principio sí, pero esa «amiga celosa» es la novia del hermano de Ástor, y claro... Los dos dicen que Carla es incapaz de hacer algo así, y hemos estado trabajando en la idea de que fuera una trampa, de que alguien que sabía que ella había quedado con Sofía la inculpara utilizando un objeto personal de Carla para matarla.

—Un poco rebuscado, ¿no? Y si así fuera, ¿quién iría a su casa a por ese objeto? Solo podría ser un conocido que supiera dónde vive y que tuviera acceso a sus llaves...

—Carla perdió, o le robaron, las llaves el día anterior...

—¿Eso es cierto? ¿Lo habéis comprobado?

—¿Cómo...?

—¿Que si hay pruebas de eso o la creísteis sin más, a pies juntillas, por ser quien es?

El corazón comenzó a palpitarme rápido. Una cría... Una novata que no conocía a nadie y que no era parte de la defensa acababa de señalar algo tan obvio que empecé a encontrarme mal.

Jamás deberíamos haber llevado el caso de Sofía... ¡Habíamos dado por hecho demasiadas cosas! Ástor había anulado mi mente virtuosa...

—¿Cómo comprobarías tú eso?

—Si las perdió, tendría que haber hecho copias, ¿no? ¿Dónde? ¿Cuándo? Se puede comprobar si es cierto, para empezar...

La forma de pensar de Yasmín me impresionó y quise aprovechar la racha.

—Vale. Ahora imagina que descartas a Carla por lo que sea, ¿por dónde tirarías?

—Por el novio de Sofía, por supuesto. E incluso por sus padres...

—¿Sus padres?

—Sí. Todo queda siempre en casa... ¿Qué tal se llevaban los padres de Sofía con ella?

—No sé... —dije estupefacta—. Solo sé que quisieron enterrarla muy rápido. Y que en la morgue no soltaron ni una lágrima.

Yasmín abrió las manos con cinismo y dijo:

—Ahí lo tienes. Igual les vino de puta madre que muriera. ¿Por casualidad no estaría ganando mucha pasta últimamente? Y todo el dinero es para ellos. O igual tenía un seguro de vida de la hostia y ahora mismo están en las Maldivas pasándoselo teta. ¿Lo habéis comprobado?

Os juro que me dejó boquiabierta.

Estuve a punto de levantarme y darle un beso en la frente. También me entraron ganas de llorar... ¿Cómo había permanecido tan ciega? En ese mismo momento mandé a Gómez un mensaje con una sola palabra: «Gracias». Y él me devolvió una carita sonriente y un pulgar arriba.

Nos pusimos las pilas para comprobar todas las nuevas vías que acababan de abrirse. Tuve tentaciones de llamar a Ulises, pero no lo hice, confié en Yasmín, y debo admitir que, misteriosamente, me sentí muy a gusto trabajando con ella. ¿Me estaba ablandando?

Quizá sí, porque poco tiempo después mi nueva ayudante me llamó un día por teléfono a las ocho de la mañana. Le había dado mi número personal, sí, pero bajo amenaza de no usarlo a no ser que alguien se estuviera muriendo. Y así fue. Resulta que Yasmín necesitaba el día libre porque Klaus se había puesto muy enfermo y tenía que llevarlo al veterinario urgentemente.

—No puedo pedírselo a mi hermana porque es alérgica a los gatos, y no tengo a nadie más... Creo que si no lo llevo ahora mismo, cuando vuelva a casa estará muerto.

Aquello me dejó patidifusa.

—¡Claro, claro, ve...!

—Lo recuperaré otro día, te lo prometo. Gracias.

Y me colgó sin añadir nada más. Sin gilipolleces. Era de las mías.

Estuve todo el día preocupada por ella debido a la falta de noticias. Era viernes y no podía quedarme con la duda hasta el lunes. No lo soportaría. Quería escribirle, pero me horrorizaba preguntarle «¿Cómo está tu gato?» y que me contestara que no lo había superado. Porque desearía consolarla de alguna manera y no podría hacerlo a través de la dichosa tecnología.

Así que, sin pensarlo mucho, me presenté en su casa como una buena acosadora —no me costó mucho encontrar la dirección—, y llamé al timbre.

Era la primera vez que hacía algo parecido. Habían pasado solo dos semanas desde que nos conocimos, pero habíamos comido juntas la mayoría de los días. Yasmín se mostraba hermética con su pasado, pero yo le había contado mil anécdotas vividas con Ulises, incluso le conté que Gómez estaba liado con mi madre, y flipó. También hablamos mucho de series y de libros. No me enteré de grandes detalles de su vida, lo único que sabía es que estaba sola.

Cuando abrió la puerta, después de descorrer lo que me parecieron al menos cuatro cerrojos, apareció en pijama y armada, ¡ole sus ovarios!, y se sorprendió mucho de verme.

—Hola...

—Hola... Yo... solo quería saber qué tal está tu gato.

Su sonrisa incrédula volvió a darme un poco de pena.

—Mejor. Gracias... Le han tenido que hacer un lavado de estómago.

—Uf, menos mal. Había traído un kit de rescate por si acaso... —dije levantando una bolsa—. Son unas chucherías para los mininos y helado de chocolate con brownie para ti.

—Oh, Dios... —musitó anonadada—. ¿Alguien sabe lo adorable que eres en realidad, Keira?

—No. Guárdame el secreto, por favor…

Nos sonreímos, y me obligó a pasar.

—¿Siempre vas armada dentro de casa? —bromeé.

—La verdad es que sí…

Cuando cerró la puerta, me fijé en la parte trasera de la hoja y descubrí que no lo decía en broma. Había un montón de pestillos diferentes. ¡Eso era pasión y culto a los sistemas de seguridad!

En ese momento pensé que estaba frente a una chica aterrorizada, pero su personalidad y su empuje desmentían esa hipótesis. Por no hablar de su salón… ¿Quién dijo miedo? No podía estar más equivocada. Sentía que acababa de entrar en una tienda de armas… Había de todos los tipos y tamaños expuestas por todas partes… Era aterrador.

—Vaya… Te gustan un poco las armas, ¿no?

—Un poco de nada —contestó con guasa—. Me encantan. Me dan seguridad. Nunca voy desarmada.

—¿Y en la cama, mientras duermes?

—¡Ahí no! Siempre la dejo en la mesilla —contestó como si hubiera dicho una estupidez.

Un maullido quejumbroso hizo que me volviera, y encontré a Klaus tirado sobre un cojín encima del sofá. Parecía un auténtico marajá. Y en cuanto le conté al gato que había visto la serie de la que provenían su nombre y el de su colega, Yasmín urdió un plan para pedir una pizza y empezar a ver *Los Originales* juntas. No pude negarme. Sentía que me necesitaba.

Un par de días después, aquí estoy; nos hemos plantado en la primera semana de diciembre y he quedado con Ulises en una hamburguesería que a los dos nos enloquece. Es un sitio barato con cuatro mesas de metal mal puestas, pero su materia prima es un secreto bien guardado. Uno de esos lugares que no recomiendas para que no crezca, se reproduzca y muera su verdadera esencia.

Me pregunta qué tal en comisaría y le cuento un poco sobre Yasmín.

—Así que os habéis hecho amigas —dice Ulises con la boca llena.

—Algo así... ¡Es un genio! Tengo que presentártela. Esa acaba de comisaria antes que nosotros, te lo digo yo...

—Me alegro de que tengas a alguien, Keira... —Sonríe satisfecho.

—No seas condescendiente conmigo. He empezado a meterme en Tinder y ya tengo un montón de matchs...

—¿Por qué eres tan mentirosa? —dice divertido. Y después de dar un gran trago a su bebida continúa—: El mercado está fatal... Ástor me contó que su última cita fue un desastre.

—Ah, ¿sí? —disimulo mi malestar.

—Sí... Le fue bastante mal.

—¿Qué pasó?

—No sé. Me dijo que la chica era preciosa, simpática y que el chichi le daba palmas, pero que no tenían química.

—Dudo que Ástor dijera lo del «chichi»...

—Bueno, lo dijo con otras palabras, claro.

—¿Qué dijo exactamente? —«Fatal. Disimulas fatal tu interés, nena».

—Me dijo que le rozaba la pierna todo el tiempo y que le sonreía mucho mirándole la boca. Cosas así. Las mujeres sois menos disimuladas de lo que os creéis...

Esa imagen me estruja los pulmones. Y su comentario me cabrea, porque me mira como si estuviera captando lo mucho que me irrita.

—Y a ti, ¿qué tal te va con Charly? ¿Cómo se ve la vida al otro lado del arcoíris...? —lo ataco sin piedad.

—Tiene un color especial, como Sevilla...

—¿No me digas? —Sonrío divertida.

—¿Has tenido sexo anal alguna vez? —me pregunta de pronto.

—No, muchísimas gracias.

—Yo solía decir lo mismo...

—Y ahora eres fan de los enemas.

—Vete a la mierda.

—Exacto... Ese es más o menos el problema, Ulises.

Terminamos riéndonos como solíamos hacerlo antes.

—Te echo de menos —confieso entonces—. Verte dos noches por semana no es suficiente. Miércoles y domingo. ¡Es como si Ástor y yo nos hubiésemos divorciado y tuviésemos tu custodia compartida…!

Ulises suelta una risita relajada.

—Yo también te echo de menos, Kei…

—¿Y por qué no me ha sonado creíble?

Tuerce la cabeza con pena y cariño a la vez.

—No seas boba… Te echo muchísimo de menos.

—¿Pero…?

—Pero no echo de menos mi vida de antes. ¿Puedes entender eso?

Asiento despacio. Claro que puedo… Ahora está enamorado.

—No tienes intención de volver, ¿verdad?

—Por el momento, no. He alargado la excedencia. Voy a esperar a que se calmen las aguas…

—Y a ver hacia dónde va tu relación con Charly, ¿no? —le pico.

—No, eso no tiene nada que ver —dice a la defensiva—. Hago esto por Ástor. Jamás lo admitiré, pero estoy muy a gusto así… Estar con él es casi como estar contigo… No sé explicarlo muy bien.

—Pues está muy claro… ¡Me has sustituido! Te encanta tener por fin un amigo al que no te puedes follar.

—¡No es eso! —Se ríe—. Es que Ástor me recuerda mucho a ti en ciertas cosas… Sois iguales. En mi humilde opinión, deberíais estar juntos.

—¿Ahora de repente te parece un tío diez? Porque te recuerdo que hubo una época en la que asegurabas que era un gilipollas…

—¿Qué puedo decir? Será muchas cosas, pero es un buen tío. He luchado mucho por no encariñarme con él desde el principio, lo sabes, pero ha sido superior a mis fuerzas… Por algo será. Me recuerda a ti.

—Puede que tengamos mucho en común, pero a mí no me gusta que me tomen por el pito del sereno. Con lo de la web me mató…

—Que te ocultara todo eso no significa que no te quisiera.

—Considero que ocultar cosas a alguien a quien quieres es menospreciarle. Me da igual que no me entiendas, Ulises. La traición es muy difícil de perdonar, y por mucho que me guste el jarrón que formábamos juntos, Ástor lo ha roto. Y tiene demasiadas grietas para juntar los pedazos de nuevo.

—Ástor ya estaba roto cuando lo conociste, Kei... —dice locuaz.

—¿Cómo está ahora? —pregunto interesada—. ¿Ha vuelto al Dark Kiss?

—Solo hemos ido un par de días, pero creo que no vio a Nat...

—¿Lo crees o lo sabes?

—No lo sé seguro. Pero veo mejor a Ástor. Menos torturado que antes. Aunque no lo creas, te entiende, por eso está tratando de olvidarte.

Dolor. Eso siento. Dolor puro al captar que se refiere a olvidarme «con otras».

—Si no estuvo con Nat, ¿qué hizo en el Dark?

Y me arrepiento de haberlo preguntado en cuanto lo dejo escapar de mis labios. Porque sé que Ulises no me lo dirá para no triturarme el corazón.

—Sinceramente, no lo sé... No lo vi. ¿Importa acaso?

—En realidad, no... —Mis ganas de llorar zarandean mi corazón.

—Solo fuimos porque Charly insistió.

—Qué raro... —digo con sarcasmo.

—Únicamente quería animarlo. Y creo que también quería ponerme celoso, discutir, y luego tener un gran polvo de reconciliación. —Sonríe poniendo los ojos en blanco—. Es de lo que no hay...

—¿Ástor te pregunta alguna vez por mí?

—Hablamos de ti constantemente, Keira... —Me aprieta la mano.

El gesto y sus palabras me dan un abrazo interno.

—Hablamos de cómo llevas el caso, e incluso llegó a preguntarme si creía que algún día podríais ser amigos...

—¿Y qué le contestaste? —Mi corazón deja de bombear sangre.

El muy capullo se encoge de hombros haciendo tiempo para intensificar el momento, y aprieto los labios con fuerza para no hablar.

—Que era muy pronto... Creo que si os vierais, saltarían chispas. Y si de verdad no queréis estar juntos, Kei, yo no me arriesgaría...

—Tienes razón... Es así... Yo no quiero verle.

Si lo dos tenéis pareja y os encontráis en un evento con más gente, quizá podríais soportarlo. Con una ligera depresión postevento, por supuesto...

—Por supuesto. —Sonrío. Aunque por dentro me esté muriendo.

No sé si Ulises ha utilizado alguna táctica especial conmigo que yo desconozca, pero tardo solo diez días en encontrar un motivo para hacer una visita a Ástor.

 keira

25
La noche más especial

Diez días después
Miércoles, 17 de diciembre

He calculado un momento de bajo riesgo para verle. Un día y una hora en la que sé que Ástor estará en el establo cuidando de los caballos, según su rutina. Ese lugar le da paz, lejos de miradas y de cualquier presión. Es perfecto.

A veces, siento un hormigueo por dentro y sé justo lo que tengo que hacer. Esta es una de esas veces. Respiro hondo y me interno en las instalaciones.

Cuando lo veo, mi corazón se salta un latido. Capto el preciso instante en que un sonido lo alerta de que ya no está solo y me ve.

—Hola…

Me gusta que lo segundo que haga, después de abrir mucho los ojos, sea sonreír. Lo que no me gusta tanto es que esté brutalmente atractivo con el pelo algo más largo y revuelto que antes.

—¡Anda…! Menuda sorpresa…

Está de pie, junto al caballo, y avanzo hacia él con media sonrisa.

—Ya ves…

Hace mucho que no nos vemos. Cuarenta días. Una cuaresma. Una liturgia de conversión espiritual necesaria llena de reflexión, luto y penitencia. Lo normal sería darnos dos besos, pero no quiero acercarme tanto a él. Y él tampoco hace amago de querer traspasar cierta línea roja imaginaria.

Verle con sus botas altas de caña marrones, un pantalón beis, una camisa azul oscura y un chaleco de anorak a juego ya es suficiente castigo. Lo pillo lustrando el pelaje del animal con un cepillo de crin.

—¿Qué te trae por aquí, Keira? —pregunta intrigado, y me da un discreto repaso de arriba abajo—. Estás... muy guapa.

No hay mucho que ver. Es diciembre y llevo un abrigo de paño de color galleta, unas botas de ante del mismo tono, unos vaqueros oscuros y un jersey blanco de cuello alto oculto tras una enorme bufanda de cachemira. Mi madre dice que dónde me he dejado el negro...

—Gracias —contesto ruborizada y con el estómago del revés.

Humedece su jugoso labio inferior y yo con él. «Mierda».

No quiero preguntarle cómo está, porque ya os lo digo yo, ¡está *Too much for the body*! Ahora mismo, mi decisión de dejarle me parece un chiste malo.

—¿Cómo te va? —le pregunto acercándome un poco más a él.

—Bien. Bastante bien... ¿Y a ti?

—No puedo quejarme.

—Sí que puedes, por mí no te cortes —replica con guasa.

Y sonrío un poco más. Es tan... Joder, qué tonta soy... O fui. Ya no lo sé... ¡No! Es el tiempo, que me hace olvidar lo mal que me hizo sentir.

«Mantente fuerte, Keira. Eres una persona coherente». O lo era...

—¿Cómo está Héctor? —pregunto enfocándome en otro tema.

—En su línea... —Suspira con pesar—. Visita con frecuencia a Carla. Está bastante deprimido, la verdad.

—Me lo imagino... No hemos dejado de trabajar en ello. Mateo se está centrando en encontrar algo que exculpe a Carla, aunque no demos con el culpable, pero la cosa va lenta...

—Ya… Ulises me mantiene informado de todo. Te lo agradezco, Keira.

Me quedo en silencio sin saber qué más decir. Claro, como ya tiene a Ulises, a mí no me necesita para nada. Captado…

Estoy a tres segundos de empezar a hacer el ridículo porque no puedo dejar de mirarle hipnotizada. Jamás pensé que sería una de esas personas que alargan el momento en vez de ir al grano.

«¿Qué te trae por aquí?». ¡Es lo primero que me ha preguntado! Pero necesito hacer un poco más de tiempo. Necesito… sentir que la magia no ha muerto.

—¿Te cuida bien Ulises? —pregunto con pitorreo—. Espero que sí, porque me lo robaste descaradamente…

La sonrisa traviesa de Ástor hace que mis hormonas crepiten. ¿Cómo puede alguien sonreír así? Igual desconoce el efecto que causa… Si fuera consciente, sería un verdadero psicópata.

—Si te digo la verdad, no sé qué haría sin él… —admite Ástor.

—Pues lo mismo que yo, llorar por las esquinas.

—Lamento tu pérdida —murmura sin sentirlo en absoluto.

—En realidad, he venido por él…

—¿Qué le pasa a nuestro hijo de padres divorciados?

Bufo una risita al recordar ese comentario. Va a ser verdad que Ástor y Ulises se lo cuentan todo y que ahora son «supermejores amigos» o, como se dice ahora, *besties*.

—Dentro de nada es su cumpleaños —le informo—. El día veinte.

—Y no me ha dicho nada, el cabrito…

—Lo imaginaba. Por eso he venido. A avisarte.

—Podías haberme escrito un mensaje, Keira…

Y me quiero morir. No me queda más remedio que acercarme a la cabeza del caballo y abrazar al animal como apoyo moral. Ástor no pierde detalle del cariñoso gesto, y contesto a su frase cortante.

—Prefería contártelo en persona… No pensé que te sentaría mal que viniera.

—No, tranquila… —se apresura a decir—. Me alegro de que hayas venido.

—¿Te alegras? —pregunto haciendo contacto visual.

—Sí… Y Misty todavía más, ¿verdad, pequeña? —añade acariciando a la yegua—. Bueno, pues habrá que montarle una fiesta al niño, ¿no?

Mi boca fabrica una sonrisa, y Ástor se contagia de ella.

—Estaría bien… Además, cae en sábado.

—Podemos organizarla en casa de mi madre. Así Ulises no sospechará nada de nada…

¿En casa de su madre? Por Dios…

—Pero… ¿a ella no le molestará?

—No creo. Está en el Caribe. Esta semana tenemos a los chuchos en casa. Bella está obsesionada con Ulises… —Sonríe divertido.

—Es que Ulises es un híbrido entre vampiro y hombre lobo. —Saco la lengua mientras sigo acariciando a la yegua—. Y no los llames «chuchos».

Ástor sonríe malévolo, y me pone a cien.

—Oye…, ¿vas con prisa —dice sorprendiéndome— o tienes tiempo para tomar algo? Me queda poco aquí… Solo un caballo más. Y así hablamos de la fiesta de Ulises con detalle…

Tengo un *flashback* muy potente de lo que podría pasar entre su boca y la mía durante, después o en el coche al volver a casa. Y por un momento dudo. Dudo al distinguir el miedo enmascarado tras mi excitación y la alta probabilidad de que no sea una buena idea.

—¿Podemos permitírnoslo, Ástor? —pregunto con valentía. Creo que sabe a qué me refiero.

—Solo hay una forma de averiguarlo… —musita sin mirarme.

Cuadra los hombros y sigue cepillando al caballo, dejando que yo decida nuestro funesto destino.

—Podemos confeccionar una lista… Tenemos poco tiempo para organizarlo si queremos que sea un fiestón… —digo dando luz verde.

Mis palabras consiguen doblar la comisura de su boca hacia arriba, y, como un maldito efecto dominó, la de la mía.

Me chisporrotea todo el cuerpo solo de pensar en sentarme a

una misma mesa con él llevándose algo a la boca que no sea yo. ¡Mortal...!

Corrijo: Ástor es de esos hombres que saben perfectamente lo que provocan en el género femenino y alardea de ello los siguientes sesenta segundos con gestos tan sexis que deberían estar castigados por la ley.

Siento que mi fuerza de voluntad brilla por su ausencia, y me acojono:

—Podríamos ir a cenar, pero no puede pasar nada, Ástor... ¿Te comprometes a ello? Solo así conseguiré estar relajada...

Me mira, y el reto que se forma en el aire promete dolerle mucho. Espero que se haga cargo de lo que significa que le haya pedido que me lo prometa... Básicamente, que si lo intenta, no creo que pueda apartarme.

—Claro, descuida. Estás a salvo, Keira. Ahora coge ese cepillo, por favor. Juntos terminaremos antes. Y como esto no es una cita, te toca currar.

Sus órdenes me hacen sonreír y consigo tranquilizarme un poco. Cojo el utensilio con mango de cuero y empiezo a cepillar la zona que falta.

No puedo explicar lo agradable que resulta estar tan cerca de Ástor sin decir nada y con un amago de sonrisa en la boca. Magia pura...

Charlamos de trabajo, y termino hablándole sobre mi nueva compañera, Yasmín. Se me escapa que Gómez nos juntó precisamente porque fue una víctima de violación en grupo, y Ástor niega con la cabeza, avergonzado de su género. Pero no debería. Porque no todos los hombres son así. También existen los clichés sexistas para ellos, y el asco en los ojos de Ástor me lo confirma.

Si algo he aprendido en mi profesión es que no se puede generalizar nunca. He conocido a madres que han matado a sus hijos. A padres que han violado a sus bebés... He visto de todo. Y cuesta volver a confiar en el ser humano, pero no es imposible, si no, miradme a mí. En ese sentido, estoy deseando que Yasmín logré asimilar que también existe lo que yo denomino «el otro bando», el de los buenos, porque hay hombres que lo son, y espero que cuando lo descubra pueda volver a reconstruir su vida.

Ástor me cuenta problemas de la finca, y le pillo un par de veces mirándome más tiempo del debido, pero se lo perdono porque se corrige enseguida.

Poco después, nos vamos de allí cada uno en su coche y terminamos en un *irish pub* en medio de la nada. A la aventura. No sé si es la acogedora madera barnizada, la música o la botella de vino que nos bebemos mano a mano, pero se convierte en una de las mejores noches de mi vida.

Pedimos extravagancias culinarias de la carta para hacer un poco de colchón en el estómago.

—Hacía semanas que no comía tanto... —confieso encantada.

—Estás más delgada —puntualiza—, ahora que te veo sin el abrigo.

—A ti te ha crecido el pelo —lo acuso.

—Ya... Tengo que cortármelo —dice acariciándoselo, y sus dedos me dan una envidia que me supera. «¡Quién pudiera...!».

—Pues a mí me gusta. Te da un aire más rebelde.

—Una pena que haya prometido portarme bien...

—¡Camarera, unas tijeras! ¡Cuanto antes!

Y nos reímos juntos.

—Te he echado de menos... —dice mirándome melancólico. Y me recuerda a cuando yo se lo dije a Ulises. Mismo tono. ¿De verdad nos parecemos?

—Yo también... —contesto de corazón.

Y los dos nos damos cuenta de que nos desviamos hacia terreno pantanoso y cambiamos de tema.

—Oye, ¿viste un e-mail que te mandé hace unas dos semanas?

—No —digo perdida—. Soy un desastre... Tengo unos veinticuatro mil e-mails sin abrir en mi bandeja de entrada personal. No exagero, Ástor.

—¿Veinticuatro mil? —repite divertido—. ¿Cómo es posible? Me encojo de hombros.

—¿De qué era ese e-mail?

—Nada importante. Un par de artículos que encontré sobre ti de ajedrez. Los busco, espera... —Coge su teléfono—. Ulises me ha dicho que has ganado un par de torneos más...

366

—Sí, pero no voy a volver a ir a ninguno. ¡Fue horrible! La gente no respeta el concepto de espacio vital y me agobio mucho…

—¡Es que eres famosa desde que ganaste al campeón de España! —Sonríe vacilón—. Revisa de cuando en cuando tu bandeja de entrada, quizá te manden alguna invitación importante alguna vez.

—¿Cómo cuál?

—Para algún campeonato abierto europeo, por ejemplo… Y de ahí a la Copa del Mundo de la Federación Internacional de Ajedrez el año que viene…

—No tengo claro que quiera meterme en eso…

—Tú solo revísalo. Y si te llega algo, me avisas. Yo me encargo de convencerte… —Me guiña un ojo y me muestra su teléfono.

Me acerco bastante a él para leer lo que pone, y soy consciente de cómo vuelve la cara hacia mí y aspira mi olor profundamente.

Lo miro. Me mira.

—Lo siento… —se disculpa abochornado—. Es que hueles jodidamente bien…

Mi boca se llena de saliva y trago con dificultad. Él registra el gesto y se humedece los labios. Me gustaría abanicarme, pero me toco el pelo para que pase el instante embarazoso y, al parecer, solo lo empeoro, porque Ástor se queda enganchado en mi mano como si hubiera perdido el control de su disimulo y fuera a abalanzarse sobre mí en cualquier momento.

—Joder… Ya está… —se corrige, apartando la vista y apretándose los ojos—. Lo siento… Será el vino.

—No pasa nada.

—Es que estoy muy a gusto contigo.

—Yo también, pero no podemos, Ástor… Sería dar un paso atrás terrible.

—Ya lo sé… Tranquila. Te lo he prometido.

—Es que si no, nunca podremos avanzar, y estaría bien poder ser amigos, ¿no crees? Me gusta que estés en mi vida…

Me mira emocionado.

—A mí también. Y si el precio que tengo que pagar es no tocarte, lo haré. —Se forma un silencio—. Ya tocaré a otras pensando en ti...

Y reconozco ese tono sutil de vacile que tanto me gusta, así que le empujo en broma y me ofrece la sonrisa más maravillosa del mundo. Yo también sé jugar a eso...

—Besé a Mateo —suelto de pronto—. Bueno, me besó él. Yo solo intenté demostrarme a mí misma que podía, pero fue un fracaso...

—Me lo contó Ulises...

—¡El cabrón no se calla una...! Él me dijo que fuisteis al Dark Kiss... ¿Volviste a estar con Nat? —quiero saber.

—No. No sé qué te habrá contado, pero no he estado con nadie, Keira. Lo he intentado y no he podido... Es pronto. Lo que he sentido por ti no se supera de un día para otro.

El corazón empieza a palpitarme a toda velocidad. «Dios santo...».

—Y me encanta que hayas venido, pero siento decir que, después de esta noche, quizá sí necesite a Nat...

Eso no ha sido un vacile, lo ha dicho en serio.

Al momento me siento fatal por haber provocado este encuentro. Por haber sido tan egoísta. Pero para mí este rato ha sido un «que me quiten lo *bailao*» inocente que me hacía mucha falta para seguir viviendo, joder.

Siento sus ojos clavarse en mis labios y anhelarlos con fuerza. La tensión se vuelve insoportable.

—Disculpa... No quería causarte problemas —digo arrepentida—. Tenemos un muy buen amigo en común y me apetecía hacer algo especial por su cumpleaños...

—Y lo haremos. Pero ahora deberíamos irnos antes de que la cague... —dice Ástor, mortificado.

—Vale...

No me deja pagar la cuenta. Lo evita con el semblante serio, y salimos a la calle.

Caminamos hacia los coches, que hemos dejado aparcados el uno al lado del otro, y me acompaña hasta la puerta del mío quedando un espacio reducido en medio de los dos.

—Bueno…

—¿Estás bien para conducir? —le pregunto preocupada.

—Sí. Todo lo que hemos comido ha absorbido el vino. ¿Y tú?

—Sí, hace rato que solo bebo agua…

—Vale, pues… te escribo para comentarte cómo va la «operación cumpleaños». Vendrás, ¿no? No puedes faltar… —me presiona.

—Sí, sí… Iré.

—Bien…

Nos quedamos mirándonos como si ninguno de los dos quisiese marcharse. «¡Por Dios… Abre esa puerta, súbete y vete, Keira!».

—Gracias por venir a verme… —consigue decir Ástor.

—No era mi intención provocarte una crisis, de verdad…

—No pienses eso. Ha sido al revés. Me has ayudado… Me sentía más fuerte, pero era una sensación falsa. Tú me has recordado lo que es sentirme fuerte de verdad… Y seguiré intentando conseguirlo. En serio, gracias por venir… ¿Tú estás bien?

—Sí… —«¿Cuándo dejaré de usar los síes como noes?».

—Me alegro… —musita cabizbajo sin moverse. Como si quisiera oír algo más.

Qué duro es esto… Pero lo digo:

—No quiero que pienses que me eres indiferente, Ástor… A veces tengo que hacer un esfuerzo muy grande para recordar por qué no estamos juntos…

—¿Por qué no estamos juntos, Keira? —pregunta dolido—. Porque yo ya ni me acuerdo…

No se acuerda, claro… Porque él no tiene ningún motivo para no estar conmigo. Pero yo no sé cómo explicarle lo que me hace sentir; aun así, lo intento.

—Porque… ya no sé a qué atenerme contigo, Ástor… Y no soporto vivir con esa duda. Me hace sentir mal conmigo misma.

—Puedes atenerte a que te deseo muchísimo —dice acorralándome contra la puerta de mi coche sin llegar a tocarme.

Intuir el calor de su cuerpo desata un infierno en mí.

—Estaba yendo bien… No lo estropeemos, por favor… —suplico vulnerable.

—Estoy siguiendo adelante... Pero no creas ni por un momento que he pasado página, Keira —susurra muy cerca de mí.

Yo tampoco. Y no sé si lo haré algún día, porque no quiero hacerlo, pero tampoco quiero sufrir, ni llorar ni volver a descubrir algo de Ástor que rompa en fragmentos aún más pequeños lo que me queda de corazón.

—Tengo que irme... —Y lo he dicho con tan poca convicción que su respuesta es atraerme hacia él e incrustarme en su pecho, duro y varonil.

La fragancia de su colonia mezclada con la de su esencia personal provocan un fundido a negro en mi cerebro. Dicen que el olfato gestiona las emociones más fácilmente que ningún otro sentido. Son capaces de evocar recuerdos de los que no puedes huir.

—Kei... Necesito que me dejes romper mi promesa... —susurra Ástor en mi boca.

Por un momento soy incapaz de formular un «No». Mis terminaciones nerviosas se rebelan, impulsándome hacia sus labios para romperla a lo grande, pero mi corazón lanza un quejido agudo que reverbera en todo mi ser y aparto la cara a tiempo.

—No puedo, Ástor... Esto es un error.

Sus labios aterrizan en mi cuello como si no pudiera frenarlos.

—Keira, por favor...

—Para, Ástor... Te estoy pidiendo que te alejes de mí.

Se queda rígido, como si acabara de analizar el significado de mis palabras.

—Joder, lo siento... —dice retirándose azorado y pasándose las dos manos por el pelo—. Lo siento mucho, de verdad. Tienes razón... Por favor, no me lo tengas en cuenta. Olvida esto, ¡ha sido una noche genial...! Yo...

—Sí, lo ha sido —contesto abrumada por mi latente deseo—. La culpa es mía. Quería que funcionara... Me refiero a poder vernos y que no pasara nada. Pero Ulises tenía razón: es demasiado pronto...

—No. ¡Podemos conseguirlo! —dice con convicción—. Hemos bebido y... De verdad, discúlpame, por favor. Te juro que no volverá a pasar nunca... Yo también quiero que funcione.

Quiero estar contigo en esa fiesta, con más gente y que todo sea... normal.

—No sé cómo hacerlo sin causarte dolor... —digo preocupada.

—Me causa más dolor no verte que no poder tenerte, Keira.

—¿Estás seguro de eso?

—Del todo. Cuando se me vaya la pinza, me frenas y listo. No pasa nada.

«¿Y si se me va a mí?», pienso preocupada. Porque ahora, por suerte, he podido frenarlo, pero no quiero ser hipócrita y echarle toda la culpa a él, ¡porque yo también lo estaba deseando! Aun así, necesito ser consecuente con mis decisiones, y no deseo hacerle daño.

—¿No te enfadas? —pregunto cohibida.

—No. Tienes razón, Keira. Y creo que con el tiempo aprenderé a controlarlo. Cuanto más te vea, más te normalizaré... O eso espero.

—De acuerdo —digo encogiéndome de hombros.

Ástor se aleja un poco más de mí para que sienta que tengo libertad, pero sin llegar a darme la espalda.

—Conduce con cuidado, ¿vale? —se despide—. ¿Te importa avisarme cuando llegues a casa? Te prometo que te responderé solo con un emoticono.

Esa frase me hace sonreír.

—Vale. Ve con cuidado tú también...

—Lo haré. Nos vemos, Kei...

—Nos vemos, As...

No sé ni cómo llego a casa, porque durante el trayecto no he visto la carretera, solo he reproducido el beso que podríamos habernos dado una y otra vez. He visualizado cada malito movimiento de su boca sobre la mía a cámara lenta ... y me he tocado los labios unas veinte veces para que dejasen de llorar. No ha habido suerte porque todavía huelo a él.

—¿Dónde estabas? —me pregunta mi madre nada más llegar.

—¿Qué tengo, seis años?

—Por tu contestación, deduzco que estabas con Ástor...

—No es lo que crees... Estamos planeando la fiesta de cumpleaños de Ulises.

—Menuda excusa...

—¿Qué más te da? ¿Ahora tengo que darte explicaciones de todo lo que hago o dejo de hacer con mi vida sentimental por vivir bajo tu techo? Porque cuando quieras, me marcho...

—Pensaba que éramos amigas —dice dolida—. Me preocupo por ti.

—Pues abórdame de otra forma. Ya no tengo dieciséis años, mamá.

—Exacto. En nada cumples los treinta. Deberías ir centrándote un poco...

—¿Centrarme en qué exactamente?

—En ser feliz y compartir tu vida con alguien.

—No sabía que había que tener pareja para ser feliz —digo irónica.

—No es eso, pero...

—Déjalo, mamá... Pensamos de manera diferente.

—Estaba convencida de que Ulises y tú acabaríais juntos, pero él se está buscando la vida y espero que tú también encuentres tu sitio.

—¿Mi sitio? ¿Insinúas que esta casa no es mi sitio?

—No, pero... ¡supongo que no querrás quedarte aquí toda la vida!

—¿Tanta prisa tienes por que me vaya?

—¡Nooo! ¡Pero Keira..., ¿qué leches te pasa?!

—¡Eres tú, mamá! ¿No te das cuenta de los mensajes subliminales que me mandas? Dices que tienes miedo de que termine sola y de que no me busque la vida, pero lo que oigo es que te preocupa que no puedas vivir tú la tuya sin mí de una buena vez. Tranquila, esta semana me buscare algo.

—¡No es eso! ¡Simplemente no quiero que te pase lo mismo que a mí, hija...! —confiesa de pronto, y la miro atónita. Me quedo callada para que se explique—. De los veinticuatro a los treinta y ocho no tuve ninguna relación seria. Pasé años pensando que no lo necesitaba, que estaba muy feliz sola contigo, ¡y estaba realmente cómoda!, pero ahora que estoy enamorada estoy muchísimo mejor. Y me fastidia que te cierres al amor, hija, o que persigas amores imposibles que solo te harán daño. ¡Es perder el tiempo!

—Siento haberte hecho «perder el tiempo», mamá... Me alegro de que ahora seas realmente feliz con Gómez.

—¡Keira...! —me llama cuando ve que me voy sin hacerle caso.

Uno de mis grandes traumas es haber eclipsado la juventud de mi madre; además de no haberle dejado tener pareja por lo que pasó con la última, así que entiendo perfectamente que, en el fondo, le gustaría deshacerse de mí. No dudo de que me quiera, pero ya no soy una niña, tengo trabajo estable y aquí ya no pinto nada. ¿Cómo no me he dado cuenta antes?

Recordar que Yasmín está emancipada desde los dieciocho me hace verlo todavía más claro. Me siento inútil. Y cobarde. Incluso egoísta.

Me encierro en mi habitación como si fuera una adolescente malhumorada y me tumbo en la cama con el teléfono en la mano.

Tecleo a Ástor que ya he llegado, tal como le he prometido:

Keira:
Ya he llegado
Gracias por esta noche. Ha sido genial...
Me has hecho sentir que, aunque no estemos juntos,
nunca estaré sola mientras tú estés en el mundo

Y lo escribo porque lo pienso de verdad. Siento que él me entiende. Lo veo ponerse en línea, y la aplicación indica que está «escribiendo». Luego para. Me ha dicho que no me mandaría mensajes. «Escribiendo» de nuevo. Vuelve a detenerse. Los nervios se agarran a mi estómago como un gato con miedo al agua.

Espero ansiosa para descubrir si cumplirá su palabra o se la saltará a la torera como ha estado a punto de hacer en el aparcamiento. Es como si de ello dependiera que se cumpla la profecía que ha lanzado antes al aire: «Te juro que no volverá a pasar nunca». NUNCA. Ha sido como un hachazo en todo el corazón. ¿Y si yo quiero que pase? ¿Y si quiero que me escriba?

Permiso para darme una colleja mental. Es muy probable que necesite un psicólogo, además de un piso nuevo.

El mensaje aparece.

Ástor:
👍

Se ha contenido. Casi me siento triste.

De pronto aparece otro mensaje.

Ástor:
Yo nunca me siento solo… porque tú siempre estás en mi mente. Ten paciencia conmigo, tengo mucho que aprender. Por lo pronto, a no hacer promesas que no pueda cumplir.
Buenas noches, Keira

 ástor

26
Feliz cumpleaños

Cumpleaños de Ulises
Sábado, 20 de diciembre

Jadeo en mi escondite.

¿Quién tiene que esconderse en su propia casa? Bueno, es la de mi madre, pero da lo mismo. Soy el anfitrión.

Llevo todo el día muy nervioso por volver a ver a Keira...

Ese casi-beso en el aparcamiento me llevó al borde del abismo. ¡Joder! Pero fue mucho más que eso. Fue toda la maldita noche.

En cuanto apareció en el establo, tuve una fibrilación auricular. Mi corazón comenzó a tener espasmos como si fuera un pez que lleva tiempo fuera del agua.

Y ahora me está pasando lo mismo. Ha sido verla y que mi corazón palpité desorganizado, olvidándose de bombear sangre al resto de mi cuerpo; el cabrón la manda toda hacia un único lugar...

La culpa la tiene la jodida máquina de hacer esclavos que Keira lleva puesta. Llamémosle «el modelito». Porque eso no es un vestido... Y sumadle la amiguita cañón que se ha traído. La tal Yasmín.

«Total, una poli más...», me dijo Keira con inocencia, y no

375

le di importancia porque ya iba a tener a parte de la comisaría metida en casa, pero no contaba con que apareciera con un ángel de Victoria´s Secret que ha causado furor entre los pocos miembros del KUN que han acudido a la fiesta.

He tenido que advertir a todos que ni se les ocurriese ofrecer una carta de Kaissa a Yasmín… Y, en especial, informar a Charly y Ulises, que a veces buscan compañía femenina como tentempié, de que la chica fue víctima de una violación en grupo, para que se olvidaran del tema.

—¡No jodas! —ha dicho Ulises, alucinado.

—Qué fuerte… —lo ha secundado Charly.

Pero en vez de mantenerlos a raya, se han interesado aún más por Yasmín. Lo bueno es que ella parece sentirse cómoda pensando que solo son un par de gais inofensivos y que las miradas que echan a su indumentaria se deben a su buen gusto por la moda.

Lo cierto es que la chica es guapa. Guapísima. Me recuerda un poco a Carla: rubia, pelo largo y mirada angelical. Es la clásica belleza nórdica que a mí ya no me impresiona. O será que Keira me tiene sorbido el seso…

Ya he perdido la cuenta de las veces que me la he cascado esta semana en la ducha recordando el olor de su cuello…

Me llevé la sorpresa de mi vida, esa es la verdad, y disimulé lo mejor que pude. Por un momento, pensé que me lo estaba imaginando y que la gente que pasaba estaría viéndome hablar solo. Pero me la sudaba. Estaba encantado con la alucinación.

Me di cuenta de que era real cuando al final de la noche me desperté de golpe y porrazo al sentir un doloroso pellizco tras pedirme que me alejara de ella.

Si la enzima de su saliva no siguiera activa en mi organismo, habría podido capear mejor verla aparecer hoy en la fiesta con un trozo de tela especialmente diseñado para desestabilizar a cualquier ser vivo, sea cual sea su orientación sexual. Está increíble…

Mireia se ha superado esta vez.

La prenda está confeccionada con una tela elástica parecida a las vendas que se usan para los esguinces. Sí, esas que lo oprimen todo a modo de faja creando una ilusión de firmeza enloquecedora.

A simple vista parece un vestido negro, palabra de honor, al que se han añadido unas mangas largas de la nada (los hombros quedan al descubierto, para mi desgracia), pero el verdadero *shock* es que no termina en falda... ¡Termina en pantalón corto! MUY corto y ajustado.

Ya, yo también me he quedado sin habla.

Palabra de honor con pantalón corto y manga larga. Sueña con eso.

Apretado como el demonio... Pelo suelto... Botas altas negras de cuero. Casi reviento el marco de la puerta cuando he tenido que agarrarme a él para procesar su código de vestimenta.

—Esta es mi compañera, Yasmín —he oído cuando Keira me la ha presentado.

Pero os juro que apenas le he prestado atención. ¡Soy un jodido maleducado...!

He reaccionado en piloto automático y, en cuanto he apuntalado los posibles estropicios, me he escabullido rápido hacia un pasillo para apoyarme en una pared y empezar a jadear como un perro.

—¿Qué haces aquí? —Héctor me sorprende saliendo de la nada.

Siempre, en todas las fiestas, hace su aparición estelar tarde. Se cree Lady Gaga. Y eso que ayer vinimos a dormir aquí para que los servicios que hemos contratado hicieran su despliegue desde primera hora de la mañana.

—Nada, solo estaba...

—Escondiéndote —termina mi hermano por mí—. Pero ¿de quién?

—¡De nadie...!

—Ástor..., ¿de quién?

—De Keira... —admito cerrando los ojos, cazado.

—Yo también quiero esconderme de ella. No me apetece nada verla, aunque por razones inversas a las tuyas.

—Déjala en paz. Keira no tiene la culpa de que Carla siga en prisión.

—¿Y quién la tiene?

Me quedo callado.

Le rebatiría mil cosas, pero no sé cómo gestionar este tema. No quiero pelearme con Héctor, y, diga lo que diga, reaccionará mal.

En el fondo, mi hermano me da mucha pena. No sé lo que haría yo si estuviera en su pellejo, pero nada bueno… Me dijo que había contratado a varios detectives privados carísimos para que investigaran por su cuenta, pero que no habían conseguido nada sólido. Y es que cualquiera que no la conociera pensaría que Carla lo hizo. El juez de instrucción que le toque cuando llegue el momento de juzgarla pensará lo mismo, y es muy difícil asimilar esa realidad cada día que pasa sin obtener resultados.

—Héctor, relájate un poco hoy, por favor. Por Ulises. Intenta pasarlo bien.

—Llevo años diciéndote: «Intenta pasarlo bien», y ahora por fin te comprendo… —replica desganado—. ¡No podías! Qué ignorante es la gente que no aprovecha cuando está bien… ¡porque no es consciente de lo rápido que se te puede joder la vida en un momento!

Lamento que se sienta así, pero…

—Has superado cosas peores, hermano…

—No. Nada es peor que esto, Ástor —dice convencido—. Tenías razón… Siempre duele más cuando las cosas atañen a alguien a quien quieres, en vez de a ti mismo. Ahora te entiendo tanto… Y quiero pedirte perdón, As. Por obligarte a estar bien cuando no podías estarlo.

Me agacho para quedar a su altura y le froto los brazos. No me gusta que diga que ahora me entiende, pero lo agradezco viniendo de alguien que me tendió una trampa para sacarme de ese estado.

—Siento haber traído a Keira a tu vida… —añade abatido.

—Yo no —aseguro, solemne—. Porque funcionó. Ella me ha enseñado mucho sobre mí mismo… Y entre todos conseguisteis que mis fantasmas me asustaran menos.

—Ahora la que te asusta es ella, y tienes que esconderte —se burla.

Suspiro amortiguando ese *touché* entre mis paletillas y me sincero:

—Es que... ¡la quiero! Siento con cada fibra de mi ser que está hecha para mí...

—Pues no la dejes escapar.

—No depende de mí, Héctor... Es lo único que no puedo controlar del mundo. Y lo único que me puede destrozar.

—Pues aléjate de ella.

—¡¿En qué quedamos?!

—¿De verdad quieres estar con alguien que puede destrozarte? Porque tus bajones no se pasan con helado y tiempo, se te pasan realizando actividades arriesgadas que un día van a costarte la vida...

—Hace tiempo que no hago nada de eso.

—Porque ahora tienes otros pilares en los que apoyarte, pero no puedes ignorar tus necesidades. Y tú necesitas un pilar femenino. ¿No tienes alguna amiga?

—Mamá dice que no puedo tener amigas...

—¡Tío..., me acabas de recordar a Forrest Gump! —Se ríe—. ¡Sí que tienes amigas! ¿Olga no iba a venir a la fiesta?

Olga... ¡Joder! ¡Me había olvidado de ella! Pero no podía faltar. Ulises me ha acompañado a todas partes este último mes y también a mi cita mensual con ella para hablar del negocio. En realidad, ya se conocían de la vez que vino a comer a mi casa e intentamos engañar a Keira metiéndonos en mi habitación. A partir de entonces su amistad ha ido aumentando, sobre todo desde que el día del aniversario de la muerte de su hermana la acompañamos al cementerio... Lo hago cada año.

—Tú ve al salón —empujo a Héctor, nervioso.

—Vale, pero Ástor... —Me frena—. Nada que merezca la pena tiene un camino fácil... Piensa en eso.

—Uy, no... No me vengas con frases del dalái lama, que me matas.

Ese tipo de sentencias me afectan más de lo que me gustaría admitir. Las ignoro inicialmente, pero luego se me quedan dentro dando vueltas hasta que las aplico a mi vida. De hecho, regreso a la fiesta pensando que Keira vale tanto la pena que todavía tengo que sufrir mucho para merecerla. Ahora bien, Héctor tiene razón en una cosa: estoy mucho mejor porque tengo más pilares. Como Ulises.

Sin querer, Ulises se ha convertido en alguien indispensable para mí. En un apoyo que siempre me había faltado, como un alma gemela, por así decirlo. Con nadie me siento más yo mismo que con él, y eso se dice pronto...

Charly es mi otra mitad. La malvada. Pero Ulises es mi reflejo... Y no le cuesta nada leer en mi cara lo preocupado que estoy cuando aparece Olga y Keira se percata de que se saludan como si fueran grandes amigos.

Solo veo una salida: emborracharme, y que sea lo que Dios quiera...

Después de unas horas de formalidades, saludando a gente y fingiendo que somos una gran e incestuosa familia feliz, pregunto a Charly si, por casualidad, se le ha ocurrido traer algo de «ayuda», como él lo llama, a una fiesta plagada de polis. La sonrisa que me echa me indica que está más loco de lo que creía. Pero lo necesito. Tengo que dejar de mirar a Keira como si estuviera a dieta de ella. Nunca me han gustado las drogas. Aparte de ser peligrosas, siempre he pensado que tomarlas implica cierto desequilibrio mental. Muchos dirán que se trata solo de una válvula de escape, pero yo no lo veo así. Más bien, es la evidencia de una desavenencia con una parte de ti mismo que no eres capaz de manejar solo. Es miedo. Es cobardía. Es debilidad e irresponsabilidad. Es inseguridad... Creo que cuanto más las tomas, menos te quieres a ti mismo y menos orgulloso estás de cómo afrontas los problemas.

Por eso no lo siento incorrecto cuando lo aspiro. Porque ese soy yo. Alguien que no está orgulloso de sí mismo. Ni de lo que he hecho en mi vida. Ni de cómo me siento.

Cuando me despido de ese diablo vestido de blanco, acudo adonde se oye más follón. Todo el mundo parece estar encantado con la empresa de cócteles que contraté. Son unos chicos que ganaron el concurso de no sé dónde y llevan toda la noche subvencionando chupitos sublimes a los invitados.

—Ponme uno especial para mí… —me animo.

—A ti te voy a hacer uno que se llama «múltiple» —contesta uno de los bármanes, enigmático.

—¿Por qué tiene ese nombre…?

—Porque hace que cambies de personalidad. —Sonríe canalla—. De repente, lo que está bien te parece mal. Y lo que está mal es genial… —bromea subiendo las cejas con una expresión perversa.

—¿Qué? Pue no pienso probarlo solo. —Sonrío precavido—. Si yo caigo, vosotros también —reto a Charly y a Ulises.

—Venga, va —se anima Charly.

—Tú no lo tomes, que te me vuelves aburrido —lo pica Ulises.

—Pues bébete el mío y ponte todo loco… ¡Me encantaría!

—No podrías soportarlo, cariño… —Sonríe Ulises con chulería.

En ese momento, llegan Keira y su secuaz, Yasmín.

—Chicas, brindad con nosotros. —Charly les ofrece uno.

—Yo no quiero, gracias —responde Yasmín.

—¡Venga, anímate! —insiste él.

—No. —Y suena tan brusco que Charly se queda cortado y todos nos damos cuenta—. No quiero beber nada, gracias —repite.

Keira interviene para que el momento pase.

—Me tomo yo el suyo. ¿De qué es?

—Ni idea —murmuro—, pero nos han dicho que es la bomba…

No me creo ni una palabra del viaje psicodélico que promete la mezcla, pero veinte minutos después estoy tan pletórico que hasta Charly va a preguntar a los bármanes qué llevaba el dichoso combinado. Es lo que tiene juntar guaraná, taurina y cafeína con grosella, que se te va la polla. ¡Quiero decir…! ¡La olla!

Lo paso genial durante un rato. Incluso creo que bailo. Lo hacemos todos. Se monta un escenario improvisado sobre una mesa de té japonesa tallada a mano. Si la gente supiera cuánto cuesta, más de uno gritaría, pero merece la pena solo por ver a Héctor reírse a carcajadas y empezar a grabarlo todo con su teléfono, augurando que un día será un filón para futuros chantajes.

El punto álgido de la borrachera llega cuando algunos polis obligan a Keira a subir a la mesa y ella les sigue la corriente. Me parece increíble, ¡si odia ser el centro de atención! Debe de llevar un buen pedal, y yo otro para no enfadarme cuando uno que se la come con los ojos se sube con ella y empiezan a bailar de forma sensual.

Mi actitud me da un baño de esperanza al pensar que quizá sí podamos ser amigos después de todo. Nada es imposible.

Sigo bailando como jamás lo he hecho. Con Olga, con Keira, con Yasmín... Incluso bailo con Ulises y Charly, que me rodean como si fuera el relleno de un sándwich. ¡Esto es el mundo al revés! Y, negaré haberlo dicho, pero... el noventa por ciento de los asistentes son gente de clase media que no se preocupa por las apariencias y que solo quiere divertirse, lo que me permite saborear de nuevo la vida que una vez dejé atrás.

En un momento dado, me topo con Keira por casualidad, haciendo cola para entrar en el cuarto de baño. Es encontrarse nuestras miradas y empezar a romperse imposibles a diestro y siniestro...

—¡Eh! ¿Qué haces aquí?

—Esperando para entrar.

—¡Tú no tienes que esperar! Ven conmigo...

La cojo de la mano y la arrastro hacia el piso de arriba.

Cuando ve el cuarto de baño de mi madre, alucina tanto que empieza a actuar como un dibujo animado. No es que no coordinemos, estamos..., no sé cómo decirlo..., demasiado accesibles, eso. Y de repente, lo entiendo. Lo veo. Lo presiento. Me juego algo a que Charly ha dicho al barman que eche otra ayudita de las suyas al «múltiple» o a cualquier cóctel que yo pidiera, sin prever que íbamos a compartirlo todos. ¡Tiene que ser éxtasis líquido! Incoloro e insípido. Dicen que te vuelve tan positivo que te harías colega hasta de alguien que te está apuntando con un arma.

—Madre mía... ¡Me quedaría a vivir en este cuarto de baño! —exclama Keira, feliz. Y me río con ganas al imaginarla acampada aquí.

Me miro en un espejo que ocupa toda la pared e intento discernir qué coño me pasa. Al menos me he cortado el pelo... Llevo la corbata floja y un botón desabrochado. «¿Cuándo me lo he soltado?».

—Ástor, ¿te importa salir? —se queja ella—. ¡Tengo que hacer pis ya!

Y sin verlo venir, se me cruzan los cables y me doy la vuelta, divertido.

—No. Me muero de ganas por saber cómo vas a quitarte esa cosa... —Señalo el «modelito»—. ¿Vas a tener que sacarte las mangas?

Se monda de risa ante mi amenaza de quedarme.

—Pues sí. Y como no te vayas, lo voy a hacer delante de ti.

—No tienes nada que no haya visto ya... —contesto muy chulito.

Y la respuesta de Keira es sacarse las mangas con una mirada fiera que me hace adorarla aún más. Se baja la prenda hasta la cintura sin ningún tipo de vergüenza, quedándose en un sujetador sin tirantes negro de lo más sexy.

No aparto la vista ni un jodido milímetro.

—Hay que ver lo que te gusta desnudarte delante de mí...

—Tú mismo lo has dicho: me has visto mucho más desnuda que esto. Y si no te largas, voy a mear contigo delante. Tú mismo...

—Eso sería un gran paso en nuestra relación... —digo risueño.

—¡Era coña! ¡Vete antes de que me explote la vejiga, joder...!

Me troncho de risa y me quedo apoyado en el lavamanos.

—¡Ástooor! —protesta cruzando las piernas como una niña pequeña.

Soy incapaz de huir de la entrañable vulnerabilidad que desprende. ¡Es adictiva!

—Superamos lo de tener sexo con la regla y superaremos esto. Venga, hazlo, Keira... Adelante. No es para tanto...

—¡No pienso hacerlo! —Se ríe y llora a la vez—. ¡Vete, por Dios! ¡Has hecho que saliera de la fila de abajo... y ahora ya no puedo aguantar!

Vuelvo a negar con la cabeza, sonriente. Hacía que no me divertía tanto desde... ni lo sé. Le doy la espalda para ayudarla un poco en su decisión.

—Venga, hazlo. No te miro. Solo escucho.

—¡La madre que te parió, Ástor...! —brama—. ¡Claro que lo vas a oír!

—Piénsalo. Este es un buen método para romper la glamurosa tensión sexual que existe entre nosotros. Hazlo, y acabemos con ella de una vez.

—Bien. Tú lo has querido...

La oigo bajarse la ropa del todo y empezar a hacer pis, pero el sonido queda amortiguado por una simulación de gemidos sexuales tipo «¡Oh, síííí...!», «Oh, Diosss...» que me hacen sonreír aún más.

—¡Esto es mejor que un orgasmo! —grita.

Cuando tira de la cadena y pronuncia un «ya está», me vuelvo hacia ella con una sonrisa en la boca.

—Es oficial: por fin me he desenamorado de ti —sentencio vacilón.

Y la sonrisa que me devuelve me parece tan tierna que no puedo dejarla marchar. Lo siento mucho...

Cuando pasa por mi lado con un «genial, es lo mejor para todos...», la retengo contra mí.

—No te lo habrás creído, ¿no? —susurro arrimando mis labios a su oreja.

Y la cara que pone entonces me gusta todavía más.

No sé cómo terminamos contra una pared. Me pego tanto a ella que nuestras bocas casi se tocan. Solo un roce, sin llegar a más.

—Ástor... —me avisa Keira, preocupada. Y percibo en su tono un «me lo prometiste» que hace que me separe de ella como si fuera su palabra de seguridad.

—Lo siento. —Y soy sincero—. Te doy permiso para denunciarme cuando quieras... Considérame un peligro para ti.

Sonríe, pero lo he dicho en serio. «¿Por qué no me controlo? Me doy miedo».

—Nadie dijo que sería fácil ser solo amigos... —musita instándome a salir del cuarto de baño y volver a la escalera—. Lo que importa es que lo estamos intentando. Esta noche está siendo genial... Y me está gustando poder compartirla contigo.

—A mí también —digo con afecto.

—¿Sabes cuál es nuestro problema? —piensa en voz alta—. Que estamos cachondos...

Me río. Porque tiene toda la razón. Siempre la tiene... Y ojalá ese fuese el único problema, pero el verdadero es que nadie me fabrica sonrisas como ella. Nadie me habla con tanta franqueza y nadie habría hecho jamás pis delante de mí... Qué va. Cualquier mujer de las que conozco habría dejado que le reventara la vejiga antes de hacerlo... Pero Keira no.

—Hay que seguir con nuestras vidas... —dice convencida—. Y la única forma de que podamos tenernos en ellas sin que duela es no dejando que pase nada íntimo entre nosotros. ¿De acuerdo?

La fragilidad de su voz no denota mucha convicción, pero...

—De acuerdo.

Y juro que en ese momento lo veo claro. Pero media hora después, se me olvida...

La veo bailando a cámara lenta en medio de la gente, contoneándose de un lado a otro como si estuviera en éxtasis, y me pego a su espalda como si una fuerza me hubiera obligado a hacerlo.

Entierro mi nariz en su pelo y los dedos de mi mano derecha se entrecruzan con los suyos.

No tiene que volverse para saber que soy yo. No sé exactamente qué me ha delatado, quizá haber colocado una mano en su vientre con tanta posesividad, pero cuando mueve lentamente la cabeza hacia mí y nuestras frentes se juntan sigue bailando con los ojos cerrados.

Llego a pensar que le da igual quién sea. Que solo quiere imaginar que soy yo, aunque sea cualquiera.

Junto nuestras manos en su vientre para abrazarla del todo y le sigue un prometedor roce de narices. Estoy en el cielo. Vuelvo a rozar sus labios de la misma forma que he hecho en el cuarto de baño, como si estuviese llamando a las puertas del cielo... Casi puedo oír el temazo de Guns N' Roses resonando en mi cabeza.

Cuando estoy a punto de besarla, recuerdo mi juramento y me contengo, lo que nos hace abrir los ojos y mirarnos. Los suyos son tan profundos y oscuros que me da miedo caer al vacío. Pero Keira me agarra del cuello de la camisa y tira de mí hasta encajar nuestras bocas.

Eso me hace resucitar de entre los muertos.

Es un beso inesperado. No es intenso ni urgente. Es mucho más decadente e indecoroso que todo eso... Es un baile erótico de roces de labios interminables y húmedos que no quieren llegar a profundizar por miedo a no poder parar.

La boca de Keira se queda abierta en más de una ocasión, dejando que yo absorba su labio inferior, para volver a la carga con el superior.

Oigo un «joder..., ¿has visto eso?» que pasa de largo en mi cabeza.

Cualquiera que esté siendo testigo de este morreo sabe que está en presencia de una necesidad primaria imparable. Algo completamente ingobernable que nos hace estremecer de placer y olvidar dónde estamos y lo que tenemos alrededor.

Creo que es el propio Ulises el que nos empuja, alejándonos del ojo público, y nos lleva a un lugar más privado, pero no lo tengo claro. Solo la siento a ella. Nuestras bocas. Nuestros cuerpos. Ni siquiera sé si nuestro amigo ha abandonado la habitación cuando arrastro la tela de su modelito hacia abajo y mi boca atrapa uno de sus pechos. Caemos rápidamente en picado hacia un delirio sexual irresistible.

La oigo gemir y noto que me agarra el pelo con fuerza. Me busco la vida para llegar a su sexo, encharcado, y gruño de satisfacción al mojarme.

Keira empieza a retorcerse ansiosa cuando mis dedos entran y salen de su cuerpo sin parar.

—Dime lo que quieres... —exijo con voz líquida.

No sé ni donde estamos, pero su petición me llega alta y clara:

—Quiero que me folles...

Fascinado por sus palabras, nos desnudamos en tiempo récord y aterrizamos en una superficie blanda.

Solo entonces miro alrededor. Joder... ¡Es la habitación de

Héctor! La que usa cuando viene aquí porque no puede subir la escalera.

—Ástor… —suplica Keira cuando me siente acomodado entre sus piernas.

La miro por última vez, completamente enajenado, y, al advertir un ruego velado en su mirada, me sepulto en ella sintiendo un deseo incomparable en lo más profundo de mi ser.

Me pierdo en la sensación de un placer superior. Las emociones me inundan y no sé nada más… Oigo un «te amo»… Aunque lo cierto es que no sé si lo he oído, lo he pensado o lo he dicho. Supongo que no importa. Lo único que importa es que cuando todo termina, Keira me mira como si tuviésemos un futuro juntos. Y eso me basta.

Después de besarnos durante cinco largos minutos, nos vestimos sin decir una palabra. Los dos sabemos que no estamos en condiciones de hablar de nada racional, pero antes de salir de la habitación, volvemos a besarnos inevitablemente.

—Quédate a dormir luego, Kei…

—Imposible… Tengo que acompañar a Yasmín a su casa.

—Puede llevarla alguien.

—No quiero dejarla sola con nadie. No le gusta…

—Seguro que Olga puede llevarla.

Me mira como si quisiera preguntarme algo sobre ella, pero se corta.

—Déjame hablar con ella primero, y si puede llevarla, te quedas.

—Vale…

Cuando volvemos al salón, presiono su mano y nos separamos. Keira va directa hacia Yasmín, que la espera sonriente, y yo voy directo hacia Charly, que está arrumbado en la barra, aprovechando que Ulises charla con antiguos compañeros.

—Joder… —lo saludo contento.

—¡Hombre! La estrella porno del momento… —Sonríe vacilón.

—Cállate…

—Si no fuera por Ulises, os ponéis a follar en la pista.

—Además de verdad… ¿Qué coño nos has metido en el cóctel?

—¡¿Yo?! ¡Te juro que nada! —dice efusivo, y parece sincero. A Charly no le pega mentir. No pierde oportunidad de escandalizar, si puede hacerlo.

—Un día vas a acabar en la cárcel, ¿sabes? —lo amenazo.

—¡Que yo no he hecho nada! Habrán sido los de los cócteles. Yo que tú los denunciaría, te lo digo en serio. No pueden ir por ahí echando cosas en las bebidas. Yo, si lo hago, siempre pido permiso.

—No vuelvas a hacerlo. Un día de estos, podría salirte mal...

—Me estoy mosqueando, Ástor... Te he dicho que yo no he sido. Y esos tíos van a irse de rositas. Seguramente era SLD, porque yo no te he visto bailar en mi puta vida y hoy lo has dado todo... Si fuera yo, les metía un puro que te cagas, porque van a seguir haciendo esto en más fiestas...

Su seriedad me alarma y me planteo seguir su consejo. Incluso me planteo llamar a la policía para que los registren ahora mismo y comprueben si están en posesión de ese tipo de drogas. Y de repente caigo en la cuenta... ¡Si la casa está llena de policías!

—Vale, te creo, Charly. Esos bármanes se van a enterar, esto está repleto de polis... Voy a preguntar si hay alguien aquí especializado en estupefacientes.

—Gracias por creerme —dice apocado.

—Gracias a ti por preocuparte siempre por mí...

Tomo un sorbo de mi bebida y busco a Keira con la mirada. La encuentro en el sofá hablando con Héctor. Qué peligro...

Héctor estaba muy filosófico al empezar la fiesta, y después de cuatro horas empinando el codo seguro que lo está todavía más. Espero que se comporte; no quiero que joda nada. Esta es la definitiva... Lo sé porque lo que Keira y yo hemos hecho en esa habitación no es follar es... hacernos inmortales.

—Por cierto, me alegro por vosotros —dice Charly, feliz.

—Gracias...

—Gracias a ti por montar esta fiesta a Ulises, aunque te has pasado un poco con el regalito, ¿no crees? Me has hecho quedar fatal con mi puto reloj de tres mil pavos...

Suelto una risita.

—Es evidente que yo le quiero más que tú... —Me burlo.

—No flipes…

Nos miramos, y veo en su mirada que está hasta la médula por Ulises. Pero si yo he superado que Keira y él sean íntimos e incluso muuuy íntimos en el pasado, Charly tendrá que superar que Ulises y yo nos hayamos vuelto inseparables.

—No te enfades —intento recular—. Pero es que… ¡le debo la vida! Se la debo a muchos niveles…

—Tío…

—¿Qué?

—Que Keira ha dejado de hablar con Héctor y se ha ido directa a hablar con Olga… —musita preocupado.

—Seguramente le esté pidiendo que se lleve luego a Yasmín a casa.

—Por la cara que pone no creo que sea eso… Mira…

Me doy la vuelta, y lo que sucede a continuación no lo veo venir.

Keira se va del lado de Olga con aire de cabreo y esta última me clava la mirada con terror.

Keira se acerca a Yasmín para decirle que se van inmediatamente, y su pupila intenta seguirle el paso hacia la puerta. Mis piernas reaccionan, y las intercepto justo cuando va a abrirla.

—¿Adónde vas…?

Cierra los ojos, disgustada por que la haya pillado en plena fuga.

—Ni se te ocurra seguirme… Olvídate de mí para siempre, Ástor.

Mis cejas suben ante esa contestación tan agresiva.

—Pero… ¡¿qué ha pasado, Kei?!

Intenta irse de nuevo, y la sujeto del brazo.

—¡¡¡NO!!! —me grita furiosa. Y al ver la desolación con la que rompe a llorar me duele como nunca.

—Keira, ¿qué pasa? ¡Háblame, por favor! —le pido consternado.

—Suéltame ahora mismo… —exige con un sollozo.

Se produce un silencio inaudito en el que solo se oye la música, y me doy cuenta de que mucha gente nos está mirando. Ulises debe de estar a punto de aparecer, así que solo digo:

—Por favor… Te quiero…

—¡¿Y a mí qué me importa que me quieras?! —exclama enfadada—. ¡Eres un mentiroso, joder! ¡Y nunca dejarás de serlo…! No sé en qué momento se me ha olvidado… ¡Héctor me lo ha contado todo y Olga me lo ha confirmado!

Me quedo estupefacto. ¿Qué coño le han dicho ahora?

 keira

27
La otra sorpresa

Cuando Ulises llega a la puerta, me dirijo a él en un tono que conoce muy bien.

—Quiero irme. AHORA.

Él mismo aparta de mi brazo la mano de Ástor, que no hace ningún esfuerzo por impedirlo.

Salgo disparada, buscando las llaves de mi coche en el bolso. Yasmín me sigue sin atreverse a decir ni una palabra.

Sé que estoy siendo drástica, pero no quiero explicaciones. ¡No las quiero!

Ástor tiene razón: cada vez que discutimos, no perdono, no lucho y no le concedo el beneficio de la duda… ¡Pero es que no se lo merece, joder!

¡Este puto amor es superior a mis fuerzas!

Ulises lo predijo también. Me dijo algo así como que yo no sé querer a nadie. Y acabo de darme cuenta de que es verdad. No puedo querer a nadie porque todo el mundo acaba fallándome. A Ástor le ha faltado tiempo para mentirme otra vez a la cara, y no me habría jodido tanto si no hubiera sido tres segundos después de volver a caer en sus redes… ¡Soy imbécil! ¡Él me hace sentir imbécil!

Conduzco con los ojos llenos de lágrimas y no dejo de darme manotazos para limpiármelas y poder ver la carretera.

—Keira, para en el arcén… —me pide Yasmín, preocupada.

—No…

—¡Para el coche, por favor…! Para ahí. —Señala un lugar.

Al final obedezco porque siento que no puedo ni respirar. Y en cuanto tiro del freno de mano me derrumbo sobre el volante de forma dramática.

—Chist… Tranquila… —Noto su mano en mi espalda aplacando mis sollozos—. No voy a preguntarte qué ha pasado, ¿vale? No quiero saberlo.

Escuchar eso me tranquiliza, porque no puedo ni pronunciarlo. Solo me deshago en plañidos contra el volante y me doy cuenta de que ya estoy otra vez llorando por Ástor. Mi madre tiene razón: ¡no aprendo!

—Aunque me lo puedo imaginar… —añade entonces Yasmín, con su habitual olfato detectivesco.

—Es un cabrón… —resumo—. ¿Por qué me hace esto?

—No sé qué te ha hecho, pero desde que hemos llegado a la fiesta me ha parecido que está completamente colado por ti.

Niego con la cabeza, devastada.

—Déjame conducir, anda… —me pide Yasmín—. Vuelve a casa, Keira, métete en la cama y mañana será otro día. Todo pasa…, te lo digo yo, que he vivido situaciones muy chungas… De lo más chungas…

Entonces la miro y siento que ha llegado el momento. El hecho de que haya repetido lo «chungo» que fue me indica que quiere contármelo. En todo este tiempo no ha mencionado nada sobre lo que le pasó, pero parece que mi grado de sufrimiento ha activado el típico consuelo basado en la idea de que «podría ser peor».

—¿Qué «situaciones muy chungas»? —pregunto haciéndome la despistada.

—Sumisión química. ¿Te suena? Hay miles de casos anualmente. Fue en una fiesta… Estaba divirtiéndome con mis amigas, y de repente se me apagó el cerebro. No recuerdo más. No sé dónde estuve, ni con quién, ni siquiera tengo flashes… Pero cuando me desperté supe que me habían violado…

—Dios mío… —digo horrorizada—. Lo siento mucho… Debió de ser terrible. ¿Se supo quién fue? ¿Hubo una investigación?

—Lo peor fue la reacción de mis padres... Quisieron mantenerlo en secreto para que nadie se enterara de lo que me había pasado. «Total, si no te acuerdas de nada...», me dijo mi padre.

—No te creo... —farfullo ojiplática.

—Me desperté en la calle, llevaba todas mis pertenencias, y me fui directa al hospital. Me dolía tanto el cuerpo... Tenía un mordisco profundo en un pecho, moratones en la mandíbula y arañazos en los muslos y la espalda... Me dieron la pastilla del día después y antirretrovirales. No había ni rastro de sustancias químicas en mi organismo, pero me dijeron que el tipo de drogas que se usan para la sumisión química suelen eliminarse en dos o tres horas. Con lo que no contaban mis agresores era con que ese día tenía la regla y encontraron un tampón muy al fondo de mi vagina lleno de restos de ADN...

—¡Joder...!

—Había cuatro distintos... Y aunque quise pedir pruebas de todos los chicos de mi curso, porque había sido en una fiesta del instituto, mis padres prefirieron no denunciar... Y yo era menor.

—Hostias... No me extraña que no tengas relación con ellos, Yasmín.

—Me escapé de casa de esos monstruos. Y lo peor fue el sentimiento de culpa que me dominó por haber ido a esa fiesta, como si yo pudiera haber hecho algo por evitarlo. Ninguna de mis amigas supo darme explicaciones de cómo terminé así. Tenía la impresión de que sabían algo y se estaban protegiendo unas a otras. O a sus amigos. O a los padres de los amigos de sus padres. Fue horrible...

—No lo entiendo, Yasmín. ¿No había ningún padre con sentido común?

—Ese tipo de gente siempre se protege entre sí. Es como una norma...

—¿Qué tipo de gente?

—Los ricos y poderosos. Yo era una niña rica... Y los alumnos que iban a mi colegio no podían tener ninguna mancha en su expediente. «¿Quieres arruinarles la vida por una borrachera que terminó en algo que ni siquiera recuerdas?». Esa fue la frase de papá...

Me llevo una mano a la frente. Siempre la misma mierda... El alcohol no es excusa para hacer atrocidades.

—¿Puedo decirte una cosa, Yasmín? —le pregunto, por ayudar.

—¿Qué?

—Has hecho que se me pase el disgusto...

Sonríe tenuemente, pero luego se le borra recordando a su padre.

—Le dije que mi vida era la que estaba arruinada y me contestó que si no me acordaba quizá hubiera sido consentido, porque la ropa que me ponía lo pedía a gritos.

—¡Por favor...! —exclamo asqueada agarrándome el puente de la nariz.

—Sí... Mi padre fundó el lema «Es que las visten como a putas».

—¿Cómo pudiste salir adelante tú sola? Eres muy valiente...

—Tenía dinero en mi cuenta corriente. Me escondí los meses que me quedaban hasta ser mayor de edad en una pensión de mala muerte y dije a los dueños que les pagaría el triple si no me pedían el DNI ni me hacían preguntas. Cuando cumplí los dieciocho me pagué una buena psicoterapeuta, que me ayudó mucho. La veía todos los días. Gracias a mí, ahora tiene un chalet en la playa...

»Me apunté a una academia para sacarme la oposición de policía y alquilé un piso. Poco a poco fui saliendo del agujero...

—¿Y tu fijación con las armas, viene de ahí? ¿No estarás pensando en asaltar un instituto y liarte a tiros...?

—No... —Sonríe.

—No lo digo en broma —aclaro seria—. Es una realidad.

Yasmín pierde la sonrisa.

—Ya... Siempre me han gustado las armas, Keira. Mi abuelo era cazador, y le ayudaba a limpiar sus escopetas ya de pequeña. Sé que no es lo ideal, pero me hacen sentir segura.

—Si te drogan de esa forma, un arma no te servirá de nada.

—Por eso solo bebo agua, y de botellas precintadas, en los sitios a los que voy.

—Eres increíble... No cualquiera habría tenido tanta entereza después de algo así.

Yasmín se encoge de hombros, dolida.

—Siempre he tenido un carácter fuerte, pero me costó quitarme la culpabilidad de encima. Supongo que me ayudó mucho la rabia que sentí hacia mis padres, hacia mis amigas y hacia todo mi mundo... No hay nada más peligroso que una mujer cabreada.

Le cojo la mano con afecto.

—Gracias por contarme todo esto...

—Gracias a ti por haberme acogido en tu vida... Y no solo en el trabajo.

Nos abrazamos, y siento que, por primera vez, alguien me entiende a la perfección. Le he tomado un cariño inmenso a Yasmín en muy poco tiempo. Me ha ayudado a recuperar una sensación que ya daba por perdida, una que empecé a vislumbrar con Sofía, la de poder confiar en una amiga.

Todo lo contrario a lo que siento por Ástor en ese momento...

En cuanto llego a casa me meto en la cama como me ha recomendado Yasmín, pero cuando me despierto al día siguiente me siento aún peor. Mi madre no quiere ni preguntar qué me ha pasado, y se lo agradezco. Hago un repaso mental de lo acontecido en la fiesta y siento ganas de morirme.

Al llegar tenía la esperanza de ser capaz de hacer borrón y cuenta nueva con Ástor. ¡Claro que podíamos ser amigos...! Somos personas, no animales. Pero empiezo a pensar que es imposible...

Hubo varios momentos extraños en la fiesta. El primero, cuando nos abrió la puerta. Reaccionó con mala cara, pero se recuperó rápido.

Lo segundo fue ver a Olga abrazando a Ulises como si se conocieran de toda la vida. Él se mostró muy cariñoso con ella, y me escoció un poco que tuvieran esa familiaridad. Olga también hizo buenas migas con Yasmín. La única rara era yo, pero no entendía por qué la habían invitado al cumpleaños de Ulises...

Cuando este último leyó esa misma pregunta en mis ojos me buscó para hablar.

—¿Te pasa algo, Keira?

—¿A mí? Nada...

—Tienes atravesada a Olga desde el principio de los tiempos, pero, en realidad, es maja... He podido conocerla un poco más.

—Cuando nos vimos por primera vez en su salón de belleza me trató como si fuera la mala de *Betty, la fea.*

—No sería para tanto, si luego te dejó guapísima...

—Ya he visto que os lleváis muy bien... ¿Desde cuándo, Ulises?

—Ástor queda con ella cada dos o tres semanas. Al fin y al cabo, tienen un negocio juntos. Y como yo lo acompaño a todas partes, hemos coincidido varias veces. Es maja, de verdad...

—Genial. Pues que se casen y tengan muchos hijitos. —Sonreí falsa.

—Keira...

—¡Lo digo en serio! Tranquilo, Ulises. Quiero pasarlo bien. ¡Es tu cumpleaños...! —Forcé una sonrisa—. ¿Te ha sorprendido la fiesta?

—Muchísimo... No dije nada porque creía que no sería buena idea que Ástor y tú os vierais. Y vais, y montáis esto...

—¡Sí que es buena idea! Somos amigos... Diviértete, ¿vale?

Y hasta yo noté la mentira en mi voz.

¿Solución? Emborracharme...

Busqué a Yasmín por la fiesta y le confesé mis intenciones:

—Necesito pillarme un buen pedo...

—¿Por qué? ¿Qué te pasa? —preguntó preocupada.

—¿Recuerdas toda la novela que te conté sobre Ástor de Lerma?

—Cómo olvidarla...

—Pues la sirena borde preciosa está aquí. La que me hizo el cambio de imagen, vino a comer a su casa y se encerró en su habitación para darme celos... Esa.

—¿Quién, esa pelirroja?

—La misma. Ástor tiene un fetiche muy bestia con las pelirrojas...

—Joder… ¡Sí que se parece a Ariel!

—Tú eres opuesta a la princesa Yasmín.

—Claro. Porque yo soy Yas, a secas. Yasmín es muy repipi…

—Vale. Tú puedes llamarme Kei.

—Joder, Yas y Kei… Suena a dos perros coreanos que resuelven crímenes en horario de franja infantil…

Me parto de risa.

—Dirás dos perras…

—Eso. —Levantó la mano para chocármela.

Yas me ayudó a seguir de buen rollo, incluso cuando Ástor y Olga se pusieron a hablar durante un largo rato salpicando la conversación de toda clase de gestos cariñosos que denotaban confianza y que terminaron sellando con un abracito…

En ese momento me pedí el chupito que fue el principio del fin de mi raciocinio… Luego lo siguió ese maldito cóctel, el «múltiple», que fue como caer en un multiverso en el que yo no era yo. Era la versión fumada de mí misma. Todo era cercano, bonito y posible.

Siendo sincera, lo pasé como nunca. Aunque la resaca de después también está siendo «como nunca». Jamás había tenido una resaca así… Ni moral ni física… Un horror. Mi dopamina está por los suelos, y quiero morirme por un montón de motivos distintos.

«Mierda… ¿Hice pis delante de Ástor?». Sin comentarios…

Y por supuesto recordaba habernos besado mucho y haber follado como dos ardillas en primavera.

Por un momento fui feliz. Feliz de verdad. Por un momento no me importó nada; creo que fue cuando Ástor entrelazó sus dedos con los míos y aspiró mi pelo. En ese instante, quise desaparecer junto a él para siempre.

Cuando volvimos a la fiesta se me había bajado un poco el globo, pero no lo suficiente para no tomar una decisión descabellada cuando mi mirada y la de Héctor se encontraron.

Él estaba situado junto al sofá, para facilitar el hablar cara a cara con quién quisiera sentarse con él. Seguramente le dolería el cuello de estar mirando todo el tiempo hacia arriba. En eventos así, la gente debe de olvidar su condición.

Sin pensar en lo que desataría, me senté a su lado.

—Hola, Héctor. ¿Qué tal? ¿Todo bien?

No sé por qué le hice esa pregunta. Si era evidente que no todo estaba bien en su vida desde hacía tiempo.

—Todo lo bien que puede irme teniendo en cuenta que las piernas no me responden y que el amor de mi vida sigue en la cárcel...

—Joder... —Me tapé la cara porque me sentí fatal al haberlo olvidado—. Lo siento mucho... Si alguien no se merece esto, eres tú, Héctor.

—Gracias, pero le está pasando a Carla más bien... Yo estoy aquí de fiesta y ella... —Se calló como si le pesara.

—Lo siento. De verdad... Te juro que no sé qué más hacer. Mateo está tratando de encontrar a un testigo que la viera minutos antes... O a alguien que reparara en otra persona en las inmediaciones. Pero es complicado...

—Lo sé. Ahora ya es tarde... —masculló molesto—. Han pasado meses, y nadie se acuerda de nada de lo que hizo o vio ese día. Si no hubierais estado todos tan ocupados jugando a los enamorados, quizá habríais hecho mejor vuestro trabajo y no se os habrían pasado detalles por alto...

Lo miré acongojada. Tenía tanta razón que me sentí fatal.

Ulises y yo habíamos estado muy ciegos. Igual otros policías habrían actuado de forma diferente, como Yas me sugirió. Bueno, igual no, seguro... Nosotros no fuimos objetivos con nada.

—No sé qué decirte, Héctor... Solo que no me rendiré.

—Yo tampoco. He contratado a unos detectives privados...

—Estamos investigando a los padres de Sofía —le chivé de repente.

Cosa que llamó poderosamente su atención.

—¿Por qué?

—Mi nueva compañera me dio la idea. Y tiene otras muy buenas... Estoy profundizando en ello. Encontraré algo, te lo prometo...

—No hagas promesas que no puedas cumplir, Keira... —contestó severo.

—Vale, perdón. Es la borrachera la que habla...

Héctor chascó la lengua contra su paladar.

—Me parece penoso que tengáis que poneros así para liaros por fin. Acabo de veros salir juntos del pasillo… ¿Cómo vas a centrarte en el caso si sigues jugando con mi hermano?

Me quedé callada. No quería pelearme con Héctor. Sabía que lo estaba pasando muy mal…

—Ástor ya estaba mejor… —continuó pensativo—, y que os vierais ahora, sinceramente, me ha parecido una cagada…

—Ya lo sé… —admití culpable—. Sé que Ástor está mejor, pero ¿y yo qué? ¿Nadie piensa en mí? ¿No cuento? Yo quería estar con tu hermano… Iba a tragar con muchas cosas por estar con él, pero sus mentiras se me atragantaron y no pude… Me hizo sentir que no contaba…

—Es lo que pasa cuando intentas desesperadamente contentar a todo el mundo, Keira. Que mientes y manipulas para que solo escuchen lo que quieren oír… Y al hilo de esto, creo que Ástor y tú sois demasiado parecidos para estar juntos. Ambos sois muy herméticos y controladores a la vez, y eso siempre os hará daño. A mi hermano le conviene otro tipo de chica. Alguien como Olga. Y diga lo que diga, a él siempre le ha gustado… Lo que pasa es que su hermana murió en el accidente y la situación era complicada de narices. Y ahora que por fin parece que la cosa tira entre ellos, apareces otra vez en su vida y lo trastocas todo…

No puedo describir el dolor que me invadió en ese momento. ¿Cómo que «ahora que la cosa tira entre ellos…»?

Imaginarlos juntos fue como si el tío de *El templo maldito* de Indiana Jones me hubiera arrancado el corazón y lo enseñara a un público, jubiloso de que le diera un bocado.

—Me dijo que nunca habían estado juntos… —farfullé cohibida—. Ástor me ha contado que no ha estado con nadie desde que lo dejamos…

—Joder… —resopló Héctor—. Pues te ha mentido. Se ha acostado con Olga, te lo garantizo. Y más de una vez…

¿Y sabéis lo que hice?

Desconfiar de Héctor. Como de todos. Porque estratega era un rato. Sin ir más lejos, era el artífice de haber puesto las notitas amenazadoras a Ástor, así que me levanté y fui directa hacia Olga.

—Hola. —Me planté delante de ella.

—Hola... —me saludó con un punto histérico en la voz.

—Solo quiero hacerte una pregunta y que me contestes con sinceridad. Por pura sororidad entre mujeres... ¿Ástor y tú os habéis acostado alguna vez?

Su cara fue un poema que respondió a la pregunta por sí misma clavándose dolorosamente en mis entrañas.

—Eh... A ver...

La vi buscando palabras que ni siquiera existen en el diccionario, unas que no signifiquen nada y que no hagan daño. De ilusiones se vive.

—Con un sí o un no, me basta... —la presioné.

—Pero... ¿qué te ha dicho él exactamente?

«Madre mía... Otra que no quiere cabrearle».

—Gracias, Olga, ya me has contestado.

Me fui de su vista y busqué a Yasmín con prisa.

—Nos vamos. YA.

—¿Qué ha pasado? Pensaba que...

—Ven rápido y no preguntes —dije cogiendo los abrigos de uno de los colgadores de la entrada.

Casi había alcanzado la libertad cuando Ástor nos cortó el paso.

No podía ni mirarle a la cara.

Estallé en un llanto incontenible y humillante, y Ulises vino en mi rescate. El resto ya lo sabéis...

Y ahora no quiero ni mirar mi teléfono. Ojalá pudiera lanzarlo al mar, pero aquí no hay.

Echo un vistazo y veo que tengo doce llamadas perdidas.

Todas son de Ástor y Ulises... No interesan.

Les llega el turno a los mensajes.

Uno de Ulises, preguntando si he llegado bien a casa. Y diciéndome que le llame.

De Ástor, ni entro, pero en el último pone:

Ástor:
No entiendo cómo puedo quererte

¡Boom! A eso lo llamo yo matar moscas a cañonazos...
También hay uno de Yas.

Yas:
Maratón de *Los Originales* segunda temporada esta tarde?
Te espero

Ese me hace sonreír, y apago el teléfono sin contestar nada a nadie.

Yo tampoco entiendo cómo puedo quererle; hace mucho que dejé de preguntármelo. La única pregunta que tengo es: «¿Por qué?».

¿Por qué tiene la necesidad de mentirme?

¿Por qué me dice lo que quiero oír, como a los demás?

Pensaba que para él era especial, diferente... Pero eso también es mentira. Ástor es y siempre será un mentiroso. Por mucho que me guste cómo besa, cómo folla, cómo juega al ajedrez, cómo me mira, cómo habla. Cada maldito movimiento que hace... Pero se acabó.

Estoy tan dolida de haber dado mi brazo a torcer otra vez y haberme vuelto a llevar una sorpresita con el «sello De Lerma» que ya paso...

Poco después, el único mensaje que devuelvo es a Yas, para decirle que llegaré a su casa sobre las dos del mediodia con comida china y golosinas. Es tan genial que me contesta con un emoticono de manos hacia arriba, indicando que alaba la idea.

Nos pegamos el prometido maratón y charlamos un rato.

—¿Te ha escrito, Kei?

—Sí, pero prefiero no ver lo que pone. Sabe que los teléfonos no son lo mío. Llamaré a Ulises dentro de unos días. Él no esperará mi llamada antes; sabe que primero tengo que quemar la rabia hasta agotarme. Y también necesito enfocar mi atención en otra cosa. Creo que voy a independizarme... Mi madre lo está deseando...

—Voy a decirte una cosa, y no te enfades, ¿eh? —empieza medio en guasa—. Si algún día tengo un hijo, espero que a tu edad ya no esté viviendo conmigo. Si no, le echaré a patadas por su propio bien...

—Ya veo que tienes un gran instinto maternal, Yas —me mofo.

—Es una tradición. En familias como la mía no puedes quedarte en casa para siempre. Te dan medios para buscarte la vida fuera, o bien te casas pronto y pasas a ser responsabilidad de otro hombre...

—Eso suena bastante medieval. Por no decir machista.

—Ellos lo llaman «conservadurismo». Valores tradicionales de toda la vida donde cada uno tiene su papel y la igualdad brilla por su ausencia. Sin embargo, ahora me siento libre. Querrás mucho a tu mami, pero independizarte me parece un planazo, nena...

—¿Me ayudarás a buscar algo? Igual compro un piso para no tirar el dinero en un alquiler... Invertir en algo mío, ¿sabes?

—Es buena idea, aunque...

—¿Qué?

—Nada... Iba a decir que, si quieres, hasta que encuentres algo que te guste, puedes venirte a vivir conmigo... Tengo habitaciones de sobra.

—¿Al Museo de las Armas? No, gracias... —digo divertida.

—Bueno, tú piénsatelo, Kei. Si necesitas un cambio, aquí estoy. Y puedes irte cuando te dé la gana...

—Creo que si quisieras una compañera de piso, ya la tendrías...

—La gente comparte piso para compartir gastos o porque quiere vivir con amigos. Pero yo no necesito dinero y no tengo amigos, así que...

Y le veo en la cara que odia sonar tan victimista, porque no los tiene porque no quiere. Igual que yo. Pero con ella he descubierto que eso es un error.

—¿No hiciste amigos en la academia de Ávila? —quiero saber.

—Sí, pero yo era la más joven con diferencia y a ellos los destinaron a otros sitios. Además, no soy muy sociable que digamos. Creo que contigo encajo porque tampoco lo eres...

Sonrío por su perspicacia.

—Me lo voy a pensar, Yas... Lo de venirme aquí, digo...

—Bien. —Se encoge de hombros y seguimos viendo la tele.

Al final nos dan las diez de la noche, y cuando entro de nuevo en casa de mi madre me está esperando de brazos cruzados.

—¿Dónde te habías metido?

Definitivamente, tengo que mudarme.

—En casa de Yasmín…

—Ástor ha estado aquí… —me informa solemne, y maldigo en voz baja.

—¿Le has dejado subir?

—No, si te parece le digo: «Duques, no».

—Habría estado bien…

—¿Qué ha pasado, Keira? —pregunta cogiéndose los brazos temerosa—. Me ha dicho que no contestas a sus mensajes ni llamadas y que tenía que hablar contigo urgentemente.

—Cosas nuestras… Bueno, no. Que se acabó y ya está… Esta vez, para siempre.

—Pensaba que ibais a ser amigos…

—Es imposible —admito por fin—. Se nos da fatal…

—No sé quién dijo que «cuando algo merece la pena, incluso merece la pena hacerlo mal».

—No estoy para frasecitas, mamá… —gruño yendo hacia mi habitación—. Y por cierto, he encontrado un piso. Me mudaré después de Navidad.

—¡¿Y me lo sueltas así?! —exclama sorprendida.

—Sí. Puedes empezar a bailar en silencio en cuanto cierre la puerta de mi cuarto…

Me voy de su vista y solo oigo silencio. Es el fin de una era. Me encierro en mi habitación y vuelvo a tumbarme en la cama.

¿Ástor ha estado aquí? Maldita sea…

¿No le quedó claro que no quiero verle ni saber nada más de él?

Me meto en mi aplicación de mensajería, y veo que ahora tengo más mensajes de Ástor. El último:

Ástor:
Prepara la orden de alejamiento

Entro en la conversación de mala gana.

Ástor:
03.15 h: Keira, por favor, no es lo que crees!
03.15 h: Por qué siempre huyes?
03.16 h: Por qué no me has pedido que te lo aclare?
03.18 h: No me gusta que hayas cogido el coche así…
Avísame cuando estés en casa, por favor
03.20 h: O avisa a Ulises, aunque sea
04.00 h: Disfrutas haciéndome sufrir? Espero que sí.
Lo entiendo muy bien
05.11 h: Cuando tú entiendas lo equivocada que estás,
vas a pasar mucha vergüenza
06.03 h: Joder… No entiendo cómo puedo quererte
16.18 h: He ido a tu casa porque necesitaba hablar contigo.
No soy de esas personas que dejan las cosas a medias.
Ya sé que tú sí, pero yo no soy así y quiero que te quede clara
mi versión de los hechos
16.20 h: Mañana iré a comisaría para hablar contigo. Si no me
recibes, me quedaré todo el día en la puerta hasta que salgas.
Y si tampoco quieres verme… volveré al día siguiente
16.30 h: Prepara la orden de alejamiento

Me dispongo a contestarle:

Keira:
Quedamos mañana a las cuatro en mi casa

Y salgo de la conversación sin querer saber nada más.
De repente, veo que tengo un mensaje de Héctor. Y lo leo.

Héctor:
Siento lo que pasó ayer en la fiesta…
Podemos quedar algún día de esta semana para hablar
del caso? Prometo no mencionar a mi hermano.
Se acerca la Navidad y quiero dar a Carla alguna buena
noticia… Aunar esfuerzos. Hay un par de cosas que me
gustaría comentarte, y me quedé con las ganas de saber
qué más ideas tiene tu nueva compañera. Seguro que
es más objetiva que nosotros

Le contesto enseguida:

Keira:
No sé si te interesarán mucho.
Su mayor sospecha es que fue Charly

Héctor:
Me interesa.
Cuándo podemos vernos?

 ástor

28
Palabras llenas

Lunes, 22 diciembre
16.00 h.

Este solía ser uno de mis días favoritos del año. Ya no, claro. Y este menos. Es un día alegre por la suerte que reparte la lotería en nuestro país y por dar el pistoletazo de salida a la Navidad, pero este año me da la sensación de que no hay nada que celebrar. Menos que nunca...

Llego al portal del bloque de apartamentos donde vive Keira y llamo al timbre para avisarla.

—Ahora bajo —dice.

No me deja ni subir. Qué bien... Por suerte, no hace aire y el sol calienta un poco todavía.

Retrocedo y la espero con las manos en los bolsillos.

No me hace esperar mucho. Aparece enseguida con unos vaqueros, unas botas con borreguito por dentro y enfundada en un plumífero acolchado negro. El gesto de su cara es serio por verse forzada a esta situación.

—Hola... —farfulla.

—Hola...

—Di lo que tengas que decir —comienza seca, metiéndose las manos también en los bolsillos. Yo, sin embargo, las saco.

—Solo quería aclarar que no te mentí, Keira. Cuando en marzo te dije que nunca había estado con Olga, era cierto. Pasó algo entre nosotros este verano... Y cuando te aseguré que no había estado con nadie acoté encarecidamente que era desde la muerte de Sofía, no antes... Y esa es toda la verdad.

Me quedo callado, atento a su reacción. Espero ver alivio o arrepentimiento en su cara, sin embargo dice:

—Vale. ¿Algo más, Ástor?

—No...

—Pues bien.

Se dispone a irse y la freno, alucinado.

—Espera... ¿Por qué actúas como si eso no cambiase nada?

—¿Esperabas que sonriera aliviada y me lanzara corriendo hacia tus brazos? —pregunta con inquina.

—No... Porque de querer hacer eso me habrías pedido una explicación en la fiesta y no te habrías largado sin más. O habrías buscado respuestas por mensaje al día siguiente. Ese es el punto que deseaba demostrarte. Que te da igual el motivo, Keira. Lo que quieres es huir de mí con cualquier pretexto. Héctor dice que me tienes miedo.

—Yo no te tengo miedo. Lo que estoy es harta de que me hagas llorar. Mi madre dice que cuando estoy contigo lloro todo el tiempo, y eso no es buena señal. Nadie debería dejar que la misma persona le haga sentir mal dos veces.

—No es esa mi intención... —lamento sentido—. Pero si no hubiera amor, no te dolería tanto...

—El amor no tiene que doler, Ástor.

—No me hables a mí de dolor —replico agresivo—. Quien diga que el amor no duele es que no lo ha sentido nunca. El dolor es lo más real que hay. Y no es tan malo. Está en todo lo que importa de verdad. En lo que merece la pena. En el sacrificio, en el esfuerzo... Esas no son palabras tóxicas, sino esperanzadoras y luchadoras. Mientras hay dolor, hay vida...

—Pues yo prefiero vivir sin dolor, Ástor.

—Por lo tanto, sin amor. Ya lo has dejado bien claro...

La veo fatal. Como apagada. Como si hubiera perdido toda emoción. Me recuerda tanto a mí hace un tiempo... Pero cuando hablo me mira como si mis palabras tambalearan por momentos su rígido talante, así que sigo:

—En todos mis años de luto permanente he descubierto una cosa: que el amor solo muere a base de indiferencia, no de dolor. Ibas a quedarte a dormir conmigo, Keira, y un segundo después no querías volver a verme nunca... Si el motivo es lo que acabo de desmentirte y sigues enfadada, es un problema que va mucho más allá de mí, de manera que no te hagas la víctima, por favor... No te escudes en que he querido engañarte para rechazarme, porque no es así. El problema es tu desconfianza... Tu desconfianza en todo y en todos.

—Tienes razón —me corta adusta—. Ya te advertí que no confío en la raza humana, en general. Y tengo hechos de sobra, de todos los colores y sabores, que lo corroboran. Por eso prefiero no poner en riesgo mi felicidad.

—¿Y crees que así vas a ser feliz, Keira? —pregunto incrédulo—. ¿Aislándote del mundo?

—Ser feliz también es saber dejar atrás deseos tóxicos... —formula con tristeza—. Saber renunciar a cosas que te hacen llorar y sentir mal, aunque las desees con todo tu ser. Y no será tu intención, pero lo haces, Ástor. ¿Quieres que esté sintiéndome así por ti cada dos por tres?

—No... —respondo casi sin voz.

—No te deseo ningún mal, Ástor... Espero que seas muy feliz, y Héctor cree que con Olga podrías serlo. Te has estado refrenando con ella muchos años por tu culpabilidad sobre el accidente, pero ahora que lo estás superando podrías darle una oportunidad. Lo nuestro está muerto, Ástor...

—Si duele no está muerto. Y a mí me vas a doler siempre, Keira...

Baja la cabeza haciéndose cargo de lo que significan mis palabras.

—Pues yo no quiero que me duelas para siempre. Por eso te digo adiós.

—Tu problema no es el dolor, sino el miedo... Héctor está convencido de ello. ¿De qué tienes miedo, Keira? ¿De no estar a la altura y que te abandone?

La veo tragar saliva y sé que he dado en el clavo. Esto tiene mucho que ver con mi título, lo que se espera de ella y lo que ha dicho acerca de que estaría mejor con Olga.

—¿Por qué no confías en mí? —insisto—. ¿Por qué no haces ese esfuerzo, Keira? ¿Por qué no te sacrificas por mí? Te juro que haré que merezca la pena…

Sus ojos se encharcan con rapidez y las lágrimas se desprenden de ellos sin que emita ni un sonido, como si se le hubiese estropeado el lagrimal.

—No es nada de eso… —musita—. Es que, he echado cálculos como buena matemática, y he descubierto que me restas en vez de sumarme, Ástor…

Esas palabras atraviesan mi corazón. «¿Yo le resto? Joder, creo que es lo peor que se le puede decir a alguien».

—De acuerdo… —farfullo herido de muerte. No sé ni cómo he podido hablar con el dolor que tengo ahora mismo en la boca del estómago.

—Adiós, Keira…

—Adiós, Ástor…

Se da media vuelta y echa a andar hacia el portal.

No le veo la cara, pero la conozco, y sé que está conteniendo un sollozo hasta llegar a un lugar privado donde poder explotar a gusto. Yo tengo mis problemas y Keira los suyos… El mío es que ni siquiera puedo moverme.

Cuando desaparece, respiro hondo saboreando el aire viciado de dolor que tendré dentro hasta que amaine la tormenta. Y solo conozco un modo de que desaparezca.

Que pase el huracán Nat y lo pulverice todo.

keira

29
La trampa del destino

Quince días después.
5 de enero. Víspera de Reyes

En buena hora dije que sí...

—¡Date prisa! —me grita Yas para que salga del cuarto de baño ya.

—¡Ve al otro! ¡Estoy tan nerviosa que tengo la tripa suelta!

La imagino poniendo los ojos en blanco.

—¡Mi neceser está ahí dentro, Kei...! —gime desesperada.

Cinco minutos después salgo con las manos sobre el vientre.

—Mi estómago está bailando el *hula hop*... —aviso.

—No te preocupes. ¡Todo va a salir bien!

Sí, ya... ¡En menudo lío me he metido!

Mejor os cuento desde el principio en qué ha derivado mi vida desde que empezó la Navidad...

Tal como anuncié a mi madre, el día 26 de diciembre llené hasta arriba mi pequeño Seat León amarillo y me mudé con Yasmín. A ella se lo comuniqué oficialmente el día 24, durante el vermut que se prepara en la comisaría anualmente. Después de un par de ponches, le di una bolsita de regalo decorada con un montón de renos borrachos, y me miró horrorizada.

—¡No fastidies, Kei...! ¡Yo no te he comprado nada!

Me reí y le dije que lo abriera.

Era una tarjeta que decía con letras escalofriantes: SÉ DÓNDE VIVES. Y añadí en boli: «Y si me aceptas, me encantaría mudarme contigo».

La sonrisa de Yasmín me dio la respuesta sin necesidad de palabras.

—¿Sabes dónde te metes? —bromeó.

—Sí... Intentaré no cabrearte, Yas. Pero ahora mismo no soporto mi vida y necesito un cambio de aires... También necesito a una amiga. Y la tercera temporada de *Los Originales*...

Nos reímos y nos abrazamos con fuerza. Solo ella sabía lo mal que lo estaba pasando, porque veintitrés horas al día guardaba la compostura, pero en la que quedaba me desmoronaba, y Yas había sido testigo de ello varias veces.

En ese abrazo entendí por qué Ulises no me echaba de menos cuando dejó la policía. Porque me sustituyó por un sentimiento más sano. Seguía añorándolo con fuerza, pero, como el propio Ulises dijo, no nuestra vida anterior. Eso era un bucle sentimental irreal y tabú, mientras que Yas me llenaba de una forma totalmente nueva y bonita. Y creo que a él le pasaba lo mismo con Ástor y Charly.

—Quiero que esta noche vengas a casa a cenar con nosotros... —añadí dándolo por hecho.

—¿Qué? No, no, Kei... Es Nochebuena...

—¿Tienes un plan mejor, Yas?

—Me haré una pizza casera y veré una película de Navidad.

—Eso lo haremos otro día las dos. Esta noche tú te vienes a casa. No me obligues a hacerte daño...

Se partió de risa.

En cuanto empezamos a vivir juntas, fue inevitable profundizar más en su vida. Lo poco que me había contado de su familia me dejó impactada y, en cuanto indagué, me quedé todavía más planchada. Con lo de «niña rica», Yasmín se había quedado muy corta...

—¡¿Perdona...?! —dije con la mano en el pecho.

—Sí, mi padre es marqués…

—A-LU-CI-NO. Toda mi vida viviendo al margen de la aristocracia… ¡y de un tiempo a esta parte me crecéis alrededor como setas!

—¿Entiendes ahora, Kei, que en mi mundo la gente se considere intocable?

—Totalmente. ¡Es como si se creyera al margen de la ley…!

—Ástor y Héctor no me reconocieron porque todavía era muy joven cuando me largué de casa. Y tampoco había coincidido en ningún evento con ellos. Pero yo sí los conocía… Sobre todo a Ástor.

—¿De qué? —pregunté estupefacta.

—Vale… Keira, no flipes, porfa… Es que mi padre es miembro del KUN.

—¡AAAH! —grité sin cortarme—. ¡¡¿Y me lo dices ahora…?!!

Me puse histérica. Me levanté. Caminé en círculos. Me tiré del pelo y la miré con odio.

—No te enfades, por favor… —Se tapó la cara—. Sé cómo te pones cuando alguien te oculta algo importante…

Esa pequeña pulla me dolió más de lo que se imaginó.

—¡Tendrías que habérmelo dicho cuando te conté todo lo de Ástor! ¡Joder, Yas…!

—¡Creo que no venía a cuento! —se defendió—. Además, quería saber si se acordaban de mí… Fue como una prueba. Y para nada… Pero es lógico. Solo vi a Ástor una vez en su gala de investidura como nuevo presidente del KUN y aquello estaba plagado de gente con familias. Yo tenía dieciséis años recién cumplidos y mi hermana, trece… Estuvimos poco tiempo porque a mi padre no le gustaba cómo nos miraban algunos de sus amigos, ¿lo pillas?

—Joder… ¿Cuántas menores de edad se habrán sentido observadas con lascivia alguna vez? —dije con asco—. ¿Por qué tenemos que aguantar eso las mujeres? ¿Y hasta cuándo?

—No sé… No sé dónde falla el sistema, la verdad. No sé en qué momento un precioso niño de nueve años se pervierte. Yo creo que es un problema educacional. No se educa en el respeto y se vuelven unos putos depravados…

—Supongo, pero hay hombres muy buenos y mujeres muy malas.

—Eso es cierto.

—Madre mía, ¡aún no me creo que seas una marquesita!

—No lo soy. Lo será mi hermana. Yo soy libre... —dijo Yasmín con satisfacción. Pero después se quedó pensativa—. Mi padre no nos llevó a ningún evento más, y cuando ocurrió lo mío no supo reaccionar. Se desentendió por completo denostando mi sufrimiento para olvidarlo cuanto antes. No te conté nada, Kei, porque ese mundo ya no tiene nada que ver con mi vida. No me lo tengas en cuenta, por favor...

—Tranquila... Yo también quiero contarte una cosa... —Carraspeé.

Ya iba siendo hora. Y le conté no una sino muchas cosas. Le hablé de mi padrastro, de mi familia, de mis parejas, de mi pasión obsesiva por el ajedrez... Y Yas me confesó que en la academia de Ávila me mencionaron como un ejemplo a seguir y que por eso eligió mi comisaría como destino. Para estar cerca de mí.

—¡Madre mía! ¡Tengo a mi propia acosadora! —Me reí.

—Zorra. Te seguía por tu carrera policial...

Me daban ataques de risa cuando me insultaba. Estábamos desarrollando una relación compleja y única.

—¿Quitaste mi póster a tamaño real de tu pared cuando me vine a vivir aquí? —me mofé.

—¡Imbécil! ¡Que no! Que sepas que cuando empecé a verte en revistas como el nuevo ligue de Ástor, me decepcionaste muchísimo. Luego rompisteis, te conocí y me alegré de comprobar que no te habían mordido y convertido en uno de ellos...

—Ástor sí que muerde... Y mucho —dije levantando las cejas.

—¡Joder, calla...! No quiero ni imaginarme cómo será en la cama... El tío está cañón, al césar lo que es del césar.

—Un día me torturó sexualmente... Fue la hostia...

Explotamos de risa y continuamos charlando toda la tarde.

—Dime una cosa, Kei... ¿No has vuelto a ir a torneos de esos? —me preguntó otro día cuando me pilló estudiando jugadas de ajedrez en la intimidad de mi habitación.

—No… Antes me acompañaba Ulises, pero cuando fui sola no me sentí cómoda. Se ven en la obligación de hablarte, y no me gusta…

—Yo puedo acompañarte cuando quieras.

—No hace falta…

—Pero ¡quiero ir a verte jugar!

—¿Por qué?

—Porque veo que te gusta mucho el ajedrez y porque, según dicen, eres muy buena…

—Ástor me insistía todo el tiempo para que fuera a más torneos. Incluso me dijo que quería llevarme a uno internacional y que revisara mi e-mail por si tenía alguna invitación…

—¿Y te la han enviado?

—No sé. No lo he mirado.

—¡Pues hazlo!

—Paso…

—¡Míralo ahora mismo! No me obligues a hacerte daño…

Sonreí ante mis propias palabras. Yasmín aprendía muy rápido. Y cuando lo comprobé, vi que tenía una maldita invitación para el torneo al que nos dirigimos hoy. ¡En buena hora me dejé convencer!

En realidad, era una gala benéfica que organizaba una asociación junto con la FEDA para recaudar fondos para Navidad, y claro, con el chantaje emocional y frases como «Hazlo por los niños», me dejé liar.

Se exigía etiqueta, es decir, era una gala para gente con dinero que pretendía recaudar lo máximo posible atrayendo a figuras populares del ajedrez. Cuando vi el sello oficial pensé que sería una buena oportunidad para sumar Elo. Me puse a investigar y vi que Jorge, el actual campeón, asistiría. Volver a ganarle, esta vez de forma oficial, era un gran aliciente. Y Yas hizo campaña para que no perdiera la oportunidad.

—¿Qué te vas a poner? Recuerda que hay que ir «de etiqueta».

—No sé… Alguno de los vestidos que tengo por ahí…

—¡Yo tengo un montón! Te dejo uno. Y podríamos ir a la peluquería. Hace tiempo que quiero cambiar mi look rollo Barbie y hacerme unas mechas *mousy*…

—Me estás hablando en chino, Yas.

—¡Iremos y nos pondremos divinas de la muerte!

—A mí déjame tranquila...

—Por favor... —dijo frunciendo el labio inferior a modo de puchero.

—Me *cagüen* la leche, Yas...

—¡Hurra! —exclamó subiendo los brazos, que bajó rápido ante mi cara de pasmo—. ¿Qué pasa? En tu idioma eso es un sí...

Cuando llegó el momento de elegir vestido, me quedé de piedra ante las puertas de su armario, que abrió de par en par.

—¡Todos tuyos!

Puede que hubiera renunciado a ser marquesa, pero no a tener un armario de marquesa... Su ropa para ir a trabajar era muy discreta en comparación con lo que encontré allí. ¿Para qué la tenía? Si nunca salía. No le quedaron ganas... Pero me contó que guardaba todas esas prendas de su vida anterior porque le encantaba la moda. A mí me sonó a que tenía la esperanza de poder volver a usarlas algún día...

En cuanto nos metemos en el coche, empiezo a hiperventilar.

Dos tías de punta en blanco en un Seat León amarillo... Va a ser una aparición épica. Pero no pienso renegar de mi coche, a mí me flipa.

Mi madre me insistió para que me lo llevara, porque, según me dijo, ellos ya tenían el de Gómez y, sorpresa..., ¡iban a vivir juntos! Qué casualidad...

Lo estaban deseando, y no les culpo. Me culpo a mí misma por no haberme dado cuenta antes. No siempre es fácil sacar la cabeza del culo.

Y me culpo de más cosas.

Por ejemplo... de la discusión que tuve con Ulises el día antes de Nochebuena. Habían pasado cuatro días desde su cumple y sabía que estaba preocupado por mí, pero necesitaba tranquilizarme un poco antes de verle y hablar. Tampoco sirvió de mucho...

—¿Qué tal te va con Charly? —me interesé por su vida. Me negaba a que nuestra relación se redujera a hablar de Ástor.

—No quiero levantar envidias, pero... genial. —Ulises sonrió encantado—. Ha reservado un viaje para este verano. Nos vamos a Tailandia un mes entero. ¡Está loco...!

Y la sonrisa ilusionada que puso me convenció para no comentarle nada de lo que nos traíamos entre manos Yasmín y yo. Gracias a ella, Charly volvía a estar en mi punto de mira. Cuando los conoció en su cumpleaños le sorprendió que estuvieran tan colados y, siendo expareja de Sofia, Charly podía tener un motivo oculto para matarla. Me refiero al propio Ulises... Quizá Sofía solo fuera un estorbo entre Charly y su verdadero amor.

—Ástor está hecho polvo —me soltó Ulises en cuanto tuvo oportunidad.

—No me hablemos de él, por favor —le pedí, aunque sabía que era inevitable.

—Estás siendo muy injusta, Kei...

—Ulises..., no quiero pelearme contigo. Lo que te tiene que importar es cómo me siento cuando estoy con él, y es mal. Una vez le dije a Ástor que era como la droga hecha persona... Y lo sigo pensando. Los buenos momentos no compensan los malos. Punto.

—Vale, vale... —dijo levantando las manos—. ¿Puede darme pena la situación o tampoco? —añadió molesto.

—Puede dártela. Pero hay que saber dejar atrás las equivocaciones.

—¡Maldita sea, Keira...! Te quiero, ¿vale? Te quiero y me importas mucho, y espero que no te moleste lo que te voy a decir..., porque te juro que no pretendo hacerte daño y que deseo verte feliz, pero no me pidas que te entienda...

»No digas que hay que dejar atrás las equivocaciones y esperes que asienta con la cabeza y me calle. Eso lo haría alguien que pasara de ti. Alguien que te quiere te diría que la que te equivocas eres tú. Tú y tu miedo al abandono. Tú y tu desconfianza innata en los demás, que te hacen incapaz de tener una relación amorosa sana. Las personas no somos perfectas. Y déjame ahorrarte el misterio: tú tampoco lo eres. Y esto lo demuestra. La estás cagando, Kei... Busca ayuda. Busca ayuda profesional antes de mandar a la mierda a un hombre como Ástor, con el que encajas tan bien y al que jamás podrás superar, porque te conozco... Has tenido la suerte de tropezarte con él, no lo eches todo a perder por nada...

Me puse de pie con un cabreo máximo. Estaba dispuesta a irme sin decir nada, pero tocaba madurar un poco y me quedé para decir:

—Yo también te quiero, Ulises... Muchísimo. Y me alegro de que te vaya tan bien, de verdad, no sabes cuánto. Pero yo he estado años aguantando tu miedo a volver a enamorarte por lo que te pasó con Sara y nunca te he dicho: «Ulises, te estás equivocando», aunque lo percibiera así. Ni siquiera te pedí que buscaras ayuda profesional porque pensara que podía estar interfiriendo en una posible relación entre nosotros... Yo te respeté. Respeté tu miedo y tu dolor. Dejé que lo superaras por ti mismo cuando estuvieras preparado y me quedé a sufrir contigo porque eso es lo que hacen los amigos. Pero tú estás siendo un mal amigo...

Me fui de allí sin que me llamara a lo lejos ni una vez. Ulises sabía que no serviría de nada y que los dos teníamos parte de razón. Solo necesitaba tiempo. Porque el amor no lo puede ni lo cura todo. Por curar, cura más la muerte... Y fue la de Sofía la que le hizo clic en la mente y le permitió darse cuenta de que los traumas que arrastraba solo eran un callejón sin salida que él mismo se había construido. Igual que Ástor con la muerte de su padre y como yo con los hombres de mi vida. Pero cada cual tiene que apechugar con lo suyo y esperar ese clic, que no puede programarse ni aprenderse. Solo puedes sentirlo.

—Arranca, joder... —Yas me saca de mis pensamientos—. ¿De verdad estás bien o estás demasiado nerviosa para conducir?

—No, no... Voy.

A veces hay que mentir por el bien común. El término «nerviosa» ni se acerca a mi estado actual... Estoy histérica. Pero disimulo.

Al llegar adonde se celebra el torneo, todo empeora. El lugar está hasta la bandera. No hay más que ver el aparcamiento auxiliar que han tenido que habilitar para meter más coches.

En la entrada hay un *photocall* opcional, que rechazamos con educación. Aun así, me sacan varias fotos huyendo de él.

417

Creo que me han reconocido. Mierda... Pensaba que ya se habrían olvidado de mí.

Una vez dentro, nos mezclamos con la gente y busco el panel con las rondas que se jugarán.

Cuando leo su nombre, me da un síncope.

—Dios mío... —musito petrificada.

—¿Qué pasa?

—Ástor está aquí. Va a jugar...

—¿Qué dices, Kei? ¿Crees que ha venido a propósito por ti? Espera... ¿Crees que ha conseguido que te inviten? ¿Crees que...?

—¡No sigas, por Dios...! ¡Deja de ser policía y sé mi amiga!

—¿Qué necesitas? —pregunta Yasmín, solícita—. He traído tres armas.

La miro escandalizada. Y luego me río.

—Alcohol. Necesito alcohol.

—¿Estás segura?

—Muy segura, joder... Vamos a la barra.

Pensaba... o tenía la esperanza de no volver a ver a Ástor más que en las revistas... Pero por la clase de evento que es, se me pasó por la cabeza que podría asistir. Y habrá venido con Ulises, claro... Dos por el precio de uno. No hay dolor...

Mi excompañero de fatigas me felicitó la Navidad y yo le contesté educadamente lo mismo. De Ástor no he vuelto a saber nada, y tengo claro que en un evento así se comportará con la máxima corrección.

—Es difícil que te lo encuentres —intenta animarme Yas—. Aquí hay mucha gente...

—Vamos a vernos sí o sí... ¡Hay muy pocos jugadores!

—He contado dieciséis. ¿Cómo se decide contra quién juegas? ¿Va a durar mucho? No te ofendas, pero tiene pinta de aburrido...

—Es un torneo de modalidad Blitz. Eso son rondas rápidas de diez minutos en las que cada jugador dispone de ese tiempo para vencer.

—¡Ah! ¡Entonces, genial! —exclama Yas subiendo los brazos. Los baja enseguida—. No te ofendas...

—¡Deja de decir eso! —la riño—. Te va a gustar. Las piezas

son como armas. Serán cuatro rondas de diez minutos cada una. Empezamos siendo dieciséis, después solo quedarán ocho, luego cuatro, y por fin, los dos de la final. Eso son cuarenta minutos más descansos.

—Lo soportaré… O eso creo.

Buscamos una barra y pedimos.

Tengo que mentalizarme. Puedo con esto.

—Keira… —me llaman.

Me doy la vuelta y es… ¡Saúl! Y también Jorge, el vigente campeón de España.

—¡Hola! —exclamo exaltada. Y creo que hasta lo abrazo.

No puedo explicar cuánto me alegro de verlo. Es un apoyo moral increíble.

—Qué bien que has venido, Saúl… No conozco a nadie. ¿Vas a jugar?

—Sí. Mi padre ha hecho una cuantiosa donación, ya sabes…

Joder, no le he visto en la lista de participantes porque cuando me he topado con el nombre de Ástor mi mundo se ha torcido sesenta y cinco grados y me he metido un hostión fino.

—Buenas noches, Keira —me saluda Jorge, educado.

—¡Hola…! Buenas noches —me corrijo—. Me alegra volver a verte.

—A mí, no tanto… —dice con una sonrisa—. Estás muy guapa… Y no pienses que te estoy llamando tonta, por favor…

Suelto una carcajada. ¡Al final, todo el mundo me va a tener miedo!

Además, no estoy tan guapa. Llevo un vestido negro muy básico. Justo lo que necesitaba. Elástico y cómodo. Con diminutas motitas brillantes que lo vuelven un poco festivo, y es muy tapado. Largo, con cuello redondo y cerrado, manga hasta las muñecas… Lo único que deja ver es una pierna… Casi entera, eso sí. De modo que si lo miras de un lado, parece un vestido (muy) corto, y si lo miras del otro, parece que es largo hasta los pies.

Mi maquillaje es discreto. Sin carmín que valga. Mis labios están castigados hasta nueva orden. Así que solo me he ahumado un poco los ojos; no estoy de humor para más…

—Gracias… Chicos, os presento a mi amiga Yasmín…

Pero Yasmín no es Yasmín. Es un montículo con ojos saltones.

Está mirando a Saúl como si hubiera visto un fantasma, y Saúl también parece sorprendido de verla cuando centra su vista en ella.

—Joder… —balbucea Saúl sin dar crédito.

La respuesta de mi amiga es alejarse de nosotros con cara de susto.

—¡¡¡Yasmín…!!! —grita Saúl, y sale disparado tras ella para cogerla del brazo con suavidad.

—¡¡¡No me toques!!! —chilla frenética cuando él detiene su huida.

La gente de alrededor los mira, extrañada, y Saúl la observa con expresión dolida. Yo estoy flipando…

«¡¿Qué pasa aquí?! ¡¿Por qué Yasmín huye de él?!».

Me desplazo hasta ellos porque me había quedado paralizada, pero Yas vuelve a huir antes de que pueda preguntarle nada.

Saúl va a emprender la marcha de nuevo, pero lo sujeto.

—¡Espera…! ¡¿Qué pasa?! ¡¿De qué os conocéis?!

—Íbamos juntos al colegio… —contesta nervioso—. ¡Tengo que hablar con ella!

Lo agarro con más fuerza.

—No lo hagas. Es evidente que no quiere hablar contigo.

—¡¿Sabes el tiempo que llevo buscándola?! ¡Desapareció de la noche a la mañana! Estábamos en el último curso y…

La noticia me impacta como un meteorito y me hago cargo de lo que significa para Yasmín. Un posible agresor. Dios santo…

—Déjala en paz, Saúl… No quiere ver a ningún compañero de su antiguo colegio…

Aún lo estoy asimilando cuando suelta:

—Nosotros no fuimos simples compañeros, fuimos mucho más…

«¡¿CÓMO?!».

—¿Fuisteis pareja?

Niega con la cabeza como si fuera un tema doloroso para él.

—No exactamente… Solo íbamos a casarnos.

Mi mundo empieza a temblar. «¿Hay terremotos en esta zona?».

Miro a Saúl de hito en hito. ¡¿Qué solo iban a casarse?! ¡¿Qué está pasando aquí?!

—¡¿Cómo que ibais a casaros...?!

—Nuestros padres nos tenían «apalabrados», querían dos grandes marquesados unidos, lo que pasa es que nosotros no estábamos muy por la labor... Lo intentaron, pero no cuajó. Yasmín era una auténtica arpía...

—Dios mío... —farfullo sin dar crédito. ¿Acaba de llamarla «arpía»? ¿Saúl? ¿Mi querido, amable y diplomático Saúl?

—¿Por qué...? ¿Cómo...? ¡¿Cuándo...?! —Empiezo a decir atolondrada y no acabo ninguna frase, como siempre.

—El día de la fiesta de graduación desapareció sin dejar rastro. Sus padres dijeron que se había ido de vacaciones al extranjero... Pero ya nunca volvió. ¿De qué la conoces tú, Keira?

La sangre no me riega el cerebro. ¿Yasmín es la chica que Saúl nunca pudo olvidar, según Sofía?

Tengo que hablar con Yas antes de seguir hablando con Saúl... Tengo que... Y de repente, lo veo...

LO VEO.

En el peor momento de todos. ÁSTOR... Con una pinta de mafioso que te mueres, guapo a rabiar, y más cuadrado que un Sugus de fresa... Tiene a Ulises y Charly a ambos lados como si fueran sus dóberman y están arrimados a la barra con... ¡Olga!, que corre a engancharse del brazo del nuevo Vito Corleone.

Para colmo, me acaban de ver...

«¡Esto no está pasando!».

keira

30
Problemas de mascotas

Ulises se acerca adonde estamos, preocupado al ver la expresión de mi rostro, que en estos momentos debe parecerse al cuadro de *El grito* de Munch.

—Hola… ¿Va todo bien?

—No. No va todo bien. No es un buen momento —contesto tensa.

Los ojos de Ástor se clavan en los míos por un instante. Pésima idea la de mirarle. La turbación que registro en sus pupilas produce una leve brisa que levanta un poco la lona con la que había tapado mi corazón. Por aquello de que no coja polvo; porque no tenía intención de volver a usarlo hasta dentro de muchísimo tiempo.

Aparto la vista con rapidez e intento centrarme en Saúl.

Ulises lo mira en busca de respuestas ya que no las obtiene de mí, y Saúl se pasa una mano por el pelo, incrédulo todavía.

—¿Habéis venido juntos? —pregunta Ulises con cautela.

—No —respondo veloz—. Yo he venido con Yasmín…

Ese nombre produce un pequeño seísmo en Saúl, que se frota la frente, desconcertado. Algo me dice que hoy no va a ser un rival fuerte en el tablero.

—No sabía que vendrías… —añade Ulises—. Podría haberte acompañado, Keira…

Y como soy idiota, vuelvo a mirar a Ástor, que no me quita ojo. Olga ya se ha olvidado de mi existencia y está con Charly en la barra pidiendo algo.

—Ha sido una decisión de última hora... —respondo escueta.

Y no miento. No sé ni cómo me han dejado participar avisando con tan pocos días de antelación. Y ahora que veo a Ástor, no quiero ni pensarlo.

—Disculpad... —farfullo.

Me voy de su lado por miles de razones que ahora mismo no me apetece sintetizar, pero la más importante es Yasmín. Yasmín y su... ¿prometido? ¡Madre del amor hermoso...!

Con razón Saúl era experto en padres que cedían a sus hijos para fusiones convenientes...

Cuando ya creía que su vida no podía sorprenderme más va y resulta que conoce a Saúl. ¡Y la ha llamado «arpía»! Inaudito viniendo de él. Algo gordo tuvo que suceder entre ellos.

Mis métodos de deducción alcanzan a adivinar que Yas ha salido disparada hacia el único lugar al que Saúl no va a poder seguirla.

—¡Yasmín! —vocifero al entrar en el aseo de mujeres.

—Estoy aquí... —Se oye una voz de ultratumba.

Abre la puerta, y la veo sentada en el retrete con la tapa cerrada.

—Desde luego..., contigo no me aburro —le digo a modo de saludo.

Se frota la cara en respuesta.

—¡¿Por qué no me hablaste de Saúl?! —la acuso. He caído en que tuvo que ver su nombre en los informes del caso de Sofía.

Empiezo a pensar que me va a pasar lo mismo con cada persona con la que me implique emocionalmente. Sorpresitas a tutiplén...

¿Por qué me contó lo de la violación, pero quiso ocultarme esto?

Yasmín se prepara para darme una explicación:

—Si te digo la verdad, quería borrar a ese tío de mi mente...

—¡Cómo lo vas a borrar, si estabais prometidos...! —exclamo, casi enfadada de que me tome por tonta.

—¡¿Prometidos?! ¡Sus ganas locas! —replica indignada—. Nuestros padres querían ser consuegros, unir los escudos de nuestras casas y que diese a luz a ocho cachorros de pura raza, pero ¡estamos en el siglo veintiuno!, y nada más proponerlo les dijimos que ni hablar.

—¿Por qué? Saúl es bastante mono... —alego con una sonrisita tonta. Ella me mira mal—. ¡Es broma! ¡Solo quería meterle algo de humor a este sinsentido!

—Pues no es para reírse, Keira... Cuando lo he visto ha sido como ver pasar mi vida ante mis ojos. ¡Es un imbécil!

—Él te ha llamado «arpía».

—Claro... ¿Qué va a decir ese santo varón de una diablesa como yo?

—Ni tú eres una diablesa ni Saúl un santo. ¿Qué pasó que fuera tan grave?

—Nunca debió pasar nada...

—Pero ¿salisteis juntos o no, Yas?

—Olvídalo todo... —Mueve la mano de un lado a otro—. Forma parte de mi pasado y me niego a que me joda la noche. Dile que no me hable, por favor...

—¿Él tuvo algo que ver con lo de... la noche de la fiesta?

—No... Ese es otro tema. Bueno, está todo mezclado... Pero Saúl no sabe nada de lo de la violación. Y debe continuar sin saberlo. No tiene derecho...

No puedo seguir preguntando más porque la competición de ajedrez está a punto de empezar.

—¿Vienes conmigo, Yas, o vas a quedarte toda la noche aquí encerrada?

—Quiero irme a casa... —Su pose ermitaña sale a la luz.

—Así que me dejas sola con Ástor y Olga... ¡Muchas gracias!

—¡¿Qué?! ¡¿No me jodas?! ¿Está aquí con ella?

—Sí, son muy cuquis juntos... —suelto con sarcasmo.

Yasmín se pone de pie con ánimo renovado.

—Vale, escucha... —Consulta la hora—. Tú no pienses en ellos, Kei. Concéntrate en el ajedrez. Juega y diviértete. Para eso hemos venido, para que te diviertas un poco de una vez...

Sus palabras me hacen sonreír.

Ya... ¿Qué más da que Ástor esté aquí acompañado de su nueva novia? Puedo soportarlo perfectamente... Mientras no se acerque a mí. Y de pronto comprendo a Yasmín de golpe.

—Pediré a Saúl que te deje en paz —digo para tranquilizarla—, y me hará caso... porque es un buen chico, en serio.

—¿Lo has tratado mucho?

—Lo suficiente. Era el exnovio de Sofía. Salieron un año.

—Ya... Pero no termino de entenderlo...

—¿Qué?

—El perfil de Sofía no me encaja nada con Saúl... ¿No era una tía de armas tomar? ¿Lanzada? ¿Divertida? ¿Sexual...?

—Sí, justo.

—¡Si él es todo lo contrario! No me pegan nada...

—A mí no me parece que Saúl sea todo lo contrario. Tiene mucho *flow*. Me gustó desde la primera vez que lo vi y jugué al ajedrez contra él.

—¿Jugaste contra él? ¿Quién ganó?

—Tenemos un pequeño conflicto con eso —digo divertida—. Él dice que me ganó y yo que me dejé ganar...

Yasmín inspira hondo y se revuelve.

—No quiero que se acerque a mí, Keira...

—No lo hará. Vámonos de una vez.

Cuando salimos del aseo, le digo a Yasmín que me espere en una mesa aleatoria de las muchas que hay desperdigadas por el espacio mientras voy a por las bebidas que habíamos dejado abandonadas en la barra. Pero me obliga a pedir otras nuevas, aludiendo que cualquiera ha podido echarles algo, y obedezco. De hecho, lo convertiré en una nueva norma: no perder de vista nunca mi bebida.

Voy directa hacia Saúl, que está en la barra, y me mira con cara de cordero degollado para que le ponga al día.

—¿Cómo está Yasmín...? —me pregunta en cuanto llego.

—Bien. —Hago una señal al camarero—. Pero... no te acerques a ella en toda la noche, por favor.

—¡¿Por qué?! ¡Yo no le he hecho nada...!

—Ya... Pero necesita estar tranquila y dice que tú la alteras.

—¿Yo? Solo quiero hablar con ella un momento y preguntarle de dónde coño ha salido de repente... ¿De qué la conoces, Keira?

—Es mi nueva ayudante. Es policía...

—¡¿QUÉ...?! —Nunca había visto a Saúl tan anonadado—. Imposible...

—¿Por qué es imposible?

—Porque alguien como ella no puede ser poli...

—¿Por qué no?

Se vuelve a pasar una mano por el pelo, flipado.

—Necesito hablar con ella... ¡Te lo ruego, Keira!

—¡Pero ella no quiere, Saúl! Te lo pido como un favor especial... Si no, se largará ¡y me dejará sola con los Cullen...! —digo señalando con la cabeza a Ástor & CIA.

Saúl no puede evitar reírse. Y me mira con complicidad.

—Tranquila, me tienes a mí. Para servirte. —Me guiña un ojo, canalla.

¿Este es el santurrón del que habla Yas? Me alegra ver que vuelve a ser el que era. Por un momento me ha dado miedo. Siempre parece tan chistoso y despreocupado...

—Y luego dice que eres un santo varón...

—¿Quién?

—Yasmín... Me ha dicho que eras un santurrón... y que no te pega nada haber salido con Sofía. Que eras opuesto a ella...

—Y lo era. Pero ya no —sentencia con acritud—. Yasmín se encargó de volverme un cabrón..., y de hacerme entender que en esta vida, eres un clavo o un martillo...

—¿Por qué? ¿Qué te hizo?

Justo me ponen la copa delante recién preparada y le doy el trago que llevo necesitando un rato. ¡Qué gusto!

—Perdí mi virginidad con ella y al día siguiente pasó de mí...

Escupo todo el líquido que tengo en la boca y termino en un abrupto ataque de tos. ¡Me *cagüen* la leche!

«¡Mala, Yas! Perra demoniaca...».

Saúl me da unos golpecitos en la espalda.

—¿Todo bien? —Sonríe de medio lado.

—No... —digo ahogada—. Voy a volver con Yasmín para echarle esto por encima. Si me disculpas...

Saúl sonríe y se encoge de hombros.

—Da igual… No le digas nada.

—Saúl… Te juro que no lo entiendo… ¿Por qué la gente me oculta cosas supergordas todo el tiempo? —pregunto vulnerable.

Empiezo a pensar que el problema soy yo. ¡Menudo detalle se ha callado la mosquita muerta!

—Será que no tienes cara de cura —alega Saúl en su estado vacilón—. Ni de monja, ya puestos… —Sube las cejas juguetón.

—¡Lo digo en serio…! ¿Cómo no voy a tener un problema de confianza? Cuando me muera quiero que me disequen con mi cara de tonta al descubrir un secreto…

Saúl se ríe con soltura de nuevo, pero se pone serio al ver que me afecta de verdad.

—Es normal que no te cuenten cosas… Por si no lo sabías, impones un poquito, Keira…

—¿Yo? ¿Qué voy a imponer? Suelo pasar desapercibida…

—Eso es imposible… Tú estás destinada a destacar, te guste o no. De hecho, estoy rezando para que no me toque jugar contra ti en la primera ronda…

Esa frase me hace sonreír un poco.

—Eres un tío genial, Saúl… No dejes que nadie te diga lo contrario.

—¿Y a qué esperas para salir conmigo de una vez?

—Sí, claro… ¡Sobre todo ahora que vivo con tu prometida!

Los dos nos tronchamos de risa y le digo que tengo que volver con Yasmín. Porque nos está mirando con el ceño fruncidísimo.

—Por favor te lo pido, no molestes a Yas cuando te eliminen y yo no pueda protegerla, ¿vale? —digo muy seria.

Me mira analizando mis últimas palabras y luego me insulta. Me parto. ¡Son iguales!

La cara de seta de Yasmín me está esperando al llegar a su vera.

—Menudas risitas os echáis juntitos… —mascuella molesta.

—¿Estás celosa?

—Lo que estoy es sedienta. Trae aquí mi botella de agua…

—Me la arrebata como un ave de rapiña en busca de su presa.

Me planteo llamarle de todo por no contarme que se acostó con Saúl.

¿Sería también su primer chico? ¿Cómo pasó, si no se soportan?

Opto por callar, por ahora, y hago un esfuerzo titánico por no buscar a Ástor con la mirada por la sala. Me disculpo con Yas y le confieso que, para agilizar mi mente, tengo que ver un par de vídeos en YouTube de partidas rápidas.

Se acerca el momento de llamar a los participantes a las mesas, y prometo a Yasmín que Saúl no la abordará en toda la noche. Espero que él cumpla su palabra.

El primero contra el que juego es un desconocido. «Uf, menos mal...».

Solo de pensar que si gano puedo jugar contra Ástor, me tienta perder...

Lo mejor es ignorarlo, pero necesito saber si nos vamos a saludar o no. Por un lado, quedaría raro no hacerlo, por otro, es normal no querer. Y no tenemos por qué.

Una partida de ritmo rápido es como una discusión acalorada entre dos personas que va subiendo de intensidad. No es como una partida bala de un minuto, que gana el que más instinto animal tenga. Aquí hay algo de tiempo para defender tus «argumentos».

Y lo intento.

El jugador que está delante de mí no puede ser malo, aunque puede que solo sea muy rico, no lo sé; lo sabré por cómo juega. En estas partidas se nota enseguida si eres un novato.

Nada más empezar, movemos rápido. Está claro que ninguno de los dos juega por impulso, sino aplicando conocimientos estratégicos y tácticos asimilados durante años. Aquí el nivel de profundidad de cálculo es menor y tienes que saber lo que te haces.

Y parece que yo no tengo ni idea cuando, después de mover algún peón, los caballos en defensa y utilizar un alfil —de manera casi idéntica a como lo ha hecho él—, planto uno de mis jacos a dos casillas de su rey, dejándolo, no solo vendido, sino con mi reina en una posición de peligro.

Pierde el tiempo en mirarme extrañado, como si estuviera loca.

«¿A quién quieres comerte primero?», le pregunto con los ojos.

Si hubiera tenido más tiempo para pensar, seguramente no le habría podido el ansia por aniquilar a mi pieza más valiosa... Como en la vida, es mejor pensarte dos veces a quién vas a joder, porque puede tener nefastas consecuencias...

En cuanto captura a mi reina, le demuestro que mi alfil hace jaque a su rey. Si se lo come, mi caballo se lo come a él. Así que se apresura a moverlo hacia delante, donde, supuestamente, estará a salvo. Pero es mi otro caballo el que le hace un jaque mate sin posibilidad de escapar.

—Caramba... —farfulla fascinado. Y yo sonrío satisfecha.

Nos quedamos en nuestros asientos en silencio hasta que transcurren los tres minutos que quedan. Son las normas.

No puedo evitar mirar hacia Ástor cuando está a punto de cumplirse el tiempo reglamentario y sus ojos atrapan los míos sin dejarles escapatoria. Leo en ellos la pregunta de si he ganado, pero no contesto.

—Es usted un genio, señorita... —me felicita mi contrincante cuando se reanuda el tiempo de hablar—. ¿Cuál es su nombre?

—Keira, me llamo Keira Ibáñez. Muchas gracias. Ha sido un placer.

—El placer ha sido todo mío...

Jorge y Saúl vienen a mi encuentro con dos grandes sonrisas. Sin que me lo digan, sé que los dos han ganado también. Son buenos. Y Saúl parece totalmente recuperado de que «la chica que lo convirtió en un cabrón interesante y atractivo» haya aparecido de nuevo en su vida...

—¿Cómo os ha ido, chicos? —pregunto, aun sabiendo la respuesta.

—¡Genial! Ha sido muy emocionante —responde Saúl.

—¿Qué tal te ha ido a ti, Keira?

—¡Muy bien! —celebro eufórica—. ¿Qué apertura habéis usado?

—Hola, Ástor... —dice de pronto Saúl.

No quiero ni volverme, pero tengo que hacerlo.

—Buenas noches a todos… —murmura el duque solemne.

—Hola… —digo al más puro estilo plebeyo.

—¿Cómo os ha ido? —pregunta interesado.

—Bien… Hemos ganado —contesta Saúl—. ¿Y tú?

—También —responde Ástor mirándome fijamente—. ¿Cómo estás?

—¿Yo? Bien… —digo como si la pregunta estuviera fuera de lugar.

—Me alegra que hayas venido…

—Y yo me alegro de que te alegre… —contesto mordaz.

Saúl nos observa como si nuestras voces fueran la pelota de un partido de tenis.

—Todos nos alegramos —remata cómico.

Le sonrío, pero Ástor lo mira sombrío.

—¿Sueles jugar partidas rápidas, Keira? —Jorge corta la tensión.

—Solo a veces. Como entrenamiento están bien, pero no da tiempo a ser muy creativo, la verdad…

—La mayoría de los grandes maestros juegan con asiduidad partidas relámpago.

—Sí. Lo mejor es jugar a una doble estrategia con dos piezas —digo enigmática, y noto que todos prestan mucha atención por miedo a enfrentarse conmigo.

Sonrío levemente.

—Colocar dos piezas donde quieres es muy difícil si a la vez tienes que estar defendiéndote de los ataques… —replica Jorge.

—Por eso yo no suelo defenderme de los ataques. —Sonrío de nuevo—. Si quieren comerme, dejo que lo hagan…

A más de uno se le corta la respiración ante la frase. Los labios les traicionan. A Saúl se le separan y Ástor no puede evitar elevarlos un poco.

—Keira cree en el sacrificio… —explica el duque.

—Por supuesto —confirmo rápido—. Nada que merezca la pena se obtiene sin sacrificio…

—¿Crees que el fin justifica los medios, Kei? —pregunta Saúl.

—En el ajedrez, sí.

—¿Y en la vida? —insiste Ástor.

—No. En la vida nunca —digo bajando la cabeza, mortificada.

Los tres se quedan mirándome de nuevo, como si desearan que aclarara mi tajante aseveración.

—Entonces ¿crees que no se deben hacer cosas de dudosa moralidad en nombre de un buen fin? —pregunta Ástor.

—Si quieres que tu honorabilidad quede intacta, no.

Ástor y yo nos sostenemos la mirada, y me pierdo en el profundo azul de sus iris. Es como el maldito océano. Y no me refiero al que ves de lejos. Me refiero a ese color que adquiere el agua cuando tienes la suerte de avanzar mar adentro y observarlo de cerca. Es un azul magnético. Precioso. Cargado de secretos y maravillas.

—¿Y si tu honorabilidad te importa un pimiento y solo te preocupa el bienestar de los que amas? —me reta Ástor—. ¿No es eso una paradoja? ¿No dice eso mucho más de ti...?

—El problema de esa idea es que los medios utilizados para lograr un buen fin determinan la naturaleza del fin y también de la persona que lo pretende. No puedes ganar tú hundiendo a otro, por muy feliz que eso haga a los que amas.

—Es fascinante oíros hablar, chicos —dice Jorge, embelesado.

—Síííí... —lo secunda Saúl, irónico—. De hecho, si me disculpáis, tengo que ir a hacerme una paja pensando en esta batalla dialéctica...

Saúl se va, tras soltar semejante perla, enfatizando su rivalidad con Ástor, y vuelvo a pensar en Yas. ¡¿Cómo ha pasado de santurrón a... ser tan guay?! ¿Qué ocurrió realmente entre ellos? Porque la actitud inmadura de Yasmín esconde mucho más. No le pega nada acostarse con Saúl y luego dejarle tirado. ¿Por qué lo haría?

Jorge sigue a Saúl, conmocionado por sus palabras. Y Ástor y yo nos quedamos solos. Mierda...

—Continúa colado por ti —comenta Ástor tranquilamente, como si hubiera ganado el enfrentamiento entre ellos.

—Un poco joven para mí, pero ya crecerá...

Mis palabras lo ponen en alerta.

—¿Piensas salir con él?

—¡Quién sabe! Por cierto…, ¿cómo te va con Olga? Espero que seáis felices.

—Gracias…

Esa simple palabra se me clava en el bazo dejándolo inservible.

—Voy a buscar a Yas… —me despido, con la bilis en la garganta.

—¿Qué le ha ocurrido antes a Yasmín? ¿Está bien?

—Sí… Es que… —Me quedo callada unos segundos.

«¡Ya no estamos juntos! No tengo por qué contarle nada. Él nunca lo hacía…».

—Da igual, no tienes por qué contármelo, Keira… —dice Ástor de pronto.

Y ahí está. El principal motivo de nuestra ruptura. Porque yo cuando confío en alguien siento la necesidad de darle toda la información para que entienda la realidad de una situación. No soy de callarme detalles que lo cambian todo. Es obvio que si te piden que no cuentes algo no debes hacerlo, pero la cosa cambia si alguien te pregunta; en esos casos, dejar que esa persona se haga una idea parcial o equivocada del asunto no es mi estilo…

—Yasmín es hija de un socio del KUN —suelto a bocajarro.

La cara de Ástor cambia al momento.

—¿De quién? —pregunta con avidez.

—No lo sé, pero Saúl y ella se conocían de antes. Y ha sido un reencuentro muy violento…

—¿Cómo se apellida Yasmín?

—De la Torre.

—Joder… —musita Ástor con la vista perdida—. ¿Yasmín es… «esa Yasmín»? —dice casi para sí mismo.

Me muero por preguntarle más, porque parece que sabe algo, pero me lo prohíbo terminantemente.

—Bueno… Tengo que irme, Ástor.

—Keira… —me llama sin haberlo meditado mucho.

Me doy la vuelta y casi le suplico con la mirada que no diga nada que pueda herirme.

Lo veo pensar rápido. Y lo más rápido siempre es la verdad.

—Me alegro de verte…

—Siento no poder decir lo mismo.

No me quedo a ver su reacción.

¿No quería sinceridad? Pues no me hace feliz verle. Todo lo contrario: me pone triste.

Voy a resguardarme en Yas, que me da la enhorabuena y clama que soy la mejor jugadora del mundo.

—No alucines. Solo he tenido suerte…

—«El ajedrez no es una cuestión de suerte» —imita mi voz. Y sonrío.

Rodeaos siempre de gente que os haga sonreír. Yo no soy una persona de sonrisa fácil. Y Ástor tampoco…

¿Por qué pienso en él? Seguro que con Olga se parte de risa… No. No lo creo. No sé por qué se reía tanto conmigo. Mi humor ni siquiera es inglés, es mucho más bestia… Casi escocés.

Los diez minutos de descanso se me hacen eternos. Reviso partidas en mi móvil para calmar los nervios y, de repente, lo veo. Me pregunto qué hace aquí Xavier Arnau… «Bueno, vale, está con su prole, pero… ¿por qué no está jugando?».

La curiosidad hace que me levante, y digo a Yasmín que vuelvo enseguida.

—Xavier, buenas noches… —lo saludo.

—Keira…

Parece contento de verme, pero es como si le costara hablar.

—Me ha encantado tu partida.

—Gracias… ¿Por qué no has jugado tú?

—Me echas de menos, ¿eh? —intenta vacilarme.

Sin embargo, sigo notando algo extraño en él. No está al cien por cien. De repente, tose un poco.

—¿Te encuentras bien, Xavier?

—Sí, solo es un catarro… ¿Qué tal te va a ti? ¿Cómo llevas lo de dar con quien se cargó a mi niña? Me refiero a Sofía…

Me sorprende ese pequeño desliz de «mi niña». Percibo que está en un momento vulnerable e intento sacarle más información.

—Andamos muy perdidos… ¿Tú quién crees que lo hizo?

Me mira como si se muriese de ganas por contarme sus conjeturas.

—Me parece que buscas donde no debes, Keira... ¡Tienes la respuesta en casa...! Para mí está muy claro —dice a duras penas. Y vuelve a toser.

¿«En casa»? No entiendo...

—¿De qué estás hablando, Xavier?

—Fueron los Amantes de Teruel...

«¿Cómo? Este hombre delira». Mi gesto confuso lo hace señalar hacia Ástor.

—Me refiero a los amiguitos de Ástor... Los vi besarse en una fiesta. Es asqueroso... Ellos la mataron. Sofía les sobraba en la ecuación... El poli quería toda la atención del chuloputas de Charly para él solo.

—Pero ¿qué dices...? —mascullo totalmente perpleja.

Coincide con los motivos de mi sospecha, aunque justo al revés: pudo ser Charly, por celos. No tengo claro de quién.

—¿No sabías que esos dos estaban liados? Pues estás más ciega de lo que pensaba, reina...

«No voy a destaparlos, pero...».

—Ulises no ha sido. Es policía. Y, además, ¡quería a Sofía!

—No la querría tanto si ahora está con ese... Es una aberración... No es normal, se mire por donde se mire.

—El que no es normal eres tú... —digo con inquina—. No sabía que fueras un homófobo, Xavier.

—Que hagan lo que quieran, pero que no lo hagan delante de mí. No tengo por qué verlo...

Lo miro sin entender cómo puede existir gente tan poco tolerante.

—Me encantaría haber conocido a tu mujer —digo sorprendiéndole—. Debía de ser espectacular para que su hijo haya salido tan bien teniendo un padre como tú...

Voy a irme, pero me retiene.

—¿Crees que Saúl ha salido bien? Es mi mayor fracaso... Y Ástor piensa lo mismo de él.

—Qué pena que estés tan ciego y equivocado. Ástor adora a Saúl. Y yo también.

—Lo único bueno que tiene Saúl es que no es un muerdealmohadas…

Lo miro estupefacta con los ojos muy abiertos.

«Relájate, Keira, no montes una escena. No a la ira. Sin violencia. Usa las palabras…», me dicen todos los grandes maestros en mi interior.

—Me voy, Xavier… Te dejo lidiando con tu propia bisexualidad, como buen homófobo. ¡Mucha suerte…!

—¡¿Me tomas el pelo?! —vocifera.

Y me alejo sonriendo. «Madre mía… ¡Qué elemento de padre!». Hace que sienta un renovado respeto por Saúl.

Seguramente no mentía cuando me dijo que pensaba fugarse y cambiarse de apellido. Lo que no me explico es cómo ha aguantado tanto tiempo a su lado.

Vuelvo al ruedo, y cuando veo que me toca jugar contra Jorge sonrío de puros nervios. Le gané una vez, pero… ¡Es el campeón de España!

—Esto es injusto —se queja él, sentándose frente a mí—. Quería que me taparan los ojos si me tocaba jugar contra ti. Ya heriste mi orgullo el año pasado y ahora seguro que lo haces de nuevo.

—¡Anda, anda…! Esto no es lo mismo que una partida de una hora… Esta vez no te dolerá tanto. Ni te enterarás. Será muy rápido —me burlo.

—¡Qué mala eres! —Se ríe.

Lo sé. Pero la única oportunidad que tengo con Jorge es la de minar su seguridad desde el principio.

La ronda comienza, e intento divertirme sembrando el pánico con la reina mientras mi torre se cuela en su guarida al fondo del tablero.

Lo veo resoplar ante el primer jaque y salvar la situación con estilo. Engulle mi torre kamikaze y la sustituyo por un alfil. Deja que le coma su reina para escapar. Es muy bueno y aprende rápido de mis comentarios sobre los medios para llegar a un fin. Pero en el último momento se ve obligado a mover el rey, firmando su sentencia de muerte. Lo sabe incluso antes de que mueva. Solo por mi sonrisa. Y en su cara estalla otra. El ajedrez es divertido, de verdad de la buena.

—Maldita sea… —vocaliza cuando gano y lo miro radiante.

Su mirada es muy distinta a la de la última vez. Porque no es lo mismo que te derrote alguien a quien subestimas, que alguien al que idolatras. Y es genial sentir esa deferencia en Jorge.

Volvemos a reunirnos todos al terminar.

De las cuatro partidas que se han jugado, hemos salido vencedores Ástor, Saúl, un tío al que he llamado «número tres» y yo.

—No chuleéis de vuestra victoria —les dice Jorge—. A quien le toque contra Keira, que se olvide de ganar…

—Yo estoy deseando jugar con ella… —Saúl levanta las cejas.

Y me digo que con tal de no jugar contra Ástor, acepto lo que sea…

Me pone nerviosa que no me quite ojo. Y si juego contra él perderé, como en la vida real.

Me voy rápido de su lado, y cuando vuelvo a mirarlo me percato de que ha acorralado a Saúl para preguntarle por algo que le violenta bastante.

Maldigo. «¿Para qué le habré contado lo de Yasmín?».

Las pantallas cambian. Y cuando veo que en la siguiente ronda me toca jugar contra Ástor me entran los siete males.

«¡No, por favor!».

ástor

31
Quiero que me comas

El regocijo me invade cuando veo que me toca jugar contra Keira.

Me alegro, porque pienso dejarme ganar; quiero que juegue la final y, de todos modos, no quiero comprobar si puedo con ella. Ya sé que no. Ni en el juego ni en la vida...

Ha sido una sorpresa verla aquí. Bueno, en realidad, lo estaba deseando en secreto. Rezaba para que hubiera visto el e-mail y para que mis llamadas a la asociación promocionándola hubieran surtido efecto. Es una gran oportunidad para ella.

Lo que no puedo creerme es que haya venido con Yasmín. Y que esa Yasmín sea ¡la Yasmín de Saúl! Qué fuerte... Y qué pequeño es el mundo.

Busco a Saúl por la sala y voy directo a preguntarle por ella.

—No sé nada... Keira me ha pedido que no me acerque a Yasmín —responde cabreado—. Así que tú tampoco le digas nada...

—Me parece muy fuerte que no quiera hablar contigo después de lo que te hizo...

—Y a mí... Y es la nueva compañera de Keira. —Saúl se pasa una mano por el pelo—. No me creo que ahora sea policía...

—¿Por qué no? Es obvio que te gustan las polis... —digo mirando hacia la lejanía.

Saúl me clava la mirada con desprecio.

—Deja de llorar, Ástor... Hay que ser idiota para perder a Keira tantas veces... La tenías y la dejaste escapar. Ahora nos toca a los demás...

—¿Crees que tienes posibilidades con ella? —pregunto prepotente.

—Puede... Me adora.

—Eres un iluso, Saúl...

—Lo mismo dijiste en el caso de Sofía, y terminé saliendo con ella...

—Solo dije que no encajabais como pareja, y al final tenía razón.

—Pues encajábamos que daba gusto... Mucho gusto, en serio...

—Ten cuidado con Yasmín, no quiero que vuelva a hacerte daño.

—¿No quieres que vuelva a hacerme daño? —Saúl se ríe, sardónico—. ¿Desde cuándo te preocupas por mí, Ástor? ¿Crees que volvemos a ser amigos porque accedí a formar parte del KUN? ¡Lo hice por Keira! Y por coger al hijo de puta que se cargó a Sofía. Pero no pienses que vuelvo a ser el de antes, ni mucho menos...

—Ojalá lo fueras... —mascullo dolido recordando el buen chaval que era.

Saúl se me queda mirando con algo de culpabilidad, pero enseguida se recompone y contesta:

—Pues olvídate... Ese chiquillo ya no está, le disteis demasiado por culo y no va a volver. Creo que todavía no es posible *desfollarse* a alguien...

—¿Yo te di por culo? —pregunto completamente perdido—. ¿Por qué? ¿Porque dejé de prestarte atención? ¡Tenía un montón de responsabilidades!, y tú no eras una de ellas...

Me arrepiento al momento de decir eso porque Saúl me mira más herido que nunca.

—No es eso, Ástor... Ya sé que nunca te he importado una mierda.

—No es cierto.

—Te escuché, joder... Te oí hablando con mi padre un día, diciéndole todo lo que pensabas realmente de mí...

Se me para el corazón. ¿Nos oyó? «No, por Dios…». Cierro los ojos con fuerza maldiciendo mi suerte.

—Saúl, no es lo que crees…

—Ni te molestes —me corta—. Entré en el KUN con una condición, y me cobraré ese comodín dónde y cuándo yo quiera, recuérdalo. Olvídate de Yasmín. Y olvídate de mí. No necesito que me protejas…

Se va de mi lado dejándome hecho polvo.

Necesito una copa… y un camión de mimos. ¿Dónde está Olga?

Porque para eso la he traído, como apoyo. Es mi mejor escudo para fingir que estoy bien y no abalanzarme sobre Keira si por casualidad venía. Pero no estamos saliendo.

Como le dije a Keira, el verano pasado ya tuvimos todo lo que debíamos tener, y solo porque pensaba que nunca volvería a ver a la inspectora… Creía que lo nuestro había sido un episodio surrealista de los que hacen que te des cuenta de que tu vida es más penosa de lo que pensabas. Y no le veía solución. Casi llamé a Olga como un modo de autodestruirme más… De atacarme a mí mismo y a algo sagrado que había intentado mantener a salvo de mi alcance. Pensé que mancillándolo terminaría de coronarme como el capullo del año. Y como siempre le he gustado, Olga se lanzó a mis brazos con todas las consecuencias de esa decisión fatal.

Siempre tuvimos química, no lo niego. Había una atracción física potente y a nivel mental nos bastaba con una conexión de siete. Eso es una sintonía notable y válida para, al menos, intentarlo. Pero el modo en que la conocí, siendo la hermana de la víctima de mi accidente, siempre marcó una vulnerabilidad terrible en mí. Me tenía a sus pies sin hacer nada, aunque no se lo hubiese ganado. Y no era un sentimiento real.

Semanas después de que Keira cortara conmigo en la final del torneo del KUN, invité a cenar a Olga y nos acostamos por fin. Sacié una expectación que llevaba seis años agobiándome, embadurnada de una tierna confianza nacida del roce, del cariño y de lo exultante que parecía ella por cumplir un sueño que siempre había anhelado, según me confesó. Y lo intenté. Intenté enamorarme de Olga con todas mis fuerzas. Pasar página. Pensar que podría volver a ser feliz; habría sido bonito tener a alguien como ella en mi vida, pero mi mente no me dejó. No soltaba el recuerdo de Keira, contaminándolo todo de una pena húmeda y escurridiza. La diferencia entre lo que sentía al comparar una con otra era abismal. Y el dolor que me generaban, también.

Ya no sabía a lo que era adicto... Si a Keira, al dolor o a sentirla inalcanzable a pesar de mi privilegiado alcance a todos los demás niveles. Ese descontrol me hacía sentir vivo. Y las veces que conseguí tener a Keira en mi cama fue una sensación incomparable a nada.

Por fin tomo asiento frente a Keira para jugar la partida y nos miramos expectantes.

«Quita ahora mismo esa mirada, Ástor...», me regaño a mí mismo.

«Le resto y no se alegra de verme», me repito mentalmente.

Pero en los ojos de Keira hay algo, no sé qué es. Se parece a la mirada que me lanzó aquel potrillo cuando decidí no sacrificarlo. Como si quisiese morir y dejar de sufrir. El anhelante ruego de que me rindiera de una vez con él...

La partida empieza y muevo sin pensar. Ni siquiera me concentro en buscar una estrategia. Y después de tres movimientos aleatorios, Keira me mira mal.

«¿Qué haces? Juega bien...», parece decirme.

«¿Para qué? Quiero que ganes».

«Y yo no quiero ganar así». Frunce el ceño.

«¿Qué más da cómo sea, Kei? Vas a ganar igual...»

«Pero no quiero ganar con trampas».

Vuelve a mover con su cara de cabreo y retira su ataque hacia mi rey.

«¿Qué haces? No podemos quedar en tablas, ganaré yo por puntuación de Elo», le echo la bronca con la mirada.

«Pues haber jugado bien, Ástor...». Sube una ceja con chulería, retrocediendo de nuevo las piezas.

«¡Keira...!». Muevo con agresividad para exponer más mi rey.

Ella aparta sus fichas con más opciones para atacarlo.

«No seas cría... ¡Esto es importante!». La atravieso con la mirada.

«El crío eres tú, Ástor. ¿O debería decir "condescendiente"? ¿Crees que necesitaba que me dejaras ganar para hacerlo?».

«¡KEIRA!». Abro mucho los ojos. Estoy furioso… Y encima se me está poniendo dura. Perfecto…

Estudio el tablero durante el tiempo que necesito para tenderle una trampa. Busco una casilla en la que mi rey peligre por varias de sus piezas y no pueda apartarlas todas. Consulto el reloj. Quedan cuatro minutos. Miro a Keira y veo que se cruza de brazos. «¿Cómo puede gustarme tanto?».

Intento concentrarme. Rebobino en mi mente los movimientos que acaba de deshacer e intento predecir los que quería hacer de verdad. Ella misma lo ha dicho antes: siempre prepara un doble ataque…

Cuando me doy cuenta, queda un minuto y medio.

No puedo dejar que vuelva a mover hasta que lo vea claro. Y no tengo tiempo de jugar al despiste. A lo loco.

¡Un minuto!

Avanzo e5 con mi rey. Keira avanza su alfil a b2.

Yo e4. Ella mueve su caballo a g3. «¡Será bruja!».

E3. F3. C2. Keira suelta una risita incontenible que me hace sonreír sin poder evitarlo. Todas las miradas rebotan en nosotros porque el ajedrez ha de jugarse en riguroso silencio.

Quedan treinta segundos. Nos miramos durante dos, algo más juguetones, sintiendo la adrenalina de la competición.

Mi rey se queda en e3, justo delante del suyo, en una posición muy buena porque su reina no puede alcanzarlo y tiene un peón de e2 adelantado. Me sonríe, sabiendo que va a salirse con la suya y que estoy perdido. Me conformaría con las tablas. Y de repente, retrocede un alfil desde b2 hasta c1 haciendo un jaque mate a mi rey con tal desfachatez que me palpita la polla.

El tiempo se cumple, y Keira se levanta disimulando una sonrisa coqueta.

Al final, me ha comido a su manera. Es decir, sin que me dé cuenta. Sin que me dejara, como a ella le gusta… Es su jugada favorita, de hecho, matarme a traición cuando yo ya me había entregado…

Espero un poco para levantarme porque no quiero que se note lo mucho que he echado de menos su brillante crueldad.

La veo hablando con Saúl, que sonríe y, por la cara que pone, él también ha perdido contra Salinas. Un tío que está en el puesto setenta en el *ranking* mundial...

Me retiro con la cabeza gacha y me reúno con Charly y Ulises. Olga debe de estar en el asco o hablando con alguien.

—¿Has perdido? —me pregunta Charly, extrañado.

—¿Contra Keira? Pues claro...

—Qué blando eres... ¿Te has dejado ganar?

—Eso pretendía, pero ella no estaba dispuesta. Le apetecía más cazarme como a un ciervo indefenso y humillarme...

Ulises sonríe ante mi valoración. Sus ojos traslucen un «sois iguales» que siempre me repite.

—Entonces ¿ya no vas a jugar más, Ástor? —pregunta Charly.

Que la gente gaste saliva en preguntas de respuesta evidente siempre me ha puesto nervioso. Me recuerda al mal guion de una serie o a un libro pésimo...

Es un torneo eliminatorio y acabo de decir que he perdido. ¿Cómo iba a seguir jugando?

Lo paso por alto. Como cientos de detalles insignificantes más. Pero me rebota por dentro que Keira no dé puntada sin hilo nunca. Que hayamos podido mantener esa brillante conversación mental. Que jugara a perder para ganar... Que siempre vaya un paso por delante, con dos variantes a la zaga... LA AMO.

Cojo mi copa y bebo mientras la busco por la sala.

Está hablando con Salinas. Tonteando, más bien... Es un tío listo.

Aparto la mirada para no verles. Yo le resto. Le-res-to. «Recuérdalo».

—¿Estás bien? —me pregunta Ulises haciendo que me vuelva hacia el lado opuesto, donde están Olga y Charly.

—Sí...

—Keira está preciosa... —señala Ulises.

—Cómo te gusta echar sal en la herida. —Chasco la lengua.

—Solo es una apreciación —responde con inocencia fingida.

—¿Vas a hablar con ella para hacer las paces? —le pregunto.

—¿Y tú?

—No. Perderme de vista es lo mejor para Keira. Pero a ti te necesita.

—Hablaré con ella luego. Cuando gane…

Nos sonreímos ante su premonición realista.

Y no nos sorprende que Keira llegue a la final y se proclame campeona. Tampoco que el vídeo que he grabado lográndolo alcance miles de visualizaciones en pocos minutos, como si fuera la última canción de una gran estrella del rock. Porque esto no es solo ajedrez. Son las normas establecidas de toda la vida cayendo en picado por un ser humano común que no sabe que tiene el poder de cambiar el destino del mundo. ¿Qué pasa? ¡Es el argumento más explotado del cine!

Sigo aplaudiendo cuando le dan un trofeo, y solo entonces se permite mirarme una vez.

No me apetece sonreír. Pero hago un esfuerzo para que no crea que estoy enfadado con ella. Porque es más que eso. Lo mío es otro concepto. Es… asco. Asco de mí mismo por perderla, como ha dicho Saúl. Pero siento que tampoco podía haberlo evitado. Que estaba escrito. Que en ningún momento ha dependido de mí. Y ya lo he asumido.

Al final, Ulises se acerca a hablar con Keira. Más bien invade la mesa en la que está con Yasmín y le ofrece ir a por unas bebidas.

«¿Me acompañas y hablamos un momento?», supongo que Ulises le ha dicho, o alguna otra frase boba de las suyas. Pero funciona y se van, dejando a Yasmín desamparada. Aprovecho para aproximarme a ella como un perfecto caballero.

—Buenas noches… —la saludo.

—¡Ah…! ¡Hola! —Se sorprende. Y noto que se pone algo nerviosa.

—¿Puedo acompañarte, Yasmín? Veo que te han dejado sola…

—Eh… Sí… Siéntate, Ástor. Bueno…, o no… —Me mira acorralada—. No sé si a Keira le gustará mucho que hablemos.

—Si no te ha dicho nada, hay un vacío legal, ¿no? —Subo las cejas.

—Vale. Total…, llevo toda la noche pifiándola. Por una más…

443

—Keira me ha contado que tu padre es Ramón De la Torre.

Al oírlo se incomoda visiblemente.

—Lo era. Ya no tengo nada que ver con él.

E identifico muy bien el tono de desaprobación y rabia que se cuela en la voz de hijos que no soportan a sus padres.

—No lo conozco mucho, la verdad.

—No te pierdes nada…

La miro con pena.

—Solo quería decirte que me das envidia. Por rechazar tu título y vivir como te dé la gana…

—¿Te da envidia que me violaran? —dice directa.

Me quedo estático. Como si alguien me hubiese pegado un corte limpio de lado a lado del tórax y solo quedara esperar a que la mitad superior se deslizara hasta el suelo.

—Sé que Keira te lo ha contado… —añade—. No sé cuándo, pero lo sé por tu cara de pena… Voy a matarla.

—No quería decir que me diera envidia eso… Lo siento.

—Dejé mi título atrás por ese hecho. Esperaba mi momento para heredarlo y no cometer los mismos errores que mi madre, siendo la sombra de un hombre, vigilada y callada incluso cuando hacen daño a sus hijas… Pero ya no quiero nada de ellos. Se me quitaron las ganas…

—Saúl me hablaba de ti. Éramos buenos amigos cuando vosotros también lo erais…

Es oír el nombre de Saúl y que le cambie la cara.

—No me apetece charlar sobre Saúl…

—Me lo imagino, Yasmín, pero le hiciste mucho daño y podrías tener la deferencia de hablar con él. Creo que se lo debes…

—Yo no le debo nada —mascula a la defensiva. Vaya, es una mini Keira en potencia…

—Vale, bien… Allá cada uno. Yo solo quería ayudar…

—Pues no ayudas. Más bien, me pareces un entrometido…

—Es mi destino, supongo…, que las mujeres listas tergiversen y malinterpreten todas mis intenciones. Siento haberte molestado, Yasmín.

Me levanto con calma y me voy sin dejar que me conteste nada. Si no quiere hablar, se merece quedarse con la palabra en la boca.

Me dirijo a la barra y, ahora sí que sí, me preparo para saltar por el precipicio porque voy directo adonde están Keira y Ulises. Me quedo cerca de ellos, ignorándoles, con intención de pedir otro trago. Y con la pretensión de que mi amigo me eche un cable y me meta en la conversación.

—¡Ástor...! ¿A que sí? ¿A que Keira es una cabezota...?

Doy gracias a Dios en silencio por enviarme a Ulises... porque cada día tengo más claro que es un ángel de la guarda infiltrado en el mundo terrenal.

—Cállate... —lo riñe Keira, mortificada, en voz baja.

Me acerco a ellos sin prisa. Casi como haciéndoles un favor. Desde el cielo deben de reírse a carcajadas conmigo.

—Es fácil responder a eso... —le contesto vacilón—. Acabamos de jugar una partida a la inversa. Es decir, Keira intentando perder y yo tratando de hacerla ganar... ¡¿Quién leches hace eso?! —Sonrío.

—¿Alguien indignado? —replica Keira con ironía.

—No. Solo una cabezona...

—Prefiero pensar que soy honrada —dice displicente.

—Muchas felicidades, por cierto... —Sonrío solemne—. Por ganar a Salinas. Es un gran maestro muy reconocido...

—Era una partida rápida...

—¿Y qué?

—Nada... ¿Qué más da?

—Puedes llegar muy lejos, Keira —digo con intensidad.

—¿Y si no quiero llegar a ninguna parte? —replica con osadía.

—¿Por qué no? Te encanta... El ajedrez es tu vida...

—No, no lo es, Ástor —dice con aires filosóficos—. Me encanta, sí, pero es un deporte muy absorbente y, sinceramente, me he dado cuenta de que hay otras cosas que me llenan más a nivel personal.

—¿Como qué?

—Como ayudar a los demás...

Ulises y yo nos miramos sabiendo que podríamos derretirnos en cualquier momento. Porque ni su cuerpazo ni su increíble cerebro tienen nada que envidiar a su corazón.

445

No sé ni qué contestar a eso, pero Keira lo hace por mí.

—Por eso me hice policía. Y por eso se hizo policía Yasmín, porque el mundo es injusto y la gente necesita ayuda.

—Esa chica también es muy cabezota, ¿sabes? —digo a Ulises para volver al ambiente cómico—. Saúl me habló de ella cuando solo era un adolescente. Lo volvió completamente loco... Le he dicho que fuera a hablar con él y se me ha lanzado al cuello.

—La tengo bien amaestrada. —Keira sonríe con suficiencia, sacando el culo hacia un lado y colocando un brazo en jarra.

Mis ojos se estrellan sin poder evitarlo contra la deliciosa curva de su cadera. Es para matarte en ella y quedarte deambulando para siempre por un eterno asunto pendiente.

—Pues yo creo que Yasmín está siendo injusta con Saúl... —declaro—. Desapareció del mapa sin darle explicaciones, y eso no se hace...

Veo que Keira sonríe y se prepara para dar uno de esos discursos que me dejan al borde del orgasmo:

—¿Sabéis qué? Gracias a Yasmín acabo de entender por qué a las mujeres nunca les gustara tanto jugar al ajedrez como a los hombres...

—¿Por qué? —pregunto interesado.

—Porque las mujeres, las inteligentes al menos, somos más de actuar que de pensar. Cuando una mujer piensa, da miedo, pero cuando una mujer hace lo que piensa, aterroriza... Les deseo buenas noches, caballeros.

Se va dejándonos con un palmo de narices.

—Por Dios... —Ulises se echa a reír—. ¡Disimula un poco más, tío, estás llenando el suelo de baba!

—¿Qué coño dices? —me enfado, y me limpio las comisuras de la boca en un acto reflejo, lo que hace que Ulises todavía se ría más.

—¿Cómo se te ocurre decirle que estás saliendo con Olga?

—Yo no le he dicho eso.

—Pero no la has corregido.

—Es mejor así.

—¿Mejor para quién?

—Para todos.

—Los dos sois lo peor… Sobre todo tú, Ástor…

—¿Vosotros habéis hecho las paces?

—Más o menos…

En ese momento, Keira vuelve a mirarme desde su mesa, perdonándome la vida. O aprovechando para saciar su alma de algún extraño anhelo, no lo tengo claro. Lo único que sé es que no voy a poder ser feliz con Olga ni con nadie, porque mi corazón está ocupado y siempre lo estará… Y la chica que habita en él ha estado evitándome toda la noche.

Sin embargo, al volver a casa, justo cuando me estoy lavando los dientes para meterme en la cama, me llega un mensaje de Keira.

Keira:
Me alegra haberte visto

No puedo explicar lo que siento.

Algo que estaba muerto dentro de mí ha vuelto a la vida. Y no me refiero a mis esperanzas de estar con ella, sino a la fe en que la humanidad existe. Entendida como una sensibilidad, compasión y benignidad inconmensurable que hace que merezca la pena vivir un día más.

No contesto nada. Solo presiono sobre la frase y la valoro con un corazón.

Está decidido. Voy a quererla bien y a dejarla en paz de una vez.

No puedo evitar dormirme llorando.

 ulises

32
La pista definitiva

Un mes y medio después
16 de febrero

Lo único bueno de la muerte es que llega de forma inesperada.

Nadie conoce el momento exacto, aunque sepas que es inminente. Esa última bocanada que ignorabas que lo sería te pilla desprevenido, y después ya es tarde para ser consciente de ello.

Por eso yo nunca he tenido miedo a la muerte, porque te mueres y se acabó. Lo que me da miedo es ver morir a los demás. A cualquiera. Hasta a la gente que me cae regular...

Esa es la razón de que me pegara a Ástor como una lapa desde que casi lo atropellaron delante de mis narices. Porque lo miraba y preveía su aciago final, y esa sensación no me dejaba dormir bien por las noches.

Llegué a sentir que, si yo no cuidaba de él, nadie lo haría, y que las repercusiones en mi pequeña burbuja de felicidad formada por Keira y Charly serían más grotescas de lo que imaginaba si a Ástor le pasaba algo.

Así que nos volvimos inseparables. A la fuerza. Empecé a ser su escolta y nos veíamos todos los días a todas horas, pero había algo más... Teníamos algo en común: un culto secreto a la misma cosa... La boca de Keira.

De formas muy distintas, eso es cierto.

Yo viví durante años por verla sonreír y a él le obsesionaba para un largo etcétera de acciones más picantes e intelectuales en las que no me atrevo ni a pensar...

Fuera bromas, Keira era nuestro gran vínculo innombrable, aunque nos pesase a los dos. Me gustaba pensar que, cuidando de él, estaba cuidando también de ella, manteniendo a salvo al amor de su vida. Y a Ástor le gustaba tenerme cerca como una forma de no perder jamás la conexión del todo con Keira.

Suena profundo y enfermizo, pero es lo que había, y nos iba bien.

Además, nos aportábamos cosas importantes el uno al otro.

—¿Adónde vas con esa pesadilla óptica a la que llamas «camiseta»?

—A ver a tu madre, para convencerla de que te vuelva a meter dentro de ella...

Da igual quién le dijo qué a quién, lo que importaba eran las sonrisas que nos arrancaban nuestras interacciones diarias.

Por otra parte, Ástor era mi forma de mantener los pies en la tierra con Charly. De no perderme en el laberinto carnal de su cuerpo, de sus ojos y de su hedonismo macarra por el que haría cualquier locura. A veces, me dejaba llevar por su mala influencia y..., bueno, Ástor nos había pillado en varias ocasiones metidos en faena y el pobre había tenido que huir de la escena chocándose contra todos los muebles, tratando de taparse los ojos y las orejas a la vez. Era la mar de gracioso cuando quería.

Pero ahora entendía mejor que nunca la relación entre esos dos. Charly necesitaba a Ástor en su vida. Su corrección. Sus buenas maneras. Su virtud... Y Ástor necesitaba la desvergüenza de Charly.

Eran mi ángel y mi diablo. Y me encantaba estar en el medio, acomodado entre los susurros de ambos en un equilibrio perfecto de emociones bipolares. Los adoraba.

¿Y la que armaron para mi cumpleaños?

Prepararon una fiesta nivel «No existe un mañana».

Invitaron a Keira, por supuesto, y a más excompañeros de la base. También a gente con la que solía cruzarme por la Universidad de Lerma y con la que había entablado amistad. No faltaba nadie. Y en ese momento me di cuenta de que Ástor, realmente, me había regalado una nueva vida.

Claro que, cuando vi el Range Rover Evoque negro en el garaje con un lazo enorme de color rojo, casi me la quita de golpe.

—¡Feliz cumpleaños! —gritó el anormal retirando la sábana que lo cubría de un tirón, como si fuera el truco del mantel en una mesa con vajilla.

Mi cara de alucine no tuvo precio.

—Pero… ¿qué has hecho, loco? —dije flipando en colores.

—¡Yo, nada! Lo han fabricado en Reino Unido —se mofó.

—¿Cómo se te ocurre, Ástor? —Sonreí pasmado.

—Ni que fuera un Lamborghini… —Se encogió de hombros.

Negué con la cabeza sin dar crédito y miré a Keira anonadado. Por un momento, pensé que lo había hecho para impresionarla, pero el brillo de sus ojos me hizo entender que lo había hecho solo por mí. Y sí…, puede que me emocionara un poco más de la cuenta. No por el coche, sino por hacerme sentir tan importante para él.

Cuando Ástor leyó en mis ojos que quería abrazarlo se acercó a mí y dijo:

—Vale. Esta es la verdad, Ulises… Los vecinos se han quejado de que tienen pesadillas con que les atropelle tu viejo Seat Ibiza… Prefieren morir aplastados por un coche de alta gama…

Le metí tal golpe seco en las costillas que la mitad de los invitados se quedó con la boca abierta. Sobre todo al verle desternillarse de risa y de dolor a la vez. Es lo menos que podía hacer por él…

Ástor seguía siendo adicto al dolor, y desde mi cumpleaños, más todavía… Había tenido que acompañarle a ver a Nat un par de veces a la semana y no sabía cómo hacerle parar. Pero las palabras de Keira en nuestra discusión habían influido en que guardara silencio. Me había echado en cara que no estaba siendo un buen amigo… E intenté serlo para Ástor. Respetarle y acompañarle hasta que lo superase, como hacía Charly. Pero a mí no me hacía gracia verlo sufrir, y a Héctor menos. Me dijo que lo vigilase bien. Que se lo debía… Y lo hice.

450

Tracé una estrategia para intentar que no necesitase ese tipo de dolor. Podía canjearlo por otro más sano, y empezamos a meternos unas palizas de deporte tan alucinantes que, poco a poco, comenzó a funcionar. El paso del tiempo hizo su trabajo. Y también haber visto a Keira en el torneo de ajedrez de Reyes... Fue una suerte encontrarnos, porque yo no sabía cómo recuperarla sin hacerle daño con mi sinceridad.

Mi relación con Charly iba genial, pero empezó a acusar que pasara demasiado tiempo con Ástor sufriendo en el gimnasio, algo de lo que un dandi como mi novio pasaba olímpicamente. Charly estaba celoso, a pesar de que yo le decía con una sonrisa que él se estaba beneficiando de los frutos de esa terapia, porque me estaba poniendo como un toro... No obstante, seguía afirmando que me echaba de menos y que sentía que yo prefería estar con Ástor que con él. En realidad, Charly sabía que no era cierto, porque nuestros momentos, aunque más espaciados, eran de calidad y eso los hacía únicos. Aun así, he accedido a ir a jugar hoy con él al squash para tenerlo contento.

La semana pasada me lo rogó como regalo de San Valentín y casi me ahogo de risa ante la petición. Pero hace dos días, cuando abrió su regalo y vio el «Vale para un partido de squash», gritó, eufórico, que era justo lo que deseaba.

Hemos quedado en la puerta de la escuela al atardecer.

El plan es jugar una hora, luego ir a cenar y después a su casa, a disfrutar de los fuegos artificiales que fabricamos juntos. Hace dos noches no pudimos hacerlo. Era jueves y no quería dejar a Ástor solo en un día tan significativo como San Valentín, por si intentaba hacerse otra paja en el armario...

Veo a Charly aparcar su Mercedes GLE Coupé azul detrás de mi flamante Range Rover nuevo y sonrío. El mamón se baja con su estilazo característico, sus Ray-Ban, sus greñas, que ya vuelve a llevar demasiado largas y que sé que se las recogerá en una coleta para jugar, y por supuesto, su *blazer* azul marino sobre una camiseta blanca elástica. Está para comérselo y escupir solo los huesos...

Permanece serio hasta que me ve y sonríe de medio lado. Me mata esa sonrisa canalla.

—¿Listo para perder? —dice vacilón.

Me jode no poder callarle la boca en público como me gustaría. A menudo me cuesta controlarme, y Charly disfruta de mi sufrimiento porque él sí lo tiene controlado. Es como si desde la cuna le hubiesen inculcado guardar las apariencias delante de los demás.

—Listo para todo —contesto chulito, y sube las cejas interesado.

Saludamos al de la puerta y pago mi entrada porque no soy socio.

Nos cambiamos en el vestuario con calma, disimulando nuestras miradas cómplices, y vamos hacia la pista.

—¿Un poco de peloteo antes? —me pregunta condescendiente.

—Vale.

—¿Nos apostamos algo? —propone pillo.

—No entiendo qué aliciente puede tener para ti... Si tus deseos son órdenes para mí.

Se me acerca sonriente, como si quisiera besarme, pero ya he aprendido que nunca lo hará mientras alguien pueda estar viéndole o grabándole. Lo hace para que aumente mi grado de deseo por él. Es mucho más visceral que yo en todos los sentidos. Y me encanta que así sea.

—Si gano, te vienes a vivir conmigo —dice de pronto.

Lo miro alucinado. «¿Vivir juntos? ¡Ay, madre...!».

—¿En serio, Charly? —pregunto sorprendido.

—No sé por qué mantienes tu piso, Ulises, si apenas lo utilizas. La mitad de los días estás en mi casa y la otra mitad te quedas en la de Ástor...

—¿Tan celoso estás? —le pico—. Sabes que con tráfico son cuarenta y cinco minutos hasta mi piso, por eso me suelo quedar donde As.

—Desde mi casa serían veinte hasta la de Ástor... y podríamos pasar juntos todas las noches...

—¿Y si te cansas de mí? —sugiero con guasa.

—Imposible, Ulises... Además, Ástor no va a estar soltero eternamente. Ahora su casa es como un piso de estudiantes, pero, tarde o temprano, las cosas cambiarán. Yo, sin embargo, voy a ser el eterno soltero...

—Ah, ¿sí? —Sonrío—. Te recuerdo que estuviste a punto de casarte con una chica, Charly... Quizá encuentres a otra y vuelvas a la idea de familia feliz...

—No creo... Ya he encontrado a alguien que me hace feliz...

Mi mirada se calienta en la suya a fuego lento.

—Juguemos, entonces... —lo reto, aceptando su propuesta. Y el ambiente cambia para volverse más competitivo y romántico, si cabe.

Nunca he jugado al squash, pero siempre se me han dado bien los deportes en general. A bote pronto, dar leñazos se me da de miedo...

Castigo la pelota con mi habitual rabia y obtengo resultados. Siento que estoy a la altura, y hasta gano unos cuantos puntos al principio, pero la técnica de Charly prevalece y, al poco rato, ya me está mareando como quiere. Sudo para llegar a darle y él juega tan tranquilo. Es bueno. Muy bueno. Y hace un par de tantos espectaculares de los que intenta no fardar, aunque no lo consigue. Eso forma parte de él. Tiene esa confianza en sí mismo que me vuelve loco en contrapartida con una susceptibilidad aguda en temas que atañen al honor y las tradiciones.

—Te estoy dando una paliza, Ul... —murmura con una sonrisita.

Y se me ocurren cien formas distintas de borrársela. Todas muy cerdas.

«¿A que termino viviendo con él...? ¿Quién me mandará a mí apostarme eso?».

Pero no sabía que era tan bueno. De hecho..., tenía el recuerdo de que era más bien malo, como le comenté cuando vi la grabación el día que mataron a...

El suelo se tambalea bajo mis pies y me desplomo como si algo invisible me hubiera empujado.

Ha sido una idea. Una certera y escalofriante idea...

—¿Estás bien? —pregunta Charly, extrañado.

Noto que me cuesta hasta hablar. «¡Joder...!».

—Sí, sí... —consigo decir.

Mi cabeza va más rápido que nunca, no para de dar vueltas y se pierde en un recuerdo. En ese vídeo… El de su coartada.

Charly saca y no veo ni la pelota. Corro hacia ella, pero no le doy.

—¡Punto! —exclama él, eufórico.

Mi malestar queda disfrazado por ir perdiendo y suelto un taco.

En ese vídeo, Charly era muy malo… Mucho. Y se lo dije. Era un puto paquete…

Tenía la coartada perfecta, pero… ¿y si el del vídeo no era él?

—Me estoy encontrando mal… —le advierto con sinceridad.

—¿Es una excusa porque vas perdiendo? —Sonríe—. Oye, que si no quieres vivir conmigo, no estás obligado, Ulises… Solo era una broma. Bueno, medio en broma, medio en serio… —dice vergonzoso.

—No… Me encuentro mal de verdad.

—¿Qué sientes exactamente? —Se acerca preocupado de forma adorable.

«¿Y si él mató a Sofía…?». Esa pregunta retumba dentro de mí dejándome sordo.

«Hostia puta…».

Había dejado atrás esa idea hacía un par de meses. Esa idea que cuadraba tan bien en mi cabeza cuando se destapó todo lo de la web SugarLite y en la que no había vuelto a indagar porque… porque no quería creerlo. Aunque en realidad llegué a investigarlo y no encontré mucho. Analicé todos los movimientos bancarios de Charly, sus e-mails, sus mensajes… por si había sido un encargo, ya que él mismo no podía haberlo hecho puesto que el vídeo lo situaba en otro lugar a esa hora. Pero no encontré nada raro. ¿Qué iba a encontrar si lo hizo él mismo sin ayuda de nadie?

—Voy a vomitar… —farfullo mareado. Porque lo tengo claro.

Charly para el juego y me pone una mano en la espalda.

Su contacto me quema y hago un esfuerzo por no apartarme de él. No quiero que note nada. Es como si no me cupiera duda… Como si no hiciera puta falta comprobar que estoy en lo cierto. Porque no hay otra explicación plausible. No la hay… Y Carla va a ser procesada sumiendo a Héctor en una depresión galopante.

Charly consulta la hora.

—Si quieres nos vamos ya, Ul. Quedan quince minutos, pero da igual.

—Sí, mejor…

Mi malestar es muy real. Es curioso cómo el cuerpo se resiente por un problema psicológico. Apenas puedo sostenerme en pie.

—¿Llamo a un médico? —pregunta solícito.

—No, no… Voy a ir al baño, a ver si se me pasa.

—Vale.

Me encierro en un cubículo e intento pensar con los dedos apoyados en la frente.

«¿Estás seguro de esto?», me pregunto a mí mismo.

«Es imposible…». «¡Él no lo haría…!». Me digo lo que siempre oímos de los más allegados de un culpable.

—Entro en la ducha, Ulises —me avisa—. ¿Necesitas algo? ¿Estás bien?

—Ve tirando… Ya voy…

En cuanto se hace el silencio salgo con el corazón desbocado y me dirijo a la recepción de la escuela.

Les pido volver a ver el vídeo de aquel día, y el encargado, que me recuerda, lo busca sin problema en la carpeta pertinente del ordenador, localizándolo por la fecha.

Avanzamos hacia la hora en cuestión, y cuando enfoca la pista siete lo que veo me deja sin habla…

Se parece a Charly, de eso no hay duda, y van vestidos igual. Misma cinta de pelo sujetando sus greñas australianas… Pero no es Charly.

Me conozco su cuerpo de memoria. El hombre de la imagen no se mueve como él. No son sus piernas. Ni sus brazos. Ni sus codos. E incluso me atrevería a decir que ese tío es un poco más alto. Pero no es Charly. Está de espaldas, y ya os podéis imaginar la cantidad de veces que lo he visto desde ese ángulo…

Se me comprime el pecho al certificarlo: NO ES ÉL.

Doy las gracias al encargado y vuelvo al vestuario más blanco que la pared. Sin tener ni idea de lo que voy a hacer a continuación.

Un policía normal habría pedido refuerzos desde la propia recepción, pero yo no soy normal. Soy yo. Y lo único que quiero es que nada de esto sea real. Que el tío del que estoy profundamente enamorado no sea un asesino. Ni siquiera se me pasa por la cabeza coger mi móvil y avisar a Keira. Solo quiero que el tiempo se detenga, agarrarme las piernas y quedarme una hora sin hacer nada, porque no puedo asimilar que la persona con la que estaba a punto de irme a vivir y con la que planeaba hacer el amor esta noche sea un asesino.

Estoy en negación aguda. Quiero pensar que me dará una buena explicación y yo contestaré «¡Ah, valeee!». Que el destino se sacará un conejo de la chistera y que mi vida no saltará por los aires en cuanto Charly me note en la cara que lo sé.

Cuando llego al vestuario, lo encuentro con solo una toalla alrededor de la cintura, el pelo húmedo y el torso desnudo. La acción natural de mi cuerpo es babear por todas partes, y se me mezcla con las náuseas que generan mis fundadas sospechas.

—Tienes mala cara, Ulises... ¿Adónde has ido? —pregunta extrañado.

Mi mirada y mi silencio lo ponen en alerta.

«¡Reacciona, joder!», me grito.

—¿Qué te ocurre? —pregunta inquieto, dejando su taquilla abierta.

—Me encuentro fatal, Charly. He ido a pedir una pastilla a recepción, pero creo que va a ser mejor que vomite —digo sujetándome el estómago.

Me voy al aseo y, efectivamente, vomito.

Noto su presencia detrás de mí y me entran sudores fríos.

—¿Mejor...? —dice.

Me ha traído un trozo de papel humedecido, y me lo pasa por la frente. Su amabilidad me provoca ganas de llorar.

—Sí..., mejor. No sé qué me ha dado...

—Puede ser un corte de digestión. ¿Has merendado mucho? Te has forzado demasiado en la pista y tal vez...

—Puede ser...

—¿Llamo para anular la cena y nos vamos directos a casa? —me ofrece de pronto.

Pienso rápido. Preferiría no estar a solas con él. Darme tiempo para pensar. Estoy completamente bloqueado.

—No... Me ducho y seguro que se me pasa.

—¿Tú crees?

—Sí, ya estoy mejor... Vamos a cenar, Charly...

Me pone una mano en la espalda cuando paso por su lado y me desnudo para ducharme.

Estoy bajo el chorro más tiempo del debido. Las dudas me ahogan. Cuando salgo y me visto, Charly ya me está esperando como un pincel, trasteando en su teléfono.

Podría encararme con él. Reducirle. Detenerle aquí mismo y gritar que alguien llame a la policía, pero eso nos separaría para siempre... Que me mire y me sonría de medio lado demostrando que le gusta lo que ve me deja mudo.

—Ya tienes otra cara, Ulises...

—Sí... Estoy mejor.

Me visto en silencio y me siento tan observado que no hago caso al móvil. Como si no fuera mi maldita tabla de salvación. Una llamada y todo terminaría. Quizá fatalmente... ¿Charly se resistiría a la detención? ¿Tendría que pegarle cuando solo tengo ganas de abrazarle? ¿Algún compañero de gatillo fácil le apuntaría a la cabeza y...?

Trago saliva.

—¿Estás listo?

—Eh, sí, sí... —jadeo.

Cojo el móvil, y la mano me quema por escribir un mensaje rápido. ¿Diciendo qué? «Charly mató a Sofía». ¿Por qué lo haría? No quiero perderle...

Caminamos juntos hacia la salida mientras miles de preguntas se agolpan en mi cabeza manteniéndome hierático.

Una vez fuera, veo que Charly me observa.

—Escucha... —dice solemne deteniéndose en el punto donde nos separaríamos para ir cada uno hacia su coche.

Me mira con cariño, y no sé qué hacer con mi vida, ni con mis principios ni con los potentes latidos de mi corazón. Solo sé que su cercanía me provoca emociones adversas, de asco, de pasión y de una conmoción que no podré controlar mucho más tiempo sin que explote.

—¿Qué pasa, Charly?

—Que lo de vivir juntos no iba en serio. Sé que es muy pronto... Y no tenemos ninguna prisa. No quiero que te sientas obligado... No te agobies, ¿vale?

Doy gracias a Dios de que crea que es eso lo que me pasa.

—Sí... Ya... Vale —digo aliviado.

—Simplemente, olvídalo, ¿okey?

—Bien... —casi gimo.

Me mira los labios queriendo sellar mi trastorno con un beso. Sabe que no puede hacerlo en medio de la universidad, pero no quiere dejarlo así y me da un abrazo al que tardo en responder.

Me cuesta un mundo colocar mis manos en su espalda, y cuando lo hago, sabiendo que puede ser la última vez, cierro los ojos y lo estrecho con fuerza. «Esto no puede estar pasándome a mí...».

Lo aprieto tanto que se separa, extrañado.

—¿Estás bien? —me pregunta escrutando mis ojos brillantes.

Nos sostenemos la mirada durante unos segundos.

—Sí... Es que... no quiero perderte... —digo de corazón. Y no he sido más sincero en toda mi vida.

—No me vas a perder... —Lo noto conmovido—. Ha sido una estupidez por mi parte, Ulises. Tienes razón... Estoy celoso de Ástor y... En fin... —Se encoge de hombros—. Vamos a olvidarlo, ¿vale? ¿Nos vemos en El Glotón?

Asiento como puedo. Trato de imaginar la conversación que vamos a tener en el restaurante porque no podré aguantar mucho más así, pero estaremos rodeados de gente y será todo menos dramático. Desde allí pediré un coche patrulla. Sin embargo, antes necesito hablar con él... Necesito que me lo explique todo y... entenderlo. Porque Charly no es un asesino. Lo conozco, joder. Es una persona que cometió un error... O eso me digo durante todo el trayecto hacia el restaurante.

Me veo tentado a coger el teléfono en lo que dura un semáforo, pero me digo que necesito tiempo. Si llamo ahora, los agentes se plantarán allí enseguida y no tendré ni tres minutos a solas con Charly. Y necesito arañar los últimos instantes de normalidad con él. Necesito hablarlo en confianza, exponer mi dolor de forma privada y luego avisar a quien sea. Quiero ver cómo reacciona cuando se dé cuenta de que lo sé, solo yo y nadie más en el mundo. Si preferirá salvarme o elegirá destruirme. Si me quiere más que a su vida o no… Como se quería antes la gente. Como Leo DiCaprio quiso a Kate Winslet, a pesar de que cupiera en la tabla junto a ella… Digan lo que digan.

Aparcamos prácticamente al mismo tiempo, en la misma acera aunque a dos o tres coches de distancia, y nos reunimos en la puerta.

—¿Seguro que quieres entrar, Ulises? Si no estás de humor…

—Sí, entremos.

—Oye…

Me frena del brazo, y me da un beso tierno y reparador que se me sube a la cabeza. Mis instintos gritan que me separe de él en el acto, pero es el puto mejor beso de mi vida. El último, creo. Y acaricio su lengua a modo de despedida notando calor en mis ojos.

No soy muy de llorar. Ya he llorado mucho en mi vida y se me cortó el riego. Pero la ocasión lo merece, porque nunca me he sentido peor. Ojalá nunca lo hubiera sabido jamás…

—Vamos, tengo hambre —digo mirando al suelo y arrastrándolo conmigo para que no me vea.

Una vez dentro del restaurante, nos llevan a una mesa y nos preguntan por las bebidas. Me abstengo de pedir un whisky doble sin hielo para acabármelo de un trago y opto por una cerveza, que sé que no tendré tiempo ni de paladear.

—¿Qué te apetece? —me pregunta Charly ojeando la carta—. ¿Estás mejor? ¿Te ha ido bien la pastilla que te han dado antes?

Me quedo mirándole en silencio, incapaz de mentir más.

—No he ido a por ninguna pastilla, Charly…

Sus ojos me miran confusos.

—He ido a pedir que me dejasen ver de nuevo el vídeo de ti jugando el día que asesinaron a Sofía… Y me he dado cuenta de que no eres tú… Recordaba que ese tío no era nada bueno… y tú hoy has jugado muy bien.

Nos sostenemos la mirada durante lo que me parecen años.

Me duele la cara de mantener una expresión imperturbable y de tener que soportar su mirada sabiendo que se acabó. Se acabó todo entre nosotros…

—¿No dices nada? —pregunto, consciente de que el día no va a terminar como lo habíamos planeado.

—¿Qué quieres que te diga, Ulises? —replica inspirando profundamente.

—¿No vas a negarlo?

—¿Serviría de algo?

El corazón amenaza con salírseme del pecho. No sabía cómo reaccionaría, pero no esperaba que fuera así. Tan normal. Tan sereno. Tan elegante. Tan él y tan psicópata al mismo tiempo…

Dios…

¿Quién tiene estilo admitiendo un asesinato?

# ulises

33
Quiéreme

—¿Por qué lo hiciste?

Parece la pregunta del millón, pero no lo es, porque poco importa ya. Sofía está muerta y lo nuestro también. Ya no queda nada en pie.

—¿Se lo has contado a alguien? —pregunta curioso—. ¿La poli está a punto de rodearnos o algo así?

—No. Aún no… Primero quería hablar contigo a solas…

Mira alrededor, asegurándose de que nadie nos oye, y dice:

—Tenía mis motivos, Ulises. No fue por placer, te lo aseguro… Me vi obligado a hacerlo.

Se me eriza todo pelo de cintura para arriba cuando lo admite. ¡Fue él! ¡No me lo puedo creer! El corazón me va a mil por hora.

«Joder… ¡Todo este tiempo…!».

Y, encima, parece creer que hay algún tipo de explicación que va a convencerme y hacer que lo entienda.

Me llevo la mano a la boca, sintiendo un mareo acojonante.

Necesito ayuda. Si se fuera corriendo, no sé si podría perseguirle. Lo dudo mucho, con el *shock* en el que me encuentro. Apenas puedo respirar, ¡mucho menos, correr!

—¿Mataste a Sofía? —repito, aunque ya haya quedado claro que sí. ¡Lo que quiero saber son los jodidos motivos!

—La pregunta, Ulises, es… ¿qué vamos a hacer ahora? —expone calmado.

Y esa cuestión me mata lentamente. Porque sé lo que debería hacer, pero no quiero. No lo soporto… No puedo perderle. Sin embargo…

—Voy a tener que detenerte —verbalizo para convencerme a mí mismo.

—¿No prefieres que vayamos a mi casa y dejar que te lo cuente todo en la cama? Soy yo. Puedo entregarme mañana y pasar una última noche juntos… Que lo juzgues teniendo toda la información. Solo así podrás elegir qué hacer…

Lo miro sin disimular que pienso que está completamente loco. Y a partir de ahí, cometo un error detrás de otro.

Muevo la mano hacia mi móvil olvidando con quién estoy y él bloquea mis intenciones colocando la suya encima.

Su contacto me quema y me tenso automáticamente. La desbrozadora que tengo en la boca del estómago se pone en marcha de nuevo.

—Ulises… —acaricia mi nombre con una advertencia velada—. Antes de avisar a nadie, escúchame un momento, por favor…

Su tono de alguien por encima del bien y del mal, su desfachatez y su abuso de confianza me ponen enfermo, y en un segundo entiendo lo manipulable que he sido. Lo caprichoso. Lo estúpido. Lo ingenuo. Lo humano, joder…

—¿Cómo has podido hacerme esto? —le increpo dolido—. Engañarme así, jugar conmigo…

Una tristeza devastadora arrasa mis facciones, y siento que estoy a punto de romperme en mil pedazos y empezar a llorar a lo grande.

—Yo no he jugado contigo, Ulises —dice serio—. No pude evitar enamorarme de ti. Te juro que no era mi intención sentir esto…

—¿La mataste por mí? —pregunto con el corazón encogido.

—¡No! ¡Para nada! ¡Tú no tuviste nada que ver! Lo nuestro surgió después. Sin darme cuenta te metiste en mi alma… y no pude frenarlo.

—¿Creías que podrías esconderme esto para siempre, Charly?

—Solo quería olvidarlo… Pasar página…

—¿Olvidarlo? ¡Incriminaste a Carla…! —recuerdo de pronto—. ¡¿Por qué?! ¡Joder…! No puedo creer que fueras tú…

—Te juro que tenía mis motivos… —repite convencido.

—¡¿Qué motivos?! ¡Quiero saberlos! ¡Quiero saber por qué mi vida se ha ido a la puta mierda otra vez!

—Esta vez no tiene por qué irse, Ulises… Esta vez, depende de ti.

Mis cejas suben hasta el nacimiento de mi pelo y niego con la cabeza.

Me tapo la cara al pensar por un momento en la posibilidad de… «¿Qué insinúa? ¿Que sigamos como si nada? ¿Que lo ocultemos?».

De repente, la camarera interrumpe con las bebidas y le damos las gracias con un murmullo.

Esto es increíble… No quiero ni mirarle, pero me obliga al decir:

—Eres mi pareja, Ulises… Nadie puede obligarte a declarar contra mí…

—¡Soy policía! —exclamo con incredulidad.

—No. Ya no lo eres… Al parecer, mi plan de casi atropellar a Ástor terminó de convencerte para dejarlo.

¡¿FUE ÉL?!

Si no estuviera sentado, necesitaría estarlo. Siento que el cuerpo me falla y que un vahído amenaza con reducirme a la nada.

—¿Querías matar a Ástor…? —pregunto perplejo.

—Claro que no, solo quería que dejaras la policía. Y sabía que así lo conseguiría…

Tengo la boca abierta.

Conociendo el *modus operandi* de los miembros del KUN, ¡debí haber imaginado que fue todo un puto montaje!

—¿Ástor amañó el atropello para que fuera su guardaespaldas?

—¡No! ¡Él no sabe nada! Pero todos ganamos aquel día, ¿no crees, Ulises? Admite que ahora eres muchísimo más feliz que antes…

—Dios mío…

Me llevo una mano a la frente y termino surcando mi pelo con los dedos. Charly, aprovechando mi desconcierto, se agencia mi móvil, dejándome sin medios.

—Tranquilo. Hablemos… —dice colocándolo fuera de mi alcance.

—No tenemos nada de que hablar —le espeto, cabreado ante su gesto.

Pero no es cierto. Hay mucho que decir. Aunque en comisaría.

—¿Cómo lo hiciste? —pregunto a bocajarro—. ¿Cogiste el trofeo de casa de Carla? ¿Cuándo? ¿Por qué no te manchaste al golpear con él a Sofía…?

Miles de preguntas asaltan mi mente, y empiezo a soltarlas en bucle. En el fondo, me recrimino no haberme dado cuenta de que no había otra explicación posible…

—Te contestaré a todo, Ulises. Pero primero necesito saber cuánto me quieres…

«¿QUÉ?».

No entiendo nada… O no quiero entenderlo.

—¿Qué coño tiene que ver lo uno con lo otro, Charly?

—Todo… Necesito saber si me quieres lo suficiente para superar esto…

«¿Superar que es un asesino? ¡No! O eso creo… ¡Joder! ¡Puta vida!».

Que no le conteste con un rotundo «no» le sorprende gratamente, y me da la sensación de que se emociona.

¿Acaso no es humano dudar?

«¡Es Charly, joder…! La persona a la que más quiero en el mundo…».

Me pregunto qué no haría cualquiera por «su persona».

Sé que hay algo que no encaja en esa idea, pero el amor no me deja verlo con claridad…

«¿Qué haría Keira en mi lugar?», pienso de pronto.

«Lo más justo», me respondo. Simplemente eso.

A Charly le nace una leve sonrisa de incredulidad, y dice:

—¿De verdad te lo estás pensando, Ulises…? ¡Joder…! —Cierra los ojos, conmovido—. No sabes lo halagado que me siento ahora mismo…

—Eres un cabrón… —vocalizo cada letra—. ¿Cuánto me quieres tú a mí? ¿Qué clase de maniaco pone a su pareja en semejante compromiso? Lo has jodido todo, Charly… Esto no se supera. No soy de los que protegerían a un hijo al que le gusta descuartizar chicas… En mi mundo quien la hace la paga, por mucho que lo quiera.

—Pienso igual. Por eso Sofía tuvo que morir… Pero tranquilo, solo quería saberlo, no te he pedido nada… Estoy preparado para actuar en caso de que me descubrierais; tengo mi propio plan de contingencia. Y no eres tú…

Lo miro totalmente alucinado. Y no sé de qué me sorprendo. ¡Es Charly! El tío más listo y sexy del planeta. El que «casi» realiza el crimen perfecto.

—¿Y qué plan es ese? —pregunto displicente.

—Voy a darte a elegir… —dice con una templanza que me deja preocupado—. Entre detenerme aquí y ahora o permitir que me vaya y coja mi vía de escape… Una nueva identidad, avión privado, millones en el banco…

—Charly… —pronuncio sin fuerza. Porque ya no puedo ni llamarle así—. Sabes que no puedo dejarte ir…

—Claro que puedes… —suelta, tan tranquilo.

—No, no puedo.

—Te lo he dicho: tú eliges… —repite, indiferente. Y su actitud se parece mucho a la de otros sociópatas que he tenido el disgusto de conocer.

—Devuélveme mi teléfono, por favor… —le pido, cordial pero firme.

—Antes déjame mostrarte lo que hay tras la puerta número dos…

Me aterroriza ese tono de voz tan cómico. Y me mantengo a la espera tras suspirar pesadamente.

—Te escucho…

—Bien —dice dándolo por hecho—. Porque deberías saber que si eliges detenerme no podrás parar a tiempo la bomba que tengo escondida en casa de Ástor. —Separa las manos y vuelve a juntarlas—. Tengo el ¡boom! al alcance de los dedos. ¿Quieres que te lo enseñe para que veas que no miento?

Me quedo patidifuso. «¿Una bomba?».

—¿Qué coño dices, Charly...?

—Está escondida. ¿Quieres verla o no?

Asiento con unas ganas de llorar que me muero.

«Charly... ¡Joder!».

El corazón me pesa cada vez más, señal de que se está convirtiendo en piedra.

Entra en su móvil y busca una aplicación concreta de las tropecientas que tiene en ochocientas mil carpetas distintas, y aprovecho para observarle.

Todavía no me lo creo... Hay gente que se lleva toda la suerte del mundo, y otros, como yo, que apuestan y pierden una y otra vez...

—Aquí está. —Me lo muestra satisfecho y lo activa delante de mí.

Hay un cronómetro con cuenta atrás *linkeado* a un punto verde parpadeante.

—No era mi intención hacerla estallar. Tan solo es mi baza para negociar. Pero nunca la encontraréis. Ni con perros. ¿Puedo irme ya?

—No —digo con todo el dolor de mi corazón—. No puedo dejarte marchar.

Su cara se descompone por un momento.

—¿Permitirás que Ástor muera? —pregunta extrañado—. ¿Es más importante cogerme a mí que el hecho de que muera una persona?

Lo miro profundamente decepcionado, pero tengo que actuar como un policía. Ya no es mi novio. Es un jodido delincuente. Y esos se me dan mejor.

—Desde mi punto de vista... —empiezo con templanza—, me estás dando a elegir entre no volver a ver a Ástor o no volver a verte a ti... —enuncio con los ojos muy brillantes—. Y al que no soportaría no volver a ver es a ti... Así es cómo te quiero.

Y como si estuviera escuchando de fondo al jodido Harry Styles en el estribillo final de la canción «Sign of the times», me despido de él.

«Tenemos que alejarnos, cariño...».

Charly me mira como si acabara de darse cuenta de esa realidad, de esa condena, y tampoco lo soportara. Sus ojos se encharcan, asustados al entender que, sea como sea, ya somos fantasmas.

Que tanto si le detengo, como si lo dejo irse, lo nuestro va a morir sin haber vivido lo suficiente.

—¿Que Ástor muera es tu elección final? —pregunta incrédulo.

—Sí... Tú no te vas a ninguna parte, cariño.

♜ charly

34
Una elección explosiva

¡Puto Ulises...!

¿Cómo no iba a gustarme? ¡Si es un jodido fuera de serie!

Sabía que no me lo pondría fácil. Que su honor estaba por encima de todo. De mí. De Ástor. De él mismo... Pero no me esperaba esto...

Ha destripado mi farol con brillantez; sabe que no dañaría a Ástor. O quizá prefiera perderle a él que perderme a mí...

¡Me cago en mi vida...!

No quería llegar a esto. A ver esa cara en él. La de que lamenta haberme querido alguna vez.

Nunca me perdonaré haberle perdido por lucirme jugando al squash. ¡Qué imbécil he sido! Es verdad que la avaricia siempre acaba por romper el saco. Que se lo digan a Sofía...

Ulises se pone de pie, y me tenso. Pretende recuperar su teléfono sin montar una escena, pero no puedo dejar que lo haga.

¡Tengo que pensar rápido, joder!

Cojo los teléfonos y me alejo de él con intención de huir. De todas formas, no va armado y yo soy más rápido.

—Charly, no lo empeores... —Se acerca a mí despacio—. Aún eres joven... Te queda mucha vida por delante.

—Una vida que quería vivir contigo —digo caminando hacia atrás.

—Para un momento… Escúchame, por favor…

Y obedezco. Porque necesito verle por última vez. Y decirle algo más.

—Pensaba que me querías de verdad… —le echo en cara.

—¿Y qué es querer de verdad?

—Querer a alguien por encima de todo. ¡Por encima de ti mismo y de la ley! Como se quiere a un hijo o se debería querer… Pero ya nadie quiere de esa forma… Es una puta pena…

—Demuéstrame que tú me quieres así, Charly —me pide, intenso—. Quédate… Entrégate, y pasaremos por esto juntos… Si te vas, no volveremos a vernos jamás.

Su ruego me araña por dentro, provocándome una herida que sé que va a dejar una profunda cicatriz en mí. Me mira como si fuera la única salida. La última oportunidad… Me está pidiendo que me mate ahora mismo por él, entregándome, en vez de huir…

Y me lo pienso por un instante, a pesar de la situación crítica: «¿Podré seguir viviendo sin verlo nunca más? ¿Despedirnos aquí y ahora?».

Un silencio teñido de miedo me da la respuesta. Él mismo lo ha dicho: «Esto no se supera».

No me deja otra opción…

Aprovecho que un grupo numeroso de gente entra en el restaurante para lanzar su móvil hacia arriba y escabullirme por la puerta abierta. Sé que lo necesita, y eso me da unos segundos de ventaja.

Corro rápido hacia el coche y siento que me persigue, pero los segundos que ha perdido por atrapar su móvil más sortear algún que otro obstáculo me conceden el tiempo suficiente para meterme en el vehículo y presionar el cierre centralizado antes de descubrirlo pegado al cristal.

—¡No lo hagas! —me suplica ahogado en pena. Y ha sonado a: «No me dejes», y sé que la expresión de su cara me perseguirá de por vida.

Meto la llave en el contacto y arranco el coche.

Ulises corre hacia el suyo para seguirme haya donde vaya. Y cuando lo veo subirse, desbloqueo mi teléfono, sabiendo que ya estoy dentro de la aplicación, y pulso el botón sin pensar, preso de la adrenalina.

No me da tiempo a agacharme antes de oír la explosión. Lo hago luego, hacia los asientos, y grito con todas mis fuerzas emitiendo un sonido agónico que me evade del dolor inhumano que me está desgarrando por dentro en este momento.

Ni siquiera noto los cristales que se me han clavado en la piel al estallar. Me quedo envarado por la fuerza del llanto contra el asiento del copiloto y no puedo moverme. No, sabiendo que Ulises ya no existe…

 keira

35
Esto no ha pasado

Un día después

Me despierta la sed.

No me extraña que esté deshidratada. No he dejado de llorar.

Alargo la mano hasta la botella de agua y me abastezco sin apenas moverme.

Porque no quiero ni moverme... Ni levantarme. Ni vivir...

No quiero nada sin él.

 keira

36
Nuevos cimientos

Varios días después

En mi vida había llorado tanto.

Ni dormido. Ni estado tan atontada. No he comido absolutamente nada, ni he visto a nadie… Solo un desfile interminable de vestidos negros y uniformes oficiales estrellándose contra mis ojos uno tras otro; el resto ha sido un fundido a negro en bucle de las paredes de mi habitación.

Nunca me habían acariciado tanto el brazo, ni la espalda, ni había dejado que me achuchasen a discreción sin ningún tipo de impunidad. Podría denunciar a unos cuantos por abusar de alguien drogado que no puede defenderse de un contacto no deseado…

Yo solo quería volver a la oscuridad de mi cuarto. Nada más. Ya tuve suficiente interacción social cuando el propio Gómez se presentó en casa de Yasmín, a las once de la noche, para darme la peor noticia del mundo.

—Ha ocurrido algo… —masculló con voz grave.

Y me quedé sin aire.

Porque sé lo que un policía viene a decir en persona a esas horas de la noche. Nada bueno… Lo sé demasiado bien.

—Es Ulises… —farfulló con aprensión. Y se mordió los labios incapaz de terminar la frase. Sus ojos lo dijeron por él.

Me tapé la boca para no echar el corazón. Me tambaleé hacia atrás y, antes de que pudiera darme cuenta, Gómez me estaba sujetando porque me iba derechita al suelo.

Respirar el aire de un mundo sin Ulises me quemó por dentro.

—No... —murmuré como si pudiera hacer retroceder el tiempo.

Una nueva bocanada de aire, del todo irrespirable, entró en mis pulmones provocándome un dolor indecible.

Me fui contra la pared del recibidor, y un segundo después, el parquet me daba la bienvenida tras resbalarme hasta el suelo. No me moví de allí durante muchísimo rato. Yasmín se quedó de piedra sin saber qué hacer.

Gómez narró por fin lo sucedido con voz queda, y me contó que Charly también había resultado herido cuando salían de cenar en un restaurante. Me juró que encontrarían al culpable. Me dijo tantas cosas que no escuché porque ya no me importaban... Nada de eso me lo devolvería.

Poco después, llegó mi madre y me tragué sin preguntar todos los fármacos que me metió en la boca. Dormí diecisiete horas seguidas.

Recuerdo que soñé bonito... Que lo olvidé. Pero al despertar la noticia volvió a inundarme de golpe como un tsunami destructivo. No quería seguir viviendo. Ese día no. Estaría muerta, por él y con él. Di órdenes explícitas de que nadie me molestara.

Dejé mi móvil enchufado porque echaba humo y lo olvidé.

En el funeral no tuve que levantar la vista para saber que, en un momento dado, era Ástor el que me estaba abrazando.

—Me tienes para lo que quieras... —dijo, y su voz ajada me confirmó que era sincero.

Quizá levanté la vista y lo miré, no lo recuerdo..., pero os aseguro que no lo vi. No vi nada en absoluto aquel día. Estaba sedadísima.

«Era muy buen chico», oí varias veces.

Y una mierda. Era el mejor...

Mi madre insistió en que me instalara en su casa unos días, pero me negué. Pegué un berrido cuando sentí que ignoraba mi decisión inicialmente, y la pobre Yasmín tuvo que escuchar millones de directrices para cuidar de mí.

Solo estaba bien en la cama, debajo de las sábanas, como cuando era pequeña y me entraba miedo.

Tenía que rumiar mi dolor. Vomitarlo y digerirlo lentamente para asumir lo que había sucedido.

Ni siquiera me preguntaba por qué. Ulises era demasiado bueno en su trabajo como para dudarlo. Quien tratara de eliminar a Ástor no encontraba el modo de atacarlo con su ojo de halcón siempre avizor, y quiso eliminarlo.

Dicen que fue una maldita bomba. Salió en las noticias bajo el titular: «¿Ajuste de cuentas?». Y lo que más me enerva es que fue colocada con tiempo. Bien escondida y accionada en el momento oportuno. ¿Por qué no revisó su coche? Desde el susto en la fiesta de inauguración extraoficial del torneo en casa de Guzmán, siempre lo hacía… Las cámaras de la calle no habían captado actividad sospechosa alrededor del vehículo. ¿Por qué no accionarla en un momento en el que estuviera con Ástor?

Ya daba igual. Ulises se había ido. Aunque es cierto que me dejó mucho antes de morir. Hasta eso hizo bien, el cabrón. Tuvo la decencia de permitir que me acostumbrara a vivir sin verle todos los días antes de abandonar este mundo… Acostumbrarme a quererle como una idea en mi cabeza los días que no le veía. Como si fuera una parte de mí que me ayudó a ser quien soy.

Llegó el turno de pensar en Ástor. Él era quién más horas al día pasaba con Ulises desde hacía meses. ¿Cómo estaría? ¿Tenía quien se preocupara por él? Claro… Tenía a Olga, a Héctor y a Charly…

No quería pensar en Charly ni en cómo se sentiría. No podía sumar su dolor al mío. Sería demasiado.

Al quinto día, oí el timbre y me sorprendió percibir que Yas abría la puerta en lugar de despachar a las visitas desde el telefonillo, como hacía siempre. Quizá fuera un mensajero con un paquete.

Cuando la puerta de mi habitación se abrió esperé explicaciones o las típicas preguntas «¿Necesitas algo?», «¿Te apetece comer?» o «¿Vemos la tele un rato?». Ya tenía preparado mi «no, gracias» de rigor, pero nadie habló. La puerta simplemente volvió a cerrarse, y me di cuenta de que había alguien dentro de la habitación, porque oía su respiración.

La estancia se quedó a oscuras otra vez, y no me moví. Estaba de espaldas a la puerta. Aun así, abrí los ojos con la esperanza de adivinar quién podía ser. Seguramente mi madre o la propia Yas. No podía ser nadie más...

Oí cómo se quitaba la chaqueta y luego continuaba con más prendas. ¿Un jersey, quizá? Y un presentimiento extraño se apoderó de mí. O más bien un deseo. No encendí la luz ni dije nada porque no quería descubrir que me estaba equivocando. Por un instante, hasta pensé que era el propio Ulises, que venía a decirme que todo había sido otra maldita broma...

Quienquiera que fuese atinó a deshacerse de su calzado, y sentí que se aproximaba a la cama con cautela. Separó la ropa de cama de mi cuerpo, y el colchón se hundió bajo su peso cuando se pegó a mi espalda y me abrazó. En ese momento empecé a llorar. No sé si de alivio, de pena o de felicidad... Pero reconocerle me desmoronó por completo.

Ástor.

Ástor llegó para fundirse conmigo. Para hacer suya mi pena. Y me aprisionó contra él de una forma que nunca olvidaré.

No tuvo que decir nada, su gesto lo dijo todo.

Lloré con una amargura insólita durante lo que me pareció una eternidad, y por los espasmos de su cuerpo diría que él también lo hizo.

Sus manos intentaron reconfortar mi llanto, pero solo había una cosa que pudiera hacerlo. Me volví hacia él, con la cara irritada por la humedad de las lágrimas y henchida por el esfuerzo de aplacar tantos sentimientos, y palpé su boca justo antes de estrellarme contra ella.

Ástor continuó el beso despacio, rodeándome con sus brazos.

Ni siquiera buscó desnudarme ni lamer nada que no fueran mis labios, llenos de dolor e impotencia. Cuando me ganó la posición y sentí la presión de sus caderas sobre las mías, me catapulté hacia un estado donde la pena fue eclipsada por la pasión.

Mi pantalón de pijama se deslizó por mis piernas y el suyo

bajó lo suficiente para encajarnos con urgencia. Fueron tres minutos de empellones, jadeos y gemidos ahogados en nuestras bocas. El placer y la oscuridad lo ocuparon todo por un momento, y me sirvió de liberación. El orgasmo fue uno de los más brutales que he sentido. Concentrado, inacabable, de los que te dejan los ojos en blanco y deseas vivir suspendida en él para siempre. La sincronización fue tan perfecta que nos quedamos muy quietos y sin querer entender que allí había algo más que piel y pena.

No fue hasta después de un buen rato que reuní fuerza para hablar.

—Gracias por haber venido, Ástor...

—No sabía adónde ir... Estaba a punto de recurrir a Nat porque no podía más, pero pensé que a Ulises le habría cabreado mucho. Se había propuesto alejarme de ella y buscar otra salida para mi dolor. Y lo estaba consiguiendo...

—¿Cómo?

—Con ejercicio. Resulta que el tío llevaba dentro un entrenador sádico...

—Se estaba poniendo muy cachas últimamente.

Moví las piernas y noté que las tenía entrelazadas con las de él. Me gustó sentirlas, las mías desnudas y las de él cubiertas por una suave tela. ¿Sería un chándal fino? Ástor con chándal... Espeluznante.

Me pegué a él hasta apoyar la mejilla en su torso desnudo. Lo noté más duro que nunca, pero necesitaba escuchar el latido de su corazón.

—No me puedo creer que ya no esté... —murmuré llorosa.

—Yo tampoco. Llevo unos días frenéticos, sin saber ni lo que hago, preocupándome por Charly, por los padres de Ulises, hablando con la policía, pensando en ti... Hoy ha sido el primer día que he podido preguntarme cómo estaba yo... Y he acabado aquí.

Volvemos a abrazarnos con fuerza y mis ojos se encharcan.

—Dios..., ¡eres todavía menos acolchable que antes...! —me quejé.

Eso nos hizo sonreír momentáneamente. Después me besó la coronilla y me apretujó más contra él, solo por fastidiar.

Nos quedamos callados y quietos, sintiéndonos reconfortados de tenernos. De poder compartir el dolor con alguien que te entiende y lo vive de igual modo que tú.

Instintivamente cogí su mano y la frote contra mis labios. Después la bese varias veces. Había añorado tanto sus dedos... Su olor. El tacto de su piel... Ástor debió de pensar que estaba colocada. Pero cuando nos vimos en la gala benéfica hace más de un mes ni siquiera nos tocamos... y echar de menos ese detalle fue lo peor de todo. Tarde varios días en descubrir qué me pasaba. Sentía una vibración extraña en mi cuerpo. Y era mi libido pidiendo auxilio desde una celda en mi interior; no se calló hasta que me masturbé pensando en él.

—Deja de hacer eso, si no quieres que vuelva a la carga... —se quejó—. Hacía mucho que no tenía sexo, Keira... Desde el cumpleaños de...

Su nombre resonó en nuestras mentes, clavándose como metralla.

«Un segundo, ¿cómo que no ha tenido sexo...?».

—¿Y Olga? —dije sin pensar al recordarla de golpe—. Dios... ¡¿Acabamos de ponerle los cuernos?!

—No. Olga y yo no estamos juntos.

—Pero en la gala benéfica...

—Lo dedujiste tú sola, Kei... Y no te corregí porque no me fiaba de mí mismo. Por eso le pedi que me acompanara. Queria darte espacio... Quedé con Olga en Navidad, pero estuvimos todo el tiempo hablando de ti... Ella misma me dijo que era muy pronto para retomar nada entre nosotros, y aun así le rogué que viniera a la gala benéfica como apoyo moral.

Esa información fue como un golpe de fusta, doloroso y placentero al mismo tiempo. Pero Ástor tenía razón: lo que él y yo vivimos no fue cualquier cosa. Fue una conexión íntima tan especial y ardiente que acabábamos de necesitar echar mano de ella en el peor momento de nuestras vidas. Sin preguntas. No cabía ninguna. Solo Ulises y nuestro vínculo emocional con él. Porque eso era lo único que seguía vivo. Y estando juntos lo notábamos más fuerte.

Volví a acomodarme en su pecho, y sentir un lugar conocido

y seguro me tranquilizó mucho. No hablamos de nada más. Ni de nosotros ni del mundo... Solo dormitamos durante mucho tiempo.

—¿Qué hora será? —pregunté al despertarme de repente.

Ástor lo comprobó en su reloj de muñeca.

—Las once de la noche.

—Tengo hambre —revelé.

—Normal... Yas me ha dicho que llevas días sin comer.

—No me entraba nada...

—Ya... Y tampoco te has lavado los dientes ni te has duchado, por lo que veo. No sé cómo he sido capaz de tener una erección...

—¡Imbécil...! —clamé, arrancándole media risita.

—¿Quieres pedir una pizza? —me tentó.

Y solo de imaginarla mi boca empezó a salivar.

—Vale, pero nos la comemos aquí. No quiero salir de mi cuarto...

—¿Por qué?

Me pensé la respuesta. No era que me hubiera vuelto loca, era que...

—No quiero ver cómo la vida continúa sin Ulises... No estoy lista. ¿Tiene sentido?

Ástor me acarició la espalda, comprensivo, e insistió:

—¿Y una ducha rápida? El cuarto de baño es un espacio atemporal...

Las comisuras de mi boca se curvaron un poco.

—Hecho. Pide esa pizza. Y mientras llega, me ducho.

—Gracias a Dios... —murmuró, más para sí mismo.

Le pellizqué con fuerza y él se quejó, sonriente.

Creo que mientras estuve en la ducha Ástor salió a hablar con Yasmín, más que nada porque cuando volví a la habitación tenía la camiseta puesta de nuevo. Yo me había llevado ropa limpia al cuarto de baño. Nada especial. Un pijama negro de la serie *Friends* y una camiseta a juego. No podía pensar en otro color. Tenía la impresión de que el negro regresaría a mi vida de forma permanente.

Encontré a Ástor sentado en mi cama, con la espalda apoyada en la pared, revisando su teléfono.

—Deberías encenderlo. —Señaló el mío.

—No tengo ganas...

—Ya, pero debes hacerlo, Keira. No contestes ningún mensaje si no quieres, pero tienes que estar operativa. Puedo ayudarte a revisarlo...

Y lo hicimos. Entre unas cosas y otras, llegó la pizza y pude disfrutarla, aun sintiendo una culpabilidad extraña al hacerlo.

—¿Cómo está Charly? —me atreví a preguntar.

—Fatal... No vino al entierro... Lo tuvieron en observación por la onda expansiva y porque tenía rasguños de cristales por todas partes. Está vivo porque fueron en coches diferentes..., y creo que eso lo tiene traumatizado. No dice una palabra, pero lo vio todo... Vio arder el coche, y, conociéndolo, se debe de estar poniendo hasta las cejas de todo... Su madre está muy preocupada. Tampoco sale de la cama para nada... Ni come. He ido a verle, pero no sé ni qué decirle... Yo...

Ástor fue incapaz de seguir hablando. Dejó el trozo de pizza que tenía en la mano y bajó la cabeza, intentando controlar un derrumbe inminente tapándose la boca.

Verlo al borde del abismo me conmovió mucho y le acaricié la nuca. Después le atraje hacia mí para abrazarle.

—Deberías odiarme, Keira... —murmuró—. Yo lo hago. Ulises ha muerto por mi culpa... —soltó sin más.

Típico de Ástor. Culparse de todo. Sabía a lo que se refería, pero...

—No lo veas así... Yo no lo hago.

—¿Cómo puede ser que no lo hagas? —preguntó desesperado.

—Puede que no lo sepas, pero desde el momento en que te haces policía estás al servicio de los demás. Es tu deber protegerlos. Tu trabajo... Eso es algo que Ulises tenía muy arraigado. Salvó muchas vidas a lo largo de su carrera, era lo que más le gustaba hacer. Sacrificarse para que otros sobrevivan...

Los ojos de Ástor estaban completamente encharcados.

—Además, era un poco despistado, ya lo sabes. Se le olvidaba revisar los coches. Si lo hubiera hecho...

—Iba sin mí y no pensaría que... Charly me dijo que habían discutido...

—¿Por qué? —pregunté intrigada.

—Porque salió el tema de vivir juntos. Fueron a jugar al squash antes y se lo apostaron... o algo así. Creo que Ulises no estaba preparado para dar ese paso y..., no sé..., es posible que tuviera la cabeza en otra parte.

—Lo que está claro es que hay alguien en la sombra que quiere hacerte daño, Ástor... Corres peligro. Deberías comprar un coche blindado y contratar otro escolta. Uno bueno.

—Ya lo sé... Y ya no solo por mí. También por mi hermano, por Charly y por cualquiera que esté a mi lado... No puedo cargar con más muertes a mi espalda, Keira.

—Mi jefe me dijo que iban a investigarlo a fondo.

—¿Tú no vas a ayudarles?

—No puedo... —dije con un hilo de voz—. Además, Gómez no me dejaría...

—Come un poco más, Kei —me recomendó.

Al terminar volví a meterme en la cama y Ástor se sentó en ella por fuera. Supongo que no quería dar nada por hecho otra vez. La escena anterior podía considerarse un arrebato del momento.

—Gracias... —dije cogiendo su mano—. Significa mucho para mí que hayas conseguido burlar a mi perro guardián de tres cabezas...

—No ha sido fácil. —Sonrió pensando en Yasmín—. Pero creo que al verme ha entendido que lo necesitaba...

—Lo necesitábamos los dos...

Nos miramos, y vemos a Ulises en el otro. Es como si nuestra mutua presencia nos hiciera sentir que no lo hemos perdido del todo.

—Déjame cuidar de ti hasta que estés mejor —me pide solemne—. Ulises lo habría querido...

—Entonces ¿lo haces por él, no por mí...?

—Lo hago sobre todo por mí... —admitió sincero—. Ahora mismo cuidar de ti es lo único que me mantiene cuerdo, Keira...

—Está bien.

Nos abrazamos sin querer soltarnos, y cuando retrocedimos nuestras bocas se buscaron sin poder evitarlo. Fue uno de los besos más bonitos que Ástor me ha dado. Tierno, sincero, lento, con mucho amor y poca lujuria. Sobre todo había agradecimiento por permitirle besarme sin pedir nada a cambio.

—Descansa… —susurró en mis labios, y se levantó despacio.

Me quedé pensativa mirando cómo cogía su chaqueta.

—Gracias… —repetí, y sonó como un «te quiero».

Él pareció darse cuenta y hubo un *impasse*, pero simplemente respondió con cariño:

—Volveré, Kei.

Y lo hizo.

Siempre que llegaba me encontraba sumida en la pena y hacía lo necesario para que viera las cosas menos negras. Solía traerme algún regalo o detalle que llamara mi atención. Flores, dulces, crucigramas… Un día me trajo hasta una planta.

Se mostraba respetuoso y cariñoso conmigo, como si no quisiera imponerme nada. Como si esperara que yo decidiera lo que necesitaba de él.

Y eso hacía.

Siempre terminaba abrazada a su cuello, intentando recomponer el estropicio que suponía tener que seguir viviendo sin mi mejor amigo, y dejando que mis labios rozaran la piel de su cuello.

Así sucedió la segunda vez que nos acostamos. Ástor se estremeció al sentir mi boca rondando su cuello y hundió la mano en mi pelo, para sujetar mi cabeza y quizá frenarme, pero no lo hizo. Lo oí retener el aire por un momento y soltarlo con lentitud cuando empecé a subir lentamente por su mandíbula, dejando pequeños besos en los aledaños de su barbilla.

Su respiración era pesada cuando besé la áspera piel de su mentón. Se afeitaría por última vez para ir al entierro y ahora estaba en la clásica fase de pinchar que da gusto, pero lo preferí. Me pareció tan sensual notar esa dejadez, esa confianza, que le agarré del pelo para encajar nuestras bocas.

Nos perdimos de nuevo entre las sábanas y volvimos a hacer el amor. Porque aquello no era sexo lascivo y pervertido. Era amor del bueno. Del poderoso e intenso. Y sin condón…

Ástor ni siquiera me había preguntado si seguía tomando la

píldora después de tanto tiempo separados, pero intuyó que, si no decía nada, una de dos: o estaba protegida o quería tener un hijo. Y sentir que las dos cosas parecieran venirle bien me hacía desear entregarme mucho más a él.

No sabía que el sexo fuera tan reconfortante frente a la muerte. Me hacía olvidar mi malestar por un momento. Esa es la verdad.

—Kei... —gimió mi nombre cuando llegó al orgasmo, y sentí que para él aquello no era un simple encargo desde el más allá, sino que nunca había dejado de amarme.

No faltó ningún día a la cita. A veces venía por la mañana y estaba conmigo hasta última hora de la noche, pero nunca se quedaba a dormir, aunque se lo rogara. Decía que no podía... Que tenía cosas que hacer. Sin embargo, la sensación que me daba es que no quería.

¿El motivo? Preferí no analizarlo. Todavía me dolía volver al mundo real en el que todo era muy complicado y confuso. Y la razón tenía pinta de serlo. Complicada. Una de esas realistas que odias porque sabes que se acabará imponiendo a cualquier deseo.

Yo estaba de baja, o eso había dictaminado Gómez. «Incapacidad temporal», creo que lo llamó.

«Las muertes inesperadas de personas tan jóvenes no se gestionan en tres días...». No me lo dijo a mí, se lo dijo a mi madre en el coche cuando volvíamos del funeral. En ese momento recuerdo pensar que no lo superaría nunca. Después me acordé de que Ulises perdió a Sara y salió adelante. Pero él era más duro que yo. De un tiempo a esta parte, mi muro insensible se había fracturado con sentimientos. Ástor me había obligado a sentir de una forma completamente nueva. Una placentera y dolorosa a la vez. Como la vida misma, más bella porque es efímera y finita.

Fueron diez días disfrutando de un oasis en el que nada más existía, solo Ástor, yo y los buenos recuerdos de Ulises. Un día me obligó a trasladarme al salón. Al sofá, sin encender la tele. Y aunque me costó, le hice caso. Sin prisa, fue sacándome del zulo y empezamos a compartir tiempo con Yasmín. Sus cambios de vestuario, su cara de frío al llegar y un montón de detalles más me causaban dolor, dándome a entender que el tiempo no se había detenido en un mundo en el que Ulises ya no estaba. Pero poco a poco fui acostumbrándome a ese navajazo, compensado con creces por el placer de tener de nuevo la boca de Ástor entre mis piernas...

¿Qué pasaría cuando tuviera que volver a la vida real? ¿Íbamos a seguir viéndonos? ¿Acostándonos? No lo habíamos hablado, al menos de viva voz. Sí nos habíamos mirado mucho preguntándonoslo mutuamente, pero el gesto siempre decía lo mismo: «No importa». «Ahora no voy a pensar en eso». «Ya veremos...».

Y lo fuimos dejando pasar, hasta que hoy Ástor no ha venido.

He estado esperándolo toda la mañana y no he querido mandarle un mensaje para preguntarle: «¿Dónde estás?». Como si visitarme fuera un trabajo remunerado o una obligación.

He esperado, comiéndome las uñas, a que viniera por la tarde. Me parece extrañísimo que no me haya dicho nada en todo el día. Siempre me da los buenos días, y me pregunta: «¿Te llevo algo cuando vaya?». Sin indicarme la hora exacta a la que aparecerá, lo que todavía lo hace más excitante. Pero hoy no me ha dicho nada de nada...

A las siete de la tarde, me trago el orgullo y le mando un «¿qué tal tu día?» superinocente. ¿A que sí?

Ástor siempre contesta enseguida cuando le escribo. Así que una hora después, al no tener noticias suyas, lo llamo desesperada. Un tono tras otro se burlan de mí, y me muerdo el labio con impaciencia, pero no me coge. Me quiero morir.

En ese momento, suena el timbre y salto de la cama pensando que es él y que no ha descolgado el teléfono porque ya estaba en mi portal.

Yasmín no está, tenía clase de baile moderno, y de pronto veo que es mi madre y le abro, algo chafada. ¡Encima de que me trae táperes con comida...! Soy una desagradecida.

Y de repente me llaman al móvil. ¡Es Ástor! El corazón me late a mil por hora cuando descuelgo.

—¿Hola?

—¿Keira? —contesta una voz. Una voz que no es la suya. Es Héctor.

—¿Héctor?

No me da tiempo a decir nada y él vuelve a hablar:

—Hola, tengo el teléfono de Ástor. Está en el hospital...

—¿Qué...? ¿Qué ha pasado?

Mi mundo pasa a ser en blanco y negro y todo va a cámara lenta.

—Ha tenido un accidente... —escucho en estéreo.

«¡¿CÓMO...?!».

El timbre de la puerta suena otra vez, y abro a mi madre, desconcertada. En vez de saludarla, la miro fijamente con un puño apretando mi garganta y digo al teléfono:

—¿Cuándo ha sido, Héctor? ¡¿Dónde?!

—Esta mañana. Con un caballo salvaje al que intentaba domar. Lo ha tirado contra una valla... Ástor ha perdido el conocimiento. Le están haciendo pruebas...

La imagen me horroriza, pero me había imaginado un aparatoso accidente de tráfico y me alivia saber que no es de ese tipo.

—Pero ¿está bien? —pregunto mucho más esperanzada cerrando la puerta cuando mi madre pasa y se queda quieta, aunque vaya cargada.

—Está en cuidados intensivos... De momento, no reacciona, Keira... Dicen que tiene un traumatismo craneoencefálico grave...

«¡¡¡¿QUÉ?!!!».

Los segundos pasan y siento que me ahogo. «Ástor no...».

No puedo perderle también a él...

—¡Héctor, ¿dónde está?! ¡¿En qué hospital?!

Mi madre me mira con los ojos como platos.

—En el del Carmen.

—¡Voy para allá ahora mismo!

Y cuelgo.

—¿Qué ha pasado? —pregunta asustada.

Sin decir nada la abrazo llorosa y deja las bolsas en el suelo para consolarme.

—¡Ástor está en la UCI!

—¿Qué dices, hija?

—¡Tengo que irme ahora mismo...!

—¡Voy contigo!

—¡¡¡Dicen que no reacciona, mamá...!!!

—Tranquila. Seguro que se pone bien...

—¡¿Y si no?! ¡¡¡Si le pasa algo, me muero!!! ¡Me moriré!! ¡En serio! —grito histérica, y mi madre me abraza preocupada.

Me martirizo pensando en mil posibilidades y siento que me hundo en un pozo negro de mala suerte.

«¡No, por favor...! Dios, no me hagas esto... No te atrevas a quitármelo a él también».

 ástor

37
Volver a nacer

«Ni se te ocurra dejarme».

Con ese pensamiento abro los ojos.

¿Dónde estoy? ¿Qué ha pasado? No recuerdo nada.

Reconozco al momento que estoy en el hospital. ¡Joder…!

Una máquina pita a mi lado y muy pronto aparecen un par de enfermeras.

—¡Bienvenido, valiente! —exclama una de ellas, contenta—. ¿Sabe quién es y qué le ha pasado?

—No… No sé qué me ha pasado. Soy… Soy Ástor de Lerma…

—Se cayó de un caballo. Si no llega a llevar casco, ya no estaría aquí. ¡Ha tenido mucha suerte…! Ahora, relájese, por favor —dice cuando ve que intento moverme—. Enseguida vendrá el médico, y luego podrá ver a su familia. Van a venir a asearle, lleva aquí tres días…

—¿Tres días?

«¡Me cago en la leche!».

—Entonces ¿no se acuerda del accidente?

—No… —Palpo el vendaje de mi cabeza.

—No se preocupe, señor De Lerma. Se recuperará.

Joder… No recuerdo nada de ningún caballo, pero ojalá se me hubiera borrado la memoria desde mucho más atrás…

Recordar que Ulises ya no está me hace revivir el dolor de nuevo.

Cuando me enteré, no pude ni llorar. Entré en *shock*. Me dolió tanto por Keira... que no podía respirar al imaginar cómo estaría.

Un sinfín de preguntas se apelmazaron en mi mente: «¿Por qué pusieron la bomba en su coche? ¿Por qué la detonaron si yo no estaba con él?». No tenía lógica. Solo sabía que no volvería a verle. Y recordé lo último que le dije aquella misma mañana.

—Es sábado, ¿tienes algún plan? —me preguntó Ulises, precavido.

—No... Quedarme en casa y ver el fútbol.

—Eres el mejor jefe del mundo, As, ¿lo sabías? —Sonrió feliz.

Y le devolví la sonrisa porque, a esas alturas, éramos mucho más que jefe y empleado, pero le encantaba hacerme rabiar con el apelativo.

Ulises me había ayudado tanto que no podía abarcarlo.

Estuvo conmigo en mi peor momento con Keira. Me ayudó a prescindir de Nat. Me señaló mi cansino proteccionismo con Héctor y encajó entre Charly y yo como una pieza de ingeniería perfecta.

Me hacía gracia notar que Charly estaba celoso de nosotros porque Ulises se cuidaba mucho de demostrar debilidad por mí, pero la propia reacción de Charly era suficiente para sentirme querido por él. Y hacía mucho tiempo que no me permitía sentir eso. No de esa forma.

Ulises se comportaba como si él me estuviera haciendo un favor y no yo a él, y eso me permitía dejar de ser el perfecto Ástor de Lerma y convertirme en una persona con derecho a cometer errores y a esforzarme por ser mejor. Era brutal...

Pero la vorágine de su muerte se me llevó por delante.

Durante varios días no pude pensar ni en él ni en mí, había mucho que hacer, pero cuando todo terminó y volvió la calma casi me muero. Ese fue el peor instante. El más negro. Tanto que terminé en casa de Keira...

La había visto en el entierro, pero ella estaba en otro mundo. En el de los barbitúricos..., igual que Charly. Con la diferencia de que Keira no podía faltar al ceremonial, estaba obligada a dar la cara. No fue un entierro oficial por parte del cuerpo de policía, porque el atentado no ocurrió mientras Ulises estaba de servicio, aunque se le pareció mucho.

Había llamado a Keira varias veces, sin ninguna esperanza de que me cogiera el teléfono. Lo más probable es que ya lo hubiera tirado por la taza del váter. Pero al día siguiente fui a su casa, hablé con su madre, que también estaba muy afectada, y me dio la dirección de Yasmín.

Cuando llamé al timbre, oí un «ahora bajo» que me dejó confuso.

Creía que era Keira. Sin embargo, minutos después apareció su compañera de piso.

—Lo siento… —dijo Yasmín con aflicción—. Está dormida, y he recibido órdenes estrictas de no dejar entrar en casa a nadie. Ni siquiera a su madre. A mí me deja porque la casa en mía…, claro. Pero me ha dicho que no le hable hasta que lo haga ella. —Se encogió de hombros.

—Ya. Tenía que intentarlo…

—Siento mucho todo esto… —dijo apenada—. ¿Cómo te encuentras tú?

Me sorprendió que fuera tan amable después de lo borde que había sido conmigo en el torneo de la gala benéfica de Reyes.

—¿Yo? —repetí sorprendido.

Y me di cuenta de que no sentía nada. Todavía no había llegado mi gran crisis. El ataque. Estaba intentando que todo lo demás no se desmoronase a mi alrededor sin vigilar qué sucedía conmigo. Tuve que llevar a Charly a casa de su madre, estuve en comisaría varias veces, acompañé a los padres de Ulises para hacerme cargo de todos los gastos del entierro… Y no había tenido tiempo para fijarme en mí mismo.

—No lo asimilo… Es demasiado. Y estoy… bien.

—Es normal, Ástor. Cuando pasa algo así, alguien tiene que ser el fuerte. Coger las riendas. Intenta aguantar… La próxima vez que vengas, te abriré para que subas, ¿vale?

—De acuerdo… Gracias…

Y cuando volví, fue tan reparador estrechar a Keira entre mis brazos que ojalá lo hubiésemos hecho antes. Desde el principio. Nos habría ahorrado a los dos muchas horas de sufrimiento.

Pero la espera mereció la pena.

Yo necesitaba a alguien a quien cuidar para estar bien. Para no pensar en mí. Era mi especialidad. Con todo, me sorprendió que Keira también cuidase de mí permitiéndome acceder hasta un punto que, creía, ya no volveríamos a compartir. No me lo esperaba. Y me devolvió una ilusión que se había esfumado de mi cuerpo hacía meses.

Me muevo, y siento que me duele todo, no solo la cabeza.

Pasa mucho rato hasta que, por fin, mi madre y mi hermano entran en la habitación. Acontece la clásica escena dando gracias a Dios que no hace falta relatar, y cuando salen me dicen que va a entrar Keira.

Me pongo nervioso. «¿Está aquí?».

Llega con cara de póquer y no tarda en hacer gala de su honradez:

—Me has dado un susto de muerte, ¿sabes? —dice enfadada.

Está verdaderamente preciosa. No lleva maquillaje, ni joyas ni un vestido espectacular, pero me deja igualmente sin aliento.

—Lo siento mucho…

—Te he odiado un montón estos días. Entraba a amenazarte y todo.

—Recuerdo algo de eso…

—¿En serio? —dice cortada—. ¿Me oías?

—Sí —miento descaradamente.

Y me encanta ver como se pone roja. ¿Qué leches me habrá dicho cuando estaba inconsciente? Me muero por saberlo. Y si cree que lo sé, quizá me lo chive.

—Eres una quejica. «Ni se te ocurra morirte…» —la imito tentando a la suerte, porque es la frase en la que estaba pensando cuando me he despertado.

—¿De verdad oíste todo lo que te dije? —pregunta alucinada.

—Todo.

Sus ojos se llenan de una nueva fragilidad que necesito hacer mía. Quiero protegerla y amarla con la fuerza de los mares.

«Mierda… Vale. Rebobina, Ástor. Tú y ella no sois nada».

—Tranquila, las palabras en el lecho de muerte no cuentan, lo importante es que he vuelto. ¿No te alegras de verme, Kei?

—¡Pues no sé qué decirte…! —exclama ruborizada.

Alzo la mano para que me la coja y lo hace rápido. Como si lo estuviera deseando.

—Gracias por venir a verme… Te habrá costado salir de tu cueva.

—No, no me costó… Fue pensar que te perdía y…

—Gracias…

—No, gracias a ti, Ástor…, por cuidar de mí…

—Joder, esto es como lo de «cuelga tú», «no, tú», «¡túúú!», pero con el «gracias»…

Y su sonrisa me devuelve la fuerza por momentos.

—¿De verdad tenías que domar tú a ese caballo? —me amonesta.

—Me gusta hacerlo. Son unos incomprendidos…

—Podías haber muerto, Ástor…

—Todos podemos morir en cualquier momento… —digo filosófico acariciando sus dedos—. ¿Por qué la gente no piensa más en eso? ¿Por qué hay tanta maldad?

—No lo sé… —contesta sombría—. Pero hay que intentar contrarrestarla como sea…

—Podrías hacerlo con un beso —sugiero—. Soy un pobre convaleciente.

Su sonrisa es lo último que veo antes de que cubra mis labios con los suyos. Mi otra mano se cuela bajo su pelo para sostenerle la cabeza y que no se aparte de mí.

Es un beso codicioso. Codicia vida.

—Gracias… —susurro otra vez pegado a sus labios. Y espero que haya entendido que es mi forma de decirle «Te quiero», porque la entonación ha sido la misma.

—Yo también… —musita, haciéndome el hombre más feliz del mundo.

Me acaricia la cara y vuelve a besarme ensimismada. Disfruto de la sensación y de su significado como nunca. Y hasta tengo la duda de si me ha oído decir una cosa o la otra.

De pronto, oímos un carraspeo y nos separamos. Me quedo asombrado de quien acaba de entrar por la puerta. ¡Charly!

En su cara se evidencia que ha tenido días mejores.

Keira y él se miran intensamente. Se hace un silencio que no puede ser llenado con palabras. Serían demasiado tristes.

Avanzan a la vez y se abrazan con cuidado, procurando que no se rompa el frágil equilibrio al que han conseguido llegar tras quince días desde la muerte de… su ser más querido.

Todavía no se habían visto, y es como revivir esa primera vez en la que lo comentas con alguien que sabes que también le quería.

El abrazo se prolonga hasta que Charly la suelta, esforzándose por no llorar, como ya está haciendo ella. O quizá sea que ya no le quedan lágrimas.

No se dicen absolutamente nada de Ulises. Porque no hay nada que puedan decir que mejore la situación. Solo lo empeorarían.

—Eh… —me dice Charly.

—Eh… —le respondo automáticamente.

—¿Cómo estás?

—Un poco desorientado…

—Eso es de besar a Keira, ya te pasaba antes.

Resoplo una risita y me recompone verla sonreír con los ojos brillantes.

—Te dije que un día te harías daño, pero como pasas de mí… —comenta Charly fingiendo indiferencia.

—Estoy bien…

—Menos mal… Ya estaba afilando el cuchillo con el que iba a cortarme las venas.

—Eso no lo digas ni en broma —lo riño, serio.

—Apenas me mantengo en pie. No sé ni cómo he venido. Pero Héctor me ha dicho que habías despertado y… he querido acercarme.

—Parece que os he sacado a los dos de las sombras. —Sonrío satisfecho—. Ni a propósito me habría salido tan bien.

—¿Lo has hecho a propósito? —pregunta Charly, perplejo—. Lo digo porque esto lleva el sello De Lerma bien visible…

—Sí, justo —ironizo—. Pensé: «Venga, me voy a abrir la cabeza, a ver si estos dos espabilan…».

No llega a formarse una sonrisa en la boca de Charly, pero se queda cerca.

—Por cierto, ahora que estáis los dos aquí... —anuncio, más serio—. Los padres de Ulises me dijeron que si queríais ir a su piso para coger algo suyo...

Vuelve a crearse un silencio atronador.

—Podríamos ir juntos... —insisto.

—Habrá que esperar —dice Keira—. Tardarán días en darte el alta, Ástor.

—No creas. Ha sido menos de lo que los médicos pensaban. Aunque el golpe me hinchó mucho la cabeza, lo cierto es que aguantó sin que nada se rompiera. Estaban listos para intervenir en caso de hemorragia, pero al final ha remitido. Me han dicho que en unos días podré irme y que las secuelas que tenga serán temporales.

—¿Qué secuelas, Ástor? —pregunta Charly.

—Puedo tener problemas para pensar con claridad, visión borrosa o doble y estar sensible a la luz o al ruido, pero no habrá daño permanente ni complicaciones. La mayoría de esas secuelas remiten en horas, por lo visto. Lo mío serán semanas..., aunque para algunos pueden ser incluso meses. También depende de la edad...

—Bueno, tú primero recupérate... Luego, ya veremos —dicta Keira.

—¿Se sabe algo...? —le pregunta Charly, cohibido—. Lo que sea...

Y todos tenemos claro que se refiere a Ulises y a la bomba de su coche.

—Sé menos que tú —confiesa ella—. No he querido enterarme...

—¿Te da igual?

—No. Pero saberlo no va a hacer que me sienta mejor.

—Yo no quiero que queden impunes... —dice Charly, dolido.

—Estoy segura de que están haciendo todo lo posible —contesta Keira—. Paso de meterme. Está visto que no es buena idea investigar algo con lo que estás estrechamente relacionado. Las emociones pueden cambiar la percepción de las cosas, y prefiero no meterme ni envenenarme más.

—Lo entiendo... —la apoya Charly—. Sería muy duro para ti...

Yo tampoco creo que Keira deba involucrarse en la investigación. Solo le causaría más dolor.

—Gracias por venir —le digo a mi mejor amigo cuando veo que desea irse.

—No se dan. Gracias a ti por seguir vivo, As. No quiero ni pensar lo que habría podido pasar. Bueno..., me voy...

—¿Vendrás mañana? —pregunto lastimero. Me fastidiaría que volviera a encerrarse en su cueva, y si puedo aprovechar mi convalecencia para algo...

—¿Quieres que venga?

—Sí. —Junto las manos—. Por favor...

—Vale... No tengo otra cosa mejor que hacer... Ya no sirvo para nada.

No nos pasan desapercibidas sus frases fatalistas. Poco a poco...

—Gracias, Charly. Te espero...

Se acerca a mí y me da un sentido achuchón que dura un poco más de lo habitual.

—Hasta luego, chicos... Me alegro por vosotros. Y él también se alegraría...

Abandona la habitación con prisa porque las murallas de sus ojos han cedido a lo inevitable al mencionar a Ulises. Verlo hace que cedan las mías, y mis ojos se encharcan sin poder evitarlo tampoco.

Keira se acerca a mí, visiblemente emocionada, y me abraza.

Nos quedamos así, sin decir nada, durante unos minutos. Sin admitir ni desmentir ese «me alegro por vosotros» por el simple hecho de pillarnos besándonos. Pero no es tan fácil. Sabemos que las cosas ahora mismo están simplificadas al máximo, no hay nada oficial.

Obligan a Keira a marcharse porque van a hacerme más pruebas. Le digo «Hasta luego», sin querer creer que sea un «hasta mañana», pero el horario de visitas es corto mientras que no me trasladen a una habitación normal, y al final no vuelvo a verla en todo el día.

Es mi madre, sin embargo, la que aparece horas después y se cuela en mi habitación. La abrazo con fuerza, feliz de verla de extranjis.

—¿Qué haces aquí? —pregunto ilusionado.

—Tenía que verte… —afirma solemne—. No iba a dormir en toda la noche si no te decía esto. Cariño…: la vida es muy corta… Y tú ya has sufrido mucho. Te mereces ser feliz, y Keira te quiere… Estos días he visto cuánto te quiere y lo que la quieres tú a ella y… Es lo que siempre he deseado para ti. Así que… te libro de tu promesa, Ástor… Olvídate de herederos y de historias, y vive tu vida como desees.

No doy crédito a lo que oigo.

—Pero ¡mamá…! ¿Y el ducado?

—Ástor…, ¡podías haber muerto! ¿Qué habría pasado con el ducado, entonces? ¡¿No lo ves?! ¡No puedes seguir sacrificando tu vida por esa idea! No voy a permitirlo. Siempre he querido que te cases por amor. Pero tú ya has dado tu corazón… Ya no te pertenece. Ahora es de ella.

No puedo rebatírselo.

Mi corazón es y siempre será de Keira.

 keira

38
La última jugada

«Me alegro por vosotros».

No dejo de pensar en esa puñetera frase...

Es evidente que Ástor y yo tenemos que hablar de ese «nosotros», pero estoy tan aliviada de que haya despertado que no quiero que nada empañe esta felicidad.

Los pronósticos eran terroríficos. Básicamente, nos dijeron que en cualquier momento podía desatarse el caos en su cráneo si reventaba cualquier venita y la presión bajaba drásticamente, causándole daños cerebrales permanentes e incluso la muerte.

Así que, después de cuatro días en Guantánamo, ahora mismo estoy en Disneylandia.

No me molestan los bocinazos, ni la gente buscando aparcamiento, ni esos dos adolescentes riéndose de un vídeo chorra de internet ni el tipo ese que no recoge las deposiciones de su perro. Puedo soportarlo todo porque Ástor sigue vivo. Lo que no me ha gustado tanto es la propuesta de ir a casa de Ulises un día de estos a revisar sus cosas. Uf...

Por un lado quiero ir, pero por otro va a ser demasiado doloroso olerlo y no tenerlo. Demasiado real, cuando mi cerebro intenta desesperadamente que se me olvide por momentos que ya no está.

Desde luego, mientras me preocupaba por un Ástor debatiéndose entre la vida y la muerte se me ha olvidado muchas veces.

Aparecer con mi madre en el hospital no fue la mejor idea que he tenido, pero ni siquiera lo pensé. Cuando llegamos, la madre de Ástor estaba aquí, y mi vida se convirtió en una película de los Hermanos Marx.

—Keira… —me llamó Linda en cuanto me vio aparecer. Se levantó exhibiendo su divino modelito y me agarró de las dos manos.

—Hola… ¿Cómo está Ástor?

—Sin cambios. Los médicos han dicho que solo cabe esperar. Me alegro mucho de que hayas venido…

Sus ojos fueron hacia la figura que estaba a mi lado y se presentó sola. Me pregunto qué pensaría su hijo de tal atrevimiento. Es justo lo mismo que mi madre hizo con él cuando lo conoció.

—Hola. Soy Linda, la madre de Ástor.

—Yo soy Silvia, la madre de Keira.

—Encantada…

—Igualmente. No esperaba conocerla en estas circunstancias. Lo siento mucho, Linda…

—Pues a mí no me sorprende —bufó su madre—. Mi vida es como una tragedia griega… ¡Un día de estos me van a matar a disgustos! Pero Ástor es fuerte y tiene muchos motivos para vivir. Y tú eres uno de ellos, querida —me dijo soñadora.

«Tierra trágame ¡y escúpeme en Australia por lo menos…!».

—Va a recuperarse… —dije con positividad y una pizca de miedo. Y no pude evitar mirar a Héctor.

—Siento no haberte llamado antes, Keira… —se disculpó él—. No sabía en qué punto estabais mi hermano y tú.

—Últimamente, se ven todos los días —les informó mi madre como si nada. Mis ojos se agrandaron al máximo—. ¿Qué pasa? Tú compañera de piso me da el parte diario…, así que sé que Ástor ha ido a verte todos los días. Y que está contigo durante horas.

«¡Disimula, Keira!».

Me quedé tiesa sintiendo todas las miradas sobre mí.

—Ástor me ha estado ayudando con lo de Ulises…

—Ah, sí... —recordó su madre, alicaída—. Pobre chico... Me pareció un muchacho encantador cuando lo conocí en el balneario. ¡Y cenó con nosotros en Nochebuena! Desde que me enteré de lo que le pasó, apenas he dormido, temo por la vida de Ástor... —añadió mirándome fijamente—. Y él se pasa el día yendo y viniendo..., a casa de unos y de otros, a la universidad, a la finca... Tiene a sus nuevos escoltas mareados.

¿«Escoltas», en plural? No me lo había contado, pero me gustó oírlo.

—¿Puedo verle...? —pregunté con ansiedad mirando a Héctor.

—El horario de visitas ha terminado; dicen que necesita descansar. Yo quiero quedarme aquí toda la noche, por si pasa algo... Tengo la sensación de que si me voy...

Su voz se quebró sin llegar a terminar la frase.

—Me quedo contigo —me ofrecí con firmeza—. No pienso moverme de aquí hasta que tu hermano despierte...

Nuestras madres se miraron conmovidas y las ignoré con fuerza.

Después de contarnos pormenorizadamente cómo ocurrió todo, es decir, quién avisó, cómo lo trasladaron, dónde estaban ellos cuando se enteraron..., mi madre tuvo la flamante idea de proponer a Linda ir a la cafetería.

Quise morirme cuando aceptó. Tan solo imaginar esa conversación me dio ganas de vomitar, pero eso hizo que Héctor y yo nos quedásemos solos y pudiéramos hablar con más libertad.

—Siento mucho lo de Ulises... De verdad. No sabes cuánto...

—Gracias... —respondí apocada.

—Le echaré de menos. Ya era uno de los nuestros. Y estaba ayudando muchísimo a Ástor...

—Yo también le echaré de menos... Y no sé si algún día podré superarlo.

—Podrás, Keira. Aunque ahora te parezca imposible. El ser humano es más fuerte de lo que creemos. Te lo digo yo. Duele muchísimo, pero saldréis adelante... Todos. Y quiero que estés lista por si acaso Ástor...

—Ni siquiera lo pienses —lo frené.

—No se despierta, Keira… Yo estoy muy preocupado.

—Me niego a pensar eso… Ástor va a superarlo. Se despertará.

—Dios te oiga… —musitó Héctor, atormentado—. ¿Habéis vuelto juntos?

—En realidad, no… —me sinceré—. No hemos hablado de nada. Solo estamos… intentando sobrevivir.

—Mira que sois raros, joder… No sé a qué esperáis…

—De momento, tenemos suficiente con superar el día a día…

—Ese es el tema, que nadie sabe si tiene un día más. Mira Ulises…

Esas palabras me estrujaron el corazón.

—Lo siento —se corrigió apesadumbrado—. Si te sirve de algo, se encuentre donde se encuentre, seguro que Ulises se alegra de que mi hermano y tú estéis juntos…

Esa conclusión terminó de hacerme polvo, y mis ojos se inundaron sin piedad. De pena. De culpa. De su recuerdo.

—Preferiría que estuviera vivo y ser infeliz para siempre…

—Y harías bien. La felicidad es muy traicionera… Yo era muy feliz, y ahora Carla se está pudriendo en la cárcel. No está. No la tengo. Me la arrancaron de cuajo… También preferiría que fuera libre y joderme sin ella.

Su pesar se unió al mío y lo sentí por él. Me daba mucha pena.

—Vale, puede que no sea tan dramático como una muerte, pero, de algún modo, la chica que Carla era ha muerto. Ya no es la misma, Keira… Se lo noto. Esto la ha roto por completo. Quizá otras personas lo habrían soportado mejor, pero ella no…

—No la subestimes, Héctor —la defendí—. Acabas de decir que todos somos capaces de soportar más de lo que pensamos.

—Sí, pero todo el mundo tiene un límite. Y el de algunas personas es más bajo. Quizá el tuyo no, ni el mío, ni el de Sofía, ni el de Charly, pero Ástor es más frágil de lo que parece…

El golpe de efecto que pretendía dar no fue el deseado.

—No lo veo así. Ha demostrado ser fuerte encargándose de todo y de todos desde la tragedia de Ulises.

—Esto os ha unido y eso le ha dado fuerza. Pero tienes que

comprender que me eche a temblar cada vez que empezáis con vuestras idas y venidas... Ya van unas cuantas. Si tanto lo quieres, Keira, decídete de una vez y deja de jugar con él, por favor...

Por un momento lo miré furiosa, pero mi rabia se desintegró en un microsegundo. No podía cargar contra Héctor con Ástor pendiendo de un hilo. Lo que contestase lo condicionaría todo entre nosotros para siempre, y me callé a tiempo, una vez más, gracias al ajedrez y a pensar antes de hablar. El propio Héctor cogió el testigo llegando a la misma conclusión.

—Perdóname, Keira... —dijo frotándose la cara—. Estoy muy preocupado por Ástor. Llevo mucho tiempo así, por eso hice lo que hice en su día con las notitas amenazadoras, porque siento que su presencia en mi vida, después de todo lo que me ha ayudado, me impide ser feliz. Y me siento fatal por ello... Es horrible cuando algo que quieres te hace daño...

Fue duro de escuchar, pero le entendí. Le entendí tan bien... ¿Qué haces cuando algo que amas te está haciendo daño? Al fin y al cabo, era su hermano pequeño. Su familia. Su hogar.

—Ástor tiene un problema de gestión de las emociones —empecé—. Y debe aprender a controlarlo. No hay que intentar protegerlo para que no le pase nada, porque siempre le pasaran cosas.

—Ya, pero nadie nos protege del amor, Keira... Yo me enamoré y nunca he sido más infeliz que ahora, te lo juro... Estoy pasando un calvario y pienso todos los días en una frase que mi padre solía repetirme: «Diviértete con todas las mujeres que quieras, pero no ames a ninguna o pagarás por ello».

—Consejos de papá, volumen uno... —dije asqueada.

—Lo que me da miedo es que Ástor te ama con locura...

—¿Por qué te da miedo, Héctor?

—Porque Ástor enamorado es de los que, si quieres una estrella, te vuelca el cielo. Y si le haces sufrir, sufre más que los demás.

—Yo siempre he creído que el amor no debería hacer sufrir...

—Eso es muy bonito, Keira, pero utópico. Sufrir por amor es inevitable. Cuando amas algo, automáticamente te invade el miedo a perderlo. Y te aseguro que no hay nada peor que eso. Yo lo he vivido. He perdido a Carla...

—No la has perdido —le rebatí molesta—. Debes tener fe en que un día encontremos algo; no es que estemos de brazos cruzados, Héctor... Estas cosas llevan su tiempo. Bueno —me corregí—, ahora mismo estoy de baja, pero no voy a dejar de buscar al culpable.

—¿Me lo prometes? —preguntó con los ojos brillantes.

—Te lo prometo. —Y le acaricié el cuello con pena.

En ese momento me hormiguearon los dedos por volver a la comisaría y ponerme manos a la obra. Héctor lo estaba pasando fatal y llevaba mucho tiempo así.

Esa noche enviamos a nuestras madres a casa, jurando llamarlas si había cualquier cambio, y Héctor y yo nos quedamos allí juntos.

Hablamos sin cesar, de Ástor, de Carla, de Ulises, de anécdotas juntos, del caso de Sofía, de todas las pistas que teníamos, de la bomba, de la que pusieron en su coche, de Charly..., de tantas cosas... Hablamos incluso de Saúl. Héctor me contó lo que había ocurrido entre él y Ástor, y se me pusieron los pelos de punta.

—Saúl es un buen chaval, Keira. Siempre lo ha sido... Sabía que le gustaba Carla y le pillé un poco de manía, pero la verdad es que se ha portado muy bien con ella desde que la metieron en la cárcel.

Fue refrescar el asunto y todavía me dieron más ganas de volver a la comisaría.

Es cierto que ninguna sospecha arrojó resultados suficientes, pero presentía que estábamos muy cerca de la verdad, que la teníamos delante y solo había que verla, como una jugada de ajedrez... Quizá Ulises la viera y por eso lo mataran...

Esa idea cruzó mi mente como un relámpago. Uno de esos que caen sobre un DeLorean y te trasladan a cualquier parte. Al instante exacto del asesinato.

Sobre las dos de la madrugada me di un pequeño paseo para estirar las piernas y Héctor decidió tumbarse en un banco para cambiar de postura. La poca gente que había en ese momento en la sala de espera —una o dos personas— se quedó muda, pero él pidió disculpas y aseguró que necesitaba hacerlo para activar su circulación.

Merodeé por los alrededores de la habitación de Ástor y, cuando vi la oportunidad, me colé dentro.

Desde ya os digo que fue una mala idea.

Estaba irreconocible… Entubado y con una venda alrededor de la cabeza que, debido a la hinchazón, se la hacía más grande de lo normal.

Verlo así me impactó mucho y me cagué en el karma. ¿Estaba destinada a perder a la gente que más quería? ¿Por qué?

Y con ese simple razonamiento fui consciente de hasta qué punto le quería. No es que antes no lo supiera, pero ahora tenía la certeza de que no deseaba vivir sin él. Lo había intentado. Había tenido miedo de arriesgarme y sentirlo todo, lo bueno y lo malo. Había tratado de esquivar esa misma situación límite…, la de la pérdida absoluta, el abandono supremo, pero con la marcha de Ulises había caído en la cuenta de que merecía la pena enfrentarse a ese miedo. Porque si lo haces quizá pierdes, pero si no lo haces pierdes seguro.

—Ni se te ocurra morirte… —lo amenacé con ganas—. ¿Me has oído? No puedes. Te lo prohíbo. ¿Recuerdas lo que me dijiste en lo alto de la Torre Eiffel? Me dijiste que esperarías a que estuviera lista… Pues ya lo estoy, Ástor. No puedes dejarme ahora… Por favor… Vuelve.

Quise tocarlo, pero me dio pavor y me fui.

Con el paso de las horas, todo empeoró. Ástor no reaccionaba y nuestras madres se estaban haciendo amiguísimas…

Cuando vi aparecer a la mía la tarde siguiente con unas pastitas de mantequilla, por poco me da un telele.

—He pensado que tendríais hambre —saludó encogiéndose de hombros a la vez que yo me apretaba el puente de la nariz.

—Muchas gracias, querida… —respondió Linda, amable—. Son muy oportunas. Cuando estaba embarazada de Ástor tuve un antojo tremendo de estas mismas pastas que me llevó a engordar veinte kilos.

Y de ahí se pusieron a contarse batallitas de cuando Ástor y yo éramos bebés. Fue mortal…

Personalmente, no entendía cómo podían comer o hablar de otras cosas que no fuera… ¡el hilo del que Ástor pendía! Pero supongo que hay personas que no dan nada por perdido hasta que realmente lo está. Y mi madre y la de Ástor eran de ese tipo de personas. ¿A quién habíamos salido nosotros?

—Yo creo en la energía —explicó mi madre—. ¡Porque todo es energía!, y si mandas buenas vibraciones, repercute en todo.

—Lo que hacemos en vida tiene su eco en la eternidad... —musité.

—¡Exacto! ¡Qué inspirada estás, hija...!

—Es una frase de la película *Gladiator*... Es la favorita de Ástor...

—Se sabe hasta su película favorita —cuchicheó Linda, encantada.

—Me hizo esa pregunta la noche que nos conocimos —recordé melancólica.

—¡Qué romántico...! —opinó su madre.

¿Lo éramos? ¿Lo fue elegir un tema de la banda sonora de *Gladiator* para hacer mi baile en barra? ¡Quién sabe!

Cuando entré a ver a Ástor al día siguiente procuré mandarle buenas vibraciones. Juro que lo intenté, pero se me daban mejor las amenazas y jurar venganza...

—... Y te perseguiré por el infierno como no te despiertes ya...

Una enfermera entró justo en ese momento y me callé de forma abrupta, pero creo que me oyó, e intenté salvarlo de alguna forma: «Porque te quiero mucho...».

Cuento todo esto porque no es que Charly al ver que nos besábamos diera por hecho que estábamos juntos y se alegrara por nosotros..., ¡es que lo pensaba todo el mundo!

Y era..., bueno..., mentira no, pero sí complicado...

Ayer fue un día horrible en busca de estadísticas de gente que no se despierta tras una conmoción cerebral en menos de una semana, y para colmo apareció Xavier Arnau por el hospital. Cuando vi cómo abrazaba a Linda, recordé nuestra amarga conversación en la gala benéfica. Buf... Xavier me saludó como si nada y tuve que presentarle a mi madre, sin poder vomitar cuando le tiró los tejos de una forma descarada. Fue asqueroso... Pero hoy, sabiendo que Ástor ha despertado y parece estar bien, por fin puedo respirar tranquila. No obstante, me duermo llorando, pensando en Ulises y en cómo habría actuado él si hubiera vivido para ver este accidente. Seguro que habría sabido qué decir para reconfortarme... Y darme cuenta de que la vida sin él siempre será un poco peor me ha hecho llorar más.

A la mañana siguiente, me planto en la UCI y descubro que han subido a Ástor a planta.

Al verlo, no sé ni cómo saludarlo... ¡y menos si me sonríe de esa forma! Buf... Vaya sonrisa...

Me acerco y... «¿Beso? ¿Abrazo? ¿Menear la mano...?».

Su madre y su hermano me observan fijamente, así que al final lo abrazo, pero Ástor me retiene y me busca, y termina dándome un beso en el cuello porque vuelvo la cara, vergonzosa. «¡Socorro!».

A él parece divertirle mucho mi apuro.

Su madre me hace señas con los ojos e intento ignorarla.

«¡Por favor, Linda...!».

Señala una chaqueta que hay colgada en la silla y finjo que no me he enterado.

—¿Por qué no os vais a tomar un café? —propone Ástor, canalla.

Joder, odio que se note tanto...

—Acabamos de desayunar... —se queja Héctor.

—Pues repetís... —exige Ástor con su consabida autoridad.

«Dios, qué mal...».

Su mirada prácticamente me mete mano cuando la encuentro sobre mí.

—Está bien, os dejamos solos... —dice su madre con una sonrisa—. Vámonos, Héctor...

—Sabía que no tenía que haber venido... —mascula el aludido—. Pegaso ya está bien y solo quiere retozar...

Intento no reírme de ese apodo y aprovecho para tomar cierta distancia de él. En la silla estoy bien.

—Me alegro de verte... —comienza Ástor, seductor—. ¿A qué debo el honor de tu visita, Keira?

Es un idiota. «¿Me va a hacer decirlo?».

—Me pillaba de paso... —le sigo la broma, y sonríe divertido.

—¿Y hacia dónde ibas...?

—He venido porque me has tenido en vilo cuatro días y aún no me creo que estés bien, ¿vale?

—¿Y por qué no te acercas para comprobarlo?

Su mirada es la de un tiburón, y me muevo valiente, con una pose de chulita impasible. «¿Crees que te tengo miedo?».

Ástor palmea la cama, satisfecho de haber logrado tenerme al alcance de sus zarpas.

Al sentarme, le paso la mano por el pelo con cuidado y se deja, disfrutando de mi toque y de poder observarme más de cerca.

—Estás preciosa, Kei... —comenta con auténtica devoción.

—Estoy normal, como siempre...

—Será mi vista borrosa, que me hace verte más guapa.

—Qué bobo eres... —Sonrío.

—Misión cumplida. Has sonreído.

—Ástor..., ¿quieres que hablemos de... algo?

—Quiero que me beses.

—Ya, pero ahora no estamos solos en mi casa y la gente empieza a sacar conclusiones... Creo que deberíamos hablarlo...

—¿Por qué perder tiempo en hablar cuando hay otras formas mejores de usar la lengua?

Me acerca a su cara y me río en su boca.

—Ástor...

—Sabes que no podré concentrarme en nada de lo que me digas hasta que no te bese, ¿no? Llevo pensando en tus labios toda la noche y toda la mañana, Keira. Y al llegar, te has apartado. Ya sabes lo que provoca ese gesto en mí. Pero si quieres hablar, habla...

Una sonrisa se instala en mi cara, y Ástor tira de mí para acercarme a sus labios. En el momento en que nuestras bocas se encuentran recuerdo la canción que sonó en nuestro primer beso, después de la cuenta atrás. «When love takes over» de David Guetta.

Es un beso más hambriento que el de ayer. Hambriento de vida. De ganas. Y nos cogemos las caras para disfrutarnos una vez más antes de tomar una decisión que puede cambiarlo todo.

—Ástor... —digo con los ojos cerrados—. ¿Qué estamos haciendo?

—Nos estamos besando... Y se nos da de maravilla...

—As... —musito en su boca más en serio.

Se detiene y abre los ojos captando el mensaje.

—Llevamos semanas así... —expongo—. Deberíamos hablar...

—¿Deberíamos? Yo estoy bien así, ¿tú no?

Que tarde en contestarle tiñe su mirada de una antigua angustia. Justo la que estaba buscando sonsacarle. Esa a la que no se quiere enfrentar.

—Yo necesito hablarlo... —digo por fin.

—Pues tenía la sensación de que tampoco querías...

—Y no quería... Pero ahora tú estás en una posición más vulnerable y...

—Necesitas aclararme que no somos nada —termina por mí—. Tranquila, Keira, que, por mi parte, lo que estamos haciendo no te compromete a nada conmigo. Solo a... a apoyarnos en momentos difíciles, y es lo que estamos haciendo ahora, ¿no?

—Apoyarnos... —repito analítica.

—Sí... Es como lo siento. Y creía que tú sentías lo mismo. No hay nada que me apetezca más en este instante que estar aquí besándote. Esa es la verdad...

Sonrío con afecto y cumplo sus deseos con más cuidado y mimo que antes. Ástor disfruta como un loco de cada nueva caricia que le brindo con los labios y la lengua. Nuestros cuerpos quieren olvidar esta conversación y continuar con su cometido, pero no podemos.

Me separo de él y acuno sus ojos atribulados.

—Tienes razón, estamos bien... Pero el pasado siempre vuelve a llamar a la puerta. Y cada frase que nos hemos dicho tiene su eco...

—¿En la eternidad? —murmura triste—. Pues yo las he olvidado todas, Kei... Es como si fuese otra persona quien dijo todo eso, no yo.

—Dijiste que yo nunca luchaba por nosotros. Que nunca te daba el beneficio de la duda... Que desconfiabas de mi forma de quererte... ¿No tienes miedo de que vuelva a hacerte daño?

—Correré el riesgo… —sentencia con los ojos brillantes.

—Una vez me dijiste que morirías protegiéndome, ¿lo recuerdas? Fue en el ring de boxeo… Y ahora te creo, Ástor. Porque has estado conmigo cuando más te necesitaba, en el peor momento de mi vida. Sacrificando de nuevo tu corazón. Y si vamos a seguir adelante con esto, quiero hacer lo mismo por ti…

Su cara refleja confusión, sorpresa y expectación. Todo en uno.

—Necesito que confíes en mí y en que voy a quererte como necesitas que lo haga —digo emotiva.

—Voy a confiar en ti ciegamente, Kei… —promete emocionado.

—Lo sé… —Sonrío.

De pronto, le cojo la mano y la coloco sobre el bolsillo trasero de mi pantalón.

La conmoción arrasa su cara al palpar algo duro y cuadrado.

Mi sonrisa le confirma que es lo que piensa, pero su estupor no cesa ni cuando saco la misma cajita que él me había hecho palpar en París.

Ayer le supliqué a su madre que removiera cielo y tierra en su casa buscándola, porque estaba totalmente convencida de lo que iba a hacer. Casi grita.

—Ástor… —Abro la cajita—. Ya estoy lista… ¿Quieres casarte conmigo?

Su cara refleja un «¡oh, Dios, mío!» elevado a la enésima potencia que me hace gracia. Creo que es el mejor jaque mate que he hecho en mi vida…

Tiene la boca abierta, y meneo la cajita, sonriente, para que reaccione y se dé cuenta de que esto es real.

—Pero… ¡Keira…!

—¿Eso es un «no»?

—¡No, joder…! Es un… «es lo único que deseo en la vida».

Sonrío aliviada y nos besamos con ímpetu. No disfruta del beso porque sigue alucinado, y solo me presiona contra él con fuerza, como si no se lo creyese.

—Dios… ¡Qué fuerte! —exclama—. ¿Lo has visto?

Señala el anillo, y, de repente, lo miro…

—¡Hooostiaaa…! —suelto sin pensar.

Ástor sonríe satisfecho al ver mi sorpresa.

Es… es… ¡¡¡Madre mía!!!

Mis ojos me traicionan y se llenan de lágrimas poco a poco. Siempre le he recriminado que me hacía llorar, como si ese acto solo tuviera connotaciones negativas, y acaba de demostrarme que me equivocaba. Es la primera vez en mi vida que lloro de alegría, y me parece una sensación extraordinaria…

Es que… No puedo creerlo…

¡Y hace meses que tiene este anillo!

—Lo mandé hacer a medida —explica—. Es de oro blanco y brillantes.

—No tengo palabras… —balbuceo incrédula—. Es… es… precioso.

Espero que a nadie le sorprenda que el anillo emule un tablero de ajedrez. Pero no como estáis pensando, es mucho más sofisticado de lo que imagináis. Las casillas «blancas» son brillantes que refulgen con una claridad impresionante, pero las negras están vacías… Y consiguen el efecto porque el tablero es una estructura 3D, de pequeñas columnas cuadradas que por dentro están huecas, consiguiendo así el color negro deseado. Es espectacular, y no queda un cuadrado plano en el dedo, sino que es una especie de pirámide. Es verdaderamente impresionante.

—Estoy flipando… —admito sincera.

El regocijo de su sonrisa me llena todavía más de alegría.

—¿En serio vas a concederme ese honor…? —susurra abrumado.

Lo miro con todo el cariño del que soy capaz.

—Sí. Y no lo dudes nunca más. Por eso hago esto, para que no vuelvas a dudar de mi amor jamás…

Junta nuestras frentes, maravillado y aliviado.

—Joder, Kei… Esto es demasiado… Demasiado bueno.

—No quiero volver a separarme de ti, Ástor… Deseo vivir cada minuto de lo que nos queda de vida juntos. Lo más juntos posible. Lo más cerca… física y mentalmente…

—Dios…

Me besa como no me han besado en mi vida, y no puedo dejar de pensar: «¿Cómo hemos tenido la suerte de encontrarnos?».

Su beso se vuelve ardiente y sus lametazos más lujuriosos. Todo su cuerpo grita que necesita poseerme ahora mismo. Está pletórico.

—Relájate, tienes la cabeza abierta... —le recuerdo sonriente.

—No puedo, joder... Eres tan para mí... ¿Le pediste el anillo a mi madre? —pregunta desconcertado—. ¿Cómo coño lo ha encontrado?

—No lo sé. —Sonrío pizpireta—. Se lo pedí anoche...

—Por eso volvió... —susurra Ástor, pensativo—. Volvió y me dijo que fuera feliz y que me liberaba de mi promesa. ¿Qué le dijiste exactamente para que te lo diera? —pregunta expectante.

—Que era la única forma de demostrarte que iba en serio...

—Madre mía... —Sigue alucinado—. Acabas de hacerme el hombre más feliz del mundo, ¿lo sabes? Póntelo, Kei. ¿Te queda bien?

Me engarzo el anillo en el dedo con cuidado y... me va perfecto.

—Una boda íntima y normalita, ¿eh? Nada de cien invitados...

—Ya hablaremos... —Sonríe como si tuviera en mente trescientos.

Volvemos a besarnos, y me pregunto si es legal ser tan feliz.

No creo. Seguro que es delito.

 keira

39
Todo queda en familia

Cuatro días después

—¡Quiero irme a casa! ¿Tan difícil es de entender?

Pongo los ojos en blanco al oír a Ástor cabreado y procuro que no se me note la sonrisa que puja por asomarse a mi boca.

Está negro porque el médico quiere asegurarse de su estado antes de darle el alta y él tiene prisa por irse porque...

Vuelvo a sonreír con picardía.

Imagináoslo...

Todavía no hemos podido «celebrar» la pedida en condiciones...

Ástor mejora a una velocidad meteórica desde que nos prometimos. Su madre y su hermano volvieron a la habitación poco después y nos pillaron besándonos felices.

—¡Ay...! —exclamó mi cómplice, efusiva. Y vino corriendo hacia nosotros para abrazar a su hijo—. ¡Cuánto me alegro por vosotros!

Cuando miramos a Héctor lo descubrimos emocionado y sonriente.

—Muchas felicidades, hermano, de verdad... Keira... —Negó con la cabeza—. Nunca dejarás de sorprenderme. Felicidades.

—¡Gracias! —exclamé feliz, y fui a abrazarle con fuerza.

No me pasó por alto una mueca de melancolía en su rictus. Seguro que estaba pensando en que Carla se perdería la boda.

Pero mi cabeza había urdido un plan. Y estaba totalmente enfocada en sacarla de la cárcel cuanto antes.

Los días previos a que Ástor despertase, había hablado mucho con Héctor y necesitaba ayudarlo fuera como fuese. Era una pieza muy importante en la vida del hombre al que amaba y quería poner todo mi empeño en resolver el enigma, ahora que todo estaba cambiando.

Porque sí, todo está cambiando tan rápido que da vértigo.

Hacía quince días mi vida era muy distinta. Se había adaptado a una normalidad desconocida. A no trabajar con Ulises. A desterrar a Ástor a una zona de mi corazón cercada con una cinta en la que se leía: FUERA DE SERVICIO. Y estaba creando nuevos lazos con Yasmín. Empezando a construir un mundo con ella, una nueva fortificación en la que resguardarme. Me había cambiado de piso, me había propuesto avanzar con los torneos de ajedrez y, de repente, Ulises murió. Murió... y el mundo se desordenó por completo. Todas las fichas cayeron al suelo con fuerza, algunas se rompieron, y el orden de las cosas se restableció como se hace después de una catástrofe, enriqueciéndose con acciones bienintencionadas. Con la mejor «ayuda humanitaria» posible.

Tuve que trabajar durante días en los cimientos; no podía pensar en el tejado todavía, solo en la base. En encontrar la fuerza necesaria para empezar a recolocarlo todo de nuevo. Pero nada ni nadie me la daba... Ni mi madre, ni Yas, ni mi trabajo ni el ajedrez... Nada. Solo él lo consiguió... No sé cómo, pero Ástor lo logró. Me ayudó a resurgir de mis cenizas cual ave fénix. Y descubrí que ese era su mayor don: ayudar a los demás. Puede que sí nos pareciéramos, después de todo...

El accidente con el caballo no fue más que una piña lanzada con efecto por un ser superior para dejarme las cosas claras de una vez por todas e inyectarme una dosis extra de valentía.

«Muchas gracias», pienso observando mi anillo.

Esa lucidez hizo que me replanteara la vida entera. ¿Y lo que me gustan esos sucesos inesperados que hacen que alguien frene, piense y corrija el rumbo, os lo he contado?

Era un nuevo mundo. Un mundo sin Ulises, sí, pero todavía quedaban cosas importantes por las que luchar en su nombre.

Cuando me presenté en comisaría, todo el mundo me miró como si fuera a agarrar una automática y a disparar a diestro y siniestro, pero, en vez de eso, me dirigí a mi despacho y encontré a Yas repasando documentos concienzudamente.

Mi mesa nunca había estado tan llena de papeles ordenados en montículos con cientos de pósits de colores, y mi respuesta sensorial fue experimentar un orgasmo visual. Me envolvió una sensación de tranquilidad, felicidad y cosquilleo muy placentera.

Cuando Yas sintió mi presencia, levantó la vista.

—¡Keira...! ¡¿Qué haces aquí?!

—He vueeeltooo —dije como lo haría el protagonista de *Daniel, el travieso*.

—¡Tooomaaa!

Yasmín subió los brazos, jubilosa, y me dio por reír. ¿Cómo podía emitir ese sonido sabiendo que Ulises estaba bajo tierra? No lo sé... Supongo que, de alguna forma, sabía que era lo que él querría. Que luchara. Que no huyera. Que le honrara...

—¿Con qué estás ahí? —le pregunté ávida de información.

—Estoy revisando las notas de Ulises... ¿Sabes que tenía carpetas y carpetas?

Sí. Y las tenía todas perfectamente ordenadas con los pasos que habíamos ido dando en la investigación del asesinato de Sofía. También vi recopilado a un lado cuanto había sobre la muerte de Ulises hasta la fecha. Al parecer, Yas estaba convencida de que todo estaba relacionado.

—Creo que Ulises encontró algo, Keira..., y que por eso lo mataron.

Tragué saliva e intenté ser fuerte. ¡Era la misma conclusión a la que había llegado yo! Lo habían matado por Sofía, no por Ástor... Pero yo llevaba a mis espaldas años de experiencia en el cuerpo, era matemática y había jugado miles de partidas al ajedrez..., ¡y Yasmín era solo una cría novata! En resumen: Yas me parecía un auténtico genio. Una tía válida y especial que tenía mucho que ofrecer al mundo. Y me alegré inmensamente de tenerla en mi equipo.

—Tranquila, Kei, yo me encargo de lo de Ulises —continuó perspicaz—. Me he hecho amiga de quien está llevando su caso, el inspector Olmos, y sus hipótesis de por qué estalló la bomba si Ástor no estaba ni remotamente cerca son muy flojas. Las mías son siete veces mejores. Lo estoy cotejando todo con los pormenores del caso de Sofía, pero Olmos no cree que esté relacionado... Seguiré buscando por mi cuenta y cuando encuentre algo, te lo diré.

—De acuerdo... —accedí asombrada—. Gracias, Yas... Gracias por ocuparte tan bien de todo... De mí, de esto... Siento haber sido una compañía tan horrible. Tú has sido una compañera de piso ideal, una amiga todavía mejor y por aquí lo tienes todo controlado... Gracias...

—Ni se te ocurra disculparte por nada, ¿me oyes? —me riñó—. Es totalmente entendible. Lo he pasado muy mal por ti... Pensaba que te había perdido para siempre, Kei. —Sus ojos amenazaron lágrimas.

—No me has perdido...

Pero no me extrañó que lo pensara. Yas era una pieza que se perdió entre los escombros del derrumbe. Y en los días que Ástor jugó a ser la bella durmiente en el hospital, apenas me había cruzado con ella en casa. Si lo hicimos, me preguntó por su estado con la boca pequeña y yo le contesté taciturna que «sin cambios». Había sido una maldita pesadilla. Sin embargo, el sol volvía a brillar, y quería compensárselo.

—¿Comemos juntas? —pregunté risueña—. Así te cuento novedades... —chuleé exhibiendo mi anillo de un modo exagerado y presuntuoso.

Yasmín abrió mucho los ojos.

—¡¿Qué leches es eso...?!

—Me caso con un duque.

—¡¡¡¿QUÉ?!!!

El resto de la secuencia fue material inflamable.

Saltitos sincronizados, confidencias, el «cómo fue» paso a paso, chillidos histéricos... Un rol que el año pasado habría odiado tachándolo de cursi y que ahora me sentía en todo mi derecho a disfrutar. Porque resulta que lo cursi me hacía feliz. ¡Se siente!

No es que yo creyera en las bendiciones del matrimonio; de hecho, creía más en sus maldiciones... Nunca he pensado que esa firma demuestre nada en sí misma, no es más que una manifestación popular de que amas y eres correspondido, pero... ¿no es eso lo más grande que te puede pasar, según Hollywood?

Para mí, era justo lo que necesitaba para demostrar mi amor a Ástor, y no hablo de ceder a los chantajes o caprichos de tu pareja, sino de respetarlos y de preocuparte por su bienestar emocional. En el momento en que sentí que hacerlo por él me haría feliz a mí supe que estaba actuando de la manera correcta. Deseaba comprometer mi vida con él oficialmente.

Gómez apareció en mi despacho, alarmado por uno de los chivatos de la comisaría.

—¡Keira, qué sorpresa...! ¿De visita...?

—Hola, Nacho...

Yasmín dio un respingo al oír que lo llamaba por su nombre de pila. Gómez solo subió las cejas, sabedor de que lo que iba a decirle a continuación no daría lugar a discusión.

—No es una visita, ¡vuelvo! Di a quien corresponda que me prepare el alta.

—Keira... —Carraspeó cauteloso—. Es muy pronto...

—Han pasado muchas cosas en este tiempo. Y estoy bien. Ástor también está bien. Nos vamos a casar —digo mostrándole el anillo—. Y quiero volver con efecto inmediato. Tengo mucho que hacer...

—¿Estás en modo *vendetta*? —preguntó asustado.

—No. Te prometo que no busco venganza. No me acercaré al caso de Ulises. Quiero ocuparme de otros asuntos y de casos nuevos.

—Está bien... Siendo así, me alegro de que hayas vuelto, Keira.

—Gracias. Y gracias por darme estas semanas... Eres el mejor.

—Lo que necesites. Siempre.

Me guiñó un ojo. Y en ese momento dejé de verlo ya como mi jefe. Porque eso no lo hace un jefe. Lo hace la familia...

Yasmín y yo empezamos a revisar todo en lo que había estado trabajando, y me quedé alucinada. Era disciplinada, rigurosa y muy literal. ¡Le sacaba punta a todo! Sospechaba hasta del perro que pasaba por allí... Me sentó estupendamente volver a hacer conjeturas, aunque muchas fueran absurdas, y por la noche regresé al hospital para contárselo todo a Ástor.

—Me alegra verte otra vez en activo. —Sonrío—. ¡Te sienta bien, Kei!

—Igual lo que me sienta bien es estar prometida... —bromeé.

—Pues te juro que desde que lo estás te encuentro irresistible.

Me reí y le besé. Después volvimos a acordarnos de Ulises y nos abrazamos sentidos, lo que me recordó que necesitaba ir a su piso. Yasmín había insistido mucho en ello por cuestiones laborales.

—Solo digo que quizá en su casa encuentres alguna pista que explique lo que le pasó, Kei... —adujo Yas—. Un bloc de notas, un diario, cualquier archivador que pueda contener nuevas pesquisas, algo en su basura... —insistió—. Yo que tú, vigilaría muy de cerca lo que Charly se lleva de su casa...

La miré mal.

—¡Solo por si acaso! —añadió Yasmín, precavida.

—Está bien. Iré con Ástor y recogeré todo lo que me parezca importante. Pero tú haz lo que te he dicho, Yas...

—Sí, tranquila. Iré a ver a Carla e intentaré que haga memoria sobre lo que quieres saber...

Y como os decía, cuatro días después de despertar, Ástor está a punto de hacer rapel por la ventana del hospital para escaparse.

—¡¿Puede alguien llamar a mi médico?! —se queja de nuevo—. Y no me digáis que hasta mañana no viene. ¡Traed a alguien que pueda mandarme a casa, por favor! ¡Estoy ocupando una cama inútilmente!

Las enfermeras le sonríen con cara de circunstancias y desaparecen. Nunca habían visto a un titán enfadado.

—Ten más paciencia, Ástor... —lo riño dándole un beso en la frente. Se lo debía porque acabo de llegar.

—Pero ¿cómo voy a tener paciencia con lo bien que hueles? —musita ejerciendo fuerza para retenerme cerca y morderme el cuello.

Intento escabullirme porque no se encontraba precisamente solo. Charly y Héctor estaban con él, charlando tranquilamente, sentados, y no quería interrumpirles, pero si me deslumbra con esa sonrisaza nada más verme, tengo que acercarme.

—Hola, chicos… —los saludo algo vergonzosa.

—Hola, señora De Lerma —responde Charly, vacilón.

Se levanta y viene a darme un beso con aire lúgubre. La verdad es que no tiene buen aspecto. Ha adelgazado mucho, está pálido y todavía se le empañan los ojos cuando me ve. Y a mí me pasa lo mismo con él. Es un sentimiento inevitable, tan doloroso y tangible que se me hace muy difícil sospechar de él. Casi imposible… Por eso lo he dejado todo en manos de Yas, porque siento que señalar a Charly es traicionar a Ulises y a Ástor. A lo que más quiero, vaya…

—Enhorabuena —susurra en mi oído—. Me alegro mucho por vosotros. De verdad. Y él también lo haría…

Asiento con la mirada húmeda y recibo su cariñoso toque en el hombro.

«No. ¡No puede ser Charly!».

Ha demostrado muchas veces lo mucho que se preocupa por Ástor, y tampoco dudo de cuanto amaba a Ulises. ¿Entonces…?

Muevo la cabeza para deshacerme de esos pensamientos y para que se me pasen las ganas de llorar. Tengo que sonreír.

—¿Qué tal va la vuelta al trabajo? —me pregunta Héctor.

—Bien… Estoy otra vez a la carga. —Le guiño un ojo—. Yasmín tiene muy buenas ideas para coger al culpable y sacar a Carla de la cárcel.

—¿Cómo cuál? —pregunta Charly, interesado. Muy muy interesado…

—Los padres de Sofía —contesto con rapidez, mirando a Héctor.

Y sabe que miento. Porque le conté que ya estudiamos esa vía y descubrimos que con todo el dinero que cobraron de Sofía no habían hecho gran cosa. Cero caprichos. Ni siquiera habían dejado sus empleos…

—¡Igual esperan que pase el tiempo para no llamar la atención! —alegó Yasmín como posibilidad.

—Ya hace casi seis meses, y no han tenido ni el más mínimo gasto…

—¿Y eso no te parece sospechoso, Kei? —insistió.

—Pues no. Es evidente que sienten que ese dinero no es suyo. No lo querían. Y tampoco hemos encontrado nada que los vincule...

—El día menos pensado se comprarán un chalet en Benidorm y se jubilarán...

Puse los ojos en blanco ante la insistencia de Yasmín. Por eso tampoco hacía mucho caso cuando se empeñaba en señalar a Charly. Se ponía así con todo.

De pronto, mi móvil suena. Lo llevo siempre colgado como si fuera un bolso.

—¿Yas? Te oigo fatal... —Salgo de la habitación tapándome el otro oído.

—He venido a ver a Carla a la cárcel y me ha contado una cosa muy fuerte...

—¿Qué cosa?

—Me ha hecho jurar que no lo diría, pero... Creo que tienes que saberlo, Keira. Es demasiado gordo...

El corazón se me dispara. Otra sorpresa no, por favor... No quiero volver a romperme. No quiero conocer más secretos escondidos. Siempre son cosas que no necesitaba saber y...

—Yas, espera... ¿Tiene que ver con el caso?

—No, pero...

—Pues si no es del caso, paso de saberlo.

—Pero... ¡es muy importante, Keira!

—¿Tiene que ver con Ástor?

—En parte... Por eso te llamo...

—No me lo digas, Yas. En serio. No quiero saberlo...

—Pero ¡Keira...! —exclama alarmada.

—Si no lo sé ya, es porque no tengo que saberlo. No me importa. Ya hablaremos mañana...

Y le cuelgo sin darle opción a decir nada más.

No deseo que nadie amenace mi nueva felicidad. Es el regalo que me ha hecho Ulises... y no soportaría perderlo. Seguro que no es nada importante...

Antes de volver a la habitación, pongo el móvil en silencio y voy directa a los brazos de Ástor con un poco de aprensión.

—Esperemos que te suelten para el sábado... —comenta Charly.

—¿Qué pasa el sábado? —pregunto perdida.

—Es mi cumpleaños...

—¿Quieres celebrarlo?

—Tenía pensado beber hasta desmayarme... Y necesito a alguien que me lleve hasta la cama. Héctor lo tiene complicado y Ástor se ha roto la cabeza... Pero no tengo a nadie más a quien pedírselo...

Se hace un silencio penoso que nos cala hasta los huesos. ¿Tengo yo la culpa de que me den ganas de abrazarlo todo el tiempo? ¡Joder!

Por suerte, Héctor sale al paso con humor y logra levantar la situación.

—Yo, si quieres, me ofrezco a tumbarme a tu lado en el suelo, donde te desmayes..., para que nadie te robe los Bottega.

Quince minutos después, cuando ya tenemos la conversación encarrilada, Yasmín sale de la nada...

«¡¿Qué hace aquí?!».

Mi cara de susto le transmite que le estoy gritando en mi fuero interno. Y sé que lo capta perfectamente porque lista es un rato.

—Hola... —saluda a los demás con algo de miedo —. Keira..., ¿podemos hablar un momento? Es urgente...

Todos se quedan intrigados. Me muevo, no sin antes mirar a Ástor por última vez y sentir su preocupación. Me acerco a él y le digo «Ahora vuelvo» como si le estuviera jurando que nada de lo que Yasmín me cuente afectará a lo nuestro.

Salgo inspirando hondo como un toro.

—¡¿Qué pasa contigo, Yas...?!! ¡Te he dicho que no quería saberlo!

—¡Perdona! —Se tapa los ojos con las manos—. No me mates, Kei, por favor... Pero escúchame solo un momento...

—¡Yasmín no me hagas esto! —exclamo bajito cogiéndola del brazo y llevándomela más lejos de la puerta—. Si no es algo crucial para el caso, no me lo digas...

—Pero ¡tienes que saberlo!

—¡¿Por qué?! ¡¿Por qué tengo que saberlo?!

—¡Porque es un tema de vida o muerte!

—¿Cómo…?

—Vale, allá voy… Espero no estar cagándola…

—¡Dilo de una vez! —cedo enfadada.

—Carla está embarazada…

—¿Qué…? —Me quedo en blanco.

¿Embarazada? Pero… ¿cómo es posible? ¿Es posible? ¡Hostias!

—¿Y a qué viene lo de «vida o muerte»?

—Porque quiere abortar.

«¡Ay, Dios!».

El mundo empieza a temblar amenazando con derruir torres muy altas.

—Carla me ha pedido que no se lo cuente a nadie y que la ayude, pero… ¡tenía que decírtelo! Sé que está en todo su derecho… Aun así, creo que deberían saberlo ellos también porque…, después de todo, es un De Lerma y… ¿no es eso lo que necesitaban? ¿Un heredero?

«Dios mío…»

—Te pido perdón, Yas… Has hecho bien en explicármelo —digo, aliviando su desasosiego—. Perdona por no hacerte caso.

—¿Estás segura de que he hecho bien? Porque yo no. Carla me ha dado mucha pena… Y contárselo a ellos sería traicionarla a lo grande. Alguien se va a enfadar. ¡Y las mujeres tenemos que apoyarnos!, pero… Me pregunto cómo se toma una decisión así. ¿Qué lógica sigues tú, Kei? ¡Dímelo, por favor!

Me quedo pensativa y recapacito.

—Pues… pienso en todas las posibilidades y decido la menos perjudicial en conjunto. Si Carla no quiere tener el bebé, nadie puede obligarla. Eso para empezar…

—No me ha parecido que ese fuera el problema, sino su situación… ¿Qué probabilidades hay de que esto termine bien?

—Veamos… De entrada, si no lo contamos y aborta, sería el caso A. Pero es un secreto que algún día saldrá a la luz y puede destruirlos como pareja. Si lo decimos, pueden pasar cuatro cosas: B, un Héctor alegre y convenciendo a Carla para tener el bebé; C, un Héctor alegre comprendiendo que aborte; D, un Héctor cabreado insistiendo en que lo tenga; y E, un Héctor cabreado aceptando que aborte. Esos cuatro caminos pueden bifurcarse en que ellos terminen o no con su relación por no ponerse de acuerdo.

—Joder, me estás dando miedo… Entonces ¿qué hacemos? ¿Lo contamos o no?

—Mi lema es intentar salvarlo todo… Primero al bebé y luego la relación de Héctor y Carla. A es igual a C y a E. El bebé solo se salva con B y D. Matemáticamente pinta mal…

—¿Y si nos callamos, siguen juntos y tienen otro hijo en un futuro?

—Estudiémoslo… En A, B y C siguen juntos. En D y E rompen.

—¡¿Hay un puto común denominador en todo esto?! —pregunta Yasmín, histérica.

—Sí. La B. Un Héctor alegre convenciéndola de tenerlo…

—Suprime lo de alegre en cuanto sepa que se lo ha querido ocultar… Punto dos: ¿convencerla para tenerlo sola en la cárcel? ¡Es el sueño de toda jovencita de veintiún años…! —dice irónica.

—Mierda…

—Exacto.

—Hay una posibilidad F… —digo esperanzada.

—Suena fatal. Pero vale. ¿Cuál es la F…?

—Que Héctor convenza a Carla de tener el bebé… y sacarla de la cárcel.

—¿Y si no podemos hacerlo?

—¿Y si podemos?

—Esto es demasiado, Kei —dice Yas masajeándose las sienes—. No quiero joderles más de lo que ya están… Si me chivo y Héctor deja a Carla, me da algo, ¿eh?

—No la va a dejar.

—¿Cómo lo sabes?

—Porque la gente que se quiere de verdad es capaz de superar cualquier obstáculo. Y él la quiere. Lo sé.

—Vale… Venga… Tienes mi apoyo. ¡Prende fuego a todo!

—Voy a necesitar mucho tu ayuda, Yas...

—Y la vas a tener.

Nos abrazamos. Y prolongamos el abrazo, más fuerte.

—Ulises y yo hacíamos esto... —digo de pronto, y pongo los antebrazos hacia arriba.

Yasmín me imita, y se los choco. Pero no puedo evitar que los ojos se me llenen de lágrimas. No concibo que llegue el día en que hable de él y no me pase esto, pero debo tener fe en que llegará.

—Mola mucho... —dice Yasmín, halagada—. Gracias por quererlo hacer conmigo...

—No. Gracias a ti por ser como eres... —musito emocionada.

—¿Y tú? ¿Sabes cómo eres, A, B, C, D, E, F? ¡Ya te vale, joder...! ¡Estás como una regadera, Kei! Y me encanta...

—Lo dice la que lleva tres pistolas encima.

—Y un cuchillo pequeño.

Sonrío negando con la cabeza, como Ulises hizo conmigo la primera vez que me llamó «loca». Todo se repite.

Caminamos hacia la habitación de nuevo, y cuando entramos los tres me miran expectantes. Yasmín saluda de nuevo con la mano para no tener que dar besos a un sospechoso. Me pienso si contárselo a Héctor en privado, pero estos tres no tienen secretos entre ellos, y me parece una estupidez guardar las formas.

—Chicos... Yasmín acaba de comunicarme algo importante...

Ástor me mira más preocupado que los demás. Todavía teme que algo nos separe. Pobrecito mío. Necesitamos afianzar ese miedo a perdernos de nuevo con muchas horas de besos, de hacer el amor, de risas y de gestos que salen sin querer acompañados de miradas que lo dicen todo. Apenas hemos tenido tiempo de eso...

—Yasmín ha ido a ver a Carla hoy... —comienzo, y Héctor se envara—. Le ha contado algo que quería que guardara en secreto, pero...

Charly se humedece los labios, intrigado, y Ástor frunce el ceño.

—¿Y por qué no lo respetas? —pregunta la honorable vena ducal de Ástor.

—¿Qué te ha explicado, Yasmín? —exige Héctor, apremiante, pasándose el honor por el arco del triunfo.

—Me da que contarlo no va a ser buena idea… —opina Charly.

—Héctor… —Intento prepararlo—. No quiero que te enfades. Eso es fundamental…

—No me jodas, Keira… ¿Qué es? —pregunta tenso.

—Por favor… Sé razonable cuando te lo diga y déjanos asesorarte, ¿de acuerdo?

El aludido inspira hondo y asiente.

—Carla está embarazada.

Su cara se baña en incredulidad. Luego en horror. Y por último en rencor.

—¿Eso es posible? —Charly verbaliza lo que todos estamos pensando—. ¿En la cárcel habéis estado juntos…?

—¡¿Tú qué crees?! —responde Héctor, enfadado—. La veo una vez al mes durante tres horas en una habitación con una cama…

—¡Pero creía que no podías follar con normalidad y terminar dentro de ella!

—¡Y no fue así! Yo… Pero eso no significa que sea infértil.

—Te juro que no lo entiendo —insiste Charly, consternado.

—Por poder, puedo correrme usando métodos de estimulación directa… No todo es el coito… —dice Héctor, a la defensiva.

—Pero si no sientes nada, ¿por qué hacerlo?

—¡Que yo no sienta el orgasmo no significa que no pueda usar mi miembro para dar placer a Carla!

—¡Qué importa cómo haya pasado! —exclamo nerviosa.

—¡Exacto! ¡Es una gran noticia! ¡Casi un milagro! —celebra Ástor, feliz, pero nadie acompaña su estado de ánimo.

—¿Por qué no me lo ha contado? —se pregunta Héctor, herido, y luego me mira sabiendo que hay más.

Presiento que voy a romperle el corazón y no puedo ni decirlo.

Los segundos pasan, y todo el mundo entiende que ocurre algo malo.

—No quiere tenerlo… —suelta Yasmín al percibir mi bloqueo. A veces me parece increíble que tenga tantas agallas…

La noticia estalla en la cara de todos como un bofetón inesperado.

—¿Cómo que no? ¡¿Por qué?! —Ástor es el primero en quejarse.

Héctor se vuelve hacia él, agresivo.

—¡¿Cómo que por qué?! —dice iracundo—. ¡Está en la cárcel, joder! ¡Parece que siempre se te olvida…! Y va a estar años allí. No creo que quiera criarlo allí dentro ella sola…

—¡También puede ser una gran motivación…!

—¡Claro, a ti te viene de perlas, ¿verdad?! —grita Héctor con sarcasmo—. Tus problemas para encontrar un heredero para el título se solucionan. ¡Qué bien! Que alguien lo incube… mientras tú eres feliz con tu mujercita en casa.

—¡Héctor! ¡No…! —exclamo dolida.

—¡Mierda, Keira…! ¡Atrévete a negarlo! ¡Mira lo maravilloso que le parece! ¡Le da igual que ni siquiera me lo haya dicho! ¡No ha oído que Carla quiere abortar sin que nadie se entere, solo ha escuchado lo que le conviene! ¡Porque es un puto egoísta que no piensa en los demás!

—¡Y tú eres un neurótico, Héctor! —ataca Ástor—. ¡Claro que lo he oído, y no me da igual, pero sigue siendo una buena noticia! ¡Es un maldito milagro, joder…! Lo malo habría sido no llegar a saberlo. Todavía estamos a tiempo de que esto termine bien.

—¿Bien? ¡¿Bien?! ¡¡Llevamos sin estar bien más de seis meses mientras tu juegas a *La bella y la bestia* con Keira!! Esperando a que en algún momento os decidáis a centraros en Carla. Y ahora, ¡¿crees que voy a permitir que la mujer que amo pase por esa experiencia traumática ella sola en la cárcel?! ¡Ni de coña! Tendré que renunciar a ese puto milagro ¡porque no pienso tratarla como a una jodida gallina!

—Héctor, nadie quiere eso… —intervengo triste—. Vamos a sacarla…

—¡Ya, claro…! ¡Ahora vais a sacarla porque os conviene que caliente el huevo, ¿no?!

Charly y Yasmín no dan crédito a lo que oyen.

—¡Deja de decir gilipolleces! —clama Ástor, enfadado—. ¡Solo queremos ayudarte, Héctor!

—¿Ayudarme? —Su cara se arruga con furia—. Si fuera Keira y no Carla la que estuviera en la cárcel, ¡ya habrías movilizado hasta a la NASA! Pero como ahora te interesa, vas a ayudarme... ¡Que te jodan, Ástor...! No pienso soportarlo más. Cuando vuelvas a casa, ya no estaré. Y ve olvidándote de ese bebé. Voy a decir a Carla que si decide abortar, la apoyo. ¡Sois la hostia, joder...!

Maniobra con las manos rápidamente la silla y sale de la habitación airado.

—¡Héctor, no te vayas! —grito desesperada—. ¡Y no te enfades con Carla ni con nosotros, por favor! ¡No hagas nada de lo que puedas arrepentirte!

Charly nos mira aterrado y sale detrás de Héctor, sabiendo que necesita a alguien. Para mi sorpresa, Yasmín le sigue.

La impotencia de Ástor me duele físicamente cuando me lanza una mirada afligida. Me acerco a él y nos fundimos en un abrazo con el que intento absorber su disgusto. Sé que le ha sentado fatal que Héctor haya dicho que se va a ir de su casa. ¡Es el fin de una era!

—Lo siento... —Lo acaricio—. No sabía si decirlo o no...

—Menos mal que lo has hecho...

Lo miro con expresión culpable.

—Pero no quería que os pelearais, As...

—Si hay alguna posibilidad de que ese bebé nazca, hay que intentarlo. Claro que soluciona nuestros problemas, ¡pero no es solo eso! Antes del accidente, Héctor siempre quiso tener hijos. Lo daba por hecho, le han gustado los críos desde que recuerdo. Después decidió renunciar a ser padre porque se sentía insuficiente, pero yo sé que le haría muy feliz. Si pudiéramos conseguirlo...

—Tengo que sacar a Carla de la cárcel como sea... —me flagelo.

—Kei... —Ástor me coge la cara—. No puedes cargarte con esa responsabilidad. Nada de esto es culpa tuya.

—¡Pero podía haberlo hecho mejor! Yo... El amor me ha distraído.

—Tú también tienes derecho a ser feliz. Y yo. ¡No solo ellos!

—Madre mía, ¿quién eres tú y qué has hecho con Ástor de Lerma?

Mi prometido me sonríe levemente.

—Mientras hay vida, hay esperanza, Keira… Hay que intentarlo. Héctor solo tiene miedo. Habla con Carla. Averigua lo que quiere de verdad, porque si aborta y luego la sacas de la cárcel esta decisión siempre será un obstáculo entre ellos.

—Hablaré con ella. Tú intenta hacer lo propio con Héctor… —lo animo.

—No va a ser fácil. ¿Crees que este enfado es solo por esto? No… A mi hermano le pasa algo conmigo desde hace tiempo. Está acostumbrado a que le lleve en palmitas, a que me desviva por él, y desde que te conocí todo ha cambiado. ¡Pero se supone que era lo que quería, joder…!

—Lo que le pasa es que le asusta perderte. Le da miedo que discutamos y que hagas una locura…

—Lo sé… Cree que soy un suicida… Este verano le di un susto de muerte, ¡pero no pretendía hacerlo!

—¿Estás seguro? —pregunto seria—. Si lo hiciste, no pasa nada… Pero tengo que saberlo, Ástor. ¿Pensaste en suicidarte?

—¡No…! Solo quería probar algo nuevo que me hiciera olvidarte… Fue un accidente.

—De acuerdo. Te creo…

—Yo nunca perdí la esperanza del todo contigo, Keira… Confiaba en que algún día la vida nos volviera a reunir.

—¿Cómo podías pensar eso?

—Porque el tiempo lo pone todo en su lugar. Y el mío es contigo.

—¿Cómo lo sabes? —pregunto embelesada.

—Porque nunca me he sentido más en casa que la primera vez que estuve dentro de ti.

♖ charly

40
En el punto de mira

—¡Héctor! —lo llamo de lejos.

Veo que se dirige a los ascensores y echo a correr, pero noto que alguien me sigue a la carrera.

Es esa niñata policía que no dejó de hacerme preguntas en la fiesta de cumpleaños de Ulises...

Debe de creer que es muy disimulada, pero solo le faltó señalarme con un dedo y acusarme de haber matado a Sofía.

Cuando llego a los ascensores, veo que baja gente de uno y que Héctor se sube. Entro con él y le doy rápido a un botón.

Me quedo observando cómo la chica..., Yasmín, creo que se llama, corre hacia nosotros mientras la puerta se cierra inevitablemente. Sus ojos se agarran a los míos como si no pensara dejarme escapar.

Habría jurado que no le daba tiempo, pero la muy loca se lanza en el último momento y consigue colarse en el ascensor, aterrizando sobre mí con un placaje alucinante.

—¡Perdón...! ¡Lo siento...! —se disculpa, cohibida.

¡¿Por qué coño no me he apartado?! ¡Me ha clavado todas las tetas en el estómago! Me ha hecho oler su fragancia celestial y su alucinante pelo me ha rozado la cara.

Me froto el cosquilleo que he sentido en la piel y frunzo el ceño.

—¡¿Estás mal de la cabeza...?! ¿Sabes que estas puertas no tienen sensor?

—Lo sé... Me he quedado atrapada en ellas más de una vez.

—Me va a salir un buen moratón. —Me toco la zona donde hemos chocado.

—Lo siento, es que tenía que hablar contigo... —le dice a Héctor, esquivándome y agachándose para que él pueda mirarla a los ojos—. Solo quiero decirte una cosa, por favor...

—¿Qué cosa? —pregunta brusco, aunque se ablanda por momentos por su heroica entrada.

No es para menos..., porque el modelito que lleva la chica es digno de estudio. Es un mono vaquero de manga larga, de una sola pieza, con una sugerente cremallera desde el ombligo hasta el escote que sujeta a duras penas la delantera que me ha clavado...

Y agachada en esa postura ofrece un canalillo apretado por el que darías hasta tu alma.

—Quizá Carla sí quiera tener ese bebé... —comienza cautelosa—. Los motivos que me ha dado están basados en que le da miedo perderte, Héctor. Por favor, no me hagas quedar mal por habértelo contado... Habla con ella con calma y preguntaos qué queréis los dos, porque vuestro futuro depende de ello. En momentos así es cuando una pareja demuestra de lo que está hecha...

—Pues pretendía ocultármelo. De eso estamos hechos...

—No habrá sido fácil para Carla. Piensa que si te lo ha ocultado es para no perderte... Y si no os apoyáis en esto, estaréis perdidos igualmente. Decida lo que decida, apóyala, Héctor. Pero que lo decida como si no estuviera en la cárcel, porque te juro que vamos a hacer lo que esté en nuestras manos para sacarla muy pronto, y entonces os encontraréis con la decisión de frente y para siempre, y eso determinará el futuro de vuestra relación. Sea como sea, poneos de acuerdo.

—Gracias por el consejo... —musita Héctor, más tranquilo.

La poli me mira y me pilla de lleno ojeando su escote.

Aparto la vista, y cuando vuelvo a mirarla veo que sigue observándome fijamente.

—Siento lo de… Ulises… —me dice de pronto, apocada.

—Gracias —respondo sorprendido.

Noto que me perfora las córneas como si quisiera que lo confesara todo. Podría jurarle que es lo más doloroso que he tenido que hacer en mi vida. Que pensaba que me moría con él y que hubo días en que me arrepentí de no haberme subido a su coche e irnos los dos a tomar por culo. Nunca mejor dicho… Habría sido memorable.

Pero no podía dejar inconclusa mi misión… No, cuando había llegado tan lejos.

Las palabras que acaban de salir por su boca son más ciertas de lo que imagina: «si no os apoyáis, estaréis perdidos».

Si Ulises me hubiera apoyado, seguiría vivo… Y yo quería que siguiera vivo. Necesitaba que así fuera…, pero ni siquiera me dejó escapar. No me eligió. Y yo tampoco pude elegirlo a él… ¿De qué estábamos hechos, entonces?

Su muerte fue una gran tragedia… como lo son las más grandes historias de amor jamás contadas, y le echaré de menos el resto de mi vida.

Mataría por saber qué fue lo último que le pasó por la mente. Qué era lo que predominaba, si la pena o la traición.

En mi caso fue percibir el dolor de que Ulises renunciaba a todo por mí. Hasta a su vida.

Los días que siguieron a su muerte quise desaparecer del mundo. De hecho, lo hice. Me quedé prácticamente catatónico. No soy un psicópata al uso que ni siente ni padece. Ojalá lo fuera…

No soportaba el dolor. La culpa. La injusticia… ¡¿Por qué, joder?! ¡¿Por qué?! Podíamos haber sido felices para siempre…

La culpa fue de Sofía… La muy zopenca nos condenó a todos.

Tampoco quería matarla a ella, pero no me quedó más remedio. ¡Estaba a punto de desvelar el secreto mejor guardado del mundo!, y yo no podía permitirlo…

Recuerdo que me tomé un segundo, apoyado en el volante, para llorar su muerte después de esconder las pruebas y limpiarme los restos de sangre. Lamentaba haberla llevado a casa de mi madre y dejar que descubriera esa parte de mí... Pero iba a casarme con ella, y pensé que debía saberlo. Creí que lo entendería.

Cuando llegué al escenario del crimen, Ástor estaba allí... y siempre recordaré lo que hizo en cuanto me vio. Me lo puso tan a huevo que...

—¿Qué ha pasado...? —farfullé nervioso, y Ástor me asió por los brazos.

—Charly..., para... Tranquilo...

Vi a Carla esposada, llorosa y cubierta de sangre, y me transformé.

—¡¿Qué pasa?! ¡Carla! ¡Carla...!

—¡¡¡Carlos, mírame...!!! —Ástor me cogió la cara—. No te muevas de aquí, por favor. No des un paso más hacia el jardín...

—¡¿Dónde está Sofía...?!

Y si soy tan buen actor es porque en realidad no lo estaba fingiendo. Todo era completamente real para mí. ¡Me estaba pasando de verdad! ¡Alguien había matado a mi novia! ¡Estaba muerta! Solo me bastaba con olvidar el hecho de que el asesino era yo.

Con Ulises me ocurrió lo mismo, y fue un duelo durísimo. Porque no fue culpa mía, sino suya..., por fijarse tanto en los putos detalles. Y me jodió muchísimo, os lo aseguro. Ulises era esa media naranja que casi nadie encuentra. La gente tiende a conformarse con mandarinas. Es parecida, tiene el mismo color, pero no sabe igual...

Me apuesto lo que sea a que, si Sofía no me hubiera obligado a matarla, Ulises y yo habríamos vuelto a encontrarnos en la boda de Ástor y Keira. Desde la primera vez que los dos se besaron en aquella piscina tuve claro que se celebraría, más que nada porque siguieron haciéndolo cuando el juego ya había terminado. En ese momento supe que aquello me traería problemas.

El ascensor se abre y nos escupe de nuevo al mundo real. Me devuelve al presente.

Héctor sale el primero, y sigo su estela porque no quiero dejarlo solo. Si pretende mudarse de casa de Ástor de forma eficaz y rápida va a necesitar mi ayuda. Creo que pensaba hacerlo de todos modos, así la parejita prometida tendrá por fin su propio nidito de amor. Una pena que la felicidad les vaya a durar tan poco...

Suena un mensaje en mi móvil, y no tengo que mirarlo para saber que es Ástor rogándome que vele por el bienestar de su hermanito.

Si me diera un euro por cada vez que me ha mandado un mensaje similar a este «ayúdalo en lo que puedas, Charly, y mantenme informado de todo», yo sería rico... Más de lo que soy, me refiero.

Le respondo un «ok» y añado que, por favor, me llamen el día que vayan a revisar la casa de Ulises, porque quiero tener algo suyo.

Ese día tarda en llegar la friolera de otra semana. Entre que le dieron el alta a Ástor, él y Keira se animaron a vivir juntos y toda la situación con Héctor, me han hecho esperar siete largos días para acompañarles a casa de Ulises. Pero al fin podemos ir.

Necesito saber qué hay en ese piso. Porque sé que en algún momento Ulises sospechó de mí, y seguro que tenía algún cuaderno con anotaciones que señalaban el hilo del que seguir tirando para descubrirme. Si no lo hizo es porque me amaba demasiado. De todos modos, me temo que Keira no lo pasará por alto, y debo averiguar qué aspecto tiene ese maldito bloc de notas... o lo que sea, porque, tarde o temprano, tendré que destruirlo o hacer que desaparezca.

Quizá esté paranoico... Ulises parecía realmente sorprendido cuando lo descubrió todo. Hasta le dio un corte de digestión serio. ¡Estaba pálido! Me di cuenta al momento de lo que le pasaba, por eso antes de llegar al restaurante lo dejé todo listo para asustarlo con el control remoto de las bombas que tenía instalado en mi otro móvil.

No pensaba usarlas... Eran solo mi vía de escape. No tenía planeado que la noche terminara así...

Detonar la bomba fue una chapuza a todos los niveles, en especial el logístico. Todo el mundo se preguntaría por qué estalló sin Ástor cerca, pero todavía podía arreglarlo. Inventarme algo. Dejar una pista falsa y, quizá, otro cadáver con una nota de suicidio admitiéndolo todo... ¿Por qué no? Hay mucha gente que quiere ver muerto a Ástor.

Podría acusar a uno de los hijos de puta del «chat maligno» del KUN; les tengo muchísimas ganas... Jamás debieron meterse conmigo. Sea como sea, tengo que desviar el foco de mi persona y señalar a otro culpable, como hice con Carla.

Lo siento por ella, pero era la víctima perfecta para cargarle el asesinato de Sofía. Los celos que le tenía eran muy sospechosos. Y si esa mosquita muerta decide tener el bebé de Héctor lo lamentará. No tengo más que hacer una llamada para que se encarguen de Carla en la cárcel; soy el abogado de varias reclusas, y harán lo que les pida.

No me gustaría, pero me obligará a hacerlo... No quiero futuros herederos de acciones que vayan a quedarse con mi parte del pastel cuando haya acabado con los De Lerma. Creo que me lo he ganado entero con creces...

No preveo que entrar en casa de Ulises me cause una hemorragia interna. Me asaltan miles de buenos recuerdos por cada rincón. Todavía huele a él, y noto un peso horrible en el estómago y en los ojos.

—¿Por qué no empezamos por su habitación? —propone Ástor, precavido.

Keira y yo asentimos, totalmente devastados.

Al abrir su armario tengo ganas de quedarme abrazado a su ropa un buen rato, y luego escurrirme hasta el suelo y no moverme nunca más.

«Joder, Ulises...».

Entiendo que mis palabras puedan chocar, pero la vida es una constante elección. Y elegir significa renunciar a una cosa que «quieres» por otra que «prefieres». Y yo quería a Ulises. Y estar en su casa ahora mismo me está doliendo más de lo que imagináis.

Muchos delincuentes terminan confesando sus crímenes

como una necesidad de purga indispensable para sus almas, y les entiendo bien. Porque por momentos es insoportable y deseo confesar a todos que fui yo. ¿Qué cara pondrían?

—Hoy hace un año que nos conocimos, chicos... —nos dice Keira de pronto, melancólica.

Ástor la abraza, y estoy a punto de gritar porque no puedo sentir el abrazo de Ulises. ¿Qué he hecho para merecer esto?

—Este año el torneo tendrá que posponerse... —musita Ástor.

—Joder, ni me acordaba —digo, por decir algo.

—Durante años ha sido un hito para mí —continúa As, mirando a Keira—. Era lo único emocionante de mi vida. Claro que desde que te conozco todos los días son así. Estoy servido de emociones fuertes...

Keira le sonríe y vuelven a abrazarse.

«Aprovechad, chicos... A todo cerdo le llega su sanmartín...».

Creen que con tenerse el uno al otro será suficiente, pero, por culpa de Ulises, están todos sentenciados.

La expresiva mirada de Yasmín me dejó bien claro que me tienen en el punto de mira en comisaría, y Ulises terminó descubriéndome, aun sin querer. ¿Quién sabe qué otros errores cometí que él pasó por alto por culpa del amor? Pero si Keira revisa sus notas dará con la clave, y antes de que eso ocurra tengo que completar mi misión.

El segundo cabo suelto no me preocupa... Me refiero al bebé. Porque hace unos días presencié una conversación entre los hermanos De Lerma que daba a entender que Carla había decidido abortar.

Ástor me pidió que preparara una encerrona a Héctor para que pudieran hablar, pero solo sirvió para empeorar las cosas.

—Eh... —lo saludó As.

Su hermano, sin embargo, no le correspondió como otras veces tras una pelea. Solo chascó la lengua y murmuró que iba a cagarse en toda mi familia por tenderle esa trampa.

—Héctor..., me duele que pienses así de mí —musitó Ástor—. De verdad creo que ese bebé es una bendición y no solo un golpe de suerte. ¡Quiero ayudaros!

—No te molestes… Está decidido, Carla no lo va a tener —sentenció.

—Pero… podemos buscar una solución entre todos…

—No hay solución, Ástor. Carla dice que se niega a tenerlo encerrada. No quiere ser madre en esas condiciones, y la entiendo…

—¡Pues que no lo tenga allí dentro! ¡Puedes cuidarlo tú fuera! Nosotros te ayudaríamos y…

—¿Cuidarlo yo? —dijo Héctor, horrorizado—. ¿Estás tan ciego que te has olvidado hasta de esto? —bramó golpeando la silla con violencia—. ¡¡¡Si apenas puedo cuidar de mí mismo, Ástor!!!

—¡Pues lo haré yo! Si no queréis el bebé, ¡me lo quedo!

A Héctor se le salieron los ojos de las cuencas.

—Pero… ¡¿TE ESTÁS OYENDO?! ¡Hablas de mi hijo como si fuera un jarrón!

—¡¡¡Es un De Lerma, Héctor!!! ¡Nuestra sangre corre por sus venas! ¡Solo intento salvarle la vida! Y te lo repito: si no lo queréis, me lo quedo, ¡pero no os deshagáis de él!

—¡Esto no funciona así, Ástor!

—¡Ah, perdona! ¡Pues dime cómo funciona, por favor! ¡¿Es mejor matarlo?!

—¡Lo que habría sido mejor es que Keira hubiera sacado a mi novia de la cárcel cuando tuvo oportunidad, en vez de centrarse en ti! ¡Si ese niño no nace, es por tu culpa, Ástor!

A mí se me congeló la sangre al oír esa acusación. Sabía que tenía que intervenir, que debía pararles, que no habría marcha atrás para esas palabras, pero fui incapaz de meterme en la discusión.

—No puedo creer que hayas dicho eso… —borboteó Ástor—. No es momento de ser egocéntrico, Héctor, ¡piensa en tu hijo!

—¡Eres tú el que está pensando solo en ti! ¡Nacer en estas circunstancias marcará el resto de su vida!

—¡Y que abortéis marcará el resto de la tuya, Héctor! Aunque no te lo creas, no estoy luchando por él ni por mí, ¡sino por ti…! ¡Porque te arrepentirás de esto, hermano! ¡Lo sé! ¡Te conozco…!

—De lo único que me arrepiento es de haber pasado tantos años a tu lado, preocupándome por ti. Pero ya no soy asunto tuyo, Ástor. Ni tú, el mío. Hasta nunca...

Y con esas palabras, Héctor se marchó. Insistí en llevarle a su nueva casa, pero rechazó mi ayuda. Así que me quedé con Ástor e intenté consolarlo. Pero la que realmente lo consoló fue Keira entre sus brazos... o entre sus piernas, no lo sé. La cuestión es que el imperio De Lerma ya había empezado a destruirse por sí solo, sin que yo hiciera nada. Lo que quedaba iba a ser coser y cantar...

Seguimos registrando cada rincón de la casa de Ulises en busca de algún detalle especial. Me centro en una gran estantería llena de documentos que hay en el salón. Keira se me une y, en un momento dado, la veo coger una carpeta roja y abrirla, intrigada.

—¡Bingo! —exclama contenta. Y, alarmado, me vuelvo hacia ella—. ¡Aquí está todo lo que Ulises investigó por su cuenta sobre el caso de Sofía!

Me arden las manos por coger esa carpeta, pero Keira la lanza dentro de la caja de cartón que ha traído para hacer acopio de los recuerdos de su mejor amigo. También deja caer algunos objetos y fotos que encuentra por ahí. Ah, y una camiseta de Ulises que era de mis favoritas. ¡Maldita sea! Me derretía cuando la llevaba puesta... Me da rabia no poder tenerla, pero quizá sea mejor así, porque si ese trozo de tela entra en mi casa jamás podré olvidarle.

Cuando nos marchamos, totalmente desmoralizados, bajamos los tres en el ascensor y mi vista recae de nuevo en la carpeta roja. La portada es transparente, y en el papel que hay justo debajo adivino un «Charly» subrayado varias veces que hace que me ponga a sudar.

Me crujo el cuello y suspiro pesadamente. ¡Necesito esa puta carpeta!

—¿Estás bien? —me pregunta Ástor, preocupado.

—Lo estaré...

Claro que lo estaré. No tengo más que fingir que no pasa nada. Olvidar que la persona a la que más he querido en toda mi vida ya no está y centrarme en que todavía queda mucho por hacer.

Y lo haré, cueste lo que cueste... y muera quien muera.

keira

Epílogo

Quince días después

—¿Lo habéis pasado bien? —pregunto ya en la puerta, sonriente.

—¡Sí…! Muchas gracias por todo —responde Charly, educado.

—¡Ha sido una gran velada! Yasmín, ¿seguro que no quieres quedarte a dormir aquí? Es muy tarde…

—¡Que no, pesada!

—¿Estás segura? Me da cosa que vuelvas a vivir sola…

—No te preocupes… ¡Estoy bien! No sabéis cuánto echaba de menos el silencio. No os ofendáis, pero erais muy escandalosos cuando vivíamos los tres en mi casa.

Ástor sonríe con presunción. Yo me muerdo los labios. ¡Es que las paredes eran muy finas…!

—Bueno, pues cuidado con el coche —murmuro maternal. Pero lo que realmente le estoy diciendo con la mirada es: «Cuidado con Charly». Y lo digo en todos los sentidos…

Es increíble. Yasmín ha pasado de no querer estar a solas con un hombre a dejar que nuestro sospechoso número uno la lleve de vuelta a casa un sábado por la noche.

Nos despedimos con un abrazo sentido y Ástor cierra la puerta.

—¡Pensaba que no se irían nunca…! —susurra cogiéndome por detrás, pegándose a mi cuello y acariciando mi vientre.

—Son nuestros mejores amigos… —Sonrío melosa.

—Lo sé, pero todavía no me he saciado de ti…

Me vuelve la cabeza hacia él y me besa a lo bruto, demostrándome todo lo que planea hacerme en la cama a continuación. Acabo de confirmar que hoy no va a ser precisamente blandito conmigo.

—Déjame ir al cuarto de baño antes de que sea imposible parar… —le pido.

—Anda, corre… —finge darme permiso—. Mientras tanto, recogeré un poco el salón.

Me pierdo por el pasillo y pongo rumbo hacia el despacho en vez de hacia el aseo.

Cuando Ástor y yo empezamos a vivir juntos hace diez días instalé una mesa para mí en su despacho donde antes estaba la de cristal que se rompió. Había un hueco enorme que todavía no había llenado con nada. Era como si estuviera esperándome a mí.

Compramos una estantería en la que coloqué todos mis libros y recuerdos, incluida la carpeta roja que me llevé de casa de Ulises… La había dejado cogiendo polvo en un rincón, esperando su momento. Y me había encargado de que Charly la viera allí.

Mi ordenador me espera en modo suspendido y lo activo con el movimiento del ratón. Necesito comprobar una cosa urgentemente…

Abro una carpeta que contiene las grabaciones periódicas de esta misma habitación e interrumpo la que se está en curso. Clico en ella y la hago retroceder hasta el fragmento que me interesa.

¡BINGO!

Y es que, en algún momento de esta «sublime velada», Charly, tras varios días en los que hemos comentado delante de él la valiosa información que contiene la famosa carpeta roja, se ha colado en el despacho para husmear en ella.

El corazón comienza a martillearme frenético en el pecho al constatar que ha caído en mi trampa. No me lo puedo creer…

¡Ha estado siempre ahí, delante de mis narices! Es obvio que está preocupado y tiene miedo de que le descubra, como hizo Ulises. Por eso acabó con él, porque llegó a la conclusión de que Charly había matado a Sofía.

Inspiro hondo y me crujo los dedos, cansada. Por algo el ajedrez es un deporte. Porque es jodidamente agotador trazar estrategias eficaces para atrapar a tu rival. Y la mía ha funcionado.

«Ya te tengo, cabrón», pienso con más coraje del que creía tener. Ahora solo me queda demostrarlo.

No puedo revelárselo a Ástor sin tener pruebas, porque se pondría a la defensiva con virulencia, como siempre ha hecho cuando he insinuado que su mejor amigo podría ser el culpable. Y no voy a permitir que nada empañe nuestra situación actual.

Está en juego el amor de mi vida.

Está en juego hacer justicia.

Está en juego la vida de un bebé y la de todos.

Necesito una *Jugada maestra* para conseguir el jaque mate final.